어슐러 르 귄 Ursula K. Le Guin

1929년 10월 21일, 저명한 인류학자 앨프리드 크로버와 대학에서 심리학과 인류학을 공부한 작가 시어도라 크로버 사이에서 태어났다. 래드클리프 컬리지에서 르네상스기 프랑스와 이탈리아 문학을 전공한 그녀는 이후 컬럼비아 대학에서 석사 학위를 취득했다. 풀브라이트 장학생으로 선발된 후 박사 과정을 밟기 위해 1953년 프랑스로 건너가던 중 역사학자 찰스 르 귄을 만나 몇 달 후 파리에서 결혼했다. 1959년, 남편의 포틀랜드 대학 교수 임용을 계기로 미국으로 돌아와 오리건 주의 포틀랜드에 정착하게 되었다. 시간여행을 다룬 로맨틱한 단편 「파리의 4월」(1962)을 잡지에 발표하면서 본격적으로 작가의 길을 걷기 시작한 르 귄은 왕성한 작품 활동을 보이며 '어스시 연대기'와 '헤인 우주 시리즈'로 대표되는 환상적이고 독특한 작품 세계를 구축해 냈다. 인류학과 심리학, 도교 사상의 영향을 받은 그녀의 작품은 단순히 외계로서 우주를 다루는 것이 아니라, 다른 환경 속에 사는 사람들의 사고방식과 문화를 깊이 있게 파고들어 일종의 사고 실험과 같은 느낌을 주며 독자와 평단의 사랑을 받았다. 휴고 상, 네뷸러 상, 로커스 상, 세계환상문학상 등 유서 깊은 문학상을 여러 차례 수상하였고 2003년에는 미국 SF 판타지 작가 협회의 그랜드마스터로 선정되었다. 또한 소설뿐 아니라 시, 평론, 수필, 동화, 각본, 번역, 편집과 강연 같은 다양한 분야에서 정력적인 활동을 펼치며 2014년에는 전미 도서상 공로상을 수상하였다.
2018년, 88세의 나이로 포틀랜드의 자택에서 영면하였다.

그림 · 디자인 **김나연**

세상 끝에서 춤추다

DANCING AT THE EDGE OF THE WORLD:
Thoughts on Words, Women, Places

by Ursula K. Le Guin

세상 끝에서 춤추다

언어, 여자, 장소에 대한 사색

어슐러 K. 르 귄 글
이수현 옮김

황금가지

목차

♀(여성):페미니즘
○(세계):사회적 책임
□(책):문학, 글쓰기
→(방향):여행

일러두기

*본문 하단의 각주는 옮긴이 주이다.

들어가는 말

이 책은 지난 10년간(1976년부터 1988년)의 강연, 에세이, 가끔 쓴 조각글, 서평들을 모은 책이다. 먼저 나온 나의 논픽션, 내 친구 수전 우드의 편집으로 내놓은 『밤의 언어』도 같은 기간에 출판되었다. 그동안 나는 출판된 글은 생각을 바꿀 수가 없다는 점이 문제라는 생각을 했다.

수록한 글은 연대순으로 배열했다.(서평만 예외로 마지막에 함께 묶었다.) 단순한 배치일지도 모르지만 이렇게 하니 마음 변화의 연대기랄까, 윤리와 정치 분위기에 대한 반응의 기록이며, 특정한 문학 개념들의 영향이 변화한 데 대한 기록이자, 생각의 변화에 대한 기록이 되어 준다.

작가들은 온갖 주제에 대해 강연하라는 요구를 받는다. 나도 가끔 의지가 약해졌을 때는 한번 말해 보겠다고 그런 요구를 받아들인다. 그러나 연사가 아니라 작가이기에, 여덟 단어가 넘는 말을 하려면 먼저 글로 써야 한다. 그래서 나에게는 다른 상황이었다면 (다행히도?) 그 순간이 지나고 없어졌을 수도 있는 강연이 글로 남는다. 이런 "공적인" 글들은 나에게 개인적으로 중요한 문제들을 반영한다. 애초에 중요하니 강연하겠다고 동의하지 않았겠는가. 그 외에 졸업식 축사나 여행기, 에세이 같은 글들은 내 관심사를 더 직접 반영한다.

글쓰기는 집안일 외에 내가 많이 안다고 할 만한 유일한 일이고, 그래서 내가 가르칠 능력이 있다고 느끼는 유일한 일이기도 하다. 공개적인 가르침을 요청받을 때 나는 특별한 전문성이나 지혜가 없더라도 감정을 담아 정직하게 생각하려고 하면 도움이 될 주제만 이야기하려고 한다. 아니면 침묵하다가 부당한 편에 서는 셈이 될까 봐 공개적으로 지지해야 한다고 생각하는 문제에만 나선다. 이 책에는 그런 글도 몇 편 있는데, 나와 달리 예술과 정치, 고급 예술과 저급 예술, 여성과 여성주의자 등을 딱 잘라 구별할 수 있는 사람들이라면 그런 글들이 거슬릴 터이다. 나의 목표는 언제나 누구의 감정도 해치지 않으면서 최대한의 전복을 이끌어 내는 것이기에, 독자들이 원하는 글을 찾고, 원치 않는 글을 피할 수 있는 체계를 고안해 봤다. 목차를 보면 각 글의 제목 옆에 작은 기호가 보일 것이다. 무엇을 기대하면 좋을지 알려 주는 작은 칼과 포크와 침대와 와인잔이 들어간 미슐랭 가이드나 AAA 안내서처럼 말이다. 르 귄 안내서에는 각 글의 주된 성격이나 방향을 알려 주는 기호가 네 개 있다.

♀(여성): 페미니즘

○(세계): 사회적 책임

□(책): 문학, 글쓰기

→(방향): 여행

이 기호들이 각 글의 경향을 알려 줌으로써, 특정 경향에 동조하지 않는 독자들이 피해 가는 데 쓸모가 있었으면 좋겠다. 물론 무엇이든 주는 대로 받으려는 독자라면 아무래도 상관없을 것이다.

필요한 경우에는 짧게 글을 쓴 때와 장소에 대한 머리말을 넣었다. 보충 설명은 달기도 하고 달지 않기도 했는데, 글 뒷부분에서 찾을 수 있다. 각 글 앞에 들어간 숫자는 글을 쓴 연도이다.(그 연도가 발표 연도와 다를 때도 있는데, 덧붙이는 말에서 설명할 것이다.) 수록된 글이 처음 출간된 글과 다르다면 대개 내가 편집판이 아니라 내 원고를 따르기 때문이며, 가끔은 이 책을 준비하면서 실수를 바로잡거나 결함을 메웠기 때문이다.

강연과 에세이

1976~1988

우주 노파 1976년

♀○

폐경기[*]보다 매력 떨어지는 화제는 상상하기 어려울 것이다. 옛 터부[**]의 조각과 잔재에 달라붙어 있는 몇 안 되는 주제라는 점에서 흥미롭기도 하다. 폐경에 대해 진지하게 말했다간 흔히 불편한 침묵을 만나게 된다. 폐경을 조롱하는 발언은 대개 한시름 놓은 웃음을 만나게 된다. 침묵과 웃음 둘 다 확실한 터부를 암시한다.

대부분 사람들은 오래된 표현인 "갱년기"[***]를 의학 용어인 "폐경기"의 완곡한 표현이라고 생각할 테지만, 지금 그 변화를 겪고 있는 나는 반대가 아닌가 생각하고 있다. "갱년"이야말로 너무 직설적이고, 너무 사실적인 표현이다. "폐경"은 어쩌면 이전에 계속되던 일이 멈출 뿐이고, 그건 사소한 일이라고 안심시키는 말일 수도 있다.

---

* 최근 완경기라는 말도 새로 쓰이고 있으나 이 글이 쓰인 시기와 내용을 감안하고, 영어의 해당 용어 menopause 자체가 '월경 중단'을 의미한다는 점을 감안하여 이대로 옮겼다.

** 금기.

*** 직역하면 바뀌는 시기.

하지만 그 변화는 사소하지 않고, 나는 얼마나 많은 여자들이 온 마음을 다해 그 과정을 이행할 만큼 용감할까 의문이다. 여자들은 정도 차이는 있어도 모두 힘겹게 재생산 능력을 포기하며, 그 능력이 사라지고 나면 이제 끝이라고 생각한다. 여자들은 이렇게 말한다. 아, 그래도 이제 '저주'는 더 겪지 않겠네, 그리고 내가 가끔 너무 우울했던 것도 다 호르몬 때문이었거든. 이젠 다시 나 자신이 됐어. 하지만 이건 진짜 변화를 회피하고, 배란 능력만이 아니라 노파가 될 기회마저 잃어버리는 길이다.

옛날에는 폐경을 달성할 만큼 오래 살아남은 여자들이 이 도전에 응하는 일이 더 많았다. 그들은 이미 변화를 연습해 보기도 했다. 이전에도 처녀이기를 그만두고 성숙한 여자/아내/기혼녀/어머니/안주인/창녀 등이 되었을 때 극적인 변화를 겪지 않았던가. 이 변화는 성숙이라는 생리학적인 변동—즉 어린 불임기에서 성숙한 다산기로의 이동—만이 아니라 사회적으로 공인받은 존재 변동이었다. 성(聖)에서 속(俗)으로의 상태 변화였다.

이제는 순결의 세속화가 완료되면서, 과거에 굉장한 호칭이었던 "처녀"란 이제 아직 성교를 해 보지 않은 사람에게 쓰는 조롱의 말 아니면 기껏해야 약간 낡은 말이 되었고, 두 번째 변화를 맞이하여 위험한/성스러운 존재 상태를 획득하거나 회복할 기회도 보이지 않게 되었다.

처녀기란 이제 최대한 빨리 빠져나와야 할 서두 아니면 대기실에 지나지 않고, 대단한 의미도 없다. 노년기도 인생이 끝난 후에 가서 암이나 뇌졸중을 기다리는 대기실이 되어 버렸다. 월경 기간 앞뒤로는 흔적만 남았다. 여자들에게 의미 있는 상태라고는 생산기밖에 남지 않았다. 재미있게도 이 의미 제한은 생식력 자체를 무의미하게 만들거나, 적어도 여성적 성숙함의 부차적인 특질로 만들어 준 화학물질과 도구들의 발전과 맞물린다. 성숙이란 이제 임신 능력이 아니라 성교 능력을 의미한다. 이 능력은 사춘기와 갱년기 이후에도 가질 수 있기에, 이제는 구별이 다 흐릿해지고 기회도 거의 사라져 버렸다. 의미 있는 변화가 없으니, 통과의례도 없다. '세 여신'* 에게도 이제는 얼굴이 하나뿐이다. 아마 마릴린 먼로의 얼굴일 것이다. 열 살에서 열두 살부터 일흔에서 여든에 이르기까지 여자의 평생이 세속적이고, 균일하며, 변치 않는 인생이 되었다. 이제는 순결에 어떤 미덕도 없기에, 폐경에도 어떤 의미도 없다. 이제 '노파'가 되려면 광적인 결단력이 필요하다.

그리하여 여자들은, 남자들의 생애 주기를 흉내 내면서 정작 자신들의 강점은 포기하고 말았다. 남자들은 처녀를 두려워하지만, 그 두려움과 처녀의 처녀성에 대해서는 치료법을 갖고 있다. 성교다. 남자들은 노파를 두려워하는데, 처녀에 대한 치료법도 노파에게는 소용이 없기에 더욱 두려워한다. 성취자 노파와 대면하게 되면 가장 용감한 남자들 빼고는 모두 시들어, 풀이 죽고 꺾여서 후퇴한다.

---

* 세계 여러 신화에 반복적으로 등장하는 원형으로, 보통 처녀-어머니-노파의 세 가지 모습을 띤다.

그러나 폐경기라는 저택은 단순히 방어 성채만이 아니다. 그곳은 삶의 필수품들이 온전히 다 갖춰진 집, 또는 가정이다. 그곳을 버림으로써 여자들은 영토를 좁히고 영혼을 빈곤에 빠뜨렸다. 여자들은 행하거나 말하거나 생각하지 못하지만 노파들은 행하고 말하고 생각할 수 있는 것들이 있다. 여자들이 그런 행동과 말과 생각을 할 수 있게 되려면 단순히 월경만 포기할 게 아니라, 삶을 바꿔야 한다.

그 변화의 본질은 예전보다 지금 더 선명하다. 노년기는 처녀기의 회복이 아니라 세 번째이자 새로운 상태이다. 처녀로 있으려면 금욕해야 하지만 노파는 그럴 필요가 없다. 현대 피임기구들이 여성의 성 능력과 재생산 능력을 분리시키면서 바로 그 지점에 혼동이 있었음이 분명해졌다. 생식력을 잃는다고 욕망과 성취를 잃는 것은 아니다. 그렇지만 여기에는 변화가, 감히 이런 이단적인 주장을 해도 된다면 섹스보다 더 중요한 문제들에 얽힌 변화가 수반된다.

기꺼이 그 변화를 이뤄 내려는 여자는 마침내 스스로를 배태해야 한다. 스스로를, 스스로의 세 번째 자아를, 노년기를, 홀로 힘겹게 낳아야 한다. 이 출산을 도와줄 사람은 많지 않을 것이다. 진통 시간을 재고, 진정제를 주사하고, 겸자를 들고 대기했다가 찢어진 막을 꿰맬 남자 산부인과 의사는 없을 게 확실하다. 요새는 구식 산파도 찾기가 힘들다. 임신 기간은 길고, 분만은 어렵다. 이보다 더 힘든 진통이라면 하나뿐인데 그것은 남자들도 고통스럽게 해내야 하는 마지막 진통뿐이다.

한 번 이상 다른 사람들을 낳거나, 스스로를 낳아 보았다면 죽기도 훨씬 더 쉬울지 모른다. 이건 노파가 된다는 모든 불편과 낭패를 다 겪어 낸다면 그렇다는 말이다. 어쨌든 통과의례 하나를 붙박이로 가지고 태어났으면서도 기피하고, 회피하고, 아무것도 변하지 않은 척하다니 안타까운 일이다. 그건 여성성을 기피하고 회피하는 짓이고, 남자인 척하는 셈이다. 남자들은 첫 통과의례 이후 다시는 두 번째 기회를 얻지 못한다. 다시는 변하지 못한다. 그건 우리가 아니라 그들의 손해다. 왜 굳이 빈곤함을 빌려온단 말인가?

몸이 폐경처럼 강렬한 변화 신호를 주는데도 변하지 않고 젊게 남아 있으려고 노력하는 모습은 분명 용감하다. 하지만 어리석기도 하며, 자기를 희생하는 노력이다. 45세나 50세의 여자보다는 12세 소년에게 더 어울린다. 운동선수들은 젊어서 월계관을 쓰고 죽으라고 하자. 병사들은 퍼플하트 훈장을 따라고 하자. 여자들은 흰머리가 되도록 늙어서 사람의 마음을 간직하고 죽도록 하자.

알타이르 네 번째 행성에 사는 우호적인 주민들이 우주선을 타고 찾아와서, 정중한 선장이 이렇게 말한다고 치자. “우리에게 승객을 한 명 태울 자리가 있습니다. 알타이르까지 돌아가는 긴 여행 동안 느긋하게 대화를 나누며 모범이 될 만한 사람에게서 당신네 종족의 본질을 배울 수 있도록, 지구인을 한 사람 내주시겠습니까?” 대부분의 사람들은 교육을 잘 받고 육체적으로도 절정기에 있는 건강하고 총명하고 용감한 젊은 남자를 내밀고 싶어 하리

라. 기왕이면 러시아 우주인이 이상적이겠지.(미국 우주인들은 대부분 너무 나이가 많다.) 자격이 넘치는 그런 젊은이가 수백 명, 수천 명은 자원할 것이다. 하지만 나라면 그중 아무도 고르지 않겠다. 담대함과 지적인 용기 때문에 나서거나, 순전히 알타이르가 아무리 나빠 봐야 여자들에게는 지구보다 나쁠 수 없다는 확신을 품고 자원할 젊은 여자 중에서도 고르지 않겠다.

나라면 지역 슈퍼마켓이나 마을 장터에 가서, 싸구려 장신구 코너 아니면 빈랑야자 칸에 있는 60세 넘은 여성을 하나 고르겠다. 머리색은 빨갛지도 않고 금발도 아니고 윤기 있는 검은색도 아닐 것이며, 피부는 촉촉하니 생생하지 않을 것이고, 영원한 젊음의 비밀을 간직하지도 않았을 것이다. 하지만 어쩌면 나이로비에서 일하는 손자가 담긴 작은 사진은 보여 줄지도 모른다. 나이로비가 어디인지는 잘 몰라도 손자에 대해서는 대단히 자랑스러워하면서 말이다. 이 여성은 평생 중요하지 않은 사소한 일들, 이를테면 요리, 청소, 육아를 하고 다른 사람들에게 자잘한 장식품이나 재밋거리를 팔면서 열심히 일했다. 한때, 그러니까 오래전에는 처녀였고 그 후에는 성적으로 비옥한 여성이었다가 폐경기를 통과했다. 생명을 몇 번 낳았고 죽음도 몇 번 직면했다. 사실상 같은 순간들이었다. 지금은 매일 마지막 출산/죽음을 조금씩 더 가깝고 선명하게 직면하고 있다. 때로는 발이 끔찍하게 아프다. 자기 능력에 걸맞은 교육은 받지 못했고, 그건 부끄러운 낭비인 데다 인류에 대한 범죄지만, 워낙 흔한 범죄라 이런 일을 알타이르에 숨겨선 안 되고 숨길 수도 없을 것이다. 그리고 어쨌든 이 여성은 아둔하지 않다. 이 여성은 분별, 재치, 인내심, 경험에 의한 통찰을 충분히 지니고 있으며, 알타이르인들은 이를 지혜로 여길 수도 있고 아닐 수도 있으리라. 알타이르인이 우리보다 현명하다면 물론 우리는 그들이 어떻게 생각할지 알 수가 없다. 하지만 우리보다 현명하다면, 알타이르인들은 우리가 단순히 추측과 희망만으로 인도적이라고 주장하는 내면의 본성을 알아볼 수 있을 것이다. 어느 쪽이든 간에 그들은 호기심 강하고 친절하니, 우리가 줄 수 있는 최선을 내주자.

문제는, 정작 이 여성은 자원하려고 하지 않으리라는 점이다. "나같이 늙은 여자가 알타이르에서 뭘 하겠어요?" 이렇게 말하겠지. "과학자를 보내야죠. 과학자라면 저 이상하게 생긴 녹색 인간들과 대화할 수 있을 텐데요. 키신저 박사가 가야 하지 않을까요. 아니면 샤먼을 보내면 어때요?" 이 여성에게 우리가 당신을 보내고 싶어 하는 이유는, 인간의 모든 상태를—그러니까 '변화'라는 핵심을 경험하고, 받아들이고, 행동하기까지 한 사람만이 인류를 대표하기에 타당하기 때문이라고 설명하기란 무척 힘들 터이다. "내가요?" 이 여성은 약간 장난스럽게 말하리라. "하지만 난 아무것도 안 했는데요."

그런다고 지워지지는 않는다. 설령 인정하지는 않는다 해도, 이 여성은 키신저 박사가 결코 그녀가 가 본 곳에 간 적이 없고 앞으로도 가지 않을 것임을 안다. 어떤 과학자나 샤먼도 그녀가 한 일을 하지 않았다는 사실을 안다. 그러니 우주선에 올라요, 할머니.

젠더(성별)가 필요한가? 다시 쓰기*

1976년/1987년

"젠더(성별)가 필요한가?"는 수전 앤더슨과 본다 N. 매킨타이어가 편집한 눈부신 첫 '여성이 쓴 SF' 앤솔러지, 『오로라』에 처음 실렸다. 그리고 나중에는 『밤의 언어』에 수록되었다. 그때도 이미 나는 이 글에서 내가 한 몇 가지 선언에 마음이 불편했고, 그 불편은 곧 뚜렷하게 다른 생각으로 굳어졌다. 하지만 바로 그 선언들이야말로 사람들이 기쁜 탄성을 지르며 계속 인용하는 부분들이었다.

예전 글을 심하게 수정하는 건 옳지도, 현명하지도 않아 보인다. 마치 예전 글을 없애고, 여기까지 오기 위해 거쳐야 했던 길의 증거를 숨기는 것 같다. 그보다는 사람들이 마음을 바꿀 수 있음을 보여 주고, 그 변화 과정을 남겨 두는 것이…… 그리고 어쩌면 변하지 않는 마음이란 껍질을 열지 않는 조개와 비슷하다는 사실을 사람들에게 상기시키는 것이 더 페미니스트답다. 그래서 여기에 원래 에세이를 통째로 싣고, 괄호 안에 지금의 논평을 담는다. 부디 앞으로 이 글에서 인용을 하고 싶으신 분은 이 재고(再顧)

---

* 젠더, 섹스, 섹슈얼리티는 모두 성(性)으로 옮길 수 있는 말이지만 사회적 성, 생물학적 성, 성적인 것 전체로 의미 차이가 있다. 이 글의 성격상 그 차이를 구별하여 그대로 표기한다.

내용을 이용하거나 최소한 포함시켜 주시기를 간청한다. 그리고 1997년에는 이 글의 재-재고를 내놓을 필요가 없었으면 좋겠다. 자책도 이제 그만하고 싶다.

1960년대 중반, 여성 운동은 50년간의 휴지기 이후 다시 움직이기 시작했다. 지축을 흔드는 움직임이었다. 나도 느끼기는 했지만, 그게 거대한 파도가 될 줄은 몰랐다. 그저 나에게 뭔가 문제가 있다는 생각만 했다. 생각하는 여성이면서 페미니스트가 아닐 방법은 없었으므로, 나도 스스로를 페미니스트라고 생각했다. 하지만 나는 에멀린 팽크허스트와 버지니아 울프가 획득한 장(場) 너머로 한 걸음도 내딛지 못했다.

[지난 20년간 페미니즘은 그 장을 넓히고 이론과 실천을 크게, 지속적으로 강화했다. 그러나 정말로 버지니아 울프 "너머"로 걸음을 내딛은 사람이 있기는 할까? 지금이라면 "진보"라는 이상을 암시하는 그런 이미지를 쓰지 않을 것이다.]

1967년경, 나는 어떤 불안을, 아마도 스스로 조금 더 발을 내딛어야 할 필요를 느꼈다. 내 삶과 우리 사회에서 섹슈얼리티의 의미와 젠더의 의미를 정의하고 이해하고 싶어졌다. 개인적으로나 집단적으로나 무의식에 쌓인 많은 것들을 의식으로 끌어올리지 않으면 파괴적으로 변할 상황이었다. 그건 아마도 보부아르가 『제2의 성*Le Deuxième Sexe*』을 쓰게 만들고, 베티 프리댄이 『여성성의 신화*The Feminine Mystique*』를 쓰게 만든 욕구, 그와 동시에 케이트 밀

렛*과 다른 여성들이 책을 써서 새로운 페미니즘을 만들게 한 열망이었을 것이다. 하지만 나는 이론가가 아니고, 정치 사상가나 활동가도, 사회학자도 아니었다. 예나 지금이나 나는 소설가다. 나는 소설을 써서 생각을 한다. 소설 『어둠의 왼손』이 내 자각의 기록이자, 내 사유 과정이다.

우리 모두[흠, 어쨌든 상당수]가 이 문제에 있어서 더 높은 의식을 갖게 됐으니, 이제 문제의 책을 돌아보고 그 책이 무슨 일을 했는지, 무슨 일을 하려고 했는지, 무슨 일을 할 수 있었는지를 "페미니스트"[회의적인 생각으로 붙였던 따옴표를 지우고 봐 주세요.] 책이라는 관점에서 살펴보는 것도 흥미로우리라.(마지막 자격에 대해 한 번만 더 말하겠다. 사실 그 책의 진짜 주제는 페미니즘이나 섹스나 젠더 같은 게 아니다. 내가 볼 때 『어둠의 왼손』은 배신과 신의에 대한 책이다. 이 책을 지배하는 두 가지 심상 중 하나가 겨울 여행이며, 겨울과 얼음과 눈과 추위의 확장 메타포인 이유도 그래서다. 여기 싣는 나머지 논의는 책의 절반, 그것도 중요도가 덜한 절반만 다룰 것이다.)

[위 괄호 안의 말에는 과장이 담겼다. 당시 나는 방어적이 되어 있었고, 비평이 계속 『어둠의 왼손』을 소설이 아니라 에세이처럼 다루면서 그 안의 "젠더 문제"에 대해서만 말하는 데 화가 나 있었다. "사실 그 책의 진짜 주제는……" 이건 허세다. 나는 벌집을 건드려 놓고 수습하려고 애를 쓰고 있었다. "사실은" 그 책에 다른 측면들이 있긴 있으나, 그 측면들도 책의 섹스/젠더 측면과 상당히 밀접하게 얽혀 있다.]

---

* 제2세대 여성주의에 강한 영향을 준 인물로 『성 정치학Sexual Politics』의 저자.

소설의 무대는 게센이라는 행성인데, 이 행성에 거주하는 인간은 성 생리가 우리와 다르다. 우리처럼 지속적으로 섹슈얼리티를 띠지 않는 게센인들에게는 케메르라는 발정기가 있다. 케메르가 아닐 때 게센인은 성 능력이 없으며 성교가 불가능하다. 또 그들은 양성인의 특징을 지닌다. 이 책의 관찰자는 문제의 주기를 이렇게 묘사한다.

> 케메르 첫 단계에서 [개인은] 철저히 양성체이다. 혼자서는 성별과 성교 능력을 얻을 수 없다…… 그러나 이 시기 성 충동은 엄청나게 강력하여, 인격 전체를 지배한다…… 케메르 중인 파트너를 찾으면 호르몬 분비가 더 활발해지다가(가장 중요한 부분은 접촉이다. 분비? 냄새?) 한쪽에 남성이나 여성 호르몬이 우세하게 자리를 잡는다. 그에 따라 생식기가 부풀거나 줄어들며, 전희가 강렬해지고, 상대방은 파트너의 변화를 계기로 다른 성 역할을 맡는다.(예외는 없는 듯하다.)…… 보통은 케메르에서 어느 쪽 성 역할을 맡을지 미리 정해지지 않는다. 자신들이 남성이 될지 여성이 될지 알지 못하며, 이 문제에 선택권도 없다…… 케메르 절정기는 이틀에서 닷새간 이어지는데, 이 기간 동안 성욕과 성교 능력은 최고조에 달한다. 이 단계는 아주 갑자기 끝나고, 임신이 이루어지지 않았다면 각 개인은 잠복기로 돌아가며 주기가 다시 시작된다. 물론 여성 역할을 맡은 사람이 임신했다면 호르몬 활동이 지속되며,

임신과 수유 기간 동안 계속 여성으로 남는다…… 수유기가 끝나면 이 여성은 다시 양성인으로 돌아간다. 생리적인 습관은 자리 잡지 않으며, 여러 아이를 둔 어머니가 여러 아이의 아버지가 될 수도 있다.

나는 왜 이 기묘한 사람들을 창조했을까? 반쯤 가서 "왕이 임신했다"*는 문장을 쓸 수 있어서만은 아니었다. 그 문장을 좋아한다는 사실은 인정하지만 말이다. 게센을 인류의 모델로 제시하려던 건 확실히 아니었다. 나는 인체의 유전 개조에 찬성하지 않는다. 현재의 이해 수준으로는 아니다. 나는 게센인의 성적 구조를 추천하는 게 아니라, 이용하고 있었을 뿐이다. 스스로 발견하도록 하는 학습법이며, 사고 실험이었다. 물리학자들은 사고 실험을 자주 한다. 아인슈타인은 움직이는 엘리베이터에 광선을 쏘고, 슈뢰딩거는 상자 안에 고양이를 넣는다. 실제로는 엘리베이터도, 고양이도, 상자도 없다. 머릿속에서 실험을 수행하고 질문을 던질 뿐이다. 아인슈타인의 엘리베이터, 슈뢰딩거의 고양이, 나의 게센인들은 단순히 생각의 수단이다. 이것들은 답이 아니라 질문이다. 상태가 아니라 과정이다. 나는 SF의 핵심 기능 하나가 바로 이런 종류의 질문 던지기라고 생각한다. 습관적인 사고방식을 뒤집고, 우리의 언어에 아직 가리킬 말이 없는 것을 은유하고, 상상으로 실험하기.

---

* 한국어로는 무리 없는 문장이지만, 영어로 왕(king)은 남성이다.

당시 내 실험 주제는 대충 이런 내용이었다. 우리는 평생 겪는 사회적 조건화 때문에, 순수하게 생리적인 형태와 기능 외에 남자와 여자를 정말로 구분 짓는 게 무엇인지 명확히 알아보기가 어렵다. 정말로 기질이나 능력, 재능, 정신 작용 등에 차이가 있을까? 만약 있다면, 무슨 차이일까? 지금까지는 오직 비교민속학만이 이 문제에 명백한 증거를 내놓았는데, 그 증거마저도 불완전하고 모순될 때가 많다. 정말로 유의미하다고 할 수 있는 사회 실험은 키부츠와 중국의 코뮌뿐인데, 이들도 결론에 이르지 못했으며 편파적이지 않은 정보를 얻기도 어렵다. 어떻게 알아볼까? 흠, 언제든 상자 안에 고양이를 넣을 수는 있다. 상상으로 만든, 그러나 인습에 충실하고 평범한, 아니 고루하기까지 한 젊은 지구인을 생리적인 성 구별이 전혀 없기에 성 역할이 없는 상상 속의 문화에 던져 넣을 수 있다. 나는 무엇이 남는지 알아보기 위해 젠더(사회적 성)를 제거했다. 아마 그저 인간이 남을 터였다. 그러면 남자와 여자가 공유하는 영역을 알 수 있을 터였다.

나는 아직도 이게 제법 훌륭한 착상이었다고 생각한다. 하지만 실험으로서는 엉망이었다. 모든 결과가 불확실했다. 아마 다른 사람이 실험을 되풀이했어도, 아니 7년 후에 내가 다시 되풀이했어도 아주 다른 결과를 낳았을 것이다.['아마'를 지우고 '확실히'라고 해야 한다.] 과학으로 보자면 최악이라고 할 만한 실험이다. 괜찮다. 나는 과학자가 아니다. 나는 규칙이 계속 변하는 게임을 한다.

내가 내 상상 속의 사람들에 대해 생각하고 쓰고 또 쓰고 생각하면서 얻은 이 불확실하고 미심쩍은 결과 중에서 세 가지가 상당히 흥미롭다.

첫째, 전쟁이 없다는 것. 게센에 기록된 1만 3000년의 역사에 전쟁은 한 번도 없었다. 게센인도 우리처럼 다투기 좋아하고, 경쟁적이고, 공격적이기는 하다. 이들에게는 싸움, 살인, 암살, 분쟁, 약탈 등등이 다 있다. 하지만 몽골인이 아시아에서, 백인이 신세계에서 했듯이 이주민이 대규모로 침략한 일은 한 번도 없었다. 우선은 게센인의 인구가 일정하게 유지되며, 대규모로 이동하거나 빠르게 이동하는 일도 없기 때문이다. 게센인의 이주는 느렸고, 한 세대가 그리 멀리 가는 일이 없었다. 게센에는 유목민이 없으며, 확장과 다른 사회에 대한 공격으로 살아가는 집단도 없다. 거대한 위계 체제의 통치 국가를 구성한 적이 없고, 현대전의 핵심 요소인 동원 체제도 없다. 행성 전체의 기본 사회 단위는 200에서 800명에 이르는 '화로'라고 하는 집단으로, 경제적인 편의보다는 성적인 필요에 따라 구성되며(동시에 케메르에 들어가는 다른 사람들이 있어야 하기에), 따라서 후기 도시 패턴과 겹치거나 섞이는 구석이 있기는 해도 본질적으로 도시보다는 부족에 가깝다. 화로는 공동사회이고, 독립적이며, 어느 정도 내향적이다. 화로 사이의 경쟁은 개인 간의 경쟁과 마찬가지로 '시프그레소'라는, 사회적으로 용인된 공격을 통해 해소되는데, 이는 신체 폭력 없이 술책과 체면 싸움으로 이루어진다. 의례적이고 양식이 정해진, 통제된 분쟁 방식이랄까. 시프그레소가 실패하면 폭력이 발생할 수도 있지만, 그렇다 해도 대규모 폭력으로 번지지 않고 개인 수준에서 끝난다. 적극적인 활동 집단은 작다. 분산하는 경향은 결합하려는 경향만큼 강하다. 역사를 보면, 경제적인 이유에서 화로들이 모여서 국가를 이루었을 때도 중앙 권력은 여전히 성기게 작동했다. 왕과 의회가 있을지는 몰라도, 힘으로 지휘권을 강요하기보다는 시프그레소와 모의를 이용하고, 성스러운 권리라거나 애국적인 의무 같은 가부장제 이상에 호소하기보다는 관습으로 받아들여졌다. 군대나 경찰보다는 의례와 행진이 훨씬 효과적인 질서 유지책이었다. 계급 구조는 유연하고 개방적이다. 사회 계층은 경제적이기보다는 미학적인 가치를 두었으며, 큰 빈부 격차는 없었다. 노예제나 노역은 없었다. 아무도 다른 사람을 소유하지 않았다. 사유 재산도 없었다. 경제 조직은 자본주의라기보다는 공산주의나 노동조합에 가깝고, 심하게 중앙집권화 하는 일도 거의 없었다.

그러나 소설이 다루는 기간에 이 모든 상황이 변한다. 이 행성에 존재하던 두 개의 큰 나라 중 하나가 애국주의와 관료주의를 완전히 갖춘 진짜 국민 국가가 되어 가고 있다. 이 나라는 국가 자본주의와 중앙집권, 권위주의 정부, 비밀경찰을 이뤄 냈다. 그리고 이제 이 세계 최초의 전쟁을 앞두고 있다.

나는 왜 처음과 같은 그림을 내놓고서, 다른 형태로 변해 가는 과정을 보여 줬을까? 잘 모르겠다. 아마 균형을, 그리고 균형의 미묘함을 보여 주려고 했을 것이다. 나에게 “여성 원리”는 기본적으로 아나키즘적이다. 적어도 역사적으로는 그랬다. 여성 원리는 통제 없는 질서를 귀히 여기고, 무력이 아니라 관습을 통해 통치한다. 질서를 강요하고, 권력 구조를 만들고, 법을 만들고 강제하고 깨뜨리는 것은 쭉 남성이었다. 게센에서는 이 두 가지 원리가 균형을 이루고 있다. 중앙집권화와 탈중앙집권화, 경직성과 유연성, 선과 원의 균형이다. 그러나 균형은 위태로운 상태이며, 소설이 다루는 시기에는 그전까지 "여성" 쪽으로 기울어 있었던 균형이 반대쪽으로 기울어진다.

[이 책을 쓰기 시작할 때 나는 한 번도 전쟁을 해 보지 않은 사회의 사람들에 대한 소설을 쓰는 데 관심이 컸다. 그게 먼저였고, 양성인은 그다음에 떠올랐다.(원인과 결과일까? 결과와 원인일까?)

지금이라면 이 대목을 이렇게 썼을 것이다: "여성 원리"는 역사적으로 아나키즘적이었다. 즉, 탈권위는 역사적으로 여성과 동일시되었다. 여성에게 할당된 영역, 예를 들어 "가족"은 강제성 없는 질서의 영역이며, 무력이 아니라 관습으로 다스리는 곳이었다. 사회 권력 구조는 남자들이(그리고 여왕이나 총리처럼 남성의 생각대로 그 구조를 인정하는 몇몇 여자들이) 차지했다. 남자들이 전쟁과 평화를 만들고, 법을 만들고 강제하고 깨뜨린다. 게센에는 우리가 문화 조건을 통해 남성과 여성이라고 인지하는 양극이 존재하지 않으며, 균형을 이루고 있다. 합의와 권위, 탈집중화와 중앙집중화, 유연성과 경직성, 원(圓)과 선(線), 상하 계층과 관계망이 함께. 하지만 삶에 가만히 정지한 균형은 없는 법이라, 소설이 다루는 시기에는 균형이 위험하게 흔들리고 있다.]

둘째, 착취가 없다. 게센인들은 자기네 행성을 유린하지 않는다. 그들은 첨단 기술, 중공업, 자동차, 라디오, 폭탄 등등을 개발했지만 아주 천천히 개발하면서 기술에 압도당하지 않고 기술을 흡수했다. 그들에게는 진보라는 신화가 없다. 게센인의 달력은 언제나 올해를 1년이라고 부르고, 그 시점에서 앞뒤로 시간을 헤아린다.

여기에서도 나는 다시금 균형을 추구했던 것 같다. 한도까지 밀어붙이는 저돌성과 한계를 용납하지 않는 논리 체계로 설명되는 "남성"의 직선…… 그리고 인내와 성숙과 실질과 삶의 가치들을 귀히 여기는 "여성"의 원이 이루는 균형이다. 물론 지구에도 이런 균형의 예시가 존재한다. 6000년간 존재해 온 중국 문명이다.(『어둠의 왼손』을 쓸 당시에는 달력까지 그렇다는 사실을 몰랐다. 중국은 그리스도의 탄생으로 시작하는 달력 같은 직선형의 날짜 체계를 쓴 적이 없었다.)

[유럽인의 정복이 있기 전 아메리카 문화가 더 좋은 예일지도 모르지만, 우리는 위계적이고 제국주의적인 기준에 따라 그런 문화를 "고등"하다고 보지 않는다. 다만 중국을 예시로 들 때 문제점은, 중국 문명이 다른 "고등" 문명 못지않게 철저히 남성 지배를 도입하고 실천했다는 점이다. 당시 나는 도가의 이상을 생각했지, 우리가 사소한 문제라고 배운 신부 판매와 전족 관습이라든가, 우리가 정상이라고 배운 중국 문화의 뿌리 깊은 여성멸시*를 생각하지는 않았다.]

셋째, 지속적인 사회 요인으로서의 섹슈얼리티가 없다. 게

---

* misogyny. 여성혐오로도 많이 번역한다. 넓은 범위의 성차별, 여성부정과 비하, 편견, 남성우월주의, 여성에 대한 성적 대상화 등을 포괄한다.

센인은 (임신하지만 않았다면) 한 달의 5분의 4에 해당하는 기간 동안 사회생활에서 성적으로 아무 역할도 하지 않으며, 나머지 5분의 1에는 절대적으로 휘둘린다. 케메르 기간 동안에는 반드시 짝이 있어야 한다.(혹시 발정기 태비 고양이와 함께 작은 아파트에 살아 본 적 있을까?) 게센인 사회는 이 필요성을 온전히 받아들인다. 게센인은 사랑을 나눠야 할 때 사랑을 나누며, 모두가 그에게 그럴 것을 기대하고 또 마땅히 여긴다.

[지금이라면 이 문단을 이렇게 썼을 것이다: 한 달의 5분의 4에 해당하는 기간 동안 게센인들의 사회 활동에서 섹슈얼리티는 아무 역할도 하지 않으나, 나머지 5분의 1에는 행동을 완전히 휘두른다. 케메르에 들어간 사람에게는 반드시 짝이 있어야 한다.(혹시 발정기 태비 고양이와 함께 작은 아파트에 살아 본 적 있을까?) 게센 사회는 이 필요성을 온전히 받아들인다. 게센인들은 사랑을 나눠야 할 때 사랑을 나누며, 다른 모두가 이를 기대하고 또 마땅히 여긴다.]

그렇다 해도 인간은 인간이지, 고양이가 아니다. 지속적인 성교 능력을 지니고 강력하게 길들여졌다 해도, 우리가 정말로 문란해지는 일은 잘 없다.(길들여진 짐승은 난잡한 성생활을 하는 편이고, 야생 짐승은 한 쌍을 이루거나 가족이나 부족 단위 성생활을 한다.) 분명히 강간을 하기는 한다. 그 지점에서는 어떤 다른 동물도 인간과 맞먹지 못한다. 군대(물론 남성 군대)가 침략하면 대규모 강간이 일어난다. 경제가 통제하는 난교에 해당하는 매춘도 있다. 그리고 종교가 통제하는 의례적인 정화 의미의 난교도 있다. 하지만 대체로 우리는 진짜 난잡한 성생활을 허락하지 않으려 한다. 기껏해야 특정 상황에서 '알파 메일'에게 상으로 부여할 뿐이고, 여성이 그렇게 행동하면 대개 사회적인 처벌이 따른다. 남성이든 여성이든 성숙한 인간은 정신적인 유대가 없는 성적 희열에 만족하지 못하는 것 같고, 나아가서 모든 인간 사회에서 가하는 어마어마하게 다양한 사회적, 법적, 종교적 통제와 제재를 보면 그런 희열을 두려워하는 것 같기도 하다. 성교는 거대한 힘의 원천이기에, 미성숙한 사회나 정신은 거대한 금기를 설정한다. 성숙한 사회나 정신은 이런 금기나 법을 내적인 윤리 강령에 통합할 수 있는데, 큰 자유를 허락하면서도 다른 사람을 물건으로 취급하지는 못하게 하는 것이 핵심이다. 하지만, 아무리 비합리적이든 합리적이든 상관없이 언제나 규칙이 있기는 있다.

게센인은 양쪽이 동의하지 않는 성교를 할 수가 없고, 따라서 강간하거나 강간당할 수 없으므로 나는 그들이 성에 대해 우리보다 두려움과 죄책감을 덜 느낄 것이라고 생각했다. 하지만 게센인에게도 여전히 성행위는 문제이고, 어떤 면에서는 우리보다 더 심각한 문제이기도 하다. 발정기가 극단적이고 폭발적이며 꼭 필요하기 때문이다. 게센 사회는 발정기를 통제해야 했을 텐데, 우리가 금기 단계에서 윤리 단계로 이동했을 때보다는 통제가 쉽게 이루어질 수 있었을 것이다. 따라서 나는 모든 게센 공동체에는 기본적으로 케메르하우스가 있고, 이 집은 원주민이든 이방인이든 상관없이 짝을 찾을 수 있도록[성행위의 짝을 찾을 수 있도록] 케메르에 든 모든 사람에게 열려 있어야 했다. 그리고 케메르 기간 동안 정기적으로 함께 있기를 선택하는 케메르 그룹 같은 다양한 관습(법은 아니다.) 시설이 있다. 이 그룹은 영장류 무리나 그룹 결혼과 비슷하다. 아니면 케메르 서약이라는 가능성도 있다. 이는 평생을 가는 짝짓기이자 결혼이지만, 법적인 승인이 없는 개인적인 약속이다. 이런 약속에는 도덕적으로나 심리적으로 강렬한 의미가 있으나, 교회나 국가의 통제를 받지는 않는다. 마지막으로 게센 어느 지역에 사느냐에 따라 금기일 수도 있고, 불법일 수도 있고, 그저 경멸의 대상일 수도 있는 두 가지 금지 행동이 있다. 하나, 다른 세대의 친족(즉 부모이거나 자식일 수도 있는 사람)과는 짝을 짓지 않는다. 둘, 친동기와는 짝을 지을 수는 있되, 케메르 서약은 하지 않는다. 이 두 가지는 오래된 근친상간 금기이다. 우리의 경우 근친상간 금기가 워낙 보편적이고, 타당한 이유도—유전 때문이라기보다는 심리 면에서라고 생각하지만—있는 만큼 게센에서도 똑같이 유효할 것 같았다.

자, 내 실험에서 이 세 가지 "결과"는 상당히 명확하고 성공적으로 풀렸다고 생각한다. 확정적인 결과는 아니지만 말이다.

적어도 못지않게 그럴듯한 결과를 내놓을 수도 있었을 다른 영역들에서는 이제 충분히 생각하지 않았거나, 명확히 표현하지 않아서 저지른 실패가 보인다. 예를 들어, 나는 소설에 등장하는 두 게센 국가에 대해 봉건 왕조와 현대적인 관료제라는 너무나 익숙한 정부 구조를 이용하는 쉬운 길을 택했다. 세포 조직과 같은 화로에서 발전한 게센 정부가 과연 우리의 정부와 그렇게 닮았을까. 더 나을 수도 있고, 더 나쁠 수도 있겠지만 분명히 다르기는 할 것이다.

게센인의 생리 구조가 심리에 미친 영향을 다룰 때 소심하거나 서툴렀던 부분에 대해서는 더 후회한다. 예를 들면, 책을 쓸 당시에 융의 작업을 알고 있었다면 좋았을 것이다. 그랬다면 게센인에게 아니무스가 없거나 아니마가 없는지, 아니면 둘 다 없는지, 아니면 하나만 있는지 정할 수 있었을 텐데…….[또 다른 예로(이 분야에서는 융도 도움이 되지 않았을 것이다. 오히려 방해가 됐겠지.), 게센인을 이성애에 가둬 둘 필요는 전혀 없었다. 짝이 꼭 반대 성별이어야 하다니, 순진하고도 실리주의적인 관점이었다! 당연히 어느 케메르하우스에나 동성애가 가능하고 받아들여지며 환영받았을 것이다. 하지만 이런 선택지는 탐구할 생각도 못 했다. 그리고 그 지점을 생략함으로써 모두가 이성애자라는 암시를 주고 말았으니, 이 지점을 무척 후회한다.] 하지만 이 영역에서 내가 제일 자주 비판받는 주요 실패는 게센인이 양성으로 보이지 않고 남자처럼 보인다는 것이다.

이는 내가 선택한 대명사 때문이기도 했다. 나는 게센인을 "he"라고 칭하는데, "he/she" 같은 대명사를 발명해서 영어를 난도질하고 싶지 않아서였다.[1968년의 거부와 1976년의 재확언은 몇 년 후에 와르르 무너졌다. 나는 여전히 대명사를 새로 만들고 싶지 않지만, 이제는 소위 포괄 대명사로 쓰는 he/his/him이 더 싫다! 이 대명사는 사실상 담화에서 여성을 배제한다.* 그리고 이것 자체가 남성 문법학자들의 발명이었으니, 16세기까지만 해도 영어의 포괄 단수 대명사는 they/them/their였고, 지금도 영국과 미국의 일상 회화에서는 그러하다. 글에서도 이런 전통을 되살리고 소위 학자와 전문가들은 길거리에서 떠들게 하자. 1985년에 쓴 『어둠의 왼손』 대본에서 나는 임신했거나 케메르가 아닌 상태의 게센인들을 영국의 방언에서 가져온 a/un/a's라고 하는 만들어 낸 대명사로 지시했다. 인쇄물로 보았다면 독자들이 미치려고 했겠지만, 이 대명사를 쓰면서 책의 일부를 낭독해 보았더니 청중들은 "a"라는 대명사가 "uh"로 발음되니 남부 억양으로 "I"라고 할 때와 너무 비슷하다는 점을 지적했을 뿐 다른 불만이 없었다.] 젠장, 영어에서는 "He"가 포괄 대명사란 말이다.(일본인들이 부럽다! 일본어에는 he/she에 해당하는 단어가 있다던데.) 하지만 나는 이것이 정말로 그렇게 중요하다고는 생각하지 않는다.[지금은 아주 중요하다고 생각한다.] 내가 게센 인물들의 행동에서 "여성" 요소를 더 영리하게 보여 줬다면 대명사는 문제가 되지 않았을 것이다.[내가 쓰는 대명사가 어떻게 내 생각을 빚고 지시하고 조종하는지 알았다면 더 "영리하게" 굴 수도 있었으련만.] 불행히도, 내가 책을 쓸 때 떠올린 플롯과 구조에서 게센인 주동인물 에스트라벤은 우리가 문화적으로 "남성"이라고 지각하도록 조건 지어진 역할들만 맡았다. 수상이고(스테레오타입을 깨려면 골다 메이어와 인디라 간디만으로는 부족하다.), 정치 모사꾼이고, 도망

* 한국어에서 '그'는 성별 무관한 3인칭 대명사로 쓸 수 있다. 그러나 이미 외국어의 영향으로 그/그녀라는 성별대명사 역시 깊이 침투한 현시점에서 '그'로 통일했을 때 여성이 배제될 수 있다는 지점에 대해서는 한국어에서도 비슷한 고민이 가능할 것이다.

자이며, 탈옥수이고, 썰매를 끌고…… 내가 이렇게 설정한 이유는 개인적으로 남자가 아닌 양성인이 이 모든 일을 하고, 심지어 상당한 기술과 재주를 보여 주는 모습이 즐거웠기 때문인 듯싶다. 그러나 독자에게 보여 줄 때는 내가 너무 많이 빠뜨렸다. 독자는 에스트라벤을 자식이 있는 어머니로 보지 못했다. 어머니라면 어떤 역할을 하든 우리도 자동으로 "여성"으로 인식하는데 말이다. 그래서 우리는 그를 남자로 보게 된다.["그"에는 따옴표를 쳐 주세요.] 이것이 이 책의 진짜 결함이고, 나는 남자든 여자든 기꺼이 실험에 참여하여 상상력으로 생략된 부분을 채우고, 에스트라벤을 내가 보는 모습대로 남성이자 여성으로, 친숙하면서도 다르게, 외계인이면서도 철저히 인간으로 보아 준 독자들에게 지극히 감사드릴 수밖에 없다.

아무래도 이렇게 나 대신 내 작업을 완성해 준 독자분들은 여자보다 남자가 많은 것 같다. 아마 남자들은 읽으면서 혼란과 자기방어에 빠진 불쌍한 지구인 겐리와 자신을 동일시할 때가 더 많고, 그 상태로 겐리와 함께 고통스럽고 점진적으로 사랑을 발견하기 때문이 아닐까.

[이제는 이렇게 본다: 남자들이 이 책에 더 만족했던 건, 전통적인 남성의 관점에서 안전하게 양성인들의 세계로 안전하게 여행했다가 돌아올 수 있어서였다. 하지만 많은 여자들은 더 나아가고, 더 모험하고, 남자의 관점만이 아니라 여자의 관점에서도 양성인을 탐구하고 싶어 했다. 사실 여자가 쓴 책이니 그래야 마땅하다. 하지만 이 사실을 직접 인정

하는 대목은 "성(性)에 관한 의문"뿐이고, 이 책에서 그 장(章)이 유일한 여성의 목소리다. 여자들이 나에게 용기를 더 요구하고, 더 철저히 파헤친 결과를 요구하는 건 정당한 일이었다고 생각한다.]

마지막으로 이런 질문이 떠오른다. 이 책에 담긴 세상이 유토피아일까? 내가 보기에는 분명히 아닌 것 같다. 근본적인 인간 해부학의 변화라는 상상에 바탕하고 있기에, 현대 사회에 대한 실제 대안이 될 수가 없다. 이 책은 대안적인 관점에 마음을 열고, 상상력을 확장하려 시도할 뿐이지 새로운 관점에서 어떤 뚜렷한 제안을 내놓지는 않는다. 이 책이 말하는 바는 이렇다. 우리가 사회적으로 양성적이라면, 남자와 여자가 사회 역할에 있어서 정말로 완벽하게 동등하다면, 법적으로나 경제적으로나 동등하고 자유와 책임과 자존감 모두 동등하다면, 지금과 아주 다른 사회일 수도 있다. 그때 우리에게 어떤 문제가 있을지야 누가 알랴. 문제가 있기야 하겠지. 하지만 그런 사회의 핵심 문제가 지금 우리와 같지는 않을 것이다. 착취 문제, 즉 여성에 대한 착취, 약자에 대한 착취, 지구에 대한 착취 문제는 아닐 것이다. 우리는 자기 소외와 음양의 분리라는[게다가 양은 좋은 것, 음은 나쁜 것으로 간주하는 훈육까지!] 저주를 받았다. 균형과 통합을 찾기보다는 지배 다툼만 한다. 분열을 강제하고, 상호의존은 부정한다. 우리를 파괴하는 이런 이원론, 즉 우/열, 지배/피지배, 소유자/소유물, 사용자/사용물이라는 이분법은 그 사회에서 더 건강하고 건전하고 유망한 통합과 온전함의 세계로 변할 수도 있을 것이다.

"가족계획의 도덕적 윤리적 함의" 1978년 ♀○

이 강의는 1978년 3월 포틀랜드에서 열린 '계획 부모' 심포지엄에서 읽었다. 말로 풀기 위해서 어느 정도 요약하고 바꾸기는 했지만, 인용구는 아이린 클레어몬트 드 카스티예호의 『여자를 알기*Knowing Woman*』(Harper&Row, Colophon Books, 1974) 중 「두 번째 사과」의 93~94쪽에서 가져왔다.

제목에 들어간 '도덕적 함의'와 '윤리적 함의'가 실제로 어떻게 다른가 궁금해서, 제가 가진 축약 옥스퍼드 사전을 찾아봤더니 이렇게 나오더군요. 윤리, 또는 윤리학이란 "도덕을 다루는 학문"(1602년), "인간 의무를 다루는 학문…… 법학을 포함함"(1690년), 그리고 "행위의 규범"(1789년)이라고요. 도덕, 또는 도덕률은 "성격이나 성향 관련; 옳고 그름이나, 선과 악의 구별에 관한" 것이라고 하며 이 쓰임은 중세 영어에서 나왔으니, 영어의 '도덕'은 영어 '윤리'보다 400년에서 500년은 오래됐군요.

자, 이 모임에서 무슨 말을 해야 할까 생각하려다 보니, 제가 "가족계획의 윤리에 대한 '계획 부모' 토론에서 무슨 말을 하죠?"라고 물어본 여성 친구들마다 하나같이 분개하면서 이랬어요. "가족계획이 윤리와 무슨 상관이에요?"라고요.

제가 두려워하듯 제 친구들도 두려웠을 거예요. 윤리는 일련의 규범 아니면 이성적인 이론을 뜻하니, 이 말이 우리를 늘 똑같은 오랜 논쟁으로 끌고 들어갈까 두려웠겠죠. 사람들이 "이것이 옳다", "저것은 틀렸다"라고 말하고, 다른 사람 말에는 귀도 기울이지 않는 늘 같은 무익한 논의로요. '살인하지 말지어다'처럼 오래됐든 '하고 싶은 일을 하라'는 현대 금언이든 간에, 옳고 그름이라는 관념은 오히려 진정으로 도덕적인 결정을 혼란시키고 약하게 만들 때만 많으니까요.

사전에 나오는 "도덕"의 기본 의미는 성격이나 사람에 쓰여요. 그리고 전 도덕적인 결정이란 한 사람이 수행하는 행위라고 믿어요. 법률과는 같이 갈 수도 있고 아닐 수도 있지요. 정부, 교회, 아니면 우리처럼 관심 있는 집단의 칙령이나 권고와도 같이 갈 수도 아닐 수도 있어요.

도덕적인 선택이란 기본적으로 생존에 알맞은 선택으로 보입니다. 삶을 지지하는 선택이요.

분명히 생물학에서 말미암기는 하지만, 우리는 생물학적인 존재만은 아니고, "생존"이란 꼭 한 사람의 개인적이고 육체적인 생존만 말하지 않아요. 도덕적인 파멸이 아닌 도덕적 생존을 위해서라면, 또는 영적인 가치나 불멸의 영혼으로 여겨지는 뭔가를 위해서라면 죽음을 선택할 수도 있지요. 일족의 생존, 국가의 생존, 종의 생존, 아니면 생명 그 자체를 위해서도 죽음을 선택할 수 있어요.

제가 이해하기로, 지금 우리 종과 지구상에 사는 모든 고등 생명체의 생존은 아주 절박하게 인구 제한을 요구합니다. 사실상 우리에게는 세 가지 선택지밖에 없어 보여요. 인구 성장률 0에 도달한 후 생태 균형을 되찾을 때까지 줄여 나가는 엄격한 가족계획, 아니면 역병 및 기아, 아니면 제3차 세계 대전이죠.

과학이 기적의 콩이나 이주해서 살 인공 소행성 같은 것으로 우리를 구한다는 시나리오는 선택지에 넣지 않겠어요. 불행히도 현재는 그런 건 다 과학이 아니라 과학소설이니까요.

그래서, 선택지는 셋밖에 없어 보여요. 그리고 어느 선택지를 고를지 말해 달라고 윤리학을 동원한다면 통하지 않을 거예요. 윤리 규범은 낡았고, 이 상황에 맞게 만들어지지 않았어요. 임신중절 반대파들과 같이 둘러앉아서 근본주의자들이 머리를 쓰도록 노력해 보고, 논쟁과 근거로 낡아 빠진 거대한 법체계를 이기려고 해 볼 순 있겠지만, 그러다가 파멸의 날이 닥칠 거예요. 그날이 오래 남지도 않았어요. 우린 곤경에 빠졌어요. 이성적인 사고도 좋지만, 그걸로는 충분하지 않아요. 우리에겐 적절한 도덕이 필요해요. 생명을 위해 선택을 내릴 수 있는 사람들이 필요해요.

그런 사람들을 찾으려면, 여자들부터 살펴야 할 거예요.

결국 우리가 가진 모든 규범, 법률, 강령, 계율 대부분은—

그러니까 우리의 모든 윤리는 남자들이 만들었거든요. 남자들이 만들고, 남자들을 위해 만들었지요. 한두 세대 전까지만 해도 문자 그대로, 전적으로 그랬어요. 여자들에겐 어떤 목소리도 투표권도 없었어요. 우린 남자들이 모든 것을 선택하게 했어요. 그렇게 한 이유도 있었죠. 그런대로 괜찮아 보였거든요. 이제는 괜찮아 보이지 않아요. 우리의 생존, 그리고 우리 아이들의 생존이 위태로워요.

남자가 만든 윤리가 여성의 도덕성, 즉 여자들이 생각하고 느끼는 옳고 그름과 가장 극단적으로 다른 부분이 있다면 바로 우리에게 새로운 도덕성이 필요한 이 분야예요. 남자와 여자가 다른 영역이죠. 섹슈얼리티와 수태, 임신, 출산, 그리고 아이들에 대한 책임을 다루는 영역. 솔직히 말하면 저에게 이 문제들에서 남자들이 만든 규범은 대부분 부적절하거나 심할 경우 재난 수준으로 보여요. 그런데 우리는 아직도 이게 "남자의 세상"인 척하고, 아직도 그런 신화에 휘둘리고 있지요. 이러다가 땅속에 바로 처박히게 생겼어요.

여성에게서 나오고 여성을 포함하는 도덕성이라면 우리의 나아감에 맞춰서 만들어져야 할 거예요. 경직과 법전화야말로 피해야겠고요. 하지만 "새로운 도덕성" 같은 것에 대해 말하기는 쉽고, 그게 어떤 의미인지 보여 주기란 정말 어렵기 때문에…… 여기에 저와 많고 많은 다른 분들이 모색하고 있을 제안이 하나 있어요. 아이린 클레어몬트 드 카스티예호는 『여자를 알기』에서 이렇게 썼어요.

> 너무나 친밀하고도 깊이 생명과 관련되어 있는 여자는 죽음에도 수월하게 대처한다. 여자에게 원치 않는 태아를 제거한다는 것은 고양이가 약한 새끼에게 젖을 주지 않는 것과 마찬가지로 자연스러운 일이다. 생명의 성스러움에 관한 원칙들을 발달시킨 건 남자다…… 그리고 여자들은 열렬히 그런 원칙들을 스스로의 것으로 차용했다. 하지만 원칙이란 추상일 뿐…… 여자의 기본 본능은 생명이라는 '개념'이 아니라 생명이라는 '사실'과 결부되어 있다. 원치 않는 생명을 버리는 자연의 무자비함이 여자에게도 깊이 뿌리내리고 있다.

보다시피, 이 저자는 아이를 갖고, 아이를 사랑하고 돌보려는 여자의 욕망이 윤리의 강압에 어떻게 뒤틀려서 속박이 되고, 끔찍한 감상의 덫이 될 수 있는지 보여 주려 하고 있어요. 자연스럽고 곡해되지 않은 여성적 도덕성의 예를 제시하기도 하지요.

> 나는 탈리도마이드 비극*에 대해 많은 여자들이 보이는 자연스러운 반응에 놀랐다. 그들은 한 치의 의심도 없이 외친다. "물론 그런 경우는 중절해야죠! 여자가 기형아를 낳게 만들다니 범죄나 다름없어요."[그리고 더 캐 보면 이렇게 말한다.] "여자가 아기를 낳을지 말지를 남자가 결정하다니 말도 안

---

* 임신한 여성에게 진정제로 많이 처방했던 약. 1960년대에 기형아의 원인이 될 수 있음이 밝혀졌다.

돼요."

이건 윤리가 아닙니다. 하지만 도덕이죠.

우리가 우리에게 맞는 현실적이고 여성적인 도덕성을 얻을 수 있다면, 우리가 스스로를 믿고, 여자들이 원치 않는 아이나 지나친 대가족이 잘못됐다고 생각하게 내버려 둘 수 있다면…… 윤리적으로 잘못도 아니고, 규범에 어긋나지도 않지만 도덕적으로 잘못됐다고, 완전히 잘못됐다고, 탈리도마이드 출산처럼 잘못됐고, 목이 부러질 게 뻔한 걸음을 잘못 디딜 때처럼 잘못됐다고 생각해도 되는 날이 온다면…… 우리가 죽은 윤리의 멍에에서 여성적이고 인간적인 도덕성을 끌어낼 수 있다면, 그렇다면 우리도 생존으로 가는 길 어딘가에 오를 수 있을지 모릅니다.

[덧붙임(1988년): 카스티예호의 선언은 여전히 이 주제에 대해 내가 읽은 어떤 글보다 강력하지만, 이 글은 인간 어머니를 고양이 어머니와 등치시킴으로써 여자들이 "자연적"이고, 여자들의 도덕성이 "자연적"이거나 "본능적"이라고(따라서 "문명" 즉 남성 지배 사회보다 "열등"하다고) 암시할 위험을 무릅썼다. 캐럴 길리건의 『다른 목소리로*In a Different Voice*』(Cambridge: Harvard University Press, 1982)는 문화 결정과 남성과 여성 간 도덕 인식상의 차이 강조라는 까다로운 영역에 대해 아주 유용한 안내서가 되어 준다.]

어둡고 폭풍우 치는 밤이었다. 또는, 왜 우리가 캠프파이어 주위에 모여 있을까? 1979년

이 글은 1979년 시카고 대학에서 열린 3일간의 서사 심포지엄에서 마지막으로 읽은 발표문이었다. 다소 이해하기 힘든 부분들은 회의에 참석한 다른 분들이 읽거나 말한 내용 아니면 그 내용에 대한 농담으로, 회의 진행 내용은 《크리티컬 인콰이어리*Critical Inquiry*》(Vol. 7, no.1, Autumn 1980)에서 찾을 수 있다. 이 회의에 신고 가려고 처음이자 하나뿐인 6센티미터 굽의 하이힐을, 그것도 검은색 프랑스 구두를 샀지만 감히 신지는 못했다. 서로 총질을 하는 거물들이 어찌나 많은지, 굳이 내 키를 키워서 눈에 띄는 건 좋은 생각 같지 않았다.

어둡고 폭풍우 치는 밤
브리검 영*과 브리검 올드가
캠프파이어 주위에 앉았지.
이야기 하나 해 줘요, 노인장!
그러자 노인이 해 준 이야기는 이것이었네:

---

* 17세기 미국 종교 지도자이자 정치가. 여기에서는 '젊은 브리검'이라는 말장난으로도 쓰였다.

어둡고 폭풍우 치는 밤
브리검 영과 브리검 올드가
캠프파이어 주위에 앉았지.
이야기 하나 해 줘요, 노인장!
그러자 노인이 해 준 이야기는 이것이었네:

어둡고 폭풍우 치는 밤
브리검 영과 돈키호테의 작가 피에르 메나르*가
캠프파이어 주위에 앉았지.
우리가 이야기 하나 더 해 줘요! 했을 때
우리 이모할머니 벳시가 해 준 방식은 그게 아니야
무슨 일이 일어났는지 정확히 말해 줘요!
그러자 벳시가 해 준 이야기는 이것이었네:

어둡고 폭풍우 치는 밤, 다른 면에서는 특이한 데라고는 없는 E. C.(에스키모력) 711년이었고, 이모할머니는 타자기 앞에 옹송그리고 앉아서 한 번씩 온기라도 찾듯이 그 남자의 두 손을 잡고 그네를 흔들었다. 남자는 열여덟 살쯤된 잘생긴 청년으로, 길거리에서 만나면 갑자기 욕망이 일어나고, 헤어지고 나면 뒤숭숭하고 설레는 느낌만 모호하게 남는 그런 부류의 남자였다. 타자기 옆에 놓인 접시에는 토마토 한 조각이 담겼다. 흠 하나 없는 조각이

* 보르헤스가 만들어 낸 가상의 저자.

었다. 완벽한 토마토의 완벽한 한 조각이었다. 완벽하게 지루했다. 나는 그네를 흔들어 내 섬세한 팔다리를 보여 주며 다시 타자기에 두 손을 뻗었고, 타자기 키에 영어 알파벳의 모든 글자가 표시되어 있고, 억양 표시만 빼고 프랑스 알파벳의 모든 글자가 있으며, 어두운 l[*]만 빼고 폴란드 알파벳의 모든 글자가 있다는 사실에 주시했다. 나이 든 여자는 손가락 끝으로, 아니면 상상컨대 작고 뭉툭한 도구로 이 키를 두드려서 토마토에 흠을 만들 수 있다. 그리고 바로 그렇게 했다. 그러자 토마토는 정말로 심각하고 뚜렷하게 흠이 있는 토마토가 되었지만, 여전히 먹히기 전까지는 완벽하게 지루했다. 여자는 뱀에 물려 끔찍한 고통을 겪으며 공기를 찾아 창문을 활짝 열고 즉시 숨을 거둔다. 어둡고 폭풍우 치는 밤이고 들이친 비가 타자기를 두드려 독일어로 서사에 대한 심포지엄에 갔다가 숲속에서 메타-곰에게 잡아먹히고 만 이모할머니에 대한 이야기를 쓴다. 이모할머니는 그 이야기를 쓰면서 주의 깊게 읽고, 무엇을 기대할지 모르면서도 열심히 협력한다. 새로운 것이라곤 없다는 듯이. 그리고 이것이 내가 쓴 이야기다.

> 어둡고 폭풍우 치는 밤
> 브리검 알-라시드[**]가 부인과 함께 캠프파이어 주위에 앉았지. 부인은 어깨 위 머리를 간수하기 위해 이야기를 해 주고 있었

---

* 국제 음성 기호의 하나.

** 셰에라자드의 칼리프.

는데
이게 그 이야기라네:

역사(histoire)가 그 이야기이고
화법(discours)이 그 방법
하지만 브리검, 내가 알고 싶은 건
이유(le pourquoi)예요.
우리가 왜 여기 캠프파이어 주위에 앉아 있는 거죠?

이야기 하나만 해 주세요, 이모할머니,
제가 잠들 수 있게요.
이야기 하나만 해 줘요, 셰에라자드,
그대가 살 수 있도록.
이야기 하나만 해 줘, 내 영혼, 아니물라, 바굴라, 블란둘라,
죽음을 향해 다가가는 작은 존재여,
말은 존재의 중간이나 끝은 아닐지 몰라도
존재의 시작이긴 하니까.

"처음이란 필연적으로 다른 것 다음에 오지 않고 그다음에 다른 뭔가가 존재하거나 일어나는 것이다. 끝이란 필연적으로 또는 대개 다른 뭔가 이후에 존재하며, 그 후에는 다른 것은 필연적으로 존재하지 않는다. 그리고 중간은 본질상 다른 것 다음에 존

재하고, 그다음에도 다른 것이 존재하는 상태다."[1]

하지만 순서가 어려워진다. 삶의 필연이랄까, 적어도 보통의 결과라고 할 수 있는 상태, 즉 죽음 이후에 무엇이 오는지 모르기 때문에, 그리고 또 영혼이 다음에 일어나는 일 이후에, 그게 무슨 일이든 간에 그 후에 무엇이 올지에 대해 불합리하지 않은 의심을 품으며 혼란해지기에.

캠프파이어에서 눈을 돌리면 어둡고 폭풍우가 친다.

불 속에서 무엇이 보이는지 말해다오, 리지, 리지 헥섬*,
불길 옆의 빈 곳에 무엇이 보이는지!
폭풍과 어둠이 보여, 형제.
죽음과 흐르는 물이 보여, 형제.
사랑과 친절이 보여, 형제.
그런 걸 봐도 괜찮나요, 선생님?
알랭 로브-그릴레**라면 뭐라고 할까요?

그 사람이 뭐라고 하든 신경 쓰지 마, 리지.
개구리들은 소설을 많이 어려워하지
시작하자마자 클레브 공작 부인***에게 입맞춤을 받는다 해도;
아래를 보았다가 우물 바닥에(au fond du puits) 일렁이는 빅

---

* 찰스 디킨스의 마지막 소설 『우리 공통의 친구*Our Mutual Friend*』 등장인물.
** 프랑스 작가 겸 영화감독.
*** 라파예트 부인의 소설.

토르 위고를 보고 싶진 않은가 봐

브리검, 이건 멍청한 짓이야!
이야기 하나 해 줘요, 노인장.
남자든 여자든 상관없고
귀뚜라미처럼 찌륵거리는 테이레시아스*라도 좋으니
이렇게 다시 또다시 시작하는 이야기 말고
제대로 결말이 나는 이야기를 해 줘요
특별히 어떤 일 이후에 일어나지도 않고
어떤 결과도 없이
그저 그 자리에 매달려서 차분히 꼬리를 먹어 치우는
그런 이야기 말고요.

머나먼 서쪽, 브리검 영이 죽고 내가 태어난 그곳에서는 고리 모양의 뱀에 대한 이야기를 한다. 고리 뱀이 어딘가로 가고 싶어지면—고리 뱀이 뭔가를 쫓고 있어서든, 뭔가에게 쫓기고 있어서든 간에, 뱀은 (방울이 달렸을 수도 있고 아닐 수도 있는) 꼬리를 입에 물고 고리 모양을 만들어서 굴러간다. 여호수아는 뱀에게 흙에 배를 대고 기라고 명했지만, 여호수아는 동쪽 사람이었다. 굴러가거나 튀어가는 게 기는 것보다 훨씬 빠르고 더 만족스럽다. 하지만 방울이 달린 고리 뱀들에게는 결점이 있다. 독이 있는 뱀이라, 자기 꼬

* 그리스 신화에 나오는 눈먼 예언자.

리를 물면 그 상처 때문에 끔찍한 고통을 겪으며 죽는다는 결점이다. 모든 진보에는 이런 문제점이 있다. 교훈이 뭔지는 모르겠다. 어쩌면 결국 기지도 않고 꼼짝 않고 엎드려 있는 게 제일 안전할지도 모른다. 실제로 우리 모두가 결국 그렇게 될 테고, 그 후에는 아무것도 없기는 할 것이다. 하지만 그때는 흙바닥에 남은 자국도, 그어진 선도 없을 것이다. 이 6월에 향기롭고 화창한 낮은 어둡고 폭풍우 치는 밤과 하나이고, 여러분은 결코 그 시간을 살지 못할 수도 있다. 여기에서 나오는 교훈이란, 원에서 탈출하려면 원을 만들어야 한다는 것이다. 캠프파이어 주위로 조금 더 바싹 다가가라. 우리가 정말로 원을 그려 낼 수 있다면, 시작과 끝을 맺을 수 있다면, 또다른 그리스인이 말했듯 죽지 않을 것이다. 하지만 두려워 말라. 아무리 시도한다 해도 그렇게 할 수는 없으리니. 그래도 좋은 이야기보다 더 진짜 고리 트릭에 가까이 다가가는 것은 별로 없다.

고리 트릭을 실행한 사람 중에 아네이린*이라는 남자가 있었다.

하지만 우선 주석부터 달자.

"우리는 고도딘[과 연관된 노래들]이 서사시가 아니라는 점을 마음에 새겨야 한다…… 대체 이 시가 무엇을 다루는지에 대해 설명하려는 시도는 어디에도 없다."[2] 나는 이 말에 동의하지 않고, 이 시가 다루는 내용에 대해 온통 돌고 돈다는 사실을 지적하는 다음 내용에 동의한다. "이런 [초기 웨일스 시] 작품들 일부가 시

---

* Aneirin. 13세기 중세 시인.

작에서 중간에서 끝으로 간다는 우리가 기대하는 방식으로 '진보'하기는 할 테지만, 보통의 구성은 '원형'으로 핵심 주제를 반복하고 자세히 상술한다. 전체가 다 '중간'이다."[3]

이것이 고도딘. 아네이린이 불렀노라. [Ⅰ]

남자들이 카트라이스로 갔네, 자기네 군단을 애통해하며. [Ⅷ]
밝은색 꿀술이 그들의 할당량, 그게 독이었네.
삼백 명이 싸우라는 명을 받았고
축하 이후에는, 정적이었네.

남자들은 해뜰녘 카트라이스로 갔지. [Ⅹ]
모든 두려움을 날려 버리고
삼백 명이 일만 명과 부딪쳤어.

남자들이 해뜰녘 카트라이스로 갔지. [XI]
그 드높은 의지가 수명을 줄였다네.
금빛 달콤한 꿀술을 마시며 덫에 빠져들었네.
음유시인들은 1년 동안 즐거웠다네.

피에 얼룩진 창 세 대에 오천오백. [XⅧ]

세 마리 사냥개에 삼백.
금빛 아이딘에서 온 세 마리 군마,
사슬갑옷 입은 세 개의 전단
금목걸이를 건 세 왕.

남자들이 카트라이스로 갔네, 그들은 유명해졌지. [XXI]
금잔에 담은 포도주와 꿀술이 그들의 음료수였고
1년간 고귀한 의례를 받은,
삼백육십삼 명의 금에 취한 남자들.
모두가 너무 취해서 돌격했지만
셋만은 싸움 내내 용기를 발휘하여 벗어났네.
아에론의 두 마리 군견과 억센 키난,
그리고 내 노래를 위해 피에 흠뻑 젖은 나 자신.

내 다리는 큰 대자로 땅의 집 안에 뻗었고 [XLVIII]
두 발목에는 쇠사슬,
꿀술이, 뿔나팔이, 카트라이스의 습격자들이 그렇게 만들었다네.
나는, 내가 아니라 아네이린은,
탈리에신이 알다시피
언어의 달인으로,
해가 뜨기 전에 고도딘을 노래하네.

그렇게 아름답고 강력하며, 철처럼 어두운 이는 [LXI]
지상을 걸은 적이 없고, 어떤 어머니도 낳은 적이 없어.
전단에서 그의 눈부신 칼날이 나를 구했고,
쓰러진 흙의 감옥에서 그가 나를 파냈네,
죽음의 자리에서, 가혹한 땅에서,
대담하고 의연한 케난 파브 리워치가.

내 진정한 동지들을 많이도 잃었지.
카트라이스로 달려간 삼백 명의 전사 중에서.
비극이었으나, 한 남자는 돌아왔네.

화요일에 그들은 검은 갑옷을 갖춰 입었고 [LXIX]
수요일에는 격렬하게 회의를 했고
목요일에는 조건에 합의했고
금요일에는 무수한 죽은 남자들,
토요일에는 두려움 없이 하나가 되어 일했고,
일요일에는 피투성이 칼이 그들의 운이었고
월요일에는, 남자들이 핏속에 허리까지 잠겼네.
패배 이후, 고도딘이 말하네
돌아온 마도그의 천막 앞에서
백 명 중에 한 명만 돌아왔으니.

금목걸이 차고, 호전적이었으며, [XCI]
훈련을 잘 받았던 삼백 명,
조화롭게 무장했으며,
오만했던 삼백 명.
그들을 전장으로 태워 간
사나운 준마 삼백 마리.
세 마리 사냥개도, 삼백 명도
비극 속에, 돌아오지 못했네.[4]

"나는, 내가 아니라 아네이린은"……"벗어났네"……"나의 노래를 위하여". 아네이린은 우리에게 무슨 말을 하는 걸까? 우리가 아무 헝클어진 이야기를 허용하든 말든, 중간만 있는 이야기도 서사시가 될 수 있다고 받아들이거나, 아니면 서정시나 애가가 되어야 한다고 하거나 말거나, 그리스 고전의 개념이 웨일스 암흑시대 전통에 들어맞을까? 그래서, 바버라 마이어호프가 호소한 대로, 이 시점에서는 그런 논쟁을 하지 말고, 어쩌면 시공간을 통과하는 가장 빠른 지름길은 나선일지도 모르며 아마도 전투의 '패배'를 이야기하기에는 가장 효과적인 방법이라는 점을 받아들이면 어떨까. 어쨌든, 아네이린이 우리에게 말하려는 내용은 무엇인가? 우리가 카트라이스 전투에 대해 아는 바, 혹은 알게 되는 바는 철저히 아네이린이 말해 주는 내용뿐이다. 그리고 아네이린이 우리가 그 내용을 알고 기억하기를 원한다는 점은 분명하다. 아네이린은 자신이 노래를 위해 벗어났다고 말한다. 자기 혼자만이 살아남았다고, 또는 키난과 다른 둘과 함께 살아남았거나, 케난과 함께 살아남았다고 말한다. 살아남은 방법 또한 여러 가지인데, 이 또한 아주 웨일스답다. 아네이린은 살아남지 못한 친구들에 대해 이야기하기 위해 살아남았다고 말한다. 하지만 여기에서 홀로 살아남았기 때문에 이야기해야 한다는 뜻인지, 해야 할 이야기가 있기 때문에 살아남았다는 뜻인지는 확실치 않다.

그리고 이제 완전히 다른 전쟁을 보자. 나는 잠시 수많은 목소리로 말할 것이다. 소설가란 이런 복화술 습관이 있기 마련이다.[5]

"SS 친위대는 우리가 살아서 나갈 가능성이 없다고 말해주기를 즐겼으며, 특히 전쟁이 끝나고 나면 나머지 세상은 무슨 일이 일어났는지 믿지 않을 거라고 강조하면서 유난히 즐거워했다. 분명한…… 증거라곤 남지 않을 거라고 말이다."(다하우의 한 생존자)

"잡힌 사람들은 총살당했지만, 그래도 링겔블룸과 그 친구들은 비밀 보관소(상당량이 잔존했다.)에 쌓을 정보를 모을 은밀한 조직을 만들고야 말았다. 여기에서…… 생존과 증언은 서로 호응하는 행동이 된다."(테렌스 데 프레)

"[트레블링카 강제 수용소에서] 죽은 사람들은 [작업반이] 땅에서 파내어 불태웠고, 곧 그 작업반도 연기가 되어 하늘로 올라갈 예정이었다. 그렇게 되었다면 트레블링카는 존재한 적도 없어졌을 것이다. 저항의 목적은 그 수용소의 기억을 지키는 데 있었고, 우리가 트레블링카의 이야기를 알게 된 것은 40명이 살아남은 덕분

이다."(테렌스 데 프레)

"살아 있기가 정말 힘들었지만 그래도 살아야 했다. 살아서 세상에 이야기를 전해야 했다."(트레블링카 생존자, 글라츠슈타인)

"여기에서조차도 사람은 살아남을 수 있으며, 따라서 살아남고 싶어 해야만 한다. 이야기를 전하기 위하여, 증언하기 위하여."(아우슈비츠 생존자, 프리모 레비)

"그게 인간이 흔적을 남기고, 자신이 어떻게 살고 죽었는지 사람들에게 말하는 방법이다…… 다른 게 아무것도 남지 않았다면 비명이라도 질러야 한다. 침묵이야말로 인류에 반하는 범죄다."(나데즈다 만델스탐)

"양심은…… 사회적인 성취다…… 역사적인 수준에서, 양심은 악을 받아들이는 방법을 배우려는 집단적인 노력, 당면한 문제에 맞먹는 도덕 지식을 증류하려는 노력이다…… 그 경계선에 있는 존재는 본질적으로 의미가 깊다…… 살기 위한, 그저 살아남기 위한 몸부림은…… 형태를 부여하는 생명력 자체에 뿌리를 내리며, 그 생명력의 현현이다."(테렌스 데 프레)

"우리는 적어도…… 생존이란 위기에 대한 성공적인 응답을 거듭하며 시간과 함께 진화한 활동들로 [여겨지는] 생명에 의존하며, 그 생명의 유일한 목적은 계속 나아가는 것임을 생각해야 한다."(테렌스 데 프레)

"살아 있는 것들이 그렇게 행동하는 이유는 환경에 녹아 없어지지 않게 행동하도록 조직되어 있기 때문이다."(J. Z. 영)

"서구 문화는 역사 기록을 상기(anamnesis)하는 데 엄청난 노력을 기울이는 것 같다…… 우리는 이 상기가 기억과 망각에 대해 계속 종교적인 평가를 한다고 말할 수 있을 것이다. 분명히 이제는 신화도 종교 연행도 결부되어 있지 않다. 그러나 이런 공통 요소는 있다. 정확하고 완전한 기억의 중요성…… 산문 서사, 특히 소설이 신화 암송의 자리를 대신했다…… 이야기(tale)는 상상 수준에서 계속 '통과의례(initiation)'를 이어 나간다…… 현대 사회의 인간은, 스스로가 그저 즐기고 있다고 믿거나 도피하고 있다고 믿으면서 여전히 이야기들이 제공하는 상상 통과의례의 도움을 받는다…… 오늘날 우리는 '통과의례'라고 하는 것이 인간의 조건과 공존한다는 사실을, 모든 존재는 끊이지 않는 '시련', '죽음', 그리고 '부활'로 이루어진다는 사실을 깨달아 가고 있다…… 소설에서 현재 일어나는 위기가 무엇이든 상관없이 '낯선' 우주로 진입하는 길을 찾고 복 잡한 '이야기'를 따라가야 하는 욕구는 인간 조건과 본질적으로 하나인 것처럼 보인다."[6]

"왜 인간은 그토록 인생을 사랑하는 걸까. 인생을 어떻게 바라보고 꾸려 나가는 걸까. 그리고 인생을 쌓았다가 허물어뜨리면서도 어째서 매 순간 다시 새로 만들려고 하는 걸까. 오직 신만이 알겠지…… 사람들의 눈에, 활발한 움직임 속에, 터벅터벅 걷는 힘겨운 발걸음 속에, 고함지르고 소란 피우는 소리 속에, 마차와 자동차, 이층버스, 화물차 소리 속에, 몸을 흔들면서 이리저리 돌아다니는 샌드위치맨*과 관악대의 아코디언 소리 속에, 승리의 소리와 딸랑거리는 소리 속에, 머리 위에서 비행기가 내는 괴상한 고음 속에 그녀가 사랑하는 것이 있었다. 인생과 런던, 그리고 유월의 이 순간이."[7]**

우리는 왜 캠프파이어 주위에 모여 있을까? 왜 우리는 이야기를, 아니면 이야기에 대한 이야기를 할까? 진실이든, 거짓이든 간에 왜 증언할까? 아네이린이나 프리모 레비에게 물어볼 수 있으리라. 셰에라자드나 버지니아 울프에게 물어볼 수도 있으리라. 그게 우리가 환경에 녹아 없어지지 않게 행동하도록 조직되어 있기 때문일까? 나는 이 가설을 예증해 줄 수 있는 아주 짧은 이야기를 하나 안다. 잉글랜드 북부, 과거의 카트라이스였을 수도 있는 캐터릭에서 멀지 않은 칼라일 성당 북쪽 익랑 바닥에서 1미터 정도 솟아 있는 돌에 새겨진 이야기다. 룬 문자로 한 줄을 힘들여 돌에 새겨 놓았다. 그 내용의 영어 번역도 근처에 인쇄하여 유리에 끼워 놓았다. 이야기는 다 해도 이것뿐이다.

톨핑크가 이 돌에 이 룬문자를 새겼다.

자, 이것은 바버라 헤른슈타인 스미스가 말하는 가장 이른 역사 기록, 즉 표시 새기기에 아주 가깝다. 이야기로서 이 내용은

---

* 과거 샌드위치처럼 앞뒤로 판자 광고판을 걸고 다니던 사람을 말한다.

** 『댈러웨이 부인』(버지니아 울프, 정미화 옮김, 책읽는수요일)에서 인용.

최소한의 연결성을 충족하지 않는다. 시작도 끝도 없다. 재료는 고집스럽고, 삶은 짧다. 그래도 나는 톨핑크가 믿을 만한 서술자라고 말하겠다. 톨핑크는 적어도 톨핑크가 존재했다는 사실, 환경에 완전히 녹아 없어지지 않으려 했던 한 인간의 존재를 증언한다.

이제 끝을 맺을 때가 왔다. 유령 이야기를 맺기 적절한 때가 왔다. 어둡고 폭풍우 치는 밤이었고, 남자와 여자가 평원에 친 천막 안 캠프파이어 주위에 앉아 있었다. 그들은 여자의 남편을 죽이고 같이 도망쳤다. 벌써 3일째 평원을 북쪽으로 가로지르고 있었다. 남자가 말했다. "이젠 안전할 거야. 부족 사람들이 우릴 추적할 방법은 없어." 여자가 말했다. "저 소리는 뭐지?" 두 사람은 귀를 기울이고, 둘 다 천막 바깥, 땅바닥에 가까운 쪽에서 긁는 소리를 들었다. "바람이 부는 것뿐이야." 남자가 말했다. 여자는 말했다. "바람 소리 같지 않아." 다시 귀를 기울이니 긁는 소리가 조금 더 크게, 천막 벽 더 높은 곳에서 들렸다. 여자가 말했다. "나가서 한번 봐. 분명히 짐승일 거야." 남자는 나가고 싶지 않았다. 여자가 말했다. "겁나는 거야?" 이제 긁는 소리는 아주 커졌고, 거의 두 사람의 머리 높이까지 올라왔다. 남자는 펄쩍 뛰어 일어나서 밖으로 나갔다. 천막 안에 켜 놓은 불빛만으로도 바깥에 있는 게 무엇인지 볼 수 있었다. 그것은 머리뼈였다. 천막 꼭대기에 뚫린 연기 구멍으로 들어가려고 천막 밖을 굴러 올라가고 있었다. 그것은 두 사람이 죽인 남자, 여자의 남편이 남긴 머리뼈였는데 아주 커진 상태였다. 머리뼈는 두 사람을 따라 평원을 내내 굴러왔고 구르면서 점점 커졌다. 남자는 여자에게 고함을 질렀고, 여자가 천막에서 나오자 둘이 손을 잡고 도망쳤다. 두 사람은 어둠 속으로 도망쳤고, 머리뼈는 천막 아래로 굴러 내려가서 뒤쫓아갔다. 머리뼈는 점점 더 빠르게 굴렀다. 두 사람은 계속 달리다가 어둠 속에서 넘어졌고, 머리뼈가 결국 따라잡았다. 그게 두 사람의 끝이었다.

이 소설, 이 이야기, 이 담화, 이 서사에 일부 진실이 담겨 있을지도 모르지만, 이 이야기를 하는 데에는 신빙성이 없다. 여러분에게 이 이야기를 해 준 사람은 열 살 때 캘리포니아의 어느 어둡고 별이 찬란한 밤에 캠프파이어 옆에서 이모할머니와 함께 들은 이야기를 40년 후에 전했다. 그리고 평원 인디언의 이야기인데도 독일인 선조를 둔 인류학자가 영어로 해 주는 이야기를 들었다. 하지만 그 인류학자는 그 이야기를 기억함으로써 자기 것으로 삼았다. 그리고 내가 기억하는 한, 이것은 나의 이야기이기도 하다. 그리고 이제는, 원하기만 한다면 여러분의 이야기다. 이야기 속에서, 이야기 말하기 속에서 우리는 모두 한 핏줄이다. 이야기를 입에 물고, 독이 아니기를 빌면서 피가 날 때까지 꽉 깨물어라. 그러면 우리는 모두 함께 끝에 다다를 것이고, 어쩌면 시작에도 다다를지 모른다. 언제나 중간을 살면서 말이다.

『하늘의 물레』를 만들면서 1979년

1980년 1월, PBS에서 처음으로 내 소설 『하늘의 물레』에 바탕하여 만든 영화를 방영했다. 잡지 《호라이존》에서 영화 공개에 맞추어 글을 하나 달라고 했기에, 첫 영화 제작 관여에 관한 이 조각 회상록을 썼다.

자주 듣는 질문에 미리 답하자면, 아니다, 대본은 내가 쓰지 않았다. 하지만 "자문 작가"로서 보통 이 위치에서 갖는 것보다 훨씬 큰 진짜 자문과 창작 권한을 갖고 그 작업에 참여하기는 했고, 대본에 대해서나 영화 제작에 대해 많이 배웠다.

다른 질문으로는 보통 "그 영화가 마음에 드세요?"가 있다. 그에 대한 내 대답은, 음, 25만 달러 정도 더 썼다면 좋았겠지만 부족한 예산으로 썩 괜찮게 만들었다고 생각해요, 다. 우리는 빠듯한 예산으로 재촬영 없이 몇 주 만에, 그리고 포틀랜드가 아니라 댈러스에서 찍어야 했으므로 내가 원하던 밀접하고 불쾌한 현지 삶의 질감을 낼 수 없었다. 그리고 프리스비를 비행접시 삼아서 찍은 에드 엠시윌러의 우주 전쟁 장면은 즐거웠지만, 외계인은 재앙이나 다름없었다. 아름답고 기이하고 바다거북이 같기는커녕 뻣뻣하고 기계적이었다. 하지만 그 영화는 책의 느낌에 충실했을 뿐 아니라,

연기, 연출, 촬영, 음악 모두 고품질이었고 다 합치면 책과는 별도로 강력하고 선연한 영화를 만들어 냈다. 그래, 나는 그 영화가 마음에 든다.

포틀랜드

"안녕하세요." 목소리가 말했다. "저는 WNET 방송국 TV랩의 데이비드 록스턴인데, 선생님의 소설을 TV 영화로 만드는 일에 대해 이야기하러 찾아뵙고 싶습니다."

"아니, 그럴 리가요." 나는 겁에 질려서 말했다.

"음, 정말인데요." 목소리는 온화하지만 놀란 투로 말했다.

나는 낯선 사람과의 전화 통화보다 더 두려운 것이 낯선 사람의 방문이라는 말을 하지 못했다. 낯선 사람에게는 그런 말을 할 수가 없는 법이다.

"죄송하지만 제 말투에 영국 억양이 좀 있을 텐데요. 제가 영국인이라 그렇습니다. 그래도 살기는 뉴욕에 살아요. 제가 수요일에 찾아뵈어도 괜찮을까요?"

수요일을 어떻게 발음하는지 들으니 영국인이라는 사실이 확실하게 다가왔다.

"오리건까지 먼 길을 오실 순 없을 텐데요." 나는 필사적으로 말해 보았지만, 소용없었다. 그 사람은 왔다. 오고야 말았다. 우리는 내 소설 하나로 TV용 영화를 만들었다.

데이비드는 어느 소설을 만들지 내가 골랐으면 했다. 나는 『하늘의 물레』를 골랐는데, 내 소설 중에서 영화화를 상상하며 즐거워한 유일한 책이라서였다. 그 책이 TV 영화가 된다고 상상해 보니 더 즐거웠기에 나는 곧 소설가다운 의심과 수줍음을 버리고 프로젝트를 진지하게 받아들였다. 데이비드의 말을 귀담아듣다 보니 가능성이 이해가 갔기 때문이다. 텔레비전에는 화려한 장관이 필요하지 않다. 오히려 정반대다, 안쪽으로, SF 용어를 빌자면 외우주에서 내우주로 들어가는 셈이었다. 그리고 『하늘의 물레』는 꿈과 꿈꾸기를 다루었다. 소설 속의 꿈 전문가 하버 박사가 "채널1에서 밤새도록 하는 쇼"랄까. 마음의 눈과 TV 화면에는 공통점이 많고, TV 세트는 바보상자가 될 때가 너무 많긴 하지만, 꿈의 상자가 될 수도 있었다. 그럴 수 있다.

PBS 예산을 감안할 때 『하늘의 물레』에는 또, 아주 가까운 미래 지구가 배경이고 등장인물이 적은 데다 거의 다 인간이라는 장점도 있었다. 신경 써야 할 외계 존재는 사실상 하나뿐이었고, 그 경우에도 우주복이나 껍질을 입으면 도움이 될 터였다. 하지만 녹아내리는 포틀랜드는 어쩐다? "문제없습니다." 데이비드가 호기롭게 말했다. "포틀랜드는 쉽게 녹일 수 있지요. 특히 그 부분을 댈러스에서 촬영한다면요."

데이비드 록스턴은 큰 꿈을 안은 큰 남자다.

배우들과의 첫 대본 읽기

목요일 아침, 우리 모두는 웨스트엔드 애비뉴에 있는 정말이지 이상한 호텔 무도장에서 만난다. 플라스틱 철쭉과 역시 플라스틱을 써서 만든 것 같은 오래된 여자들이 놓인 호텔로, 화장실 열쇠는 출장 음식 업체에서 받아야 하고, 문제의 업체 담당자는 대기가 암모니아인 행성에서 온 사람처럼 생겼다. 무도장에는 기름때가 묻은 채로 번쩍이는 지저분한 샹들리에가 걸렸고, 폐병 걸린 의자가 일정한 간격으로 놓인 데다 하얀 피아노는 탈장에 걸린 것 같다. 여기에서 우리가 리허설을 하는 건 감독이 바닥에 각 장면의 촬영 영역에 맞게 테이프를 붙이고, 의자를 움직여서 세트장을 표현할 수 있기 때문이다. 감독이 무슨 짓을 하든 이 호텔에서는 신경 쓰지 않을 것 같다.

우리의 "헤더" 마거릿 에이버리가 들어온다. 믿을 수 없을 만큼 우아하고, 조용하고, 격정적이면서 섬세하다. 우리의 "조지" 브루스 데이비슨이 들어오는데, 청바지에 풍성한 금발과 투명하고 복잡한 눈동자가 특징이다. 우리의 "하버 박사", 케빈 콘웨이는 곧바르고 진지하고 지적이고 강력하다. 언제나 참 조용하고 차분한 사람이구나 싶었던 감독 프레드 발지크가 점점 복잡한 성격을 보여 주기 시작한다. 역시 야수는 자기 서식지에 있을 때 보아야 한다…….

리허설

프레드의 대본집은 맨해튼 전화번호부처럼 두껍다. 원래 대본 페이지마다 덧붙여서 끼워 놓은 게 많다. 세트장이나 로케이션장 스케치, 카메라가 어디에 있을 수 있는지나 어디에 있어야 하는지에 대한 지시, 몇 시쯤에 어떤 종류의 빛이 필요한지, 창밖에는 무엇이 있는지, 어떤 움직임이 가능한지 등등…… 끝없는 정보가 담겼다. 그리고 감독은 장면을 돌아다니기 시작하는 배우들에게 이 모든 것을 겸손하고 느긋하고 예의 바르게 전한다. 그리고 감독은 돌아다니면서 배우들 사이에 들어가서 두 손을 얼굴 앞에 올리고 사각형을 만든다. 카메라의 눈으로 배우들의 연기를 보는 것이다. 어색할 것 같지만, 매력적인 광경이다. 창작의 순간을 담는 안무다. 내가 보는 것은 한쪽 방향, 그러니까 관객 방향으로 고정된 무대가 무한히 넓어지는 순간이다. 무대의 방향이 어느 쪽, 어느 높이, 어느 거리로도 가능하기에 배우들의 "춤"은 훨씬 복잡하고 교묘해진다. 이 가능성의 확장, 이 개방성 때문에 공연 극장보다 영화가 이 시대를 더 지배하는 것이리라.(그렇다면 원형 극장은 어떠냐 하면, 내 취향에는 유감스러운 타협안이다.) 나는 어떻게 만들어지는지 보고 나서야 그 점을 깨달을 수 있었다. 실제 촬영 과정을 본다면 그때도 실제로 무슨 일이 벌어지는지 이해할 수 있을까 모르겠다. 어쩌면 기계 장치에, 카메라와 조명과 붐마이크 같은 것들에 혼란스러워할지도 모른다. 하지만 여기에서 나는 어떻게 영화를 만드는지 보았고, 아름다웠다.

붐마이크를 든 남자

우리는 화요일 오후 4시에 여기 도착했다. 여기서는 외계인을 따로 찍고 있었다. 막 하루 촬영을 마친 참이었는데, 오전 1시에 시작한 촬영이었다. 드물게 긴 하루(하얏트 호텔에서 찍었는데, 호텔의 정례 일정을 방해하지 않으려고 최대한 밤에 찍었다. 특히 이 장면은 모두가 회색이 되는 부분이라 더 그랬다.)였지만, 다른 때에도 최소한 열두 시간씩은 일할 것이다. 오전 8시부터 오후 8시까지, 일주일에 6일씩.

가정적인 손길이랄까. 복도에는 거대한 커피 주전자, 사과와 바나나가 담긴 종이상자, 그리고 다양한 도넛과 쿠키와 무고한 음식들이 가득 담겨 있고, 대부분 꽤 젊은 편인 촬영팀은 동물원의 오랑우탄과 코끼리처럼 먹어 댄다. 열두 개들이 도넛 상자 스무 개를 진공청소기로 치우듯이 쓱 하고 흡입해 버린다…….

저주받은 오그멘터

우리는 카메라 한 대로 찍는데, 고전적인 방식이면서 또한 힘든 방식이라고 들었다. 반드시 각 장면, 각 촬영분 전체를 최대한 넓게 찍은 후에 가까이에서 찍는다는 뜻이다. 대화 장면이라면, 근접 촬영에서 카메라는 장면 내내 조지에게 머물러 있다가, 반대쪽으로 움직여서 같은 장면 내내 하버를 찍는다. 그리고 이런 각각의 각도를 보통 두 번씩 찍고, 뭔가 잘못되기라도 하면 다섯에서 여섯 번 찍을 수도 있는데, 아주 많은 것이 잘못될 수 있다. 특히 하버 박사의 꿈기계 오그멘터가 나오면 더 그렇다. 하버 박사와 내가 그 저주받을 물건을 발명하지 않았으면 좋았을걸. 영화를 편집할 때는 각기 다른 촬영분을 붙여 넣을 것이다. 이 촬영분에서 조금, 저 촬영분에서 조금, 말하는 동안 조지의 얼굴을 넣고 대답하는 동안 하버의 얼굴을 넣은 다음 조지의 뇌스캔을 보여 주는 오그멘터로 넘어가는 식이다. 그러니까 모든 촬영분은 세세한 부분까지 다른 촬영분과 같아야 한다. 그러니까 조지가 대화의 어느 대사를 말하는 동안에는, 조지가 그 대사를 할 때마다 오그멘터의 여러 판독 화면에 똑같은 속임수 전자파가 돌고 있어야 한다. 그래도 매시트포테이토에 비하면 간단한 일이다.

매시트포테이토, 또는 영화 스타의 화려한 인생

어이, 영화에 나오고 싶어?

텍사스 주 댈러스의 어느 사람 많은 식당에 앉은 스스로를 상상해 보라. 우스꽝스러운 옷을 입고 발에 맞지도 않는 투명한 플라스틱 신발을 신고 있긴 한데, 다른 사람도 다 그렇다. 옆 테이블의 두 사람이 당신의 등을 밀며 중얼거린다. "이 영화 제목이 뭐라고? 하늘로 가는 길?" "아냐, 하늘의 호수야. 그렇지만 대체 뭔 내용인지 하나도 모르겠어." 오른쪽에는 당신의 열다섯 살짜리 아들이, 그 맞은편에는 남편이, 남편 옆에는 댈러스에 사는 김에 영화 촬영을 도우러 오기로 한 남편의 80세 고모 루비가 앉아 있다. 남편은 '여기서 내보내 줘' 표정이지만 루비는 신이 났다. 테이블 끝에서는 아름다운 흑인 여성이 금발의 남성과 대화에 열중해 있다. 그 두 사람 앞에는, 아니, 식당 안에 있는 모두의 앞에는 쟁반이 하나씩 있고 모두의 쟁반이 똑같다. 오래되어 차갑게 식은 매시트포테이토 무더기, 오래되어 차갑게 식은 삶은 당근 무더기, 그리고 한때는 홍차였을지도 모르는 뭔가가 한 잔씩. 이제 당신이 영화 스타라고, 엑스트라라고 해도 영화배우이긴 하다고 상상하면서 차갑게 식은 오래된 매시트포테이토를 먹으면서 대화하고 미소를 짓는다. 알았는가? 물론 당신은 할 수 있다. 배우가 되기는 쉽다. 그래, 하지만 문제는 그게 테이크1이라는 점이다. 이제 우린 테이크2에 들어가야 한다. 그리고 당신이 테이크1에서 매시트포테이토를 먹었다면, 테이크1에서도 매시트포테이토를 먹어야 한다. 장면을 편집해서 합치려면 행동이 똑같아야만 한다. 그러니 사디스트가 하나 와서 당신의 쟁반 위에 오래된 매시트포테이토를 새로 담는다. 그다음에 테이크3이 있고…… 테이크4…… 테이크10…… 우리 엑스트라들은 몇 장면밖에 나오지 않는데 속이 메스꺼워졌고, 루비는 당근이 맛있었다고 주장한다. 마거릿은 영리해서 자기 음식을 뒤적이기만 했지만, 브루스는 무시무시한 세 시간 동안 그 자리에 앉아서 퀴퀴한 매시트포테이토를 먹으면서 웃어 댔다. 영화 배우들의 삶이 화려하다면, 그럴 만한 이유가 있다!

부디 제작진이 루비 고모님을 삭제하지 않았으면 좋으련만.

촬영에는 몇 주가 걸렸고, 편집에는 몇 달이 걸렸다. 마침내 편집된 영화가 카세트에 담겨 작곡가에게 갔다. 그리고 몇 달이 지난 후, 우리는 작곡가 마이클 스몰이 폭풍우 치는 음악의 바다 한가운데를 떠다니는 테이블 뒤에 파이프를 입에 물고 서서 지휘하는 모습을 본다. 음악가 서른 명이 끝없이 늘어진 전선들 사이에 앉아 있다. 녹음 스튜디오의 방음벽에 비치는 붐마이크 스탠드의 그림자가 각지고도 우아하다. 마이클을 마주한 작은 TV에는 영화의 한 장면이 조용히 돌아가고 있고, 자막으로 프레임당 시/분/초가 째깍째깍 지나간다. 크레센도: 나타나고, 변화하고, 돌아가고, 서서히 사라지는 동안 듣게 되는 절묘한 테마곡.

"좋아요." 마이클이 말한다. "바이올린 여러분, 15번 마디에서 조금만 더 다른 세상처럼 연주할 수 있을까요?"

"문제없습니다." 이 세상 같은 바이올린이 한목소리로 말한다.

"이봐요." 트럼펫이 신시사이저에게 신랄함을 담아 말한다. "거기 아직 플러그 꽂혀 있어요?"

자신이야말로 포틀랜드를 정말로 녹여 버릴 사람이라는 사실을 아는 신시사이저 이언은 고요히 미소 짓는다.

"시모어." 마이클이 현악기로 낼 수 있는 으스스한 소리를 맡은 첼로 주자에게 말한다. "그 16번 음은 얼마나 오래 낼 수 있어요?"

"원한다면야 화요일까지도 내죠." 첼로가 대답한다. 나는 그 말을 믿는다.

"송진 좀!" 일명 정글이라고도 알려진 퍼커션 구역, 퍼커션 주자들이 고개를 숙이고 종을 치고 있는 곳에서 목 졸린 비명이 날아오른다.

"오보에에서 낸 마지막 음이요." 마이클이 오보에 주자에게 말한다. "아름다웠어요. 길게 낼 수 있을까요?"

"한동안은 끌 수 있죠." 오보에 주자가 겸손하게 말한다. 나는 그 말을 믿는다.

"좋아요, 해봅시다." 마이클이 지휘봉을 들어 올리며 말한다.

기네스북은 부디 참조해 주길. 인간 오보에 주자가 가장 오랫동안 한 음을 유지한 기록은 1979년 9월 13일, 47번가에 있는 내셔널 리코딩 스튜디오에서, 『하늘의 물레』 악보를 녹음하던 헨리 슈먼에게 있다. 이 연주자들은 뭐든 할 수 있다.

그리고 음악은 아름답다. 우리가 그토록 오랫동안 작업한 영화의 앙상한 뼈대는 음악과 함께 변신하고 변모한다. 이 장면, 이 순간을 위한 음악. 이 작업을 위한 음악이다. 이제 겨우 하나로 합쳐진다. 몇 달의 시간과 그 모든 돈, 그 모든 기계 장치, 그 많은 사람들이. 하나로 합쳐진다. 우리가 해냈다.

서사에 대한 몇 가지 생각 1980년

이 논고에는 1980년 봄에 포틀랜드 주립 대학에서 열린 니나 메이 켈로그 강연 일부가 포함된다.

최근, 서사(narrative)에 대한 3일짜리 심포지엄에서 나는 서사에 대해서 많이 이야기하는 건 안전하지 않다는 사실을 배웠다. 후기구조주의자에게 잡히지 않으면, 탈구조주의자에게 잡힐 테니 말이다. 문학 이론의 무장 진영 바깥에 있는 사람들에게는 흥미로운 주제이니 안타까운 일이다. 인생의 상당 시간을 이야기를 하면서 보낸 사람으로서, 나는 우선 왜 내가 이야기를 하는지, 둘째로 왜 여러분이 그 이야기를 듣는지 알고 싶다. 그 반대도 마찬가지다.

나는 오랜 연습을 통해서 이야기하는 방법을 알지만, 이야기가 무엇인지를 내가 아는지는 잘 모르겠다. 그리고 정작 그 질문에 답할 자격이 더 있는 사람들은 그 질문에 인내심을 발휘하지 않는 편이었다. 문학 이론가에게는 그 질문이 너무 원시적이고, 언어학자에게는 충분히 원시적이지 않은 게 분명하다. 그리고 심리학자 중에서 진지하게 서사를 정신 작용으로 설명하려 했던 사람은 사이먼 레서 한 명밖에 알지 못한다. 하지만, 언제나 아리스토텔레스가 있다.

아리스토텔레스는 극과 서사시의 핵심 요소는 "사건의 배열"이라고 말한다. 그리고 이 서사 또는 플롯 요소가 처음, 중간, 끝으로 구성된다는 그 유명하고도 멋진 발언을 이어 나간다.

> "처음이란 필연적으로 다른 것 다음에 오지 않고 그다음에 다른 뭔가가 존재하거나 일어나는 것이다. 끝이란 필연적으로 또는 대개 다른 뭔가 이후에 존재하며, 그 후에는 다른 것은 필연적으로 존재하지 않는다. 그리고 중간은 본질상 다른 것 다음에 존재하고, 그다음에도 다른 것이 존재하는 상태다."

아리스토텔레스에 따르면, 서사란 사건들을 연결하며, 방향이 있는 공간 순서와 비슷하게 방향이 있는 시간 순서로 "사건을 배열"한다. 인과 관계가 암시되기는 하지만 정확히 명시되지는 않는다.("결과"라는 말은 원인의 결과를 의미할 수도 있고 그저 뒤따른 일을 의미할 수도 있다.) 내가 이해하기로 주된 연결은 시간순이다.(E. M. 포스터의 이야기 배열대로 "그리고…… 그다음에…… 그다음에……") 그러므로 서사란 사건들을 시간에 따라 연결하는 데 쓰이는 언어이다. 그 연결은 처음-중간-끝이라는 닫힌 패턴을 갖거나, 과거-현재-미래의 열린 패턴을 갖거나, 직선으로 보이거나 나선으로 보이거나 순환으로 보이거나 상관없이 공간적인 비유를 쓰기 적절한 시간 "속"의 움직임을 포함한다. 서사는 여정이다. A에서 Z로 가고, '그때'에서 '바로 그때'로 간다.

서사가 특별한 효과를 주거나, 짐짓 꾸밀 때만 빼면 현재형을 쓰지 않는 이유도 그래서일지 모르겠다. 서사는 앞으로 나아가기 위하여 스스로를 과거에(진짜 과거든, 상상 속의 허구 과거든) 위치시킨다. 현재는 압도적인 현실의 무게로 이야기와 맞설 뿐 아니라, 이야기를 시곗바늘이나 심장 박동의 속도에 한정해 버린다. 서사는 과거라는 "다른 나라"에 스스로를 위치시켜야만, 그곳의 미래인 현재를 향해 나아갈 수 있다.

지금 몇몇 허구서사 작가들이 이야기를 "더 실제처럼" 만들어 준다는 이유로 쓰고 있는 현재형 문장은 사실 이야기에 거리감을 준다.(그리고 아주 세련된 허구서사 작가 몇 명은 바로 그런 목적에서 현재형을 쓰기도 한다.) 현재형은 이야기를 시간에서 끌어낸다. 몇십 년 전에 죽은 사람들, 더는 존재하지 않는 사회를 다루는 인류학 보고서들은 현재형으로 쓰인다. 이 논고도 현재형으로 쓰고 있다. 물리학도 보통 현재형으로 쓰는데, 지금 내가 그러는 것처럼 개괄적이기 때문이기도 하지만, 물리학은 방향성이 없는 시간을 많이 다루는 탓이기도 하다.

물리학자에게 시간이란 뒤집을 수 있는 무엇이다. 문장과 달리 공식은 바로 읽든 거꾸로 읽든 상관이 없다. 원자보다 작은 수준에서는 방향성이 완전히 사라진다. 광자의 역사를 쓸 수는 없다. 서사는 무관하다. 광자에 대해 할 수 있는 말이란, 광자가 어디 있는지 말할 수 있다면 언제인지는 말할 수 없고 언제인지 말할 수 있다면 어디인지 말할 수 없을 수 있다는 말, 또는 그 반대의 진술뿐이다.

유전자처럼 어마어마하고 생물학적으로 너무나 복잡한 것을 다룬다 해도, 우리가 어떻게 존재할지 말해 주는 이 작은 지시사항 꾸러미에는 할 이야기가 없다. 유전자는 사고만 없다면 불멸하기 때문이다. 유전자에 대해서 할 수 있는 말이라고는 유전자가 존재하고, 존재하고, 존재한다는 말뿐이다. 처음도, 끝도 없다. 중간뿐이다.

과거형과 미래형이 과학에 유용해질 때는 처음과 중간과 끝이 그 순서대로 흘러갈 비가역적인 사건에 얽혔을 때뿐이다. 빅뱅에서 2초가 지난 후에는 무슨 일이 일어났을까? 베타 수컷이 알파 수컷의 바나나를 빼앗았을 때 무슨 일이 일어났을까? 내가 이 염산을 첨가하면 무슨 일이 일어날까? 이런 것들이 차이를 만들었거나, 앞으로 만들 사건들이다. 미래라는 존재, 지금과는 다른 시간, '바로 그때'는 시간의 비가역성에 의존한다. 인간의 용어로 바꾸자면, 필멸성에 의존한다. 영원 속에서는 아무것도 참신하지(novel) 않으며, 아무 소설(novel)도 없다.

그리하여 불가에 앉은 이야기꾼이 "옛날옛날, 여기에서 멀리 떨어진 곳에 아들을 셋 둔 왕이 살았습니다."라고 운을 뗐을 때 그 이야기는 뭔가가 바뀐다는 사실을 알려 줄 것이다. 그 사건들에는 결과가 따를 것이다. 선택이 이루어질 것이고, 왕은 영원히 살지 못할 것이다.

서사는 필멸의 전략이다. 삶의 방식이며 수단이다. 서사는 불멸성을 추구하지 않는다. 시간을 정복하거나, (서정시처럼) 시간으로부터 도피하려 하지 않는다. 서사는 방향성이 있는 시간, 경험된 시간, 의미 있는 시간을 가정하고 긍정하며 그 속에 참여한다. 인간의 정신에 시간 스펙트럼이 있다면, 물리학자나 신비론자의 탈각(nirvana) 상태는 저 멀리 자외선 영역에 있을 테고 그 반대쪽인 적외선의 영역에 『폭풍의 언덕』이 있으리라.

바꿔 말하면, 서사는 언어의 핵심 기능이다. 기원상 문화의 산물이나 기술이 아니라, 사회에서 정상으로 기능하는 정신의 근본에 있는 공정이다. 말하기를 배운다는 것은 이야기하는 방법을 배우는 것이다.

나는 언어를 구사하기 전에도 무의식 수준에서는 이야기하기가 계속 이루어진다고 생각하지만, 말하기 이전의 마음이나 비언어적인 마음이 어떻게 작동하는지 말하기는 어렵다. 꿈이 도움이 될지도 모르겠다.

우리가 꿈을 많이 꾸는 단계인 REM(빠른 안구 운동) 수면 중에는 안구 움직임이 단속적으로 일어난다. 안구가 흔들릴 때 꿈꾸던 사람을 깨우면, 그때 보고하는 꿈은 연결이 되지 않고 뒤범벅인 단편 심상들이 된다. 그러나 안구가 움직이지 않을 때 깨우면, 꿈꾼 사람은 "제대로 된 꿈", 즉 이야기를 보고한다. 연구자들은 심상이 뒤범벅인 꿈을 "일차적인 시각 경험"이라고 하고 후자를 "이차적인 인지 설명"이라고 한다.

이 내용에 대하여, 리암 허드슨은 이렇게 썼다.(1980년 1월 25일, 《타임스 리터러리 서플먼트*Times Literary Supplement*》)

> 잠들어 있는 동안 우리는 임의적인 심상들을 경험하며, 또한 스스로에게 이야기를 한다. 전자를 두고 후자를 엮어 내어, 우리가 생각하기에 기괴한 심상들을 좀 더 합리적으로 여겨지는 구조 안에 끼워 넣는 것 같다. 내가 잠들어 있는 동안에 독일의 어느 성 지붕에 악어가 있는 장면을 보고, 여전히 푹 잠든 채로 이렇게 받아들이기 힘든 사건이 어쩌다 일어났는지에 대해 좀 더 받아들일 만한 설명을 만들어 낸다면, 나는 합리화에 종사한 셈이다. 이는 조금도 합리적이지 않은 뭔가를 합리적인 듯 보이는 뭔가로 번역하는 작업이다. 그 과정에서 본래 심상의 성격은 왜곡된다…….
>
> 우리가 생각 없이 하는 생각은 경험을 서사로 바꾸는 번역과 결부되어 있다. 우리의 경험이 서사 형태에 맞고 아니고는 상관이 없다…… 자거나 깨어 있거나 똑같다. 우리는 언제나 스스로에게 이야기를 하고 있다…… 실제 근거보다 깔끔한

이야기들을.

이 소재에 대한 허드슨 씨의 요약은 우아하고, 해석은 프로이드적이다. 꿈 작업은 '합리화'이고, 따라서 '왜곡'이다. 은폐 작업이다. 사람의 정신은 끝없는 음모와 공작을 벌인다. 원초적인 "현실"이나 "진실"은 언제까지나 왜곡되고, 꾸며지고, 정리당한다.

하지만 우리에게 바로 이런 "거짓말" 과정, 즉 서사 과정을 통해서가 아니면 그 진실이나 현실에 닿을 방법이 없다면 어떨까? "실제 근거"를 판단하기 위해 우리는 어디에 서 있어야 하는가?

허드슨 씨가 예로 든 독일 성 지붕에 올라간 악어를 가져와 보자.(내가 어젯밤에 꾼 꿈보다는 확실히 이쪽이 더 재미있다.) 우리 모두는 그 심상을 이야기로 만들 수 있다. 몇몇은 우리가 "합리적"이라는, 아니면 합리적이어야 한다는 믿음을 강요하는 우리 문명의 위협에 떨면서 아니아니 나는 못 해요, 난 이야기 같은 거 못 해요라며 저항하긴 하겠지. 그러나 사실 우리 모두는 그 심상으로 모종의 이야기를 만들 수 있고, 자는 동안에 머릿속에 그런 심상이 찾아온다면 거리끼지 않고 거침없이 그렇게 할 터이다. 내 경우에는 긴 세월 비합리적인 행동을 체계적으로 연습했기 때문에, 깨어 있을 때도 잠들었을 때만큼 쉽게 이야기로 바꿀 수 있다. 어떻게 된 일이냐 하면, 메테르니히 후작이 숙모에게 겁을 주려고 악어를 데리고 있었는데, 그 악어가 천창으로 탈출해서 특이하고 가파른 회색 성 지붕으로 올라갔고, 지금은 현재형으로(이건 꿈이고 시간에서 벗어나 있으므로) 돌출 총안이 있는 구석으로 기어가는 중인데, 그곳에는 황새 둥지에, 황새는 아프리카에 있긴 하지만, 아무튼 그 둥지 안에 설탕으로 만든 멋지고 마법스러운 부활절 계란이 하나 들어 있고 그 알에는 자그마한 창이 달려서 그 안을 들여다보면……. 하지만 꿈꾸는 사람은 이 대목에서 깨어난다. 그리고 설령 이 꿈에 어떤 "메시지"가 있다 해도 꿈꾸는 사람은 자각하지 못한다. "메시지"가 있는 꿈은 대부분의 꿈이 그렇듯이 "합리화"라고 할 수 있는 과정을 거치지 않고 무의식에서 무의식으로 전해졌으며, 언어화하는 일도 없다.(꿈의 주인이 상담이라도 받아서 열심히 꿈을 끌어내고 붙잡고 언어화하는 방법을 익히지 않는 한은 말이다.) 이런 경우 꿈꾸는 사람, 음 아무래도 이 인물에게 이름이 필요하겠다. 앞으로는 이디스 드리머라고 부르자. 아무튼 이디스가 순식간에 기억하는 것이라고는 지붕, 악어, 독일, 부활절 정도이고, 이디스는 뮌헨에 사는 대고모 에스터를 어렴풋이 생각하는 동안 이런 시간 순서로 흘러가는 "일차적인 시각(또는 감각) 경험"을 떠올린다. 왼쪽 귀에 울리는 커다란 종소리. 눈이 멀 듯한 빛. 이국적인 허브 냄새. 화장실. 헌 구두 한 켤레. 파르시 언어로 비명을 지르는 육체 바깥의 목소리. 입맞춤. 반짝이는 구름 바다. 공포. 모르는 도시의 낯선 방 창밖에 보이는 나뭇가지에 내려앉는 황혼…….

이것들이 이디스의 안구가 빠르게 움직이는 동안 경험한 "일차 경험"이고, 다음 꿈을 위한 재료일까? 그럴 수도 있다. 하지만 아리스토텔레스의 지시에 따라 순전히 시간순으로 연결해 보면, 이디스가 깨어나서 자명종을 끄고, 일어나서 옷을 입고, 라디오 뉴스를 들으며 아침 식사를 하고, 남편에게 작별의 입맞춤을 한 후, 비행기를 타고 시장 분석 회의에 참석하기 위해 신시내티로 날아간 어느 날에 대한 아주 현실적인 서사를 만들어 낼 수도 있다.

나는 이 "이차적인 설명" 연계가 겉치레 꿈(pretended dream)보다 좀 더 합리적으로 통제될 수 있을지는 몰라도, 작업해야 하는 일차 재료는 본질적으로 기괴하다고, 터무니없다고, 지붕 위의 악어라고 간주될 수 있으며, 이디스 드리머의 하루에 대한 사실적인 설명 역시 "조금도 합리적이지 않은 뭔가를 합리적인 듯 보이는 뭔가로 번역하는" 꿈-이야기 이상도 이하도 아니라고 말하겠다.

꿈 서사는 언어보다는 감각 상징을 이용한다는 점에서 의식적인 서사와 다르다. 꿈속에서 시간의 방향 감각은 공간 은유로 대체될 때가 많고, 약해지거나 역전되거나 사라질 수도 있다. 꿈이 사건과 사건 사이에 만드는 연결은 합리적인 지성과 미학적인 정신에는 불만족스러울 때가 아주 많다. 꿈은 아리스토텔레스의 개연성 규칙을 비웃는 편이고 플롯에 대한 지시도 혼란시킨다. 그렇다 해도 꿈이 서사라는 점은 부정할 수 없다. 꿈은 사건들을 연결하고, 여러 가지를 우리 마음의 일부에만이라 해도 이해가 가는 순서나 패턴으로 엮어 낸다.

"일차적인 시각(감각) 경험"을 어떤 맥락이나 사건에 대한 연결도 없이 따로 놓고 보면, 각각의 경험은 균등하게 그럴싸하거나 그럴싸하지 않고, 믿을 만하거나 그렇지 않으며, 의미심장하거나 터무니없다. 하지만 생물은 균등한 상태에서 벗어나기 위해, 엔트로피와 혼돈과 오랜 밤을 피하기 위해 노고를 다한다. 생물은 사물을 배열한다. 말 그대로, 의미를 만든다. 분자 하나씩. 세포 속에서. 세포는 스스로를 배열한다. 몸은 시공간의, 패턴화의, 과정의 배열이다. 정신은 몸의, 장기의, 장기가 하는 일들—즉 조직의 과정이다. 질서, 패턴, 연결. 우리에게 서사 말고 기억이 날 듯 말 듯한 악어, 죽은 대고모, 커피 향, 이란에서 터진 비명, 덜컹거리는 착륙, 신시내티 호텔방 같은 마구잡이 경험들을 조직할 더 나은 방법이 있을까? 서사는 대단히 유연한 기술이자 삶의 전략이고, 능숙하고 지혜롭게 사용한다면 우리 모두에게 모든 연재물 중에서도 가장 흥미진진한 연속극을 제공해 준다. 바로 '내 삶의 이야기'를 말이다.

어떤 조현병 증상으로 나타나는 꿈에 대해 읽은 적이 있다. 꿈이 어떤 대상을, 예를 들어 의자나 외투, 그루터기 같은 것을 보여준다. 아무 일도 일어나지 않고, 그 꿈속에 달리 나오는 것도 없다.

이와 같이 공간적으로나 시간적으로 고립되어 나타날 때, 일차적인 경험이나 심상은 그 자체가 절망의 심상일 수 있다.(사르트르의 나무 뿌리처럼 말이다.) 사뮈엘 베케트의 작업은 이런 상태를 갈망한다. 한편 "사물"—의자, 외투, 그루터기—에 대한 릴케의 찬양은 연결을 제시한다. 가구 한 점은 방과 생활 패턴의 일부이고, 침대는 실신한 탁자이며(릴케의 프랑스 시 중에 있다.), 그루터기 안에는 숲이 있고, 물병은 강이고 손이고 잔이고 갈증이다.

서사 기술을 쓰든 않든 간에 일차적인 경험이 도움이 되려면, 더 나아가 정신에 쓸모가 있으려면 나머지 경험과 연결하고 끼워 맞춰야만 한다. 신비로운 통찰도 마찬가지다. 모든 신비주의자는 환영 속에서 경험한 바를 일반적인 시간과 공간에 끼워 맞출 수 없다고 말하지만, 그래도 시도는 한다. 시도해야만 한다. 환영은 말로 표현할 수 없으나, 이야기는 시작된다. "우리 인생의 도로 한복판에서……."

최소한 말이 되는 것 같기라도 한 순서로 사건을 짜맞추지 못한다면, 서사적인 연결을 만들지 못한다면 인간으로서 근본적으로 무능한지도 모른다. 그렇게 보자면 어리석음이란 충분히 연결시키지 못하는 실패로 정의할 수 있고, 착란이란 연결에 심각한 오류를 반복하여 저지르는 상태라고 정의할 수 있다……. '내 삶의 이야기'를 하면서 저지르는 실패다.

하지만 그 이야기를 언제나 제대로 해내는 사람은 없다. 대부분 시간 동안 제대로 해내기도 어렵다. 왜곡을 서사와 동일시하지는 않더라도, 우리 삶의 서사 중 아주 많은 부분이 허구라는 사실은 인정해야 한다. 얼마나 많은 부분이 허구인지는 우리도 알 수 없다.

하지만 서사가 삶의 전략이자 생존 기술이라면, 어떻게 내가 깨어 있을 때나 잘 때나 소망 충족과 무지와 게으름과 서두름을 통해 실수하고 왜곡하고 생략하면서 무사할 수가 있을까? 내 머릿속에서 '내 삶의 이야기'를 집필하는 유령작가가 잘 잊어버리고, 경솔하고, 거짓말 잘하고, 어쨌든 이야기가 되기만 한다면 무슨 일이 일어나든 상관하지 않는 통속 예술가라면, 왜 내가 벌을 받지 않을까? 주위 환경에 대한 해석과 반응에서 근본적인 오류를 일으키면, 종족 전체든 개체든 그런 오류는 가볍게 떨쳐낼 수가 없다.

그렇다면 이야기의 진실성이 가장 중요한 가치일까, 아니면 허구 부분의 질도 중요할까? 우리가 디도 여왕*이나 돈키호테와 똑같은 방식으로 계속 살아가는 게 가능할까? 거의 온전히 허구의 등장인물로 살아가는 게?

혹시 『시간, 열정, 그리고 지식으로*Of Time, Passion, and Knowledge*』 같은 줄리어스 토머스 프레이저**의 작업이나 조지 스타이너***의 작업을 아는 사람이라면, 내가 서사의 사용에 대해 생각하려 할 때 그 두 사람에게 진 빚을 알아볼 것이다. 내가 스타이너 씨의 이론을 늘 이해할 수 있는 건 아니다. 하지만 스타이너가 미래형의 중요성을 논하면서, 지금 존재하지 않고 어쩌면 영영 존재하지 않을지 모르는 것에 대한 진술이 언어 사용에서 가장 중요하다고 했을 때, 나는 응원용 술을 흔들고 환호하며 뒤따라갔다. 스타이너가 "언어는 세상을 있는 그대로 받아들이기를 거부하는 남자의 주된 도구다."라는 유명한 말을 했을 때도, 응원 술이 좀 내려

---

* 아이네이아스 전설에 등장하는 카르타고의 여왕.

** 헝가리 출신의 철학자로, 시간 연구에 미친 영향이 크다.

*** 프랑스와 미국의 철학자이자 문학 비평가.

가기는 했지만 계속 따라갔다. 위 명제는 걱정스럽다. 세상을 있는 그대로 받아들이기를 거부하는 남자? 여자들도 거부하는 건가? 세상을 있는 그대로 보려고 그토록 힘들게 노력하는 과학은 또 어쩌고? 무시무시한 세상을 있는 그대로 받아들일 뿐 아니라, 그 세상을 찬양하는 예술은? "인생이란 어찌나 끔찍한지, 신에게 감사드립니다!" 『밀크우드 아래서 *Under Milk Wood*』*에서 빨랫감과 아기들이 가득한 뒷마당을 둔 부인은 이렇게 말하고, 달콤한 노래는 "아무도 내가 본 혼란을 모른다네, 영광 있으라, 할렐루야!"라고 한다. 나도 동감이다. 모든 거창한 거부는, 특히 남자가 내놓은 거부는 아주 수상쩍다.

그래서, 나는 끝까지 트집을 잡으며 스타이너 씨를 따라간다. 언어 사용이 존재하는 대상을 정확하게 설명하기 위해 있는 것이라면, 우리는 왜 그걸 원할까?

분명 기본적이면서 생존에 효과가 있는 언어 사용에는 대안과 가설이 있다. 우리는 다른 사람들에게나, 스스로와 벌이는 내면의 대화에서 있는 그대로의 사실을 말하고 다니지 않는다. 결코 그런 적이 없다. 우리는 그럴 수도 있는 일, 우리가 하고 싶은 일, 아니면 상대가 해야 하는 일, 아니면 일어날 수도 있었던 일들에 대해 이야기한다. 경고, 추정, 주장, 제의, 모호한 말, 비유, 암시, 열거, 불안, 전달, 풍문…… 여기와 저기 사이, 아니면 그때와 지금 사이, 아니면 지금과 언젠가 사이의 비약과 교차와 연계, 기억과 인지와

* 딜런 토머스와 앤드루 싱클레어의 라디오 드라마이자 이후에 나온 동명의 책.

상상을 끊임없이 엮고 재구성하기…… 여기에는 스스로를 안심시키거나 즐기기 위해서 만들어 내는 엄청난 양의 소망 충족과 고의이거나 고의가 아닌 다양한 각색이 포함되며, 또한 경쟁자를 호도하거나 친구를 설득하거나 절망에서 벗어나기 위해 벌이는 고의적이거나 반(半)고의적인 왜곡도 포함된다. 그리고 우리는 이런 언어 패턴을 하나 만들자마자 셸리가 시로 쓴 「구름」처럼 웃고, 일어섰다가, 다시 헐어 버릴 수 있다.

최근 몇 세기 동안, 영어라는 이 멋진 언어의 사용자들은 영어 동사를 전적으로 직설법에만 몰아넣었다. 하지만 이 허울 좋고 오만한 확실성 추정 표면 아래에는 여전히 가정법의 오래되고 흐리고 변덕스러운 힘과 선택지가 고스란히 남아 있다. 직설법은 그 앙상한 손가락으로 일차적인 경험을, '상황'을 가리킨다. 하지만 비유, 가능성, 개연성, 우연성, 인접성, 기억, 욕망, 두려움, 희망이라는 끈으로 그 경험들을 잇는 것은 가정법이다. 바로 이것이 서사 연결이다. J. T. 프레이저 말대로, 인간의 자유라고 할 수 있는 도덕적 선택이 가능한 이유는 "우리가 과거와 미래, 또는 머나먼 땅에 가능한 세상과 불가능한 세상들을 설명할 수 있게 해 주는 언어 덕분"이다.

딱 집어서 소설, 일반적으로 서사는, 주어진 사실에 대한 가장이나 왜곡이 아니라 선택지와 대안들을 제기하여 환경에 적극적으로 직면하는 과정이자, 현재 현실을 증명할 수 없는 과거와 예측할 수 없는 미래에 연결하여 확장하는 방법이라고 볼 수 있다. 순전히 사실만을 담아 내는 서사라는 게 존재한다면, 그 서사는 수동적일 것이다. 모든 것을 뒤틀림 없이 비추는 거울이랄까. 스탕달은 감상적이게도 소설을 그런 거울로 여겼으나 소설은 거울상이 아니며, 서술자의 눈은 카메라가 아니다. 역사가는 조작하고 배열하고 연결하며, 이야기꾼은 그 모두에 더하여 개입도 하고 창작도 한다. 소설은 아리스토텔레스가 플롯이라고 정의한 시간 방향성의 심미 감각을 이용하여 가능성들을 연결한다. 그리고 그렇기에 우리에게 유용하다. 우리가 우리의 행동과 존재를 허구라는 측면에서 보고 "이해하지" 못한다면, 우리는 자유롭다는 듯이 행동할 수가 없다.

서사를 주어진 사실이나 사건들의 "합리화"로 설명해 보아야 막다른 골목이다. 이야기를 하는 데 있어서 이성은 지원 체제에 지나지 않는다. 이성은 느슨한 연결을 제공할 수 있고, 추론할 수 있고, 그럴싸한지 가능한지 여부를 판단할 수 있다. 이 모든 것이 좋은 이야기, 멀쩡한 판타지, 견실한 소설을 만들어 내는 데 결정적이기는 하다. 하지만 이성만으로는 악어에서 신시내티로 가지 못한다. 이성은 엘리자베스가 다아시와 결혼할지, 한다면 왜일지를 이해하지 못한다. 어쩌면 오이디푸스가 실제로 결혼한 상대가 누구였는지도 제대로 이해하지 못했을 것이다. 우리는 이성에게 부조리의 바다를 건너 달라고 부탁할 수 없다. 오직 상상력만이 우리를 영원한 현재의 속박에서 벗어나게 해 줄 수 있으며, 상상력이

길을 발명하거나 가정하거나 꾸며 내거나 발견하면 그제야 이성이 그 길을 따라 무한한 선택지 안으로 뛰어들 수 있다. 선택의 미로 안을 통과하는 하나의 단서이며 미궁 속의 금실인 그 길, 이야기가 우리를 제대로 인간일 수 있는 자유로 이끌어 준다. 비현실을 받아들일 수 있는 사람들은 그런 자유를 얻을 수 있다.

세계 만들기 1981년

1981년에 스탠퍼드 대학에서 열린 '잃어버린 세계와 미래 세계들(Lost Worlds and Future Worlds)'이라는 심포지엄에 초대받아 참여한 일이 있다. 아래에 내 짧은 기고문을 싣는다. 살짝 손을 댄 판본이 마릴린 얄롬*의 『서해안의 여성 작가들*Women Writers of the West Coast*』(Capra Press, 1983)에 실리기도 했다.

우리는 이 자리에서 세계 만들기에 대해 이야기해야 합니다. 만든다고 하면 새로 만든다는 생각이 드는데요. 새로운 세계를 만든다, 다른 세계를 만든다, 그러니까 중간계라든가 SF에 나오는 행성을 만드는 것 말이죠. 이건 환상-상상력의 작업입니다. 아니면 세계를 새롭게 만들고, 다르게 만든다는 의미의 만들기도 있지요. 이쪽은 유토피아나 디스토피아처럼 정치-상상력의 작업입니다.

하지만 세계를, 그러니까 지금 이 세계, 오래된 세계를 만드는 건 어떨까요? 이쪽은 종교-상상력 아니면 생존 의지의 분야 같

* 페미니스트 작가이자 역사가.

습니다.(그 둘이 같은 것일지도 모르지요.) 오래된 세계는 아기가 하나 태어날 때마다, 새해가 올 때마다, 아침이 올 때마다 새로워지고, 불교도들에 따르면 매 순간 새로워집니다.

모든 실질적인 의미에서 우리가 거주하는 세계를 우리가 만든다는 것은 의심할 여지가 없는 사실입니다만, 우리가 원점에서부터 세계를 만드는지—으으음! 딱 수제 세계 맛이 나는데! 하지만 이건 버클리 주교*의 코스모-믹스야!—아니면 현실이라는 무궁무진한 혼돈 속에서 쓸모 있거나 재미있다 싶은 것들을 골라서 짜맞추는지에 대한 판단은 철학자들에게 맡기겠어요.

어느 쪽이든 간에, 예술가들이 하는 일은 우주의 파편들 중에서도 대단히 유용하고 재미있는 조각들을 솜씨 좋게 골라내어, 통제 불가능한 사건들의 흐름에 일관성과 지속 기간이라는 착각을 부여하는 것입니다. 예술가는 세계를 자신의 세계로 만들어요. 예술가는 자신의 세계를 세계로 만듭니다. 한동안은요. 그 예술 작품을 보거나 듣거나 주시하거나 읽는 데 걸리는 시간 동안은요. 예술 작품은 수정구와도 같아서 전체를 다 담고, 영원을 나타낼 수 있는 듯 보입니다. 그러나 그 모든 것이 탐험가의 스케치 지도일 뿐이에요. 안개 낀 바닷가 해안선을 그린 해도일 뿐이에요.

무엇인가를 만든다 함은 그것을 창조하고, 발견하고, 찾아낸다는 뜻입니다. 미켈란젤로가 조각상을 숨긴 대리석을 잘라 내는 경우와 같죠. 그러니까 우리는 이 문제를 좀 더 뒤집어서 생각

* 조지 버클리. 철학자로서 우리가 지각하는 것만이 실체라는 경험론을 주창했다.

해야 할지도 몰라요. 뭔가를 발견하는 것이 뭔가를 만들어 내는 것이라고 말이에요. 율리우스 카이사르의 말을 빌자면, "내가 그곳에 가기 전까지 브리튼의 존재는 불확실했다." 물론 우리는 고대 브리튼 사람들은 브리튼의 존재를 확실하게 알고 있었으며, 제일 좋은 대청*을 찾으려면 어디로 가야 하는지 같은 사소한 부분까지 알았다고 추정할 수 있지요. 그러나 아인슈타인이 말했듯 모든 게 어떻게 보느냐에 달려 있으니, 브리튼이 아니라 로마의 입장에서 생각하면 카이사르가 브리튼을 발견한 게 맞습니다.(invent의 어원인 invenire는 "나타나다, 발견하다"에 해당합니다.) 카이사르가 브리튼이 나머지 세상에 존재하도록 만들었죠.

알렉산드로스 대왕이 인도 어딘가에 주저앉아 운 것은 정복할 신세계가 더 없어서였을 텐데요. 얼마나 바보 같나요. 중국까지 반도 가지 않고서 앉아서 울다니! 정복자란. 콘키스타도레스(정복자들)는 언제나 새로운 세계에 달려 들어가서는 재빨리 바닥을 내죠. 정복은 발견이 아니기에, 창조 작업도 아니에요. 소위 '신세계'라는 곳을 정복한 우리 문화는 자연스러운 세계를 정복해야 할 상대로 보지요. 지금 우리를 봐요. 모든 것을 바닥내고 있잖아요.

우리 회의 이름은 '잃어버린 세계와 미래 세계들'이에요. 조상들이 금을 찾아서 왔든, 자유를 찾아서 왔든, 노예가 되어서 왔든 간에 우리는, 지금 이곳을 점유해서 사는 우리는 신세계의 정복자들이에요. 잃어버린 세계의 주민이죠. 여긴 완전히 잃어버린 세

* 청색 물감의 재료가 되는 식물.

계거든요. 이름마저 잃었지요. 여기에, 이 언덕들에 몇만 년을 살던 사람들은 (기억되기나 한다면) 정복자들의 언어로 기억되고 있어요. 외국 반신들의 이름을 딴 "코스타노스"*, "산타 클라라", "샌프란시스코"로요……. 63년 전, 『캘리포니아 인디언 편람*Handbook of the Indians of California*』에서 제 아버지는 이렇게 썼어요.

> 코스타노스 무리는 사실상 멸종했다. 뿔뿔이 흩어진 몇몇 개인이 살아남을 뿐…… 포교 사업부가 폐지된 지 반세기가 더 지났고, 포교 사업부들이 설립되면서부터는 한 세기 반이 지났다. 이 정도 기간이면 선조들의 습관에 대한 전통적인 기억조차 지우기에 충분했다. 간헐적인 파편만 남았을 뿐.

여기에 그런 파편 한 조각이 있어요. 노래입니다. 그들은 여기 살아 있는 귀리 밑에서 노래했지만, 그때는 여기에 야생 귀리라곤 없었고 캘리포니아 다발풀만 있었죠. 그 사람들은 이렇게 노래했습니다.

> 나 너를 꿈꾼다,
> 나 너의 도약을 꿈꾼다,
> 토끼, 산토끼, 그리고 메추라기를.

---

* 지금은 올로네라는 이름으로 불린다.

그리고 춤추는 노래도 한 줄 남아 있군요.

세상 끝에서 춤추다.

이런 파편 조각들로 제 폐허를 떠받칠 수도 있었겠지만, 예전에는 방법을 몰랐어요. 그저 미래를 만들려면 과거가 있어야만 한다는 사실을 알기에, 제 조상들의 유럽 기반 문화에서 가져올 수 있는 것들을 가져왔지요. 저는 대부분이 그렇듯 쓸 수 있는 것은 무엇이든 쓰는 방법을 익히고, 중국에서 착상을 하나 슬쩍하고 인도에서 신을 하나 훔쳐와서 최선을 다해 기워 붙여 세계 하나를 만들었어요. 하지만 아직도 수수께끼가 있어요. 제가 태어나고 성장하고 너무나 사랑하는 여기, 나의 세계, 나의 캘리포니아는 아직도 만들어져야 해요. 새로운 세계를 만들려면 물론 오래된 세계로 시작해야죠. 세계를 하나 찾으려면, 잃어버린 세계가 있어야 하는지도 몰라요. 잃어야 하는지도 몰라요. 부활의 춤, 세계를 만드는 춤은 언제나 여기 세상 끝에서, 모든 것의 가장자리에서, 안개 낀 해안에서 추게 되어 있었으니까요.

굶주림 1981년

→

1981년, 포틀랜드 푸드뱅크는 '굶주리는 사람들을 위한 옥스팜 아메리카 단식'을 광고하기 위해 "생각의 양식" 오찬 모임을 열었고, 나도 짧은 연설을 해 달라는 요청을 받았다.

오늘 마추픽추에 대해, 그러니까 1000년 전에 안데스 산맥 높이 지어진 잃어버린 도시에 대해 듣게 되리라고는 생각하지 않으셨을 테지요. 하지만 칠레 시인 파블로 네루다가 그곳에 대해 쓴 책이 있는데요, 오늘 이 자리에서 논할 주제의 핵심을 전하기에 이보다 더 좋은 내용을 찾을 수가 없었어요. 네루다는 긴 연속 심상으로 그 멋진 도시를 묘사합니다만, 여기에 제 거친 번역을 읽겠습니다.

나는 깊은 정글의 끔찍한 미로를 뚫고
지구의 사다리를 올라 그대에게 다가가네,

마추픽추여.

계단돌로 이루어진 높은 도시

그대 안에서 두 혈통이 만나네
인간의 요람과, 빛의 요람이
가시 바람 속에 함께 흔들리네.

돌의 어머니여, 콘도르의 거품이여,
인간 새벽의 높은 광맥이여…….

그다음에 시인은 정말이지 누가 이 도시를 지었는지 묻기 시작해요.

고대 아메리카, 심연의 신부,
그대 또한 지었던가, 그대의 손이 지었던가
숲에서부터 신들이 사는 높은 허공으로
빛과 질서의 결혼식 현수막 아래로
천둥 같은 북소리와 창 부딪는 소리와 함께
그대 또한 지었던가, 그대의 손이 지었던가
마음의 장미와 설선(雪線)과
피처럼 붉은 고랑 속 곡물을

반짝이는 재료 망에, 돌 속의 구멍에 엮어 넣어
오 파묻힌 아메리카여, 그대 또한, 그대의 손을 아래로 뻗어
저 아래 심연 속, 혹독한 구덩이 속 독수리를, 굶주림을 잡았던가

굶주림, 인류의 산호
굶주림, 그 가파른 광맥이
저 잘못된 토대의 높은 탑들만큼 치솟았던가?

마추픽추여, 그대가 지었던가,
굶주림을 토대로, 돌 위에 돌을 쌓아서?
눈물을 토대로, 다이아몬드 위에 다이아몬드를 쌓아서?

이 시는 제게 우리가 이 자리에 모인 이유를 말해 줍니다. 돌과 콘크리트와 유리로 지은 아름다운 탑들도 토대를 잘 다지지 않았다면 살 수가 없다는 말을 해 주죠. 사람들의 굶주림을 주춧돌로 삼아서 지은 집은 살 가치가 없어요. 미국의 우리들은 이제 도시를 마추픽추보다 더 높게 지어 올립니다. 하지만 사람들이 "진짜" 도시라고 부르는 "부동산" 옆에 보이지 않는 도시가 같이 있어요. 돌로 만든 도시와 그 보이지 않는 도시의 관계는 몸과 영혼의 관계와 같지요. 우리가 말하려는 도시도 그곳이에요. 우리가 지으려는 도시는 빼돌린 비축물과 돈벌이와 굶주림 위에 세운 도시가

아니라, 나눔과 정의 위에 세운 도시예요. 아이들이 살아 마땅한 집이에요.

지금 우리는 그런 집에 살고 있지 않아요. 결코 그런 적이 없고, 분명 앞으로도 그렇겠지요. 하지만 그건 중요하지 않아요. 그 집을 짓는 데 도움을 준 사람은, 돌 한 장만이라도 깐 사람은 살면서 엄청난 힘을 지녔던 모든 왕과 잉카들이 한 일보다 더 많은 일을 했다고 느낄 수 있을 테니까요.

장소의 이름들 1981년 →

이 여정에 대한 세부 사항: 1981년, 6월 7일 아침 6시, 비가 오는 가운데 디젤 폴크스바겐을 탄 중년의 한 쌍이 오리건 포틀랜드에서 동쪽으로 출발.

1

리틀 빅혼[*]으로

컬럼비아 협곡 안
거대한 회색 산 모양이 떨어진다
길로 떨어진다
비가 떨어진다
녹색 숲 그리고 비가 떨어진다
그리고 강이 떨어진다.

---

* 몬태나주에 있으며, 라코타-샤이엔 부족과 제7기병대 간의 전투로 유명하다.

유니언 퍼시픽 철로는
용암 절벽 아래 서쪽으로 간다.
워싱턴 스테이트
　　와스코 카운티
이제 길고 건조한 비탈을 타고 내려가다가
강 이쪽에서
더 밝아지고, 더 건조해지고
빗발이 조금 듬성해진다.

갑자기 풀색이 노랗다.
　　우리는 감당할 수 있습니다. 더 댈즈.*
　높고 헐벗은 언덕들엔 전력선.
　밋밋한 나무 벽들.
댐이 열리고, 컬럼비아 강이 포효하며 쏟아져 나와, 하얀 파도가 거꾸로 치고,
물안개를 뿌리네.
워싱턴은 칙칙한 금갈색으로 비를 맞고 있구나.

이제 산쑥과 토끼풀이 나오고,
용암이 부벽(扶壁)으로,
첨탑으로, 오르간파이프로, 거대한 검은 철사자의 발톱으로

* 와스코 카운티에서 제일 큰 도시.

나타난다.
워싱턴은 스핑크스의 발.

　셔먼 카운티
거대한 회색 범람 옆 바위 아래.
　　아침식사는 빅스 정션
　　뉴뷰 모텔 옆
　　레비라 카페에서
　　고속버스와 기차가
　　베이컨 냄새 가득한 화장실에서 승객을 부른다.

　모로 카운티
드넓고 평평한 존데이 리버를 건너자
성들이 사라지네:
　평평.
산쑥이 듬성듬성.
전신주도 듬성듬성.
빗방울도 듬성듬성.
　　　여기 뒤쪽 어딘가에
　　　코요테가 숨어 있어.
　우마틸라 카운티

프레드 멜론스*

하이 워터.

갈대 우거진 진창 속에 회색 세이지, 흑회색 줄기 달린 버드나무들

우마틸라.

웨스턴 오토** 앞에는 지렁이들,

키바이 스토어 앞에는

6미터 키의 음울한 나무 카우보이

오리건, 이리건 사막에는

관개 호(弧) 위에서 비를 맞는 갈매기들.

워싱턴 진입

맥내리 댐에서 거품지며 내려오는

비 오는 강을 건너.

빛바랜 색깔, 빛바랜 갈색 경작지, 희미해지고

지고

지고.

팔루즈.***

맨둥맨둥.

나무가 없다.

파스코: 줄지어 선 병든 포플러

---

* Fred's Melons. 오리건 주 우마틸라에 있는 청과물 시장.

** 자동차 부품 회사.

*** 워싱턴 남동부와 오리건 북동부를 포함하는 지역.

광활한 습지에 파랗다.
스네이크 강이 컬럼비아 강과 만나고, 우리는
이번 여행 마지막으로 컬럼비아를 건넌다.
그리고 잿더미 시작.
도로를 하얗게 가르고.
길가의 모든 바위 위에 하얗게 쌓이고.
갓길을 회백색으로 물들였다.
열세 달 전,
1980년 5월 18일에 내린 마른 눈이다.*

워싱턴 397 도로에서 US90으로 진입하면서
아침에 들었던 라디오를 기억한다.
90번 고속도로는 어둠 때문에 닫혔다던 소식.
이제 그 어둠은
길가에 하얗게 누워 있다.

스포캔.
강 위에 자리한 멋진 도시를 지나자 산맥이
오른쪽에 솟아오르기 시작한다,
로키산맥 가장 서쪽,
숲에 뒤덮이고, 구름이 어린.

* 이날 세인트 헬렌스 화산 분화가 있었다.

그리고 아이다호에 오신 것을 환영합니다!

물에 젖은 하얀 말 한 마리가 빗속을 달린다
코들레인 호수 위 구름이 내려앉은 가파른 초원을.
코들레인 국유림
소나무 전나무 가문비나무 소나무 전나무 가문비나무
포스오브줄라이 서밋*은
939미터 요호! 너무 높아!
그리고 우리는 공원 땅으로, 더 낮게, 습지로 내려간다
인적은 없고
사방에 언덕과 구름뿐
그리고 거대한 회색 왜가리 한 마리가 퍼덕퍼덕
코들레인 강의 쓸쓸한 습지 위를 날아 남쪽으로 간다.

쇼쇼니 카운티
쇼쇼니, 쇼쇼니, 쇼쇼니
그들은 아무것도 남기지 않았다
오직 이름뿐, 오직 말뿐
그들은 가진 게 거의 없었다
숨 외에는
깃털 하나, 속삭임 하나뿐

* 7월 4일 정상회담; 로키산맥에 있는 산길 이름.

쇼쇼니*

스멜터빌.
가파른 구릉지 아래
흩어진 창고와 판잣집과 울타리들;
공장의 높고 가는 굴뚝들, 검은색의,
그리고 검은 끄트머리.
켈로그.
켈로그 추모공원 공원 안에는 병 쓰레기 금지
라지만 형편없이 널려 있네.
뱅스 구두 수리
자포자기한 벽에 쓰여 있기를
월러스 최악

쇼쇼니 인도주의 협회는
강둑에 홀로 선 가로 3미터 세로 3.5미터짜리 건물
철로와 고속도로 사이
로키산맥에 있다.
*하늘과 땅은 인도적이지 않으니.***

---

* 쇼쇼니는 와이오밍, 아이다호, 유타, 네바다에 네 가지 분파가 존재하던 상당히 큰 부족 연합이었다.

** 도가의 '천지불인'.

오스번, 광산 셋, 실버턴,

그리고 세상 은의 수도인 역사적인 월러스에 어서 오세요.

역사적인 월러스 어딘가의 벽에는 이렇게 쓰여 있기를

켈로그 최악이라고.

하지만 로키산맥에서 밤을 지내는 지친 여행자는

앤더슨스 호텔의 낡고 천장 높은 식당에서

구운 닭에 코울슬로, 비스킷과 꿀, 매시트포테이토,

무지개 셔벗, 맥주와 커피라는

일요일 정찬을 찾는다.

그리고 산맥의 정적에 잠긴 모텔 안에서는 밤새도록

낙수받이가 골목길에 선 통들을 두드린다

로키산맥의 음악이구나.

(다음 날)

오전 6시, 월러스를 떠난다

전나무와 어두운 구름에 엄숙하게 에워싸인 흠뻑 젖은 높은 회색 산들 속에 두고.

I-90 도로는 빠른 자이로 크리크를 따라 광산들을 지난다.

골콘다 지구

콤프레서 지구

골드 크리크

잇따라 뮬란 패스*

룩아웃 패스, 1426미터

반가워요 몬태나!

반가워요 로키 마운틴 타임

반가워요 롤로

우린 시속 88로 달리고 있고 세인트 레지스 강도 똑같다

반대 방향으로,

화강암에 비취색으로 적힌

음식 전화 휘발유 숙박

서비스 안 함

아침은 수퍼리어의

빅스카이 카페에서

계란과 사각 해시브라운

앨버턴

드넓은 클라크 포크를 건너, 한참 내려간 곳

밤이면 앨버턴에서는 강이 흐르는 소리가 들리고

고속도로 위를 지나가는 자동차 불빛들이 보이겠지

미줄라 카운티

그래닛 카운티

베어마우스

---

* 고갯길.

샬레 베어마우스*

바위가 분홍색, 황토색, 적토색, 오렌지색, 보라색, 금발색, 금색, 갈색, 자주색에 켜켜이 쌓이고, 줄이 들어가고, 접히고, 로만 스트라이프 같은 줄무늬도 있다.

드러몬드

눈 쌓인 산맥 아래

미루나무 숲, 교회 탑, 나무 벽들.

드러몬드에서는 무엇을 하지?

드러몬드에서 무엇을 하는고 하니 90번 고속도로 위 헐벗은 높은 언덕을 올라가서 화강암 벼랑에 적힌 커다란 흰색 D 옆에 드러몬드의 D 옆에 고등학교 기수를 칠하지. 기원전 34년으로 돌아가서 고등학교 기수를 칠할자리를 찾아낼 수 있다면

카운티 빌리지 스토어 38킬로미터. 휘발유 수프

모카신 판매.

그렇게 써 있다. 휘발유, 수프, 모카신이라고.

인산 비료. 서비스 안 함. 몬태나에서는 어디에 소변을 누지?

실버 보 카운티.

아나콘다.

산마루 아래에

---

* 호텔 이름. 샬레(chalet)는 스위스식 목조주택 이름이다.

거대한 검고 녹슨 굴뚝과 용수로,
서쪽에서 빠르게 비가 다가온다,
우리의 비, 우리가 여기까지 데려온 비
오리건에서부터 우리의 구름 수행단과 함께 왔구나.
  크래커빌.
높은 산쑥 지대, 붉은 덮개암, 뾰족한
 삼나무들 넓게 흩어져 있다.
  몬태나 로커에 있는 IT 클럽으로 오세요.
  헬레나 시내는 재미있죠! 서비스 안 함.
그리고 약탈당하고 내장이 뽑힌
 멋지고 풍요로운 산 아래 뷰트를 지나 우리는
          올라간다.
디어로지 숲. 사암 첨탑들, 내 맹세코
 삼나무들 사이에 고요히 서 있던 건
 담요를 쓴 사람들이다
길은 구불구불 빠르게 올라가서
강이 만나는 곳으로 향하는데.
  콘티넨탈 디바이드
  홈스테이크 패스, 1948미터.
해저의 사암, 얼음에 쪼개지고, 냉기의 손가락이 남긴
 잎사귀 모양이 난,
회갈색 은회색, 붉은색 담황색, 크고 둥글게 닳아 버린

형태, 해저에서
여기 대륙 꼭대기로
내 마음이 나뉘는 곳으로 왔구나.
오 나의 바다로 달려가는 강들에게 작별을.
제퍼슨 카운티.
우리는 내려가고 땅도 내려가기 시작한다
굽이치는 언덕과 만곡지들
계곡과 산맥과 광활하고 아름다운 평야,
산쑥과 키큰 풀, 삼나무와 미루나무,
소떼의 색깔, 말들의 색깔.
화이트홀   잠깐 잠깐 잠깐 멈춰야 해
아침식사 이후 160킬로미터야……

화이트홀 주유소에서는 기름을 사지 않으면 화장실을 쓰게 해 주지 않는다. 그런데 경유는 없어 맙소사 그래도 반쯤 죽은 셀프서비스 주유소가 있긴 하지만 그 사람들은 신경도 쓰지 않고 이 빠진 입으로 낮고 퉁명스레 다투기 바쁘고 화장실 문은 바로 밖에서 일하는 건설 노동자들이 필요하면 쓸 수 있게 활짝 열어서 잠기질 않고 안이 바로 들여다보이고 문을 잠글 수가 없지만 신경 쓰는 사람도 없고 문 안에는 다른 여행자가 큰 글자로 써 놓기를:

이 변소라도 있어서 감사합니다 하느님
아멘, 아멘, 아멘.

쓰리포크스: 제퍼슨, 매디슨, 갤러틴 강
질주하는 이름이 붙은 세 개의 강
말들, 몬태나의 준마들이
거대한 삶의 공간에서 함께 쿵쾅거린다.
조랑말의 얼굴들, 영리한 얼굴들, 올챙이배로,
색깔은 인디언 색깔, 로키산맥 바위의 색깔들:
벅스킨, 그레이, 론, 애팔루사, 소렐,
색칠.
스위트 그래스 카운티.
옐로스톤　　미루나무와 목초지 사이로 반짝이며
비 오는 산맥의 아름다운 선을 향해 간다.
빅 팀버.
프라이의 찰스 M. 러셀 모텔.
빅 팀버의 저녁에 걸어 들어갔지:
수많은 트럭
내리는 빗발
멀리 스위트 그래스 카운티의 하얗고 향기로운 풀밭이
줄무늬를 수놓은 코발트색 산맥
작은 나무 집들 곁마당에는
흔들리며 속살대는 사시나무들
6월에 흐드러지게 핀 화산재
삑삑거리는 새들과 술렁이는 매발톱꽃

흐릿한 분홍색과 금색, 바위 색깔로 피어난
로키산맥의 야생화.

나는 분홍색 돌멩이를, 화강암 하나를 집어 들었다. 내 몫의 행동으로.

(여정 3일차)

구름 끼어 빛나는 하늘 아래 우리는 지난다
그레이클리프
스틸워터
스프링타임
옐로스톤
앱사로키　　앱사로키가 그들이 스스로 부르는 이름이다
　　　　　　우리가 크로라고 불렀던 이들
여기 옐로스톤 옆에 아슬아슬하게 균형을 잡은
　높은 도시가 서 있으니,
원으로 이루어진 도시, 모든 집이 원이다,
스물여덟 채의 장대집, 문은 동쪽으로 열어
　원을 열어 두었다.
지금은 사라졌구나. 텅 비었구나.
강의 초록색 텅 빈 계곡 위
하얀 구름 속에 잠긴 하얀 능선:

앱사로키여.

놀랍게도, 빛의 빗자루가 푸르스름한 안개를 쓸어낸다
벼랑 위로 넓은 전망이 펼쳐진다
백랍의 강과 미루나무들,
버펄로의 유령들이 노니는 초지 너머
빅혼 카운티
빅혼 강
리틀 빅혼 강과 그곳의 전장

그 전장. 에이전시에 있던 중년의 크로 인디언은 인내심과 예의를 갖추어 우리를 우회로로 보냈다. 크로는 커스터 장군 편에 있었다. 그래서 얼마나 덕을 보았나. 언덕 위 건물에 있는 물건은 전부 커스터, 그 허영심 많고 쩨쩨한 남자와 군복과 전투 도해뿐이다. 수족과 샤이엔족 전쟁 지도자들의 얼굴이 들어간 엽서가 딱 한 장, 무척 잘생기고 험악하고 슬픈 노인들의 얼굴은 보이지만 크레이지호스*는 엽서 한 장도 없다. 사진이 찍히지도 않았다. 뒤에 남긴 것도 거의 없다. 이름, 숨결, 그리고 바람에 떠도는 깃털 하나뿐.

우리는 그 긴 언덕을 걸어 내려갔다. 건물에서부터
작고 보이지 않는 목소리가 우리를 이끌었다.
전장의 풀밭에 깃든 목소리
길 옆에서, 언제나 딱 몇 발자국 앞서서

---

* 당시에 싸웠던 다코타 족장이자 전쟁 지도자.

자아

자, 쫏쫏!

우리를 이끌었다

보이지 않는, 새, 목소리, 다정하면서도 무관심한 안내자.

전장의 사방에서

(몇 주 동안이나 썩은 시체 냄새가 진동을 해서

제정신으로는 1.5킬로미터 안쪽으로 들어가지 않았다던 그곳)

산꼭대기와 강 사이 전장 사방에서

길고 향기로운 풀과 세이지 속에 종달새들이 우짖었다,

성스러운 세이지, 정화하는 풀.

귀뚜라미들. 구름 그림자.

백인들을 위해서는 대리석 묘석들. 장교들은 대리석에 이름을 새겼고. 사병들은 이름도 없구나.

나머지로 말하자면, 그들은 그곳에 없다. 전투에는 이기고

전쟁에 진 그 사람들은. 그들의 깃털 혼령을 짓누를

돌 하나 없다.

들장미들

가시 돋힌 돌배

마리포사처럼 생긴 백합 한 송이

블루벨

키 큰 밀크위드 별들

그밖에 꽃을 피운

길고 뾰족하거나, 부드럽거나, 흐트러진 녹색의 모든 풀
그리고 여기저기에 작은, 연홍색 인디언 페인트브러시*가
피를 찍은 듯 피어 있을 뿐.

II
인디애나와 그 동쪽

우리는 인디애나 65번 도로에서 시속 88킬로미터로 달린다.
재스퍼 카운티.
범람한 들판.
이로쿼이 강이 펼쳐지는데, 넓고도
허쉬 초콜릿 같은 갈색이다.
빙하에 눌려 평평하게 펼쳐진 이 지반 땅에서는
먼 곳이 푸르지 않고 희며, 하늘도 희푸르다.
오전 9시 30분에 이미 27도가 넘어, 공기는 부드럽고 촉촉하고,
바람은 줄줄이 늘어선 귀리 사이
범람한 들판을 어둡게 물들인다.
속도 조심해요—그러고 있어요.
심하게 깨끗한 하얀 농가주택이

* Indian paintbrush. Castilleja라고도 하는 꽃.

톰 소여가 어제 칠한 듯 새하얀
사각 울타리 안에서
똥냄새를 풍긴다. 진하디 진한 똥냄새가 남서풍에 실려 온다.
똥이 고양감을 줄 수도 있나?
라 메르드 마제스트유즈*
이것이 "오래된 북서부"구나.

그렇게 오래되지도 않았고, 많이 북쪽도 아니고, 많이 서쪽도 아니다.

그리고 인디애나에는
인디언이 없다.

와바쉬 강
도로까지 차올랐고 참나무들은 얼룩덜룩
갈색으로 차오른 강물 위로 3미터를 솟아 있는데,
주유소 사람은 이렇게만 말한다:
와바쉬를 어제 봤어야 한다고.
본질은 한시도 쉬지 않고 움직이는 이동 중인 이동:
그래서 몇 번인가 잡았다가도 다시 놓아주네.
그 본질을 암시하거나 흉내 내려는 반복이나 리듬 없이.
잡을 수 없다는 것이야말로 그 본질이지.
물론 지속성도 있다:

---

* 프랑스어로 '장엄한 똥'.

이동의 본질이 가진 또 다른 측면.

카운티 청사 건물들.

자전거를 타는 아이들.

하얀 창틀이 달린 하얀 목조 가옥들.

전화선을 떨구는 전봇대들.

빼앗긴 사람들의 이름들.

울타리 기둥에서 기둥으로 건너다니며 노래하는 붉은 날개 개똥지빠귀.

라디오에서는 데이브와 셸리가 노래한다.

"신이 오클라호마를 만드신 이유는 바로 당신."

길가에는 노랗게 흐드러진 클로버.

꽃을 피운 풀들.

그리고 까마귀. 인디언이 아니라 새.

한 마리를 보면 전부 다 본 것인,

까악 까악.

씹는 메일 파우치 담배

스스로에게 최고의 대우를

이라고 낡은 판자 헛간에 써 있는데, 글자는 반쯤 닳아 떨어졌고, 그거야말로 공간만이 아니라 시간에 있어서도 지속성이다. 1930년대 나의 캘리포니아, 그리고 여섯 살의 나였다면 그 간판을 읽고 사탕 담배를 먹으며 달리는 조랑말 익스프레스 기수를 상상했으리라.

라파예트

그린캐슬

그리고 도로 표지판이 가리킨다: 왼쪽은 인디애나폴리스

오른쪽은 브라질.

대단한 선택이군.

(또 다른 날)

오하이오, 오하이오 남부, 클레몬트 카운티.

구름 조각들이 나무 끝에서 나무 모양을 되풀이한다.

풀 아래에서는 층층의 석회암이 보인다, 마치

클레몬트 카운티만 한 무너진 성

성벽 위를 달리는 것만 같다.

오하이오 50번 도로, 스톤리크 크리크를 따라간다.

어두운 길가 숲속에서 데이릴리가 오렌지빛을 발하고

하얗게 칠한 작고 단단한 벽돌 농가들이

띄엄 띄엄.

오언스빌 1839년 건설

몬테레이

밀포드

마라톤 줄에 꿴 구슬 같은 작은 마을들

브라운 카운티

베라 크루즈　스페인 사람이 끼어 있었나?

파예트빌　1818년 코넬리언 맥그로티가 세움

리틀 마이애미 강 위에

지렁이 열두 마리 65센트

　계속 팔기는 하는데, 값이 달라지는구나:

　지렁이가 대륙을 다 기어가네.

하이랜드 카운티

도슨빌

알렌버그　도로가 바다처럼 위아래로

　크게 파도친다

호그랜드

매드 강, 30에서 40센티미터 너비

힐스보로, 초기 절제 운동가*였던 엘리자 제인 톰슨의 고향

클리어크리크

　보스턴

　　레인스보로

로스 카운티

　베인브리지

* 20세기 초 미국에서 일어난 금주 운동. 약 3만 2000명의 여성이 주축이 되었다.

페인트 크리크
세이프—
하지만 세이프는 엘리자 제인보다 오래되었고,
오하이오보다도 오래되었지.
세이프는 2000년 된 마을이니.*

빙 두른 벽 안에 있던 집 기둥 구멍들을 말뚝으로 표시했다. 지금은 모든 벽이 허공이다. 마음속으로 다시 지어 본다. 작은 집들 너머에는 길고 가파른 둔덕이, 햇빛 아래 고요히 서 있다. 둔덕 주위를 돌면서 현대 기술이라는 신, 풀을 깎는 신의 시계방향 나선 의식을 수행하는 전기 제초기의 윙윙거리는 소리뿐이다. 거대한 고대의 제단에 돋아난 길고 향기로운 풀. 스톤헨지의 절반 나이이자 샤르트르 대성당의 두 배 나이인 교회. 시골 교회다.

계속해서 부너빌, 슬레이트밀, 노스포크팜을 지나
칠러코시로.
칠러코시에는, 호프웰 봉분들이 있다.

백인 침략자들에게 모든 것을 빼앗긴 사람들은 여기에서 몇백 년을 살았다. 침략자들은 이 봉분을 만든 사람들을 '옛 사람들'이라 불렀다. 드넓은 성지의 정적 속에서 걸출했던 죽은 이들의

* 오하이오에 있는 선사 유적지이다.

뼈와 재 위에 쌓은 초록색 봉분 사이를 걸어 보라.

죽은 자들은 층층의 운모 사이에,

눈동자처럼, 영혼처럼 투명하게 반짝이는 운모층 사이에 누웠으니.

담뱃대는 다 도둑질당했다

성스러운 담뱃대는 다 부러졌다

아름다운 보브캣, 초원뇌조, 큰까마귀, 거북이, 올빼미 조각들

얇고 순수한 구리로 잘라 낸 곰 형상,

매 형상, 혼령-매,

매의 발

그리고 사람 손 모양의 구리판들도.

그러니, 신세계로 돌아가자. 우리가 이 땅에 깐 얇고 역겨운 가죽,

그 하얀 가죽으로 돌아가자. 그리고 계속해서 런던데리를,

솔트 크리크를, 랫클리프버그를,

알렌스빌, 잘레스키 프리윌 침례교회,

괴탄* 판매를 지나면,

노란색 셰일 흙 속에 석탄 흔적을 볼 수 있다. 프래츠빌이다.

* 덩어리 석탄.

프래츠빌의 딩어스 모텔. 아테네 카운티.
그레이스빌. 쿨빌.
이봐요 아저씨 난 쿨빌에서 왔어요. 그리고 갈색 오하이오를 건너
웨스트 버지니아로 들어간다.

(그리고 또 다른 날)

이른 아침, 붉은 해가 안개 낀 봉우리와
한기 가득한 계곡들 위로 떠오르는 가운데 들어서니
여기 앨리게니 이름들이:
뷰키 런
엘렌보로
펜보로
버넬스 런
스프링 런
해는 쏘아 내리는 화살 같은
나뭇가지 그림자들 퍼진
안개 후광에 감싸였다.
스노버드 로드
스미스버그
잉글랜즈 런

모건스 런
벅아이 런
다크 할로
포트 뉴 세일럼
도그 런
체리 캠프
라쿤 런
세일럼 포크
플린더레이션.
럼스에서 아침식사, 럼스 가족 전체에게 고맙다 인사한 후
어린이 복음전도 캠프, 그리고 하모니 그로브,
그리고 프런티타운이 나온다. 1798년, 존 프런티가 설립한.
그리고 우리는 로렐 산을 올라 꼭대기에서
안개 싸인 능선 전체를 보고는
내려와서 미국 동해안의 연무 속으로,
비행기에서 보면, 우리 신의 노란 입김 같은
그 노란 담즙 속으로 들어간다.
지렁이 열두 마리 75센트,
산맥을 비추는 흐린 거울, 치트 강 옆에서.
백본* 산에서 메릴랜드로 들어갔다가
바로 다시 웨스트버지니아로,

* Backbone: 등뼈, 근성, 기개.

기개 넘치고 연방에 충성하는 주로 들어간다.

미네랄 카운티.

마운트 스톰.

노블리 팜. 1766년 노블리 언덕들 위에 섰고

리지빌 마을, 가파른 산등성이(ridge)에 섰고

햄프셔 카운티. 1754년. 우리가 계속 돌아가는 곳

더 스톤 하우스

리틀 카카폰 강

포오포오(Paw Paw), 쇼트 산.

어디 갔었니, 아가?

파우파우에요, 마.

버지니아에 어서 오세요!

예수님은 준비가 됐든 안 됐든 오십니다.

그리고 메카까지 왼쪽으로 1.5킬로미터, 고어까지 오른쪽으로 1.5킬로미터.

똑바로 가는 게 낫겠지.

그래서 우리는 조지아로 계속 달렸다.

*

여정의 다음 부분에 대한 설명: 디젤 폭스바겐, 중년 커플,

21세의 딸, 녹아내리지 않으려고 애쓰는 21세의 영국 여성, 많은 짐, 그리고 거대한 야자잎 부채.

III
깊고 얕은 남부

플로리다 서부 해안을 따라 달리는 길을 따라 나오는 이름들: 바닷바람, 돌고래, 소나무, 야자수, 햇빛과 모래, 스테이크와 해산물, 모래 벼룩, 호화 타운하우스, 시푸드, 호화 고층 콘도미니엄, 태양 아래 가장 뜨거운 곳, 아웃리거*, 해산물, 만에서 누리는 영원한 휴가, 솔라케인은 화상 통증을 멈춰 줍니다, 해산물, 리베라 코티지, 마리나 타워, 샌드파이퍼 코브, 새우, 수영복, 티셔츠, 해산물, 새우,

그리고 소나무 사이 늪에 뜬 죽은 나무와 수련
그리고 새파란 만(灣)에서 슬렁슬렁 내륙으로 달려가는
　흐릿한 코발트 블루의 녹아내리는 거대 구름들
그리고 오전 9시부터 기온은 28도.
그렇다 해도 예수님은 오시네, 준비됐나요?

---

* 보트 종류.

(글을 쓰기엔 너무 더워져서 결국 또 다른 날)

오후 2시에 35도. 루이지애나의 질척한 습지를 떠나
에메랄드 같은 초록색 풀처럼 초록 초록 초록인 미시시피로.
　에메랄드의 인디언 봉분:
　사원들이 섰던, 손으로 만든 성스러운 언덕,
　멕시코 대피라미드의 시골 친척이랄까.
　초록색 침대보가 깔린 거대한 침대 같다
　에메랄드 그린
　끝없이 울려 퍼지는 매미 소리 속에서:
　매미 속에는 고대 사제들의 영혼이 깃들어 있으니.
그리고 이제 나체즈 트레이스, 그 어둡고 피비린내 나는 길을 따라,
달콤하고 서늘한 그늘 속에서
강들의 강을 따라 내려다보는 나체즈에서부터
오후 7시에도 32도인 빅스버그까지.

(그리고 다른 날)

아침 7시에는 28도
큰 강 큰 물굽이 위로 부드럽고 습한 공기가 푸르스름하게 드리운다.

미시시피, 온워드 근처, 아침 공기가 습하고 편하다.

삼각주 평야, 콩과 목화, 푸르스름한 나무들의 벽 사이를

영원한 초록색 강물이 투명하게 흐른다.

트랙터 한 대가 천천히 밭고랑을 따라간다.

밭고랑 저편에서는 하얀 셔츠를 입은 흑인 여덟 명이

목화에 괭이질 중.

롤링 포크

니타 유마

에스틸

달로브

단단한 이름을 쓰기엔 너무 더워서일까, 목화송이처럼 부드러운 이름들.

34도의 정오, 우리는 아칸소에 들어선다

너비 1.5킬로미터의 무시무시한 진흙탕 미시시피 강을 건너서.

아칸소는 고른 초록색 아래 황갈색.

아무도 움직이지 않는다

아칸소 전체에서도

모자와 손수건을 쓰고 낡은 픽업트럭에 올라

아주 천천히 서쪽으로 가고 있는 여덟 사람

그리고 모자를 쓰고 트랙터에 올라

아주 천천히 앞마당 남쪽으로 가고 있는 늙은 백인 남

자 하나뿐.

다른 사람은 없다. 아칸소 전체에 다른 사람은 없다.

(다른 날)

우리는 해가 뜨기 직전 다섯 시의 덥고 습한 어둠 속에서 러셀빌을 떠나 서쪽으로 출발했다. 오자크 산맥 위로 새벽의 장밋빛 손가락. 어스름에 잠긴 도로 옆에서는 작은 노란 개 한 마리가 우리를 쳐다보았다. 하지만 그렇게 먼 격차를 넘어 인간의 눈을 보는 개는 없다.

아칸소의 작은 신
오 코요테여, 그대가 나의 나라를 만들었으니.

우리는 인디언 네이션스 턴파이크*에서 남부를 떠났다. 길고 낮은 능선에서는 작은 참나무들 위로 건조한 바람이 불고 있다. 그리고 이제는 모든 것이 초록색과 촉촉한 푸른색이 아니라, 건조하고 또렷한 다른 색깔들이다.

오크푸스키 카운티
윌릿카
위툼카

* 유료 도로 이름이다.

오케마

쇼니

위보카

노스 캐너디언 강

세미놀

포타와토미

키카푸

테쿰세

촉토

아나다코

카도 이것들이야말로 이름, 진정한 이름,

코요테가 만든 세상의 이름들이려니.*

체로키 교역소에는 판매용 등잔과 선인장 젤리, 토템 기둥—체로키 토템 기둥일까?—그리고 사막 향수들이 있다.

오 코요테여 그대는 언제나 모든 것을 망쳐 버리고

다리 사이에 꼬리를 말고 도망가 버렸지

웃으면서

저기. 작고 검은 우아한 발과 귀와 산토끼 뇌 모두가

타이어 옆에 부풀어 오른 핏빛 진흙 덩어리가 되어 버렸

---

* 강 이름을 빼면 모두 아메리카 원주민 부족 이름이다.

구나.

우리 도로의 일만 곳에서 하룻밤에만 백만 번씩.
우리의 문제는, 우리의 문제가 무엇인지 아는가?
우리는 음식을 낭비한다.
오 코요테여, 다음에는 제대로 하기를!
레드 리버의 북쪽 지류
이 계곡에서 가는구나, 마지막 인사는 서둘지 말아 주길,
이제 산쑥이, 야호 산쑥이 보이고
우리는 휠러 카운티 라인에서 텍사스에 들어선다.

(다른 날)

그리고 이제 일출이다. 팬핸들* 안에서, 폭풍우 속에 맞이하는 새벽. 텍사스 샴록을 떠나는 차에 가벼운 비와 어둠 속 번개가 따르고, 40번 도로 위 하늘은 새까만 구름과 비에 젖은 흐릿한 별 하나를 담은 밝은 하늘 조각으로 얼룩덜룩하다. 천둥, 가깝고 먼 천둥소리. 어둠 속에서 어두운 비가 내리고 오른쪽, 북쪽으로는 번개가 크고 환하게 타오른다. 그러다가 땅이 형태를 잃고, 진공이 된다. 천천히 빛이, 천천히 빛이 천천히 부드럽고 비옥한 어두운 세상-동굴을 밝히고, 정의하고, 땅을 하늘과 갈라 놓는다.

* 미국에서 좁고 길게 다른 주 안으로 뻗어 있는 땅을 가리키는 말.

노란 눈을 지닌 네 다리의 신이
세상을 고쳐 만드네.

그리고 존재하지 않았던 길가 간판들이 서서히 존재를 되찾아, 침대와 물건과 먹을 것과 텍사스 기념품들을 판다.

오전 9시, 도롯가 가장자리에서 떨어져
사막 속으로.
앞에는 산쑥, 그리고 눈 닿는 곳 저 멀리 메사*
터키옥색 하늘과 하얀 껍질 같은 구름 아래.
뉴멕시코다. 뉴멕시코의 이름들:
투쿰카리.
산타 로사.
붉은 뱀 같은 굵은 붉은 강, 갈리나 강이
구불구불
바위 널리고, 관목 흩어진, 붉고 푸른 산들을 통과하여
산타 로사를 지나네.
콜로니아스.
페코스 강, 붉은, 땋은 머리 같은 붉은 진흙
산미구엘
향기롭고 건조한 공기.

---

* 미국 남서부, 꼭대기가 평평하고 주위가 벼랑인 지형.

검녹색 노간주나무.
검붉은 흙
검푸른 하늘
새하얀 구름
꽃들: 흰별꽃, 금받침꽃,
  자주색 꽃차례와 유카
테콜로테 분기점
이 이름들은 멀리멀리
몇 킬로씩 떨어져 있다
베르날
어두운 자줏빛 북쪽 메사 뒤쪽이 거대한 구름의 원천.
그곳에서 구름이 일어나고 떠다니고 깃털처럼 흩날리고
사막 위 은빛 껍질 같은 물결 속으로 사라진다.
글로리에타
메사 글로리에타
빌라누에바, 산후안, 산호세, 그리고 계속
산타페.

(다른 날)

아, 또 한 번의 일출, 이 다음이 마지막이다,
콜로라도, 코르테즈를 떠나며.

오른쪽으로는 먼 메사가 불타고 있다.
산미구엘과 메사 베르데 뒤로, 유자색 하늘에
오렌지색, 분홍색 줄이 가 있구나.
코르테즈의 불빛은 산맥 아래
회색 털의 비구름 아래로 희미해지고;
왼쪽으로는, 장밋빛 파란빛 베일을 쓴 보름달이
잠자는 유트(Ute)라고 불리는 긴 산 위를 아련하게 달린다.
불타는 메사가 확 타오르더니, 크고 푹신한 비구름이
일출 위에 내려앉아 불을 꺼 버린다.
오랜 시간이 흐르고 나서야 회색 구름에서 한 줄기 순수한 빛이,
하이얀, 눈이 버티지 못할 만큼 새하얀 빛줄기 하나가 솟아오르고,
코요테가 다시 한 번 이기니
어서 오시라, 콜로라도 도브 크리크, 세상의 강낭콩 수도에!

IV

머나먼 서쪽에서 서쪽으로

아침 일찍 유타주에 어서 오세요.
해바라기들은 아직 태양을 향해 고개를 돌리지 못하고

혼란에 빠져 사방으로 얼굴을 향하고 있네.
향나무. 향나무의 기분 좋고 강렬한, 고양이 스프레이 냄새가
높고 건조한 하늘에 번진다.
산쑥, 셔미소, 작고 노란 꽃이 핀
오리건에서 조지아까지 우리와 함께했다가 돌아온 클로버.
그리고 까마귀들.
불현듯 우리는 산맥에서 사막으로 내려간다
괴물들이 있는 곳으로.
배가 불룩 나온 높이 60미터짜리 멕시코 물병이
지나가다 보면 스핑크스로 변한다.
앉을 자리 없는 붉은 바위 옥좌는 30미터 높이.
붉은 혹과 손잡이와 무릎과 애꾸눈 머리뼈들은
집채만 한 크기.

해바라기도 이제는 모두 파르시*처럼
동쪽을 응시하고 있다.
아직 소식을 듣지 못했는지
명령을 받지 못했는지 모를
길가 그림자 속 몇 송이만 빼고.
　유타에는 이름이 많이 없지만
　여기 하나: 홀인더록(Hole in the Rock):

---

* 조로아스터교를 믿는 페르시아계 인도인.

구멍이 뚫린 거대한 붉은 벼랑에
커다란 흰 글씨로 적혀 있지요, 네.
그리고 또 '예수님 그림'과 '박제술'도.
외로이 반란을 일으킨 듯,
하지만 사실은 그저 소식을 듣지 못한 해바라기 하나가
벼랑 그림자 속에 서서 남서쪽을 보고 있다. 오전 7시 41분에.
내가 마지막으로 본 해는 저쪽에 있었는데
그 망할 것이 어디로 갔는지 내가 어떻게 알아?

모아브 근처의 아치스 국립 공원*: 붉은 돌 아치들. 붉은 돌 남근, 교합하는 악어, 낙타, 트리케라톱스, 열쇠 구멍, 코끼리, 베개, 탑, 잎사귀, 우로보로스의 지느러미, 도마뱀의 머리들. 아주 큰 붉은 돌 여자와 붉은 돌 남자가 붉은 돌로 만들어진 매 얼굴의 신을 마주 보고 서 있다. 붉은 벼랑 아래 붉은 모래밭에, 크고 기묘한 돌 인간들이 많이도 서 있다. 그리고 모래언덕은 돌로 변하고, 이 붉은 해변에 철썩이던 쥐라기의 바다는 마르고 마르고 또 말라붙어 모르몬의 짠물 호수로 줄어들었네. 하늘은 불처럼 파랗구나. 북쪽 돌 언덕들, 하얀 테라스와 계단을 층층이 오른 적자색 첨탑과 부벽들은 바람이 거주하는 세상 최고로 무서운 도시. 정문 앞에는 자주색 요새가 서고, 그 앞에는 형체를 알아볼 수 없는 키 큰 석조왕 넷이 보초를 섰네.

---

* 붉은 아치 모양의 자연석이 있다.

(다음 날 아침)

서늘할 때 사막을 건너려 일찌감치, 완만한 초록색 델타를 빠져나가 네바다 경계선으로.

잭래빗들 뛰어다니네
달빛 비치는 염전 위에서
새벽 산맥 왼쪽에.

잭래빗들 춤을 추네
달빛 비치는 산쑥지대에서
새벽 산맥 왼쪽에.

가지뿔영양 네 마리가 표류하네
도로에서 산쑥지대로
아침 어스름 속에서
새벽 산맥 왼쪽에.

네바다
여기엔 이름이라곤 없다.
그림자도 없던 장밋빛 새벽 산맥은 이제 낮의 빛을 받아,
긴 그림자를 드리우고, 달은 그 영토를 잃었네.

이 긴 첫 햇빛을 받은 사막은 회색 금빛.

상상 속 화성의 운하처럼 똑바로 뻗은 차도 옆에는

꽃들이 피어 있네:

갯개미취, 저 위의 달처럼 하얀 마틸리야 양귀비,

밀크위드, 파란 치커리. 초록빛 싱싱한 남부는

꽃이 없었지.

저기에

울타리 기둥이 다섯

드넓은 산쑥 평야 한가운데

가운데는 사방이고 둘레라곤 없는 곳에.

까마귀 다섯 마리가

기둥 하나에 한 마리씩

아침 햇살을 만끽하고.

까마귀만이 내내 우리와 함께했지,

북쪽, 중앙, 남쪽, 서쪽. 심지어 그 붉은깃 찌르레기새

마저도

네바다에서는 떨어졌지만, 까마귀는 여기 있어.

여섯 방향의 까마귀는.

잿래빗들이 끝이 까만 멋진 귀를 쫑긋거리며

왈라비처럼 느릿느릿 뛰어간다.

갭스 루닝. 저기 이름이 나왔어!

갭스 루닝에는 쉘라이트 광산이 있어.

난 네바다에서는 아무것도 믿지 않네. 여기는 순전히
코요테의 땅이기에.

물이라곤 없는 거대한 호수에
반짝이는 빛이 넘실거리네.
저 멀리, 호수 한가운데에는
난파선의 뼈다귀가 놓여 있네
신기루 암초를 들이받고는
열기의 파도 속으로 가라앉고 또 가라앉아
이제는 눈부신 빛 속에 깊이 잠겼네
그 배에 탄 승객은 모두 공기에 익사했으니.

아마도 탄산칼륨 광산일까. 누가 알랴? 우리는 서쪽으로 계속 달리네.

어느 공주 이야기 1982년 ♀○

1982년 1월, 낙태 및 재생산권 행동 연맹(NARAL) 포틀랜드 지부에서 워크숍 컨퍼런스를 여는 기조 연설을 요청받아 쓴 글이다.

여러분은 오늘 아주 진지하고 급박한 일, 말 그대로 삶과 죽음의 문제를 두고 열심히 일할 예정입니다. 그러니 먼저 잠시 노닥거려도 좋겠지요. 옛날이야기를 하나 들려 드릴게요.

옛날옛날, 아주 오래전 암흑시대에 공주가 하나 살았습니다. 공주는 유복하게, 잘 먹고, 좋은 교육을 받고, 사랑받으며 자랐어요. 공주는 왕족 여성을 훈련시키는 대학에 갔고, 연계된 왕족 남성용 대학에서 왕자를 하나 만났습니다. 왕자 역시 유복하게, 잘 먹고, 좋은 교육을 받고, 사랑받으며 자랐지요. 두 사람은 사랑에 빠져서 아주 왕족 같은 시간을 보냈습니다.

공주는 우등생이었고 왕자는 대학원생이었는데도, 둘 다 어떤 일들에 대해서는 놀랍도록 무지했어요. 공주의 부모님은 품위 있고 말을 삼가는 분들이긴 했지만, 책임감 있고 교육적이기도 했지요. 그래서 공주도 아기를 어떻게 만드는지는 다 알고 있었어요. 그 문제에 관한 책도 여러 권 읽었죠. 하지만 공주의 부모님이나 그 책들을 쓴 사람들이나, 공주가 '아기를 만들지 않는' 방법을 알아야 할 거란 생각은 못 했나 봐요. 다시 말하지만 이건 오래전 암흑시대, 성교가 의무가 되기 전, 피임약이 나오기 전의 일이랍니다. 공주가 아는 거라곤 '고무'라고 부르는 뭔가가 있고, 고등학교 때 남자애들이 트로이 전쟁 이야기만 나오면 낄낄거렸다는 사실뿐이었어요. 물론 왕자는 다 알고 있었죠. 경험이 있었어요. 자기 말로는 열다섯 살 때부터 섹스를 했다나요. 왕자는 매일 밤 처음에는 콘돔을 껴야 한다는 걸 알았어요. 하지만 밤마다 두 번째나 세 번째에는 끼지 않아도 된다, 안전하다고 알고 있었죠.

아마 이 이야기가 어떻게 진행될지 상상할 수 있겠죠? 옛날이야기가 대개 그렇듯, 이 이야기도 뻔한 길을 따라가요. 피할 수 없는 사건이 일어나죠.

"우린 결혼해야 해!" 공주는 왕자에게 말했어요.

"난 어머니가 계신 집으로 갈 거야." 왕자는 공주에게 말했어요.

그리고 그 말대로 했죠. 왕자는 브루클린 하이츠에 있는 가족 궁전으로 가서 알현실에 숨었어요.

공주는 리버사이드 드라이브에 있는 가족 궁전으로 가서 많이 울었어요. 허드슨 강에 눈물이 가득 찰 정도로 울었죠. 하지만 평생 어떤 일로도 벌을 받아 본 적이 없다 보니, 도저히 부모님에게 왜 우는지 말할 엄두가 나지 않았어요. 대신 어머니의 산부인과 의사에게 찾아갈 구실을 지어내고 임신 검사를 받았죠. 그때는 토끼를 썼어요. 검사 결과가 임신이면 토끼가 죽었죠. 이건 암흑시대 이야기라니까요. 아무튼 토끼는 죽었어요. 공주는 부모님에게 말하지 않고 달려가서 왕자를 끄집어내어 말했죠. "정말로 우리 결혼해야 해."

"넌 나와 같은 종교가 아니잖아. 게다가 어쨌든 그건 네 아기야." 왕자는 그렇게 말하고 브루클린 하이츠로 돌아갔어요. 공주는 집으로 돌아가서, 결국 부모님도 무슨 문제가 생겼는지 알게 될 정도로 심하게 울었죠. 부모님은 알고 나서 말했어요. "괜찮아, 괜찮아, 아가야. 그 남자가 너와 결혼하지 않는다면, 너도 아기를 낳을 필요가 없어."

자, 여러분도 암흑시대에는 낙태가 합법이 아니었다는 사실을 기억하시겠죠. 당시에 낙태는 범죄였고, 심지어 중범죄였어요.

공주의 부모님은 범죄를 저지르는 유형은 아니었어요. 속도 제한도 지키고, 세금과 주차 위반 벌금도 내고, 빌린 책도 돌려주고 사는 사람들이었죠. 정직했다는 뜻이에요. 그분들은 고지식하지도 순진하지도 않았고, "종교적"이지도 않았지만 아주 도덕적인 사람들이었고 친절과 품위를 사랑했으며, 법을 무척 존중했어요. 그렇지만 이제 그분들은 주저없이 법을 어기고, 중죄를 저지르기로 결심했죠. 그것도 이게 옳고, 이렇게 하는 게 우리의 책임이라는 조리 있고 깊이 있는 믿음 속에서요.

정작 공주는 그 결정에 대해 고민했어요. 물론 법적인 문제 때문이 아니라, 윤리적으로요. 공주는 좀 더 울고 나서 말했죠. “난 비겁하게 굴고 있어. 부정하게 굴고 있어. 내가 한 행동의 결과를 피하고 있어.”

그러자 공주의 아버지가 말했어요. “맞다. 그래. 하지만 그 비겁함, 그 부정직함, 그 회피가 아무도 원치 않는 아이를 낳기 위해 네 훈련과 네 재능, 그리고 네가 나중에 원할 아이들을 희생하는 어리석은 무책임보다는 낫다.”

공주의 아버지는 빅토리아 시대 사람인 데다 약간 청교도인이었어요. 낭비와 허비를 아주 싫어했죠.

그래서 공주와 공주의 부모는 낙태할 방법을 찾아보려 했어요. 그런데 방법을 아는 사람을 몰라서 약간 당황했죠. 산부의과 의사에게 물어봤더니 발끈하며 말했어요. “난 A. B.를 하지 않아요.” 어쨌든 밥벌이 자격증이 걸린 일이었으니까요. 아니, 감옥에도 갈 수 있었으니 그분을 탓할 순 없어요. 결국 적당한 연락처를, 그러니까 범죄 연줄을 찾아준 사람은 오래된 가족 친구인 아동 심리학자였어요. 그분이 “검사” 예약을 잡았죠.

그 팀은 정말 번드르르했어요. 닥터 누구누구라는 이름도 있고. 로어이스트사이드에 멋진 사무실도 두고, 정중하게 미소 짓는 접수원에다, 대기실 테이블에는 《에스콰이어》와 《내셔널 지오그래픽》이 놓여 있었죠. “뉴욕 시에서 제일가는 낙태의”라는 명성이 있었는데 그럴 만했어요. 낙태 한 번에 대부분의 노동자 가정이 1년에 버는 돈 이상을 청구했죠. 지저분한 뒷방 일이 아니었어요. 깨끗하고, 품위 있었죠. "낙태"라는 말도 안 썼고, 심지어 "A. B."라고 귀엽게 줄여 쓰지도 않았어요. 의사는 처녀막도 복원해 주겠다고 했어요. "쉽습니다. 추가 요금도 없어요." 자동차처럼 수리받는 느낌이 싫었던 공주가 "아니에요, 그냥 하세요."라고 했더니 그대로 수술을 했어요. 분명히 잘했을 거예요. 공주는 나가는 길에 빨갛게 충혈된 눈에 겁에 질린 얼굴로 들어서는 대학생 옆을 지나쳤고, 멈춰 서서 "괜찮아요. 그렇게 나쁘지 않아요. 겁먹지 말아요."라고 해 주고 싶었지만, 그렇게 말하기가 겁이 났어요. 공주는 어머니와 택시를 타고 돌아가면서 둘이 같이 울었어요. 슬프기도 했고, 마음이 놓이기도 해서요. "끝없는 슬픔……."

공주는 대학에 돌아가서 학사를 마쳤어요. 가끔 건물 담쟁이 뒤에 숨거나 허둥지둥 걸어가는 왕자를 보기도 했어요. 분명히 그 남자는 그 후에 아주 행복하게 살았겠죠. 공주는 A. B.를 받고 몇 달 후에 B. A.(학사 학위)를 받은 후 대학원에 진학했고, 그 후에는 결혼을 했고, 작가로 살았으며, 스스로의 선택으로 네 번 임신했어요. 한 번은 석 달 만에 유산했고, 세 번은 정상적으로 출산했지요. 그래서 원하고 사랑하는 아이를 셋 두었어요. 첫 번째 임신을 끝내지 않았다면 태어나지 않았을 세 아이를요.

"생명의 권리(Rights-to-Life)"를 외치는 낙태 반대자들이 주장하듯이 어떤 탄생이라도 태어나지 않는 것보다는 낫고, 더 많은 탄생이 적은 탄생보다 낫다면, 그 사람들도 하나가 아니라 셋을 낳은 내 낙태 결정에 찬성해야 마땅해요. 그 사람들의 목적을 이루는 기발하고 논리적인 방법이잖아요! 하지만 생명 보존이란 임신 중단 반대 세력의 진짜 목적이 아니라 슬로건에 불과해 보이는군요. 그 사람들이 원하는 건 통제예요. 행동에 대한 통제. 여자들에 대한 권력 행사죠. 낙태 반대 운동에 참여하는 여자들은 여자들에 대한 남성의 권력을 공유하고 싶어 하고, 그러기 위해 자신들의 여성성을 부정해요. 타고난 권리와 책임을요.

내 이야기에 교훈이 있다면 이런 거예요. 그 어린 공주는, 사회의 남성우월주의 요소가 가르친 모든 것에도 불구하고, 고등학교 때 왜 샐리는 3월에 학교를 그만뒀는지를 두고 벌어진 추문, 모성이 여성의 유일한 기능이라고 극찬하던 소설들, 은밀하게 구는 산부인과 의사, 낙태는 범죄라고 선언하는 법의 존재, 낙태 의사의 번드르르한 착취 방식…… "낙태는 잘못이다!"라고 외치는 그 모든 메시지에도 불구하고…… 두려움이 지나간 후에 곰곰이 생각해 보고 나서 '나는 옳은 일을 했어.'라고 생각했다는 거예요.

잘못은 오히려 임신을 막는 방법을 몰랐다는 게 잘못이었죠. 내 무지가 잘못이었어요. 그렇게 무지하도록 만든 법 제도야말로 범죄였어요. 공주는 부끄럽다고 생각했어요. 편협한 사람들 뜻에 따라 무지한 채로 산 게 부끄럽고, 무지한 채로 행동한 게 부끄럽고, 나약하고 이기적인 남자를 사랑한 게 부끄럽다고 생각했어요. 정말 부끄러워요. 하지만 죄책감을 느끼지는 않아요. 대체 어디에 죄가 끼어드는 거죠? 나는 내게 주어진 일을 할 수 있도록 내가 해야만 하는 일을 했습니다. 나는 그 일을 할 거예요. 결국 그거예요. 책임을 지는 문제예요.

당시에도 그렇게 생각했지만, 아주 명료하게 생각하지는 못했죠. 지금 제가 더 명료하게 생각할 수 있고, 여러분에게나 다른 사람들에게나 그 생각을 말할 수 있는 건 전적으로 지난 30년간 낙태권을 포함한 여성의 권리와, 품위와, 자유를 위해 일해 온 사람들의 용기와 힘 덕분입니다. 그분들이 저를 자유롭게 해 주셨고, 저는 그분들에게 감사하고 연대를 약속하기 위해 이 자리에 섰습니다.

제가 어디서 많이 들어 본 것 같은 제 옛날이야기를 왜 했을까요? 이야기 속에서 저 자신을 공주라고 부른 건 반쯤은 농담이고, 실제로 제 부모님의 영혼은 왕족이나 다름없어서이기도 합니다. 하지만 저 자신에게, 또 여러분에게 저는 특권층이었다는 사실을 상기시키기 위해서이기도 해요. 저는 "뉴욕 시 최고의 낙태"를 받았습니다. 낙태가 범죄였던 암흑시대에, 저희 아버지처럼 현금을 빌릴 방법이 없는 아버지를 둔 젊은 여성은 어땠을까요? 아니, 아버지가 수치심과 분노에 미쳐 버릴 게 뻔해서 말조차 꺼낼 수 없던 여성에게는 어땠을까요? 어머니에게도 말할 수 없었던 여성은요? 지저분한 방에 혼자 가서, 직업 범죄자의 손에 몸과 영혼을 맡겨야 했던 이들은요? 착취자였든, 이상가였든 간에 당시에 낙태를 하는 의사는 모두 직업 범죄자였으니 말이죠! 여러분은 그 여성이 어땠을지 알아요. 여러분도 알고 저도 알죠. 그래서 우리가 이 자리에 모인 겁니다. 우리는 그 암흑시대로 돌아가지 않아요. 우리는 이 나라의 누구도, 어떤 여성에게도 그런 힘을 행사하게 두지 않을 겁니다. 정부 밖에나, 안에나 그 암흑을 법으로 다시 불러오려는 막강한 세력들이 있습니다. 우리는 막강한 세력이 아니에요. 하지만 우리는 빛입니다. 아무도 우리를 끌 수 없어요. 여러분 모두가 언제까지나 찬란하게, 꺼지지 않고 빛나기를 빕니다.

캘리포니아를 차가운 곳으로 보는 비유클리드적 관점 1982년

로버트 C. 엘리엇은 연구의 절정기였던 1981년, 저서 『문학 페르소나*The Literary Persona*』를 막 끝낸 직후에 사망했다. 진정한 스승이자, 더없이 사려 깊은 친구였다. 이 논문은 샌디에이고 캘리포니아 대학에서 엘리엇의 삶을 기억하며 진행하는 일련의 강의(lecture) 중 첫 번째로 읽도록 준비한 글이었다.

우리는 프랑스어 렉튀르(lecture), 즉 "읽기"에 해당하는 단어를 큰 소리로 읽고 말하는 일종의 연행(performance)을 가리키기 위해 쓴다. 프랑스인들은 같은 행동을 렉튀르(lecture)가 아니라 콩페랑스(conference)라고 한다. 이 차이는 흥미롭다. 읽기는 읽는 사람과 쓰는 사람이 따로 수행하는 소리 없는 협업이다. 강의는 강의자와 청자들이 함께 벌이는 시끄러운 협업이다. 이 논문의 독특한 짜깁기 형식은, 이 강의를 연행 가능한 작업이자 여러 목소리가 담긴 글로, 즉 "콩페랑스"로 만들기 위한 시도이다. 그 때와 장소, 즉 1982년 라호야의 따뜻한 4월 밤은 지나갔고, 이제는 훈훈하고 시끄럽던 청중의 자리를 온화한 독자들로 대신해야겠다. 하지만 첫 번째 목소리는 여전히 밥 엘리엇의 목소리다.

우리의 현대적인 유토피아 불신에 대해 이야기하는 『유토피아의 형태*The Shape of Utopia*』에서 엘리엇은 이렇게 말했다.

> 유토피아라는 말을 되찾으려면, 유토피아를 따라 대심문관조차 보지 못하는 곳에 입을 벌린 심연 속으로 들어갔다가, 그 후에 반대쪽으로 기어 나오기까지 한 사람이라야 할 것이다.[1]

이 놀라운 이미지가 나의 시작점이다. 그리고 나의 모토는 이것이다.

> Usà puyew usu wapiw!

둘 다 나중에 돌아와서 다시 다룰 테니, 두려워 마시라. 내가 이 글에서 말하려는 바가 바로 돌아감이다.

『유토피아의 형태』 첫 챕터에서 밥은 사투르날리아*, 마디그라, 크리스마스 같은 성대한 참여 축제, 평화와 평등의 시기인 일명 '황금기'는 따로 떨어진 막간, 그러니까 일상 바깥의 시간에서 살 수 있다는 점을 지적한다. 하지만 평범한 사회 구조 안에 완벽

---

* 농경신 사투르누스를 기리는 동지 축제로 크리스마스의 기원에 해당한다.

한 커뮤니타스*를 가져온다는 건 제우스나 할 수 있는 일이다. 또는, 밥의 말을 빌자면 "제우스의 선의를, 아니면 제우스의 존재 자체를 믿지 않는다면" 그것은 인간 정신이 할 일이 된다.

> 유토피아란 인간의 이성과 의지를 [황금기] 신화에 적용한 것이며, 신화에 구현된 근원적인 열망이 현실 원리와 부딪칠 때 무슨 일이 일어나는지, 또는 무슨 일이 일어날 수 있는지를 상상으로 풀어내려는 인간의 노력이다. 이 노력 속에서 인간은 어느 먼 때의 신성한 상태를 꿈꾸는 데 그치지 않고, 창조자 역할을 떠맡는다.[2]

자, '황금기' 또는 '꿈의 시간'은 합리적인 정신과는 멀기만 하다. 유클리드적인 합리로는 접근할 수가 없다. 하지만 모든 신화와 신비주의가 증거하고, 모든 참여형 종교가 장담하기로, 제대로 통찰할 재능이나 수련을 갖춘 사람들에게는 그 시간이 바로 여기, 바로 지금 존재한다. 그런데 여기에 없고 지금 없다는 것이 합리적인 유토피아, 혹은 제우스형 유토피아**의 가장 핵심이다. 그 유토피아는 '지금 여기'에 반하는 의지와 이성의 반응으로 만들어지고, 토머스 모어가 이름 붙인 대로 '어디에도 없는' 곳이다. 내용물이

---

* 의례 과정에서 세속의 사회 질서가 전도되며 발현되는 공동성. 인류학자 빅터 터너가 제시한 개념으로, 사회구조와 일상의 규범으로부터 해방되어 서로 평등해진 개인들로 이뤄진 집단을 뜻한다.

** Jovian utopia. 주피터 유토피아.

없는 순수한 구조물이며, 순전히 모형이자, 목표다. 그게 그런 유토피아의 미덕이다. 유토피아는 사람이 살 수 없는 곳이다. 우리의 손이 닿으면 그곳은 바로 유토피아가 아니게 된다. 이 슬프지만 피할 수 없는 사실의 증거로, 지금 여기, 이 방에서 우리가 유토피아에 살고 있다는 사실을 지적해도 될까.

어렸을 때 나는 캘리포니아가 "황금의 주(The Golden State)"라고 불리는 이유가 슈터가 발견한 황금 때문만이 아니라 언덕에 핀 야생 양귀비와 여름이면 가득한 야생 귀리 때문이라고 들었고, 그렇게 믿고 싶다. 스페인인과 멕시코인에게 캘리포니아는 벽지였다. 그러나 앵글로인에게는 진정한 유토피아가 되었다. 의지력으로 접근할 수 있는 황금기요, 이성으로 길들인 야생의 낙원. 늙은 몸과 경련에서 벗어나, 농장과 장화를 뒤에 버려 두고, 류머티즘과 방햇거리들을 치워 두고, 영화에서는 모두가 순식간에 부자가 되거나 삶의 의미를 찾거나 어쨌든 멋지게 햇빛 속에서 행글라이딩을 하는 '여기가 아니고 지금이 아닌' 곳에서 새로운 "삶의 방식"을 시작하는 장소다. 그리고 야생 귀리와 양귀비는 여전히 우리가 유토피아 위에 부어 버린 시멘트 틈을 뚫고 순수한 금빛을 비춘다.

"창조자 역할을 떠맡"으면서 우리는 있음에 참여하기보다는 노자가 "없음의 이로움"*이라고 부른 것을 추구한다. 세상을 재구성한다는 것, 세상을 다시 세우거나 합리화하는 것은 실제 본질을 잃거나 파괴할 위험을 지는 행위이다.

---

* 도덕경 11장.

뭐니 뭐니 해도, 캘리포니아는 앵글로인이 오기 전에 비어 있지 않았다. 전도사들의 노력에도 불구하고 여전히 북아메리카에서 가장 인구가 많은 지역이었다.

백인들이 "길들여야" 할 황무지라고 본 곳은 사실 인류에게 그 전 어느 곳보다 더 잘 알려진 땅이었다. 알려져 있었고, 이름 붙여져 있었다. 모든 산, 모든 골짜기, 개울, 협곡, 계곡, 건곡, 돌출부, 벼랑, 절벽, 해안, 물굽이, 큰 바윗돌, 특징 있는 나무 한 그루까지 다 이름이 있었고 질서 속에 자리를 잡고 있었다. 원래 주민들은 인지하고 있었으나, 침입자들은 전혀 모르는 질서였다. 그런 이름은 모두 목적지나 가야 할 곳이 아니라 있는 그대로의 장소를 이름했다. 세상의 중심을 이름했다. 캘리포니아 전역에 세상의 중심들이 있었다. 클라마스 강에 있는 어느 벼랑도 그중 하나다. 그 벼랑의 이름은 카티민이었다. 벼랑은 지금도 그곳에 있지만 이제는 이름이 없고, 세상의 중심도 그곳에 없다. 여섯 개의 방향은 오직 살아 낸 시간, 사람들이 집이라고 부르는 장소에서만 서로 만날 수 있다. 일곱 번째 방향, 바로 중심에서다.

하지만 우리는 한계가 있고 완고하고 비합리적인 현재에 짜증을 내며 과거의 족쇄에서 벗어나기를 갈망하는 우리의 신과 같은 이성에 내몰려, 앞으로! 서쪽으로 이야호! 외치면서 집을 떠난다.

"사람들은 언제나 더 나은 미래를 만들고 싶다고 외친다." 밀란 쿤데라는 『웃음과 망각의 책』에서 말한다.

그것은 사실이 아니다. 미래는 아무에게도 관심이 없는 무심한 공동(空洞)이다. 과거는 활기 가득하고, 우리를 자극하고 싶어 하고, 우리를 도발하고 모욕하며, 과거를 부수거나 다시 칠하고 싶어지게 만든다. 사람들이 미래의 주인이 되고 싶어 하는 것은 오직 과거를 바꾸기 위해서이다.[3]

그리고 책 끝에서 쿤데라는 인터뷰 진행자에게 망각에 대해 말한다. 망각이란

인간의 대단히 사적인 문제다. 자아의 상실이라는 의미에서는 죽음이다. 하지만 그 자아란 무엇일까? 자아는 우리가 기억하는 모든 것의 총합이다. 그러므로, 우리가 죽음에 대해 두려워함은 미래의 상실이 아니라 과거의 상실 때문이다.[4]

쿤데라는 그래서 큰 세력이 작은 세력의 민족 정체성을, 그러니까 자의식을 빼앗고 싶을 때는 소위 "조직된 망각이라는 방법"을 쓴다고 말한다.

그리고 미래 지향적인 문화가 현재 중심적인 문화를 침해할 때, 그 방법은 강압이 된다. 대규모로 많은 것이 잊힌다. "코스타노아인"이나 "와포" 같은 이름은 어떤가? 그것이 스페인인이 베이 지역과 나파 밸리에 사는 사람들을 불렀던 이름이지만, 그 사람들이 스스로를 어떻게 불렀는지 우리는 모른다. 그 사람들이 지워지

기도 전에, 이름부터 잊혔다. 과거는 없었다. 타불라 라사*였다.

우리가 사용하는 가장 뛰어난 조직된 망각 수단 중에 '발견'이 있다. 율리우스 카이사르는 갈리아 전쟁에서 특유의 우아한 방식으로 그 기술의 예시를 선보인다. "내가 그곳에 가기 전까지는 브리튼이 존재한다는 사실이 확실하지 않았다."

대체 누구에게 확실하지 않았다는 걸까? 하지만 야만인들이 아는 바는 셈에 들어가지 않는다. 오직 신과 같은 카이사르가 보아야만 브리타니아가 파도 위에 떠 있을 수 있다.

오직 유럽인들이 발견하거나 발명해야만 아메리카가 존재할 수 있었다. 적어도 콜럼버스는 광기 속에서 베네수엘라를 낙원의 변두리로 오해하기라도 했다. 하지만 콜럼버스는 낙원에서 싼 노예 노동력을 구할 수 있다고도 언급했다.

월턴 빈 교수가 쓴 『캘리포니아: 해석의 역사*California: An Interpretive History*』 첫 챕터에는 이런 대목이 있다.

> 캘리포니아 석기 시대 문화가 살아남은 것은 '인종(race)'으로서 인디언들의 잠재력에 어떤 유전적 생물적 제약이 있어서 나온 결과가 아니었다. 그들은 쭉 지리적으로, 문화적으로 고립되어 있었다. 광활한 바다, 산맥, 사막이 캘리포니아를 외부의 정복만이 아니라 외부의 자극으로부터도 보호해왔다……

* 빈 서판, 백지 상태의 마음.

(여러분도 알겠지만, 접촉 없이 고립되고 정복되지 않게 보호받는 것이야말로 유토피아의 특징이다.)

> ……그리고 캘리포니아 안에서도 인디언 무리들은 너무나 안정적으로 자리 잡은 나머지, 서로와의 접촉이 드물었다. 긍정적으로 보자면, 그들의 문화에 대해 있는 그대로 말하는 바가 있었다…… 캘리포니아 인디언들은 환경에 성공적으로 적응했고, 서로를 파괴하지 않고 사는 방법을 배웠다.[5]

빈 교수의 훌륭한 저서는 내가 관심을 둔 특정 분야, 즉 '역사의 첫 챕터'를 다룬 많은 책보다 우월하다. 남아메리카든 북아메리카든, 나라 전체든 지역이든 간에 아메리카 역사를 다루는 첫 챕터는 보통 짧다. 특이할 정도로 짧다. 해당 지역을 "점유"했던 "부족들"을 언급하고, 일화나 몇 개 서술하고 넘어간다. 두 번째 챕터에서는 유럽인들이 해당 지역을 "발견"한다. 그리고 역사가는 안도의 숨을 몰아쉬며 정복에 대해, 주로 정착이나 식민화라는 형태로 설명하고 정복자들의 행동을 서술하는 데 뛰어든다. 역사는 전통적으로 문서 기록으로서 역사가들이 정의해 왔기에, 이런 불균형은 피할 도리가 없다. 그리고 큰 의미에서는 타당성도 갖췄다. 아메리카의 비(非)도시 거주민에게는 사실상 역사가 없었으므로, 백인의 역사에 들어올 때가 아니면 역사가의 눈에는 보이지 않고 인류학자에게만 보인다.

이 불균형은 피할 수 없고, 타당성을 갖췄으며, 또한 내가 보기에는 무척 위험하다. 이 불균형은 자기들이 파괴한 문화의 가치를 부정하고 싶어 하고, 자기들이 죽인 사람들을 인간이 아니라고 하고 싶어 하는 정복자들의 바람을 너무나 편리하게 전달한다. 조직된 망각이라는 수단에 너무 힘을 실어 준다. 여기를 "신세계"라고 부르다니…… 그야말로 카이사르 같은 탄생이다!

지금은 "홀로코스트"와 "제노사이드"라는 말이 잘 쓰이지만, 그것도 아메리카 역사에는 좀처럼 적용되지 않는다. 버클리에서 학교에 다닐 때 우리는 캘리포니아의 역사가 첫 챕터에서 집단학살을 했다고 듣지 못했다. 우리는 인디언들이 "진보(progress)의 행진" 앞에서 "물러섰다"고 들었다.

하워드 A. 노먼은 『위싱본 사이클*The Wishing Bone Cycle*』 서문에서 이렇게 말한다.

> 습지 크리인에게는 이런 개념어가 있다. 바위 틈으로 후진하는 호저의 생각을 설명할 때 쓰이는 것을 들은 적이 있는데,
>
> 'Usà puyew usu wapiw.'
>
> '그는 앞을 보며, 뒤로 간다.'는 말이다. 호저는 미래를 안전하게 추측하기 위해 일부러 뒤로 움직인다. 그렇게 움직이면 적을 보거나, 새로운 날을 볼 수 있다. 크리인에게 그것은 유익한 자기 보호 행동이다.[6]

크리인이 이야기를 시작할 때 쓰는 정해진 서두가 "들어 보라고 초대한 후 '호저가 그렇듯이 나는 앞을 보며, 뒤로 간다.'는 관용구"[7]이다.

살기 적합한 미래를 안전하게 추측하기 위해서라면, 우리도 바위틈을 찾아서 후진하는 게 좋을지도 모른다. 우리의 뿌리를 찾기 위해서는 보통 뿌리가 있는 곳에서 찾아야 할지도 모른다. 적어도 배타적이고 공격적인 인종 정신(Spirit of Race), 너무나 많은 피를 흘린 그 혈통 신비주의보다는 장소의 정신(Spirit of Place)이 훨씬 상냥하다. 그토록 자의식이 강하면서도 우리는 우리가 사는 곳, 바로 지금 바로 여기에 대해서는 거의 지각이 없다. 장소에 대한 지각이 있다면 지금처럼 엉망진창으로 만들지는 않을 것이다. 그렇다면 우리의 문학도 장소에 대해 찬양했을 것이다. 그렇다면 우리의 종교도 참여적일 수 있을지 모른다. 만약 그렇다면…… 우리가 정말로 지금 여기, 이 현재에서 여기에 산다면, 우리도 한 집단으로 우리의 미래에 대해 지각할 수 있을지 모른다. 세상의 중심이 어디인지 알 수 있을지도 모른다.

> ……이상적으로 말하면, 가장 고결하고 가장 순수한 유토피아는 (아직 도달하지 못했다면) 실러가 묘사한 대로의 목가적인 상태를 염원한다. 인간을 뒤에 있는 아르카디아가 아니라 앞에 있는 엘리시움으로, 인간이 스스로와 외부 세계와 평화를 이루는 사회 상태로 이끌어 줄 시적인 상태를 염원한다.[8]

캘리포니아 인디언들은 환경에 성공적으로 적응했고, 서로를 파괴하지 않고 사는 방법을 배웠다.[9]

물론, 그것은 아르카디아였다. 엘리시움이 아니었다.[*] 나는 고대 사회나 원시 사회를 "과거와 현재를 통틀어 모든 사회의 한 차원인"[10] 진정한 커뮤니타스와 혼동하지 말라는 빅터 터너의 경고를 중시한다. 석기 시대로 돌아가자는 제안이 아니다. 내가 의도하는 바는 반동이 아니고, 보수조차 아니고 그저 전복이다. 유토피아 상상 또한 자본주의와 산업주의와 인구처럼, 오직 성장으로만 구성된 일방향의 미래에 갇혀 있는 것처럼 보인다. 돼지를 다른 길로 빠지지 않게 질주시킬 방법을 생각하는 셈이다.

뒤로 가자. 몸을 돌리고 되돌아가자.

> [유토피아라는] 말을 되찾으려면, 유토피아를 따라 대심문관조차 보지 못하는 곳에 입을 벌린 심연 속으로 들어갔다가, 그 후에 반대쪽으로 기어 나오기까지 한 사람이라야 할 것이다.[11]

대심문관의 유토피아는

'유클리드적인 정신(도스토옙스키가 자주 썼던 표현이다.)'의 산물

---

* 둘 다 일종의 유토피아지만 아르카디아는 목가적인 과거로의 회귀, 엘리시움은 사후의 낙원을 가리킨다. 뒤와 앞으로 볼 수도 있겠다.

이며, 그 정신은 어떤 대가를 치르더라도 이성으로 모든 생명을 규제하고 인간에게 행복을 가져오자는 생각에 사로잡혀 있다.[12]

대심문관이 인간 조건을 인지하는 유일한 시각이 무엇인지는 예브게니 자먀찐이 『우리들』에서 지독하게도 명료하게 진술했다.

낙원에 둘이 있었고, 그들에게 선택이 주어졌다. 자유 없는 행복이냐, 아니면 행복 없는 자유냐. 다른 선택지는 없었다.[13]

다른 선택지는 없다. 이제 유리즌*의 목소리를 들어 보라!

다가올 앞날을 위해 예비해 둔 나의
엄한 조언에 따로 숨어,
나는 고통 없는 기쁨을,
동요 없는 견고함을 추구했노라……

하, 나는 어둠을 펼쳐
강한 힘을 지닌 이 바위 땅에
내 고독으로 쓴,

---

* Urizen. 시인 윌리엄 블레이크가 만든 신화에서, 전통적인 이성과 법의 화신.

불멸의 놋쇠 책(book of eternal brass)을 놓는다.

평화의 법, 사랑의 법, 통합의 법
연민의 법, 동정의 법, 용서의 법
각자 거주지를 선택하게 하자,
무한하고 오래된 저택을,
하나의 명령, 하나의 기쁨, 하나의 욕망,
하나의 저주, 하나의 무게, 하나의 기준,
하나의 왕, 하나의 신, 하나의 법.[14]

밥 엘리엇은, 유토피아를 믿으려면 우리가 믿어야만 한다고 말한다.

> 인간이 이성을 행사하여 사회적 환경을 통제하고 중대한 방식으로 더 낫게 바꿀 수 있다고[믿어야 한다……]. 우리의 역사가 도무지 얻기 힘들게 만든 바로 그런 믿음을 가져야만 한다.[15]

노자는 몇천 년 전에 비슷한 역사적 상황에서 말하기를, "도를 잃으면"

> 인(仁)이 나타난다. 인을 잃으면 의(義)가 나타난다. 의를 잃으면 예(禮)가 있게 된다. 예란 충성과 신의의 끝이며, 혼란의 시

작이다.[16*]

라고 했다. 윌리엄 블레이크는 "감옥은 법이라는 돌로 짓는다"[17]고 했다. 그리고 대심문관에게 돌아가자면, 우리에게는 행복 대 자유라는 딜레마를 다시 말하는 밀란 쿤데라가 있다.

> 전체주의는 지옥일 뿐 아니라 낙원에 대한 꿈이기도 하다. 모두가 단 하나의 공통 의지와 신념으로 결합하여, 서로에 대해 어떤 비밀도 없이 조화롭게 살아가는 세상에 대한 오래된 꿈…… 전체주의가 우리 모두의 마음속 깊이 존재하고 모든 종교에 깊이 뿌리내린 이런 원형들을 이용하지 않았다면 그토록 많은 사람을 매혹할 수 없었으리라. 특히 초기 단계에서는 더 그렇다. 그러나 낙원의 꿈이 현실로 변하기 시작하면, 여기저기에서 사람들이 그 꿈을 막는 이들을 베어 내기 시작하고, 그리하여 낙원의 지배자들은 에덴 옆에 작은 강제수용소를 지어야만 한다. 이 강제수용소는 시간이 흐를수록 커지고 완벽해지는 반면, 옆에 붙은 낙원은 점점 작고 초라해진다.[18]

유토피아를 짓는 이성이 순수하면 할수록, 더욱 유클리드

---

* 이 대목은 본래 도-덕-인-의-예로 이어지는데, 발췌 영문에서는 benevolence, justice, rites 세 가지만 나온다. 덕을 뺐거나, 인을 번역하지 못했거나, 덕과 인을 같은 것으로 보고 번역한 게 아닐까 추측한다.

적일수록 그 자기 파괴 능력도 커진다. 우리가 통제력으로서 이성이 어질다고 믿지 않는 데에는 그럴 만한 근거가 있다. 우리는 이성을 시험하고 믿어야 하지만, 이성을 신앙한다는 건 이성을 신의 자리에 올리는 짓이다. 창조자 제우스가 지배권을 탈취한다. 제멋대로인 티탄족은 소금 광산으로 보내고, 불편한 프로메테우스는 보호구역으로 보낸다. 지구는 그 자체로 에덴의 벽에 붙은 오점이 된다.

합리주의 유토피아는 권력 과시이다. 행정령으로 선포하고 의지력으로 유지하는 일신교이다. 그런 유토피아는 과정이 아니라 진보를 전제하기에, 살 수 있는 현재는 없고 오직 미래형으로만 말한다. 그리고 결국에는 이성 자체가 그 유토피아를 거부해야 한다.

> 아 나는 어두운 사망의 포도주를 마시지도 빵을 먹지도 않았으며,
> 내 견해를 미래상에 드리우지도 않았고,
> 첨탑과 탑과 돔에서 피어나는 연기로
> 쾌적한 정원을 망가뜨리는, 그리고 하수구에 흐르는 물로
> 눈부신 강을 메우는 도시와 높은 아치들을 지어
> 구름 드리운, 어두운 현재에 등을 돌리지도 않았으니……
>
> 그러면 가거라, 오 어두운 미래상이여! 내 두뇌 속 이 천국으로부터
> 그대를 떨쳐 내리니, 더는 미래상을 보지 않으리라.

내 미래상을 떨쳐 내고, 내가 만든 그 공허에 등을 돌리누나
하! 미래는 이 순간에 있으니……

유리즌이 그리 말하더니……

기쁨에 환호하며 아름답게 반짝여,
적나라한 장엄으로, 빛나는 젊음으로
낭랑한 그의 소리가 하늘까지 올라가더라……[19]

이거야말로 이 논문에서 가장 좋은 부분이다. 우리가 유리즌을 뒤따라 눈부시게 솟구쳐 탈옥할 수 있다면 좋겠지만, 그것은 위대한 시인과 작곡가들을 위해 예비된 길이다. 나머지 우리들은 여기 땅바닥에 남아서 원을 그리고 걸으며 기만적인 곁가지 여행이나 제시하고 엉뚱한 질문을 던져야 한다. 지금 내가 던지려는 질문은 이것이다. 코요테가 만든 곳은 어디에 있을까?

유토피아를 가르치는 어느 논문에서, 케네스 로머 교수는 이렇게 말한다.

이 질문의 중요성은 몇 년 전, 알링턴의 텍사스 대학교에서 진행한 신입생 무료 강의에서 느낄 수밖에 없었다. 나는 학생들에게 가상의 상황에 대한 답변을 쓰라고 했다. '만일 무제한의 경제 자원과 지역, 주, 국가 단위의 철저한 지원이 있

다면 텍사스 주 알링턴을 어떻게 유토피아로 바꿔 놓을 것인가?' 하는 질문이었다. 모두가 글을 쓰기 시작한 지 몇 분 후에 한 학생이 내 책상으로 다가왔다. 30대 후반의 성숙하고 지적인 여성이었다. 그 학생은 곤란한 얼굴이었고, 심란해 보이기도 했다. 학생은 이렇게 물었다. '제가 텍사스 알링턴이 이미 유토피아라고 믿는다면 어떻게 하죠?'라고.[20]

『월든 투*Walden Two*』*에서는 이 학생을 어떻게 할까?

유토피아는 쭉 유클리드적이었고, 유럽적이었으며, 남성적이었다. 나는 애매하고 의심스럽고 신뢰가 가지 않으며 최대한 모호한 방식으로, 어쩌면 그 찬란한 모래성에 대한 믿음을 마지막까지 잃어야 비로소 우리 눈이 더 흐릿한 빛에 적응하고 그 안에서 다른 종류의 유토피아를 볼 수 있을지 모른다고 제안해 보려 한다. 이 유토피아는 유클리드적이지도, 유럽적이지도, 남성적이지도 않기에, 그 유토피아를 말하는 나의 용어와 심상은 불확실하고 이상해 보일 수밖에 없다. 빅터 터너가 구조와 커뮤니타스를 두고 대조한 내용은 그런 유토피아를 생각하려는 나의 시도에 유용하다. 터너의 말을 빌면, 사회 구조는 인지적이고 커뮤니타스는 실존적이다. 구조는 모범을, 커뮤니타스는 잠재력을 제공한다. 구조는 분류하고, 커뮤니타스는 재분류한다. 구조는 법과 정치 기관으로 표현되고, 커뮤니타스는 예술과 종교로 표현된다.

---

* 소로의 『월든』에서 따온 제목의 유토피아 소설. 행동심리학자 스키너가 썼다.

> 커뮤니타스는 구조의 틈새를, 경계를 뚫고 들어간다. 구조 가장자리에서는 주변성을 파고들고, 구조 아래에서는 열등함을 파고든다. 커뮤니타스는 거의 어디에서나 신성하거나 '성스럽다'고 여겨지는데, 이는 커뮤니타스가 구조화되었거나 제도화된 관계를 지배하는 기준을 어기거나 소멸시키며, 유례 없는 효능 경험을 동반하기 때문이기도 하다.[21]

유토피아 사상은 커뮤니타스 경험을 제도화하거나 정당화하고자 할 때가 많았고, 그럴 때마다 대심문관과 충돌했다.

> 기계의 움직임은 구조가 결정하지만, 유기체에서는 그 관계가 뒤집힌다. 과정이 유기체의 구조를 결정한다.[22]

그것이 프리초프 카프라*가 제공한 또 하나의 유용한 은유였다. 커뮤니타스를 보장하는 구조를 준비하려는 시도는 스스로의 딜레마에 걸려든다. 기계 모델을 버리고 유기체 모델을 시도하여, 과정이 구조를 결정하도록 할 수 있을까? 하지만 그러려면 아나키스트보다 더 나아가야 하고, 퇴보했으며 정치적으로 순진한 러다이트이자 반(反)합리주의자라는 소리를 들을 뿐 아니라 실제로 그런 사람이 될 위험을 감수해야 한다. 농담이 아닌 진짜 위험

---

* 물리학자이자 시스템 이론가. 대표 저서로 『현대물리학과 동양사상』, 『생명의 그물』 등이 있다.

이다.(서구의 주류 사상에 속하지 않는다는 비난을 들을 위험은 나에게 오히려 반가운 기회이긴 하지만.) 이런 주변부, 반대와 부정, 모호함 속에서 어떤 유토피아가 나올 수 있을까?(*) 심지어 그게 유토피아라는 사실을 누가 알아볼까? 그 유토피아는 유토피아답게 보이지 않을 터이다. 아마 코요테가 자기 똥과 대화를 나누고 나서 만든 장소처럼 보일 것이다.

[*나중에 붙인 주석: 이 글을 힘겹게 쓰고 있었을 때는 아직 로버트 니콜스의 『응시-알타이의 일상*Daily Lives in Nghsi-Altai*』(New York:New Directions, 1977-1979) 네 권을 읽기 전이었다. 그때라면 내 생각이 썩 자유롭고 무책임하게 니콜스의 생각과 만나고, 부딪치고, 교차할 수 없었을 테니, 그때 읽지 않아서 다행이다. 내 논고는 피에르 메나르의 『돈키호테』가 세르반테스의 『돈키호테』를 의식하면서 쓰였던 것처럼 응시-알타이의 존재를 의식하면서 쓰였을 테고, 메나르의 작품이 세르반테스와 다른 것보다 더 많이 니콜스와 다를 수도 있었을 것이다. 그러나 지금도 응시-알타이의 존재를 의식하면서 이 글을 읽을 수는 있고, 그렇게 읽어 주기를 바란다. 그리고 응시-알타이가 어떤 면에서는 내가 힘들여 도달하려고 했던 바로 그 유토피아이면서도 완전히 반대 방향에 놓여 있다는 사실은 내 작업의 쓰임과 의미를 확대해 줄 수 있을 것이다. 사실 이 주석을 읽고 독자들이 몇 명이라도 직접 응시-알타이를 찾아 나선다면, 이 모든 것이 가치 있는 일이었다고 하겠다.]

트릭스터가 구현하는 상징은 고정된 상징이 아니다.

폴 라딘*은 말한다. 여러분은 불변하는 완벽함이야말로 유클리드 유토피아의 거주 불능성에 핵심 요소라는 점을 떠올릴 것이다.(밥 엘리엇이 아주 설득력 있게 논한 사항이다.)

> 트릭스터가 구현하는 상징은 고정된 상징이 아니다. 그 속에는 구별이 생기리라는 약속이, 신과 인간의 약속이 담겨 있다. 이런 이유로 모든 세대는 트릭스터를 새로이 해석하는 데 몰두한다. 어떤 세대도 트릭스터를 온전히 이해하지 못하나 어떤 세대도 트릭스터 없이 살아가지 못한다…… 트릭스터는 구별 없는 먼 과거만을 대변하지 않고, 모든 개인의 구별 없는 현재도 대변하기 때문이다…… 우리가 트릭스터에게 웃음을 터뜨리면, 트릭스터는 우리를 보고 웃는다. 트릭스터에게 일어나는 일은 우리에게도 일어난다.[23]

그리고 트릭스터는 에덴에 산 적이 없다. 코요테는 신세계에 살기 때문이다. 화염검을 든 천사에게 내몰린 이브와 아담이 서글픈 머리를 들자, 히죽 웃고 있는 코요테가 보였나니.

유럽적이지 않고, 유클리드적이지 않고, 남성적이지 않은…… 모두 부정형의 정의이고, 그래도 괜찮기는 하지만, 성가시다. 그리고 마지막 표현은 불만족스럽기도 하다. 내가 접근하려는 유토피아가 여성들만 상상할 수 있거나—가능한 이야기다—여성

* 미국의 문화인류학자. 미국 인디언 언어와 문화의 전문가.

들만 거주할 수 있는—이건 참을 수 없다—곳이라는 의미로 받아들여질 수 있어서다. 나에게 필요한 말은 '음(陰)'인지도 모르겠다.

유토피아는 늘 '양(陽)'이었다. 플라톤 시절부터, 유토피아는 어떻게든 커다란 양의 오토바이 여행이었다. 찬란하고, 잘 말라 있고, 깨끗하고, 강하고, 단단하고, 활발하고, 공격적이고, 선형적이고, 진보적이고, 창조적이고, 팽창하고, 전진하고, 뜨거웠다.

우리 문명은 지금 너무나 심하게 양에 치우쳐 있어서, 이 문명의 부당함을 개선하거나 이 문명의 자기파괴성을 피하려는 상상에는 반전이 들어갈 수밖에 없다.

> 만물이 다 함께 일어나고
> 나는 만물이 되돌아감을 헤아린다.
> 그들은 제각기 원래 뿌리로 되돌아간다.
> 뿌리로 되돌아가는 것을 고요함이라 하고,
> 운명(命)으로 돌아가는 것을 항상됨(常)이라고 하며
> 항상됨을 아는 경지를 밝음(明)이라고 한다.
> 항상됨을 무시하면
> 잘못 움직여 혼란하게 된다.[24*]

항상됨을 이루려면, 그러니까 질서로 끝맺으려면 우리는 되돌아가야 한다. 돌아가고, 내면으로, 음으로 가야 한다. 음의 유

---

* 본문에 실린 영역문과 한국어 번역본 『노자 도덕경과 왕필의 주』를 함께 참고하여 옮겼다.

토피아는 어떤 곳일까? 어둡고, 습하고, 모호하고, 약하고, 잘 구부러지고, 수동적이고, 참여적이고, 원(圓)형이며, 순환하고, 평화롭고, 자애롭고, 물러서고, 수축성 있으며, 차가울 것이다.

이제 뜨거움과 차가움에 대해 이야기해 볼까. 『유토피아의 형태』 참고문헌을 보니 1960년에 레비스트로스*가 한 강연 "인류학의 범위"가 떠오른다. 이 논문을 생각하면서 받은 영향이 워낙 크다 보니, 익숙한 분들에게는 미안하지만 그 대목을 길게 인용하고 싶다. 레비스트로스는 "원시" 사회들에 대해 말한다.

> 어떤 지혜를 획득하거나 유지한 탓인지, 이 사회들도 역사 속에 존재하기는 하지만, 역사가 자신들의 삶에 진입할 수 있게 해 주는 어떤 구조적인 변형에도 필사적으로 저항하는 것 같다. 자신들의 뚜렷한 특징을 가장 잘 지킨 사회들은 무엇보다도 자신들의 존재를 지키는 데 관심이 많아 보이는 사회들이다.[25]

스스로의 존재를 지키는 것이야말로 유기체 특유의 성질이다. 기계의 방식으로 정체에 도달하는 성취를 향한 전진이 아니라, 그 자체로 목적이기도 한 상호적이고 리드미컬하며 불안정한 과정이다.

---

* 클로드 레비스트로스. 프랑스의 인류학자. 구조주의 인류학의 창시자로 철학과 신화 연구에 지대한 영향을 미쳤다.

그들처럼 환경을 이용하면 자연 자원을 보존하면서 수수한 생활 수준을 유지할 수 있다. 그들의 다양한 결혼 규칙도 인구 통계학자의 눈에는 공통된 기능을 드러내는데, 출생률을 낮추고 그 상태로 일정하게 유지하는 기능이다. 마지막으로 구성원들의 동의와, 만장일치에 이르지 못하면 어떤 결정도 받아들이지 않는 원칙에 기반한 정치 생활은 집단생활의 추동력이 권력자와 반대자, 다수와 소수, 이용자와 이용 대상 사이의 대립을 이용하는 방향으로 가지 못하게 고안된 듯하다.

레비스트로스는 신석기 혁명 이후부터 나타났으며, "사회적인 변화와 에너지를 뽑아내기 위해 카스트 사이와 계급 사이의 구별을 끊임없이 촉구하는", "뜨거운" 사회들과 역사적인 온도가 거의 0도에 가깝도록 스스로를 제한하는 "차가운" 사회들을 구별하려 한다.

이 아름다운 인류학적 사고와 내 주제의 관련성은 곧바로 레비스트로스가 직접 증명하는데, 다음 단락에서 그는 인류학자가 인간의 미래를 예언할 필요가 없다는 사실을 두고 하늘에 감사하면서도, 만약 인류학자에게 그런 예언을 기대한다면 우리의 "뜨거운" 사회로부터 추론만 하는 대신, 점차 "뜨거운" 사회 중 최고를 "차가운" 사회 중 최고와 통합할 것을 제안할 수도 있다고 말한다.

내가 레비스트로스를 제대로 이해했다면, 이 통합이란 이미 사회 에너지의 제일 원천인 산업 혁명을 논리적인 극단까지, 완전한 전자 혁명까지 밀어붙이는 작업이 될 것이다. 이후에 일어나는 변화와 진보는 철저히 문화적이며, 말하자면 기계가 만든 것일 터이다.

> 진보를 '생산'한다는 짐을 문화가 완전히 넘겨받은 사회는…… 역사 바깥에 위치하고 역사 위에 놓여, 다시 한 번 정연하면서도 투명한 구조를 띨 수 있다. 살아남은 원시 사회들이 우리에게 가르쳐 주는 그 구조는 인간 조건에 적대적이지 않다.

엄숙하고 심각한 정신의 소유자가 내놓은 마지막 표현이 마음을 찌른다.

내가 이해하기에, 레비스트로스는 뜨거운 것과 차가운 것을 결합하려면 유기체 모드는 인류가 유지하면서 기계 운영 모드는 기계에 넘기자고 제안한다. 기계는 진보를 맡고 생물은 리듬대로 살자는 것이다. 초고속 전자 '양'의 열차가 달리는데, '음'의 객차와 식당차 생활은 고요하여 식탁에 올린 장미도 흔들리지 않는 느낌이랄까. 이 모델에서 걱정되는 지점은 통합의 요소로 사이버네틱스에 의존한다는 점이다. 엔지니어 자리에는 누가 앉은 걸까? 자동 조종일까? 프로그램은 누가 짰을까, 또 오래된 노보대디*인

* Nobodaddy. 18세기에 윌리엄 블레이크가 처음 쓴 표현으로, 인격신으로 표현되는 창조주를 낮춰 부르는 말.

가? 그 차량 중에 또 브레이크가 없는 차가 있을까?

이 잠깐의 유토피아 풍경에서 오래된 과학소설의 주제, 즉 인간은 편안히 노는 동안 일은 로봇이 다 하는 세상이라는 주제의 눈부신 업데이트를 보는 건 그저 내 머리에 박힌 나쁜 습관 탓일지도 모른다. 이 주제는 언제나 풍자적이었다. 충동적인 젊은 남자가 그 체제를 망가뜨리고 인류를 정체 상태에서 구하거나, 흠잡을 데 없는 논리에 따라 행동하는 기계들이 물컹하고 필요도 없는 인간을 없애버리거나, 둘 중 하나가 규칙이었다. 전자에 속하는 최고의 작품인 E. M. 포스터의 『기계 멈추다*The Machine Stops*』는 공포와 약속이라는 특징적인 이중 화음으로 끝을 맺는다. 시스템은 무너지고, 투명한 사회도 같이 무너지지만 바깥에는 자유로운 사람들이 있다. 얼마나 문명적인지는 몰라도, 바깥에 있고 자유롭다.

우리는 다시 쿤데라가 말했던 에덴의 벽에 붙은 오점으로 돌아간다. 낙원의 추방자들이지만 낙원의 희망은 그 사람들에게 있고, 노동 수용소 주민이지만 그들만이 자유로운 영혼이다. 열차의 정보 체계는 경이롭지만, 그 선로는 코요테 나라를 통과한다.

> 고대에 황제가 처음으로 덕(德)과 의(義)를 써서 사람들의 마음에 관여했다. 요순이 그 뒤를 이어 다리털이 다 빠질 때까지 일하여…… 덕과 의를 행하고, 피와 숨을 다하여 법과 기준을 세웠다. 그러나 아직도 그들의 규칙에 따르지 않는 자들이 있었으니, 추방하여 멀리 내쫓아야 했다…… 그 세상

은 지식을 갈망했다…… 물건을 자르고 만들 도끼와 톱이 있었고, 다듬을 붓과 줄이 있었으며, 구멍을 낼 망치와 끌이 있었으니, 뒤죽박죽으로 흐트러진 그 세상은 큰 혼돈에 빠졌다.[26]

이것이 이성적인 통제를 나타내는 전설 속의 모델 황제에게 야유를 보내는 최초의 위대한 철학 트릭스터, 장자의 말이다. 장자의 시대에도 세상은 뜨거웠으니, 장자는 극단적으로 식히자고 제안했다. 그는 최고의 이해는 "이해할 수 없는 것에 있다. 이를 이해하지 못한다면 천균이 무너지리라."[27] 라고 했다.(*)

[*나중에 붙인 주석: 제임스 레그는 이 "천균(天均)"을 "하늘의 선반(lathe)"이라는 멋진 표현으로 번역했고, 나는 이 표현을 많이 이용했다. 그러나 조지프 니드햄이 친절하게 지적해 주기를, 장자가 글을 썼을 때는 중국이 아직 공작 기계인 선반(旋盤)을 발명하기 전이라고 했다. 다행히도 이제 우리는 버튼 왓슨의 훌륭하고 만족스러운 번역을 찾을 수 있다.]*

나는 이 문장을 본받아 내 이해를 '이해할 수 없음'에 두고, 주역으로 넘어갔다. 주역에 대고 부디 나에게 음의 유토피아를 보

---

* 이런 이유로 한국어 번역 제목은 '하늘의 선반'이 아니라 '하늘의 물레'가 되었다. 천균은 하늘의 공평함을 말한다. 여기에서 쓰고 있는 영역은 Heaven the Equalizer이다. 인용에서는 'Heaven the Equalizer will destroy you'라고 영역하고 있으나 장자 원문은 천균패지(天均敗之)이므로 원문에 기준하여 옮겼다.

여 달라고 청했다. 그랬더니 주역은 30번째 괘(卦)인 이중 삼선형의 불(離爲火)로 답했는데, 선에 하나만 변화를 주면 56번째 괘인 방랑자(火山旅)가 된다. 이 논고의 나머지 내용과 수정은 그 내용을 계속 반추하면서 많은 영향을 받았다.

유토피아가 존재하지 않는 곳에 있다면, 분명 (노자의 말마따나) 그곳으로 가는 길은 길이라고 할 수 없는 길을 통해서이리라.* 같은 맥락에서, 내가 그려 보려는 유토피아의 본질 역시, 그 유토피아가 올 것이라면 이미 존재하고 있어야 한다.

나는 그렇다고 믿는다.(*)[*나중에 붙인 주석: 응시-알타이에서, 부분적으로는 존재한다고.] 이는 허드슨의 『크리스털 월드*A Crystal World*』나 올더스 헉슬리의 『아일랜드』 같은 아주 불만족스러운 유토피아 소설에서의 한 요소로 가장 명백하게 존재한다. 사실 밥 엘리엇은 유토피아에 대한 저서의 마무리를 『아일랜드』에 대한 논의로 맺는다. 밥이 말하기를, 헉슬리의 "비범한 성취는 오래된 유토피아의 목표—인간 중심의 목표—를 다시 한 번 생각할 수 있게 만들었다는 점이다."[28] 그것이 책의 마지막 문장이다. 맺는 말이라기보다는 문을 여는 말이어야 마땅하다는 점에서 아주 밥 엘리엇답다.

내 소설 『빼앗긴 자들*The Dispossessed*』에서 주된 유토피아 요소는 평화주의 아나키즘의 일종으로, 정치적인 이상으로서는 최대한 '음'이라고 할 수 있다. 아나키즘은 문명을 국가와 동일시하거

* 도덕경 1장 도가도비상도(道可道非常道)를 비틀어 적용하고 있다.

나, 권력을 강제와 동일시하기를 거부한다. 아나키즘은 "뜨거운" 사회에 내재하는 폭력에 반하여, 일반적인 여자들이 전쟁에서 무기를 들기를 거부하는 것과 같은 반사회 행동의 가치를 옹호한다. 다른 코요테 책략들에 대해서도 그렇다. 이런 영역에서는 내용과 태도 양쪽 모두에서 아나키즘과 도가 사상이 만나기에, 나는 그 지점에서 나의 소설을 풀었다. 책의 구조는 태극권 특유의 조화로운 움직임과 리드미컬한 반복을 시사할지도 모르지만, 과도하게 '양'에 쏠려 있음이 보인다. 그 유토피아는 (현실에서도, 소설 속에서도) 여성이 세웠지만, 주인공은 남자다. 그리고 이 남자주인공은 아주 남성적인 방식으로 소설을 지배한다고 해야겠다. 내 주인공을 좋아하기는 하지만, 여기에서는 그의 입으로 말하게 하지 않겠다. 나는 다른 목소리를 듣고 싶다. 아래는 1906년 6월 16일, 자기 나라의 의회에서 연설하는 돈 공(公)*이다. 그는 우리에게 말하지는 않지만, 우리에 대해 말한다.

> 그들을 받아들이면, 아들과 아버지가 다른 문명에 속하고 서로에게 이방인이 됩니다. 그들은 너무 빨리 움직이기에, 실체 없이 빠르게 스치는 삶의 표면밖에 보지 못합니다. 그들은 사라지기 전에 오래된 것에서 깊이를 찾기에는 새로운 것의 폭격을 너무 많이 받습니다. 그들은 스쳐 지나가는 삶의 급류를 진보라고 부르지만, 그 흐름이 너무 빨라 같이 움직

* Lord Dorn. 판타지 유토피아 소설 『이슬란디아*Islandia*』의 등장인물.

일 수도 없습니다. 새로운 것들이 무더기로 주위를 에워싸지 만 제대로 알기도 전에 사라지고, 인간은 당황하고 놀란 채 예전 그대로 남습니다. 인간은 많은 종류의 삶을 살 수 있고, 이것을 그들은 "기회"라고 부르며, 기회는 좋은 것이라고 믿습니다. 정말로 그게 좋은지 그 삶을 하나라도 조사해 보지도 않고서요. 우리에겐 더 적은 삶의 방식이 있고, 우리들 대부분은 한 가지 방식 말고는 영영 알지 못합니다. 그건 풍요로운 방식이고, 우리는 아직 그 풍요로움을 다 써 버리지 않았습니다…… 그들이 우리에게서 좋은 것이라곤 보지 못하고 파괴한다 해서 그들을 탓할 수야 없지요. 그들은 우리가 가진 좋은 점을 이해하지 못하거나, 아예 보지도 못합니다.[29]

자, 이 연설은 유럽인들과 마주쳤을 어떤 비서구 국가나 사람들의 의회라도 할 수 있었을 연설이다. 키쿠유의 이야기일 수도 있고, 일본의 이야기일 수도 있으며—분명 저자도 서구화하겠다는 일본의 결정을 염두에 두었을 터이다—블랙 엘크, 스탠딩 베어, 플렌티쿱스나 다른 북아메리카 원주민 대변인들의 말과도 고통스러울 정도로 비슷하다.

이슬란디아는 뜨겁지 않고 따뜻한 사회다. 뚜렷하지만 유연한 계층 구조가 있고, 산업 사회 기술 요소도 몇 가지는 채택했다. 확실한 역사가 있으며 그 역사를 의식하고 있지만, 세계사에 진입하지는 않았는데, 캘리포니아와 마찬가지로 지역상 주변에 위치하고 외따로 떨어진 탓이다. 이 책의 플롯과 구조에 있어서 중심에 해당하는 이슬란디아 의회 토론에서 일어난 의도적인 선택 역시 이슬란디아를 더 뜨겁게 만들지는 않는다. 그것은 진보라는 개념을 잘못된 방향으로 보아 거부하고, 스스로의 존재 보존을 철저히 가치 있는 사회적 목표로 받아들이는 선택이다.

얼마나 많은 다른 유토피아에서 이런 선택을 합리적으로 제안하고, 토의하고, 결정했는가?

이슬란디아를 황금시대 판타지에 불과하다고, 순진한 도피나 퇴행이라고 치부하기는 쉽다. 나는 그렇게 생각한다면 실수이고, 이슬란디아가 내놓는 선택지가 대부분의 유토피아가 내미는 선택지보다 더 현실적이고 더 급박하다고 믿는다.

이제 다시 한 번 레비스트로스를 보자. 이번에는 바이러스라는 주제를 다룬다.

> 바이러스의 실체(reality)는 지적인 체계나 다름없다. 사실상 바이러스 유기체는 유전자 공식으로 환원되어, 단순하거나 복잡한 생물에 들어가서 세포가 본래의 공식을 배반하고 바이러스의 공식에 복종하여 바이러스를 찍어 내도록 강제한다.
>
> 우리 문명이 나타나려면, 이전에도 동시에도 다른 문명들이 존재해야만 했다. 그리고 데카르트 이후 우리는 본래 우리 문명을 구성하는 방법이 하나라는 사실을 안다. 지적인 본

질 탓에 그 방법으로 피와 살로 이루어진 다른 문명들을 만들어 내기에는 적합하지 않고, 자신의 공식을 강요하여 자신과 비슷해지도록 강제할 수는 있다. 이런 문명들—대단히 강한 믿음과 관계되어 있고, 또 실행만이 아니라 개념 면에서도 인간과 자연 사이의 균형 상태에 연관되어 있기 때문에 살아 있는 예술이 그 체질을 표현하는 문명들—과 비교하면 우리 문명은 과연 동물에 해당하는가, 아니면 바이러스에 해당하는가?[30]

이것이 돈 공이 유럽이나 미국에서 이슬란디아에 찾아가는 천진한 관광객들이 실어 나른다고 본 바이러스다. 돈의 국민들에게는 면역이 없는 질병이다. 돈이 틀렸을까?

사실 돈 공과 같은 선택을 하려고 했던 작은 사회는 어디나 강제로 감염되고 말았다. 그리고 일본이나 인도, 이제는 중국처럼 크고 인구가 많은 문명들은 스스로 바이러스 열병에 감염되거나, 아니면 아무 선택도 하지 못하고 실패했다. 뜨거운 사회의 가장 착취적인 성질을 차가운 사회의 가장 수동적인 성질과 뒤섞어서, 스스로의 존재를 보존하기가 불가능해지거나, 특유의 자연이 계속 건강을 유지할 수가 없게 만들고 말았다. 내가 이슬란디아에 대해 이야기하고자 한 이유는, 아마도 우리 시대의 핵심 사건일 "서구화"나 "진보" 문제를 지적인 중심 사안으로 두는 다른 유토피아 소설을 알지 못해서였다. 물론 이슬란디아도 답이나 해법을 제시하지는 않는다. 그저 사라져선 안 될 길을 보여 줄 뿐이다. 그것은 전향이고, 이보 전진을 위한 일보 후퇴(a reculer pour mieux sauter)이며, 바위틈으로 뒷걸음질 치는 호저다. 이 길은 옆으로 간다. 이슬란디아가 유토피아 문학 강의에서 빠진 이유도 바로 그래서다. 하지만 전진 기어에만 매달리는 정신에 가장 필요한 것이 바로 옆길로 새고, 뒤로 도는 길이다. 그리고 바로 그렇게 한쪽으로 비켜서서 "미래상"을 버리는, 그래서 제쳐지고 마는 그 특징 때문에 이슬란디아는 사랑스러운 책일 뿐 아니라 가치 있는 책이기도 하다.

또 이슬란디아는 어느 정도 러다이트 책이기도 하다. 그리고 이제 나는 물어볼 수밖에 없다. 우리 문명에 침략적이고, 자기복제적이고, 기계적인 추동력을 부여하는 게 첨단 기술일까? 기술은 그 자체로 "전염성"을 갖지만 그것은 그저 문화의 다른 유용하거나 멋진 요소들과 같은 전염성이다. 아이디어, 제도, 유행도 자기복제를 하고 저항 못 할 모방을 유도할 수 있다. 분명히 기술은 모든 문화의 핵심 요소이며, 질그릇 파편이나 스티로폼 조각 같은 형태로 문화가 뒤에 남기는 모든 것일 때도 많다. 모든 문화를 음이나 양으로 나눈다면 너무 단순할 것이다. 그러나 이 시점에서, 지금 여기에서 우리의 기술이 가진 지속적인 발전성과 그 성질에 기대어 계속되는 변화는—레비스트로스의 말을 빌자면 "진보를 생산"한다는 것은—우리 사회의 양(陽), 또는 "뜨거움"의 첫째가는 매개체이다.

지속적인 기술 발전이 유토피아를 향해 가는 길이라 믿지 않게 되었다고 해서 타자기를 부수고 세탁소를 터뜨릴 필요는 없다. 기술은 그 자체로 끝없는 창조의 원천이다. 나는 그저 레비스트로스처럼, 나도 기술 발전이야말로 인간을 기계로 바꿔 놓는 문명을 "기계를 인간으로 바꾸는 문명"으로 이끌 것이라 여길 수 있었으면 좋겠다.[31] 하지만 그럴 수가 없다. 나는 전자 기술과 정보 이론이 약속한 천상의 기술이 어떻게 가장 단순한 도구보다 많은 것을 약속할 수 있는지 이해하지 못하겠다. 도구는 물질적으로 삶을 수월하게 해 주고, 우리를 풍요롭게 해 줄 수 있다. 대단한 약속이고 이득이다! 하지만 이런 한 가지 유형의 문명이 주는 풍요가 다른 모든 종과 흙, 물, 공기로 이루어진 기반을 파괴해야만 가능하다면, 더 나아가 지구상의 모든 생명을 소멸시킬 절박한 위험마저 증가시킨다면, 나에게는 기술 발전을 무엇보다 중시하는 태도가 실수로밖에 보이지 않는다. 나는 기술 발전이 어떻게 우리를 스스로의 보존을 가장 중요시하는 사회로 이끌어 줄지 도저히 이해하지 못했고, 그런 상황을 상상하는 데에도 완전히 실패했다. 소박한 생활 기준을 지니고, 자연 자원을 보호하고, 낮고 꾸준한 출생률을 유지하고, 합의에 기반한 정치 생활을 하는 사회. 주변 환경에 성공적으로 적응하고, 자멸하거나 옆 동네 사람들을 죽이지 않고 사는 방법을 배운 사회 말이다. 하지만 바로 그런 사회를 상상하고 싶기는 하다. 상상할 수 있어야만 한다. 인간은 희망 없이는 계속 살아갈 수 없다.

우리에게 희망이랍시고 주어지는 게 무엇인가? 모델, 계획,

청사진, 배선도다. 지구 전역에 있는 바이러스와 바이러스를 연결하는—쿤데라의 말을 빌자면 비밀이 없어지도록 연결하는 더 포괄적인 커뮤니케이션 시스템의 전망이다. "미래를 건설하라"는—제우스가 되어 일어나는 일을 장악하고 통제하라는 우리의 강요에 완벽하게 복종하는 사회가 쏘아 올린, 바이러스 가득한 작고 폐쇄적인 궤도 시험관들이다. 지식은 힘이고, 우리는 다음에 무슨 일이 일어날지 알고자 한다. 모조리 지도화하고 싶어 한다.

코요테의 나라는 지도로 만들어지지 않았다. 사라져선 안 될 길은 지도의 도로에 없거나, 지도 속 모든 도로에 있다.

『캘리포니아 인디언 편람』에서, A. L. 크로버*는 이렇게 썼다. "캘리포니아 인디언들은…… 보통 [지도를 그리려는] 시도조차 노골적으로 거부하며, 절대 못 한다고 단언한다."[32]

유클리드적인 유토피아는 지도화된다. a, á, b 식으로 라벨을 붙여 지리적으로 구획할 수 있다. 사회 공학자들이 따르고 재생산할 도표나 모델이 있다. 재생산이야말로 바이러스의 좌우명이다.

『캘리포니아 인디언 편람』에서 일명 쿠크수 컬트 또는 쿠크수 사회—캘리포니아 중부의 유키, 포노, 마이두, 윈투, 미웍, 코스타노안, 그리고 에셀렌 사람들 사이에서 발견된 의례와 행사 군집을 말한다—를 논하면서 크로버는 일반적이거나 추상적인 단체로 쿠크수를 이해하는 우리의 용어 "컬트"나 "사회"가 자연스러운

---

* 미국 인류학 초기 거장 중 하나로, 캘리포니아 인디언 연구에서 특히 많은 업적을 남겼다. 작가의 아버지이기도 하다.

이해를 왜곡한다고 했다.

> 사회라고는 마을 단위의 집단밖에 없었다. 부모에 해당하는 원줄기가 없으니 이들을 분파라고 할 수는 없다. 그런 상황을 볼 때 우리의 방법론은 종교적으로든 다른 식으로든 중심에 해당하고 우월한 본체를 구성하려 한다. 로마 제국과 그리스도 교회 시대 이후로 우리는 뚜렷한 단위 형태로 착착 나뉘는 조직이 아닌 사회 활동을 거의 생각하지 못한다.
>
> 그러나, 그런 성향이 모든 문명에 내재해 있거나 불가피한 성향이 아니라는 사실은 반드시 알아야 한다. 우리가 조직화된 기계의 관점으로만 사회적으로 생각할 수 있다면, 캘리포니아 원주민은 그런 관점으로 생각하는 것이 불가능했다.
>
> 그리스 문명이라는 것 전체를 얼마나 빈약한 기구와 얼마나 미숙한 조직으로 수행했는지 돌이켜 본다면 쉽게 이해할 수 있을 텐데…… 우리에게는 너무나 중요해 보이는 이런 방면의 노력을 캘리포니아인들은 거의 필요로 하지 않았다.[33]

코페르니쿠스는 우리에게 지구가 중심이 아님을 전했다. 다윈은 우리에게 인간은 중심이 아님을 전했다. 인류학자들에게 귀를 기울인다면, 그들이 백인 서구가 중심이 아니라고 돌려 말하고 있음을 들을 수 있으리라. 세상의 중심은 클라마스 강의 어느 벼랑, 메카의 어느 바위, 그리스 땅에 뚫린 어느 구멍에 있고 어디에도 없다. 세상은 어디로나 펼쳐져 있으니.

어쩌면 유토피아주의자는 마침내 이 불안한 소식에 귀를 기울여야 할지 모른다. 유토피아주의자도 계획을 잃고, 지도를 던지고, 모터사이클에서 내려서, 아주 이상하게 생긴 모자를 쓰고 빠르게 세 번 짖은 후에, 마르고 더럽고 노란 모습으로 사막을 가로질러 소나무 숲으로 뛰어들어도 좋으리라.

나는 우리가 똑바로 나아가서는 두 번 다시 유토피아에 가지 못한다고 생각한다. 오직 둘러 가거나 옆으로 가야만 한다. 우리는 합리적인 딜레마에, 2진법 컴퓨터의 정신이 양자택일이라고 여기는 상황에 놓여 있고 이쪽도 저쪽도 사람들이 살 수 있는 곳이 아니기 때문이다. 점점 더 힘들어져 가는 이 시대에, 내가 존경하고 좋아하는 사람들이 나에게 이런 요청을 하는 일이 점점 더 늘고 있다. "우리 세상의 끔찍한 부당함과 비참함을 다루는 책을 쓰실 건가요, 아니면 위안을 주는 도피용 판타지를 쓰실 건가요?" 어떤 사람들은 이쪽을, 어떤 사람들은 저쪽을 써 달라고 한다. 이거야말로 대심문관의 선택지다. 행복 없는 자유를 선택할까, 자유 없는 행복을 선택할까? 내 생각에 여기에서 내놓을 수 있는 유일한 답변은 이것이다. "싫습니다."

다시 한 번 되돌아가자. Usà puyew usu wapiw!

유토피아라는 말을 되찾으려면, 유토피아를 따라 대심문관조차 보지 못하는 곳에 입을 벌린 심연 속으로 들어갔다가, 그 후

에 반대쪽으로 기어 나오기까지 한 사람이라야 할 것이다.[34]

내가 듣기에는 코요테 같다. 어딘가 함정이나 심연에 떨어졌다가, 멍청하게 히죽대며 어떻게든 기어 나오는 코요테. 과연 우리는 아직도 대심문관과 맞서고 있는 걸까? 우리가 앞에 세워 둔 게 혹시 아버지상은 아닐까? 몸을 돌리면 그를 등 뒤에 내버려 둘 수 있지 않을까? 죽음의 캠프, 또는 강제수용소, 또는 황무지, 제우스의 거주 불가능한 왕국, 양자택일의 세계, 행복과 자유 사이에서 선택을 해야만 하는 단일한 비전의 나라를 바라보는 왕중왕 오지만디어스처럼?

만일 그렇다면, 그때 우리는 그의 뒤편 심연 속에 있게 된다. 바깥이 아니다. 전형적인 코요테의 곤경이다. 우리는 진짜 지독한 난장판에 빠졌고, 빠져나와야 한다. 그것도 반대쪽으로 빠져나가야 한다. 그리고 빠져나가는 데 성공한다면, 변해 있을 것이다.

반대쪽에 누가 있을지, 무엇이 있을지는 전혀 모르지만 그래도 나는 그곳에 사람들이 있다고 믿는다. 언제나 그곳에 살았다고 믿는다. 그곳이 집이라고 믿는다. 그곳 사람들이 부르는 노래들이 있다. 그 노래 중에는 「세상 끝에서 춤추다」라는 노래가 있다. 심연에서 기어 나간 우리가 질문을 던진다면, 그 사람들은 지도를 그리지 않고, 지도를 그리는 건 불가능하다고 할 것이다. 그러나 방향은 가리킬 수도 있으리라. 그중 한 사람은 텍사스 알링턴 방향을 가리킬지도 모른다. 제가 거기 살아요, 그렇게 말하면서. 얼마나 아름다운가!

여기는 새로운 세계야! 우리는 당황하고 기뻐하며 외치리라. 우리가 신세계를 발견했어!

어, 아닌데. 코요테는 그렇게 말하겠지. 아니, 여긴 오래된 세계야. 내가 만든 세계.

우리를 위해 만들었군요! 우리는 놀라고 고마워하며 외치리라.

그렇게까지 말하진 않겠다고, 코요테는 그렇게 말하리라.

직시하기 1982년

○→

1982년 12월, 포틀랜드 화해 연대*에서 '직시하기'라는 심포지엄을 열었다. 나도 패널로 초청받아서 SF와 SF가 핵전쟁 문제를 어떻게 받아들이는지에 대해 짧게 말했다.

현대 과학소설은 H. G. 웰스와 함께 시작되었고, 제가 알기로는 아포칼립스와 세상의 종말이 소설의 주제가 된 것도 웰스부터였습니다. 웰스가 "과학 로맨스"라고 불렀던 이야기들은 아포칼립스 전반을 망라하지요. 혜성으로 인한 심판의 날과 그 뒤에 온 아주 지루한 지상 낙원에서부터, 소설사를 통틀어 가장 끔찍하게 아름다운 악몽일 『타임 머신』 결말부의 세상 끝 바닷가에 이르기까지요.

『타임 머신』의 엄청난 풍경은 과학이 본 종말입니다. 시간의 화살이 마지막에 도달하는 엔트로피, 추위, 어두운 혼돈이요.

---

* Fellowship of Reconciliation. 미국에서 가장 크고 오래된 종파 초월 평화 단체.

웰스 이후로 사변 이야기꾼들은 보통 좀 더 생생한 피날레를 선택했어요. 태양이 폭발하거나, 외계인들이 침공하거나, 우리가 인구 과잉이나 오염이나 역병으로 죽거나, 우리가 더 고차원 형태로 변이하거나 등등. 1945년쯤에는 당연하게도 과학소설에 특정한 아포칼립스 유형이 흔해졌지요. 폭발 이후, 또는 포스트-홀로코스트 이야기예요.

전형적인 '폭발 이후' 이야기에서 등장인물들은 대개 '5분 전쟁' 등으로 일컬어지는 전쟁의 생존자들입니다. 이런 생존자에게 주어지는 선택지는 다음과 같습니다.

1. 아예 생존을 못 한다. 등장인물들이 대피소나 폐허에서 서로를 죽인다. 아니면 더 깔끔하게, 『해변에서』*처럼 자살해 버린다.
2. 약육강식을 믿지 않는 다른 생존자들을 죽이고 지배해서 살아남는다.
3. 시카고의 폐허에서 버티고 견디고, 이상한 능력을 지닌 돌연변이 괴물들과 싸우면서 살아남는다.
4. 돌연변이가 되어서 살아남는다. 시카고의 폐허와는 멀리 떨어진 곳에서 쾌적한 시골 생활을 하는 경우도 많다. 텔레파시 능력이 있는 모지스 할머니** 같은 유형.

---

* 네빌 슈트의 1957년 소설.
** 미국의 화가로, 76세에 그림을 그리기 시작했으며 기분 좋은 시골 풍경으로 유명하다.

5. 아슬아슬한 순간에 우주선을 타고 지구를 떠나서 살아남는다. 이런 등장인물들은 화성의 운하 옆에 앉아서 나머지 우리들이 타오르는 모습을 지켜보거나, 우주선에서 몇 세대를 살거나, 다른 행성을 식민화할 수 있다. 확실히 가장 좋은 선택지다.

1940년대 후반부터 지금까지 이런 시나리오, 아니면 비슷한 시나리오를 쓰는 많고 많은 이야기들이 쓰이고 출간됐습니다. 저도 1960년대 초에 몇 편 썼어요. 대부분은 끔찍한 주제에 걸맞지 않은 소품들이었지요. 월터 밀러의 『리보위츠를 위한 찬송』 같은 몇 작품은 풍성하고 오래가는 상상력의 예로 남아 있지만요. 치명적인 돌연변이들이 서식하는, 방사능으로 번쩍이는 돌더미 황야는 이제 아주 흔하다 못해 초심자와 통속소설가, 영화 제작자, 그리고 집단 무의식에 유용한 진짜 원형이 된 것 같군요. 최근 포스트 홀로코스트 이야기의 부흥에 대해서는 레이건 대통령에게 고맙다고 해야겠지만, 더 솔직히 말하면 이건 레이건 집권기의 세계가 어떤 분위기인지 보여 주는 증상일 겁니다. 그리고 오늘 밤 여기에 우리가 모인 것 또한 증상입니다.

포스트 홀로코스트 이야기는 어느 정도 리허설이나 연기이기도 할 겁니다. 그 다양한 동기 중 하나는 분명 욕망이죠. 격노, 좌절, 그리고 자살 충동으로 나타나는 유치한 이기주의. "저 버튼을 눌러서 어떻게 되나 보자!"랄까요. 또 다른 동기는 공포입니다.

강박적인 불안 속에서 일어날 수 있는 최악의 사태를 계속 생각하고, 그 생각에 파묻혀 살다가 "내가 많이 떠들면 일어나지 않을지도 몰라"라고 생각하는, 완전히 미신이라고만은 할 수 없는 희망을 품는 거죠. 이런 공포를 이성적으로 잘 통제하면 경고담이 나옵니다. "만약 이런다면 어떻게 될지 봐! 그러니까 하지 말라고!" 그리고 사람들이 다 같이 지구에서 도망치는 이야기들은 순수한 소망 충족과 도피처럼 보이겠군요.

남아메리카에서는 "폭발 이후" 이야기가 나오는 일이 아주 드문데, 저도 그 이유를 고찰해 볼 시간이 있었으면 좋겠습니다. 어쨌든 상당수는 미국과 영국에서 나와요.(어쩌면 사뮈엘 베케트도 포스트 아포칼립스 예언자였다고 할 수도 있겠네요. 베케트의 글은 완전한 정적에 끌리고 또 정적을 갈망하니까요.) 유럽의 SF 작가들도 쓰기는 했지만, 철의 장막 건너편에 있는 작가들은 제3차 세계 대전에 대해서 쓰지 않는 듯합니다. 정부가 낙관론을 요구하고 사변을 검열해서 그런지도 모르지요. 아니면 핵전쟁 홀로코스트에 대해 쓰는 것이 윤리적으로 잘못이라고 느껴서, 궁극적인 악행을 사소하고 친숙하게 만들기 싫어서 안 쓰는지도 모르겠네요. 러시아와 폴란드 SF 작가들이 소심한 예스맨도 아니고 문학을 이용해서 아주 전복적이고 용납하기 힘든 말들을 해 왔다는 점을 생각하면요.

그리고 이건 진짜 문제이긴 해요. "말할 수 없는" 문제요. 저처럼 말이 행동이라고 믿는다면, 작가들에게 자신의 말에 대한 책임을 물어야 하니까요.

물론 우리의 이 청교도 나라에서는 폭력의 포르노그래피가 성적인 포르노그래피를 훌쩍 넘어서서 널리 받아들여집니다. 아포칼립스를 개발하고, 홀로코스트를 파는 건 포르노그래피예요. 생존주의자들의 파워 판타지들은 로버트 하인라인의 『파넘의 땅*Farnham's Freehold*』 같은 SF 작품에서 기원하는 것 같은데, 이 또한 포르노그래피예요. 하지만 최악의 폭력을 최악의 형태로 판매하는 경우를 보고 싶다면 우리 정부에서 '민간 방위 매뉴얼'이라고 발표해 놓은 그 허구의 작업을 읽어 봐야죠. 한 친구 말을 빌자면, 그 매뉴얼을 읽으면 말린 과일만 산더미처럼 쌓아 놓으면 두려워할 게 없다는 사실을 알게 된다는군요.

거짓 위로도 문제죠. 작가가 "직시"하느냐, 아니면 직시하는 척 회피하고 거짓말을 하느냐? 판단하기 어려운 경우도 많아요. 머리가 둘이 되고 어둠 속에서 희미하게 빛을 발한다 해도 삶은 계속되는 그런 소설들은 거짓 위로로 보일 수도 있고, 희망이 필요하다는 사실로 정당화할 수도 있어요. 아무리 근거가 약하다 해도, 아무리 방향이 잘못되었다 해도 희망은 인류의 기본 전략이죠. 우리에겐 희망이 필요하고, 희망을 제공하지 못하는 예술은 우리에게 도움이 되지 않아요.

그렇다 해도, 저는 현재 많은 판타지와 SF가 진정한 인간의 필요에서 멀어져 있다고 봅니다. 톨킨은 우리 시대의 중심 사실이 된 우리의 자기 파괴 능력을 예언적으로 직시했건만, 지금 범람하는 소위 영웅 판타지들, 검이나 지팡이나 남근 상징에 해당하는 다른 무엇인가로 찔러 죽여서 선이 악을 이기는 판타지들은 과학기술을 마법으로 대체하고 소망 충족을 이루는 가짜 중세에서 즉각적인 만족감을 주고 불편을 피할 뿐, 그 이상은 염두에 두질 않는 것 같아요. 하지만 우주에서 벌어지는 끝없는 전쟁을 다루는 SF 소설들도, 과학기술이 곧 마법이고 어떤 도덕적 심리적 정당화도 없이 살인을 계속할 뿐이라는 점에서 아마 그런 판타지와 똑같이 인정받지 못한 절망에서 쓰였겠지요. 미래는 사람이 살 수 없는 곳이 되어 버렸어요. 저는 그런 암담함은 오직 현재를 직시하지 못할 때만 생겨날 수 있다고 생각합니다. 현재에 살고, 지금 여기 이 성스러운 세상에서 다른 이들과 어울려 사는 책임 있는 존재로 살 수가 없을 때 그런 절망이 일어나는 거예요. 현재야말로 우리가 희망을 찾기 위해 가진 전부이자, 우리에게 필요한 전부니까요.

산문과 시의 상호 관계 1983년

이 강연은 폴저 셰익스피어 도서관에서 진행한 1983년 시가 시리즈의 일부로 쓰고 말한 내용이다. 이 강연을 쓰기 한참 전에 시리즈 운영자였던 진 노드하우스가 안내 전단에 실을 제목이 필요하다고 했기에, 나는 떠오르는 대로 말했다. "아, '산문과 시의 상호 관계'라고 하죠." 그때는 "상호 관계(reciprocity)"라는 말이 험프티 덤프티*처럼 굉장히 의미 있는 것처럼 들리면서 아무 의미나 될 수 있는 말이라고 생각했다. 불행히도 이 말은 의미 있을 뿐만 아니라 결연하기까지 했고, 강연을 쓰다가 한 굽이 돌 때마다 '상호 관계'가 엄한 표정으로 나를 기다리고 있다가 "정확히 무슨 말이지?"라고 추궁했다.

책을 읽는 사람들은 "산문(prose)"과 "시(poetry)"** 라는 말을 아주 자신 있게 사용하고, 대체로 둘 중 어느 쪽을 정의하거나 상

---

* 거울 나라의 앨리스에 나오는 거대한 계란으로 유명하지만, 원래는 마더구스 동요에 나오는 수수께끼.

** 영어에서나 한국어에서나 시와 운문을 동일시하는 경우가 많으나, 이 글에서는 명확히 나누어 말하고 있기에 poetry를 시, verse를 운문으로 옮긴다.

호 대비하여 정의하려고 하지 않습니다. 현명한 대처인지도 모르지요. 산문과 시 사이의 경계선은 조심스러운 탐험가도 뭔가 제대로 보기도 전에 산산조각이 되어 날아가는, 안개에 싸인 문학의 지뢰밭이거든요. 가시 철망과 죽은 의견의 그루터기도 가득해요. 여기는 300년 전, '서민 귀족(Bourgeois Gentleman)'이 실수로 몰리에르의 희곡 안에 걸어 들어간 이후 줄곧 위험 지대였습니다.

무슈 주르댕: 간단히 뭘 좀 쓰도록 도와줬으면 좋겠어요.

철학 선생: 그럼요. 시를 쓰고 싶으신가요?

무슈 주르댕: 아니요. 시는 말고.

철학 선생: 그렇다면, 산문이군요.

무슈 주르댕: 아니요. 시 말고, 산문도 말고.

철학 선생: 둘 중 하나여야 합니다.

무슈 주르댕: 왜요?

철학 선생: 흠, 우리가 가진 표현 방법이라고는 산문과 시뿐입니다.

무슈 주르댕: 산문과 시 말고는 아무것도 없다고?

철학 선생: 맞습니다. 산문이 아니면 시이고, 시가 아니면 산문입니다.

무슈 주르댕: 하지만, 대화는⋯⋯ 대화는요?

철학 선생: 산문이지요.

무슈 주르댕: 뭐라고? 그러니까 내가 "어이 닉, 내 슬리퍼 가

져오고 핫토디*도 한 잔 다오"라고 하면, 그게 산문이란 말인가요?

철학 선생: 그렇습니다.

무슈 주르댕: 세상에! 내가 40년 동안 산문으로 말해 놓고도 전혀 몰랐네![1]**

자, 우리 훌륭한 『랜덤하우스 영어 사전』(1967)에도 놀라울 정도로 비슷한 대화가 나옵니다.

> 시: 1. 아름답거나, 창의적이거나, 고상한 생각으로 흥분과 기쁨을 위해 쓰거나 읊는, 리듬이 있는 작품. 2. 운율을 갖춘 문학 작품. 운문. 3. 시적인 성질이 있는 산문……

> 산문: 1. 시나 운문과는 구별되는, 운율 구조(metric structure)가 없이 쓰거나 읊는 평이한 언어. 2. 사무적인, 평범한, 단조로운 표현……

철학 교사와 사전의 확신보다는 차라리 서민 귀족의 건강한 무지가 지뢰밭을 뚫고 가기 더 나은 안내자일지도 모르겠네요. 사전은 오히려 안개를 퍼뜨리는 것 같습니다. 시의 정의 1번은 괜

---

* 증류주에 향신료와 뜨거운 물을 섞어서 만드는 술.

** 몰리에르 『서민 귀족』, 르 권의 번역을 다시 옮김.

찮은 편이지만, 리듬을 "운율 구조"로 제한하고 산문을 평이하다고 제한해 버리는 산문 정의 1번이 그걸 많이 갉아먹네요.(산문은 단조롭다고 주장하는 2번 정의에서는 더 나빠지지만요.) 이 정의를 실제로 적용하자면 『제인 에어』와 『우리 공통의 친구』는 시의 범주에 들어가겠고, 「칸토*Cantos*」*와 「황무지*The Waste Land*」**는 시에서 빠져야겠네요. 확실히 우리에게는 지뢰밭을 탐색할 도구가 필요해요. 언어의 리듬이 무엇이고 리듬이 어디에서 운율과 일치하는지에 대한 명쾌하고 실용적인 개념 같은 도구요. 그 후에야 언어에 존재하긴 하지만 운율과 일치하지는 않는 리듬 구조나 패턴이라는 드넓은 영역을 탐사할 수 있겠지요.

1917년 컬럼비아 대학의 윌리엄 패터슨은 『산문의 리듬*The Rhythm of Prose*』이라는 책을 썼는데, 실험을 이용하여 의견과 권위를 보충하려는 흥미로운 시도였고, 또한 이 주제에 관한 당대의 이론과 연구를 멋지게 요약해 놓은 작업이었습니다. 제가 알기로는 지금까지도 산문 리듬이라는 주제를 다룬 유일한 책으로 남아 있어요. 문학 또는 예술적으로 쓰인 언어의 리듬—그러니까 구성 원리 또는 패턴화 원리라고 하는, 가장 큰 의미에서의 리듬—그리고 그런 리듬과 서민 귀족에서 말하는 것 같은 평범한 발화 리듬의 관계에 대한 책이 있긴 있어야 해요. 후자의 영역에 대해서는 매혹적인 연구들이 존재하는데, 주로 언어학 저널에서 찾을 수 있죠. 스

---

* 에즈라 파운드의 길고 긴 미완성 시.

** T. S. 엘리엇의 대표시로 434연에 달한다.

콜론 박사 같은 학자들이 알래스카에서 말하는 리듬에 대해 한 연구는 델 하임스와 데니스 테드록 같은 학자-시인들이 타문화의 구전 문학을 영어의 소굴로 가지고 들어오면서 한 작업, 그리고 그 과정에서 언어의 예술적인 사용이 가진 본질 전체를 탐구한 작업과 연결됩니다. 이 작업을 패터슨이 65년 전에 했던 것처럼 "최신 수준(state of the art)"으로 한데 모을 수 있었다면 아주 흥미로운 책이 되었겠죠.

> 나는 시는 근본적으로 어휘이고 산문은 근본적으로 어휘가 아니라고 말하겠다.
> 그러면 시는 필시 어떤 어휘인가. 그것은 명사에 기반한 어휘이다. 산문이 근본적으로, 결정적으로, 그리고 정력적으로 명사 기반이 아니듯이 그러하다.
> 시는 명사를 남용하면서 사용하고, 명사를 대신하면서 아끼면서 피하면서 부정하면서 원하면서 잃는 데 관심을 둔다. 언제나 그리하는 것을 하고, 그리하면서 오직 그것만을 한다. 시는 오직 이용하고 잃고 거절하고 바라고 배신하고 어루만지는 명사들이다…….
> 그러므로 무엇인가의 이름을 정말 사랑하면서 산문이 아닌 것이 바로 시이다.[2]

매력적인 수류탄이기는 한데, 안전핀이 빠져 있는 것 같군요. 시를 설명하지 않는—그러니까 서사를 배제하는—이름 짓기로 정의해도 50년 전, 70년 전에는 유용했겠지요. 그때부터 이미 시는 규칙적인 운율, 리듬, 그리고 고정된 시어와 재료에서 벗어나고 있었어요. 시는 운문(verse)과 별도로 다시 정의되어야 했습니다.(지금도 랜덤하우스 사전의 시 정의 2번과 산문 정의 1번에서는 이 독립성을 무시하고 있지만요.) 모든 혁명이 그렇듯, 이 혁명도 장애물을 닥치는 대로 무너뜨렸어요. 모든 혁명이 그렇듯, 그 자유로운 행위들은 도그마를 강화하는 경향이 있었습니다. 시는 운율문(metrical verse)과 별개로 정의될 뿐 아니라 운율문이 아닌 것, 심지어는 더 우월한 무엇으로 정의되었어요. 역사적으로 말이 안 되는 소리죠. 시는 더 나아가 서술, 해설, 논의, 그리고 극적 사건이 없는 무엇으로 정의되었는데, 이건 정신 나간 소리예요. 그러나 제가 거트루드 스타인 칼리지에 갔을 때쯤에는 용암이 굳어 현무암이 된 후였어요. 거트루드 스타인은 파리에서 행복하게 영어 산문에 구멍을 파고 있었건만, 영문학 A 강좌에서 우리는 엄숙하게 "시란 의미하지 않고, 존재해야 한다."고 배웠습니다. 우리 중에도 왜냐고 묻고 싶은 사람들이 있었죠. 왜 둘 다이거나, 원한다면 아예 다른 뭔가를 할 순 없나? 하지만 공고한 전통을 자랑하는 분위기 속에서 신입생들은, 특히 신입 여학생들은 그런 질문을 하지 않았어요. 그래서 우리는 수업 시간에는 도그마를 삼켰다가, 문 앞에서 뱉었지요. 혁명의 아이들은 언제나 고마움을 모르고, 혁명은 그 점에 고마워해야 하니까요.

정의라는 정체 모를 괴물을 쫓아 안개를 뚫고 가다 보면 거트루드 스타인보다 훨씬 더 조심스럽고, 그럴싸하고, 위험한 헌팅턴 브라운의 진술에 맞닥뜨리게 됩니다.

> 시인이 자기 일을 대하는 태도가 산문 작가와 어디에서 달라지는지 묻는다면, 작가나 독자나 산문에서는 주제에 따로 개성과 재미가 있다고 여기는 반면, 시에서는 말과 생각을 분리할 수 없다고 여겨진다는 게 내 답이다.[3]

딱 소리나는 정의네요.

판타지와 리얼리즘 소설을 구별할 때라면 상당히 흥미롭겠지만, 시와 산문의 구별법으로서는 무척 이상하죠. 헌팅턴 브라운 씨가 시의 주제나 소재에는 독자적인 개성도 고유한 재미도 없다고 말하려던 건 아니라고 생각합니다. 하지만 브라운의 정의에는 피할 수 없는 암시가 담겨 있으니 이를 분명하게 해 줘야겠습니다. *시에서는 언어가 중요하고 산문에서는 생각이 중요하다.* 당연한 결과로: 시는 건드릴 수 없지만, 산문은 자유로이 바꿀 수 있다는 말이 되지요.

사실 이건 독자나 작가나 비슷하게 흔히 공유하는 가정이긴 합니다. 브라운 씨가 그 점은 맞게 지적했어요. 하지만 브라운 씨와 달리 저는 그 가정에 의문을 던집니다.

시든 산문이든, 언어로 만든 작품이 뛰어나다면 곧 진실성

(integrity)을 갖기 마련입니다. 그리고 작품이 뛰어나려면 생각과 언어가 불가분의 관계여야 해요. 뭔가를 제대로 말했다면 그건 제대로 말한 겁니다. 산문으로나 시로나, 공식적인 담화나 고양이에 대한 욕이나 상관없이요. 잘못 말했다면, 그러니까 질이 떨어진다면, 멍청한 시나 경솔한 산문이라면 얼마든지 바꿀 수 있습니다. 오히려 개선할 가능성이 높겠지요. 하지만 다음과 같은 글에서 어떻게 말과 생각을 분리하겠어요?

> "웬 아이죠?" 레이디 몇 명이 동시에 외쳤고, 낸시 래미터는 고드프리에게 물었다.
> "모르겠습니다. 눈밭에서 발견된 어느 불쌍한 여자의 아이겠지요." 그게 고드프리가 필사적으로 노력해서 짜낸 대답이었다.("어쨌든 나도 확실히 모르잖아?" 그는 양심을 달래려 서둘러 속으로 덧붙였다.)
> "그렇다면 아이를 여기에 두는 편이 낫겠군요, 마너 씨." 마음씨 좋은 킴블 부인이, 그러나 화려한 새틴 보디스에 지저분한 옷이 닿을까 망설이면서 말했다. "하녀에게 데려가라고 할게요."
> "아니, 아닙니다. 전 이 아이와 헤어질 수 없어요. 보낼 수 없어요." 갑자기 사일러스가 말했다. "이 아이가 제게 왔잖아요. 제게 데리고 있을 권리가 있습니다."
> 아이를 그에게서 빼앗아 가겠다는 제안이 사일러스에게는

아주 뜻밖으로 다가왔고, 강력하고 갑작스러운 충동에 휩싸여 방금 내뱉은 말은 스스로에게도 계시 같았다. 1분 전까지만 해도 그는 그 아이에 대해 아무 계획이 없었다.4*

이 대목의 주제가 글과 별개의 개성과 재미를 갖고 있는 것은 사실이지만, 어느 정도까지 정말로 분리가 가능할까요? 분리가 가능하다면, 침묵 속으로 처리되어 괄호 안에 담긴 고드프리의 특이한 방백을 아예 큰 소리로 말한 것처럼 고쳐 쓴다거나, 다른 사람들이 고드프리의 생각을 들을 수 있는 것처럼, 아니면 고드프리가 사람들이 자기 생각을 들을 수 있다고 생각하는 것처럼 고쳐 쓰기도 쉬워야 합니다……. 아이가 아니라 옷이 자기 가슴을 건드린다고 생각하는 사람 좋은 킴블 부인의 성격을 알려 주는 문장을 하나 더 쓰기도 수월해야죠. 그리고 단음절로 뚝뚝 끊어지는 사일러스의 말을 다시 쓰기도 쉬워야 하고, 마지막 문단에 담긴 생각을 표현할 똑같이 적절한 말을 찾기도 쉬워야겠지요.

저는 이 중 무엇도 쉽다고 믿지 않아요. 가능하다고 믿지도 않아요. 사실은 이 글 어디에라도 손을 댄다면 셰익스피어나 키츠 작품에 손대는 것 못지않은 모욕이라고 생각하죠. 사실 이 대목은 무작위로, 아예 서가에서 손이 닿은 첫 번째 소설을 펼쳐서 나온 페이지를 택한 예시예요. 규모가 큰 작품에서 맥락을 제거한 파편이에요. 심지어 이 작품의 힘과 진짜 "주제의 개성과 재미"는 문장

* 『사일러스 마너』, 조지 엘리엇, 한애경 옮김, 지식을만드는지식, p.210-211

이나 문단의 느낌과 소리보다는 단락들과 챕터들의 속도와 리듬에서 나오고, 설명하는 행동들의 형태와 보폭에서 나와요. 실시간으로 읽어야 하고, 상당한 심리적 지적 공간을 차지하는, 크고 느린 전개에서요. 엘리엇은 확실히 디킨스같이 대단한 스타일리스트가 아니었지만, 산문을 썼어요. 그리고 어떤 고쳐쓰기나 다시쓰기나 업데이트나 단순화도 이 글의 힘을 약화시키고 파괴할 뿐이에요.

시는 단어로만 이루어진 아름답고 멍청한 금발이고, 산문은 아이디어로만 이루어진 영리한 안경잡이 갈색머리라는 식의 이런 "특징 부여"는 분명히 흔하게 이루어집니다. 의미하지 않고 존재해야 하는 시의 심장만이 아니라, 평범한 베스트셀러 작가의 좁은 마음속에도 도사리고 있지요. 하지만 여기에 그런 믿음을 공유하지 않는 사람이 있어요. 인터뷰에서 당신이 쓴 시와 산문의 차이가 무엇이냐는 질문을 받은 게리 스나이더의 답변입니다.

> 제 산문에는…… 음악적인 구절이나 리듬이 없어요. [제 시와 같은] 일정한 밀도나 복잡성을 가지고 있지도 않지요…… 사실 그 둘이 그렇게 다르다고 생각하지는 않아요. 저는 마음속의 전언에 필요하다 싶은 구조를 적용합니다. 그리고 뭐랄까…… 대강 적는 일기와 시 사이에 뚜렷한 선을 그어 두려고 하죠. 다시 한 번 말하지만 진짜 구분이 되는 선은 음악과 밀도에 있어요…… 공정하게 다시 말하자면 제 시가 다 내용

분석 면에서 그 정도 밀도를 갖춘 건 아니라 해도, 아마 음악적인 밀도는 갖췄을 거예요.[5]

이 답변의 겸손함과 정직함이야말로 핵심이라고 생각합니다. 스나이더가 본인이 생각할 때 시를 특징짓는 요소를 리듬과 밀도라고 하니, 이 발언에서 일종의 정의를 내릴 수가 있지요. 시는 산문보다 리드미컬하고 결이 조밀한 경향이 있다고요. 하지만 그의 마음속에서 두 가지가 "그렇게 다르지 않다"는 것도 분명해요. 차이는 종류가 아니라 정도에 있어요.

스나이더는 그런 편하고 느긋한 태도 때문에, 그리고 산문과 시 사이를 쉽게 넘나드는 면 때문에 폄하당합니다. 엄밀하지가 못하다는 거죠. 저라면 그래도 스나이더는 경직되어 있지 않다고 답하겠습니다. 여기에서 제 관심은 개인적이기도 해요. 저 역시 산문과 시 둘 다 쓰고 양쪽을 자유로이 오가는 입장이라, 제가 어떻게 그리고 왜 둘 다 쓸 수 있다는 사실을 아는지, 그리고 어떻게 그 둘이 같지 않다는 사실을 아는지 알고 싶어요. 게다가 제가 시집을 먼저 쓰고 출간했는데도 명성은 산문 작가로 쌓았고, 제 시가 순전히 "소설가"가 썼으니 진지하게 받아들일 수 없다는 이유만으로 묵살당하는 일을 꽤 자주 당했기 때문에 이 문제에 관심이 갑니다.

그러면 산문과 시 활동은 양립할 수 없을 정도로 상호 호혜적이지 않은 걸까요? 시드니와 셸리가 그랬듯이 시인들은 시가 아닌 것(non-poetry)과 시에 반대되는 것(anti-poetry)의 변질과 부담에 맞서 온 지성을 동원하여 맹렬하게 시를 방어해야 하며, 그 방어도 세대마다 새로이 해야 합니다. 하지만 시는 산문의 반대가 아니고, 지적인 방어는 그냥 영역주의가 아니에요. 때로는 저 같은 서부 지역 사람마저도 시의 영역은 미시시피강 동쪽에 있다는 인상을 받는걸요……. 하지만 대체로 시의 영역은 큰 물고기 수조처럼 보이고, 그곳 주민들은 짝짓기철의 큰가시고기처럼 수초 사이에서 몰려나오며 '나가! 나가! 가서 소설을 써, 단편을 써, 희곡과 음악극과 영화 대본과 텔레비전 대본과 인류와 우주의 본성에 대한 추측글과 온갖 산문을 쓰되, 앞에 말한 일은 하나도 일어나지 않는 시 말고는 아무것도 허용되지 않는 우리 영역에서는 나가!'라고 외쳐요. 여기 우리는 시인들이고, 서로를 위해 시를 쓴다고 말이죠.

괴테는 산문과 시 둘 다 썼고, 양도 많았고 어느 모로 보나 질도 뛰어났어요. 그리고 괴테는 말했죠. "행사시(Occasional poetry)가 최고의 시 형식이다." 분명히 괴테는 계관 시인이 지배층을 즐겁게 해 주기 위해 쓰는 그런 시가 아니라, 공통의 사건을 관찰함으로써 나오는 시, 그러니까 비가로든 축시로든, 드라마든 설명이든 서사시든 서정시든, 어떤 형태나 어투로든 사생활, 고해, 소수만 이해하는 통찰에서는 벗어나는 시를 가리켰을 거예요. 그런 시는 신비로울 수 있지만, 특유하지는 않지요. 그런 시의 전개는 개별적인 중심에서 바깥으로, 더 큰 전체, 공동체의 중심으로 향해요. 이런 전개가 모든 극장의 에너지이고, 의례적으로든 가볍게든 연행이 곧 사건인 모든 구전 문학의 에너지예요. 분명히 그게 시의 자연스러운 전개, 또는 표현이에요.

행사시가 최고의 시라는 건 마음에 새겨 둘 만한 생각이지만, 우리가 좋아하든 않든 간에, 또 우리가 서로를 좋아하든 않든 간에 모든 사건이 우리 모두를 포함하는 이 슈퍼-커뮤니케이션과 슈퍼-무기의 시대에는 어려운 이상이에요. 어쨌든 그것은 산문의 반대항(anti-prose), 그러니까 시를 신비스러운 예술이라고 정의하는 방어적인 태도에 해독제 역할을 하는 생각이죠. 저는 그 정의가 무효가 되는 모습을 보고 싶습니다. 사람들이 심각하게 받아들인다면, 그 정의가 시를 표준화할 뿐 아니라 소설, 희곡, 야구 시합과 머나먼 은하에 대한 설명 등 분명히 시와 자유로이 소통해야 하고 언어의 모든 면에서 언제나 시와 교류하고 있는 글쓰기의 기대와 기준을 좁히고 낮출 테니까요.

그래도, 그래도 여전히 차이는 있지요…… 그렇지 않나요? 셸리는 그 차이는 작가가 아니라 작품에 있다고 말합니다. 『시의 옹호』에서 이렇게 말해요. "시인과 산문 작가를 구별한다는 건 천박한 실수다."[6*] 자, 철학 교사를 파리 잡듯이 때리는 사람이군요.

셸리가 구별한 건

> 마디가 있는 말(measured language)과 마디가 없는 말이다. 산문과 운문의 대중적인 구분은 정확한 철학으로 인정할 수

---

* 『시의 옹호』는 『시의 네 시대』에 대한 응답으로 쓰인 글이다.

없기 때문이다.

생각만이 아니라 소리도 서로 서로 관련이 있을 뿐 아니라 표현하는 바와도 관련이 있고, 그런 관계의 질서에 대한 통찰은 언제나 생각의 관계 질서에 대한 통찰과 관련하여 발견되었다. 그러므로 시인의 언어는 언제나 균일하고 조화로운 소리의 반복을 발생시키고, 그것이 없으면 시가 아니니, 그 독특한 질서를 언급하지 않고서야 말 자체보다 질서가 그 영향력을 전달하는데 덜 필수적이라고 하겠는가?[7]*

어려운 구절입니다. 제가 이해하기에 이 말은 마디(measure)가—율격(meter)이 아니라요. 셸리는 율격을 우연으로 치부합니다—그러니까 게리 스나이더가 리듬이라고 부르는 마디가 소리와 생각의 상호 관계와 자체 관계를 표현한다고 말합니다. 소리와 생각이 함께 움직이는 더 큰 질서에 대한 통찰이죠. 언어-음악 말입니다. 이 말은 확실히 시와 산문을 다르다고 정의하지 않습니다.(셸리도 그렇게 말합니다.) 산문은 산문 나름의, 더 느슨한 리듬과 마디를 가질 수 있으니까요. 하지만 셸리는 계속해서 번역에 대해 말합니다.

---

* 영시에서 measure와 meter는 둘 다 일종의 운율을 가리킨다. 다만 meter를 일반적으로는 운율이라고 번역하지만, 두운/각운 등의 질서와 달리 음절수 규칙이라서 보격이나 율격이라고도 번역된다. meter라는 말 자체가 측정한다는 의미의 measure에서 나왔다. 마디/율격 아니면 박자/율격.

그러므로 번역은 덧없다. 시인의 창조물을 한 언어에서 다른 언어로 옮기려 하는 것은 제비꽃의 색깔과 향기 공식을 찾겠다고 제비꽃을 용광로에 던지는 것만큼 어리석은 짓이다. 씨앗에서부터 식물이 다시 싹을 틔워야지, 그러지 않고는 꽃을 피우지 못할 것이다. 그리고 이것이 바벨의 저주가 남긴 짐이다.[8]

과학자들은 제비꽃을 용광로에 던져 넣어서 그 색깔과 향기 공식을 찾아냅니다. 셸리도 그것이 불가능하다고 하지는 않았습니다. 그저 현명하지 못하다고 했지요. 또 우리는 시를 번역합니다. 그리고 여기에서, 번역의 은유를 통해서 저는 비로소 내내 저를 걱정시킨 게 무엇인지 안 것 같습니다.

시는 시를 구성하는 말(words)입니다. 다른 언어로 다시 창조할 수는 있겠지만 그것은 새로운 시, 셸리의 말을 빌자면 예전 시의 아이디어-씨앗에서 돋아난 새로운 식물입니다. 말을 바꾸고서 그 시를 그대로 얻을 수는 없어요. 논쟁의 여지가 없습니다. 하지만 또한 많은 시인들이 시를 번역하며 즐거워하고 많은 독자들이 번역을 읽으며 즐거워한다는 것도 논쟁의 여지 없는 사실입니다. 채프먼의 호메로스 번역을 손에 든 존 키츠를 증인으로 호출하죠.*

패러독스라고 할 만한데, 다시 금발 머리-갈색 머리 오류로

* 키츠의 시 중에 「채프먼의 호메로스를 처음 보고*On First Looking into Chapman's Homer*」라는 시가 있다.

돌아간다는 점에서 더 나쁘군요. 아무도 산문이 번역 불가능하다는 말은 하지 않아요. 모두가 산문은 번역할 수 있다는 사실을 알지요. 원본을 읽고 번역본과 비교할 수 있는 사람이라면 누구나 번역에서 무엇을 잃어버리는지 알고 몸부림치고 신음하며 '그 멍청이가 어떻게 이걸 놓칠 수가 있어!'라고 부르짖지만…… 그렇다 해도, 여기 있는 우리 대부분은 다양한 방식으로 부족하고 서투른(그렇다고 들은) 번역본으로 『전쟁과 평화』를 읽었고, 우리가 실제 『전쟁과 평화』를 읽은 것처럼 이야기하며, 그래도 됩니다. 하지만 그렇다면 소설은 소설을 구성하는 말이 아닌 걸까요?

소설이 그 말이 아니라면, 무엇일까요?

'진짜 나타샤'는 없고, 있었던 적도 없어요. 『전쟁과 평화』에 나오는 나폴레옹이 진짜 나폴레옹도 아니에요. 전혀 아니죠. 그 나폴레옹은 톨스토이의 창작이고, 훌륭한 창작이기도 해요. 하지만 말들의 연결망이 아니라면 소설은 무엇일까요? 아이디어? 소설이 아이디어가 전부인가요? 전혀 아니고, 그래서 좋은 일이기도 해요. 하지만 소설이 일으키는 감정과 통찰과 복잡한 이해를 일단은 "아이디어"라고 부르기로 합시다. 달리 어떻게 불러야 할지 아무도 모르는 것 같으니까요. 자, 그러면 산문에서 말과 아이디어를 그리 쉽게 분리할 수 있나요? 말로 표현할 수는 없지만 오래가는 아이디어-성(性)이, 셸리가 말하는 아이디어-씨앗이, 영혼이, 실체는 없지만 바꿔-옮기기는(trans-lated) 가능한 무엇이, 두 언어/문화/시대 사이의 간극을 건너 본질적인 차이나 상실 없이 완전히 다른 말-몸체(word-body)에 맞춰 넣을 수 있는 무엇이 존재할까요? 이건 재생이고, 윤회예요. 저도 그런 일이 일어나는 것을 보니 가능하다고 믿기는 하지만, 이해는 가지 않아요. 저는 또한 시 못지않게 소설 역시 그 말이라고 믿거든요.

번역은 전적으로 미지의 세계예요. 저는 갈수록 글쓰기 행위 자체가 번역이라고, 적어도 다른 것보다는 번역에 가깝다고 느끼게 됐어요. 그러면 원본은, 원래의 텍스트는 뭐냐고요? 제게는 답이 없어요. 아마 아이디어들이 헤엄치는 깊은 바다 같은 원천이 원본이고, 작가는 말이라는 그물로 그 아이디어를 잡아서 반짝이는 모습 그대로 배에 던져 넣는 거겠죠……. 이 은유를 밀고 나가자면 그 아이디어들은 죽어서 통조림이 되어 샌드위치로 먹힐 테고요. 뭔가를 가지고 건너오려면, 배가 필요해요. 아니면 다리가 필요해요. 어떤 다리냐고요? 은유는 다 이렇게 쓸 수가 없게 되는군요. 제게는 그저 시든 산문이든, 작문은 번역과 그렇게 다르지 않다는 느낌만 끈질기게 남아 있어요. 번역을 할 때는 말로 이루어진 원본 텍스트가 있지요. 창작이나 작문에는 그런 원본이 없어요. 말이 아닌 텍스트가 있고, 말은 직접 찾아야지요. 물론 다른 일이지만, 올바른 말을 올바른 순서로 찾아내고, 올바른 마디(measure)를 찾아야 한다는 점은 같아요. 같은 일이라는 느낌이에요.

어쩌면 그래서 때로는 다른 나라, 다른 언어로 글을 쓰는 많은 작가들이 따로 소통하지도 않았으면서 한꺼번에 같은 방향으로 가는 것처럼 보이는지도 모르겠네요. 새떼나 물고기떼처럼,

갑자기 모두가 똑같이 새로운 일을 하고 다른 개체들이 뭘 하려고 하는지 이해할 때가 있잖아요. 모두가 똑같은 비언어 텍스트를 각자의 언어로 번역하고 있는 거예요.

또한 그래서 제가 하임스, 테드록, 그 외 다른 사람들[9]이 작업하는 영역을 두고 여기에서 뭔가 흥미진진한 일이 벌어진다고 느끼는 이유예요. 추상적인 번역 이론이 아니라, 근본적으로 다른 문화의 완전히 낯선 언어로 연행된 구전 텍스트를 영어 문헌으로 번역한다는 가장 큰 간극 사이의 실제 번역 작업. 여기야말로 우리 문학이 살아 있고, 고정되지 않으며, 움직이고, 정의 내리기에 반항하는 영역이죠. 이것은 무엇일까요? 구전일까요, 문헌일까요? 둘 다예요. 서사일까요, 의례일까요? 둘 다예요. 시일까요, 산문일까요? 둘 다예요. 저도 바로 그런 것을 만들 수 있었으면 좋겠다고 생각해요. 아무도 모르고, 아무도 말하지 않는 언어를 번역하는 방법을 배우고 싶어요. 번역이 원본만큼 좋지야 않겠지만, 어차피 그건 언제나 그렇지요.

왼손잡이를 위한 졸업식 연설 1983년 ♀○

제게 공개 석상에서 여성의 언어로 크게 말할 드문 기회를 주신 밀스 칼리지 1983년 졸업반에게 감사드리고 싶군요.

졸업하는 남학생들도 있다는 사실을 알고 있고, 그분들을 배제할 생각은 조금도 없어요. 어느 그리스 비극에서 그리스인이 외국인에게 이런 말을 하죠. "그리스어를 이해하지 못하면, 부디 고개를 끄덕여서 알려 주세요."* 어쨌든, 졸업식은 보통 졸업하는 사람 모두가 남성이거나 남성이어야 한다는 암묵적인 합의하에 이루어지잖아요. 남자들이 입으면 정말 멋있는데 여자들이 입으면 버섯 아니면 임신한 황새처럼 보이는 12세기풍의 옷을 모두가 걸치는 것도 그래서고요. 지적인 전통은 남성입니다. 공개 연설은 국가 언어든 부족 언어든, 공적인 언어로 하지요. 그리고 우리 부족의 언어는 남성의 언어예요. 물론 여자들도 그 언어를 배우죠. 우린 멍청이가 아니에요. 마거릿 대처와 로널드 레이건, 인디라 간

---

* 밀스 칼리지는 여성과 논바이너리 학생들을 위한 학교이며, 이 말은 그 점에 대한 농담이다.

디와 소모자 장군을 말하는 내용으로 구별할 수 있다면 어디 알려 주시죠. 여기는 남자의 세상이기에, 남자의 언어로 말을 해요. 그 말은 모두 권력의 말이죠. 다들 먼 길을 왔지만, 아직 멀었어요. 스스로를 판다 해도 그곳에 도달하지는 못할 거예요. 권력은 그들의 것이지, 여러분의 것이 아니니까요.

어쩌면 우린 권력의 말을 충분히 만끽했고 투쟁하는 삶에 대해 충분히 말했는지도 몰라요. 어쩌면 이제 우리에겐 약자의 말이 필요한지도 몰라요. 지금 제가 여러분이 모두 이 대학의 상아탑 바깥 현실 세계로 뛰어나가서 승승장구하는 경력을 쌓거나, 남편이 승승장구하도록 돕고 우리 나라를 강하게 유지하고 모든 면에서 성공하라고 말하는 대신, 그러니까 권력에 대해 말하는 대신…… 제가 이 자리에서 공공연히 여자처럼 말한다면 어떨까요? 뭔가 이상하게 들릴 거예요. 끔찍하게 들릴 거예요. 만약 제가 우선 여러분이 아이를 원할 경우 낳았으면 좋겠다고 말한다면요. 잔뜩 낳으라는 건 아니에요. 두엇이면 충분하죠. 전 여러분과 여러분의 아이들에게 먹을 것이 충분하고, 따뜻하고 깨끗한 집과 친구들이 있으며, 여러분이 좋아하는 일이 있었으면 좋겠어요.

뭐야, 그러자고 대학에 가나? 그게 다야? 성공은 어쩌고?

성공이란 다른 누군가의 실패죠. 성공이란 3억 명의 우리들을 포함하여 대부분의 장소에 사는 대부분의 사람들이 끔찍하게 가난한 현실 속에서 맨정신으로 살아가기에 계속 꿈꿀 수 있는 아메리칸 드림이에요. 아니, 전 여러분의 성공을 기원하지 않아요.

성공에 대해 이야기하고 싶지도 않아요. 전 실패에 대해 이야기하고 싶어요.

여러분은 인간이기에, 실패를 겪을 거예요. 실망, 부당함, 배신, 그리고 돌이킬 수 없는 상실을 겪을 거예요. 스스로가 강하다고 생각했던 지점에서 약하다는 사실을 알게 될 거예요. 소유하기 위해 일하다가 어느 순간 소유당하고 있음을 알게 될 거예요. 이미 경험했다는 걸 알지만, 여러분은 앞으로도 어두운 곳에서 홀로 두려움에 질리게 있게 될 거예요.

저는 여러분이, 나의 자매이자 딸들, 형제이자 아들들 모두가 그곳, 그 어두운 곳에서 살 수 있기를 바랍니다. 우리의 합리주의 성공 문화가 부정하며 유배지라고, 살 수 없는 곳이라고, 이질적이라고 하는 그곳에서도 살 수 있기를요.

우리야 이미 국외자인걸요. 여자들은 여자이기에, 인간을 남자(Man)라 칭하고, 존경받는 유일신이 남성이며, 오직 위쪽만이 올바른 방향으로 주어진 이 사회의 자칭 남성 표준에서 배제되고, 소외당해요. 그러니 그곳은 그들의 나라로 두고, 우리만의 나라를 탐사합시다. 성(性)에 대한 이야기가 아니에요. 그건 모든 남자와 여자가 자기만의 영역에 있는 완전히 다른 우주죠. 난 사회에 대해, 제도화된 경쟁과 공격성, 폭력, 권위, 권력으로 이루어진 자칭 남자의 세상에 대해 말하는 거예요. 우리가 여자로 살고 싶다면, 어느 정도 분리주의를 받아들여야 해요. 밀스 칼리지는 그런 분리주의의 현명한 구현이죠. 군사 훈련의 세계는 우리가 만든 것도 아니고, 우리를 위한 것도 아니에요. 그곳에서 우린 마스크 없이는 숨 쉴 수가 없어요. 그리고 일단 마스크를 쓰고 나면 벗기가 힘들 거예요. 그러니 여기, 밀스에서 얼마간 해 보았듯이 계속 우리 방식으로 해 보면 어떨까요? 남자들과 남성 권력 위계를 위해서 말고요. 그건 남자들의 게임이에요. 그렇다고 남자들에게 맞서 싸우자는 것도 아니에요. 그것 역시 남자들의 규칙에 따르는 셈이거든요. 누구든 우리와 함께하는 남자들과 함께하는 것이 우리의 게임이죠. 어째서 대학 교육을 받은 자유인 여성이 마초남과 싸우거나 마초남에게 봉사하거나 둘 중 하나여야 하죠? 왜 여성이 남성의 방식대로 살아야 하나요?

마초남은 우리의 방식을 두려워해요. 합리적이지도, 긍정적이지도, 경쟁적이지도 않은 우리의 방식을요. 그래서 마초남은 우리에게 그런 방식을 경멸하고 부정하라고 가르쳤죠. 우리 사회에서 여자들은 무력하고 약하고 병든 사람들, 비이성적이고 돌이킬 수 없는 것들, 모든 모호하고 수동적이고 통제할 수 없으며 동물적이고 더러운 것들—그늘진 골짜기, 심해, 삶의 심연을 위해 살아왔고, 그렇게 살았다는 이유로 경멸당했어요. 전사들이 부정하고 거부하는 모든 것이 우리와 또 우리와 함께하는 남자들에게 남겨졌고, 그래서 우리와 함께하는 남자들 역시 우리와 마찬가지로 의사는 안 되고 간호사만, 전사는 안 되고 민간인만, 추장은 안 되고 그냥 인디언만 될 수 있지요. 자, 그게 우리의 나라예요. 우리 나라가 가진 밤의 측면이에요. 그곳에 낮의 측면이 있다면, 높은 산맥과 반짝이는 초원이 있다 해도 우린 개척자들의 이야기로만 알 뿐, 그곳에 가 본 적은 없어요. 마초남을 흉내 내서는 영원히 그곳에 가지 못해요. 우리가 그곳에 가려면 오직 우리만의 길로, 그곳에서 살아서, 우리만의 나라에서 밤을 살아 냄으로써만 가능할 거예요.

그래서 저는 여러분이 여자라는 사실을 부끄러워하는 죄수로 살거나 정신병질적인 사회 체계에 합의한 포로로 살지 않고 그곳의 원래 주민으로 살았으면 좋겠어요. 그곳에 편안히 자리 잡고, 그곳에 집을 두고, 스스로 주인이 되어, 자기만의 방을 갖고 살았으면 좋겠어요. 여러분이 그곳에서 예술이든 과학이든 공학이든 회사 경영이든 침대 밑 청소든 뭐든 간에 잘하는 일을 했으면 좋겠고, 혹시 사람들이 여자가 하는 일이라는 이유로 열등한 직업이라고 한다면 그들에게 꺼지라고 말하고 동일 노동에 동일 임금을 받아 냈으면 좋겠어요. 여러분이 정복할 필요도, 정복당할 필요도 없이 살았으면 좋겠어요. 여러분이 결코 피해자가 되지 않기를 바라지만, 다른 사람들에게 힘을 행사하지도 않았으면 좋겠어요. 그리고 여러분이 실패하고, 패배하고, 고통에 사로잡히고, 어둠 속에 놓일 때면 부디 어둠이야말로 여러분의 나라이며 여러분이 사는 곳이고, 어떤 전쟁도 치른 적 없고 어떤 전쟁에도 이긴 적 없으며 오직 미래만 있는 곳임을 기억했으면 좋겠어요.

우리의 뿌리는 어둠 속에 있어요. 땅이 우리의 나라예요. 왜 우리가 주위를 둘러보고, 아래를 내려다보는 대신 위를 올려다

보며 축복을 구했을까요? 우리의 희망은 아래에 있어요. 궤도를 도는 감시 위성과 무기들이 가득한 하늘이 아니라, 우리가 내려다보며 살아온 땅에 있어요. 위가 아니라 아래에 있어요. 눈을 멀게 하는 빛이 아니라 영양분을 공급하는 어둠에, 인간이 인간의 영혼을 키우는 곳에 있어요.*

* 나중에 쓴 에세이 『찾을 수 있다면 어떻게든 읽을 겁니다』를 보면 저자가 이후 생각을 조금 바꿨고, 이때의 이분법에서도 다시 벗어나려고 했음을 알 수 있다.

플래트 강을 따라 1983년 →

어떤 사람들은 티에라 델 푸에고*와 카트만두로 날아간다. 어떤 사람들은 폭스바겐 버스를 타고 네브래스카를 가로지른다.

조지아 주에 가족을 두고 오리건 주에 사는 우리는 가끔 한 번씩 미합중국 구석구석을 운전해 다닌다. 그러자면 시간이 꽤 걸린다. 메이컨**을 벗어나서 닷새째, 미주리를 건너다가 드넓은 하늘에 난 제트기 항적을 올려다본다. 서쪽으로 가는 그 비행기는 우리가 300킬로미터를 가는 동안 3000킬로미터를 가로지를 것이다. 이상한 생각이다. 하지만 이상함이란 양쪽 방향으로 적용되는 법. 우리는 오늘 약 600킬로미터를 달릴 텐데, 우차(牛車)를 끌고 걸었다면 한 달은 걸렸을 거리다.

이것은 오리건 트레일***에서 하루 반나절 동안 끄적인 글이다.

---

* 남아메리카 남쪽 끝에 있는 군도.

** 조지아 주에 있는 도시.

*** Oregon Trail. 미주리 강에서 오리건 계곡을 잇는 동서 3490킬로미터의 과거 마차길.

우리는 오전 10시쯤 넓은 미주리강을 건너 서부에 들어선다. 큰 갈색 강물 위에 철로와 대형 곡물 창고들을 세워 놓은 네브래스카 시티는 편안하고 독립적인 인상이다. 우리는 그 도시에서 차를 몰아 굽이치는 넓은 농지로, 진초록 옥수수와 옅은 노란색의 건초 그루터기, 색이 짙어져 가는 금빛 밀밭으로 접어든다. 커다란 헛간과 수많은 딴채를 거느린 농가들이 서로 꽤 가까이 붙어서 있다. 번창하는 지역이다. 표지판에는 이런 말들이 써 있다. 뿔을 자른 쇼트혼*……햄프셔 돼지……샤롤레**……요크셔와 얼룩무늬 돼지.

우리는 리틀 네마하의 북쪽 갈래를 건넌다. 아메리카의 강들에는 아름다운 이름이 붙어 있다. 이 강의 이름은 원래 어떤 언어였을까? 네마하-오마하-네브래스카…… 아마 동부 수(Sioux) 사람들의 언어겠지. 하지만 추측일 뿐이다. 우리는 이 땅의 본래 언어를 쓰지 않는다.

무성한 키 큰 풀밭 속 깊은 숲그늘에 세 마리 말이 머리를 한데 모으고 꼬리를 흔들고 서 있다. 두 마리는 까맣고 한 마리는 하얀데 꼬리와 갈기는 까맣다. 여름이구나…….

11시쯤 우리는 고속도로를 타고 아름다운 도시 링컨을 통과하는데, 고층 주의회당의 금빛 돔이 연푸른 하늘 높이 반짝이며, 고속도로 왼쪽으로는 내 평생 본 제일 큰 곡물 창고가 보인다.

---

* 소 품종.

** 프랑스산 흰 소 품종.

몇 블록에 걸쳐 높고 거대한 하얀 원통으로 이루어진 대성당 같다. 라디오에서는 셸리와 데이브가 노래한다. "산타모니카 고속도로, 가끔은 컨트리걸 블루……"* 잠시 후에 DJ가 공지를 알린다. 내가 제대로 들었다면, 토요일에 건지 공원 피크닉이 있다는 모양이다.

이제 우리는 흥얼거리며 플래트(Platte) 강 옆을 따라간다. 이건 내가 아는 언어다. 플래트는 Flat을 의미한다. 플래트 옆이 꽤 평평한 건 맞지만, 이 대초원에는 더없이 잔잔한 바다처럼 긴 놀이 일어나고, 지평선은 쭉 이어지지 않는다. 저기 저 멀리, 먼지 버섯 같은 화창한 날씨의 구름이 줄줄이 선 아래에 푸르스름한 숲 선이 지평선을 끊어 놓는다.

우리는 그랜드 아일랜드에서 가닥가닥 꼬인 플래트 강 수로들을 건너, 점심을 먹으려 모몬 아일랜드라는 주립 노변 공원에서 멈추는데, 도시락을 먹는 데만 2달러를 내야 한다. 조금 가파르다. 하지만 예쁜 곳이고, 사방이 강 후미와 수로에 둘러싸여 있으며, 날개 끝이 은색인 커다란 검은색 잠자리들이 여울 위를 빠르게 날고, 풀밭에는 파란 실잠자리가 보인다. 평생 본 적 없는 커다란 모기가 남편의 어깨에서 피를 빨러 왔다. 맨손으로 잡긴 했는데, 철거 기계를 동원하는 게 더 어울렸겠다. 여기에도 예전에는 버펄로가 있었는데, 이제는 모기들이 그 자리를 대신했다.

우리는 플래트 강을 따라가다가 네브래스카에서만 강을 열한 번이나 건너고 또 건널 테고 마지막 한 번은 와이오밍에서 건

* 「신이 오클라호마를 만드신 이유는 바로 당신*You're the reason God made Oklahoma*」의 가사.

널 예정이다. 강물이 불어, 회색 버드나무와 초록색 버드나무들, 사시나무와 큰 미루나무들 사이를 거세게 흐른다. 나무가 목까지 물에 잠긴 곳도 있고, 코자드* 서쪽에서는 건초밭이 범람하여 건초 더미가 물속에서 썩어 가고, 회백색 물이 원래 있을 곳이 아닌 들판에 콸콸 쏟아지고 있다.

소떼는 블랙 앵거스, 애버딘, 산타 거트루디스와 아름다운 잡종 품종들이고 모두 크림색, 회갈색, 갈색, 갈색에 회색이 섞인 털빛이다. 하렘과 자손들을 거느린 헤레퍼드 황소도 한 마리 보이는데 큰 몸, 찌푸린 얼굴, 곱슬털이 화난 아일랜드인 같다.

1976년 네브래스카는 주간 고속도로 80번의 노변 휴식처에 열 개의 조각상을 의뢰 설치했는데, 서쪽으로 가다 보면 다섯 개를 볼 수 있다. 우리는 조각상이 나올 때마다 멈춰서 사진을 찍었고, 두 딸을 데리고 다니는 희끗희끗한 머리의 남자분 하나도 똑같이 했으며 그 딸들은 조각상과 함께 사진 포즈를 취했다. 하나같이 크고, 창의적이며, 대담한 조각상이다. 우리가 제일 좋아하는 조각은 키어니에서 몇 킬로미터 서쪽에 있는 연못 속에 산다. 알루미늄으로 만든 평면과 곡면과 원반인데, 일부는 소리도 없이 부드럽게 움직이도록 균형 잡혀 있고, 전체는 그 모습을 비추며 반짝이는 물 위에 떠 있다. 일명 '네브래스카 바람 조각'이라고 한다. 히죽 웃는 남자 하나가 묻는다. "저게 뭐죠?" 나는 대답한다. "음, 『AAA 여행 안내서』에는 H. G. 웰스의 타임머신처럼 보인다고 하네요."

* 네브래스카 주의 도시 이름.

남자는 말한다. “그래요. 그렇지만 저게 뭐냐고요?” 그제야 나는 그 남자가 그 물건이 “그냥” 예술 작품이 아니라 “무엇인가”일지 모른다고 생각한다는 사실을 깨닫는다. 그래서 그 멍청한 물건을 즐겁게 보며 웃고 있는 것이다. 만약 그게 미술이라는 사실을, 그것도 현대 미술이라는 사실을 안다면 두려워하며 쳐다보지도 않으려고 할까? 한편 겁 없는 어린 소년 하나는 연못에 붙어서 가재를 가리키며 “봐요! 랍스터야!” 하고 외치다가 은빛 네브래스카 바람을 비추고 있는 더껑이 앉은 얕은 물에 빠질 뻔한다.

도로를 더 달리자 렉싱턴이라는 마을이 광고하기를

올-아메리칸 시티

올-네브래스카 커뮤니티

란다. 뭔가 나라와 주에 대한 자부심이 느껴지긴 하는데, 얼마나 마음에 안 드는 소리인지, 얼마나 비우호적이고 배타적인 느낌인지. 하지만 달리 어느 주가 80번 고속도로를 달리는 이방인 모두 보라고 크고 정신 나간 조각상을 설치해서 200주년을 축하할 생각을 할까? 잘한다, 네브래스카!

우리는 노스 플래트의 어느 모텔에서 밤을 지내려 멈춰 서는데, 이 마을이 해마다 여름마다 밤마다 로데오를 한다니 우리가 놓칠 수야 없는 노릇이다. 우리는 저녁을 먹은 후에 로데오 로드를 타고 버펄로 빌 애버뉴로 가서 코디 아레나에 도착하고(이쯤 되면 우리도 그 늙은 사기꾼이 여기 어디에서 태어났구나 눈치를 챈다.)[*], 티켓을 파는 친절한 카우걸이 우리를 노인 대우하며 묻는다. "60세가 넘으셨을까요?" 아니요, 아직 그렇게까진 못 살았어요. 그래서 그 여자는 제값으로 티켓을 팔며 아름다운 미소를 던진다. 자리는 다 좋다. 따듯하고 건조한 대초원의 저녁이고, 빛이 흐릿하고 길게 늘어진다. 어린 말을 탄 어린 기수들이 경기장을 돌면서 관심을 즐기다가 진행자가 쇼를 시작한다. 모든 로데오를 시작하는 방식이 그렇듯, 진행자는 우리에게 "세상에서 가장 아름다운 깃발"인 국기에 경례하라고 주문하고, 그동안 말들은 꼼지락거리고 깃발잡이는 엄숙하게 앉아 있는데, 진행자는 계속해서 이 깃발이 "여러 캠퍼스에서 침을 맞고 짓밟히고 조롱당하고 불탔다."는 말을 늘어놓는다. 세상에, 대체 어느 시대 사람이길래? 진행자의 목소리에 깃든 독기는 고엽제[**] 못지않다. 또 사실은 누군가를 증오한다는 의미의 "애국주의"다. 제발 닥치고 여기 온 미국인들 모두가 보러 온 쇼나 진행해요. 자, 이제 시작이다. 상금 10달러를 위해.

첫 번째로 나온 카우보이는 안장도 없는 야생마를 타다가 울타리에 내던져지고, 또 한 명은 관람석 바로 밑에서 다리가 부러진다. 로데오는 말에게도, 소에게도, 사람에게도 험하다. 10달러를 버는 방법치곤 형편없다. 노래에 나오듯이 여자분들, 아들들을 카

---

* 버펄로 빌은 별명이고, 본명은 윌리엄 프레드릭 코디. 전설적인 총잡이로 영화 소재로 자주 등장한다.

** 제초제의 일종으로, 독성이 강해 노출된 사람에게 지속적인 질병을 일으킨다. 미군이 베트남에서 사용한 에이전트 오렌지가 유명하다.

우보이로 키우지 마세요! 하지만 송아지 잡기는 말과 사람의 팀워크와 기술 덕분에 즐겁고, 둥근 술통을 타고 곡예를 벌이는 여자애들은 굉장하다. 축제 마당의 문어 놀이기구에서 뱅뱅 도는 차처럼 나무통을 휙휙 굴린다. 그다음엔 채찍이 날고 관객들이 응원과 야유를 던지는 가운데 히힝대는 조랑말이 다리가 보이지 않게 힘껏 직선 코스를 달린다. 이제 옆자리에 맥주 한 팩을 놓고 앉은 워싱턴 롱뷰 출신의 여자는 취할 대로 취한 것 같다. 황소 한 마리는 기수가 앉기도 전에 등장 출구를 부수려고 든다. 로데오는 사람과 짐승들이 온전히 소통하는 몇 안 되는 장소다. 말들은 얼마나 자만하고 용맹하며, 지적이지는 않더라도 나름대로 현명한지. 송아지들의 겁먹고 약삭빠른 활기는 얼마나 멋지고, 거대한 브라마 황소의 힘은 또 얼마나 훌륭한지. 우리가 죽이려고 키우는 소들의 놀라운 생명력이란. 투우사가 뽐내는 모습을 보고 싶어 하는 사람들은 그런 장면을 얻을 수 있다. 싸구려 로데오에도 진실한 순간은 충분히 있다.

쇼가 끝난 후에 베일리 야드라는 거대한 열차 교환소 위 고가도로를 달려 돌아가던 우리는 저 멀리 투광 조명등을 받아 금빛 강처럼 보이는 백 갈래 선로가 눈부시게 반짝이는 어둠 속으로 구부러져 들어가는 모습을 본다. 기차는 산업 혁명이 만든 정말 좋은 것 중 하나다. 정말 실용적이고 정말 낭만적이다. 하지만 그 많은 선로에 서 있는 기차는 한 대뿐이다.

다음 날 아침 우리는 아침을 먹으러 오갈랄라의 파이오니어 트레일스 몰에 멈춘다. 이름이 마음에 든다. 계란 두 개, 해시브라운, 그리고 비스킷. 식당 라디오 스피커에서는 통나무와 쓰레기를 가득 싣고 강물의 제한속도를 넘어서 달리고 있는 사우스 플래트 강의 포효하는 물소리를 넘어설 만큼 큰 소리가 터져 나온다.

우리는 덴버 도로가 갈라지는 곳에서 마침내 플래트 강을 떠나, 낮고 헐벗은 언덕지대에 접어든다. 서쪽으로 갈수록 땅과 공기에서 물이 빠지고 흐릿한 습기도 사라진다. 색채가 선명하면서도 밝아지고, 먼 곳이 뚜렷하게 보인다. 구릉지대는 길게 뻗은 옅은 금빛의 밀밭 곡선과 갈색으로 쟁기질한 땅이 줄무늬를 이룬다. 들판 가장자리에서는 뻣뻣한 밀 줄기가 짧게 자른 말갈기처럼 삐죽빼죽 솟아 있다. 갓길에는 키 큰 노란색 클로버가 바람에 흔들린다. 달콤한 공기, 생기 넘치는 바람. 라디오 오갈랄라에서는 이제 유럽 옥수수 좀벌레를 조심할 때라고 말한다.

밀밭과 옥수수밭 사이로 급경사진 테이블 같은 땅이 솟아오르기 시작하고, 갈라진 바닥이 목초지를 대신한다. 땅의 뼈가, 노란빛 감도는 하얀 바위들이 비쳐 보인다. 도로 저편에 거대한 가축 우리가 보인다. 짙은 적갈색 소들이 떼 지어 모인 모습이 쌓아놓은 장작더미 같다. 이곳 산에는 야생 유카가 자란다. 여기는 방목지다. 부드러운 빛깔의 먼 땅에서는 말들이 돌아다니며 풀을 뜯는다. 우리는 크고 길고 넓고 눈부신 네브래스카를 떠나 와이오밍 경계선에 들어선다. 하루 반나절, 아니면 40분, 아니면 한 달이 걸려 가로지를 수 있는 땅. 비행기에서 보았다면 나는 네브래스카를 하나도 기억하지 못할 것이다. 차를 달렸기에 강가의 버드나무를, 그 달콤한 바람을 기억할 것이다. 어쩌면 말을 타거나 걸어서 이동하며 밤마다 조금씩 더 서쪽에서 야영을 하던 시절 사람들이 기억한 것도 플래트 강 옆 버드나무와 미루나무, 그리고 달콤한 바람이었을지 모른다.

누구의 물레? 1984년

○□

이 글은 1984년 5월에 우리 지역 주요 신문인 《디 오리거니안*The Oregonian*》의 "포럼" 섹션에 썼다. 이 글의 논의는 지역적이고 구체적이지만, 제기하는 문제는 국가적이고 보편적이다. 미합중국 언론의 자유를 자랑하는 저자는 누구든 혹시 자기 작품이 금지당했거나, 비도덕적이라거나 반종교적이라거나 "세속적 인본주의"(이 실체 없는 말에는 거의 모든 SF가 포함된다.)라는 이유로 독서 목록에서 빠졌거나, 아니면 공립 도서관 사서나 학교 사서가 압력을 받아 치우거나 빼놓지는 않았는지 확인해야 할 것이다. 문제는, 그런 문제가 생겨도 저자가 소식을 듣기는 힘들다는 점이다. 나도 그 학구에서 일하는 사서 한 분이 공청회 전날 밤에 연락해 주지 않았다면 우리 도시에서 20분만 차를 몰면 나오는 워싱턴 워슈갈에서 내 책 한 권에 대한 검열 공청회가 열린다는 사실을 몰랐을 것이다. 정말 내키지 않지만 나는 전국의 학구와 학교와 도서관에서 내 책과 모든 문학에 대한 검열이 이루어진 적이 있고 지금도 이루어지고 있다고 가정할 수밖에 없고, 가능할 때마다 가능한 곳에서 검열에 항의하는 수밖에 없다. 다른 작가와 독자들도 같이 항의해 줄 줄 안다.

올해 늦은 봄, 포틀랜드 근처의 작은 도시에서 『하늘의 물레』라는 소설이 고등학교 문학 수업에 적합한지 여부를 두고 공청회가 열렸다. 나는 그 결과에 지대한 관심을 두었는데, 내가 쓴 소설이기 때문이다.

먼저 책에 대한 반대 논거가 펼쳐졌다. 이 책을 목록에서 빼야 한다고 요청한 남자는 이런 요소들을 반대 이유로 밝혔다. 모호한 생각과 형편없는 문장 구조, 동성애에 대한 언급, 핸드백에 브랜디 술병을 넣고 다니며 어머니가 자기를 사랑하지 않았다고 말하는 여성 캐릭터.(이 남자분이 동일한 캐릭터가 백인 남성을 애인/남편으로 둔 흑인 여성이라는 점에 대해서는 일언반구도 하지 않았다는 사실이 흥미롭다. 아무래도 그게 그분이 이 책을 싫어한 진짜 이유인데, 그렇게 말하기는 두려웠던 것 아닐까. 내 생각일 뿐이지만.)

또 그 남자는 책의 저자가 기독교가 아닌 종교들에 대해서나 교회와 정치의 비분리에 대해서 옹호하고 있다는 데 대해서도 이의를 제기했다.(이 지점, 또는 이 두 지점에 대한 논의는 정확히 이해가 가지 않는다.)

마지막으로, 아무래도 SF라서 그런지 그 남자는 논의 중에 이 책을 정크푸드에 비교했다.

다음으로 해당 학교의 영어과에서 이 책에 대해 주의 깊게 준비하고 기백이 넘치는 변호를 펼쳤는데, 여기에는 책을 읽은 학생들의 진술서들이 포함되었다. 마음에 들었다는 학생도 있고, 마음에 들지 않았다는 학생도 있었으나 대부분은 그 책이든 다른 어느 책이든 금지하는 데 반대했다.

논의에서 교사들은 워쇼갈 학구에서는 어떤 학생이든, 어떤 이유에서라도 배정받은 책을 읽고 싶지 않다고 하면 다른 책을 제시하는 정책이 있으므로, 어떤 책을 학급 전체가 읽지 못하게 막는다는 것은 정책을 바꾸려는 시도이며, 검열로 자유로운 선택을 대체하려는 움직임이라고 지적했다.

학구 교재 위원회가 이 책을 금지하자는 청원에 대해 투표했을 때, 청원은 20 대 5로 거부되었다. 공청회는 공개적으로 열렸고 더없이 개방적이고 민주적인 방식으로 이루어졌다. 나는 발언하지 않았으나, 교사와 학생들이 내 생각을 웅변했다고 느꼈다.

최근에는 읽기의 자유에 대해 괴이한 공격이 흔히 일어난다. 조직적인 무리가 뒷받침하고 움직이면 심각한 일이 될 수도 있다. 이 경우, 나를 상당히 걱정시킨 부분은 공격이 외부의 압력 단체에서 온 게 아니라, 교육 기관 자체를 구성하는 요소에서 온 것 같다는 점이었다. 이는 학교에서 쓰이는 책 선정/배제의 가이드라인이나 기준을 도입하거나 "분명하게 함"으로써 정책을 근본적으로 바꾸려는 움직임이었다. 이 학구 위원회가 투표한 청원은 사실 "학구 가이드라인과 정책을 이끌어내면서" 이용한 책을 빼라는 것이었다. 내 생각에는 청원의 진정한 목표가 바로 그런 '가이드라인과 정책'을 만드는 것이었다.

가이드라인? 재미없는 말이다. 무고하다. 유용하다. 물론 우리는 우리 아이들이 학교에서 어떤 책을 읽는지 확실히 해야 한다. 그렇지 않은가?

아니, 정말 그런가? "학구 가이드라인과 정책"이라는 용어의 위험한 모호성은 이런 질문들을 불러낸다. "우리"는 누구인가? 아이들이 무엇을 읽을지 누가 결정하는가? "우리"가 여러분을 포함하는가? 나는? 교사들은? 사서들은? 학생들은? 열다섯 살부터 열여덟 살까지가 "우리"이기는 한가, 아니면 언제나 "그들"인가?

그리고 가이드라인은 어떤 것인가? 어떤 기준이나 신조에 기반하는가?

오리건에 있는 학교 관계자들은 점점 줄어 가는 예산으로도 학교 식당에서 건강하고 좋은 음식을 제공하려 노력한다. 어떤 학생들에게는 그게 유일한 식사임을 알기 때문이다. 그들은 나날이 줄어 가는 예산으로도 수업과 학교 도서관에 아름답고 지적인 책들을 제공하려 노력하는데, 많은 학생이 그 책들만 읽을 것을 알기 때문이다. 최고를 제공하자. 여기에는 모두가 동의한다.(학교에 추가 수업료를 내는 데 반대하는 쪽으로 투표한 사람이라 해도 그렇다.) 하지만 우리는 어떤 책이 최고인지에 대해 서로 동의하지 않고, 동의할 수도 없다. 그러므로 다양하게, 풍성하게, 많이 제공해야 한다. 한 가지 의견이나 신조만 담긴 책들 말고, 하나의 무리나 분파가 좋다고 생각하는 책들 말고, 최대한 지적으로나 예술적으로나 넓고 다채로운 재료를 제공해야 한다.

그중 어떤 책도 읽기를 강요해서는 안 된다. 거부하고 대안을 고를 수 있는 권리는 아주 중요하다.

썩은 사과가 나오면, 하나하나 사례별로, 책별로 통에서 골라낼 수 있다. 『하늘의 물레』 공청회(*)에서 그랬듯이 조사하고, 변호하고, 고발하고, 판결을 받아서 말이다. 하지만 "가이드라인"이나 검열 기관을 써서 대량으로 해치워서는 안 된다. 좋은 책은 통과시키고 나쁜 책은 걸러 내는 도덕적 필터 같은 것은 없다. 그런 "좋음"과 "나쁨"의 기준은 도덕주의자의 꿈일지는 몰라도 민주주의자에게는 악몽이다.

[*나중에 덧붙인 주석: 현재(1987년) 오리건 학교들을 위해 쓰인 『조직하자』라는 교과서가 주 차원에서 이런 과정을 거치고 있다. 이 책에 대한 반대 논거를 들고 나온 이들은 환경론자들을 비롯하여 이 책에서 특정 산업과 이익 단체에 대한 극단적이고 편견 어린 내용을 찾아낸 사람들이다. 내가 보기에 확실히 썩은 사과 같기는 한데, 그래도 꼼꼼하고 공정한 공청회를 거치는 중이다.]

여기에서든 러시아에서든 다른 어느 곳에서든 검열은 철저히 반(反)민주주의적이고, 엘리트주의를 반영한다. 검열은 이렇게 말한다. 너는 선택할 만큼 알지 못하지만 우리는 안다. 그러니 우리가 대신 골라 주는 것을 읽고 다른 것은 읽지 말아라. 민주주의는 이렇게 말한다. 배움의 과정이란 선택 방법을 배우는 것이다. 자유는 주어지는 게 아니라 획득하는 것이다. 읽고, 배우고, 자유를 획득해라.

나는 "우리 아이들을 보호하자", "더 엄격한 기준", "도덕적인 지침", "더 확실한 정책" 등등으로 가장한 유라이어 힙* 식의 검열이 두렵다. 학교 행정가와 교사와 사서와 학부모와 학생들이 저항했으면 좋겠다. 검열 옹호자는 다른 사람들을 자유인으로 대하지 않을 뿐 아니라, 자유를 얻을 자격조차 없다고 취급하는 사람들이다.

---

* 찰스 디킨스의 소설 『데이비드 코퍼필드』에 나오는 악마의 대변자.

답할 말이 없는 여자 1984년

쿠퍼 유니언 대학에서 뉴 스쿨 컨퍼런스 '현대 삶 속에서 신화의 존재'에 와 달라고 초청했을 때, 나는 발표할 글을 준비하는 대신 발표 대담자로 참여할 수 있을지 물었다. 컨퍼런스 날짜(1984년 10월이었다.)가 다가오자, 굉장한 발표자 명단이 나왔다. 하지만 나는 내가 다뤄야 할 발표문 몇 개 중에 하나밖에 받아 보지 못했고, 그 하나는 단편 소설이자 일종의 선언으로, 응답이 필요치 않은 글이었다. 나는 당황했고, 당황할 때면 으레 하는 일을 했다. 즉 내 상황을 이해하고 이야기로 만들어 보려고 했다. 이 상황에서는 신화 이야기가 될 수밖에 없었다. 컨퍼런스 기간 사흘 동안 다양한 발표가 이루어졌는데, 내 글은 유일하게 진지하게 받아들이기를 의도하지 않은 글이라는 점에서 눈에 띄었다. 다음 해에 나온 멋진 컨퍼런스 책에서도 이 글은 찾을 수 없다. 문제의 책은 신화라는 주제에 대해 그야말로 모든 방향에서 접근했는데, 아마 코요테가 온 방향만 빠져 있었을 것이다.

윌래밋 강이 컬럼비아 강과 합쳐지는 상류 마을 출신의 여자가 하나 있었다. 이제 그렇게 젊지 않았던 여자는 남편에게 말했

다. "한동안 동쪽에 가서 거기서 지내는 우리 아들을 보고 싶어." 그래서 여자는 길을 떠나 먼 길이지만 짧은 시간 만에 동쪽으로 갔고, 아들이 있는 섬에 도착했다. 아들은 잘 지내고 있었다. 아들을 보고 난 여자는 온갖 다른 집 사이에 위치한 크고 오래된 기묘한 집을 보고 말했다. "이곳에 대해 들어 봤어." 그래서 들어가 보니 많은 사람이 모임을 열고 함께 이야기하고 있었다. 그중 몇이 여자를 알아보고 말했다. "들어오세요, 작은 곰 여인! 여기 우리가 게임을 하고 있어요. 우리가 이야기를 하면 당신이 우리가 한 말에 답을 해야 해요." 여자는 말했다. "좋아요." 여자는 그들이 무서웠다. 여기는 그 사람들 영역이었고, 몇 사람은 정말 컸기 때문이다. 그래서 여자는 말했다. "좋아요, 해 볼게요." 그러자 그 사람들은 다시 말을 시작하여 이야기를 하고 이야기에 대한 이야기를 했으며, 작은 곰 여인은 점점 작아지는 기분이 들었다. 말을 하는 사람들이 대부분 남자였고, 대부분 남자들에 대해 이야기했기에 여자는 혹시 동쪽 땅에는 여자가 부족한가 생각했다. 하지만 그런 생각을 하고 보니 남자들의 이야기에 귀 기울이는 여자들은 많이 보였다. 그때쯤 여자는 서쪽으로 도망쳐 버리고 싶은 마음이 많이 들었지만, 잘 달리기엔 너무 늙은 나이였기에 그 자리에 남았다. 게다가 이들은 악의가 없고 관대한 사람들이었다. 그래서 여자는 마음을 여섯 방향으로 보냈다가 다시 중심에 모아 조상들을, 특히 보아스* 토템의 조상들을 불렀다. "제발 도와주세요, 조상님들! 제가 대담

---

* 프란츠 보아스. 미국 인류학의 기초를 세운 학자 중 한 명.

자인데 무슨 반응을 해야 할지 모르겠어요."

저 위의 일로 템포레*에서 조상들이 말했다. "들어라, 저 아이가 또 곤경에 빠졌구나." 그리고 조상들은 여자를 도와줄 이들을 보내기로 했다.

첫 번째가 왔다. 재규어를 탄 클로드 레비스트로스였다. 그리고 클로드 레비스트로스는 말했다. "신화는 인류가 알지 못하는 가운데 인류에게서 생각을 얻고, 인류 안에서 생각한다…… 그리고 내 작업은 내가 알지 못하는 가운데 내게서 생각을 얻고, 내 안에서 생각한다." 여자는 그 말에 동의했다. 이어서 조상들은 동풍을 탄 미르치아 엘리아데**를 보냈고, 엘리아데는 말했다. "신화 속에서 우주가 분명하게 표현된다. 세계는 언어로 스스로를 드러낸다." 여자는 그 말에도 동의했다. 이어서 노자가 용을 타고 오더니 하하 웃고 아무 말도 하지 않았고, 여자는 그 말에도 동의했다. 이어서 마지막으로 코요테가, 설령 원래 의도대로 만들거나 우리가 좋아할 방식으로 만들지는 않았다 해도 만물을 창조한 (여성형) 코요테가 와서 말했다. "뭐가 잘못됐니?"

작은 곰 여인은 말했다. "제가 응답을 하겠다고 했는데, 답할 말이 없어요."

"그래서, 또 새로운 소식은?" 코요테가 말했다.

작은 곰 여인은 생각했다. "코요테가 옳아. 늘 일어나는 일

---

* Illo Tempore. 그때 그곳.

** 루마니아 출신의 비교종교학자. 20세기 가장 위대한 종교학자로 꼽힌다.

이야. 내가 비올라 콘체르토를 연주하려고 일어섰다가, 일어선 후에야 난 비올라 연주를 배운 적이 없다는 사실을 깨닫는 꿈. 고요한 새벽 3시에 내 머릿속에서 '저녁식사 때 학과장 부인에게는 그런 말을 왜 한 거야?' 뇌까리는 목소리. 슈퍼마켓 계산대 앞에서 돈을 내려고 가방을 열었더니 지갑이 없다는 사실을 알게 되는 일. '그치만 군인들이 절 죽이고 싶어 할까요?'라고 묻는 어린아이. 외국 어느 나라에서 수감된 채 끊임없이 침묵으로 사람들에게 '말을 할 수 있으면서 얼마나 오래 입 다물고 있을래?'라고 묻는 시인. 그리스어로 네 다리였다가 두 다리였다가 세 다리가 되는 것은 무엇이냐고 묻는데 내가 그리스어를 모르니 잡아먹어 버리는 스핑크스. 미궁에 빠졌는데 검과 실타래를 쥔 사람이 아니라서, 영웅이 아니라 괴물에 불과해서, 짐승 머리를 달고 답을 갖지 못한 멍청이여서 빠져나갈 수가 없는 경우."

"늘 일어나는 일이지." 코요테가 말한다. "신화가 원래 그래. 늘 있어. 현대 삶 속에 존재하는 신화도, 그 반대도. 너는 역사와 결혼한 신화이고, 둘 다 최선을 다해야 해. 스스로 생각하기, 명확하게 표현하기, 조용히 있기. 각각 알맞은 때 알맞은 장소에서 해야 해. 혹시 이 집 부근에서 생쥐 봤니?"

"아니요." 여자는 말했다. "생쥐는 못 봤어요."

그러자 코요테는 가 버렸고, 답할 말이 없는 여자와 다른 사람들은 코요테의 규칙에 따라 게임을 계속했다. 코요테의 규칙에 따르면 언제나 낭패를 본다.

더브의 카단에 난파한 외인의 두 번째 보고서 1984년

1984년 11월, 안티오크 대학 시애틀 분관에서 본다 N. 매킨타이어와 나를 초청하여 하루 종일 이어지는 '여성, 파워*, 그리고 리더십(Women, Power, and Leadership)'이라는 컨퍼런스를 맡겼다. 열다섯에서 스무 명 정도 참석을 예상했다가 95명의 여성과 세 명의 남성을 마주하게 된 본다와 나는 쩔쩔맬 수밖에 없었다. 우리는 오전 내내 마음을 가다듬으려고 허우적거렸다. 그야말로 리더십이라는 파워를 쥐어 본 경험이 없는 여자들의 실사례였다. 우리는 참석자들에게 도움을 청했고, 뒤쪽에 있던 조용한 여자분이 "성공한" 여자이자 작가로서 우리의 이야기를 듣고 싶어하는 사람들과, 본다와 나처럼 가능한 한 많은 목소리를 들을 수 있는 토론을 더 좋아하는 사람들 양쪽을 만족시키는 형식을 제안했다. 그분이 제시한 제비뽑기식 패널 형식은 멋지게 성공했고, 그날 오후에 사람들은 파워와 리더십을 거의 남성의 용어로만 상상하는 사회에서 살고 일한다는 것에 대해 이야기했다. 그때 나눈 대화의 설득력과 통렬함은 지금까지도 내 마음에 남아 나의 이해를

* 이 글에서 power는 힘, 권력, 전원, 동력이라는 의미를 자유로이 오가고 있으므로 특별히 파워로 옮긴다.

풍성하게 해 주고 있다.

나는 이 글을 개막사 삼아 읽었다. 당시에 나는 이런 "보고서"를 시리즈로 만들 생각이었는데("첫 번째 보고서"는 《안타이오스*Antaeus*》에서 발표한 후 내 단편집 『컴퍼스 로즈*The Compass Rose*』에 수록했다.), 지금까지는 두 편밖에 내놓지 못했다.

더브로부터의 통신은 중단된 것 같다.

전하,

저는 그동안 전하께 지구 대표자에 대해 전해 드릴 방법을 생각하려 애썼습니다. 전하께서 이야기를 즐기시면서도 그 이야기에서, 또는 행간에서 제 세계나 전하의 세계에 대해 무엇인가를 배울 수 있도록 말할 방법을 말입니다. 문제는 제가 대표자를 생각할 수가 없었다는 점입니다.

언젠가 국회의원을 한 명 만난 적이 있는데, 사람들을 대표한다는 느낌이 들지 않는 기묘한 사람이었습니다. 파티가 한 시간쯤 이어졌을 때 그 남자가 방 안에 들어왔고, 파티 주최자와 다른 사람들이 자석에 이끌리는 쇳조각들처럼 그 남자에게 다가가는 모습이나, 그 남자가 장중한 투로 말하는 모습을 보니 중요한 인물임에는 분명했습니다. 안타깝게도 저는 다른 지역에 살아서 그 남자의 이름을 들어 본 적이 없었고, 그래서 소개를 받았을 때 마치 악수가 직업이라는 듯 제 손을 잡고 흔드는 신기하게 전문적인 모습, 그리고 그 남자가 눈동자를 쓰는 방식에 당황했습니다. 아주 진지한 표정으로 제 눈을 똑바로 들여다보는데, 그러면서도 저를 보지는 않는다는 인상을 받았거든요. 그 남자가 누구를, 아니면 무엇을 보았는지 알 수가 없어요. 그 남자는 말을 잘했고 크게 말했으며, 저녁식사 시간에 상당히 지저분한 농담을 두 번 던지고는 소리 내어 웃었습니다. 그 남자는 저희 모두에게 영향을 미친 반면, 저희는 누구도 그 사람에게 어떤 영향도 미치지 못하는 것 같았습니다. 그 남자는 아무것도 흡수하지 않고 스스로를 발산하기만 했습니다. 나머지 우주에서 흡수하여 다시 채우는 일이 전혀 없다면 대체 어떤 무궁무진한 원천을 두었기에 그토록 많이 발산하는 걸까요? (집에 돌아가는 길에) 그 남자가 국회의원이라는 사실을 알게 된 저는 그걸로 설명이 된다고 생각했습니다. 그자의 무궁무진한 원천은 파워, 파워 그 자체였습니다. 메인 파워에 연결되어 있었던 거죠. 하지만 그렇기 때문에 그 남자는 대표적인 사람이 될 수 없습니다. 대부분 사람들은 자신의 파워(동력)를 직접 만들어야 하니까요.

옛날옛날 한 아기가 태어나 소루라는 이름을 얻었습니다. 소루가 어렸을 때 어머니는 딸을 데리고 밭에 가서 가장자리 그늘에 뉘어 놓고 일을 계속했습니다. 소루는 크면서 다른 아이들과 같이 마을을 뛰어다니고, 개울가에서 놀았어요. 아이들은 커다란 잎사귀로 장난감 배를 만들었고, 소루는 진흙으로 작은 사람을 만들어서 배에 태우기를 좋아했습니다. 배는 언제나 가라앉았고, 진흙 사람들은 진흙탕물 속에 빠르게 녹아서 작은 흙알갱이 소용돌이가 되어 하류로 흘러갔습니다. 소루는 어머니와 고모와 언니와 함께 음식 준비를 배웠습니다. 다른 여자애들과 같이 바느질, 깔개 만들기, 지붕 수리, 춤, 불 돌보기, 젖 짜기, 이야기하기, 족보 외우기, 그리고 밭에서 하는 온갖 일 같은 필요한 기술도 배웠습니다. 소루는 건강하고 명랑하고 근면했기에, 사춘기에 이르고 얼마 지나지 않아 안페의 가족이 지참금에 대해 의논하러 찾아왔습니다. 곧 소루는 안페의 아내가 되어 그 집에 살러 갔어요. 그곳에서 소루는 무척 힘들게 일했지만, 안페의 여동생 셋이 쾌활하고 다정했기에 넷이 언제나 웃고 장난치고 농담을 하며 지냈습니다. 소루의 첫 아이는 긴 가뭄 이후 비가 내리던 날에 태어났어요. 빗발이 큰 북처럼 땅을 두드렸고, 아이는 아름답고 건강한 여자아이였습니다. 다음 해에는 아들을, 그다음 해에는 다시 딸을 낳았지요. 그때쯤 안페의 아버지가 돌아가셨고, 모노이에서 어떤 남자가 찾아와서 빚을 갚으라고 했습니다. 가족은 빚을 다 갚을 능력이 없었고, 남자는 조금씩 갚아서는 안 된다고 했기에, 가족은 땅을 잃었습니다. 소루와 안페와 세 아이와 안페의 막내 여동생은 안페의 이모와 함께 살아야 했는데, 안페의 이모는 심술궂고 게으른 노인이었습니다. 시이모의 집은 도저히 깨끗하게 만들 수가 없을 만큼 지저분했고, 모두가 살기에는 너무 작기도 했지만, 그래도 소루는 어떻게든 살았습니다. 소루는 밭에 나가서 티마 밑에서 일했습니다. 안페의 막내 여동생에게 좋은 결혼 기회가 오자 소루는 지참금을 어떻게든 마련했지만, 시누이와 함께하는 시간이 그립기는 했고, 이제는 밭에 나갈 때면 아이들을 늙은 시이모 손에 맡겨야 했습니다. 안페는 온화한 남자였고 열심히 일했지만, 한 일자리에 오래 매이기를 싫어했습니다. 워낙 자주 일을 그만두다 보니 늘 다음 일자리를 찾을 수도 없어서, 가끔은 몇 주나 몇 달씩 일이 없기도 했지요. 그럴 때면 안페는 다른 남자들과 어울리며 술을 마셨고, 술에 취하면 격분에 차서 위험한 상태로 집에 돌아왔습니다. 그런 때면 안페와 늙은 여자가 싸우곤 했고, 아이들은 소루가 밭에서 돌아올 때까지 숨어 있었지요. 그러다가 오랜 비가 내리던 어느 날, 안페와 늙은 여자가 또 싸우기 시작했습니다. 안페는 욕을 하며 늙은 여자를 때리기 시작했습니다. 큰딸은 아버지가 나가고 나면 늙은 여자가 아이들을 때리리라는 사실을 알았기에, 동생 둘을 데리고 도망쳐서 자주 놀던 강가에 숨으려 했습니다. 강은 빗물에 불어나고 강둑은 파여 있었어요. 큰딸은 발아래에서 강둑이 무너지면서 강물에 휩쓸려 버렸습니다. 동생들은 울면서 집으로 돌아갔습니다. 사람들이 소루가 일하던 밭으로 가서 일어난 일을 전하자, 소루는 젖은 땅에 주저앉아 몸을 흔들며 울부짖었습니다. "아아, 아아, 비가 준 내 딸, 비가 준 내 딸!" 소루는 그때 임신 5개월이었습니다. 그 사건이 일어난 후, 안페는 늙은 여자를 자기 집에서 내쫓았고, 늙은 여자는 모노이에 사는 자기 손녀와 살러 갔습니다. 안페는 자기가 좋아하는 일자리를 얻어, 상류에 짓는 댐 공사에 들어갔습니다. 한 달에 두 번밖에 집에 오지 못했지만 삯은 아주 잘 받았지요. 소루는 몸이 좋지 않아 밭일을 그만둬야 했습니다. 소루는 집을 최대한 깨끗하게 청소하고, 두 아이를 돌보는 데 만족했지만, 그래도 몸이 좋아지지는 않았습니다. 결국 해산일이 한 달은 남았을 때 피가 나기 시작했고, 그 피를 멈출 수가 없었습니다. 그리하여 소루는 죽었고, 아기는 사산됐습니다. 안페의 큰누이가 두 아이를 맡았습니다. 소루는 20년 8개월 4일을 살았습니다.

아시겠습니까, 저는 소루와 그 국회의원을 한데 묶어서 이해할 방법을 모르겠습니다. 소루는 "일하고, 웃고, 슬퍼하고, 죽는다."고 말하는 것 같고, 국회의원은 "나, 나, 나, 나"라고 하는데 둘 다 서로의 말은 듣지 못합니다. 둘을 한데 묶는다면 문장이 되기는 하지요. 나는 일한다, 나는 웃는다, 나는 슬퍼한다, 나는 죽는다. 하지만 이 문장은 소루와 국회의원에게 너무나 다른 의미가 됩니다! 국회의원은 마지막 두 문장, '나는 슬퍼한다'와 '나는 죽는다'는 사실이 아니라고 부인할 수도 있습니다. 소루는 어느 하나 부인하지 않겠지만, 그런 문제에 대해 이야기하는 것 자체가 도리에 맞지 않다고 여겼을지도 모릅니다. 말을 할 게 아니라 그저 나아가서 행할 뿐이었지요. 어쩌면 노래는 불렀을지도 모르겠군요. 국회의원도 틀림없이 일을 하고 웃고 죽기도 할 테지만, "순수익"이나 "여가", "기대 수명" 같은 용어를 더 좋아할 뿐 이런 문제에 대해 언급하고 싶어 하지 않습니다. 슬픔은 뭐라고 할까 모르겠군요……. "정신 건강 문제"라고 하려나요. 하지만 순수익, 여가, 기대 수명, 정신 건강 문제라는 측면에서 소루는 그저 존재하지 않는 텅 빈 공백이기에, 국회의원은 소루가 존재한다는 사실, 아니 어쩌면 다른 누군가가 존재한다는 사실 자체를 이해하지 못할 겁니다. 그러니 다시 국회의원의 "나, 나, 나, 나"로 돌아가게 되는군요. 그리고 파워라는 주제로요.

사람들은 파워가 지구상에서 가장 중요하다고 합니다. 사람들은 소루에게 파워가 있었다면, 다양한 종류의 파워, 하지만 모두 국회의원이 가진 것과 같은 종류의 파워에서 파생된 파워를 가졌다면, 소루가 메인 파워에 연결되어 있었다면 그 인생은 서너 배는 더 길고 행복했을 거라고 합니다.

그 국회의원의 기대 수명은 분명 소루의 삶보다 세 배는 길고, 소루의 큰딸보다는 열 배 길겠지요. 하지만 기대 수명이 삶인가요? 열한 살의 소루는 아주 뛰어난 춤꾼이었어요. 메인 파워에 연결된 사람들이 춤을 출 수 있나요? 아니면 전기가 혈관을 타고 움직일 때 움찔거릴 수만 있을까요? 사람들은 감전사 희생자와 전기충격요법 대상자들도 파워를 넣으면 춤 비슷한 것을 춘다고 하는데요.

저는 "파워"라는 말이 빈 껍데기가 되었고, 오직 삶과 자아라는 녹인 청동을 빈 틀에 붓듯이 개인이 채우는 대로의 의미만 갖는다는 생각이 듭니다. 비슷한 경우로 "신", "나라", "정의", "권리" 같은 말들도 있지요. 그건 국회의원이 자주 쓰는 말들이기도 합니다. 하지만 국회의원이 그 말들에 뭔가 채운 적이 있었을까요? 그 커다란 빈 껍데기에 "나, 나, 나, 나"가 무엇을 채울까요?

건축가가 제게 청사진을 줍니다. "자, 고객님 집입니다!"

"좋아요! 언제 작업을 시작하실 수 있죠?"

"작업을 시작해요? 전 건축가지, 목수가 아닙니다. 제 일은 끝났어요. 다 했어요! 집에 들어오시지 그래요?"

그래서 저는 청사진 안으로 이사해 들어갑니다. 저는 영양이 풍부한 종이 스튜를 만드는 요령을 터득하고, 우리 가족은 청사진의 식당 구역에 모두 기분 좋게 모여서 그 스튜를 먹습니다. 우리는 일간지에 실린 '식민지 시대 미국의 거실' 광고에서 오려 낸 가구들로 거실을 꾸밉니다. 일요신문에서 컬러 TV도 한 대 찾아냅니다. 가끔 국회의원이 우리 TV에 나오는데, 2차원밖에 안 되는 세트라서 1차원으로 출연하고 파워에 대해 이야기합니다. 다른 남자들도 나와서 인민에게 파워(힘)를, 남부 에레혼*의 파워(권력) 다툼을, 질서 정연한 파워(권력) 이행을, 파워 부족(전력난) 등등을 이야기합니다. 작디작은 종이 코드를 잘라 내어 TV 세트에 연결하기는 까다롭지만, 그래도 멀쩡하게 작동합니다.

전하,

저는 아직도 지구의 대표자를 찾고 있습니다만, 어딘가 파워(동력) 문제가 생긴 것 같습니다. 시간을 좀 주십시오.

---

* 새뮤얼 버틀러의 소설 제목이자 가상 국가의 이름. Nowhere을 뒤집어 만들었다.

1430호차, 9호실 1985년 →

내가 이 글을 쓰는 동안 앉아서 보는 경관은 청백색으로 펼쳐진 얼어붙은 클래머스 호수, 그리고 그 위에 여명처럼 빛나는 산맥이다. 오리건의 겨울을 담은 사진엽서 같다. 지금부터 10분 후에는 눈 덮인 산맥 사이 농장들을 지그재그로 지나가는 울타리가 보일 것이다. 완전히 새로운 엽서랄까. 그리고 곧 눈 쌓인 크고 엄숙한 전나무들과 캐스케이드 산맥의 봉우리와 골짜기들이 나타나리라. 나는 북쪽 포틀랜드로 달려가는 코스트 스타라이트 1430호차 9호실에 앉아 있으니 말이다. 여행 전체가 아름답다.

레이건 대통령은 암트랙 없이 해 나갈 수 있다고 결정하고 예산에서 빼 버렸다. 레이건 씨는 내가 태어나기도 전에나 기차를 타 봤을 테고 지금쯤은 기차로 여행하는 사람이라고는 하나도 모르지 싶다. 오직 '중요한 사람들', 시간이 돈인 사람들만 알겠지. 중요하지 않은 사람들만이 기차를 탄다. 시간이 돈이 아니라 살았던 삶과 살아갈 삶인 사람들.

이 차량에는 젊은 가족이 상당수 타고 있다. 아이들은 즐겁게 통로와 복도를 돌아다닌다. 아이들에게는 여행 전부가 설레는 일이다. 같이 여행하거나 혼자 여행하는 나이 든 여자와 남자도 꽤 있는데, 나처럼 딸이 낳은 새 딸을 보러 갔다가 돌아오는 조부모일지 모르겠다. 혼자 여행하는 남자도 몇 명 있다. 회사원일까? 아직도 휴식 삼아 기차를 타는 회사원들이 있을까? 그런 사람들은 (나처럼) 서류가방을 들고 앉아서 읽고 쓰고, 창밖을 내다보며 아이디어를 생각하거나 스쳐 지나가는 눈 덮인 산을 본다. 이 차량에는 사람이 꽤 타고 있고, 빈 좌석이나 객실은 많지 않다. 작년에만 기차를 타고 미국을 여행한 사람이 2000만 명에 가깝다. 중요하지 않은 사람들이.

행정부는 기차가 어딘가 사회주의적인 시스템이라는 인식 때문에 암트랙을 싫어하는지도 모른다. 분명 기차는 정부의 지원을 받는다. 물론 자동차와 비행기 산업도 마찬가지지만, 그쪽은 대중교통이라고 부를 수 없고 그래서 의심에서 벗어난다.

하지만 여객용 열차를 없앨 때 그들은 흔히 기차 여행이 "시대에 뒤떨어졌다."고 정당화한다. 짧은 여행에는 개인 자동차를, 긴 여행에는 비행기를 이용하면 된다. 그게 진보이고, 미래다.

(대형 엔진이 우아하게 방향을 트는 스키선수처럼 반짝이는 눈보라를 뿌리는 장면을 지켜보는 동안 잠시만 기다려 주시길…….)

정반대로도 볼 수 있다. 자동차 통근은 갈수록 어려워진다. 동부의 대도시에서는 그냥 불가능하다. 과거에나 가능했던 일이다. 비행기로 말하자면, 아름답고 유용하면서도 낭비가 많은 탈것이다. 승객을 나르는 수단으로서 비행기에는 한 가지, 오직 한 가지 이점만 있다. 속도다. 속도가 정말 중요하다면, 그러니까 내일 캔자스에서 열리는 장례식에 가야 한다거나 1년에 휴가를 2주밖에 못 쓰는데 하와이나 멕시코에서 지내고 싶다면, 날아서 갈 수 있다는 건 좋은 일이다. 속도가 중요하지 않다면, 날아서 가지 않는 선택지가 있다는 게 좋은 일이다. 왜 우리가 항공사들이 승객에게 가하는 믿기 힘들고 갈수록 심해지는 불편과 위험, 모욕을 감내해야 한단 말인가?

기차는 일부러 초과 예약을 받는 일이 없다.*

기차역은 시내에 있다. 가고 싶은 곳까지 택시비를 25달러는 줘야 하는 황량한 벽지에 있지 않다.

기차의 객차 좌석은 푹신하고 넓고 편안하다.

기차의 침대차 객실은 정말로 호화롭다.

암트랙 예산이 깎이고 깎이고 또 깎인 덕에 기차 음식이 예전처럼 좋지는 않지만, 그래도 먹고 싶을 때 먹고 싶은 방식으로 먹을 수는 있다. 어린이 의자에 묶인 아이처럼 좌석에 매여서 플라스틱 접시가 앞에 놓이는 식이 아니라, 일어나서 식당차(아직도 리넨 테이블보를 쓴다.)나 스낵바나 라운지로 걸어가서 어른처럼 먹고 마실 수 있다. 아니면 먹을 것을 챙겨 가서 이동식 잔치를 벌일 수도 있다. 클라마스 폴스 근교에서는 크루아상과 귤을 즐기고(차량

* 미국 항공사는 초과 예약으로 악명이 높다.

급사가 커피를 가져다줬다.), 캐스케이드 산맥을 가로지를 때는 치즈와 토마토 샌드위치를 먹고…….

비행기는 승객용 교통의 미래를 대표하지 않는다. 이 나라의 눈먼 낭비 시절은 지나갔고 끝났다. 그런 낭비를 계속하려는 시도는 진보적인 게 아니라 반동적이다. 승객용 탈것으로는 엄청나게 비효율적이라는 점에서 비행기는 시대착오다. 시대에 뒤떨어진 방식이다. 건강한 경제를 추구하는 행정부라면 (일본과 대부분의 유럽 나라들처럼) 승객용 열차 시스템을 돌려주고, 오히려 더 키우고 개선해야 마땅하다. 예산을 깎아서 망가뜨려 놓고선, 자기가 이해하지 못하는 장난감을 쥔 버릇 나쁜 아이처럼 집어 던질 게 아니라 말이다.

인류를 위해 기차를 살리자. 중요하지 않은 사람들, 어디에 가는지 못지않게 어떻게 가는지도 중요하다는 사실을 아는 사람들을 위해서. 달려라, 코스트 스타라이트! 네 외로운 경적 소리가 말해 주는 머나먼 곳으로 우리를 데려갔다가, 다시 집으로 데려와 다오!

시어도라 1985년

율라볼리 프레스판 『내륙의 고래: 시어도라 크로버의 아메리카 원주민 스토리 다시쓰기*The Inland Whale: Theodora Kroeber's retellings of Native American stories*』 서문으로 쓴 글이다.

어떤 사람들은 동시에 몇 가지 삶을 산다. 내 어머니는 한 번에 하나씩 몇 가지 삶을 살았다. 어머니의 이름이 그 순차적인 복잡성을 반영한다. 시어도라 코블 크라코프 브라운 크로버 퀸. 마지막 네 개는 남자 이름이다. 크라코프는 어머니의 아버지 이름(이자 어머니의 평생 별명이었던 '크라키'의 이유), 브라운과 크로버와 퀸은 세 남편의 이름이다. 코블은 어머니의 어머니 쪽 성으로, 몇 세대 동안 딸들의 중간 이름으로 쓰였다. 시어도라라는 이름은 어머니의 어머니가 좋아했던 소설 『시어도라 날뛰다*Theodora Goes Wild*』에서 따왔다. 시오라고 부르는 사람도 있었지만, 도라라고 하는 사람은 없었다.

『내륙의 고래』 초판 표지에서 직접 쓴 약력 저자 일부를 가져오면 이렇다.

> 시어도라 크로버는 덴버에서 태어났고 어린 시절을 콜로라도 텔류라이드에 있는 채광소에서 보냈다. 캘리포니아 대학에서 심리학과 경제학 학사 학위를 따고 (나중에는 "이상" 심리학으로 불린) 임상심리학 석사 학위를 받았다. 소년원 일자리를 제안받았지만 그 대신 결혼하여 아들 셋과 딸 하나를 두었다. 아이들이 커서 자기 가족을 꾸리자 글을 쓰기 시작했다. 글쓰기 배경 일부는 저명한 인류학자였던 남편 A. L. 크로버의 직업상 여행과 현장 연구에 동반했을 때 만난 인디언들과 강, 그리고 사막에서 비롯했다.

소년원에 대한 부분은 특유의 우아한 속임수(legerdemain)다. 시어도라는 1920년에 석사 학위를 따고 같은 해에 클리프턴 브라운과 결혼했다. 그리고 3년 후, 어린 아들 둘을 둔 사별자가 되었다. 1925년 시어도라는 앨프리드 크로버를 만났고, 1926년과 1929년에 다른 두 아이를 낳았다. 이 바쁜 10년 사이 어디에 소년원이 들어가는지 나는 도저히 모르겠다. 시어도라는 철저한 조사와 꼼꼼한 사실 선별로 유명한 전기를 두 권 집필했지만, 타고난 재능은 감정적이거나 극적인 진실을 드러내는 눈부신 첩경을 쓰는 데 있었다. 전설이 될 사건들—즉 날것 그대로의 사실이 아니라 요리한 사실, 풍미 있고 소화가 잘되도록 만든 사실을 다루는 데 천부적이었다. 시어도라는 음식과 언어 양쪽 모두에 뛰어난 요리사였다.

『내륙의 고래』는 1950년대 후반에 쓰였는데, 저자의 입을 빌자면 자식들은 떠나서 자기 자식을 두고, 시어도라는 앨프리드의 긴 명예교수 시절이 주는 자유를 즐길 때였다. 그 기간에 앨프리드 크로버는 하버드와 컬럼비아 대학에서 가르쳤고 다양한 싱크탱크에 몸담았다. 여행을 많이 하고, 서둘지 않는 건설적인 시간이었다. 앨프리드 크로버에게는 일과 글쓰기가 호흡이나 다름없어서, 언제나 조용히 일을 하고 썼다. 이제 시간과 에너지가 남은 시어도라도 곧 자기만의 호흡을 찾았다. 처음에는 앨프리드와 함께 에세이를 몇 편 썼고(시에서 쓰이는 단어의 빈도수를 헤아리려는 컴퓨터 시대 이전의 흥미로운 시도들이었다.), 그 후에는 어린이책으로 넘어갔다.(어린이책은 여자가 문학에 진입하는 길일 때가 많다. 스스로를 포함하여 아무도 위협하지 않기 때문이다.) 그 후에 첫 소설이 나왔고, 그다음에 이 책이 나왔다.

나는 이 책의 기원을 모르지만, 시어도라가 책에 싣기 위해 각각의 이야기를 다시 쓰려 하면서 따로따로였던 이야기들이 전체로서 하나의 형태를 이루게 되었으리라 짐작한다. 아마도 처음에는 여자들에 대한 이야기들을 모은 책을 쓰려고 했겠지만, 재료를 쓰고 또 쓰고 다시 쓰는 과정에서 패턴이 드러나고 연결이 반드시 필요해졌을 것이다. 시어도라는 혹독한 작가요, 무자비한 교정

자였기 때문이다. 이 책의 일관성과 글의 명료함은 뛰어난 독주를 만드는 증류 과정, 다이아몬드를 만드는 것과 같은 압력의 결과다. 시어도라는 선명한 단순성을 획득하려 애썼지만, 그렇다고 기교가 없지는 않았다.

사람들은 시어도라가 자식들에게 이런 이야기들을 들려줬는지 묻는다. 어머니가 책을 읽어 주기는 했지만, 내가 기억하는 이야기들은 어머니의 이모인 벳시와 내 아버지의 이야기들이다. 어머니가 델 하임스의 표현을 빌자면 "연행의 지평을 연" 순간을 몇 번 기억하기는 한다. 한번은 어머니가 80세쯤이었을 때, 여섯에서 여덟 자식과 손주들이 둘러앉고, 존 퀸도 있었던 식탁에서 누군가가 아홉 살 나이로 1906년에 일어난 대지진 때 샌프란시스코를 방문했던 경험을 물었다. 순간 시어도라의 책에 담긴 모든 이야기의 힘이 풀려나왔고, 아무도 그 시간을 잊지 못할 것이다. 하지만 대개 어머니가 가족과 친구들 사이에서 원하고 또 만들었던 것은 주고받는 대화였다. 그리고 어머니가 말보다 글로 적힌 이야기를 더 "고등"하거나 더 "완결"된 무엇으로 평가했다는 점은 『내륙의 고래』에 달린 주석으로 알 수 있다. 그 시대에는 문학에서나 인류학에서나 그런 판단이 보통이었고, 거의 보편적이기도 했다.

그렇다 해도, 인류학에서조차 여자들의 행동은 부차적으로 치부하고, 여자들은 (정말 이상하지만) '남자(Man)'에 포함된다고 여기기 쉬웠던 시절에 캘리포니아 사람들의 이야기 전부에서 여자에 대한 이야기만 아홉 개를 골라낸 것도 참 시어도라답다. 시어도라는 어머니인 피비와 개척시대 후반 서부에서 보낸 어린 시절에 본 다른 강인한 여자들로부터 여성의 독립과 자존이라는 견고한 유산을 물려받았다. 여성 연대에 대한 감각도 섬세하면서 강했다. 딸에게 평생 환영받는 느낌을 안겨 줬고, 나에게 내가 여자로 태어나길 잘했다는 확신을 줬다. 많은 여자들이 받지 못하는 선물이다. 하지만 또 시어도라는 "여자들보다 남자들을 좋아한다."고 말하기도 했다. 기질 때문에 아내와 어머니로서 뒷받침한다는 전통적인 역할에 기울었다. 그리고 여자가 남자에게 대놓고 맞서는 모습은 싫어했다. 필시 페미니즘이 당신이 사랑하는 제국을 위험에 빠뜨린다고 생각했으리라. 어머니가 "여성 해방"이라고 부르는 것에 대해 보인 불관용은 어머니의 전반적인 이데올로기 불신을 넘어서는 수준이었다. 그러나, 그렇다 해도 나는 작가로서 어머니의 삶을 생각하면 그분이 진정한 페미니스트였다고 생각한다.

1960년 이전에 백인 문학에서 아메리카 원주민 여자를 찾아보라. 하나라도 찾는다면, 대체로 "스쿼"*라고 불린 존재였을 것이다. 『내륙의 고래』에는 스쿼가 없다. 오직 인간만 있다. 이는 인종차별의 스테레오타입에서 자유로울 뿐 아니라 남성주의 편견에서도 벗어나 있고, 일부러 여성적인 것을 찾은 결과이다. 시어도라는 ("여성 해방 운동가"인) 내가 실제로 그럴 수 있게 되기 훨씬 전부터 나에게 계속 남자들이 아니라 여자들에 대해 쓰라고 했다. 시어도라는 처음부터 그렇게 했는데, 어머니의 어머니 세대 페미니스트

* squaw. 과거 인디언 여자에 대한 비하어.

들이 우리 둘 모두를 자유롭게 해 줘서만이 아니라 어머니가 자신의 존재에, 자신의 통찰에, 여성으로서의 인간성에 진실했기 때문이다. 여러 다른 삶을 살면서도 어머니는 전적으로 여자였다.

이 책은 앨프리드 크로버 생전에 쓰이고 출간되었고, 『(마지막 인디언) 이시』도 그때 쓰기 시작했다. 앨프리드 크로버가 죽고 나서 홀몸인 시어도라의 삶이 찾아왔고, 곧 훌륭한 책 『이시』 때문에 본인도 유명해졌다. 그다음에는 또 존 퀸의 부인으로서 새로운 삶과 새로운 글쓰기 방향이 이어졌다. 시어도라는 50세가 넘어서야 글을 쓰기 시작했고 83세에 죽을 때까지 글쓰기를 멈추지 않았다. 나는 시어도라가 더 일찍 글을 쓰기 시작했으면 좋았으리라 생각한다. 그랬다면 저서가 더 나왔으리라. 소설도 출판할 곳을 찾았을지 모른다. 그랬다면 대부분의 예술가가 자기 기술을 편하게 받아들이고 받아 마땅한 인정을 받을 시기까지 자신감과 인정을 기다릴 필요는 없었으리라. 나는 어머니가 너무 늦게 글쓰기를 시작했다고 후회했음을 안다. 그러나 심하게 후회하지는 않았다. 시어도라는 후회하거나 남을 탓하는 사람이 아니었다. 그저 예전 삶에서 새로운 삶으로 계속 나아갔다. 그러니 나는 지금도 어머니가 나아가고 있으리라 상상한다.

SF와 미래 1985년

1985년 2월 오리건 과학과 산업 박물관에서 'SF와 미래'라는 패널에 참석해 달라고 초대했고, 다음 글은 해당 논의를 위해 내가 준비한 발표문이다.

우리는 미래가 어디 있는지 압니다. 우리 앞, 맞죠? 우리 앞에 있어요. 굉장한 미래가 우리 앞에 놓여 있고, 우리는 졸업식을 할 때마다, 선거를 할 때마다 자신만만하게 그 미래로 걸어 들어갑니다. 그리고 우리는 과거가 어디 있는지 압니다. 우리 뒤, 맞죠? 그래서 과거를 보려면 돌아보아야 하고, 그러다 보면 앞으로 가는, 미래로 들어가는 진보가 방해받기에 우리는 돌아보기를 썩 좋아하지 않습니다.

안데스 산맥에서 케추아어를 말하는 사람들은 이 모든 것을 상당히 다르게 보는 모양입니다. 그 사람들은 과거란 우리가 아는 것이므로, 볼 수 있고, 따라서 앞에, 바로 코앞에 놓여 있다고 여깁니다. 이것은 행동이라기보다는 통찰 방식이고, 진보라기보다는 인식입니다. 그 사람들도 우리 못지않게 논리적이기 때문에, 미래는 뒤에 놓여 있다고 말합니다. 등 뒤에, 어깨 너머에 있다고요. 미래는 슬쩍 돌아보고 일별할 경우가 아니면 볼 수 없는 무엇입니다. 심지어 그랬다가도 보지 않았으면 좋았을걸 하고 후회하기도 하지요. 뒤에서 무엇이 다가오는지 보고 말았으니까요……. 그러니, 우리가 안데스 사람들을 우리의 진보와 오염과 아침 드라마와 위성의 세계로 끌어들였을 때, 그 사람들은 뒷걸음질로 옵니다. 어디로 가는지 알아보려고 어깨 너머를 보면서요.

저는 이것이 지적이고 적절한 태도라고 생각합니다. 최소한 "미래로 나아간다"는 말이 은유이고, 곧이곧대로 받아들인 신화적 사고이며, 심지어는 혹시라도 소극적이고 수용적이고 개방적이고 조용하고 정지해 있을까 봐 겁내는 우리의 마초적 공포에 기반한 허세일지도 모른다는 점을 일깨워 주긴 하잖아요. 우리의 시끄러운 시계들은 우리가 시간을 만든다고 생각하고, 우리가 통제한다고 생각하게 해 줍니다. 시간 재는 기계를 연결해서, 시간이 일어나도록 한다는 거죠. 하지만 사실 미래는 우리가 핵탄두를 실은 초음속 제트기를 타고 앞으로 달려나가든, 아니면 산봉우리에 앉아서 풀 뜯는 라마를 지켜보든 관계없이 찾아오거나, 그저 그곳에 있습니다.

미래는 그냥 우주가 아닙니다. 여기가 제가 다양한 SF와…… 그러니까 SF 중에서도 스페이스워즈와 스타워즈 류의 소설과 영화들, 기술을 모두 첨단 기술로 격하시키는 분야에서 보이는 제국주의 부류 전체와 의견을 달리하는 지점입니다. 그런 이야기에서는 우주와 미래가 거의 동일한 뜻을 갖죠. 우리가 도달하고, 침략하고, 식민화하고, 착취하고, 변두리화할 어떤 곳입니다.

우리가 우주에 "도달"한다면, 그렇게 행동할 것 같기는 합니다. 우리가 우주를 "정복"하는 것도 가능하지요. 하지만 미래를 "정복"하는 것은 불가능합니다. 미래에 도달할 방법은 없으니까요. 미래는 시공 연속체에서도 우리가 배제된 일부입니다. 우리의 몸도, 평범한 의식 상태도 그곳에는 갈 수 없어요. 심지어 볼 수도 없지요. 어깨 너머로 흘끗 보는 정도가 아니라면 말입니다.

볼 수 없는 것을 볼 때, 우리가 실제로 보는 건 우리 머릿속에 든 무언가입니다. 우리의 생각과 꿈이죠. 좋은 것도, 나쁜 것도요. 그리고 제가 보기에 SF가 일을 제대로 할 때 실제로 다루는 것도 그겁니다. "미래"가 아니라요. 우리의 꿈과 발상을 꿈이 아닌 세계와 혼동할 때, 미래가 우리가 소유하는 장소라고 생각할 때 우리는 곤경에 처합니다. 그럴 때 우리는 소망 충족 사고와 도피주의에 굴복하고, 우리의 SF는 과대망상에 빠져 허구가 아니라 예언이라고 생각하며, 펜타곤과 백악관은 또 그걸 믿기 시작하고, 전략 방위 구상으로 미래를 정복하는 진정한 신봉자들이 나오기에 이릅니다.

SF 작가로서 저는 케추아 사람들처럼 오랫동안 가만히 서서 제 앞에 놓인 것을 있는 그대로 보는 편이 더 좋습니다. 땅을, 땅 위에 사는 제 동료들을, 그리고 별들을요.

좋은 저자는 오직? 1985년

살아 있는 저자의 작품에 대해 쓸 때, 어떤 비평가들은 자기가 쓴 글이나 챕터, 책을 저자에게 보낸다. 의견을 구하려 초고를 보낼 때도 있고, 예의를 갖추려 인쇄물을 보낼 때도 있다. 그러지 않는 비평가들도 있다. 내가 느끼기에는 보내지 않는 비평가가 점점 많아지는 것 같다. 본인들의 작업에 아마도 가장 관심이 많을 사람의 존재를 무시하는 이유가 뭘까 생각하다 보니, 가능한 답이 몇 가지 떠올랐다.

1. 살아 있는 저자들은 죽은 저자보다 불공평한 우위를 누리니, 살아 있는 저자를 죽은 사람 취급하면 공평할 것이다.

멋진 생각이지만, 많은 비평가의 동기가 이것 같지는 않다.

2. 비평가들은 작품이 그 자체로서, 문학의 일부로서, 문학과

사상의 역사에 일어난 사건으로서 독자에게 어떤 의미인지를 대부분의 저자보다 잘 안다.

이건 사실이거나, 사실이어야 한다. 하지만 그래도 저자의 반응은 흥미로울 수 있다. 그리고 비평가들이 저자보다 잘 안다면, 언제 저자의 반응을 희망적인 관측이나 자기방어, 무지에서 비롯했다고 보고 무시해야 할지도 알 터이다.

3. 비평가들은 작품에 객관적이다. 저자는 객관적일 수 없다. 아마 이것이 일반적인 이유가 아닐까 싶다. 나는 다음과 같은 근본 질문을 던지고 싶다.
정말 그런가? 모든 경우에? 어떤 경우에?
문학 비평에서 "객관성"이란 무엇을 의미하는가? 객관성에 명료하게 생각하고 변덕이나 편애, 편협함, 도덕적인 재단을 피하려는 경계와 노력 외에 다른 의미가 있다면, 무엇인가?
혹시 "객관성"이 과학적인 방법론을 모방하거나 적용한다는 의미라면, 이 방법론을 비평가가 분명히 이해하고 있는가? 비평가는 확실히 그 방법론이 문학 연구에 타당하다고 믿는가? 만약 타당하다고 믿는다면, 충분하다고도 믿는가?

4. 비평가가 저자와 서신을 교환하거나, 처음부터 저자에게 의견을 물어보려 한다면, 비평가의 생각과 글이 그 영향을 받아서 변할 수도 있다.

이는 사실이라고 믿는다. 대부분 비평가들은 자기 생각을 상당히 확신하며, 한낱 저자에게 쉽게 흔들리지는 않을 테지만 말이다. 또한 공동 책임을 지겠다는 약속이나 다름없는 그런 서신 교환은 양쪽 모두에게 어렵고 힘든 일일 수 있고, 심란하고 고통스러울 경우도 많으며, 때로는 아무 보상이 따르지 않는 것도 사실이다. 그래도 나는 그편이 인간적으로나 지적으로나 소통하지 않는 것보다 낫다고 생각한다. 어리석고, 난처하고, 어쩌면 분개하는 마음이 실린 침묵이 갈수록 당연하게 여겨지는 것 같지만 말이다. 주된 목적이나 관심이 힘을 행사하는 데 있는 비평가라면 물론 나와 선호하는 바가 같지 않으리라. 나는 오직 비평가로서 주된 관심이 자기 비평에 있는 분들에게 말하고 있다.

이 문제에 대한 나의 판단은 대부분 "일화적"이거나, 검증도 없이 유행하는 최근의 경멸 어린 표현을 빌자면 "소프트"한 데이터에 기반한다. 다시 말해서 나의 경험에 기반한다는 뜻인데, 사실과 가설 양쪽이나 의도에 대한 지적인 질문에 쓸 만한 답변을 주었다는 만족감을 느낀 적도 있지만, 어딘가에서 사실과 날짜와 순서와 의미상의 오류, 그리고 영향이나 의도에 대한 잘못된 주장을 읽고는 그게 분명히 아주 쉽게 바로잡을 수 있는 실수인데도 또 다른 비평가가 똑같은 오류를 반복하는 경우를 접하고 좌절감을 느끼기도 했다. 가끔 그런 비평가들은 데이터를 구할 때 원저자만 빼놓는 것 같다. 가장 확실한 출처만 피해 간달까. 설령 저자의 글을 직접 인용한다 해도, 10년이나 20년 전에 쓴 글에서 가져오고 역사적인 맥락을 제거하면 엉뚱한 방향으로 갈 수 있다. 저자의 생각이 변할 수도 있으니 말이다.

하지만 어떤 비평가들은 그저 성가시게 굴고 싶지 않을 수도 있다. 그런 비평가들의 이유는 다음과 같으리라.

5. 비평가들은 저자가 새로운 작품을 쓰게 두어야 한다.

초등학교 교사들이야말로 과제를 내어 저자들을 괴롭히기를 그만두고 이 점을 생각해 주면 좋겠다.(최근에도 그런 과제 덕분에 이런 편지를 받았다. "저희 모두 어떤 작가에 대해서 써야 하는데요, 실은 작가님 책을 읽지는 않았지만 표지가 재미있어 보여서……") 어떤 작가들은 아이들에게나 비평가들에게서 한 번씩 편지가 오면 환영한다. 어떤 작가들은 달가워하지 않는다. 그들은 신경 쓰기를 싫어하고, 그 사실을 알리기 위해 답을 아예 보내지 않거나 무례한 말 몇 마디를 날린다. 우리 모두가 가끔 무례한 말 몇 마디는 들을 줄 알고 살아야 하지만, 작가나 비평가라면 몇 마디에 그치지 않는다.

하지만 비평가와 저자 양쪽 모두가 협업을 바란다 해도, 지적으로나 기질적으로 의견 차이가 너무 크거나, 이론적인 접근이 너무 달라서 유용한 의견 교환이 불가능할 수 있다. 이런 경우에는 비평가가 뛰어다니는 동안 저자는 부루퉁하니 콧김만 내뿜을 수도 있다. 이 상황에 대한 통제권은 언제나 비평가에게 있다는 점을 기억하는 게 좋겠다. 저자에게 무엇을 보여 줄지, 언제 보여 줄지, 저자의 답변에 무게를 실을지 말지는 모두 비평가의 선택이다. 비평가가 위험을 감수하려고 하지 않는 한은 위험이 존재하지 않는다.

그런 위험을 감수했을 때 얻을 수도 있는 이득은 아래 인용문에 잘 표현되어 있다. 내가 이 입장문을 쓰게 해 준 글이며, 내가 무척 고맙게 생각하는 저자이다. 데일 스펜더는 자신이 논의하는 페미니스트 이론가들 각각에게 비평서 『분명히 말해서*For the Record*』(Women's Press, 1984)의 해당 챕터 초고를 보내면서 이런 설명을 적었다.

> 처음에 제가 이 방법론을 채택한 것은 이론적인 고려 때문이었는데, 이 방법을 적용해 보니 쓰는 글에 엄청난 차이를 빚는다는 사실을 알게 되었습니다. 제가 어떤 여성의 사상을 설명한 내용에 해당 여성의 논평이 달린다는 생각만 해도 제가 얼마나 더 정확하려고 신경 쓰게 되는지, 텍스트를 얼마나 더 깊이 생각하며 정독하게 되는지(그리고 얼마나 자주 제 의견과 분석을 완전히 뒤엎게 되는지) 놀랍더군요. 저는 이 방법을 실천하면서 많은 것을 배웠습니다…… 우리는 이 사회가 선

뜻 추구하지 않는 대화와 검증 수단을 더 많이 강구해야 합니다.

브린 모어 대학 졸업식 축사 1986년

♀○

여러분에게 무슨 말을 해야 할까 생각하다 보니 우리가 대학에서 무엇을 배웠는지 생각하게 되더군요. 또 우리가 대학에서 어떤 배움을 잊었는지. 그리고 어떻게 우리가 대학에서 배운 바를 잊는 방법을 배우고 우리가 대학에서 잊은 바를 다시 배우는 방법을 배웠는지 등등을요. 저는 어떻게 세 가지 언어를 배웠는지 생각했어요. 셋 다 영어인데, 그중 하나만이 제가 대학에 배우러 간 언어였지요. 저는 프랑스어와 이탈리아어를 공부하러 대학에 간다고 생각했고, 그것도 공부하기는 했지만, 실제로 배운 것은 힘의 언어(the language of power)였어요. 사회적인 힘을 가진 언어요. 앞으로 그 언어를 아버지말(father tongue)이라고 부를게요.

이것은 공개 담화이고, 공개 담화의 한 가지 갈래는 연설이에요. 정치가들, 졸업식 연사들, 아니면 몇백 년 전에 중부 캘리포니아 어느 마을에서 일찍 일어나 아주 큰 소리로 대략 이런 소리를 할 늙은 남자의 연설이죠. "다들 이제 일어나야 해, 할 일들이 있어, 한증막 수리가 끝나지 않았고 볼드힐에는 타위드 씨가 맺혔어. 일하기 딱 좋은 시간이야. 오후에 더워지면 누워 있을 시간은 많을 거야." 그러면 모두가 약간은 투덜거리면서 일어날 테고, 몇 명은 수확하러 갔을 테지요. 아마 여자들이었을 거예요. 이건 효과적이고 이상적인 공개 담화예요. 사건을 일으키거나, 누군가—대개는 발화자가 아닌 다른 누군가—가 무엇인가를 하게 만들거나, 적어도 발화자의 자아를 만족시키죠. 우리의 정치와 캘리포니아 원주민의 정치에서 다른 점은 공개 담화의 스타일에서 뚜렷하게 드러나는데요. 백인 침략자들은 그 점이 뚜렷하게 보이지 않았는지, 누구든 연설을 하는 인디언은 "추장"이라고 부르려 했어요. 패권이 없는 권위를, 그러니까 지배하지 않는 권위를 이해하지도 못하고 인정하지도 못했기 때문이지요. 하지만 제가 여러분에게 이야기하는 짧은 시간(우리 모두 짧은 시간이길 바라죠.) 동안 제가 갖는 권위도 그런 겁니다. 제겐 여러분에게 연설을 할 권리가 없어요. 여러분이 여러분에게 이야기하라고 안겨 준 책임만 있지요.

정치적인 언어가 크게 말하긴 하지만—라디오와 텔레비전이 정치 언어를 어떻게 원래 있어야 할 자리로 데리고 돌아왔나 보세요—여러분과 제가 대학에서 가장 잘 배운 아버지말 방언은 문자 언어입니다. 문자 언어는 그냥 말을 하지 않아요. 오직 강의만 하지요. 이 방언은 500년쯤 전에 인쇄 기술이 문자 언어를 희귀하지 않고 흔한 것으로 만들었을 때 발달하기 시작했고, 전자 처리와 복사 기술과 함께 계속 발달해서 너무나 강력하고 우세하게 확산한 덕분에 많은 사람들이 이 방언이—그러니까 설명적이고 특히 과학적인 담화가—최고의 언어 형식이라고, 진정한 언어라고, 그에 비하면 다른 모든 언어 사용은 원시적이라고 믿기에 이르렀습니다.

그리고 실제로 훌륭한 방언이기는 합니다. 뉴턴은 『프린키피아』를 이 방언의 라틴어로 썼고, 데카르트는 이 방언을 라틴어와 프랑스어로 쓰면서 기본 어휘를 상당수 세웠고, 칸트는 이 방언으로 독일어를 썼고, 마르크스, 다윈, 프로이드, 보아스, 푸코—모든 위대한 과학자와 사회 사상가들이 이 방언으로 글을 썼습니다. 이것은 객관성을 추구하는 생각 언어입니다.

그게 합리적 생각 언어라고는 하지 않겠어요. 이성은 단순히 객관적인 생각보다 훨씬 큰 능력이에요. 정치 담화나 과학 담화가 이성의 목소리를 자칭할 때는 신 노릇을 하는 셈이니, 엉덩이를 때려 구석에 세워 놓아야죠. 아버지말의 가장 중요한 제스처는 추론이 아니라 거리 벌리기예요. 주체 또는 자아와 객체 또는 타자 간의 거리를, 그 틈을 벌리는 작업이에요. 이렇게 인간과 세계 사이의 간격을 벌리는 가르기 작업에서 어마어마한 에너지가 발생해요. 기술과 과학의 지속적인 발전은 그렇게 해서 스스로 연료를 충당하지요. 산업 혁명은 세계-원자를 쪼개면서 시작되었고, 우리 사회는 여전히 우리가 연속체를 불균등한 부분들로 부수어 그 불균형을 유지함으로써 다른 모든 문화를 정복하는 데 쓸 힘을 끌어옵니다. 그리하여 이제는 어디에서나 모두가 실험실과 정부 건물과 본부와 회사에서 똑같은 언어를 말하고, 그 언어를 모르거나 말하지 않으려는 사람들은 침묵하거나 침묵당하거나 말하더라도 무시당하지요.

여러분은 바로 그 힘의 언어를 배우기 위해 여기, 대학에 왔어요. 힘을 얻으려고요. 산업에서, 정부에서, 법에서, 공학에서, 과학에서, 교육에서, 언론에서 성공하고 싶다면, 무엇이 되었든 성공하고 싶다면 여러분은 "성공"이 의미 있는 단어가 되는 바로 그 언어를 유창하게 구사해야 합니다.

백인들은 두 갈래로 갈라진 언어를 말하지요. 백인들은 이분법으로 말해요. 백인의 언어는 쪼개진 세계의 가치들을 표현하고, 다시 쪼갤 때마다 양의 가치를 중시하고 음의 가치를 폄하해요. 주체/객체, 자아/타자, 정신/몸, 지배/피지배, 능동/수동, 인간/자연, 남자/여자 등등…… 아버지말은 위쪽에서 하는 말이에요. 한 방향으로 가죠. 어떤 대답도 기대하지 않고, 듣지도 않아요.

우리의 헌법에서, 그리고 우리 법과 철학과 사회사상과 과학 연구에서, 정의와 투명함을 이루기 위해 일상에서 쓰일 때에도, 제가 '아버지말'이라고 부르는 언어는 어마어마하게 훌륭하고 반드시 써야 할 언어예요. 다만 그 언어가 현실에 대한 특권 관계를 주장한다면 위험해질 뿐 아니라 파괴적이 될 수도 있어요. 아버지말은 화자들의 지속적인 행성 생태계 파괴를 아주 정확하게 묘사하죠. 아버지말 어휘에서 나온 "생태계"라는 말 자체가 화자를 생태계에서 배제시키고, 궁극적인 무책임을 담보하는 주체/객체 이

분법으로 쓰일 때가 아니면 불필요한 말이거든요.

아버지들, '올라가는 남자', 정복자 남자, 문명적인 남자들의 언어는 여러분의 토박이말이 아닙니다. 누구의 토박이말도 아니죠. 여러분은 처음 몇 해 동안은 아버지말을 들은 적도 없었고, 라디오나 TV에서 나온다 해도 여러분이나 여러분의 어린 남동생은 그 말에 귀 기울이지 않았어요. 콧털이 삐져나온 늙은 정치가가 중언부언할 뿐이었으니까요. 여러분 형제에게는 더 재미있는 일들이 있었고요. 여러분에게는 다른 배움의 힘이 있었죠. 그 시절 여러분은 어머니말(mother tongue)*을 배우고 있었어요.

아버지말을 쓰려니, 어머니말에 대해서는 거리를 두고 말할 수밖에 없군요. 아버지말에서 배제하는 방식으로밖에요. 어머니말은 타자이고, 열등한 존재예요. 원시적이고, 부정확하고, 불분명하고, 조악하고, 한계가 있고, 하찮고, 시시해요. 소위 여자들의 일이 그렇듯 어머니말도 반복적이에요. 땅에 매여 있고, 집에 매여 있어요. 저속한 말이고, 천박한 말, 속된 말이며 구어이고, 저급하고, 평범하고, 평민의 말이고, 보통 사람들이 하는 일과 같고, 서민들이 사는 삶과 같아요. 말로 하든, 글로 쓰든 어머니말은 답을 기대해요. 어머니말은 대화이고, 대화라는 말의 뿌리는 "서로를 돌아본다"죠. 어머니말은 그냥 의사소통이 아니라 관계와 관계 맺기의 언어예요. 어머니말은 연결해요. 쌍방향으로, 아니 많은 방향으로 오가는 교환의 연결망이에요. 어머니말의 힘은 쪼개는 데 있지

* 모국어를 가리키기도 한다. 여기에서는 일부러 이중적인 의미로 쓰고 있다.

않고 묶는 데 있으며, 거리를 벌리는 데 있지 않고 통합하는 데 있어요. 문자로도 쓰이기는 하지만, 후세를 위해 서기와 필경사들이 적는 말은 아니에요. 날숨처럼 우리의 생명인 호흡을 통해 빠져나가서 사라지지만, 완전히 사라졌다가도 되돌아오죠. 어디에서나, 언제나 다시 같은 호흡으로 반복되고, 우리 모두가 그 언어를 마음으로 알고 있어요. 존 우산 챙겼니 비가 올 것 같은데. 놀러 올 수 있어? 몇 번을 말해야 알겠니. 어머니가 안 계시니 여기도 예전 같지가 않아, 그럼 이만 애정을 담아 제임스. 아 어떻게 하지? 그래서 내가 걔한테 말했잖아 그놈이 걔가 지지할 줄 아는지 하지만 그놈은 관절염이 있어 안됐지 일도 없고. 사랑해. 네가 미워. 간(肝)이 싫다. 조앤 얘야 양에게 먹이 줬니, 그러고 서성대지 좀 말아라. 그 자들이 뭐라고 했는지 말해 줘, 네가 어쨌는지 말해 줘. 아 발이 어쩌면 이렇게 아픈지. 심장이 부서지는 것 같아. 여길 만져 줘, 다시 만져 줘. 자라 보고 놀란 가슴 솥뚜껑 보고 놀란다. 꼭 고양이에게 물려온 생쥐 꼴이야. 이렇게 아름다운 밤이라니. 좋은 아침, 안녕, 잘 가, 좋은 하루 보내, 고마워. 빌어먹을 지옥에나 떨어져 이 거짓말쟁이. 거기 간장 좀 주실래요. 아 씨. 할머니의 예쁜 귀염둥이 아니냐? 그 사람에게 뭐라고 말하지? 자, 자, 울지 말고. 이제 자렴. 자러 가…… 자러 가지 마!

어머니말은 언제나 침묵 언저리에 있고, 자주 노래 가장자리에 있는 언어입니다. 이야기들을 전하는 언어죠. 모든 아이들과 대부분의 여자들이 발화하는 언어이기에 저는 그것을 어머니말이라고 불러요. 우린 그 언어를 우리 어머니들에게서 배우고, 우리 아이들에게 말해 주니까요. 지금 저는 그 언어를 적절치 않은 공개석상에서, 어울리지 않게 써 보려 하지만 그래도 여러분에게 그 언어로 말하고자 하는 건 우리가 여자들이고, 제가 여자들에 대해 하고 싶은 말을 "남자"의 언어로 할 순 없기 때문이에요. 제가 객관적으로 굴려 한다면 "이건 고상하고 저건 저급하다."고 하겠죠. 인생이라는 전장에서 성공하려면 어째야 하냐는 내용으로 졸업식 축사를 할 테고, 여러분에게 거짓말을 하고 말겠죠. 그러고 싶지 않아요.

올해 봄 초에 전 어떤 음악가를 만났는데요, 작곡가 폴린 올리베로스라고, 강바닥에 자리 잡은 회색 바위 같은 아름다운 여성이었어요. 그리고 여자들 한 무리가 추상적이고 객관적인 언어로 이런저런 이론을 두고 다투기 시작했을 때 말이죠, 동부 지역 여자 대학에서 아버지말을 멋지게 훈련받은 저는 한참 열을 올리면서 치명타를 노리고 있었는데, 말을 아끼는 폴린이 목청을 가다듬더니 우리에게 이렇게 말하는 거예요. "경험을 진실 그대로 말해 봐요." 잠시 정적이 감돌았죠. 그리고 다시 말하기 시작했을 때 우린 객관적으로 말하지 않았고, 다투지도 않았어요. 우린 더듬더듬 아이디어를 찾아가는 길로 돌아갔고, 온 지성을 이용해서 서로와 대화했어요. 대화에는 귀 기울이기가 포함되지요. 우린 서로에게 각자의 경험을 내놓으려 했어요. 아무것도 차지하려 하지 않고, 뭔가를 내주려 했어요.

어떻게 누군가의 경험이 다른 누군가의 경험에 대한 부정, 부인, 반증이 될 수가 있겠어요? 제가 훨씬 경험이 많다 해도, 여러분의 경험은 여러분의 진실이에요. 어떻게 누군가의 존재가 다른 누군가가 틀렸다는 증명이 될 수 있겠어요? 설령 여러분이 저보다 훨씬 젊고 영리하다 해도, 제 존재는 저의 진실이죠. 전 제 경험을 제공할 수 있고, 여러분은 그걸 받아들이지 않아도 돼요. 사람들은 서로 상충할 수가 없어요. 오직 말만 서로 상충할 수 있지요. 무기로 쓰기 위해 경험에서 떼어 낸 말들, 상처를 만들고 주체와 객체 사이를 찢고 객체를 드러내고 착취하면서 주체는 숨기고 방어하는 말들이요.

사람들이 객관성을 갈망하는 이유는, 주관적이라는 건 취약하고 훼손당할 수 있는 형체를 갖춘다는 뜻, 그런 몸이 된다는 뜻이기 때문이에요. 특히 남자들이 그런 일에 익숙하지가 않죠. 남자들은 내주지 말고 공격하라고 훈련받으니까요. 서로를 믿고, 우리만의 언어로, 우리가 서로 대화하는 언어로, 즉 어머니말로 우리의 경험을 말하려고 하는 건 여자들에게 더 쉬운 일일 때가 많아요. 우리는 그렇게 서로에게 힘을 주죠.

하지만 여러분과 나는 어머니말을 집에서만 쓰거나 안전한 친구들 사이에서만 쓰라고 배웠고, 많은 남자들은 어머니말을 쓰는 방법을 아예 배우지 못했어요. 남자들은 세상에 안전한 곳이라곤 없다고 배우죠. 남자들은 청소년기부터 아버지말의 퇴화판으로 대화해요. 스포츠 점수, 일에 대한 전문용어, 섹스 전문용어,

TV 정치 같은 것들로요. 집에서 어머니말로 대화하는 여자와 아이들에게 남자들은 퉁명스러운 반응을 보이고 야구 시합에 고개를 돌리죠. 남자들은 스스로가 침묵당하게 두었고, 희미하게나마 그 사실을 알기에 어머니말 화자들에게 화를 내요. 여자들은 늘 조잘거린다는 둥…… 그런 말은 들을 수가 없다는 둥 하면서요.

가부장제 교육 시설인 우리의 학교와 대학들은 보통 우리에게 힘을 가진 사람들의 말에 귀 기울이라고, 아버지말을 하는 남자나 여자들의 말을 들으라고 가르치죠. 따라서 어머니말을 하는 사람들, 예를 들면 가난한 남자, 여자, 아이의 말에는 귀 기울이지 말라고 가르쳐요. 그런 사람들의 말을 타당한 담화로 듣지 말라고요.

저는 이런 가르침을 잊으려고(unlearn) 노력하고 있어요. 사회가 저에게 가르친 다른 교훈들, 특히 여성의 머리와 일과 작품과 존재에 대한 가르침들을 버리려 해요. 저는 배운 바를 잊는 데 느린 사람이에요. 하지만 저는 제 잊기 스승들을 사랑합니다. 페미니스트 사상가와 작가와 화자와 시인과 화가와 가수와 비평가와 친구들, 메리 울스턴크래프트와 버지니아 울프부터 1970년대와 1980년대의 분노와 영광에 이르기까지…… 2세기 동안 우리의 자유를 위해 일한 여자들, 잊기 스승들, 선생님 아닌 선생님들, 정복자가 아니고 전사가 아닌 사람들, 경험을 진실되게 내놓기 위해 위험을 무릅쓰고 비싼 대가를 치른 여자들을 이 시점에서 기리겠습니다. "유명한 여자들을 칭송하지 말자!" 버지니아 울프는 『3기니

Three Guineas』를 쓸 때 여백에 그렇게 휘갈겨 썼는데요, 그 말이 맞긴 하지만 그래도 저는 이 여자분들을 칭송하고 제가 이 늙은 나이에도 저만의 언어를 배울 수 있게 해방시켜 준 사실에 고마워해야겠어요.

세 번째 언어, 제 토박이말은 배우는 데 평생을 썼건만 영영 알지 못할 언어예요. 이제 그 언어로 몇 마디 해 볼게요. 우선은 이름 하나예요. 사람 이름 하나이고, 여러분도 들어 봤을 이름입니다. 소저너 트루스.* 그 이름 자체가 하나의 언어죠. 하지만 소저너 트루스는 잊힌(unlearned**) 언어를 말했어요. 10년쯤 전에, 공공장소에서 이렇게 말했지요. "저는 40년을 노예로 살고 40년을 자유인으로 살았으며 모두에게 동등한 권리를 쟁취하기 위해서라면 40년 더 살 의지가 있습니다." 대화를 끝내면서 소저너 트루스는 말했습니다. "저는 여러분에게 여성의 권리에 대해 조금이나마 하고 싶은 말이 있었고, 그래서 여기 나와서 말했습니다. 저는 여러분 사이에 앉아서 지켜보고 있습니다. 그리고 가끔은 뛰쳐나가서 지금이 밤 몇 시인지 말할 겁니다. 이제 노래를 잠시 부를게요. 여기 온 이후 노래라곤 듣지를 못했네요."[1]

노래는 우리가 배운 적 없는 언어의 여러 이름 중 하나이니, 여기에서 소저너 트루스를 위한 노래를 하나 들어 볼까요. 크리크인 조이 하조가 쓴 노래로, 제목은 「그녀가 두른 담요*The Blanket*

---

* 흑인 여성 인권운동가.

** 배우지 않은, 무식한이라는 의미도 있다. 여기에서는 이중적으로 쓰였다.

Around Her」[2]입니다.

어쩌면 그것은 그녀의 탄생
몸에 꼭 붙들고 있는
아니면 그녀의 죽음
도저히 갈라 놓을 수 없는
그리고 그녀를 휘도는 하얀 바람도 일부지
딱
목에 터키옥으로 걸린
파란 하늘처럼

아 여자여
네가 누구인지 기억해라
여자여
그것이 온 세상이리니

그래서 제가 이 "잊힌 언어"로 무슨 말을 할까요? 시나, 문학일까요? 맞아요. 하지만 연설과 과학도 가능하고, 말하고 쓰고 읽고 듣는 어떤 언어 예술도 가능해요. 춤이 움직이는 몸의 예술이듯이요. 소저너 트루스의 말에서 공적인 담화와 사적인 경험의 결합, 힘을 자아내는 아름다운 언어, 진정한 이성의 담화가 들리지 않나요. 이것이야말로 제가 계속 아버지말이라고 부른 소외 의식과 제가 계속 어머니말이라고 부른 구별 없는 맞물림의 재결합이자 용접이에요. 이것이 아버지말과 어머니말의 아기인 아기말이고, 배우려면 평생을 쏟을 수도 있는 언어예요.

우선 우리는 어머니말처럼 그저 듣거나 읽어서 이 말을 배워요. 그리고 예산은 부족하고 학생은 너무 많은 우리의 공립 고등학교에서도 여전히 『두 도시 이야기』와 『톰 아저씨의 오두막』은 가르치죠. 대학에서는 4년 꽉 차게 문학을 배울 수 있고, 심지어 문예 창작 강의도 들을 수 있어요. 그렇지만 그 모든 것을 마치 아버지말의 한 갈래처럼 가르치죠.

문학은 어머니말의 몸에서, 그 자궁 속에서 형태와 생명을 얻어요. 언제나요. 그리고 '문화의 아버지들'은 아버지 자격을 두고 불안해하죠. 그래서 정통성에 대해 이야기하기 시작해요. 아기를 훔쳐요. 모든 수단을 다 동원해서 예술가가, 그러니까 작가가 남성이게 해요. 그러다 보면 수백 년에 걸쳐 여성 예술가들을 지적으로 낙태하고, 여성 작가들의 작품을 유아 살해하고, 모든 것을 메마르게 만드는 비평가들이라는 의무대를 동원해서 '정전(Canon)'을 정화하고 문학의 주제와 스타일을 어니스트 헤밍웨이가 이해할 법한 무엇으로 축소시켜야 해요.

하지만 그들이 훔치고 있는 건 우리의 토박이말이고, 우리의 언어예요. 우리는 그 언어를 읽을 수 있고 쓸 수 있으며, 우리가 가져오는 것, 바로 여자의 말이야말로 그 언어에 필요한 것이에요. 그 토양과 풍미, 그 관련성. 어머니말에서는 모호하게 말하지만 여자들의 시 속에서는, 우리의 소설 속에서는, 우리의 편지와 일기와 연설 속에서는 햇빛처럼 선명하게 전해지는 바로 그것이요. 40년을 노예로 산 소저너 트루스가 그런 연설을 할 권리가 있음을 알았다면, 여러분은 어떨까요? 여러분은 침묵하실 건가요? 남자들이 하는 말에 귀 기울일 건가요, 아니면 여자들이 하는 말에 귀 기울일 건가요? 난 '정전' 따위는 죽었고, 잘난 엘리트들이 오만하게 자기들끼리 말하는 동안 드니스 레버토프*는 조용히 서쪽으로 걸어가며 우리에게 말을 건다고 하겠어요.[3]

이보다 더 달콤하고, 이보다 더 짠
향취는 없네

무엇으로, 여자로
존재하는 기쁨보다는

그리고 누구로, 나 자신으로,
나는, 그림자

해가 움직이며
길게 늘어나,

* 영국 태생의 미국 시인으로 정치, 전쟁, 생태 문제 등을 많이 다뤘다.

놀라움 위에 드리운 그림자.
내가 짐을 진다면

그 짐은 선물로, 재산으로
기억되리라

내 어깨를 아프게 하지만
나를 향기로이 감싸는

빵 바구니로. 나는
걸어가며 먹을 수 있다.

저는 "진실"이라는 말을 "거짓말을 하지 않으려고 애를 쓴다."는 의미로 써 왔고, "문학"이나 "예술"이라는 말은 "잘 산다, 능숙하게, 우아하게, 힘차게 산다."는 의미로 씁니다. 빵 바구니를 지고 그 빵 냄새를 맡고 걸으면서 먹는 것처럼요. 특별한 특권을 가진 다락방이나 스튜디오나 상아탑에 사는 특별한 재능을 타고난 사람들이 만든 특별한 생산물, 그러니까 "고급" 예술만 두고 하는 말이 아니에요. 남자들이 원하지 않는 저급 예술도 포함이죠. 예를 들어 사람들이 사는 곳에 질서를 잡는 예술도 있지요. 우리 문화에서 이런 활동은 예술은커녕 일로도 여겨지지 않아요. "일을 하시나요?" 여자에게 물어보면 그 여자는 부엌 걸레질을 멈추고 아기를 안아 들고 문가에 와서 말하죠. "아뇨, 전 일을 하지 않아요." 사람들이 사는 곳에 질서를 잡는 사람들은, 그 일을 통해서 "더 고급한" 활동에 어울리지 않다는 낙인이 단단히 찍히고 맙니다. 그래서 주로 여자들이 그 일을 하고, 여자 중에서도 부유하고 교육받고 젊은 이들보다는 가난하거나 교육받지 못하거나 나이 든 여자들이 하지요. 그렇다 해도 많은 사람들이 집을 관리하고 싶은데 그러지를 못해요. 가난해서, 관리할 집이 없어서, 아니면 집 관리에 드는 시간과 돈 때문에, 아니면 TV 속에서가 아니면 좋은 집과 깨끗한 방을 본 경험이 없어서요. 대부분 남자들은 강력한 문화 편향 때문에 집안일을 금지당하죠. 많은 여자들은 사실상 다른 여자를 고용해서 그 일을 대신하게 하는데, 집안일에 갇혀서 자기들이 고용한 여자처럼 될까 봐 무서워서예요. 우리 모두 알다시피 문화 편향에 너무 멀리 떠밀린 나머지 맞서 일어서지도 못하고 집안을 기어다니면서 걸레질을 하고 아이들에게 살균제를 뿌리는 꼴이 되어 버린 그 여자처럼요. 하지만 무릎을 꿇고 있다고는 해도, 여러분과 제가 결코 함께하지 않을 곳에 있다고는 해도 그 여자는 위대하고 오래되었으며 복잡하고 꼭 필요한 예술을 알고 또 최선을 다해 행하면서 살아왔어요. 우리 사회가 그 예술을 평가절하한다는 사실이야말로 우리 사회의 야만성을 증거하고, 우리 사회가 심미적이고 윤리적으로 파산했다는 뜻이지요.

살림이 예술이듯, 요리와 요리에 얽힌 다른 모든 기술도 예술이에요. 요리는 농업, 사냥, 목축과도 관련이 있으니까요……. 옷 만들기와 그에 관련된 모든 것도 마찬가지죠……. 끝도 없어요. 제가 얼마나 "예술"이라는 말을 재평가하고 싶어 하는지 아시겠지요. 그래서 지금처럼 말에 대해 말하려고 돌아왔을 때, "예술"이라는 말이 거대한 삶의 예술이라는 맥락 속에, 빵바구니라는 선물이자 상품을 지고 가는 여자라는 맥락 속에 있었으면 좋겠어요. 예술이 자아를 발산하는 행위가 아니라, 세상 속에 존재하는 숙련되고 강력한 방법의 하나였으면 좋겠어요. 제가 말로 돌아가는 건 말이 제가 세상 속에 존재하는 방법일 뿐 아니라, 소위 '고급' 형태보다 한없이 큰 예술로서의 언어를 뜻하기 때문이에요. 여기에 『메두사의 웃음*The Laugh of the Medusa*』을 쓴 엘렌 식수의 여섯 마디를 번역하려 한 시가 있어요. 엘렌 식수는 "Je suis là où ça parle."*라고 했는데, 제가 그 여섯 마디를 레몬처럼 쥐어짜서 최대한의 과즙을 낸 후에 오리건 보드카를 한 방울 더했지요.

> 나는 그것이 말하는 곳
> 내가 말하는 곳에 있다고 말하는 곳
> 내 존재가 있다고 말하는
> 그곳에 있는 내 존재가
> 내가 있다고 말하는
>   그래서

---

* 직역하면 '나는 그것이 말하는 곳'.

돌로 만들어진 귀에 대고 웃는 곳*

I'm there where

it's talking

Where that speaks I

am in that talking place

Where

that says

my being is

Where

my being there

is speaking

I am

And so

laughing

in a stone ear

우리 말에 귀 기울이지 않고 듣지 않을 터이면서 자신이 돌이라는 사실을 우리 탓으로 돌리는 돌로 된 귀라니……. 여자들은 야생에서 원숭이처럼 재잘거리고 떠들 수 있지만, 언어라는 농장

* 사실상 번역이 불가능한 시지만 맥락을 이해하기 위해 의미 중심으로 옮겼다. 원문을 함께 싣는다.

과 과수원과 정원은, 예술이라는 밀밭은 남자들이 다 차지해서 울타리를 치고 말았어요. 거긴 남자들의 세상이라고, 무단침입하지 말라면서요. 저는 이렇게 말하겠어요.

아 여자여
네가 누구인지 기억해라
여자여
그것이 온 세상이리니

우리는 말로나 무언으로나, 그들의 귀막음과 그들의 돌로 된 귀를 통해서나 들어요. 우리의 경험은, 여자로서의 평생 경험은 남자들에게 가치가 없다는 말을 들어요. 그러므로 사회에도, 인류에게도 가치가 없다고요. 남자들은 우리를 오직 자기들 경험의 한 요소로만, 경험할 대상으로만 가치 있게 여기지요. 우리가 무슨 말을 하든, 우리가 무슨 행동을 하든 남자들을 위해 말하거나 했을 때에만 인정을 받고요.

이론의 여지 없이 우리가 하는 일 하나는 아기를 갖는 겁니다. 그래서 우리는 남성 사제들이, 입법자들이, 의사들이 가지라고 하는 대로, 언제 어디에서 얼마나 자주 어떻게 가질지 말하는 대로 아기를 가져요. 모든 게 통제대로 돌아가죠. 하지만 정작 아기를 갖는 일에 대해 말해서는 안 돼요. 그건 남자들의 경험에 속하지 않고 따라서 현실이나 문명과 아무 관계가 없으며 예술이 알 바도 아니라는 거죠. 찢어지는 비명은 다른 방에서 나요. 그리고 안드레이 왕자*가 들어와서 가엾은 어린 아내가 아들을 안고 죽어 있는 모습을 보는 거죠—아니면 레빈**이 밭에 나가서 신에게 아들의 탄생을 감사드리고—그리고 우리는 안드레이 왕자가 어떤 기분인지 레빈이 어떤 기분인지 심지어는 신이 어떤 기분인지까지 알지만, 실제 무슨 일이 일어났는지는 몰라요. 어떤 일이 일어났고, 어떤 일이 생겼는데, 우린 아무것도 몰라요. 대체 뭐였을까요? 심지어 여자들이 쓴 소설에서도 우린 다른 방에서 무슨 일이 벌어지는지—여자들이 무엇을 하는지 이제 겨우 알아내기 시작한 참이에요.

프로이드의 유명한 말이 있지요. "우리는 결코 여자가 무엇을 원하는지 알지 못할 것이다." 이 문장 구조를 찬찬히 뜯어보면, '우리'는 복수지만 '여자'는 복수형도 아니고 개인도 아니에요. 암소는 하루에 두 번 젖을 짜야 한다거나, 햄스터는 좋은 애완동물이라고 쓸 때와 같은 문법이죠. 그렇다면 우리는 '우리'가 뭘 알기는 하는지, '우리'가 눈치챈 적은 있는지, '우리'가 여자에게 뭘 하는지 물어본 적은 있는지 생각해 볼 수 있겠죠. 여자들이 뭘 원하는지를요.

많은 인류학자와 일부 역사학자가 창백하고 겁에 질린 얼굴로 서로에게 이 질문을 한 지 이제 몇 년이 됐습니다. 그리고 그 사람들은 답변도 하기 시작했죠. 그들에게 더 힘을 실어 주세요. 사회과학은 우리에게 아버지말을 하는 사람들이 어머니들이 하

---

* 톨스토이 『전쟁과 평화』의 등장인물.
** 톨스토이 『안나 카레니나』의 등장인물.

는 일을 이해하고 논의할 수 있음을 보여 줍니다. 어머니말의 유효성을 받아들이고, 여자들이 하는 말에 귀 기울이기만 한다면요.

하지만 전체 사회에서 "여자"가 무엇을 하는지에 대한 가부장제 신화는 거의 분석도 되지 않은 채 끈질기게 살아남고, 여자들의 삶을 좌우합니다. "학교 졸업하면 뭘 할 거니?" "아, 그냥 여느 여자들처럼 집과 가정을 꾸려야겠죠." 그런 꿈도 좋아요. 하지만 그냥 여느 여자들 같은 집과 가정이란 대체 뭐죠? 아빠는 일터, 엄마는 집, 두 아이는 애플파이를 먹는 그림인가요? 우리의 언론에 이어 이제는 우리의 정부까지 이게 정상이라고 선언하고 표준으로 내세우는 이런 가족, 이런 핵가족은 지금 미국에 사는 여자들의 7퍼센트밖에 설명하지 못해요. 93퍼센트의 여자들은 그렇게 살지 않아요. 그렇게 살질 않는다고요. 많은 여자들은 준다고 해도 받지 않을 거예요. 그런 삶을 원하는 사람들, 그것이야말로 자신의 진정한 운명이라고 믿는 사람들은 정작 그런 삶을 획득할 가능성이 얼마나 될까요? 그 사람들은 상심의 집*으로 가는 길에 올라 있어요. 하지만 가부장제 신화가 제공하는 대안이라고는 '결함 있는 여자(Failed Woman)'의 신화뿐이에요. 노처녀, 불모의 여성, 중성화된 암캐, 뻣뻣한 아내, 레즈비언, 여성해방론자, 여자 같지 않은 여자…… (남성이든 여성이든) 여성멸시자들이 참 좋아하는 그림이죠.

실제로 명예 남성**이 되고 싶어하는 여자들이 있긴 해요.

---

* Heartbreak House. 조지 버나드 쇼의 희곡.

** female men. 현재는 honorary male이라는 표현이 따로 존재하지만, 이 글을 썼을 당시에는 널리 쓰이던 용어가 아니었고 맥락상 저자가 가리키는 의미라고 보아 이렇게 옮겼다.

그 사람들의 롤모델은 마거릿 대처이고, 성공을 위해 갖춰 입고, 디자이너 서류가방을 들고, 승진을 위해 무슨 짓이든 하고, 마셔야 할 위스키를 마시죠. 그들은 어떤 대가를 치르더라도 남자의 세계에 들어가고 싶어 해요. 그리고 그게 공포에서 태어난 강박이 아니라 진짜 원하는 바라면 그것도 괜찮아요. 그자들에게 아첨을 못 하겠으면 합세하는 거죠. 제 경우에는 그것이 그런 삶을 고안하고 모든 규칙을 만든 남자들에게조차도 좋은 삶으로 보이지 않는다는 문제가 있어요. 그런 삶에 힘이 있기는 하지만, 제가 존중하는 종류의 힘은 아니에요. 누군가를 해방시키는 힘이 아니에요. 전 지적인 여성이 바닥선 아래로 들어가려고 자진해서 몸을 접는 모습을 보고 싶지 않아요. 게다가 기는 모습은 또 어떻고요! 그런 여자가 말을 하면, 아버지말 외에 어떤 말을 할 수 있겠어요? 남자의 세계를 위한 대변자 노릇을 하는 여자라면, 스스로를 위해서는 무슨 변명을 하겠어요?

어떤 여자들은 그런 일도 해내기는 하죠. 남자들과 한통속이 되면서도 여자로서 변절하지는 않아요. 우리도 그 사람들이 남자의 세계에서 타자인 존재들, 즉 여자와 아이들과 가난한 이들을 위해 말할 때 그 사실을 알게 되죠……. 하지만 아빠 옷을 입는 게 위험하긴 해도, 아빠의 무릎에 앉는 것만큼 위험하진 않을 거예요.

자신의 경험을 부정한다면, 스스로 신화적인 생물이 되려 한다면, 거기 커다란 아빠의 무릎에 앉는 여자 인형이 되려 한다면 여러분의 경험을 진실로 내놓을 길이 없어요. 그 인형의 예쁜 경첩

입에서 누구의 목소리가 흘러나올까요? 언제나 '네'라고만 하는 건 누구일까요? 아 네, 네, 제가 할게요. 아 전 모르겠어요, 당신이 결정해요. 아 전 못 해요. 네 때리세요, 네 강간하세요, 네 구해 주세요, 네. 그게 "여자"가 말하는 방법이에요. "우린 결코 여자가 뭘 원하는지 모를 것"이라는 소리에서 말하는 여자요.

말할 것도 없이 "여자"의 자리는 집이고, 거기에 자원봉사 일이나 남자들이 1달러 받을 때 기꺼이 60센트를 받을 일자리가 더해지죠. 왜 60센트냐고요? 여자는 언제나 임신해서 떠나니까요. 어린이집이요? 안 돼죠! "여자"는 집에서 아이들을 돌봐야 해요. 그럴 수 없다 해도요. 이 잘 만들어진 덫에 갇힌 "여자"는 자기를 이런 덫에 꾀어 들인 어머니를 탓하고, 자기 딸은 절대 그 덫에서 나가지 못하게 해요. 자매애라는 생각에는 반발하고 여자들에게 친구가 있다고는 믿지도 않아요. 그건 부자연스러운 뭔가를 뜻할 테고, 어쨌든 "여자"는 여자들을 무서워하니까요. 이 "여자"는 남성의 구성물이고, 여자들이 자기를 해체할까 두려워하지요. 모든 것을 두려워해요. 이 "여자"는 변할 수 없으니까요. 허벅지는 언제까지나 가늘고 머리는 언제나 반짝이고 치아도 언제나 반짝이는 그녀는 우리 엄마이자 7퍼센트의 여자들 전부예요. 그리고 결코 늙지 않죠.

늙은 여자들도 있기는 해요. 사람들이 늘 말하듯 귀여운 노부인들이요. 거대한 마네킹 여신 조각상 "여자"의 작은 파편이죠. 늙은 여자들이 '네'라고 하는지 아니라고 하는지 듣는 사람은 없고, 늙은 여자에게 60센트를 지불하는 일자리도 없어요. 늙은 남자들은 운영을 하죠. 늙은 남자들은 쇼를 운영하고, 버튼을 누르고, 전쟁을 벌이고, 돈을 벌어요. 남자의 세상, 늙은 남자의 세상에서 젊은 남자들은 쓰러질 때까지 달리고 달리고 또 달리고, 일부 젊은 여자들도 같이 달려요. 하지만 늙은 여자들은 바퀴벌레처럼, 생쥐처럼 벽 사이에, 틈 속에 사는 바스락 소리, 끽끽 소리예요. 치즈는 잘 치워 두는 게 좋을걸요, 남자분들. 끔찍하죠. 문명의 모퉁이를 돌면 반대쪽에서 뛰어다니는 늙은 여자들이 다 보일 테니…….

말해 두지만, 여러분은 늙을 거예요. 그리고 여러분은 내 말을 듣지 못하죠. 난 벽 사이에서 끽끽대거든요. 난 거울을 통과해서 반대쪽에, 모든 게 거꾸로인 곳에 있어요. 여러분은 훌륭한 의지와 관대한 마음을 지닌 듯 보이지만, 거울에서는 스스로의 얼굴밖에 보지 못해요. 그리고 어두운 쪽에서 여러분의 아름다운 젊은 얼굴들을 보는 나는, 그래야 마땅하다는 사실을 알지요.

다만 저는 여러분이 거울을 볼 때, 스스로를 봤으면 좋겠어요. 신화 속 여자가 아니라요. 실패작 남자—성공이란 기본적으로 남자라는 존재로 정의되니 결코 성공할 수 없는 사람—가 아니고, 모형 "여자"라는 남자들의 욕망과 두려움의 심상 속에 스스로를 감추려고 필사적으로 노력하는 실패한 여신도 아니고, 그냥 스스로를요. 난 여러분이 그런 신화에서 눈을 돌려 스스로의 눈동자를 들여다보고, 스스로의 힘을 봤으면 좋겠어요. 그게 필요할 거예요.

여러분이 남자에게서 힘을 끌어오려 하지 않았으면 좋겠어요. 중고 경험은 주차장을 떠나서 한 블록도 가기 전에 고장 나요. 난 여러분이 스스로의 영혼을 찾고 만들었으면 좋겠어요. 고통이든 기쁨이든 직접 자기 삶을 느꼈으면 좋겠어요. (빵을) "지고 가면서 먹"듯이 여러분의 삶으로 배를 채웠으면 좋겠어요. 여러분이 영양을 공급하고, 공급받았으면 좋겠어요! 기계의 톱니바퀴가 되거나 다른 사람들이 조종하는 꼭두각시가 되고 싶지 않다면 여러분이 원하는 바를 찾아낼 수 있어요. 여자로서, 이 여자, 이 몸, 이 사람, 이 굶주린 자아로서 스스로가 경험한 바를 받아들여서 자신의 욕구와 욕망과 진실과 힘을 찾아낼 수 있어요. 남자들이 그린 지도에는 거대한 공백이, 미지의 땅이 존재하고 그곳에 대부분의 여자들이 살고 있어요. 그곳 전체가 여러분이 탐험하고 살고 묘사할 땅이에요.

하지만 우리 중 누구도 그곳에 혼자 살지는 않아요. 인간이 된다는 건 사람들이 혼자 해낼 수 있는 일이 아니에요. 사람이 되기 위해서는 다른 사람들이 필요해요. 우리에겐 서로가 필요해요.

어떤 여자가 다른 여자들을 메두사처럼 보고 두려워하며 돌로 된 귀를 돌리면, 요새는 그 여자의 머리카락이 다 일어서서 이렇게 속삭일 수 있어요. 들어 봐, 들어 봐, 들어! 다른 여자들 말을, 네 자매들, 네 어머니들, 네 할머니들 말을 들어! 그들의 말을 듣지 않으면 네 딸이 하는 말은 어떻게 이해하려고?

그리고 대화할 줄 아는 남자, 가짜 예스-우먼을 통해서 말하려 하지 않고 여러분과 말할 수 있는 남자, 여러분의 경험을 제대로 받아들일 수 있는 남자를 찾아내거든 그 남자를 사랑하고, 예우하세요! 하지만 그 남자 말에 복종하지는 마세요. 전 우리에게 복종할 권리가 있다고 생각하지 않아요. 우리에겐 자유로울 책임이 있다고 생각해요.

그중에서도 특히 표현의 자유가 있죠. 복종은 침묵이에요. 대답이 아니에요. 억눌린 상태죠. 여기 복종하지 않는 여자의 연설이 있어요. 호피인과 미웍인 출신 웬디 로즈가 「어느 시인의 부분들*The Parts of a Poet*」[4]이라는 시에서 하는 말이에요.

> 내 일부는 땅에 박혀 있고,
> 내 일부는 노래를 좀먹고,
> 내 일부는 물속에 뻗어 눕고,
> 내 일부는 무지개 다리를 만들고,
> 내 일부는 물고기를 따라가고,
> 내 일부는 판단하는 여자라네.

자, 이게 내가 원하는 거예요. 난 여러분의 판단을 듣고 싶어요. 여자들의 침묵에는 넌더리가 나요. 여러분이 온갖 언어로 말하고, 여러분의 진실한 경험을 인간의 진실로서 내어놓고, 일에 대해 이야기하고, 만들기에 대해, 부수기에 대해, 먹기에 대해, 요리에 대해, 먹이기에 대해, 씨앗을 뿌리고 생명을 나눠 주기에 대해, 죽이기에 대해, 감정에 대해, 생각에 대해 말하는 소리를 듣고 싶어요. 여자들이 하는 일들에 대해서. 남자들이 하는 일들에 대해서. 전쟁에 대해, 평화에 대해. 버튼을 누르는 사람과 눌리는 버튼과 버튼 누르기가 길게 보아서 과연 인류에게 적합한 직업이냐에 대해서요. 여러분에게 듣고 싶은 게 참 많네요.

그리고 내가 원하지 않는 것은 이거예요. 난 남자들이 가진 것을 원하지 않아요. 남자들이 자기 일을 하고 자기 말을 하는 건 얼마든지 좋아요. 하지만 남자들이 인류에게는 남자들의 일이나 남자들의 말만이 맞다고 말하거나 생각하거나 우리에게 전하는 건 바라지도 않고, 용납하지도 않겠어요. 남자들이 우리에게서 우리의 일과 말을 빼앗아 가게 두지 말아요. 가능하다면, 그럴 의지가 있다면 우리와 함께 일하고 함께 대화하도록 해요. 우리 모두가 어머니말을 할 수 있고, 우리 모두가 아버지말을 할 수 있고, 함께 그 언어를 듣고 말하려고 할 수 있을 거예요. 그거야말로 우리가 세상에 존재하는 가장 진실한 방법일지 몰라요. 우리는 우리 언어밖에 갖지 못한 세상을 대변하니까요.

저도 많은 남자들이, 심지어는 여자들조차도 여자들이 정말로 말을 하면 두려워하고 화를 낸다는 걸 알아요. 이 야만적인 사회에서 여자들이 진실로 말을 한다면 전복적으로 말하기 마련이니까요. 어쩔 수가 없죠. 아래에 있다면, 깔려 있다면 부수고 뒤집을 수밖에 없지 않겠어요. 우리는 화산이에요. 우리 여자들이 우리의 경험을 우리의 진실로, 인간의 진실로 내놓는다면 모든 지도가 바뀔 거예요. 새로운 산맥이 생길 거예요.

그게 내가 원하는 바예요. 자기 안에 있는 힘을 모르는 여러분, 젊은 화산들이 분화하는 소리를 듣고 싶어요. 여러분의 말을 듣고 싶어요. 여러분이 서로 주고받는 말에, 우리 모두에게 하는 말에 귀 기울이고 싶어요. 여러분이 사설을 쓰거나 시를 쓰거나 편지를 쓰거나 수업을 가르치거나 친구들과 대화하거나 소설을 읽거나 연설을 하거나 법안을 제안하거나 판결을 내리거나 아기에게 자장가를 불러 주거나 국가의 운명을 의논하거나 무엇이든 관계없이 여러분의 목소리를 듣고 싶어요. 여자의 언어로 말하는 소리를요. 나와서 지금이 밤 몇 시인지 말해 줘요! 우리가 다시 침묵 속으로 가라앉게 하지 마세요. 우리가 우리의 진실을 말하지 않는다면, 누가 해 주겠어요? 누가 우리 아이들을, 여러분의 아이들을 대변하겠어요?

그러니 끝으로 치카소 사람 린다 호건의 시를 하나 읽을게요. 「여자들의 이야기*The Women Speaking*」[5]라는 시예요.

딸들아, 여자들이 이야기하는구나
그들이 완벽한 발로
지혜로운 거리를 넘어
찾아오는구나.
딸들아, 사랑한다.

여자/황야 1986년 ♀□

1986년 6월, 게리 스나이더가 데이비스에 있는 캘리포니아 대학에서 하고 있는 황야(Wilderness)에 대한 수업에서 특강을 해 달라고 초청했다. 나는 그러면 여자와 황야에 대해서 조금 말하고, 주로 나의 책 『언제나 집으로 돌아와*Always Coming Home*』에 수록된 시를 몇 편 읽겠다고 했다. 다음 글은 내가 낭독에 들어가기 전에 말한 내용이다. 상당히 과격한 이야기를 하려고 의도했고, 실제로 그래서, 아주 활발한 토론을 일으켰다.

문명인 남자는 말합니다. 나는 자아이다, 나는 주인이다, 나머지는 다 타자이며—바깥이고 아래이고, 밑이고, 부속이다. 나는 소유하고, 나는 이용하고, 나는 탐구하고, 나는 착취하고, 나는 통제한다. 내가 하는 일은 중요한 일이다. 내가 원하는 바가 사물의 존재 이유다. 나는 나이고, 나머지는 내가 보기에 알맞은 대로 이용할 여자들과 황야다.

여기에 대해, 문명인 여자는 수전 그리핀의 목소리로 다음과 같이 답합니다.

우리는 그 남자의 죽음을 그 여자의 삶과, 또는 남자가 여자에게 한 짓과, 또는 남자가 여자에게 이용한 부분과 분리하여 볼 방법이 없다고 말한다. 우리는 이 강의 경로를 바꾼다면 전체 지형을 바꾸는 것이라고 말한다. 그리고 우리는 그때 여자가 한 일은 여자가 성스럽게 간직한 바와, 남자가 그런 짓을 했을 때 여자가 느낀 바와, 우리가 성스럽게 간직한 바와, 그러니까 우리가 그것 없이는 살아갈 수 없다고 느끼는 바와 분리할 수 없으며 이 강이 여기를 떠나면 아무것도 자라지 않고 산은 무너져 내릴 것이라 말하며, 남자가 여자에게 한 짓은 남자가 여자를 보는 방식과, 남자가 여자에게 행하기 옳다고 여긴 바와 분리할 수 없다고 말한다. 그리고 우리는 그들이 우리에게 행하는 바가 그들이 우리를 보는 방식을 결정한다고 말한다. 일단 나무를 다 베어 내고 나면 물이 산을 깎아 내고 강은 진흙투성이가 되며 홍수가 일어날 것이다. 그리고 우리는 남자가 여자에게 한 짓은 우리 모두에게 한 짓이라 말한다. 그 사실 하나를 다른 사실과 분리할 수 없다고. 그리고 남자가 더 잘 보았다면 자기 죽음을 예견할 수도 있었으리라고 말한다. 그 산기슭에 나무들이 자라 있었다면 홍수가 나지 않았을 것이므로. 그리고 이 강은 다른 곳으로 돌릴 수 없다. 여기에서 물이 어떻게 흐르고 비가 쏟아지면 어떻게 돌아가는지 보라, 모든 것이 돌아가고, 하나에 다른 하나가 이어지니, 할 수 있는 일에는 한계가 있고 모든 것이 움직인다. 우리는 모두 이 움직임의 일부이며, 강이 흐르는 길은 성스럽고, 이 숲은 성스럽고, 우리 자신은 성스럽다.[1]

여기에서 일어나는 일이 바로 황야의 응답입니다. 전에는 일어난 적 없던 일이죠. 지금을 사는 우리는 이전에 들은 적 없는 소식을 듣고 있어요. 새로운 일이 일어나고 있어요.

딸들아, 여자들이 이야기하는구나
그들이 완벽한 발로
지혜로운 거리를 넘어
찾아오는구나.[2]

여자들이 말하고 있다고, 치카소 인디언 린다 호건은 그렇게 말합니다. 여자들이 말을 하고 있어요. 아무 할 말이 없는 존재라며 달콤한 침묵이나 원숭이 소리와 동일시되던 존재들, 자연과 동일시되고, 말하는 남자의 반대항으로 듣는 여자였던 이들이 말을 하고 있어요. 스스로를 위해, 다른 이들을 위해, 짐승과 나무와 강과 돌들을 위해 말하고 있어요. 그리고 그들이 하는 말은 이겁니다. "우리는 성스럽다."

들어 보세요. 그들은 "자연(Nature)은 성스럽다."고 하지 않습니다. 자연이라는 말을 믿지 않으니까요. 인류를 포함하지 않는 자연, 인간이 아닌 자연은 진짜가 아니라 남자(Man)가 만든 구성물입니다. 남자가 여자들에 대해 말하고 아는 내용 대부분이 신화이고 구성물이듯이요. 여자로서 제가 사는 곳이 남자들에게는 황야(wilderness)예요. 하지만 나에게는 그곳이 집입니다.

아프리카 마을 문화에 대해 이야기하는 인류학자 셜리 아드너와 에드윈 아드너는 유용하고 흥미로운 상상 도형을 만들었어요. 크게 원을 두 개 그리되 완전히 겹치지는 않게, 그러니까 도형 중앙은 길쭉한 타원형으로 겹쳐지고, 양옆으로 겹치지 않는 초승달이 있게 한 거죠. 이 두 원 중에서 한쪽은 지배적인 문화 요소, 즉 남자들이에요. 반대쪽은 무언의 문화 요소, 즉 여자들이에요. 일레인 쇼월터의 설명을 빌자면 "남성이 의식하는 것은 전부 지배 구조의 원 안에 있고 따라서 언어로 접근 가능하거나, 언어로 구성"됩니다. 양쪽이 겹쳐 공유되는, 중앙의, 문명의 영역 바깥으로 남자들에게만 속하는 초승달과 여자들에게만 속하는 초승달은 둘 다 "황야"라고 할 수 있겠죠. 남자들의 황야는 실재해요. 남자들이 마을이라는 공유된 중심에서 벗어나서 사냥하고 탐험하고 온갖 남성 모험을 벌이는 곳이고, 이곳 역시 언어로 접근할 수 있고 또 언어로 구성됩니다. "문화인류학의 방식으로 말하자면, 여자들은 한 번도 본 적이 없다 해도 남자들의 초승달이 어떤지 안다. 그곳은 전설의 대상이기 때문이다…… 그러나 남자들은 야생에 무엇이 있는지 모른다."[3] 여기에서 야생이란 무인지대(no-man'sland)*, 즉 말하지 못하는 사람들, 침묵하는 사람들, 문화 안에서 '이야기되지 않는' 사람들, 그들의 경험이 인간 경험의 일부로 여겨지지 않는 이들, 즉 여자들에게 속한 초승달입니다.

남자들은 삶 전체를 지배 영역에서 살아요. 남자들이 곰 사냥을 나가면 곰 이야기를 가지고 돌아오고, 모두가 귀 기울여 듣는 이 이야기들은 그 문화의 역사나 신화가 됩니다. 그리하여 남자들의 "황야"는 인간(Man)의 소유물인 자연(Nature)이 됩니다.

그러나 여자로서 여자들이 겪는 경험, 남자들과 공유하지 않는 경험은 황야 아니면 철저히 타자로서의 야생입니다. 사실상 인간(Man)에게는 부자연스러운 영역이죠. 문명이 남겨 둔 곳, 문화가 배제한 곳, 지배자들이 동물적이라고, 짐승 같다고, 원시적이라고, 미개하다고, 진짜가 아니라고 하는 곳…… 이야기된 적도 없고, 이야기가 되더라도 듣는 이 없었던 곳. 이제야 우리가, 그들이 아닌 우리의 언어로 설명할 말을 찾기 시작한 영역. 바로 여자들의 경험입니다. 남자든 여자든 지배자로 인정받은 이들에게 그곳은 진정한 황야입니다. 그들이 이 영역에 대해 품은 공포는 아주 오래됐고 깊으며 폭력적이죠. 남자들이 부정했고 그래서 알 수도 없고 공유할 수도 없는 영역에 대한 공포와 증오가 일상으로 나타나는 게 우리 문명 구석구석을 형성하는 여성멸시예요. 야생의 땅, 바로 여자들이라는 존재에 대한 공포와 증오요.

우리가 할 수 있는 일이라곤 그것을 말하려 하고, 전하려

* 무인지대라는 의미와 남자 없는 지대라는 이중적 의미.

하고, 구하려 하는 것뿐입니다. 보세요, 이 땅은 여러분의 어머니가 살았고 여러분의 딸이 살 곳입니다. 여기는 여러분들 자매의 나라입니다. 여러분도, 남자든 여자든 어렸을 때는 그곳에 살았어요. 잊어버렸나요? 아이들은 모두 다 야생이에요. 여러분은 그 야생의 나라에 살았어요. 그런데 왜 두려워하나요?

소설판 장바구니론 1986년

♀○

호미니드[*]가 인류로 진화한 곳으로 보이는 온대와 열대 지역에서, 호미니드의 주된 식량은 채소였다. 구석기, 신석기, 그리고 선사 시대에 온대와 열대 지역에서 인류가 먹은 식량의 65퍼센트에서 80퍼센트는 채집으로 얻었다. 북극 지역에서만 고기가 주된 식량이었다. 동굴 벽과 우리 머릿속을 멋지게 차지한 건 매머드 사냥꾼들이지만, 실제로 우리가 살아남고 살찌기 위해 한 일은 씨앗, 뿌리, 새순, 싹, 잎, 견과, 나무열매, 과일, 곡식을 모으고 단백질을 더하기 위해 벌레와 연체동물을 채집하고 그물이나 덫으로 새와 물고기, 쥐, 토끼, 그 외 작은 새끼동물을 잡는 것이었다. 그리고 힘들게 일하지도 않았다. 농업 발명 이후 다른 사람 밭에서 일한 농노보다 훨씬 덜 힘들었고, 문명 발명 이후 월급 노동자보다도 훨씬 덜 힘들었다. 선사 시대 보통 사람은 일주일에 15시간 정도 일하고 괜찮은 삶을 누릴 수 있었다.

* hominids. 현대 인류를 포함한 사람과의 영장류.

일주일에 15시간으로 최저 생활을 누릴 수 있다면 다른 일을 할 시간이 많이 남는다. 시간이 워낙 많다 보니 삶에 활기를 불어넣을 아기도 없고, 만들기나 요리나 노래 기술도 없고, 흥미진진한 생각거리도 없는데 가만히 있을 성격은 아닌 사람들은 나가서 매머드를 사냥하기로 했다. 능숙한 사냥꾼들이라면 고깃덩어리와 상아, 그리고 이야기를 가지고 비틀비틀 돌아왔으리라. 차이를 낳은 것은 고기가 아니었다. 이야기였다.

내가 힘들게 야생 귀리 낟알을 까고, 또 까고, 또 까고, 또 까느라 고생을 했고, 그 후에는 모기 물린 자리를 긁었는데, 우르가 뭔가 웃긴 말을 했고, 같이 개울에 가서 물을 마시고 잠시 동안 도롱뇽을 구경했고, 다시 내가 귀리밭을 발견했고…… 이런 일로 정말 흥미진진한 이야기를 하기는 어렵다……. 내가 거대한 털투성이 옆구리에 창을 깊이 찔러넣는 사이, 거대한 엄니에 꿰뚫린 우브는 비명을 지르며 몸부림을 쳤고, 피가 새빨간 급류처럼 사방에 쏟아졌고, 내가 정확하게 쏜 화살이 매머드의 눈을 뚫고 뇌에 박히면서 쓰러진 매머드에게 부브가 깔려서 납작해졌다는 이야기와는 비교가 되지 않는다. 경쟁할 수가 없다.

그런 이야기에는 액션이 있을 뿐 아니라, 영웅이 있다. 영웅은 강력하다. 부지불식간에 야생 귀리밭에 나간 남자와 여자들, 그 아이들, 그리고 제작하는 이들의 기술, 사려 깊은 이들의 생각, 가수의 노래까지 전부 다 그 이야기의 일부가 된다. 전부 다 영웅 이야기에 동원되고 말았다. 하지만 그것은 그들의 이야기가 아니다. 영웅의 이야기다.

버지니아 울프는 『3기니』라는 제목으로 완성될 책을 계획하고 있었을 때 공책에 "용어 사전"이라는 제목을 썼다. 당시 울프는 색다른 이야기를 하기 위해, 자신의 새로운 계획에 따라 영어를 재창조할 생각을 했다. 이 용어 사전 항목 중에 영웅주의는 "보툴리즘"*으로 정의된다. 그리고 울프의 사전에서 영웅은 "보틀(bottle)"이다. 병(bottle)이 영웅이라니, 혹독한 재평가다. 나는 이제 그 병을 영웅으로 제시하려 한다.

진이나 와인을 담는 병만이 아니라, 더 오래된 개념에서 보편적인 용기, 다른 무엇인가를 담는 물건을 의미하는 병이다.

담을 데가 없으면 식량을 놓친다. 귀리처럼 호전적이지 않고 지략도 없는 식량이라 해도 그렇다. 가까이 있는 동안 일차 용기인 배 속에 최대한 밀어넣을 수는 있겠지만, 내일 아침에 깨어나 보니 춥고 비가 온다면 씹어 먹을 귀리가 몇 줌 있으면 좋지 않을까? 입을 다물게 어린 우므에게도 좀 주고 말이다. 그럴 때 배 속과 손 말고 어떻게 귀리를 더 가져올까? 또 일어나서 빗속을 뚫고 젖은 귀리밭에 가야 한다면, 두 손으로 귀리를 딸 수 있게 아기 우우를 집어넣을 데가 있다면 좋지 않겠는가? 잎사귀, 박껍데기, 그물, 가방, 멜빵, 자루, 병, 통, 상자, 용기. 담을 곳. 그릇.

---

* botulism. 원래는 보툴리누스 중독이라는 뜻이 있지만, 여기에서는 보틀-주의를 같이 의도한 듯하다.

아마 최초의 문화적 장치는 그릇이었으리라…… 많은 이론가들이 가장 이른 문화 발명품은 분명 채집물을 담을 용기와 멜빵이나 그물 형태의 운반 수단이었으리라 생각한다.

엘리자베스 피셔는 『여자들의 창조*Women's Creation*』(McGraw-Hill, 1975)에서 그렇게 말한다. 하지만 아니, 그럴 리가 없다. 그 멋진 크고 길고 단단한 물건, 그 뼈다귀는 어디 가고? 분명히 영화에서 원인이 처음 누굴 때릴 때 그 뼈다귀를 썼는데, 그러고 나서 처음 제대로 벌인 살인의 성취감에 그르렁대면서 하늘 높이 던져 올렸더니 빙글빙글 돌다가 우주선으로 변해서 날아가지 않았나. 그래서 영화 끝에 가면 (이상하게도) 자궁도 없고, 모체도 없이 수정시키고 낳은 사랑스러운 태아가, 당연하게도 남자아이가 은하수 주위를 떠다니지 않던가?* 모르겠다. 신경도 쓰이지 않는다. 내가 하는 이야기는 그 이야기가 아니다. 우리 모두가 온갖 막대기와 창과 칼에 대해 들었지만, 때리고 찌르고 두들길 길고 단단한 도구에 대해서는 들었지만 물건을 집어넣을 도구, 물건을 담을 용기에 대해서는 들은 적이 없었다. 그건 새로운 이야기다. 뉴스다.

그러면서도 오래된 이야기다. 무기라는 늦은, 사치스러운, 불필요한 도구가 나오기 이전에—생각해 보면 당연히 훨씬 전에 나왔을 것이다. 쓸모있는 단검과 도끼보다 훨씬 전에 나왔을 것이고, 꼭 필요한 빻고 갈고 파는 도구들과는 같이 나왔을 것이다. 당

* 영화 「스페이스 오디세이」를 말한다.

장 먹지 못할 수확물을 집에 지고 갈 방법이 없다면 감자를 많이 파내 봐야 소용이 없으니 말이다. 우리는 에너지를 밖으로 쏟아 낼 도구를 만들기 전에, 아니면 그런 도구와 동시에 에너지를 집으로 가져갈 도구를 만들었다. 나는 그게 말이 된다고 생각한다. 나는 피셔가 '인간 진화의 장바구니론'이라고 부른 가설을 지지한다.

이 이론은 이론적으로 불명확한 넓은 영역을 설명할 뿐 아니라, 이론적인 헛소리가 차지하는 넓은 영역(주로 호랑이, 여우, 그 외에 대단히 영역 본능이 강한 포유류들이 사는 지역이다.)을 피한다. 또 개인적으로, 이 이론은 나를 한 번도 느껴 보지 못한 방식으로 인간 문화에 끌어넣는다. 문화를 찌르고 때리고 죽이는 길고 단단한 물건들의 사용에서 유래하고 정교화한 무엇으로 설명하는 동안에는 그 문화에 내 몫이 있다고 생각한 적도 없고, 내 몫을 원하지도 않았다.("프로이드는 여자에게 문명에 대한 충성심이 없는 것을, 여자에게 문명이 없다고 착각했다." 릴리언 스미스의 말이다.) 이 이론가들이 말하는 문명이나 사회는 그들의 것임이 분명했다. 그들이 소유하고, 그들이 좋아하는 문명이었다. 그들은 때리고 찌르고 뚫고 죽이는 인간, 완전한 인간이었다. 인간이 되고 싶었던 나는 나도 인간이라는 증거를 찾았지만, 인간이 되기 위해 무기를 만들고 죽여야만 한다면 분명 나는 인간으로서 심한 결함이 있거나, 아예 인간이 아니었다.

그들은 맞다고 말했다. 너는 인간이 아니라 여자라고. 결함이 있는 것은 확실하고, 인간이 아닐 수도 있다고. 이제 우리가 영웅 인간(Man)의 진보 이야기를 계속하는 동안 닥치고 있으라고.

나는 우우를 포대기에 지고 어린 우므에게 바구니를 들려 야생 귀리밭으로 나가면서 계속 하시라고 말한다. 어떻게 매머드가 부브를 깔아뭉갰는지 어떻게 카인이 아벨을 깔아뭉갰는지 어떻게 폭탄이 나가사키에 떨어졌는지 어떻게 불타는 젤리가 마을 사람들에게 떨어졌는지 어떻게 미사일이 사악한 제국에 떨어질지, 인간 진보의 온갖 다른 단계를 계속 이야기하고 또 이야기하라고.

만약 유용하거나, 먹을 수 있거나, 아름답다는 이유로 원하는 어떤 물건을 가방이나 바구니나 우묵한 나무껍질이나 잎사귀나 머리카락으로 짠 그물이나 뭐든 가진 수단에 담아서 집으로 가져가는 게 인간이라면…… 집이라는 것도 사람들을 담는 큰 주머니나 가방이라고도 말할 수 있을 텐데, 집으로 가져가서 나중에 꺼내 놓고 먹거나 나누거나 겨울 대비로 더 단단한 용기에 담거나 약 보따리나 사당이나 박물관에, 아니면 성스러운 물건을 보관하는 성스러운 곳에 담는다면, 그리고 다음 날에도 거의 같은 일을 또 하는, 그런 게 인간이라면 나도 인간이다. 처음으로 온전히, 기꺼이, 기쁘게 인간이 되겠다.

자, 공격적이지도 전투적이지도 않은 인간으로서 바로 말해 두자면, 나는 손가방을 힘차게 휘둘러 깡패들과 싸우는 나이 들고 성난 여자다. 하지만 나도, 다른 누구도 그런다고 나를 영웅으로 여기지 않는다. 그건 계속 야생 귀리를 모으고 이야기를 하려면 어쩔 수 없이 해야만 하는 망할 짓거리에 불과하다.

차이를 만드는 건 이야기다. 나의 인간성을 나에게 감춘 것도 이야기, 매머드 사냥꾼들이 때리고 찌르고 강간하고 죽이는 일에 대해, 영웅에 대해 늘어놓은 이야기다. 멋지고 독성 강한 보툴리즘 이야기. 살해자 이야기.

때로는 그 이야기가 결말에 다가가는 것 같다. 더는 이야기를 할 수 없는 날이 오지 않도록, 여기 야생 귀리밭과 낯선 곡식 사이에 나와 있는 우리들은 다른 이야기를 시작하면 좋겠다고 생각한다. 옛이야기가 끝났을 때 사람들이 계속 해 나갈 수 있는 이야기를. 어쩌면. 문제는, 우리 모두가 살해자 이야기의 일부가 되어버렸기에 그 이야기가 끝날 때 우리도 같이 끝날지 모른다는 점이다. 그래서 다른 이야기, 말해지지 않은 이야기, 생명 이야기의 본질과 주제와 말을 찾자니 절박한 심정이 함께한다.

그 이야기는 친숙하지 않고, 살해자 이야기처럼 무심결에 쉽게 입에 오르지 않는다. 그렇다 해도 "말해지지 않았다"는 건 과장이다. 사람들은 오랫동안 온갖 말과 온갖 방식으로 생명 이야기를 해 왔다. 창조와 변신에 대한 신화들, 트릭스터 이야기들, 민담, 농담, 소설……

소설은 근본적으로 비영웅적인 이야기다. 물론 '영웅'이 이야기를 차지할 때가 자주 있기는 했다. 영웅은 제국주의적인 본성과 통제 불가능한 충동으로 모든 것을 차지하고 운영하며 자신의 통제할 수 없는 살해 충동을 다스리기 위해 엄격한 법과 명령을 만든다. 그리하여 영웅은 입법자라는 대변인들을 통해서 우선 서사의 적절한 형태는 여기에서 출발해서 저기로 곧장 날아가 탕! 하고 목표를 때리는 화살이나 창의 서사라고 결정했다. 둘째로, 소설을 포함하여 서사의 중심 관심사는 갈등이라고 선언했다. 셋째로, 자신이(영웅이) 들어가지 않은 이야기는 좋은 이야기가 아니라고 선언했다.

나는 세 가지 모두에 대해 의견이 다르다. 더 나아가서 나는 소설의 자연스럽고 적절하며 알맞은 형태는 자루나 가방일지 모른다고 말하련다. 책은 말을 담는다. 말은 사물을 담는다. 의미를 품는다. 소설은 약보따리이며 그 속에 담긴 것들은 서로와, 그리고 우리와 특별하고 강력한 관계를 맺고 있다.

소설 속 요소들의 관계 중에 갈등이 있을 수는 있으나, 서사를 모두 갈등으로 축소시키다니 터무니없다.(나는 "이야기란 전투라고 보아야 한다."면서 전략과 공격과 승리에 대해 늘어놓는 작법서를 읽은 적이 있다.) 장바구니/배/상자/집/꾸러미로 구상한 서사 속에서 갈등, 경쟁, 스트레스, 다툼 등등이 필요 요소로 보일 수는 있으나, 전체 이야기는 갈등으로도 조화로도 특징지을 수 없다. 그 목적이 해결도 정체도 아니고 지속적인 과정이기 때문이다.

결국, 가방 속에서는 영웅이 멋있어 보이지 않는다. 영웅에게는 무대나 연단이나 첨탑이 필요하다. 가방 속에 집어넣으면 영웅도 토끼처럼 보이고, 감자처럼 보일 것이다.

바로 그래서 나는 소설을 좋아한다. 소설 속에는 영웅이 아니라 사람들이 있다.

그래서 SF 소설을 쓰러 갈 때 나는 크고 묵직한 자루를 메고 간다. 그 자루에는 약골과 얼뜨기들, 더없이 사소한 것들, 그리고 복잡하게 짜 놓았지만 열심히 풀어 보면 파란 자갈 하나와 차분하게 다른 세상의 시간을 알려 주는 크로노미터 하나, 그리고 생쥐 머리뼈 하나 정도가 담겼을 그물들이 가득하다. 끝이 없는 시작, 입문, 상실, 변신, 그리고 번역, 그리고 갈등보다 훨씬 더한 속임수들이 들었고 승리보다는 함정과 망상이 가득하다. 오도 가도 못하게 된 우주선들, 실패한 임무들, 그리고 이해하지 못하는 사람들이 가득하다. 나는 우리가 귀리를 힘들여 까는 순간으로 흥미진진한 이야기를 만들기 어렵다고 했지, 불가능하다고 하지는 않았다. 애초에 누가 소설 쓰기가 쉽다고 했던가?

SF가 현대 기술의 신화라면, 그 신화는 비극이다. "기술"이나 "현대 과학"(여기에서는 평소에 쓰이는 대로, 지속적인 경제 성장에 근거한 "하드한" 과학과 첨단 기술을 가리키는 검증 없는 약칭으로 사용한다.)은 승리로 여겨지는, 헤라클레스나 프로메테우스 같은 영웅적 과업이며, 따라서 궁극적으로는 비극이다. 이런 신화를 구현한 소설은 승리(지구를, 우주를, 외계인을, 죽음을, 미래를, 기타 등등을 전복하는 인간)와 비극(그때나 지금의 종말, 대참사)일 것이고 지금까지 그래 왔다.

하지만 만약 기술 영웅(Techno-Heroic)이라는 선형적이고 진보적인 시간의 (살해하는) 화살 모드를 피한다면, 기술과 과학을 지배 무기가 아니라 우선 문화의 장바구니로 다시 정의한다면, 그때는 기분 좋은 부작용으로 SF를 덜 경직되고 덜 좁은 분야로 볼 수 있고, 꼭 프로메테우스적이거나 종말론적일 필요 없이, 사실상 리얼리즘보다도 덜 신화적인 장르로 볼 수 있을 것이다.

기묘한 리얼리즘이지만, 기묘한 현실이다.

아무리 이상하다 해도, 제대로 만든 SF는 모든 진지한 소설과 마찬가지로 실제로 무슨 일이 일어나는지, 사람들이 정말로 무엇을 하고 무엇을 느끼는지, 어떻게 이 거대한 자루에서, 이 우주의 배 속에서, 앞으로 태어날 것들의 자궁이며 전에 있었던 것들의 무덤에서, 이 끝없는 이야기에서 사람들이 다른 모든 것과 어떻게 관계 맺는지에 대해 설명하려는 한 가지 방법이다. 모든 소설이 그러하듯 SF 안에는 남자(Man)마저도 자기가 원하는 자리, 자기가 속한 자리에 둘 여유가 있다. 야생 귀리를 잔뜩 따고 또 뿌리고, 어린 우므에게 노래를 불러 주고, 우르의 농담을 듣고, 도롱뇽을 구경하고, 그러고도 이야기가 끝나지 않을 만큼 시간이 있다. 아직 거둬야 할 씨앗들이 있고, 별들의 가방 속엔 공간이 있다.

영웅들 1986년

♀□

엘리자베스 아서와 조이 조하네센을 위하여.

나는 30년 동안 초기 남극 탐험대에 관한 책들, 특히 탐험대에 있었던 남자들이 쓴 책들에 매료되었다. 로버트 스콧, 어니스트 섀클턴, 앱슬리 체리 개러드, 에드워드 윌슨, 리처드 버드 등등, 모두가 용기와 상상력을 갖춘 남자들이었을 뿐 아니라 선명하고 활기 있고 정확하고 강렬한 글을 쓰는 뛰어난 작가들이었다. 나는 미국인인 덕분에 스콧에 대한 우상화에 노출되지 않았고 따라서 이제는 스콧을 비웃어야 세련되다는 분위기에 휩쓸릴 이유도 없으며, 여전히 스콧이나 섀클턴이나 버드의 성격에 대해 다양한 전기 작가들의 편견을 참고하지 않고 오직 본인들의 작품과 증언에만 의지하여 판단하는 데 만족한다.

그들은 확실히 나에게 영웅들이었다. 모두가 그랬다. 그리고 동상 걸린 그들의 발자취를 한 걸음 한 걸음 따라 밟으며 로스

얼음 장벽*을 건너고 비어드모어 빙하(Beardmore Glacier)를 올라 그 끔찍한 곳으로, 백색의 고원으로 갔다가 돌아오기를 여러 차례 반복하다 보니 그들이 내 발가락과 내 뼈와 내 책에도 스며들었고, 나는 『어둠의 왼손』이라는 책까지 썼다. 이 소설에서는 지구 출신의 흑인 남자와 외계 양성인 하나가 스콧의 썰매를 끌고 섀클턴의 눈보라를 뚫고 겨울이라는 행성을 가로지른다. 또 15년쯤 후에는 「정복하지 않은 사람들」이라는 단편을 썼는데, 여기에서는 소규모 라틴아메리카인 무리가 아문센과 스콧보다 1년 먼저 남극에 도달했으나 그 사실에 대해 아무 말도 하지 않기로 결정한다. 전원 여자들이라, 남자들이 그들이 먼저 갔다는 사실을 알게 되면 안 될 테니까 말이다. 남자들이 얼마나 실망하겠나. "우리는 발자국조차 남기지 않았다." 화자는 이렇게 말한다.

자, 내 인생의 즐거운 경험 중 하나였던 그 단편을 쓰면서 내가 영웅주의에 대해 조금은 매정한 이야기를 하고 있다는 사실은 자각했지만, 나에게 실제 남극 탐험가들의 실체를 폭로한다거나 평가절하할 의도는 전혀 없었다. 나는 허구를 통해 그들과 함께하고 싶었다. 책 속에서 얼마나 여러 번 그들과 함께 탐험을 했던가. 그러니 왜 내 책 속에서 우리 종족이, 주부들이 그들과 함께 탐험할 수 없단 말인가……. 아니, 아예 먼저 도착할 수도 있지 않은가?

이런 단순하고 사소한 소망도, 사람들이 "아이디어"라고 부르는 것이 되면—"소설 아이디어는 어디에서 얻으세요?" 같은 때

* Ross Ice Barrier. 지금은 로스 빙붕으로 이름이 바뀌었다.

쓰이는 아이디어다—그리고 산문처럼 적절한 양분이 있는 매체를 찾으면, 성장하고 발효하여 거품을 올릴 수 있다. 그 이야기의 "아이디어"가 무엇이었든 간에, 내 정신의 지하실에 위치한 어두운 통 속에서 계속 발효하여 이제는 훌륭한 69년산 진판델 와인처럼 뚜렷한 향기와 복잡한 뒷맛을 자랑하는 황홀한 술이 되었다.

나는 최근, 섀클턴을 다룬 공영방송 시리즈(스콧과 아문센을 다룬 시리즈가 조악했던 만큼이나 캐스팅과 제작이 잘 이루어진 시리즈다.)를 볼 때까지만 해도 이 과정을 자각하지 못했다. 어니스트 섀클턴과 세 친구가 남극을 향해 끔찍하게 황량한 땅을 힘겹게 나아간다. 그토록 열렬히 도달하고 싶었던 한 점을 겨우 156킬로미터 앞두고 돌아서기 이틀 전이다. 그리고 섀클턴의 일기에서 발췌한 말을 읊는 목소리가 깔린다. "남자는 할 수 있는 일을 다할 뿐이다.* 자연의 가장 강력한 군세가 우리와 대치했다." 그리고 나는 앉은 자세로 생각했다. 이게 무슨 허튼소리람!

그리고 나도 놀랐다. 나는 그 추위와 굶주림에 시달린 지치고 용감한 남자들에게 그전까지 언제나 느꼈던 그대로의 감정을 느꼈고, 그들을 기다리는 쓰라린 실망에 안타까워했다. 그런데도 섀클턴의 저 말은 역겨울 정도로 거짓되고 어리석게 다가왔다. 왜? 나는 생각해 봐야 했다. 그리고 이 글이 그 생각의 과정이다.

"남자는 할 수 있는 일을 다할 뿐이다." 뭐, 그건 알겠다. 물론 탐험대는 전원 남자였고, 여성 투표권을 주장하던 이들은 저 멀

---

* 진인사대천명(盡人事待天命)에 해당하는 말. 여기에서는 원문이 man이라는 점을 살려야 했다.

리 집에 있었다. 그들은 솔직히 그 "남자(Man)"에 여자들이 포함된다고 믿었거나, 혹시 생각을 해 봤다 해도 그렇게 말했을 것이다. 사실 생각해 보지도 않았지 싶지만 말이다. 분명 자기네 탐험대에 여자를 포함시켜야 한다는 제안을 들었다면 진심으로 웃어 댔을 것이다. 그렇다 해도, 남자는 최선을 다할 뿐이다. 내 식으로 말하자면, 사람들은 최선을 다할 뿐이다. 아니면, 『마하바라타』의 위대하면서도 쓰라린 결말에서 유디슈트라 왕이 말하듯 "내가 무슨 수를 쓰더라도 내 손이 닿지 않는 목표를 이룰 수는 없다." 키우는 개 이름이 다르마*인 이 왕은 자기가 무슨 말을 하는지 안다. 선명하고 맹렬한 의무감을 지녔던 저 영국 탐험가들도 그랬다.

하지만 "자연의 가장 강력한 군세가 우리와 대치했다."는 어떤가? 여기 문제가 있다. 뭘 기대한 거죠, 어니스트? 정말로, 무엇을 자초한 거죠? 당신이 그렇게 추진하지 않았나요? 대단한 수고와 비용을 들여, 바로 그 가장 강력한 "자연의 군세"가 당신과 당신의 작은 군대와 "대치하도록" 안배하지 않았나요?

군대 이미지는 잘못됐다. 자기중심주의는 어리석다. "자연"을 적과 동일시하는 건 치명적이다. 우리에게 남극 대륙이 순백의 처녀지를 관통하는 영국 남자 네 명을 알아차리고 그들을 벌하고자 복수의 분노를, 무시무시한 바람과 눈보라라는 무기를 풀어 놓았다고 믿으라니. 글쎄, 나는 못 믿겠다. 자연이 인류의 적이라고도, 여성형이라고도 믿지 않겠다. 남자 말고는 아무도 그렇게 생각

* 자연법이라고도 하고, 우주의 법칙이라고도 해석한다.

하지 않는다. 그리고 남자가 아닌 사람에게는 이제 그런 생각이 시적인 은유로도 받아들여지지 않는다. 섀클턴 본인을 제외하고는 아무도, 아무것도 어떤 "군세"를 섀클턴과 "대치"시키지 않았다. 정복해야 할 장애물, 또는 공격할 적을 만든 사람은 섀클턴이었다. 그리고 그는 패배했다…… 무엇에? 자신에게. 패배할 수 있는 상황을 직접 만들어 낸 자신에게.

만약 남극점에 도달했다면 섀클턴은 그야말로 독선적인 승리감에 차서 "나는 정복했다, 나는 성취했다."고 말했으리라. 그러면서 후퇴해야 할 때는 "나는 패배했다."고 말하지 않는다. 패배는 자신이 아닌 자연의 탓으로 돌린다. 남자(Man)는 자기가 시작한 전쟁에서 이기면 승리의 공을 자기가 취하지만, 이기지 못하면 자기가 진 게 아니라 그에게 "대치한 군세"에게 진다. 남자는 실패하지 않고, 실패할 수 없다. 그리고 남자를 대변하는 섀클턴은 처음부터 끝까지 자기 책임이었던 상황에 대해 책임지기를 거부한다.

스콧은 자기 책임이 더 강한, 더 극단적인 상황 속에서 마지막 일기에 이렇게 적었다.

> 우리는 위험을 무릅썼다. 우리가 위험을 무릅쓴다는 사실도 알았다. 일이 우리에게 나쁘게 돌아갔으니, 우리에겐 불평할 이유가 없다. 그저 섭리에 고개를 숙이고, 마지막까지 최선을 다하기로 다짐할 뿐이다.

나는 이 말이 어디가 어리석고 잘못되었는지 찾아보려고 진지하게 노력했다. 그런데 그럴 수가 없었다. 이 말이 아름다운 것은 우연이 아니다.

"일이 우리에게 나쁘게 돌아갔다."는 말은 ("군세가 우리와 대치했다."처럼) 언뜻 책임을 돌리는 말 같지만, 비난이나 남 탓이 담겨 있지 않다. 그 말에 숨은 이미지는 운을 믿는 도박의 이미지다. 스콧이 신을 가리킬 때 쓰던 말 "섭리(providence)"는, 자연이 섀클턴의 의지에 맞선 것처럼 스콧의 의지에 맞선 어떤 의지, 어떤 "타자"처럼 보이기도 한다. 그러나 섭리라는 이름은 적이나 상대자로 인식하는 무엇이 아니다. 오히려 모성적인 의미를 함축한다. 양육하고, 보호하고, 주는(providing) 존재다. 스콧이 어린아이처럼 말할지는 몰라도, 버릇 나쁜 아이처럼 말하지는 않는다. 그는 자신이 무릅쓴 위험에 책임을 지고, 희망 없이도 불변의 의무를 찾는다. 바로 "마지막까지 최선을 다한다."는 의무를. 스콧은 유디슈트라 왕처럼 그 "마지막"이 무엇을 의미하는지 알았다. 나는 이 태도에서 경멸할 부분을 찾을 수 없고, 이 말이 경멸받는다는 상상도 할 수가 없다. 하지만 모르겠다. 몇 년 전만 해도 괜찮아 보였던 것들이 어리석어 보이는 경우가 오죽 많아야지……. 와인을 병에 옮겨 담을 시간이다. 나무통에 너무 오래 두면 떫어지고 읽게 된다. 나는 떫어지고 싶지 않다. 그저 존경할 가치가 있는 것을 찾기 위해 영웅 신화에서 벗어나고 싶을 뿐이다.

좋다. 내가 섀클턴에게 존경하는 부분은, 빙붕(氷棚)에서 돌아선 그 순간이다. 그는 포기했다. 패배를 받아들였다. 그리고 자기 부하들을 구했다. 안타깝게도 그 순간에 섀클턴은 약간 가식을 떨고 영웅처럼 굴어서 자존심까지 구했다. 그는 자신의 약점이 강점이라는 사실을 인정하지 못했다. 옳은 일을 했으나, 틀린 말을 했다. 그러니 나는 앞으로도 섀클턴을 사랑할 것이다. 다만 그의 허세를 아주 조금 경멸할 따름이다.

하지만 거의 모든 것을 잘못한 스콧에게는, 왜 그런 경멸의 마음이 생기지 않을까? 왜 스콧은 내 마음속에 저 무시무시한 아름다움과 자유의 땅, 나의 남극에 어울리는 인물로 남아 있을까? 그건 스콧이 자신의 실패를 완전히 받아들였기 때문이다. 끝까지, 죽을 때까지 버텼기 때문이다. 마치 스콧은 그 삶이 자신이 해야 할 이야기이며, 끝을 제대로 맺어야 한다는 사실을 알았던 것만 같다.

이 말은 경솔한 폄하 발언으로 보일지도 모르겠다. 당연하다. 다섯 명의 죽음은 "그냥 이야기"가 아니다.

하지만, 그렇다면 무엇이 이야기인가? 그리고 사람은 무엇을 위해 사는가? 물론 살아남기 위해 살지만, 단지 그것뿐인가?

아문센의 실리적이고 현실적인 관점에서, 스콧과 네 동료의 죽음은 막을 수 있는 일, 불필요한 일이었다. 하지만 아문센의 극점 여행은 어떤 면에서 필요했나? "이야! 내가 제일 먼저 갈 거야!" 하는 국가주의와 자기중심주의였을 뿐, 정당화할 도리가 없다.

스콧 일행이 마지막으로 걸음을 멈췄을 때, 그들의 썰매에는 아직도 자연사 박물관을 위해 모은 돌들이 무겁게 실려 있었다. 무척 감동적이다. 하지만 스콧 탐험대에 과학적인 동기가 있었다고 그의 극점 여행을 정당화하지는 않겠다. 스콧의 여행도 이기는 것 외에 다른 목표가 없는 경주에 불과했다. 그 여행은 경주에 졌을 때 비로소 진짜 목적지가 있는 진짜 여행이 되었다. 그리고 이 본질은, 이 여행이 다른 사람들에게 갖는 유용성은 스콧이 내내 쓴 기록에 있다.

아문센의 극점 질주 이야기는 흥미롭고, 유익하며, 어떤 면에서는 감탄스럽다. 스콧의 일기는 그 모든 면을 갖추고도 훨씬 더 나아간다. 나는 예술가가 쓴, 헤아릴 수 없는 가치를 지닌 개인 기록으로서 스콧의 일기를 버지니아 울프나 새뮤얼 피프스의 일기에 비견하련다.

스콧의 기질은 리더라는 위치에 그렇게 잘 어울리지 않았다. 야심과 열정 때문에 리더가 되기는 했지만, 융통성 없고 허영심 강하며 예측 불허인 성격 탓에 그 리더십은 재난이 될 수 있었다. 예를 들면 남극점까지 마지막 구간에 세 명이 아니라 네 명을 데려가기로 한 갑작스러운 결정이나, 그래서 세심하게 맞춰 두었던 보급품 준비를 다 뒤엎은 일이 그렇다. 스콧의 패배는, 스콧의 죽음은, 자기가 책임진 네 남자의 죽음까지도 모두 본인이 결정지었다. 스스로 "자초"했다. 그리고 스콧의 성격에는 분명 자기파괴적인 요소가 있었다. 하지만 스콧이 "실패하고 싶어 했다."고 한다면 말만 그럴싸할 뿐이고 정작 내가 본 것을 놓칠 수가 있다. 내가 보기에는, 스콧이 자신의 실패를 어떻게 받아들였냐가 진정 중요하다. 그는 실패에 온전히 책임을 졌다. 실패를 진실되게 증언했다. 이야기를 계속 해 나갔다.

"한 알의 밀이 땅에 떨어져 죽지 아니하면 한 알 그대로 있고 죽으면 많은 열매를 맺느니라."*

스콧이 일부러 자기를 희생했다고 생각하지는 않는다. 하지만 그의 행동은 영웅적이기보다 희생적이었다. 그리고 스콧이 패배와 고통과 죽음에서 구할 수 있는 바를 구하고, 모으고, 얻은 것은 영웅이 아닌 작가로서 한 일이었다. 스콧이 예술가였기에, 그의 증언은 한갓 실패와 고통을 유용한 비극으로 바꿔 놓는다.

스콧의 동료이며, 아마도 남극에 대해 가장 훌륭한 시각 기록일 그림들을 남긴 에드워드 윌슨 역시 남극점 여행기를 썼다. 윌슨은 스콧보다 훨씬 상냥하고 너그러운 사람이었고, 일기도 무척 감동적이지만, 스콧의 일기와 같은 힘은 없다. 윌슨의 일기는 예술 작품이 아니다. 기록은 하지만, 일어난 일에 대해 궁극적인 책임을 짊어지지는 않는다. 자아도취가 심하고, 고집스럽고, 집착이 강하며, 통제광이었던 스콧은 분명 타고난 예술가였다. 애초에 그런 사람에게 남극 탐험대를 맡기지 말았어야 했다. 그러나 스콧은 탐험대를 맡았고, 자기 이야기를 끝까지 하겠다는 결심이 너무나 맹렬한 나머지 얼음 위에 친 천막 안에 누워서 동료들의 시체에 둘러싸인 채 추위와 굶주림과 괴저로 죽어 가는 순간까지도 글을 썼다. 그리하여 남극은 우리의 것이 되었다. 스콧이 쟁취해 줬다.

* 요한복음 12장 24절, 개정개역본.

글쓰기에서 여자들의 전망 1986년

♀

나는 1986년 9월 포틀랜드에서 열린 '2000년도의 여자들'에 대한 컨퍼런스에서 '예술 분야의 여자들'이라는 패널에 앉으라는 초청을 받았다. 각 패널 참여자는 자기 분야에서 여자들의 전망에 대하여 10분씩 발언해야 했다.

여자들이 읽고 쓰기 능력을 얻고, 문자 언어라는 굉장한 권능을 갖게 된 지는 200년쯤밖에 되지 않았습니다. 그리고 여자들은 썼습니다. "위대하다"고 인정받은 여자들의 작품—예컨대 제인 오스틴, 브론테 자매, 에밀리 디킨슨, 조지 엘리엇, 버지니아 울프—은 다른 여자 작가들이 따라갈 길을 닦았습니다. 대부분 비평가와 문학교사들의 의식적/무의식적인 여성멸시(misogyny)로도 숨기거나 막을 수 없을 만큼 넓고 잘 뚫린 도로를요.

책과 잡지 출판에는 제가 아는 다른 어느 분야보다도 성차별이 적습니다. 물론 대부분의 출판사 사장은 남자들이지만, 대부분 출판사 주인은 이제 인간이 아니고 기업이죠. 출판계에서 일하는 많은 편집자와 다른 인간들은 여자이거나, 마초가 아닌 남자들입니다. 그리고 생존한 저자의 30퍼센트에서 50퍼센트는 여자들이에요. 그러니 재능과 끈기가 있다면, 여자가 글을 출판할 수 있고 출판합니다. 재능과 끈기에 행운까지 더해진다면, 여자의 글이 널리 읽히고 주목까지 받습니다. 하지만.

틸리 올슨*이 『침묵*Silences*』에서 입증했듯이, 30에서 50퍼센트의 책이 여자가 쓴 책이기는 해도 "문학"이라고 불리는 분야는 수십 년째 88퍼센트에서 90퍼센트는 남자의 것으로 남아 있습니다. 여자 작가의 작품이 아무리 성공하고, 사랑받고, 영향을 미쳐도 그 저자가 죽으면 십중팔구는 추천 목록과 강의와 앤솔러지에서 누락되는 반면, 남자 작가들은 남아요. 혹시 그 여자 작가에게 자식을 둘 배짱이 있었다면 누락될 가능성은 더 높아지죠. 그리하여 앤서니 트롤럽은 계속 나오는데 엘리자베스 개스킬은 무시당하거나, 너새니얼 호손은 끝없이 연구하면서 해리엇 비처 스토**는 역사의 주석으로만 가르칩니다. 대부분 여자들의 글은—어느 분야에서든 여자들이 이룬 대부분의 업적과 마찬가지로—남성주의자(masculinist) 여/남 교사와 비평가에게 중요하지 않고 부차적이라는 말을 듣습니다. 그리고 문학 스타일과 장르는 여자들의 글을 두 번째 자리로 밀어내기 위해 끊임없이 재정의되지요. 그러니

---

* 미국의 1세대 페미니스트, 작가.
** 『톰 아저씨의 오두막』의 저자.

여러분의 글이 진지하게 받아들여지기를 원한다면, 결혼도 하지 말고, 아이도 두지 말고, 무엇보다도 죽지 마세요. 정 죽어야 한다면 자살하세요. 저들도 자살은 괜찮다고 여기니까요.

여자 작가들이 어떤 난관에 맞서고 있는지 알려면, 유익한 우울을 원한다면 틸리 올슨을 읽고, 기분 좋게 격분하고 싶다면 조애나 러스의 『여자들이 글 못 쓰게 만드는 방법*How to Suppress Women's Writing*』 아니면 데일 스펜더의 훌륭한 『남자들이 만든 언어*Man Made Language*』를 읽어 보세요.

제 경험을 요약해 볼까요. 여러분의 작품이 무엇을 쓰고 어떻게 쓸지에 대한 남성의 관습과 기대에 들어맞지 않고 작가 자신의 몸과 영혼에서 진실하게 우러나오면 우러나올수록, 대부분의 편집자와 서평가와 보조금 주는 사람과 문학상 위원회는 좋아하지 않을 거예요. 하지만 그 모든 이들 사이에도 진짜배기가, 예술이 우선인 여자와 남자들은 있어요. 그 사람들을 믿어야 해요. 스스로를 믿어야 해요. 그리고 독자들을 믿어야 해요.

작가는 일의 절반만 할 뿐이에요. 책을 만들려면 두 가지가 필요하죠. 남자보다 여자들이 더 많이 책을 사고 읽어요. 그리고 지난 15년간 여자 작가와 독자들은 점점 더 힘을 얻고 서로를 인정하게 되었어요. 읽기에 대한 남성 지배에 저항하고, 여자들이 쓰고 읽고 싶어 하는 것들을 비웃는 남자들과 함께하기를 거부하게 된 거죠. 『노턴 여성작가 문학 앤솔러지』를 잡고 어디 여자들이 남자들에게 어떻게 쓰고 무엇에 대해 쓸지 보여 줄 수 없다고 말해 보세요! 영문학 교수들은 계속 우리들의 작품을 양탄자 아래에 쓸어 넣지만, 그 양탄자는 이제 바닥에서 붕 떠 있고, 괴물들이 그 밑에서 기어 나와서 영문학 교수들을 잡아먹고 있어요. 집안일은 여자의 일이었죠? 자, 그러니 양탄자를 털 때가 됐네요.

누가 버지니아 울프를 두려워할까요? 헤밍웨이부터 메일러까지, 멸종 위기의 어리석은 마초들은 다 두려워하죠. 여자가 살아온 경험을, 여자의 판단으로 쓰는 것보다 더 전복적인 행동은 없어요. 버지니아 울프는 1930년에 그 사실을 알고 말했지요. 우리들은 대부분 그 말을 잊어서 1960년대에 다시 발견해야 했어요. 하지만 이제는 여자들이 쓰고, 출판하고, 예술의 유대, 학문의 유대, 페미니스트 유대로 서로의 글을 읽은 지 한 세대가 다 됐어요. 계속 이렇게 한다면 2000년도쯤에는—역사상 처음으로!—한 세대 이상 사회에서 활동적이고 창조적인 세력으로 의식을 갖고 살아 있는 여자들의 통찰과 발상과 판단을 갖게 되겠지요. 그리고 우리의 딸과 손녀딸들은 우리처럼 0에서부터 시작하지 않아도 될 거예요. 여자들의 말, 여자들의 작품을 살아 있고 힘 있게 지키는 것…… 전 그게 지금부터 15년간, 그리고 또다시 50년간 작가이자 독자로서 우리가 할 일이라고 생각해요.

텍스트, 침묵, 연행 1986년

이 글은 1986년 가을 버클리의 캘리포니아 대학 캠퍼스에서 컴포저스 사*를 위해서 강연한 내용이다. 원래 의도했던 낭독 대부분을 생략해야 했고(미끼로 「She Who」를 남기기는 했다.), 무대에서 우리가 선보이려고 했던 텍스트/음악 작품에 대해 이야기해 준 나의 작곡가-협업자 엘리너 아머도 종이 지면에 함께 할 수는 없었기 때문에, 출판 준비 과정에서 내용을 대폭 줄이고 이리저리 손을 대야 마땅했다. 하지만 제대로 된 에세이가 되도록 모든 주름을 펴는 것도 이 글의 주제에 맞지 않는 일 같았다. 이 강연은 연행(performance)이었고, 그래서 지면으로 보면 글로 적은 모든 구전 작품이 그렇듯 기이하고 불완전한 느낌이 있다.

인쇄된 말은 재생산할 수 있습니다. "일출"이라는 말은 타이프라이터나 컴퓨터 화면이나 인쇄물로 찍거나 인쇄할 수 있고, 그건 같은 말의 재생산이에요. 당신이 "일출"이라는 말을 손으로 쓰고, 그 후에 내가 손으로 쓴다면, 동일성은 조금 구겨지거나 상

* Composers Inc. 살아 있는 미국 작곡가들을 위해 만들어진 비영리단체.

했을지는 몰라도 내가 그 말을 재생산하고, 복제한 거죠. 하지만 당신이 "일출"이라고 말하고 내가 "일출"이라고 말한다면, 그래요, 우리는 같은 말을 하는 것이고, 반복은 몰라도 재생산이라고는 말할 수 없어요. 그 둘은 매우 다르죠. 누가 말했는지가 중요해요. 발화는 사건이에요. 일출 자체는 거듭거듭 일어나고, 실제로는 지구가 돌기 때문에 끊임없이 일어나지만, 그렇다고 "같은 일출이다."라는 말이 논리적이 될 수는 없어요. 사건은 재생산할 수 없어요. O라는 글자와 M이라는 글자가 "OM"이라는 말을 "이룬다(make)"는 건 상징과 사건을 혼동하는 일이에요. 마치 손목시계를 행성 자전으로 착각하는 꼴이죠. "옴"이라는 말은 소리이고, 사건이에요. 그 말을 하려면 시간이 "필요해요". 말은 시간을 "이뤄요(makes)". 그 소리를 내는 도구는 호흡이고, 우리는 살아 있기 위해 거듭거듭 호흡을 해요. 사실 소리는 기계적으로 재생산할 수 있지만, 그때는 살아 있기를 멈춘 거예요. 사건이 아니라, 사건의 그림자일 뿐이죠.

종류야 무엇이든 간에, 글쓰기는 말을 시간 바깥에 고정시키고, 침묵시켜요. 쓰인 말은 그림자예요. 그림자는 침묵하죠. 독자가 그 죽지 않은 죽음에 생명을 다시 불어넣고, 침묵에는 소음을 불어넣어요.

과거 사람들은 글이라는 게 귀에 들리는 신호를 볼 수 있는 신호로 옮긴 것임을 자각하고 있었고, 그래서 큰 소리로 읽었어요. 말에 숨을 불어넣은 거죠. 로마인들은 누군가가 앉아서 소리 없이 읽는 모습을 보았다면 서로를 팔꿈치로 찌르며 낄낄거렸을 거예요. 아벨라르와 아퀴나스는 만화책 읽는 젊은이들처럼 입술을 움직이면서 읽었고요. 중국의 서고에서는 경극을 볼 때만큼이나 시끄러워서 머릿속의 생각도 들을 수 없을 지경이었어요.

남성 엘리트층이 문자를 자기네 특권으로 지키는 동안에는 대부분 사람들이 텍스트를 사건으로 알았어요. 우리가 문학이라고 부르는 것은 곧 낭송이었죠. 살아 있는 사람들이 한데 모여서, 어느 정도 고정된 서사나 다른 공식적인 구조를, 반복과 전통적인 표현과 크고 작은 즉흥 변형을 써 가면서 말하고 듣는 과정이었어요. 그것이 『오디세이』였고, 『바가바드 기타』였고, 『토라』였고, 『에다』였고, 모든 신화, 모든 서사시, 모든 민담, 백인 정복 이전 북아메리카와 남아메리카 전체와 아프리카 대부분의 문학이었으며, 아직도 뉴기니에서 슬럼가에 이르기까지 많은 문화와 하위문화의 문학이에요.

그렇지만 우리는 언어 예술을, 예술로서의 언어를 "글쓰기"라고 부르죠. 나는 작가예요, 그렇죠? 문학은 말 그대로 문자를, 알파벳을 의미해요. 사건으로서, 연행으로서의 구술 텍스트는, 구전 텍스트는 아기들이나 눈이 보이지 않는 사람들, 유권자들, 강의하는 사람들의 말을 들으러 가는 사람들 아니고는 쓰지도 않는 원시적이고 "저급한" 형태로 평가 절하됐어요.

실제로 여기에서 우리가 하는 일은 뭐죠. 제가 강의하고, 여러분은 듣고 있나요? 아주 전통적이네요. 우린 구술성(orality)에 탐닉하고 있어요. 불법은 아니지만, 조금 변태적이긴 해요. 품위도 없죠. 구술 텍스트는 문자 텍스트보다 "열등"하다고 여겨지니까요. 이제 문자 텍스트라는 건 손으로 쓴 게 아니라 인쇄한 것을 말하고요. 우리는 인쇄의 힘에 가치를 두는데, 그건 무제한의 재생산성이에요. 인쇄는 바이러스와 같아요.(이제는 생식 능력도 바이러스 같다는 말에 포괄하죠.) 현대 서구 문명의 모델은 바이러스예요. 주변 환경을 끝없는 자기 재생산으로 바꿔 놓는, 순수한 정보의 조각.

하지만 말은 정보가 아니에요. "fuck"이라는 말의 정보 가치가 뭘까요? "OM"이라는 말은요?

정보는 말의 한 가지 가치 또는 측면이에요. 또는 한 가지 가치 또는 측면이 될 수 있어요. 다른 가치와 측면들도 있죠. 소리도 한 가지 측면이에요. 의미는 꼭 부재 지시대상(absent referent)과의 관계를 암시하지 않아도 됩니다. 사건 자체를 의미로 여길 수 있어요. 예를 들자면 일출이 그렇고, 소음이 그렇죠. 말은 애초에 소음이에요. 컴퓨터에는 정보를 제외한 말의 모든 측면이 "소음"이죠. 하지만 우리는 컴퓨터가 아니잖아요. 우리가 굉장히 똑똑하지는 않을지라도, 컴퓨터보다는 똑똑하죠.

마침 내가 말하는 바를 실행하기 딱 좋은 때이니, 여기에 구전 문학 이야기 한 조각을 내놓습니다. 우리가 보통 구전 문학을 읽을 때 보게 되는 형태로 적혀 있죠.

> 그때 위대한 그리즐리 베어는 그 사실을 알아차렸다. 그녀는 화가 났고, 뛰쳐나가서, 자신을 야단치던 남자에게 돌진했다.

그 남자의 집 안으로 돌진하여, 그 남자를 잡아 죽였다. 그녀는 그 남자의 살을 갈가리 찢고 뼈를 부러뜨렸다. 그런 다음 떠났다. 이제 그녀는 자기 동족과 두 아이를 기억해 냈다. 그녀는 무척 화가 나서, 집으로 갔다.

프란츠 보아스는 이야기를 이런 형태로, 그러니까 정보 형태로 썼어요. 심시안* 문화에 대해 모으고 있었던 정보의 일부였지요. 하지만 그 전에, 처음에는 자신을 위해 연행되는 대로 듣고 심시안의 말로 적었어요. 그런 다음에 행간까지 그대로 영어로 번역했죠. 그 번역을 숨 쉬는 대로 배열하면 이렇게 읽혀요.

그때 그녀는 알아차렸지,
  위대한 그리즐리 베어는.
그리고 그녀는 나왔네,
  마음이 아픈 채로.
그리고 재빨리 그 남자에게 달려 나갔지.
  크게 성이 나서.

그리고 그녀는 그 남자가 있는 곳으로 갔지
  그녀를 야단치던 자.
그곳으로 들어가서 우뚝 섰네.

---

* Tsimshian. 캐나다와 알래스카 등, 태평양 북서부 연안에 주로 거주한 아메리카 원주민

그런 다음 그 남자를 잡았어.
그런 다음 그 남자를 죽였어.
죽어 버렸지,
  그 남자는.
온통 살점이 찢기고
온몸의 뼈가 부러졌다네.

그녀는 바로 갔네.
자기 동족들을 기억한 거야.
  두 새끼가 있는 곳을.
그래서 위대한 그리즐리 베어는 갔네.
화가 나고,
  마음이 아픈 채로.

(내가 여기 이해를 돕는 구절들을 가져온) 바 톨켄*의 말마따나, 문자 그대로의 번역은 직접적이고, 극적이고, 기묘합니다.(*) 그런 번역에는 속도와 리듬이 있어서, 소리 없이 읽을 때도 그 리듬을 듣게 되지요. 보아스는 그 구절을 산문으로 바꿔 놓았습니다. 몰리에르의 희곡에 나오는 사람이 말하다시피, "내가 평생 산문으로 말하고 살았단 말입니까?" 하지만 사실은 그렇지가 않았어요. 산문은 쓰기 기술의 산물입니다. 심시안 텍스트는, 그리고 보아스가

* Barre Toelken. 미국의 민속학자.

처음 했던 옮겨 적기는 산문도, 시도, 희곡도 아닌 '구전 연행의 채록'이었어요.

[*작가 주: 바 톨켄과 타키니 스콧, 「시적인 재번역과 옐로맨의 '예쁜 말'*Poetic Retranslation and the 'Pretty Languages' of Yellowman*」, 칼 크로버 편집 『아메리카 인디언의 전통 문학: 텍스트와 해석*Traditional Literatures of the American Indian: Texts and Interpretations*』(Lincoln:University of Nebraska Press, 1981) 수록. 내가 이 강연 글을 쓸 당시 이 매혹적이면서도 복잡한 주제에 들어갈 안내서라고는 이 앤솔러지와 델 하임스가 『"나는 헛되이 당신에게 말하려 했지": 아메리카 원주민 민속시학에 대한 에세이*"In vain I tried to Tell You": Essays in Native American Ethnopoetics*』(Philadelphia:University of Pennsylvania Press, 1981)에서 한 작업, 데니스 테드록이 『구어와 해석 작업*The Spoken Word and the Work of Interpretation*』(Philadelphia:University of Pennsylvania Press, 1983)에서 한 작업, 그 외 위대한 구전 구술 전통 작품의 번역에 관심 있는 다른 이들의 작업뿐이었다. 예외로 월터 J. 옹의 『언어의 존재 양상: 어떤 문화사와 종교사 입문*The Presence of the Word: Some Prolegomena for Cultural and Religious History*』(Minneapolis:University of Minnesota Press, 1981)이 있다. 아메리카 원주민의 구전 예술에서 해당 주제로 들어가려면 기록 문학이 우월하다거나 우수하다는 가정을 건너뛰고, 연행을 부차적이고 하찮은 미학 범주로 치부하는 오만함을 떨쳐 내야 한다. 그러면 다음과 같은 진술을 걱정하는 데 낭비할 많은 시간을 아낄 수 있다. "한편 진실은 단순하고 분명하다. 같은 시에 대한 연행은 많이 있고, 많은 면에서 서로 다르다. 연행은 사건이지만, 시 자체는, 만약 시

가 있다면, 반드시 오래가는 대상이어야 한다."(윔셋과 비어즐리를 인용한 로만 야콥슨을 인용한 엘리자베스 파인) 나는 이 말을 오래 생각하면 할수록 선명하지도 단순하지도 진실하지도 않아진다고 말해 두는 것이 공정하다고 생각한다.

이 책에 싣기 위해 강연글을 다시 고친 후, 나는 파인의 뛰어난 저서 『민속 텍스트: 연행에서 인쇄로*The Folklore Text: From Performance to Print*』(Bloomington: Indiana University Press, 1984)를 접했고, 이 책은 나를 다시 리처드 바우만의 『연행으로서의 구술예술*Verbal Art as Performance*』(Prospect Heights,Ill.: Waveland Press, 1984)과 아널드 벌런트의 『미학의 장*The Aesthetic Field*』(Springfield,Ill.: Charles C. Thomas, 1970)으로 안내했을 뿐만 아니라 진정 선명하고도 단순하게 이 영역 전체에 걸친 현재 작업과 이론을 요약하고 종합하기까지 했으나, 그렇다고 그것이 최종 진실이라 주장하지는 않는다. 내 글을 통해 엘리자베스 파인의 책, 아니면 현재 고전과 현대 아메리카 원주민 문학이라는 영역에서 문학 이론과 실천에 일어나고 있는 멋진 일들을 찾게 되는 독자가 있다면 이 글은 목적을 훌륭하게 수행한 셈이 되리라.]

원래는 음악도 구전 텍스트처럼 낭송했어요(recited).(우리는 아직도 음악 솔로 공연을 "리사이틀(recital)"이라고 하죠.) 외워서, 모방하고 암기해서, 원본을 거의 정확하게 반복해서 연행했지요. 상당한 변형의 자유가 주어지거나, 구조와 기술 면에서 강력한 관습에 따라 즉흥성을 더하기는 했지만요.

음악의 표기는—악보 쓰기와 그것을 인쇄하는 수단, 이제는 원고를 무한히 재생산할 수 있게 만들어 준 복사 기술까지—음악 작곡과 연행 양쪽 모두에 큰 영향을 미쳤습니다. 그러나 표기에 적극적으로 저항하거나 표기를 피하는 음악은 많이 있어요. 가장 활발한 동시대 음악 중에도 있지요.(재즈, 신시사이저 작곡……) 그리고 써 놓은 음악은 어떤 경우에도 연행을 대체하지 못했어요. 우리는 교향악단이나 록 콘서트에 가서 각자 자리에 앉아 말없이 악보를 읽지 않아요.

그런데 도서관에서는 그렇게 하죠.

왜 그런 일이 말에만 일어나고, 음악에는 일어나지 않았을까요? 멍청한 질문이지만, 나에겐 그 질문의 답이 필요해요. 어쩌면 음표는 순수한 소리이고, 말은 순수하지 않은 소리라서일까요. 말은 의미를 갖고 상징하는 소리죠. 순수한 정보가 아닌데도 기호이거나, 기호로 기능할 수 있고요. 그것이 기호인 한 똑같이 임의적인 다른 기호로 대체될 수 있고, 이 기호는 시각 기호가 될 수 있어요. 음표 자체에는 어떤 상징 가치도 없고, 어떤 "의미"도 담겨 있지 않기에 기호로 대체될 수가 없어요. 오직 기호로 지시할 수 있을 뿐이죠.

발화한 말과 노래한 음표는 둘 다 귀라고 하는 복잡한 나선형의 육체 관문을 통해 정신으로 들어갑니다. 글로 적힌 시나 악보로 적힌 노래는 눈이라는 투명한 수신기를 통과하여 속에 있는 정신적인 귀를 찾아요. 음악의 경우, 이 눈이라는 우회로는 편의이며 들러리에 불과해요. 음악은 소리를 내고 들리는 무엇으로 계속 존재하지요. 하지만 글로 적힌 말은 바깥의 귀와 안의 귀를 다 지나쳐서 비감각적인 이해에 이르는 우회로를 찾아냈어요. 육체를 극복한 지름길인 셈이죠. 글로 적힌 텍스트는 순수한 기호로, 오직 의미로만 읽힐 수 있어요. 우리가 그러기 시작했을 때, 말은 사건이기를 멈추었지요.

불평하는 건 아니에요. 글쓰기가 아니었다면, 책이 아니었다면 내가 어떻게 역사학자와 결혼한 소설가일 수 있겠어요? 문자 언어는 지식 저장과 보급에 있어서 가장 위대한 기술이고, 인간 문화에 가장 우선하는 행위예요. 문자 언어는 우리에게 과학, 참고, 사실, 이론, 사상이 담긴 책이 가득한 도서관들을 안겨 줬죠. 우리에게 신문을, 일기를 줬어요. 회사 내 메모를 주고, 괴상한 냄비 집게와 전자 템페 강판이 담긴 카탈로그를 주고, 한때는 숲이었던 종이에 인쇄한 연방 삼림파괴 위원회 보고서를 안겨 줬죠. 그래요. 우리는 읽고 쓰는 존재(literate)예요. 그리고 정보 이론과 컴퓨터가 같이 연결되어 있다 보니 이제는 문자 처리기(word processors)이기도 하죠. 멋지죠. 하지만 왜 우린 한 가지 모드에 스스로를 가두는 걸까요? 왜 이것 아니면 저것이죠? 우린 이진법의 존재가 아닌데요. 왜 구술 텍스트를 문자 텍스트로 대체했을까요? 둘 다 있을 자리가 없나요? 구술 텍스트는 저장 공간조차 차지하지 않아요. 자가 재생되고 펄프도 필요 없어요. 왜 우리는 말이 음악처럼 굴고 저자는 그냥 "쓰는 사람"이 아니라 언어라는 도구의 연주자가 되는 흥미로운 시간을 버리고 경멸한 걸까요?

그래요, 무대가 있지요. 연극은 인쇄가 되지만, 연극의 생명은 여전히 연행에, 배우들의 호흡에, 관객들의 반응에 있어요. 그러나 희곡은 이제 우리 문학의 중심이 아니에요. 현시점에서는 연극 언어의 미학적인 힘도 희곡의 중심이 아니에요. 르네상스 연극의 힘과 영광은, 최근으로 꼽자면 극작가 존 밀링턴 싱 같은 연극의 힘과 영광은 그 언어에 있어요. 하지만 지난 50여 년간 우리는 극장에서도 바깥에서 흔히 쓰는 말을 골라 흉내 내는 데 만족했어요. 어쩌면 영화와 TV의 영향 탓도 있을지 모르겠네요. 연극은 말, 오직 말의 예술이죠. 영화에서는 말이 부차적이에요. 시각 매체에서는 가장 강력한 미학적 가치가 언어에 있지 않아요.

그렇다고 해서 말이 대부분의 영화와 TV 드라마에서처럼 지독한 취급을 받아야 한다는 뜻은 아니에요. 이런 매체는 말을 쓰레기 매립지처럼 이용해요. 탁월한 청각 매체이며, 초창기 몇십 년간은 진짜 언어-극을 많이 했던 라디오마저도 지금은 뉴스와 날씨를 전하는 데에만 말을 사용해요. 토크쇼는 예술이 아니고, 록 가사는 점점 더 미발달 언어가 되어 가요. 공영방송에 라디오극이 소소하게 돌아오기는 했고, 공영방송 라디오 낭독 덕분에 출퇴근 정체 중에 들을 낭독 카세트 수요가 생기기는 했지만, 그건 여전히 출판에 붙은 곁다리에 불과해요. 우리의 텍스트는 여전히 침묵해요.

내가 예술로서의 언어를 어디에서 들었을까요? 몇몇, 몇 안 되는 연설…… 마틴 루서 킹의 연설 같은…… 캠프파이어에서 나온 말솜씨 좋은 유령 이야기 몇 가지, 그리고 정말 웃겼던 지저분한 농담 몇 번…… 그리고 우리에게 아홉 살 때 겪은 1906년 지진 경험을 이야기해 주던 80세의 우리 어머니. 빌 코스비의 「치킨하트*Chickenheart*」나, 미학적으로 바그너보다 훨씬 뛰어난 애나 러셀 버전의 「반지*Ring*」처럼 대단한 텍스트를 연행한 코미디언들. 라이브로나 테이프로 낭송한 시인들, 그리고 낭독이 아니라 공연을 하는 소설가들에게서도 들었지요. 이들은 산문의 선수라고 할 만하죠. 하지만 아마추어들에게서도 들었어요. 큰 소리로 서로에게 낭독을 해 주는 사람들. 그리고 내내 말하려던 핵심이 바로 그거예요. 소리 없이 읽을 수 있다면, 큰 소리로도 읽을 수 있다는 것. 물론 연습이 필요하지만, 기타 연주와 비슷해요. 전설의 기타리스트가 될 필요는 없어요. 그저 기타 줄을 뜯으면서 즐거움을 누릴 수 있어요. 그리고 두 번째 핵심인데, 우리가 소리 없이 읽으라고(입술을 움직이고 있잖니!) 배운 많은 글이 큰 소리로 읽으면 더 좋아요.

물론 소리 내어 읽기는 어린이책의 기본 방식이죠. 그 방식을 묵독하는 성인용으로 쓴 문학 작품에 적용하면, 긍정적으로든 부정적으로든 놀라운 결과를 얻을 수 있어요. 예를 들어 요새 유행하는, 특히 "미니멀리스트" 소설에 많이 쓰는 현재 시제는 눈으로 읽으면 전통적인 과거 시제보다 더 가볍고 즉각적인 인상을 주지만, 큰 소리로 읽으면 신기하게도 부자연스럽고 인공적으로 들려요. 텍스트와 독자의 거리를 벌리는 현재 시제의 근본 효과가 뚜렷해지죠. 또 예를 들어 볼까요. 지난봄에 제인 오스틴의 『설득』을 서로에게 읽어 준 후, 내 배우자와 나는 시험 삼아, 큰 기대 없이 버지니아 울프의 『등대로』를 읽어 보기로 했어요. 오스틴이 글을 썼을 때는 사람들이 아직 많이들 소리 내어 읽었고, 작가도 자기 텍스트를 듣고 목소리에 운율을 맞춘 게 분명했지요. 하지만 울프는, 너무나 지적이고 교묘하고…… 그래서, 우리가 겪은 문제라고는 오직 터져 나오는 눈물, 기쁨의 고함, 그 외에 다른 지적 흥분과 주체할 수 없는 감정 표현에 낭독이 자꾸 지연되었다는 사실뿐이었어요. 가능하다면 난 두 번 다시 버지니아 울프를 소리 없이 읽지 않을 거예요. 그렇게 읽으면 울프의 작품 절반은 놓치는 거예요.

시에 대해서라면, 비트 세대*가 시에 다시 숨을 불어넣었고, 그 후에는 최초의 딜런 토머스 녹음과 더불어 캐드먼 레코드**가 왔지요. 그리고 요새는 모든 시인이 진지하게 자기들의 시는 듣기 위해 쓴다고 말해요. 그 말에는 조금 회의적인데요. 어떤 시인들은 잡지 페이지에 인쇄되도록 쓴다고 생각하거든요. 그 사람들의 시는 연행하면 뻣뻣하달까, 활기가 없어서 말이에요. 반대로 페이지 위에는 잘 어울리지 않는 시가 목소리에서는 멋지게 살아나기도 하죠. 하지만 시인은 잡지에 발표해야 시인이 되기에, 아직도 소리 없이 읽히는 작품 쪽이 더 가치 있게 여겨져요. 소리 냈을 때 더 훌륭한 시는 구술 텍스트에 대한 흔한 경멸을 다 동원하여 "공연용"으로 치부당할 수 있어요. 원시적이고, 조잡하고, 반복적이

* 1950년대에 유행한 문학 경향으로, 획일화와 동질화에 저항하며 민속음악과 전원생활 등을 중시했다.
** 오디오북을 전문으로 다룬 레코드 레이블.

고, 순진하고, 기타 등등, 기타 등등. 구술용 시에 적절한 기술이 인쇄에서는 어색한 경우가 있어요.(한 단어 시행이나 타이포그래피 속임수 같은 '눈으로 보는 시' 전용 장치들이 공연에서는 쓸모없거나 더 나빠지는 경우처럼요.) 테드 휴즈나 캐럴린 카이저처럼 양쪽 모두에서 다 제대로 통하는 시인은 흔치 않아요.(그러면서도 잡지 장로들에게는 "흔하다"고 폄하당하는 경향마저 있죠.) 아무래도 현재는 남자들보다 여자들이 더 목소리-시에 관심이 더 많은 것 같아요. 여자들은 "문학"에 대한 마초-장로들의 통제에서 벗어나기 위해 일부러 살아 있는 목소리에, 수명이 짧고 전복적인 연행에 의지할 수도 있겠지요. 이 점에 대해 생각하게 해 준 시 한 편은 『어느 평범한 여자의 작업*The Work of a Common Woman*』(St. Martin's Press, 1978)에 수록된 주디 그랜의 「She Who」인데요, 꼭 큰 소리로 읽어야지, 소리 없이 읽을 수가 없는 시예요. 인쇄해 놓으면 악보처럼 보여서, 연행을 지시하는 느낌이 들어요.

She Who

She, she SHE, she SHE, she WHO?
she—she WHO she—WHO she WHO—SHE?
She, she who? she WHO? she, WHO SHE?

who who SHE, she—who, she WHO—WHO?
she WHO—who, WHO—who, WHO—who, WHO—

who…….

She. who—WHO , whe WHO. She WHO—who SHE?
who she SHE, who SHE she, SHE—who WHO-
She WHO?
She SHE who, She, she SHE
she SHE, she SHE who.
SHEEE WHOOOOOO

(이 강연을 계획하다가 태극권의 달인 다리우의 책에서 도가의 호흡을 이렇게 묘사한 것을 발견했어요. "입을 벌리고 숨을 내쉬고 들이쉬는 소리인 후, 쉬……는 조화를 이끌어 낸다." 들었어요, 주디?)

그런 작품이 주위에 있었다니, 왜 내가 평생 침묵 속에서 일해야 했던 걸까 의문이 들더군요. 마치 언제나 '쉬잇'거리고 돌아다니는 거대한 사서를 둔 거대한 도서관에서 글을 쓰는 것처럼 일했잖아요…….

제 지난번 작품 『언제나 집으로 돌아와』에는 '케시'라는 존재하지 않는 캘리포니아 사람들이 나오는데, 이들은 구술 문학과 문자 문학 양쪽 전통을 활발하게 갖고 있고 한쪽을 위해 다른 쪽을 버린 적이 없다고 나와요. 책에 실린 많은 케시 문학 번역은(어쩌다 보니 케시어는 그런 번역본이 대부분 만들어진 이후에야 존재하게 되었지만) 연행 텍스트이며, 음악과 마찬가지로 소리일 때 제대로 존재하는 운문이나 서사나 극을 표기한 내용입니다. 우리 소설처럼 말없이 읽도록 쓴 소설도 있고, 큰 소리로 전한 이야기의 필사본도 있어요. 즉흥적인 이야기부터 고정된 의례용 암송에 이르기까지요. 대부분의 케시 시는 행사용(occasional)이에요. 괴테에 따르면 최고의 시 형식이죠. 그리고 대다수가 우리가 아마추어라고 부르는 사람들, 바느질을 하거나 요리를 하듯이 평범하고도 필수적인 삶의 일부로, 평범한 기술로 시를 짓는 사람들의 작품이에요. 그런 시나 바느질, 요리는 당연히 수준이 천차만별이죠. 우리는 극도로 수준 높은 시만이 시라고 배웠어요. 시는 대단한 무엇이고, 시를 쓰려면 프로여야 한다고, 아니 사실 읽으려고만 해도 프로여야 한다고 배웠어요. 소수의 시인과 많고 많은 영문학부를 살려 두는 게 그런 가르침이죠. 그건 좋아요. 하지만 난 다른 것을 추구해요. 아름다운 패스트리가 아니라 매일 먹는 빵으로서의 시, 걸작이 아니라 평생 하는 일로서의 시를요.

시에 대해 그런 태도를 갖는다고 시인의 특별한 재능이나, 끈기 있는 기교나, 다루기 힘든 기술을 가치 절하할 수 있다고는 믿지 않아요. 셰익스피어는 신사라면 누구나 소네트를 쓰던 시절에 글을 썼어요. 어떤 예술이 흔하게 이루어지는 상황이야말로 전문 예술가의 수준을 가장 확실하게 담보하는지도 몰라요.

"이차적인" 전문가, 그러니까 비평가나 영문학 교수는 비전문가의 시는 기준선이 더 낮다고 말하고 싶어 할지 모르죠. 하지만 케시는 가치가 높다거나 낮다거나 하는 말을 쓰지 않았어요. 나도 마찬가지예요. 케시 사람들은 가치가 어디에 있는지, 자신들이 무엇을 귀히 여기고 상찬하는지 설명하기 위해 중심이냐 덜 중심이냐는 말을 썼죠. 그리고 시는 중심에 있었어요. 놀랄 일도 아니지만, 나에게도 그래요.

하지만 기준이 달라야 한다는 점만은 동의해요. 아주 달라야 하죠. 우리의 시와 시 비평이 "전문적"이었고, 이는 곧 남성 주도였다는 뜻인 이상, 나는 최대한 그 기준을 전복하려고 해요. 남성주의 시학은 철저히 여성의 부재, 여자와 자연의 대상화에 기대고 있어요. 케시의 시가 다른 건 못하더라도 자크 라캉의 눈에 침은 뱉거든요.

난 몇 년 동안 케시어를 번역한 후에 다시 제1언어인 영어로 돌아왔어요. 하지만 변했죠. 그동안 나는 여자말을 했고, 계속 소리 없는 말이 아니라 그 목소리로 작업하고 싶었어요. 그와 동시에, 사운드 스튜디오에서 기술자들과 작은 일을 해 보고는 그 사람들의 재능과 예술에 큰 감명을 받았지요. 이렇게 두 가지 관심이 자연스럽게 녹음테이프로 모였어요. 오디오테이프는 물론 주로 재생산하고, 무제한 복사물을 만들기 위해 쓰이죠. 하지만 말하는 목소리를 대상으로 하고, 다이나믹스와 피치 체인지, 더블트래킹, 커팅, 그리고 음향 기술자의 온갖 솜씨와 책략과 점점 더 개선되는 악기들을 이용하면 그 자체가 예술 매체로 쓰일 수 있어요. 시인들은 인쇄(이것 또한 재생산 기술이었죠.)가 새로웠을 때 그랬듯이 여기에서도 새로운 게임을 벌일 수 있어요. 시인이 그런 기계를 사서 기술자가 될 수 있다면 또 모르지만, 그렇지 않은 한은 협업 작품이 되어야겠죠. 하지만 모든 연행은 협업이에요. 거대한 하나의 자아 여행으로서의 시는 시라는 예술의 한 가지 형태에 불과해요. 똑같이 즐거울 수 있고 똑같이 힘들 수 있는 다른 형태들이 있어요.

물론 오디오 시가 연행은 아니죠. 테이프를 산다면, 사건이 아니라 재생산물을 갖는 거예요. 살아 있지도 않지만 죽지도 않는 그림자를 갖는 거죠. 그래도 그건 침묵이 아니에요. 적어도 그 텍스트는 살아 있는 목소리로 짜여 있어요.

"누구 책임인가?" 1987년

1987년 봄, 미국 SF 작가 회보에 싣기 위해 패멀라 사전트, 이언 왓슨, 조지 제브로스키가 몇 작가에게 다음 질문에 대한 답변을 요청했다. "SF는 어떠해야 하는가? 지금 모습대로인가? SF의 현재 상태는 누구 책임인가?"

처음에는 답변하기를 망설였는데, 내가 SF 작가이기는 하지만 SF만 쓰는 작가가 아니고, 아마도 모든 작품을 SF로 쓴 작가들만큼 순수하게 내부로부터 SF계를 알지는 못할 터이기 때문이었다. 내가 뭐라고 그 사람들에게 이러니저러니 한단 말인가? 하지만 그런 생각을 하다가 SF에 대해 글을 쓰는 몇몇 사람들이 내가 "SF에 등을 돌렸다"고, 도망쳤다고, 주류의 세계로 가 버렸다고, 동부 문학 기득권의 명성과 돈을 좇아갔다고, 변절자라고 하기 전까지는 내가 그런 데 신경 쓴 적이 없다는 사실을 깨달았다. 이 모든 말에 조금 화가 나기도 했지만 신경 쓰게 되기도 했던 셈이다. 그런 자의식을 마주한 나는 이 주제에 대해 대단히 할 말이 많지는 않다 해도 나서서 말해야겠다고, 침묵당하지 말아야겠다고 결심했다. 내가 SF만 쓰는 작가는 아닐지라도 SF 작가이기는 하고, 그러므로 이 모든 것에 대해 평소처럼 열렬한 감정을 느낄 권리가 있기 때문이다.

"SF는 어떠해야 하는가? 지금 모습대로인가?"

내 안의 가장 시끄러운 자아들—즉 도덕주의자, 설교자, 입법자, 똑똑이들은 다 뭔가가 "어떠해야 한다"는 말을 해 달라면 좋아하고, SF가 어떠해야 하는지나 SF가 무엇인지에 대해 그다지 확신하지 않는 내 마음의 좀 더 부드러운 목소리들—즉 이야기꾼, 시인, 페미니스트, 광대들의 목소리를 묻어 버린다. 하지만 여기 있는 모두가 세 번째 질문, "SF의 현재 상태는 누구 책임인가?"에 대해서는 의견이 같다. 그 질문에는 만장일치로 답하겠다. SF를 쓰고 읽는 사람들 외에는 아무도 SF에 책임이 없다고.

편집자, 출판사, 에이전트, 서적상, 프로모터, 북클럽, 팬 조직, 수상 위원회, 서평가, 비평가, 문학 교사와 글쓰기 교사, 그 모두가 무엇이 SF로 쓰이고 읽히는지에 거대한 영향을 행사한다. 그리고 편집자, 출판사, 특히 서점 체인은 큰 통제력을 행사한다. 그러나, 그렇다 해도 그들이 책임이 있다고 생각하지는 않는다. 통제는 대상에 행사하는 힘(power-over)이다. 대상 자체를 좌우하는 힘(power-to)이 있을 때라야 책임이 있다.

인쇄물과 작가/독자의 자율성과 책임을 시장이, 마케터가, 검열이 통제하려고 하면 행복하게 두 영역이 포개지거나, 파괴적으로 충돌한다. 이 나라에서는, 시장 압력이 어마어마하고 간접 검열이 존재하기는 한다 해도, 우리 힘의 영역이 얼마나 큰지는 상당 부분 우리에게(그러니까 작가와 독자에게) 달려 있다고 생각한다. 물론 어느 단계에서든 우리가 우리 일의 통제권을 저들(중개인인 저들)에게 넘긴다면 저들은 받을 것이고, 우리가 자율적으로 행동할 영역은 줄어들 것이다. 저들이 우리에게 이것이 필요하다고, 이것이 팔릴 거라고, 다른 사람들이 원한다고, 우리가 "해야 한다"고 말하는 바가 아니라 우리가 쓰고 읽기로 선택한 바를 쓰고 읽을 책임을 받아들이면 우리 힘의 영역은 커진다. 개인적으로도, 작가와 독자 공동체의 일원으로서도 그렇다.

지금은 많은 사람들이 SF에 대한 시장의 통제가 다른 선택지와 가치들을 지배하도록 허용하는 추세이고, 그에 따라 SF인들 사이의 공동체 감정도 전보다 약해 보인다. 하지만 우리가 시장을 위해 쓰거나, 비평가를 위해 쓰거나, 사랑을 위해 쓰거나, 팬들을 위해 쓰거나, 생존을 위해 쓰거나, 그 모든 것을 위해서 쓰거나, 그 중 아무것을 위해서도 쓰지 않거나, 여러 가지가 섞여 있거나 상관없이, 나는 우리 말고 누가 우리의 말에 대해 비난받거나, 상찬받거나, 책임질 수 있을지 모르겠다.

갈등 1987년

대학 글쓰기 강의에서 쓰는 매뉴얼을 보면, 그리고 글쓰기 워크숍 참여자들의 말을 들어 보면 이야기란 갈등의 진술이며, 갈등이 없으면 플롯이 없고, 서사와 갈등은 떼어 놓을 수 없다는 생각을 널리 받아들이는 모양이다.

자, 이야기 안에서 뭔가 일이 일어나야 한다는 데에는 나도 동의한다.(아주 일반적으로, 넓게 표현했을 때 그렇다. 실제로는 모든 일이 이미 일어났거나, 앞으로 일어나려 하는 뛰어난 이야기들이 존재한다.) 그러나 이야기 속에서 일어나는 일을 갈등으로 정의하거나, 갈등으로 제한할 수 있는지는 의심스럽다. 그리고 서사가 갈등에 의존한다는 주장은 전성기의 사회적 다윈주의를 지지하는 게 아닌가 하는 슬픈 의심이 든다.

존재를 투쟁으로, 삶을 전투로, 모든 것을 패배와 승리로 보는 시각. 인간 대 자연, 남자 대 여자, 흑인 대 백인, 선 대 악, 신 대 악마…… 존재에 대해서나, 문학에 대해서나 배타주의 같은 관점이다. 존재와 문학의 복잡성을 빈곤하게 만드는 딱한 모습이로다!

E. M. 포스터의 유명한 정의(『소설의 이해*Aspects of the Novel*』에서)에 의하면, 이야기란 이것이다.

왕이 죽고 나서 왕비가 죽었다.

그리고 플롯은 이것이다.

왕이 죽자 슬픔으로 왕비가 죽었다.

이 매력적이면서도 대단히 유용한 사례에서 "갈등"은 어디 있는가? 누가 무엇에 대항하는가? 누가 이기는가?

『창세기』 1장은 이야기인가? 그렇다면 "갈등"은 어디 있는가?

『전쟁과 평화』에 플롯이 있는가? 그 플롯을 "갈등" 혹은 일련의 "갈등들"로 줄일 유용하거나 의미 있는 방법이 있을까?

이야기꾼들은 우리에게 사람들이 심술궂고, 공격적이고, 고뇌 가득한 존재라고 말한다. 사람들은 스스로와 싸우고 서로와 싸우며, 사람들의 이야기에는 그런 싸움이 가득하다. 하지만 그게 이야기라고 말하는 것은 존재의 한 측면에 불과한 갈등을 이용하여 갈등으로는 포괄하지도 이해하지도 못하는 다른 측면들을 포괄하고 매몰시키는 짓이다.

『로미오와 줄리엣』은 두 가문 간의 갈등을 다루는 이야기이고, 그 플롯에는 양쪽 가문의 두 개인이 벌이는 갈등이 포함된다. 그런데 그게 전부인가? 『로미오와 줄리엣』은 다른 요소도 다루지 않나? 그 다른 요소야말로 하찮은 분쟁 이야기였을 것을 비극으로 만들지 않는가?

다른 사람은 몰라도 나는 소설을 검투극으로 보는 이런 시각이 자연히 소멸하는 모습을 보면 기쁘겠다. 그때는 나에게도, 나는 성스러운 장소에 성스러움이 임한다는 뜻이라고 생각한 "에피파니"라는 엄청난 단어가 언제 어떻게 글쓰기 강의에서 플롯의 고조점, 핵심이나 매듭, 모든 게 맞아 들어가는 순간(그런 순간이 있는 이야기라면) 같은 의미가 되었는지 알아낼 시간이 생길지도 모르겠다. 이건 아주 평범한 서사 사건에 쓰기에는 너무 과장이 심한 단어다. 에피파니라는 말을 싸구려로 만든 책임이 혹시 제임스 조이스에게 있을까. 제임스 조이스가 화장실에서 "에피파니를 얻었"다는 소리를 했던 것 같은데. 그런 식으로 말하려면 자신에 대해서나 자기 화장실에 대해서나 아주 대단하게 여겨야 할 것 같다.

"아이디어는 어디에서 얻으시나요?" 1987년

1987년 여름과 가을에 헤이스택에서 열린 클라리온 웨스트 소설 워크숍과 훔볼트 커뮤니티 칼리지의 학생들에게 감사드린다. 그 학생들의 작품과 대화 덕분에 이 글을 쓸 수 있었다.

낭독이나 강연 후에 청중들과 대화를 할 때마다 누군가는 묻는다. "아이디어는 어디에서 얻으시나요?" 보통 소설가가 그런 질문을 피하려면 모든 상상 행위를 그만두고 재미없는 자연주의를 실천하면 된다. SF 작가는 피할 수가 없고, 그래서 그 질문에 늘 내놓을 답변을 개발한다. 예를 들어 할란 엘리슨은 "스키넥터디"에서 얻는다고 말한다. 본다 N. 매킨타이어는 그 답을 더 발전시켜서 스키넥터디에는 우편 주문 아이디어 서비스가 있는데, 한 달에 다섯 개, 열 개, 또는 (할인가로) 25개 아이디어를 구독할 수 있다고 설명한다. 그러고 나서 자기 머리를 때려 후회하는 척한 후에 그 질문에 진지하게 답하려고 한다. 이 질문을 가장 깔보는 태도로 던질 때조차도—"대체 그런 미친 아이디어는 어디에서 다 얻어요?"—질문하는 사람은 거의 언제나 진지하다. 정말로 답을 알고 싶어 한다.

왜 그것이 대답할 수 없는 질문인가 하는 이유는 아마도 소설을 어떻게 쓰느냐에 대한 최소 두 가지의 잘못된 관념이랄까, 신화와 관련이 있다고 생각한다.

첫 번째 신화: 작가가 되는 데에는 비밀이 있다. 그 비밀을 배울 수만 있다면 바로 작가가 될 것이다. 그리고 그 비밀은 아이디어가 어디에서 오는지에 있을지 모른다.

두 번째 신화: 이야기는 아이디어에서 출발한다. 이야기의 기원은 아이디어다.

첫 번째 신화는 가능한 한 빨리 정리하겠다. 그 "비밀"은 기술이다. 뭔가를 하는 방법을 배우지 못했다면, 그 일을 하는 사람들이 마법사로 보이고, 신비로운 비밀을 간직한 듯 보일 수 있다. 이를테면 파이 껍질을 만드는 것 같은 단순한 기술이라면, 가르칠 수 있는 "비밀" 방식이 있어서 거의 확실하게 좋은 결과로 이어진다. 그러나 살림이나 피아노 연주, 옷 만들기, 아니면 소설 쓰기처럼 복잡한 기술이라면 기교와 기술, 선택할 방법이 너무나 많고, 변수가 너무 많으며, 너무나 많은 "비밀"이 있는 데다 가르칠 수 있는 것도 있고 없는 것도 있기에, 오직 체계적으로 반복해서 오랫동안 훈련해야만 그런 기술을 배울 수가 있다. 다시 말해서, 그 일을 직접 해야만 익힐 수 있다.

그 모든 일을 피하는 지름길을 바란다고 누가 비밀 탐구자들을 탓할 수 있을까?

그야 물론 어떤 기술이든 익히는 과정은 힘든 만큼, (선택할 수만 있다면) 확실한 재능이 없는 분야에 많은 시간과 에너지를 쓰는 것은 현명하지 못한 일이다. 수많은 예술가들이 자기 기교와 비결에 대해 비밀스럽게 구는 것을 미숙한 이들에 대한 경고로 받아들일 수도 있다. 나에게 통한다고 해도, 해 보지 않았다면 당신에게는 통하지 않을 테니까.

내 경우, 소설 쓰기와 살림에 대한 재능과 체질은 처음부터 강했고, 음악과 바느질의 재능과 흥미는 약했다. 그래서 내가 아무리 열심히 노력한다 해도 훌륭한 재봉사나 피아니스트가 되지는 않을 것 같았다. 하지만 내가 잘하는 일들을 어떻게 배웠는지 내가 아는 바에 따르면, 피아노나 재봉틀이나 내가 잘하지 못하는 다른 어떤 예술에도 "비밀"이 있는 것 같지는 않다. 그저 집요하고 지속적인 수련으로 수행 기술을 익힐 뿐이다.

비밀에 대해서는 이쯤 해 두고. 아이디어는 어떨까?

"아이디어"라는 말에 대해 생각하면 할수록 그게 무슨 의미인지 모르겠다는 생각이 든다. 작가들이 "덕분에 아이디어 얻었네요."라거나 "뉴저지의 어느 모텔에서 식중독에 걸렸을 때 그 소설 아이디어를 얻었어요." 같은 말을 하기는 한다. 나는 이것이 다 쓰고 나면 소설이 될 복잡하고 모호하며 이해할 수 없는 구상 과정을 뜻하는 줄임말로서의 "아이디어"라고 생각한다. 그 과정에 이해할 수 있는 생각이라는 의미의 아이디어는 없을 수도 있다. 심지어 구체적인 말이 없을 수도 있다. 분위기, 반향, 어렴풋한 번득임, 목소리, 감정, 환영, 꿈, 무엇이든 가능하다. 작가마다 다르고, 많은 작가들에게는 매번 다르기도 하다. 우리에겐 그런 과정을 가리키는 용어가 거의 없기에, 설명하기도 굉장히 어렵다.

나는 외부 사건이 촉발할 수는 있어도, 일반적으로 이런 발단 상태랄까 소설 시작 단계는 딱 가리킬 수 있는 바깥 어딘가에서 오지 않는다고 본다. 이 상태는 머릿속에서, 의식 상태로는 닿을 수 없게 된 정신적 내용물에서, 게리 스나이더의 멋진 표현을 빌자면 거름이 된 내부와 외부 경험에서 솟아난다. 나는 작가가 어딘가"로부터" "아이디어(모종의 관념 객체)"를 "얻어(머릿속에 받아들여)"서 말로 바꾸어 종이에 쓴다고는 믿지 않는다. 적어도 내 경험으로는 그렇게 돌아가지 않는다. 그 무엇인가가 스스로 변모하고 거름이 되어야만 이야기를 키워 낼 수 있다.

이 글의 나머지 내용은 내가 글을 쓸 때 실제로 무슨 일을 한다고 생각하는지, 그리고 전체 과정에서 "아이디어"가 어디에 들어가는지 분석해 보려는 시도가 될 것이다.

이 과정에는 다섯 가지 기본 요소가 있는 것 같다.

1. 언어의 패턴—단어들의 소리
2. 구문과 문법의 패턴. 단어와 문장이 서로 연결되는 방식. 그 연결이 상호 연결되어 더 큰 단위(문단, 절, 장)를 형성하는 방식. 즉 작품의 시간적 움직임, 템포, 속도, 보폭, 그리

고 형태.

(주: 시에서는, 특히 서정시에서는 이 두 가지 패턴화가 작품의 아름다움을 결정하는 분명하고 두드러지는 요소이다. 말의 소리, 운율, 울림, 리듬, 즉 시의 "음악" 요소 말이다. 산문에서 소리 패턴은 훨씬 미묘하고 느슨하며 사실상 압운, 조화, 유운 등등은 피해야 한다. 그리고 문장 나누기, 문단 나누기, 시간적인 움직임과 형태의 패턴은 너무 크고 느리게 이루어져서 의식이 되지 않을 수도 있다. 소설의 "음악", 특히 장편소설의 음악은 아름답다는 사실을 독자가 알아채지 못하는 경우도 많다.)

3. 심상(心想)의 패턴. 말이 우리로 하여금 마음의 눈으로 보게 하거나, 상상으로 감각하게 만드는 것.
4. 아이디어의 패턴. 말과 사건 서술이 우리에게 이해시키거나, 우리의 이해를 빌리는 것.
5. 느낌의 패턴. 말과 서술이, 위에 언급한 모든 수단을 써서, 말로 직접 접근하거나 표현할 수 없는 영역에서 우리에게 감정적으로나 영적으로 경험하게 하는 것.

이런 온갖 종류의 패턴화—소리, 구문, 심상, 아이디어, 느낌의 패턴화가 함께 작동해야 한다. 그리고 모두 어느 정도는 있어야 한다. 작품의 시작점이라는 신비로운 단계는 아마 이 모든 패턴이 맞아 들어가는 때일 것이다. 저자의 머릿속에서 어떤 느낌이 그 느낌을 표현할 심상과 연결되고, 그 심상은 아이디어로 이어져서,

반쯤 형성된 아이디어가 직접 말을 찾기 시작하고, 그 말이 다른 말로 이어져 새로운 심상을, 어쩌면 사람들을, 이야기의 등장인물들을 만들고, 그 사람들이 하는 일이 아래에 깔린 느낌과 아이디어를 표현하여 이제 서로 공명하고…….

구상 단계에서나 글쓰기 단계에서, 아니면 수정 단계에서 이 과정 중 하나라도 많이 부족하거나 빠지면 결과는 약하거나 실패한 이야기가 될 것이다. 실패는 성공이 의기양양하게 숨기는 바를 분석하게 해 줄 때가 많다. 내 글쓰기 과정의 다섯 가지 요소를 분석하는 데 체호프나 울프의 단편은 추천하지 않는다. 성공한 소설은 분해할 수 없는 일체로 움직인다. 하지만 약하거나 실패한 글쓰기를 보여 주는 친숙한 작품들에서는 한 가지 요소가 빠져 있다는 사실이 무엇이 잘못되었는지 알려 줄 수 있다.

예를 들어 보자. 흥미로운 아이디어를 가지고서, 진부한 등장인물들이 연기하는 어떤 플롯으로 발전시키고, 느낌 대신 폭력에 기대면 쓰레기 수준의 미스터리나 스릴러나 SF 소설을 만들 수 있다. 하지만 훌륭한 미스터리나 스릴러나 SF가 되지는 않는다.

거꾸로 강력한 느낌을 강력한 등장인물들이 일으킨다 해도, 그 느낌에 연결된 아이디어를 제대로 생각하지 않았다면 이야기를 전달하기에는 부족하다. 정신이 감정과 같이 맞아 들어가지 않는다면, 그 감정은 (대부분의 대중 로맨스처럼) 소망 충족이나 (많은 "주류" 장르처럼) 분노나 (포르노에서처럼) 호르몬의 욕조에 빠져서 허우적댈 것이다.

초심자들의 실패는 강력한 느낌과 아이디어는 있으나 담아 낼 심상을 찾지 못했거나, 단어를 찾아 꿰는 방법을 모르는 채로 시도한 결과물일 때가 많다. 영어로 쓰는 작가가 영어 어휘와 문법을 모른다면 문제가 크다. 가장 좋은 치료법은 독서다. 두 살쯤에 말하는 방법을 배우고 그 후 줄곧 말하기를 해 온 사람들은 자기들이 언어를 안다고 생각한다. 하지만 그런 사람들이 아는 것은 말하는 언어이고, 그다지 읽지 않거나 싸구려 글만 읽고 그다지 써 보지도 않았다면, 두 살 때 말하던 꼴로 글을 쓰게 될 것이다. 글쓰기도 상당한 연습을 요구한다. 기본적인 지법도 배우지 않은 악기로 복잡한 음악을 연주하려 시도한다면 그게 바로 처음 쓰는 작가들에게 제일 흔한 결함이다.

드물게 나오는 실패는, 단어들이 큰 소리로 울면서 뛰어다니고 돌진하며 발길질로 먼지를 잔뜩 일으키는데, 정작 그 먼지가 가라앉고 나면 울타리 안에서 나오지도 못했다는 사실을 알게 되는 종류의 실패다. 그런 작품은 어디로 가고 있는지 모르기 때문에 어디로도 가지 못한다. 느낌, 아이디어, 심상은 그저 우르르 끌려갈 뿐, 이야기는 일어나지 않는다. 그럼에도 이런 류의 실패는 가끔 유망해 보일 때가 있는데, 작가가 순수하게 언어로 잔치를 벌이기 때문이다. 말이 글을 장악하도록 했기 때문이다. 그 길로 계속 갈 수는 없어도, 시작점으로는 나쁘지 않다.

소설가이자 시인인 보리스 파스테르나크*는 시는 “소리와

---

* 『닥터 지바고』의 작가.

말의 의미 사이 관계"에서 저절로 만들어진다고 했다. 나는 산문도 같은 식으로 만들어진다고 생각한다. "소리"에 구문과 서사의 큰 동작, 연결, 형태를 포함시킨다면 말이다. 말과 심상, 아이디어, 그리고 그런 말들이 일으키는 감정 사이에는 어떤 관계가, 상호 관계가 있다. 그 관계가 강할수록 작품도 강하다. 소리와 리듬, 문장 구조, 심상들의 일관되고 통합한 패턴화 없이도 의미나 느낌을 성취할 수 있다고 믿는다면, 뼈가 없이 걸을 수 있다고 믿는 셈이다.

내가 이 글에서 고안했거나 분석한 다섯 가지 패턴화 중에서도 중심에서 다른 모든 패턴화를 연결하는 한 가지는 심상이다. (어떤 장소나 사건의 은유 또는 묘사 같은) 언어 심상은 생각이나 느낌보다는 물리적이고 육체적이지만, 실제 말소리보다는 덜 물리적이고 더 내부적이다. 심상은 "상상력"에서 일어나고, 나는 상상력이 생각하는 정신과 감각하는 몸이 만나는 지점이라고 생각한다. 상상된 것은 물리적으로 실제가 아님에도 마치 실제처럼 느껴진다. 독자는 읽는 동안 이야기 속에서 벌어지는 일을 보거나 듣거나 느끼고 그 속에 빨려 들어간다. 그 심상들 속에, 그(독자의? 작가의) 상상 속에 들어간다.

이런 환각은 극을 포함하는 서사의 특별한 선물이다. 서사는 우리가 상상의 공유 세계로 들어가게 해 준다. 말의 소리와 움직임과 연결은 심상을 선명하고 진짜이게 만든다. 아이디어와 감정은 장소, 사람, 사건, 행위, 대화, 관계들을 그리는 그런 심상들로 구현되고 그런 심상으로부터 발전한다. 그리고 그 심상의 힘과 신빙성은 대부분의 실제 경험마저 넘어설 수 있다. 상상 속에서 우리는 원래 능력보다 훨씬 큰 경험 능력과 진실 이해를 공유하기 때문이다. 위대한 작가들은 우리와 영혼을 공유한다. "문자 그대로."

여기에서 작가와 독자의 관계를 생각하게 된다. 다시 한 번, 이것도 설명 가능한 실패를 통해서 접근하기 쉬운 문제다. 소설이 공유하는 상상 세계는 당연하게 받아들여질 수 없다. 심지어 이야기를 지금 여기, 모두에게 친숙하다고 여겨지는 사람들이 사는 교외를 무대로 쓰는 작가라 해도 그렇다. 소설 세계는 저자가 창조해야 한다. 교외 지역이라면 아주 작은 단서와 암시로 될지도 모르고, 독자를 그조르스 행성으로 데려가야 한다면 주의 깊은 안내와 세부 설명이 있어야겠지만 말이다. 작가가 상상하는 데 실패하면, 즉 서사의 세계를 '심상'화하는 데 실패하면, 그 작품은 실패한다. 그 결과는 으레 추상적이고 교훈적인 소설이다. 비위를 맞추는 플롯이고. 실제 사람처럼 말하거나 행동하지 않는 등장인물들, 사실상 상상 속의 사람들이 아니라 탈주해서 메시지만 떠들어 대는 작가의 에고 조각들이다. 이성은 상상 작업을 할 수 없다. 감정은 상상 작업을 할 수 없다. 그리고 이성이나 감정이나, 상상력 없이는 소설 속에서 많은 일을 할 수가 없다.

소설 작품에서 작가와 독자가 협업하는 지점은 아마 다른 무엇보다도 상상일 것이다. 소설 세계는 작가와 독자의 공동 창조물이다.

자, 작가들은 자기중심적이다. 모든 예술가가 다 그렇다. 이타주의자가 되어서는 작품을 끝낼 수가 없다. 그리고 작가들은 '작가 인생의 고독'에 대해 징징거리기를 좋아하고, 더욱 잘 징징대기 위해 코르크를 댄 방에 자진해서 갇히거나 쇠창살에 대고 침을 흘린다. 하지만 글쓰기 대부분이 고독 속에서 이루어지기는 해도, 다른 모든 예술과 마찬가지로 청중 없이 이루어지지는 않는다. 즉 청중과 함께여야 한다. 모든 예술은 공연 예술이며, 다만 어떤 예술은 다른 예술보다 몰래 공연할 뿐이다.

부디 지금 내가 무슨 말을 하려는지 정확하게 알아줬으면 한다. 나는 여러분이 글을 쓸 때 청중에 대해 생각해야 한다고 말하는 것이 아니다. 글을 쓰는 작가가 마음속에 "이걸 누가 읽을까? 누가 살까? 내가 누구를 겨냥하는 거지?" 같은 생각을 해야 한다고 말하는 것이 아니다.(작품이 총이라도 되는 듯이 말이다.) 그런 게 아니다.

작품을 계획하는 동안, 작가는 독자에 대해 생각할 수 있고 또 생각해야 할 때가 많다. 특히 어린이책이라면, 독자가 다섯 살짜리일지 열 살짜리일지 꼭 알아야 한다. 누가 그 글을 읽을지, 읽을 수도 있을지 생각해 보는 작업은 작품을 계획하고 생각하고 풀어내고 심상을 불러들이는 단계에서는 적절하고 또 아주 유용하기도 하다. 하지만 일단 쓰기 시작하면, 글쓰기 외에는 어떤 생각을 하든 치명적이다. 진정한 작업은 오직 그 작업을 위해 해야 한다. 다 쓴 후에 어떻게 할지는 다른 문제이고, 다른 일이다. 이야기는 창조의 샘에서, 순수한 존재 의지에서 솟아난다. 스스로 길을 찾고, 표현할 말을 찾는다. 작가가 할 일은 그 이야기의 매개체가 되는 것이다. 교사나 편집자나 시장이나 비평가나 앨리스가 그 작품을 어떻게 생각할지는, 마치 '지난 화요일 아침으로 무엇을 먹었더라'처럼 글 쓰는 작가의 마음에서 멀리 떨어져 있어야 한다. 아니, 더 멀어야 한다. 아침식사는 그래도 이야기에 쓸모가 있을 수나 있지.

하지만 일단 이야기를 다 쓰고 나면, 작가는 그 성스러운 고독을 버리고 작업 전체가 연행이었다는 사실, 기왕이면 좋은 연행이면 좋겠다는 사실을 인정해야 한다.

작가인 '내'가 내 작품을 다시 읽고, 진정하고 앉아서 다시 생각하고, 고친 다음이라면 독자에 대해 의식하고 또 내가 독자와 협업한다는 사실을 의식하는 것이 적절할 뿐 아니라 필요하기도 하다. 사실 '나'는 신념을 갖고 그 미지의, 어쩌면 아직 태어나지 않았을지도 모르는, 친애하는 나의 독자들이 존재하리라 선언해야 할지도 모른다. 창작 시간의 아름다운 오만에서 벗어나 명석하고 예리한 자의식을 키워야 한다. 그리고 이런 질문을 던져야 한다. 이 글이 내가 생각한 대로를 말하나? 내가 생각한 것을 전부 말하나? 바로 이 단계에서 작가인 나는 작품 속에 나타난 대로, 독자들과 나의 관계가 지닌 본질을 물어야 할지 모른다. 내가 독자들을 밀어내고 있나, 조종하고 있나, 가르치려 드나, 독자들에게 과시하고 있나? 내가 독자들을 벌하고 있나? 내가 그동안 마음에 축적한 독을 버릴 쓰레기장으로 독자를 이용하고 있는 건 아닌가? 내가 독자들이 믿으면 좋을 만한 이야기를 하고 있나, 아닌가? 내가 독자들 주위를 빙빙 돌고 있나? 독자들이 그걸 즐길까? 내가 겁을 주고 있나? 그럴 의도는 있었고? 내가 독자들의 흥미를 끌고 있나? 그렇지 않다면, 흥미를 끌도록 하는 편이 낫지 않았을까? 독자들에게 최면을 걸고 있나? 내가 독자들이 나와 함께 작업하도록 작품을 주고, 유혹하고, 초대하고, 끌어들이고 있나? 나의 상상을 완성하는 바로 그 독자가 되어 달라고?

작가 혼자서는 할 수 없는 일이기 때문이다. 읽히지 않는 소설은 소설이 아니다. 그저 종이에 찍힌 검은 자국일 뿐이다. 소설을 읽는 독자가 소설을 살려 낸다. 살아 있는 이야기로 만들어 낸다.

위 내용에 특별히 덧붙인다. 작가가 사회적으로 특권을 지닌 사람이라면—특히 백인이거나 남성이거나 둘 다라면—작가의 상상력은 자신과 같은 특권을 누리지 못하는 사람들이 작품을 읽을 수 있고, 자신이 "모두"가 공유한다고 믿거나 믿는 척하고 살아온 많은 태도와 견해를 공유하지 않는다는 점을 깨닫기 위해 의식적으로 열심히 노력해야 할 수 있다. 이제는 특권층의 현실 관점에 대한 믿음은 특권 계급 바깥은커녕 심지어는 계급 내부에서도 유지할 수 없을 때가 많으니, 그런 관점에서 쓴 소설은 점점 줄어 가는, 그리고 점점 더 반동적이 되어 가는 청중에게만 먹힐 터이다. 하지만 오늘날 글을 쓰는 많은 여성은 아직도 남성의 관점을 선택하는데, 아는 대로 쓰기보다 그쪽이 더 쉽기 때문이다. 다수 비평가와 문학 교수를 포함한 많은 잠재 독자들이 여성의 현실 경험을 단호히 거부하며, 더 나아가 방어적인 적개심과 경멸을 일으킬 수도 있다는 사실을 알고 있기 때문이다. 그렇다면 선택은 결탁이냐 전복이냐로 보인다. 다만 선택하지 않고 빠져나갈 수 있는 척해 봐야 소용이 없다. 오늘날은 선택하지 않는 것도 선택이다. 모든 소설에는 윤리적, 정치적, 사회적 무게가 있고, 가끔은 작가들이 "정치에서 벗어난" "그저 오락"이라고 선언하는 가벼워 보이거나 도피주의 같은 소설들이 가장 무거울 때도 있다.

그렇다면 작가의 글쓰기는 모든 소리, 구문, 심상, 아이디어, 감정 패턴을 모아서 독자가 참여하도록 끌려들 만한 하나의 과정으로 합치려는 노력이다. 이는 작가들이 엄청나게 많은 것을 통제한다는 뜻이다. 작가들은 재료 전부를 최대한 철저히 통제하고, 그러면서 독자도 통제하려고 한다. 작가들은 독자가 작가의 손안에서 놀아나면서 어찌할 수 없이 이야기를 보고, 듣고, 느끼고, 믿고, 웃고, 울게 하려고 한다. 순진한 어린아이들을 울리려고 한다.

하지만 통제가 위험한 일이라곤 해도, 이야기 소재나 독자와 싸운다거나 이긴다거나 대립으로 인식할 필요는 없다. 다시 한번 말하지만, 나는 이 작업을 협업, 아니면 선물 공유라고 생각한다. 작가는 이야기 전체가 한 덩어리로 올바른 방향으로 가도록 노력하면서 독자가 그 텍스트와 함께하도록 노력한다.(이것이 일반적으로 내가 생각하는 좋은 소설의 개념이다.)

이런 노력에서 작가들은 받을 수 있는 도움은 다 받아야 한다. 아무리 능숙하게 통제해 낸다 해도, 말이 상상을 온전히 담아 내는 일은 없다. 가장 공감력 좋은 독자라 해도 진실은 흔들리고 불완전해질 것이다. 작가들은 아름다운 작품을 발사하여 추락하고 불타는 모습을 지켜보는 데 익숙해져야 한다. 또한 언제 통제를 풀어야 하는지, 언제 작품이 스스로 날아올라 계획하거나 상상했던 바보다 더 멀리, 안다는 사실조차 몰랐던 곳까지 날아가는지 알아야 한다. 모든 창작자는 영혼이 활동할 자리를 남겨 두어야 한다. 그러나 그런 영혼을 누리려면 조심스럽고 힘들게 일하고, 끈기 있게 기다려야 한다.

산 너머 멀리멀리 1988년

→

남편과 나는 바버라를 1968년부터 알았다. 그해에 우리와 우리 아이들은 이슬링턴*에 있는 바버라의 아들네 집에서 안식년을 보냈다. 당시에는 바버라도 런던에 살았는데, 남편이 죽은 후에 버크셔의 잉크펜이라는 마을로 이사했고, 다음 안식년에 우리는 자주 바버라와 함께 지내며 버크셔와 윌트셔 다운즈를 따라 스톤헨지로, 또 다른 큰 유적지인 에이버리로, 베일 오브 화이트호스로 긴 산책을 함께 나갔다. 아름답고 외로운 잉크펜 집에서의 삶은 70대 여성에게 점점 힘들어졌기에, 바버라는 최근 옥스퍼드에 있는 볕 잘 드는 작은 집으로 이사했다. 바버라는 성장한 우리 세 아이에게 "영국 할머니"라, 셋 다 그 집에 다녀왔다. 이제 우리 차례였다. 우리는 9월에 바버라를 보러 잉글랜드로 갔다. 잉글랜드도 볼 겸했고, 물론 런던도…… 우리가 다시 가고 싶은 땅이고 도시였지만, 가장 중요한 건 사람이다. 소중한 친구야말로 힘의 원천이다.

* 그레이트 런던의 한 지역.

그리고 우리는 바버라와 함께 도싯과 서머싯을 "해치우겠다"고 몇 년째 약속한 터였다.

우리가 몰랐던 것은, 우리에게는 새로운 땅인 그 여행의 많은 부분이 바버라에게는 근원으로 돌아가는 여행이라는 점이었다. 치덕은 바버라가 어린아이였을 때 여름 휴가에 찾아가던 바닷가였다. 바버라는 정확히 50년 전인 1937년에 젊은 남편과 아기였던 아들과 함께 잉글랜드 남부 해안에서 제일 높은 곳인 골든캡을 올랐었다. 도체스터의 대단한 철기시대 요새, 메이든 캐슬의 긴 둑길은 손녀와 함께 걸었었다. 바버라는 그곳의 길과 샛길들을 다 알았고, 숨겨져 있는 톨러 프래트럼 마을과 그곳의 작고 오래된 시골 교회를 찾는 방법도 알았다. 바버라에게는 돌아가는 여행이었다. 바버라의 향수와 친숙한 애정과 함께하다 보니 우리에게는 미지의 땅을 여행하는 느낌이 두 배로 강해졌고, 그 기분은 또 머나먼 서쪽에 있는 우리 오리건 주 가을과 비슷한 잉글랜드 서부 가을의 온화하고 비가 많이 내리면서도 산들바람 불고 반짝이는 날씨 덕분에 다시 두 배로 강해졌다.

나는 언어와 기억으로 바버라와 함께 이곳에 돌아갈 수 있도록, 차를 달리는 동안이나 자기 전에 계속 일기를 썼다. 여행길에 찍는 사진과 마찬가지였다. 사진과 비슷하게, 일기도 설명하지 않고 그저 반응한다. 하지만 전원 지역이 낯선 이들에게 설명할 것이 많지는 않다. 우리가 사흘 밤을 묵은 마을 근처 '케른의 거인' 정도가 예외일까. 이 거인은 가파른 언덕 비탈에 새겨진 거대한 형상이다. 백악질에 풀이 덮인 언덕이다 보니, 녹색 바탕에 하얀 선으로 그려져 있다. 그것도 암흑시대부터 쭉 그 상태였다. 이 거인은 터무니없지만 분명히 풍요의 상징이다. 그리고 분명히 말해 둬야겠는데, 내가 소설가이기는 하지만 마을 이름은 하나도 지어내지 않았다. 전부 다 지도에서 찾아볼 수 있다. 나도 그 마을들이 그곳에 있고, 우리가 그곳에 갔었으며, 다시 갈 수도 있다는 사실을 상기하려고 가끔 지도를 찾아본다. 바버라와 함께 다시 갈 수도 있다고.

9월 4일, 금요일. 차 안. 바버라가 운전한다. 찰스는 길을 찾는다. 나는 보고 끄적인다.

우리는 정오에 옥스퍼드를 떠났고 지금은 A34를 타고 남쪽으로 가면서 멀고 가까운 곳에 나무가 점점이 흩어진 굽이치는 고지대에 접어든다. 들판은 회록색 아니면 수확 후의 황토색이다. 햇빛이 비치고 큰 바다 같은 구름이 보인다.

검은색 러닝셔츠를 입고 맨팔을 드러낸 소년이 건초 더미 옆으로 송아지들을 몬다. 붉은 금빛 머리에 하얀 피부…… 그 하얀색이 기묘하다.

이제 하얀 줄이 파인 갈색과 노란색 경작지 사이에서 헝거포드와 브리스톨로 향한다. 떡갈나무와 너도밤나무들이, 홀로 서 있거나, 줄줄이 서 있거나, 숲을 이룬다.

이 땅, 이 계절의 녹지대에 깃든 은빛이라니.

이제 간선 도로를 벗어나서 좀 더 조용한 헝거포드 길로 접어든다. 그리고 작년 여름 대량 살인의 망령에 시달리는 가엾은 헝거포드를 관통한다. 사람들이 도살당하려고 가는 곳이 아니라 치즈와 편지지와 구두끈을 사러 가고 싶어 하는 정직하고 친근한 곡선형의 길거리.*

프로스퍼러스를 지나 간선도로를 타고 윌트셔로 들어간다. 작고 각진 회색 교회가 지키는 계곡 안의 예쁜 마을 샬본을 지난다. 우리가 달리는 도로는 산마루 꼭대기를 따라 왼쪽으로 가파른 습지대로 빠졌다가 다시 긴 산마루를 오른다. 그리고 이제는 더 작은 길에 들어서서 산울타리 사이를 달린다. 탁 트인 언덕까지…… 양 한 마리가 발목을 물고 있다. 광활하고 길고 희끄무레한 윌트셔의 원경(遠景).

이제 내려가서 지붕에는 이엉을 얹고, 색은 하얗게 칠하고, 반짝이는 정원을 갖춘 콜링본 두시스로 들어간다. 긴 회색 이엉에서 잡초가 돋아나 있다. 우리는 바버라의 친구 에드먼드가 꼽은 아내 적격자 목록에 대해 이야기하는데, 그 목록에 바버라는 포함되지 않는다. 바버라는 질문을 받기도 전에 자기를 빼 버렸고 에드먼드가 그래서 꽤 짜증스러워했다. 우리는 런던은 왜 그렇게 많은 사람들이 옷을 흉하게 입는지를 이야기한다.

붉은 양귀비, 검은 전투기, 그리고 하얀 백악질.

우리는 이제 스톤헨지를 지나 에임즈버리 길을 달리는데, 1951년에 내가 칼 오빠와 같이 걸었던 길이다. 당시 우리는 잉글랜

* 1987년 8월에 있었던 총기 난사 사건을 가리킨다.

드에 처음 가 본 터라 모든 것이 새로웠다. 우리는 스물네 살, 스물한 살이었다. 걸어서 스톤헨지에 갈 수 있게 솔즈베리에서 버스를 타고 에임즈버리 마을로 갔는데, 스톤헨지에 가려면 걸어가는 것이 올바른 방법 같아서였고, 실제로 그랬다. 우리는 아주 문학적인 애들이었기 때문에 걷고 또 걸으면서 하우스먼과 보로와 하디 같은 작가들에 대해 이야기했고, 계속 낮은 지대에 있는 사소한 것들을 보았다. 이를테면 양떼라거나, 나무 그루터기, 아니 그보다는 부러지고 남은 이빨 같은데, 진짜다, 거인의 이빨 같아, 고리 모양에…… 저건가? 저거야? 그렇게 해서 나는 처음으로 눈부신 아침에 그 거대한 돌들 사이를 걸었다.

그리고 1954년, 우리가 결혼한 해에 찰스와 다시 걸었지. 그리고 또 다른 때에도, 언제나 에임즈버리에서부터 걸어갔다. 그래야 양이 이빨이 되고 다시 돌이 되는 모습을 볼 수 있으니까. 1000년을 걸어서 되돌아갈 수 있으니까. 1969년에는 아이들과 같이 걸었다. 그때 막내는 네 살밖에 안 됐고 장거리 하이킹을 좋아하지 않았다. 막내는 새로운 매치박스 차를, 그것도 빨간색으로 사 주겠다는 약속을 하고서야 그 길을 걸었다. 실제로 장난감 차를 받고는 제단석 위에서 가지고 놀았지. 부릉, 부르르릉…….

또 1975년에 바버라와 함께 지낼 때, 그해 크리스마스에 바버라가 스톤헨지에 데려간 일도 있었다. 정확히 동짓날 저녁에 말이다. 드루이드들이 있었다 해도, 지금은 사라지고 없었다. 모두가 사라졌다. 돌 위에는 긴 금빛 겨울 햇살이 빛의 서리처럼 얹혔고,

높은 언덕에는 아주 오래된 거대한 침묵이 내려앉았다. 바버라는 돌에서 뿜어나오는 것처럼 보이는 그 꿀색 빛을 사진으로 찍었다.

그로부터 몇 년이 지나고, 스톤헨지 주위에는 강철 울타리가 생겼다. 너무 많은 사람이 찾아와서 야영하고 밟고 돌을 깎아내고 쓰레기를 버렸기 때문이다. 그때 우리는 다시 가지 말자고 했다. 살다 보면 장소에 작별 인사를 하는 방법을 배우게 된다. 마음속에 간직하고 계속 살아가는 거다. 지금 우리가 그러듯이.

내려갔다가 다시 올라가고…… 워민스터 길에 온갖 일을 겪은 듯한 큰 농장이 하나. 밭에서는 어떤 남자가 들판을 태우는 불길을 퍼뜨리려 불덩이를 던지고 있다. 탱크가 지나간다는 표지판. 헬리콥터 소리. 여기는 온통 군사 지역이다.

건초를 만드는 높은 금빛 비탈 사이로 내려가고 내려가고 내려가서 계곡 안에 있는 치턴 마을에 들어갔다가 다시 하늘을 배경으로 선 양을 향해 올라가고 올라가고 올라간다. 그리고 땅이 울퉁불퉁해진다. 긴 고분(barrow)이 나오고, 백악질의 능선 위에 둥그런 고분…… 오래된 뼈가 드러나 보이는 느낌이다.

워민스터, 회색 돌과 벽돌로 이루어진 마을. 직선적이고 음울하다.

우리는 점심을 먹으려 멈춰서 서머싯 바로 이쪽에 있는 자그마한 마을/농장 안 밭에 앉아 있다. 우리는 바버라의 레인코트를 깔고 앉아서 치즈를 씹고, 언덕 위에서는 외로운 말 한 마리가 우리를 지켜본다. 우리 모두 산울타리 안에서 소변을 본다.

다시 출발, 많이 화려한 정원들이 있는 프롬 마을 안으로 들어가자 '피시앤드칩스와 중국음식'이라는 간판이 있다. 프롬을 벗어나자, 산등성이를 달려 양쪽으로 떨어져 내리는 긴 녹색 지대를 건넌다. 어두운 산울타리, 어두운 나무들과 교차한다. 이제는 녹색이 선명하다. 젖은 녹색이다.

헤비 플랜트 크로싱.* 표지판. 나는 터벅터벅 길을 건너는 거대한 안티초크를 상상한다…….

셰프턴 말렛의 비어가든과 어린이 놀이터, 그다음에는 카나드 그레이브 인…… 제대로 술을 마시는 곳이다.

동그란 녹색 언덕 아래에서 양 한 마리가 생각에 잠겨 뒷발굽으로 배를 긁는다.

그리고 이제 오늘 밤 묵을 베드-앤드-브랙퍼스트에 도착. 노스 우턴의 웨스트 홈 팜, 아이들, 고양이들, 개들이 맞이하여 환영한다. 바버라의 방은 우리 방에서 복도를 한참 걸어가야 나온다. 반짝이는 마루가 깔린 좁은 복도에 창문도 달려 있고, 올라가는 계단, 내려가는 계단, 작은 방향 전환 모퉁이가 있다. 이 농가는 15세기부터 19세기까지 불규칙하게 지어졌다. 모퉁이를 돌면 엘리자베스 시대다……. 우리 방에는 두 개의 낮고 깊은 사각 창문이 있는데, 한쪽 창문으로는 울퉁불퉁한 붉은 타일 지붕들과 초록색 이끼, 그 너머의 비 내리는 초록색 산등성이가 보인다. 다른 창문은 어린 프리지안 소들(찰스와 나에게는 홀스타인 젖소다.)이 보이

* Heavy Plant Crossing. 영국에서는 공사장 안내판을 이렇게 쓰는데, plant를 식물로 읽은 농담.

는데, 이 농장에서 키우는 100여 마리 소떼가 검은색과 흰색 몸을 반짝이며 아발론의 황금 사과들 사이에서 낙과를 뜯고 있다.

여기야말로 사과의 골짜기, 아서왕의 나라, 전설의 땅이니 말이다. 10년도 더 전에 바버라와 여기 오자는 이야기를 처음 했을 때 우리는 아서왕에 대해 읽은 참이었는데, 아서왕이 역사상 누구였고 언제 존재했을 것이며, 옛 서쪽 땅 어디로 갔을까에 대한 내용이었다. 이제는 우리도 당시에 읽은 내용을 다 잊었지만, 전설은 잊지 않았다. 전설은 잊을 수 없으며, 말로리와 테니슨과 화이트* 가 여기 우리와 함께 있다.

바버라는 빅토리아 시대에서 엘리자베스 시대로 오는 길을 찾아내어 우리에게 비가 그치고 있으니 글래스턴베리로 떠날 수 있겠다고 말한다. 가는 길에 우리는 글래스턴베리 토르를 처음 본다. 비 오는 들판 위에 섬처럼 갑자기 솟아오른 헐벗고 어두운 언덕 위에 부서진 탑이 얹혀 있다. 실로 섬이기는 했다. 이곳 농지는 다 습지, 늪지, 호수였으니 말이다. 글래스턴베리의 철기시대 마을은 사방의 물에 보호받아 부유하고 유명했다. 잉글랜드라는 큰 섬 안의 섬이랄까. 전설에 따르면 로마시대의 부유한 글래스턴베리로 아리마테아의 성 요셉이 왔고, 마을 바로 위에 있는 다른 언덕 '위어리올(Weary-All)' 언덕을 올라 자신이 찾아낸 교회 옆에 산사나무를 심었다고 한다. 그 교회는 성장하여 몇 세기 동안 건축하고 재건축하다가(웨스트홈 팜과 비슷하다.) 헨리 8세가 수도사들의 권력

* 셋 다 아서왕을 다룬 중요 작가/시인이다.

을 무너뜨렸을 때 무너져 폐허가 되었다. 그러나 성 요셉이 심은 나무의 자손들은 아직도 번창하고, 크리스마스 시기면 한겨울에 작은 장미 같은 꽃을 피운다. 믿을 만한 기적이다. 산사나무의 경우에는 그런 유전 이상이 일어날 수 있다.

그래서 우리는 오후 내내 글래스턴베리 수도원의 폐허를 걸으며 하늘을 인 예배당 안을 헤메고, 사과나무 과수원을 통과하고, 연못을 지나치면서 내내 그 성스러운 산사나무를 찾다가 출발점으로 돌아가서야 겨우 발견했다. 출입문 근처 벽 옆에 앉은 덕망 높은 작은 나무 주교님이었다.

다시 농장으로 돌아가서 씻고 옷을 갈아입은 후, 감리교 예배당을 집과 작업장으로 바꾸어 사는 도예가 리즈 레이번과 로드 로런스가 예쁜 세 살짜리 아들 헤이든과 위스키, 저녁식사, 멋진 대화, 훌륭한 그릇들로 우리를 즐겁게 해 준다. 우리는 멀리 떨어진 동부 오리건의 오쇼 라즈니쉬에 대해 이야기한다. 시골 밤에 차를 몰아 농장으로 돌아와서 순수한 정적 속에 잠이 든다. 정적은 집 주위에 바람이 다시 일어나 바리톤 오르간 톤으로 불어 대고, 비가 한바탕 쏟아지면서 깨어진다.

9월 5일, 토요일. 지금 나는 웰스 대성당의 챕터 하우스로 올라가는 곡선 계단에 앉아 있다. 분명 피렌체 라울렌치아나 도서관 다음가는, 세상에서 둘째가게 아름다운 계단이다. 성가대가 연습 중이다. 돌로 이루어진 높은 공간을 음악이 울린다. 돌 냄새. 로즈베이지가 희미하게 섞인 회색 돌. 옛날부터 있었던 작은 돌 얼굴들이 높고 낮은 곳에서 내려다본다.

우리는 웰스 대성당 서쪽 면 건너편에 있는 델리에서 비를 맞으며 샌드위치를 먹고, 서둘러 시내에 레인코트를 사러 간다. 내 것은 연녹색, 찰스의 옷은 연파란색으로, 여자용 XL 사이즈이고, 중국에서 만들었다. 영국의 빗발을 잘 막아 준다. 다시 과거에는 늪이었던 바위산과 계곡을 관통하여 필턴으로, 그리고 우리의 새로운 B&B인 올드 비커리지*로 향한다. 우리의 큰 방은 목사의 교회를 내려다보는데, 사각 교회탑 한쪽 구석에 솟아오른 첨탑이 우리 창문과 높이가 얼추 같다. 우리는 저녁을 먹기 전에 마을 깊은 길을 걸어서 높은 지대로 올라간다. 깊은 개울이 흐르는 가파른 마을이다. 남쪽 교회 벽 위에는 훌륭한 괴물들이 있다. 곰 같은 색깔의 보드라운 털을 지닌 고양이 한 마리가 찾아와서 내 짐가방 안 셔츠 위에서 잠을 잤고, 커다란 뒷마당에서는 새들과 토끼 한 마리와 어린아이 둘이 뛰어다닌다. 하지만 어젯밤의 달콤하고, 버터와 사과주 느낌 나던 농장에 비하면 목사관은 차갑다.

글래스턴베리 길에 있는 애플트리에서 성대하게 저녁을 먹었다.

9월 6일, 일요일. 기복이 있던 바버라의 허리 상태가 좋았고, 우리 모두 밖에 나가고 싶었다. 그래서 우리는 다시 글래스턴

* 옛 목사관.

베리에 가서, 치크웰 스트리트에 차를 두고 바위산을 걸어 올라갔다. 바람이 많이 부는 멋진 산책이었다. 꼭대기에서는 비바람이 불었고, 시커먼 비안개가 초록색 띠 같은 들판과 짙은 녹색의 산울타리들과 산등성이와 평원과 붉은 지붕들과 둥그런 바위산 사면으로 이루어진 광활한 풍경 서쪽과 남쪽을 다 집어삼키고 말았다. 우리가 반대쪽으로 내려가는 사이 비가 그쳤고, 우리는 홀리웰(Holy Well)인지 챌리스웰(Chalice Well: 성배의 샘)인지로 갔다. 여느 샘과 비슷하게 성스러운 곳이다. 멋진 붉은색 쇳물이 하늘과 맞닿은 높은 바위산 비탈에 있는 기분 좋은 작은 정원 안 물웅덩이로 흘러든다. 치유의 웅덩이다.

점심식사는 리즈의 어머니이자 바버라의 오랜 친구인 도라 레이번, 그리고 도라의 친구인 아니타, 그리고 리즈, 로드, 헤이든과 함께 예배당 집에 반쯤 붙은 집에서 먹는다. 헤이든은 고압적으로 "촐스! 촐스!" 외친다. 찰스를 좋아하는 모양이다. 찰스의 무릎에 앉아서 엄지손가락을 빨고, 찰스의 목살을 멍하니 만지작거린다. 자기 할머니 무릎에 앉으면 할머니의 귓불을 똑같은 방식으로 만진다.

이 모든 곳에서 여러 마리 고양이를 보았다. 작은 퓨마만 한 고양이들이다.

9월 7일, 월요일. 온화하고 비오는 늦은 오전에 언덕 많은 필튼을 출발하여 구불구불한 샛길을 타고 파일로 향한다. 나는 차 뒷좌석에서 쓰고 있다. 에버크리치를 지나, 아래 저지대의 서머싯 평원으로 데려다줄 길고 곧은 로마의 포스가도*. 왼쪽으로 소들을 지나 사과 사이 혼블로튼. 사각형으로 방향을 꺾어 꺾어 모든 농장의 평야를 에둘러가면서 케리무어를 지나 노스배로로 갔다가, 찰스가 작은 지도로 안내하는 가운데 다시 올라갔다가 내려갔다가 빙 둘러 노스 캐드베리, 사우스 캐드베리와 그곳의 거대한 철기시대 요새, 폰스푯, 서튼 몬티스, 퀸 카멜을 지나…… 잠시 멈춰서 주로 양들만 자주 찾는 듯한 성 토머스 베켓 교회를 본 후, 계속 달려서 드디어 서머싯을 벗어나서 도싯으로 들어간다!

봉화 언덕을 넘어 크고 깊은 구릉지대를 내려가서 어두운 숲을 지나 셔본으로. 혼란스러운 주차장과 훌륭하고 가파른 중심가를 갖춘 바쁜 마을이다. 모두가 어딘가 마거릿 대처에게 표를 던지고 그 결과에 기뻐했을 듯한 모습이다. 볼보가 많다. 상냥한 여자분이 하나 사무실에서 튀어나와서 우리에게 셔본 수도원으로 가는 올바른 길을 알려 줬다. 우리는 어느 찻집에서 계란과 물냉이 샌드위치로 기운을 돋운 다음 수도원을 보았는데, 보기는 좋지만 사랑스럽지는 않았다. 알파북스를 찾은 후 바버라의 출판인 친구를 방문하고, 더듬더듬 로빈 후드의 헛간을 둘러서 찾기 힘든 주차장으로 돌아왔다. 도체스터 길을 찾느라 다시 한 바퀴 돌고 겨우 찾아냈다.

부디 쓰레기는 집으로 가져가세요. 이건 저 어마어마한 고

* Fosseway. 고대 로마인이 침공하여 깐 도로.

양이들에게 보내는 말일까?

시릴 타이트, 자동차 폐차. 이건 단단히 고삐를 죄어야 할 어린 차들에게 보내는 말?

깊은 벽지에서, 빽빽한 너도밤나무와 떡갈나무들을 뚫고, 언덕을 하나 넘어, 온통 꼬불꼬불한 돌벽을 따라 업 케른으로. 그레이트 하우스와 그 소유지로 이루어져 있다. 트위드옷을 입은 남자 하나가 지팡이를 들고 길을 걸어오더니 풍경을 보며 서 있던 우리를 모욕하며, "내 풍경"을 본다고 했다.(나중에 알고 보니 그곳은 가끔 뇌조나 쏘러 오는 오스트리아 사업가들의 소유였고, 그 남자는 완전히 가짜였다. 그건 잘된 일이지만.) 그 후에 우리는 계속 차를 몰아, 오후에 거인이 아주 잘 보이는 자이언트힐을 지나서 케른 아바스로 향했다. 우리의 B&B는 작고 조용히 흐르는 케른 강 옆, 이 밝고 조용한 산촌의 덕 스트리트에 위치한 '사운드 오브 워터'다. 윌리엄 반스의 시에서 따온 이름이다. 수석, 벽돌, 그리고 돌을 쌓고 반은 목재를 댔다. 주로 탑이 다인 작은 교회는 줄무늬로 돌을 쌓았고, 사방 구석마다 기묘한 얼굴들이 쳐다본다. 서늘하고 밝은 저녁. 우리는 레드라이언에서 맛있는 넙치와 맛있는 맥주로 저녁을 먹었다. 자러 갔더니 길거리를 둘러싼 큰 너도밤나무와 떡갈나무 숲속에서 올빼미가 길게 울었다.

9월 8일, 화요일. 아침에는 "탁투쿠, 타피…… 탁투쿠, 타피…… 탁" 하는 소리에 깼다. 우리 서쪽 산비둘기는 뭐라고 울지?

똑같은 문장은 아니지만, 이 소리를 들으니 기억할 수가 없다.

나는 화창하고 서늘한 9월 아침에 환하고 깨끗한 이끼색과 보라색 욕실에서 목욕을 하려고 7시에 일어났다. 훌륭한 영국식 아침식사를 한 후 다시 작은 교회에 가서 더 좋은 채광 속에서 돌 얼굴들을 사진으로 남겼다. 교회 뒤, 묘지 아래 거대한 라임 나무 밑에 놓인 오래된 돌 수반에서 솟는 성 오스틴의 샘으로. 그 후에는 길을 따라 자이언트힐로 올라갔는데, 처음에는 양들이 다니는 길로 잘못 들어갔다. 스톤헨지와 마찬가지로 거인도 "사람이 너무 많아" 울타리를 쳐 놓았기에, 우리도 울타리 옆까지만 올라갔다. 올라갈수록 커지는 멋진 골짜기와 산비탈. 언덕 꼭대기에서 울타리를 지나 엉겅퀴가 무성한 곳을 통과하면 고분과 철기시대나 그 이전에 있었던 마을 토루(土壘), 경작 체계의 흔적 주위를 자유롭게 걸어다니면서 아름다운 언덕들을 다 볼 수 있다. 완콤힐과 로던힐과 아래쪽에 이상하게 생긴 옛콤 보텀까지.(지도에 따르면 키들스 보텀은 한참 남쪽에 있다.) 그 후에는 거인의 반대편으로 다시 내려가니, 언덕 비탈에 그려진 하얀 선을 조금 볼 수 있다. 거인 아래 뒤쪽으로, 너도밤나무와 플라타너스 숲을 통과하여 마을로.

우리는 크래커와 토마토와 치즈와 리베나*를 사서 블랙힐의 초록색 들판에서 파란 하늘을 이고 야유회를 가졌다.

도체스터로, 위대한 수작업인 메이든 캐슬로. 처음에는 차를 타고 한 바퀴 돌았고—일부러 그런 건 아니고, 길을 찾느라—그

* 블랙커런트로 만드는 영국 음료수.

후에는 일부러 걸어서 한 바퀴 돌았다. 태양과 바람과 어마어마한 토목 요새. 4000년이나 된. 양 대신 고고학자들이 보이는 건 발전이라 할 수 없지만, 그래도 매사냥을 지켜보며 호젓하게 있을 수 있다.

피들 계곡을 경유하여 돌아왔다. 피들힌튼 교회에 잠깐 멈췄다. 피들트렌트하이드에서는 피들밸리 전자레인지 상점을 지나쳤다. 그리고 키들스 보텀을 만나 높은 백악질 산등성이로 쭉 올라가면 케른 아바스로 곧장 이어지는데, 이제는 오늘 한참 걸어서 다리가 지친 우리에게 너무나 집처럼 느껴진다.

9월 9일, 수요일. 오늘 아침 깨어났을 때는 머릿속에서 중년의 가느다란 남자 목소리가 다음의 시를 읊었다.

메이-든의 토루

남자들은 서둘러 사냥하고 죽이고.
큰 나라들은 무너지나.
여전히 매는 고요히 나네
벽 위 바람을 타고.

꼭 토머스 하디의 시 같은데, 하디의 뛰어난 작품이랄 수는 없다.

아침을 먹으면서 친절한 숙소 주인 시몬즈 씨에게 어디로 갈 계획인지 말했더니, "올라갔다 내려가는 날이군요."라고 했는데, 차 뒤에 앉아서 딱 그렇게 톨러 프라트룸으로 향한다. 여기는 마법적인 곳이다. 단지 농장 하나, 마을도 안 되는 큰 농장 하나일 뿐이지만 그 농장에 암흑시대에 만들어진 세례반을 갖춘 예배당이 있고, 헛간은 형제들*이 식사를 하던 식당이었다. 아름다운 농장 주택은 17세기 초 건축물이다. 사방에 언덕들이 햇빛을 받으며 고요히 솟아올라 있다.

그리고 다시 멋진 이름의 톨러 포코룸으로. 안내 책자에서 지적하듯이 견고한 도싯 교회가 약 2미터 깊이로 파묻힌 마을 사람들 위에 서 있다. 둔덕이 교회와 교회 마당을 마을길 위에 올려놓았다. 회색 벽에서는 입을 벌린 멋진 "가고일"들이 내려다본다. 교회 안으로 들어가면 수많은 털실 자수 돼지들이 있다.

그리고 다시 위로 올라갔다가 아래로 내려가서 고독하고 언덕 많은 야생의 파워스톡으로. 석기시대 요새 아래를 지나고, 톨러 포코룸 돼지들, 즉 왕들이 사냥할 멧돼지들이 먹을 도토리를 떨구는 어두운 떡갈나무 숲을 통과한다. 흙과 돌과 어둠의 냄새가 나는, 나뭇가지와 덩굴을 인 사암 터널을 통과하여 나와서 다시 큰 언덕들을 올라, 파이모어를 지나고 도터리를 지나서 바다로. "털라사, 털라사!" 바버라가 외친다.**

우리는 온통 불그레한 황갈색 수석과 마노, 그리고 이상하

---

* fratrum이 라틴어로 형제들이라는 뜻이며, 중세에 이 장원을 소유했던 구호기사단을 가리킨다.

** 털라사는 그리스어로 '바다'라는 뜻이다.

게도 흑요석으로 이루어진 치덕 해변 마을의 바닷가에서 점심을 먹었고 바바라는 파도 앞에서 태극권을 했다. 그 후에 우리는 해안을 굽어보는 높은 곳인 골든캡을 올랐다. 바바라가 마지막으로 골든캡을 올랐던 게 1937년이라니, 이번이 50주년이었다. 우리는 이이프를 지나 동쪽으로 웅장한 곡선을 이루는 포틀랜드 빌*을 보고, 서쪽으로는 라임 리지스**를 지나 먼 파란 해안선을 볼 수 있었다.

우리는 바바라가 1912년쯤에 도싯 노브***를 샀다는 무어스 도싯 베이커리에 다시 갔는데, 어리석은 사람들이 "이제는 겨울에만 노브를 굽는다."고 한다. 그래서 우리는 욕을 하며 버터 쿠키로 만족했다. 그 후에는 다시 차를 타고 스웨어와 펀크놀을 지나고 리틀브레디 마을을 통과했다. 깊고 어둑한 계곡 안에 붉은 지붕을 인 집, 높은 슬레이트 지붕을 인 거대한 H자 석조 헛간, 음매 하고 우는 흑백의 소떼가 가득 들어찬 돌담 두른 뜰. 다시 올라간다. 강이 맑게 흐르고, 맑고 맑은 개울이 사이들링 세인트 니콜라스 마을을 관통한다. 밭을 태우고 있어, 공기가 어둑하다.

'사운드 오브 워터'로 돌아가서, 맛있는 위스키, 레드 라이언에서 오래 기다린 저녁식사. 밤에는 다시 올빼미가 울었다. 두 마리였다가 세 마리가 된다. 순수하고 떨리면서 낮아지는 울음소리와 응답.

---

* Portland Bill. 포틀랜드 섬 남쪽 끝이자 도싯 최남단에 해당하는 좁은 곶.
** Lyme Regis. 웨스트도싯에 있는 마을.
*** Dorset Knobs. 도싯 특산의 딱딱한 비스킷으로, 현재는 단 한 곳에서만 만든다고 한다.

9월 10일, 목요일. 아침을 먹을 때 더그 시몬즈가 세실 비치에서 배 아래에 살았던 노인에 대한 아름다운 노래를 불러 줬다. 작고 맑은 케른이 반쯤 두르는 아름다운 정원도 안내했다. 찰스와 나는 7시에 일어나서 다시 한 번 길에서 거인을 보러 걸어갔다가, 케른 옆을 돌아서 사랑스러운 케른 아바스 교회로 돌아왔다.

11시쯤, 나는 차 안에서, 케른 아바스를 빠져나가서 옛콤 보텀을 지나가는 초록색 나무 터널 속에서 쓰고 있다. 그리고 이제는 옛콤에서 마을과 교회의 사각탑과 허공을 맴돌며 노는 까마귀들을 마지막으로 오래도록 내려다본다.

계속해서 산등성이를 따라 올라갔다가 계곡으로 내려가며 던티시를 통과하고, 맵파우더와 리든호를 지난다. 농장 트럭이 많다. 아니, 큰 트럭들이고, 향기로운 분뇨 냄새를 진하게 풍긴다. 떡갈나무 사이에 킹스 스태그*라는 마을이 있고 사슴 공원이 있는데, 얼룩 사슴이 크고 넓게 뻗은 떡갈나무들과 마로니에 사이에서 편하게 풀을 뜯는다. 리든 강에 있는 리들린치를 지나는데, 아직도 린치가 무엇인지는 알아내지 못했다. 스터민스터 뉴턴, 언덕 위에 자리 잡은 근사한 장터 마을. 오늘은 개울물과 하늘이 다 컨스터블**의 그림 같다. 한 줄기 은빛 사시나무가 바람을 밝힌다. 한동안 평평한 녹색 초지. 이제 우리는 가파른 비탈을 오르고 또 올라 가파른 길거리의 샤프츠베리로 올라갔다가, 다시 윌트셔로 돌아간

---

* King's Stag. 왕의 사슴.
** 영국의 풍경 화가.

다. 도싯이여, 잘 있거라.

이제 나무가 많이 자란 언덕 지역이 점점 넓게 트인다. 산울타리가 적어진다. 노일을 지난 후에는 윌트셔의 탁 트인 채로 굽이치는 새하얀 경작지에 들어선다. 높은 언덕에 금빛 털의 양. 육군 밴이 한 대. '비정상 하중 주의.'

우리는 고속도로로 높이 날아간다. 사방에는 옅은 황갈색 녹갈색의 광활하게 굽이치는 평야가 펼쳐지고, 하늘에는 뭉게 구름이 멀어져 가고, 건초 더미와 양떼 위로 꿀빛 햇살이 떨어진다.

그러다가 순식간에 구름이 모인다.

우리는 에이브버리에서 고속도로를 벗어난다. 에이브버리를 다시 보다니, 이 얼마나 운이 좋은지! 외곽 도랑에서 야유회를 갖고, 바버라가 차 안에서 쉬는 동안 잽싸게 환상열석을 돌아본다. 바깥쪽 열석 끝에 있는, 내가 부부 왕이라고 부르는 돌들 앞에서 가벼운 비가 내려 연파란색과 연녹색 우비와 우산에 파묻힌 채 여왕 가까이 몸을 웅크렸고, 여왕은 우리를 보호해 주었다. 그 후에 우리는 내셔널 트러스트* 상점에 피신하여 티코지 양과 켄달스 민트 케이크를 사고, 은빛 햇살과 구름 그림자 속으로 나가서 미친 듯이 사진을 찍었다. 지금 나는 말버러 하이 스트리트에 세운 차 안에서 이 글을 적고 있고, 바버라와 찰스는 식료품점에 들렀다.

그 후에는 버크셔 다운즈를 오르고 오르고 올라서 높고 넓은 가을 땅을 가로지르고, 오래된 리지웨이를 가로질러 다운즈 끝

* 영국과 웨일스 등지에서 자연문화유산을 관리하는 민간 단체.

에 다다라 템즈 계곡 전체를 굽어본다. 흐릿한 지평선 저 멀리까지 평평하니, 인류의 사업이 가득 들어차 있다.

산 너머 멀리멀리,
바람이 틀어올린 머리를 날려 버릴 거야.

그렇게 옥스퍼드로, 바버라의 집으로 돌아간다.

여자 어부의 딸 1988년

♀□

나는 이 글의 첫 번째 판본을 브라운 대학과 오하이오의 마이애미 대학에서 읽었고, 조지아의 웨슬리언 대학에서 읽기 위해 많이 고쳤다. 그 후에 또 포틀랜드 주립 대학에서 읽기 위해 싹 다시 썼다. 또 다른 곳에서 읽은 것 같기는 한데, 어디인지는 떠올릴 수가 없다. 멜론 펠로십으로 툴레인 대학에 갔을 때 또 다시 썼고, 툴레인의 멜론 논설 시리즈에 "글 쓰는 여자(A Woman Writing)"라는 제목으로 실린 글이 최종판인 척했다. 샌프란시스코에서 자선행사로 강연해 달라는 요청을 받았을 때는 베이 지역에서 글쓰기 인생을 살았던 어머니에 대해 더 이야기하기로 결정했는데, 그러자니 또 전체를 수정해야 했다.

이번 책의 원고를 준비하면서 나는—어떤 부분은 똑같고, 어떤 부분은 많이 다른—총 다섯 가지 원고가 담긴 두꺼운 폴더와 마주쳤다. 그리고 나는 생각했다. '이걸 또 써야 한다면 죽어 버릴 거야.' 그래서 나는 다시 읽지 않고 제일 최신판을 넣었다. 그러나 가차없는 나의 편집자는 받아들이지 않았다. "소심한 여인이여, 빠뜨리는 부분은 다 어쩌고요?" "그걸 어쩌라고요?" 나는 으르렁거렸다. 편집자는 말했다. "그냥 다 합치면 될 것 같은데요."

"어디 보여줘 봐요." 나는 간사하게 말했고, 그래서 편집자가 글을 합쳤다. 이것으로 괜찮다면 좋겠다.

그토록 힘을 들인 이 글에 대해 가장 기쁜 지점은, 마침내 내가 이 글을 협력 작업으로 볼 수 있다는 사실이다. 내가 읽어 준 다양한 청중의 반응, 강연실에서 받은 질문과 그 후에 받은 편지를 다 포함하는 그 반응들이 내 생각을 이끌고 명확하게 해 줬으며 수많은 실수와 누락으로부터 구했다. 지금의 재조합과 편집 덕분에 그 모든 것이 되살아났다. 우아하고 매끈하지는 않지만, 크고 괴상한 퀼트와 같다. 그리고 처음 글의 재료를 모을 때 내가 붙인 가제도 그것이었다. "괴상한 퀼트" 그 제목 역시 협업을 가리킨다. 나는 스스로를 너무나 많은 다른 작가—조상들, 낯선 이들, 친구들의 작업과 말을 짜맞춘 사람으로 본다.

"그러니 물론." 베티 플랜더스는 발꿈치를 모래에 더 깊이 누르면서 썼다. "떠나는 것 말고는 아무것도 할 게 없어요."

그게 버지니아 울프 『제이컵의 방』 첫 문장입니다.[1] 글 쓰는 여자죠. 바닷가 모래밭에 앉아서, 글을 쓰는. 이 사람은 베티 플랜더스일 뿐이고, 편지를 쓰고 있을 뿐이에요. 하지만 첫 문장은 여러 세계로 가는 문이에요. 책 끝에서 어머니가 아들의 낡은 신발 한 켤레를 들고 서서 "이걸 어떡하면 좋지요?" 말할 때 보면, 이 제이컵의 방이라는 세계는 정말이지 이상하게 텅 비어 있어요. 이것이 독자가 처음 보는 장면이 여자이자 아이들의 어머니가 글을 쓰는 모습인 세계입니다.

바닷가, 해변, 바깥이 여자들이 글을 쓰는 곳일까요? 집필실 안, 책상 앞이 아니고? 여자는 어디에서 글을 쓰고, 글을 쓸 때 어떻게 보이나요. 글 쓰는 여자에 대한 나의 이미지는, 여러분의 이미지는 무엇인가요? 친구들에게 물어봤습니다. "글 쓰는 여자라고 하면, 무엇이 떠오르죠?" 잠깐 멈칫한 후에 이해했는지 눈에 불이 켜지더군요. 몇 친구는 그라고나르, 아니면 카사트의 그림을 보내줬는데, 그런 그림은 대부분 글을 읽거나 편지를 잡은 여자를 그렸어요. 그것도 실제로 편지를 쓰거나 읽는 게 아니라 초점이 흐려진 눈으로 고개를 든 장면이죠. '그이가 영영 돌아오지 않는 걸까? 그런데 팟로스트 불은 껐던가?' ……또 다른 친구는 활기차게 대답하더군요. "글을 쓰고 있는 여자라면, 받아 적는 중이지." 또 다른 친구는 이랬어요. "여자가 부엌 식탁 앞에 앉아 있고, 아이들이 소리를 지르는 모습."

난 마지막 이미지를 뒤쫓을 거예요. 하지만 우선 이 질문에 대한 내 첫 대답부터 말해 드리죠. 조 마치였어요. 글 쓰는 여자가 어떻게 생겼을까 스스로에게 묻자마자 프랭크 메릴의 친숙한 『작은 아씨들』[2] 삽화가 바로, 그것도 확실하게 떠오를 정도이니, 내가 글을 끄적이던 어린 시절에 조 마치가 정말 큰 영향을 줬다는 사실을 알겠죠. 분명히 많은 여자애들에게 영향을 미쳤을 거예요. 조는 대부분의 "실제" 작가들과 달리 죽지도 않고 너무 유명해서 접근할 수 없는 인물도 아니니까요. 책 속에 나오는 많은 예술가들처럼 감수성이나 고통이나 너무 대단한 탓에 멀게 느껴지는 인물도 아니고요. 소설 속에 나오는 많은 작가들처럼 남성도 아니에요. 조는 자매처럼 가깝고 풀처럼 평범해요. 모델로서 조가 글을 끄적이는 여자애들에게 뭘 말해 주죠? 아무래도 아이 때나 꽤 최근까지나 거의 몰랐던 진짜 작가, 즉 루이자 메이 올콧이라는 사람에게 다다를 때까지 작가 조 마치의 전기를 따라가볼 가치가 있지 싶군요.

우리가 처음 작가 조를 만나는 순간은 동생인 에이미가 앙심을 품고 조의 원고를 태우는 순간이에요. "몇 년간의 애정 어린 작업을 말이다. 다른 사람들에게는 사소한 상실로 보였으나, 조에게는 끔찍한 재난이었다." 어떻게 책 한 권이, 몇 년간의 작업이 누구에게든 "사소한 상실"일 수가 있죠? 생각만 해도 끔찍했어요. 어떻게 조에게 에이미를 용서하라고 할 수가 있죠? 그래도 조는 에이미를 얼어붙은 호수에 빠뜨려 죽일 뻔하고 나서 용서하죠. 어쨌든, 나중 챕터에서 조는

> 다락방에서 바쁘게 지낸다…… 낡은 소파에 앉아서, 앞에 놓인 트렁크에 종이를 펼쳐 놓고 부지런히 쓴다…… 여기에서 조의 책상은 낡은 깡통 키친이었다……

여기에서 키친은 옥스퍼드 영어 사전에 이르기를, "뉴잉글랜드에서: 로스팅팬"이라고 합니다. 그러니까 이 단계에서 조의 방은 소파, 로스팅팬, 그리고 쥐가 있는 다락방이에요. 열두 살짜리에게라면 천국이죠.

> 조는 마지막 페이지가 채워질 때까지 휘갈겨 쓴 다음, 요란한 동작으로 서명을 했다…… 조는 소파에 등을 기대고 누워서 원고를 주의 깊게 읽으며 여기저기에 줄을 긋고, 작은 풍선처럼 생긴 느낌표도 잔뜩 찍었다. 그런 다음 원고를 맵시 있는 빨간 리본으로 묶고는 진지하면서도 아쉬움 가득한 표정으로 앉아서 1분 동안 바라보았다. 그 표정만으로도 얼마나 진심을 다한 작품인지 알 수 있었다.

여기에서 나는 폄하하듯이 쓴 아이러니한 표현들에 흥미를 느낍니다. 휘갈겨 쓴다, 줄을 긋는다, 말풍선, 리본…… 그리고 진심을 다한.

조는 그 단편을 신문에 보내고, 소설이 실리자 자매들에게 큰 소리로 읽어 주며, 조의 자매들은 울어야 할 지점에서 울지요. 베스가 묻습니다. "누가 쓴 거야?"

> 낭독자는 벌떡 일어나서 신문을 내던지고 상기된 얼굴을 드러내더니, 근엄함과 흥분이 뒤섞인 태도로 크게 대답했다. "이 몸이야."

마치 가족은 요란법석을 떨어요. "이 어리석고 애정 넘치는 사람들은 온갖 사소한 가정의 기쁨을 기념일로 만들었기 때문"이죠. 여기서 또 평가 절하가 나오네요. 작가의 첫 작품 발표를 "집

안의 소소한 기쁨"으로 축소해요. 이건 예술의 평가 절하가 아닌가요? 그러면서 또한, 영웅적인 어조를 거부함으로써 예술을 "한낱 소녀"의 손이 닿지 않는 무엇인가로 격상하기를 거부하는 자세가 아닌가요?

그래서 조는 계속 글을 씁니다. 이제 몇 년 후의 조인데, 이 부분이 핵심 이미지이니 길게 인용할게요.

> 조는 몇 주에 한 번씩 작업용 옷을 입고 방에 틀어박혀서, 자기 표현을 빌면 "소용돌이에 빠져" 온 마음과 영혼으로 소설을 집필했다. 그 소설이 끝날 때까지는 평화를 찾을 수가 없었기 때문이다. 조의 "작업용 옷"이란 펜을 닦을 수 있는 검은색 긴 앞치마와, 발랄한 빨간 리본을 장식한 같은 재질의 모자로 이루어져 있었다…… 이 모자는 신호등과 같아서, 조가 그 모자를 쓰고 있는 동안 가족들은 거리를 두고 그저 가끔만 고개를 들이밀고 관심 있게 "천재성을 불태우고 있어, 조?"라고 묻기만 했다. 그 정도 질문도 언제나 던지지는 않았고, 모자를 살펴보고 그 모습에 따라 판단을 내렸다. 모자가 이마 깊숙이 내려가 있다면 힘든 작업이 이어진다는 신호였다. 신이 났을 때는 모자가 비스듬하게 젖혀졌고, 절망이 작가를 사로잡으면 모자가 아예 바닥에 팽개쳐졌다. 그런 때면 침입자는 조용히 물러났다. 그리고 빨간 리본이 그 재능 넘치는 머리에 쾌활하게 잘 얹힌 모습을 볼 때까지는 감히 아

무도 조를 부르지 않았다.

조는 어떤 의미에서도 스스로를 천재로 여기지 않았다. 하지만 글쓰기 발작이 찾아오면 모든 것을 버리고 뛰어들어, 부족한 것이나 보살펴야 할 부분이나 나쁜 날씨 같은 것은 알아차리지도 못하고, 조에게는 살아 있는 누군가와 다를 바 없이 진짜인 소중한 친구들이 가득한 상상 세계 속에 안전하고 행복하게 앉아서 더없이 행복한 삶을 살았다. 졸음이 찾아오지도 않았고, 식사의 맛도 느껴지지 않았으며, 오직 이럴 때에만 찾아오는 행복을 즐기기에는 밤낮이 다 너무 짧았으니, 다른 어떤 과실도 맺지 못한다 해도 이 시간은 살 가치가 있었다. 이런 신성한 영감의 시간이 한두 주쯤 이어지고 나면, 조는 배고프고 졸리고 언짢거나 풀이 죽은 상태로 '소용돌이'에서 빠져나왔다.

이건 예술 작업을 하는 상태에 대한 훌륭한 묘사예요. 친근하게 만들었지만 진짜죠. 모자와 리본, 익살맞은 전환과 포기가 김을 빼기는 해도 비하하지는 않으면서 올곳이 대단한 선언을 해내게끔 해 줍니다. 그 선언은 바로 조가 아주 중요한 일을 하고 있으며 전적으로 진지하게 하고 있고, 젊은 여자가 그런다고 이상할 게 없다는 선언이에요. 일에 대한 열정과 그 일을 하는 동안 느끼는 행복감이 법석 떨지 않고 젊은 여성의 흔한 집안 생활에 맞아 들어가요. 대단치 않아 보일 수도 있지만, 나도 그렇고 내 세대나 어머니 세대나 내 딸들 세대의 많은 다른 비슷한 여자애들이 이렇게 잘 맞는 모델을 달리 어디에서 찾을 수 있을지 모르겠네요.

조는 로맨틱 스릴러를 쓰고, 그 이야기들은 팔리죠. 조의 아버지는 고개를 저으면서 말해요. "돈은 신경 쓰지 말고 제일 높은 경지를 노려야지." 하지만 에이미가 대꾸하죠. "돈이 제일 좋은 부분이에요." 조는 보스턴에서 가정교사 겸 재봉사로 일하면서 알게 됩니다. "돈이 힘을 부여한다. 따라서 조는 돈과 힘을 가져야겠다고 결심했다. 혼자 이용하기 위해서가 아니었다." 우리 작가의 작가는 서둘러 덧붙여요. "자기 자신보다 더 사랑하는 사람들을 위해서였다…… 조는 센세이션 소설로 옮겨 갔다." 조의 《위클리 볼케이노》 편집실 첫 방문은 가볍게 다뤄지지만, 세 남자가 조를 몸을 팔러 온 여자처럼 대합니다. 여자가 하는 일은 상품으로서의 여자에게 완전히 포함된다고 여기다니 진정 레비스트로스 신봉자들이죠. 조는 부끄러움을 거부하고 계속 써서 글로 돈을 벌고, 그러면서 또 부끄러움을 인정하고 "집에는 말하지 않아"요.

> 조는 곧 자신의 순진한 경험으로는 사회의 기저에 있는 비극적인 세상을 언뜻밖에 보지 못한다는 사실을 알았다. 그래서 사업적인 측면에서, 즉 글을 팔기 위해 특유의 에너지로 부족한 부분을 메우는 일에 착수했다…… 신문에 난 사건 사고, 범죄를 뒤졌다. 독극물에 대한 책을 물어보아 공공도서관 사서의 의심을 샀다. 길거리에서 얼굴들을 관찰하고,

> 주위에 있는 좋고 나쁘고 무심한 성격들을 살폈다…… 다른 사람들의 열정과 감정을 많이 묘사하다 보니 스스로에 대해서도 관찰하고 생각하게 되었다. 건강한 젊은 정신이라면 자진해서 채우지 않을 병적인 즐거움이었다……

하지만 그것도 젊은 소설가에게라면 적절하다고, 심지어 필요하다고 여길 수 있겠죠? 그렇지만, "잘못은 언제나 처벌을 부르기 마련, 조 역시 가장 필요한 순간에 처벌을 받았다."

조의 처벌은 집안의 천사에 의해, 베어 교수라는 형태로 집행됩니다. 조가 스스로의 순수한 영혼을 더럽히고 있다는 사실을 아는 베어 교수는 조가 기고하는 신문을 공격해요. "훌륭한 젊은 여성이 그런 물건을 본다니 마음에 들지 않는군요." 조는 약하게 방어하지만, 베어 교수가 떠난 후에 석 달간 쓴 소설을 다시 읽어 보고 불태워 버립니다. 이제는 에이미가 태울 필요도 없어요. 직접 없앨 수 있으니까요. 그러고 나서 조는 앉아서 생각하죠. "차라리 양심이 없었으면 좋겠어. 너무 불편해!" 이거야말로 루이자 메이 올콧이 마음으로부터 내지른 소리예요. 조는 독실한 이야기와 어린이 이야기를 시도하지만, 팔리지 않자 포기해요. "잉크통을 막아" 버리죠.

베스가 죽고, 조는 베스의 자리를 대신하려 "다른 사람들을 위해 살아 보려고" 해요. 결국에는 어머니가 말하죠. "글을 쓰지 그러니? 넌 언제나 글을 쓰면 행복했잖아." 그래서 조는 글을 쓰고, 잘 쓰고 또 성공해요. 베어 교수가 돌아와서 조와 결혼할 때까지는요. 아무래도 조가 글을 그만 쓰게 할 방법은 그것뿐인가 봐요. 2부에서 조는 베어 교수의 두 아들을 키우고, 그다음에는 자기가 낳은 두 아들을 키우고, 그다음에는 온갖 작은 도련님들을 키우죠. 『작은 아씨들』 끝의 「결실의 계절」이라는 챕터에서 조는 말해요. "아직 좋은 책을 쓸 수 있다는 희망을 버리지는 않았지만, 나는 기다릴 수 있어."

그 결실은 무기한 연기된 것 같죠. 하지만 레이철 블라우 뒤플레시스의 표현[3]을 빌자면 조는 '결말 너머까지' 글을 써요. 3부인 『조의 아이들』에서 조는 중년이 되어 글쓰기로 돌아가고, 부유하고 유명해지죠. 조가 가사를 꾸리고, 10대 아이들의 어머니 노릇을 하고, 자기 글을 쓰고, 유명인 사냥꾼들을 피하려고 노력하는 묘사에는 현실성과 강인함과 코미디가 깃들어 있어요. 사실 이 이야기는 작가 조의 전체 이야기와 마찬가지로 루이자 올콧의 생애와 상당히 닮아 있어요. 다만 한 가지 큰 차이가 있죠. 조는 결혼해서 자식을 두고, 루이자는 그렇지 않았다는 것.

그렇지만 루이자도 가족에 대한 책임을 짊어졌고, 그 가족 중에는 앞날을 생각하지 않고 어린 아기 못지않게 자기중심적인 사람도 있었어요. 1869년 4월, 수은 중독이라는 "나쁜 주문"으로 고통받던 루이자의 일기에 가슴 아픈 대목이 있어요.(남북전쟁 당시 간호사로 일하면서 열병 치료용으로 받은 감홍(甘汞) 때문에 남은 평생 아팠거든요.)

무척 안 좋다. 심하게 지친 느낌. 스스로에 대해서라면 아파도 대수롭지 않다. 휴식이 좋기야 하지만 내가 무너지면 가족이 너무 당황하고 어쩔 줄 모르니 계속 일상을 돌리려 한다. L에 보낼 단편 두 개, 50달러. 포드에 두 편, 20달러. 그리고 두 달간 돈을 못 받긴 했지만 편집 일도. 로버츠가 새 책을 원하긴 하는데, 병에 걸릴까 봐 그 소용돌이에 뛰어들기가 두렵다.

루이자 올콧은 조가 글쓰기의 열정에 대해 썼던 것과 똑같은 표현을 썼어요. 여기 『작은 아씨들』에 나오는 "소용돌이" 대목과 비교할 만한 일기 몇 대목을 읽겠습니다.

1860년 8월—"무드"[장편소설]. 천재성이 너무나 맹렬하게 타올라 4주 동안 내 작품에 완전히 사로잡혀서 낮이면 계속 쓰고 거의 밤이 새도록 구상을 했다. 완벽한 행복이었고, 더 바랄 것이 없었다.

1861년 2월—또 "무드"가 와서 개작했다. 2일부터 25일까지 앉아서 글을 쓰고 저녁에 뛰었다. 잠을 잘 수가 없었고, 3일 동안은 너무 푹 파묻힌 나머지 멈추고 일어나지도 못했다. 어머니가 "영광의 망토" 삼아 입은 낡은 초록색과 빨간색 파티 드레스에 어울리게 빨간 리본을 단 초록색 비단 모자를 만들어 줬다. 원고의 숲속에 앉아서, 메이의 말을 빌자면 "불멸을 위해 살았"다. 어머니는 내가 먹지를 못한다고 걱정하면서 한 번씩 따뜻한 차를 가지고 들락거렸다. 아버지는 그래도 괜찮다고 생각하고 나의 페가수스에게 먹일 제일 빨간 사과와 제일 독한 사과주를 가져왔다…… 소용돌이가 지속되는 동안에는 아주 쾌적하면서도 기묘했다……[4]

그리고 올콧이 빚을 갚아 주기 위해 노예처럼 일하고, 또 보호하고 편안하게 해 주기 위해 그토록 애를 쓴 가족이 거꾸로 올콧을 보호하고 도우려 하는 모습을 보면 기분이 좋지요.

당시의 수많은 여자들과 마찬가지로, 루이자 올콧도 결혼은 하지 않았으나 가족이 있었어요. "우리 중 많은 이들에게는 사랑보다 자유가 더 좋은 남편이다." 그렇게 썼지만, 사실상 즉각적이고 개인적인 책임이 없다는 의미의 자유는 그다지 누리지 못했어요. 심지어 아기도 키웠죠. 동생인 메이의 아기요. 출산의 합병증으로 사망한 메이는 당시 48세였던 사랑하는 언니에게 어린 루를 키워 달라고 부탁했어요. 루이자도 8년 후에 죽을 때까지는 그렇게 했지요.

이 모든 것이 상상보다 복잡할 거예요. 빅토리아 시대의 각본은 선명한 선택을 요구하거든요. 여자에겐 책이냐 아기냐지, 둘 다는 아니었어요. 그리고 조는 그 선택을 내린 것처럼 보이죠. 나는 조가 작가로 살아남았다는 사실을 잊고 있었음을 알았을 때

스스로에게 화가 났어요. 결국에는 『조의 아이들』을 찾아보도록 잔소리를 하던 머릿속 한구석을 제외하면, 내 기억도 정해진 각본을 따라갔다는 사실에요. 물론 그게 각본의 힘이죠. 미처 알지 못하는 채로도 그 역할을 수행하게 되는 거예요.

여기 전형적인—각본 그대로의—글 쓰는 여자이자 아이들의 어머니에 대한 묘사가 있어요. 바로 지금 계단을 뛰어 내려가는 중이죠.

> 젤리비 부인은 예쁘장하고, 자그마하고 통통한 여자로 마흔에서 쉰 사이 나이였는데, 눈동자가 아름답기는 했지만 아득히 먼 곳을 보는 듯한 묘한 습관이 있었다…… [그녀는] 머리카락도 아주 아름다웠지만, 아프리카인들에 대한 의무에 열중한 나머지 빗지도 못했다…… 우리는 부인의 드레스 등 쪽이 제대로 여며지지 않으며, 벌어진 부분을 격자 모양의 코르셋 끈으로 얼기설기 메웠음을 알아차릴 수밖에 없었다.
>
> 종이가 이리저리 흩어진 데다 비슷한 쓰레기에 뒤덮힌 거대한 책상으로 꽉 차다시피 한 그 방은 그냥 어수선한 정도가 아니라 아주 지저분했다. 우리는 아래층으로 굴러 떨어졌던 가엾은 아이의 소리에 귀를 기울이면서도 눈으로는 여기에 주목해야만 했다. 내 생각에는 뒤쪽 부엌으로 떨어진 것 같은데, 누군가가 그 애의 목을 조르는 것 같았다. 하지만 우리에게 가장 충격적이었던 것은 책상 앞에 앉아서 펜끝의 깃털

을 깨물면서 우리를 노려보는, 어느 모로 보나 평범하면서도 지치고 병약해 보이는 소녀의 모습이었다. 그렇게 잉크투성이인 사람은 처음 보았다.[5]

『황폐한 집』을 마저 다 읽고 싶은 마음을 힘들게 참아야겠네요. 난 디킨스를 사랑하고, 젤리비 부인과 그녀가 보리오불라-가(Borrioboola-Gha) 부족과 주고받는 편지에 대해서는 코앞의 비참한 상황은 의식하지 못하면서 외국의 도덕에는 참견하는 사람들에 대한 조롱이라고 방어하겠어요. 하지만 디킨스가 그런 조롱을 위해 여자를 이용하고 있고, 아마도 그게 그때나 지금이나 안전하기 때문이리라는 점은 알지요. 여자가 공적인 책임보다 가족을 우선해야 한다거나, "사적인 영역" 바깥에서 일을 한다면 집을 방치하고 자기 아이들에게 무관심하며 옷을 제대로 여미지도 않을 것이라는 가정에 의문을 표할 독자는 얼마 없으니까요. 젤리비 부인의 딸은 결혼을 통해서 그 본의 아닌 "잉크투성이" 상태에서 구출받지만, 젤리비 부인은 남편에게 어떤 도움도 받지 못할 거예요. 두 사람의 결혼이 정신과 물질의 결합이라고 묘사될 정도로 기력 없는 남편이요. 굉장한 유머와 온화함을 담아 그린 젤리비 부인을 보면 즐겁지만, 그 뒤에 이중 잣대가 숨어 있다 보니 마음이 심란해져요. 디킨스가 그리는 수많은 책임감 있고 지적인 여자들 중 어디에도 젤리비 부인과 균형을 잡고, 개탄스러운 것은 젤리비 부인이 하는 일이 아니라 그 일을 하는 방식이라고 우리를 안심시켜 줄

만큼 제대로 예술적이거나 지적인 일을 하는 여자가 없어서요. 그런데도 방금 인용한 대목은 여자가, 에스터 서머슨이라는 캐릭터가 쓴 것으로 나오죠. 에스터도 문제예요. 에스터가 어떻게 황폐한 집을 건사하고 천연두에 걸리고 다른 모든 일을 하면서 디킨스의 소설 절반을 써 주는 거죠? 우리는 그런 모습을 전혀 보지 못해요. 글을 쓰는 여자로서 에스터는 보이질 않아요. 대본 안에 없어요.

남자가 쓴 소설 속에도 자식을 둔 여자 작가에 대한 호감 가는 묘사가 있을지 모르죠. 난 로드 아일랜드, 오하이오, 조지아, 루이지애나, 오리건, 캘리포니아에서 이 원고의 여러 버전을 읽으면서 매번 청중들에게 그런 작품이 있으면 알려 달라고 했어요. 아직도 희망을 품고 기다리고 있죠. 사실 남자의 소설에서 호감 가게 그려진 여자 소설가로 내가 아는 유일한 경우는 『갈림길의 다이애나*Diana of the Crossways*』의 주인공뿐이에요. 메러디스는 생계로 소설을 쓰는데, 그것도 아주 멋지게 해내서 자유를 찾는 모습을 보여 주죠. 하지만, 재난 같은 사랑의 열병에 빠진 메러디스는 재능을 억지로 짜내고 일을 하지 못하게 되어 가요. 아무래도 남자에게는 사랑이 부수적이지만, 여자에게는 전부라는 각본 같죠. 결국 유복하고 행복하게 결혼한 메러디스는 아기를 낳지만, 책은 낳지 못하는 것 같아요. 다이애나는 거의 1세기 후에 여전히 혼자 갈림길에 서 있죠.

작가로서 눈에 보이지 않는다는 상태는 등장인물들만이 아니라 저자에게도, 심지어는 저자의 아이들에게도 영향을 미쳐요. 엘리자베스 배럿 브라우닝을 봅시다. 우리가 『오로라 리*Aurora Leigh*』를 쓰던 당시 건강한 네 살배기의 건강한 어머니였다는 사실을 무시하고, 사실상 그녀가 여자 작가로 산다는 것에 대하여, 그리고 여자의 진정한 사랑이 얼마나 그 인생을 힘들게 만들 수 있는지에 대해 다룬 책인 『오로라 리』를 썼다는 사실 자체를 무시하고 자꾸만 스패니얼과 같은 침대에 밀어넣은 작가 말이에요.

아이를 몇이나 두었으며 성공한 소설가이기도 한 여자가 남편에게 편지를 쓰는 모습이, 150년 전쯤이 아니라 어젯밤이라고 해도 되겠어요.

> 내가 글을 쓰려면 혼자 쓸 방이 있어야 해요. 그것도 내 방이어야 해요. 지난 겨울 내내 어디든 조용히 있을 곳이 필요했어요. [식당에서는] 식탁을 차리고 치우고 아이들 옷을 입히고 씻기고 온갖 일이 계속 이어지니 그럴 수가 없고…… 아무리 애를 써도 편안한 기분이 들질 않아요. 그렇다고 당신이 있는 응접실에 들어가면 마치 당신을 방해하는 듯한 느낌이 들었죠. 당신도 그렇게 생각했다는 거 알죠.[6]

무슨 소리야? 전혀 안 그래! 딱 여자 같은 소리네!

14년 더 지나고 아이들을 몇 더 낳은 후, 그 여자는 『톰 아저씨의 오두막』을 씁니다. 대부분을 식탁에서 쓰죠.

자기만의 방…… 그래요. 누군가는 왜 해리엇 비처 스토의 남편은 글을 쓸 방을 차지하는데, 19세기 미국에서 가장 영향력 있는 소설을 쓴 여자는 식탁에서 써야 했다고 물을 수 있겠죠. 하지만 또 왜 그 여자는 식탁을 받아들였냐고 물을 수도 있어요. 자존심 있는 남자라면 그 자리에 앉고 5분만 지나면 "이런 미친 집구석에선 일을 할 수가 없어! 저녁 준비되면 불러요!"라고 외치고 걸어 나갔을 테죠. 그런데 자존심 있는 여자인 해리엇은 계속 발밑에 기어다니는 아이들과 저녁을 먹고 소설을 썼어요. 제일 처음 튀어 나오는 질문은 물론 경외감을 담은 '어떻게?'예요. 하지만 그다음 질문은 '왜?'죠. 왜 여자들은 그렇게 어수룩하냐고요?

빠르게 나오는 정해진 페미니스트식 답변은 그들이 가부장제의 피해자이고/이거나 공범이라는 것인데, 사실일지는 몰라도 이 답은 우리를 어떤 새로운 곳으로도 데려가 주지 않아요. 다른 여자 소설가에게 도움을 구해 보죠. 스토의 인용문(과 다른 인용문들)을 틸리 올슨의 『침묵』에서 훔쳐왔는데요, 이 글은 그 책의 애정은 있지만 충실하지 않은 딸이라고 할 수 있어요. '어 엄마, 여기 좋은 인용문이 있는데 내가 입어도 돼?'랄까요. 다음 인용문은 마거릿 올리펀트의 『자서전』에서 직접 찾았어요. 딱 스토 직후 세대를 다루는 매혹적인 책이죠. 올리펀트는 아주 젊은 나이에 성공한 작가였고, 결혼해서 세 아이를 두고 계속 글을 썼는데, 엄청난 빚과 세 아이를 두고 남편이 죽은 데다가 심지어 조카 셋까지 키워야 하는 상황이 와서 계속 글을 썼죠……. 두 번째 책이 나왔을 때는 아직 조 마치처럼 집에 있는 여자애였어요.

나는 글쓰기에서 큰 기쁨을 얻었지만, 책의 성공과 세 가지 판본은 내 마음에 특별한 영향을 미치지 못했다…… 어머니와 [형제인] 프랭크 말고는 나를 칭찬할 사람도 없었고, 그 둘의 박수는…… 뭐랄까, 즐겁기는 했지만, 세상 모든 것이었고, 인생이었지만—셈에 들어가지 않았다. 가족은 나의 일부였고 나는 가족의 일부였으며, 우리는 모두 함께였다.[7]

이것 참 놀랍죠. 남자 작가가 이런 말을 한다고는 상상할 수가 없어요. 여기에 열쇠가 있어요. 그동안 무시당하고, 숨겨지고, 부정당했던 진정한 무엇인가가 있어요.

……글쓰기는 모든 것에 다 퍼져 있었다. 하지만 또한 모든 것에 종속되었고, 어떤 사소한 요구에도 밀렸다. 나는 작업할 방은 고사하고 혼자 쓸 탁자도 없어, 쓰던 책을 가지고 가족 탁자 구석에 앉았다. 모든 일이 내가 책을 쓰는 게 아니라 셔츠를 만들고 있다는 듯이 돌아갔다…… 어머니는 언제나 바느질감을 잡고 앉아서 누구든 가까이 있는 사람에게 말을 걸었고, 나는 그 대화에 참여하면서도 계속 내 이야기를 썼고, 상상 속의 사람들은 방해받지 않고 자기들끼리 다른 대화를 발전시켰다.

실제 방에서 실제 사람들이 대화하는 가운데 상상 속의 방에서는 상상 속의 사람들이 대화하는 모습, 그 모두가 더없이 차분하고 평온하게 진행되는 이미지라니…… 하지만 충격적이죠. 이게 실제 작가일 리가 없어요. 실제 작가들은 코르크를 댄 방 안 고독한 소파에서 올바른 단어(le mot juste)를 찾아 괴로워하며 몸부림치는 것 아니던가요?

> 나의 서재, 내가 평생 얻을 수 있었던 서재는 집 안의 온갖 생활이 돌아가는 두 번째 거실뿐이었다……

이 작가가 여섯 아이를 키우고 있었다는 사실을 기억하시나요?

> ……그리고 작가 인생을 통틀어서 (모두가 잠자리에 든 밤을 제외하면) 방해 없이 두 시간을 온전히 누린 적이 없었던 것 같다. 오스틴 양도 같은 식으로 글을 썼고, 이유도 거의 같았으리라. 하지만 오스틴의 시대에는 자연스러운 삶의 흐름이 다른 형태를 띠었다. 가족은 오스틴 양이 다른 어린 숙녀들처럼 자수를 놓지 않는다는 사실을 알리는 것을 약간 부끄러워했다. 우리 가족은 나에 대해 과장하고 내 작품을 자랑스러워하며 기뻐했지만, 언제나 그게 훌륭한 농담이라는 느낌이 감춰져 있었고……

어쩌면 예술가들이 가족을 버리고 남양 군도로 가 버리는 건*, 가족에게 영웅으로 여겨지고 싶은데 정작 가족은 그들을 웃기게 여긴다는 이유에서일까요?

> ……훌륭한 농담이라는 느낌이 감춰져 있었고, 특별한 시설이라거나 외진 곳이 필요하다는 생각은 전혀 없었다. 어머니는 내가 그런 인공적인 도움을 필요로 한다는 상상만 해도 바로 자존심에 상처를 입었다고 느끼고, 거의 굴욕마저 느꼈을 것이다. 그랬다면 어머니의 눈에는 내 작업이 부자연스러워 보였을 테고, 내 눈에도 그렇게 비쳤을 것이다.

올리펀트는 자부심 강한 스코틀랜드 여자였고, 자신의 일과 자신의 힘을 자랑스럽게 여겼어요. 그래도 소설에 돈을 더 달라고 남자 편집자와 출판인들과 싸우기보다는 논픽션 돈벌이 책을 썼죠. 그래서, 씁쓸하게 말하다시피 "트롤럽의 최악의 작품이 내 최고의 작품보다 돈을 더 받았다." 올리펀트 최고작은 『마조리뱅크스 양』이라고 하지만, 나는 그 책을 구할 수가 없었어요. 작가의 다른 모든 책과 함께 그 책도 사라져 버렸어요. 이제는 비라고 같은 출판사 덕분에 올리펀트의 굉장한 소설 『헤스터*Hester*』와 『커스틴*Kirsteen*』과 다른 몇 작품을 구할 수 있지만, 내가 아는 한 이 작품들은 여전히 여자들의 강좌에서만 가르칩니다. 트롤럽이 돈벌이로

* 화가 고갱이 타히티 섬으로 떠났던 일을 가리킨다.

쓴 작품들은 영문학 정전에 들어가는데, 올리펀트의 작품은 들어가지 않아요. 아이를 키운 여자가 쓴 책은 그 위엄 넘치는 목록에 포함된 적이 없어요.

올리펀트는 우리에게 왜 어떤 소설가가 부엌에서, 아니면 아이들을 보고 집안일을 해 가면서 응접실에서 글을 쓰는 상황을 참아 낼 뿐 아니라 기꺼이 참아 낼 수 있는지 언뜻 보여 주는 것 같습니다. 올리펀트는 자신의 예술 작업과 "집안일"이라고 불리는 감정/육체/관리 면에서 복잡한 기술과 과업들 사이에 존재하는 까다롭고 애매하며 불확실한 연결에서 자신과 자신의 글쓰기가 이익을 얻고 있고, 그 연결을 잘라 내면 글쓰기 자체가 위험해진다고, 본인의 표현을 빌자면 글쓰기가 부자연스러워진다고 생각한 것 같아요.

물론 일반적으로는 정반대의 지혜를 받아들이죠. 예술 작업을 집안일과 가족에 대한 책임과 결합하려고 시도해 봐야 불가능하고, 부자연스럽다고들 생각해요. 그리고 비평가와 정전주의자들 사이에서 부자연스러운 행위에 대한 징벌은, 죽음이에요.

주부-예술가에 대한 이런 판결과 선고의 근거 윤리가 뭘까요? 그 기반에 종교를 둔 아주 고결하고 근엄한 윤리죠. 예술가는 예술을 위해 그 자신을 희생해야 한다는 생각이요.(여기에서는 심사숙고해서 남성 대명사를 씁니다.) 그의 책임은 오직 그의 작품에만 있어요. 그게 낭만파에게 동기를 부여하는 아이디어이고, 랭보에서 딜런 토머스와 리처드 휴고에 이르는 시인들의 경력을 인도하며,

우리에게 수백 명의 영웅상을 안겨 준 아이디어죠. 이 영웅상의 전형이라면 제임스 조이스 본인과 조이스가 그린 스티븐 디덜로스가 있는데요, 스티븐은 "숭고한" 대의를 위해 "뒤떨어진" 의무와 애정을 다 희생하고, 병사나 성자와도 같은 도덕적 무책임을 끌어안아요. 이런 영웅적인 자세, 이런 고갱 같은 자세는 정상으로, 예술가에게는 자연스러운 것으로 받아들여졌고 남자든 여자든 그런 자세를 취하지 않으면 조금 비루하고 2등급이라는 느낌을 받는 경향이 있었어요.

하지만 버지니아 울프는 아니었죠. 울프는 사실 그대로 예술가에게는 얼마간의 수입과 작업할 방이 필요하다는 사실을 잘 이해했지만, 영웅주의에 대해서는 말하지 않았어요. 오히려 이렇게 말했죠. "나는 작가가 영웅이 될 수 있을지 의심스럽다. 영웅이 작가가 될 수 있을지도 의심스럽다." 그리고 온전히 영웅의 자세를 떠맡은 작가를 보면 나도 그 생각에 동의해요. 예를 들어 여기 조지프 콘래드를 봅시다.

> 나는 20개월 동안 내 창조물을 두고 주님과 씨름했다…… 매일, 매시간 정신과 의지와 의식을 다 쏟아넣었다…… 세상으로부터 완전히 고립되어 벌이는 외로운 싸움이었다. 잠을 자고 내 앞에 놓인 음식을 먹고 적절한 때 관련 있는 대화를 하기는 했지만, 말없이 지켜보는 지칠 줄 모르는 애정 덕분에 수월하고 조용하게 흘러가는 일상의 고른 흐름에 대해서는

조금도 자각하지 못했다.[8]

여자가 그런 분투에 모든 의식을 쏟고 있었다고 자랑하면 여자와 남자 양쪽에게 책임을 추궁받곤 했죠. 이제는 여자들이 남자들을 추궁합니다. 무엇이 그 앞에 음식을 "놓아" 주었는지? 무엇이 그의 일상을 그렇게 조용하게 만들어 주었는지? 어쩐지 폐차장에 있는 낡은 포드를 가리키는 말처럼 들리지만, 보아하니 20개월 동안 조지프 콘래드가 상대적으로 대단한 고립 속에 집 안에 갇혀서 잘 입고 씻고 먹으며 주님과 씨름을 할 수 있도록 매일 매시간 신경을 쏟았을 여자를 섬세하게 표현한답시고 썼을 이 "지칠 줄 모르는 애정"이란 대체 무엇일까요?

콘래드의 "분투"와 조 마치/루이자 올콧의 "소용돌이"는 똑같이 총력을 기울인 예술 작업을 가리키는 말입니다. 그리고 양쪽 모두 예술가는 가족의 보살핌을 받죠. 하지만 여기에서 중요한 차이는 예술가의 인식이라고 생각해요. 올콧은 선물을 받는데, 콘래드는 권리를 주장하죠. 올콧이 창조의 회오리라는 소용돌이에 휩쓸려 그 일부가 될 때, 콘래드는 정복하려 씨름하고 분투해요. 올콧은 참여자이고, 콘래드는 영웅이죠. 그리고 올콧의 가족은 찻잔과 소심한 질문을 던지는 개인으로 남아 있지만, 콘래드의 가족은 "애정"이라는 이름으로 인격을 빼앗겨요.

이런 영웅적인 유아 상태를 흉내 냈을 만한 여자 작가를 찾다 보니 거트루드 스타인이 생각났어요. 앨리스 톨카스를 실리적인 의미에서 "아내"로 이용했을 거라는 인상이 있다 보니요. 하지만 추측해야 마땅하게도, 그건 레즈비언에 대한 반감에서 나온 허위 보도죠. 영웅-예술가의 위치를 점하고 엄청난 에고를 충족시킨 건 확실하다 해도, 스타인은 공정했어요. 그리고 스타인의 가정 내 파트너십과 조이스나 콘래드의 파트너십이 갖는 차이는 분명하죠. 그리고 실제로 많은 예술가에게 레즈비언 관계는 꼭 필요한 지지망을 제공했어요. 예술을 하는 데 영웅적인 면이 있기는 하고, 예술은 외롭고 위험하고 무자비한 일이며, 모든 예술가에게는 도덕적인지지 아니면 연대와 인정 감각이 필요하니까요.

사회적으로나 심미적으로나 연대나 승인을 가장 적게 얻는 예술가는 이제까지 쭉 예술가-주부였습니다. 자신의 예술과 자신에게 의존하는 아이들 양쪽 모두에 대한 책임을 지는 사람, "지칠 줄 모르는 애정"은커녕 지친 애정에도 기대지 못하고, 단순히, 실질적으로, 파괴적으로 불가능한 전시간 이중 직업을 떠맡은 사람이요. 하지만 그 문제는 이런 식으로 제기되지 않아요. 그 어마어마한 실용적 어려움을 인정받지를 못해요. 그게 인정됐다면 보육을 시작으로 실용적인 해법이 제시가 되었겠죠. 대신 이 문제는 지금까지도 도덕적인 문제로, 해야 하느냐 마느냐의 문제로 이야기되지요. 시인 알리시아 오스트리커가 깔끔하게 표현하기로는. "여자는 책을 쓰기보다 아기를 낳아야 한다는 것이 서구 문명이 숙고하여 내놓은 의견이다. 여자가 아기를 낳느니 책을 써야 한다는 것도 같은 주제의 변형이다."[9]

프로이드는 이 믿음에 이론과 신화의 무게를 부여하여, 근본적이며 의문의 여지 없는 사실처럼 보이게 만드는 기여를 해냈습니다. 물론 약혼녀에게 여자는 무엇을 원하냐고 말한 이후에 우리는 영영 여자가 무엇을 원하는지 모르리라고 말했던 프로이드죠. 전공자가 아닌 사람이 이렇게 말해도 될지 모르겠지만, 라캉도 그런 면에서는 한결같이 프로이드를 따라가요. 남자를 인간으로, 여자를 타자로 서술하는 문화나 심리학은 여자를 예술가로 받아들이지 못합니다. 예술가는 자주적으로 선택하는 자아거든요. 그런 자아가 되려면 여자는 스스로의 여성성을 없애야만 해요. 불임의 존재가 되어 남자를 흉내 내야죠. 말할 필요도 없이 완벽하지 못한 흉내지만요.(*)

[*이 문제에 대해 특히 짜릿한 논의가 『어머니말이라는 다른 언어: 페미니스트 정신분석학 관점의 에세이 모음*The (M)other Tongue: Essays in Feminist Psychoanalytic Interpretation*』(Ithaca:Cornell University Press, 1985)에 수록된 수전 루빈 술레이만의 에세이 「글쓰기와 모성*Writing and Motherhood*」이다. 술레이만은 19세기 책이냐-아기냐 이론의 짧은 역사와 20세기 들어서 헬렌 도이치 같은 심리학자들이 개선한 내용을 개괄한다. "도덕적인 의무를 심리학적인 '법칙(law)'으로 바꾸려면, 정신분석을 동원하여 창작 욕구를 출산 욕구와 동일시하고 아이가 있는 여자는 책을 쓸 필요를 느끼지 않는다고 선언해야 했다."라면서 말이다. 술레이만은 이 이론의 페미니스트 반전(책을 쓴 여자는 아이를 가질 필요를 느끼지 못한다.)에 대한 비평을 내놓고 글쓰기와 여성성/모성 사이의 관계에 대한 현

재 프랑스 페미니즘의 의견을 분석한다.]

이런 이유로 제인 오스틴, 브론테 자매, 에밀리 디킨슨에게는 승인이 주어졌으며, 아이를 둘 낳는다는 실수를 저지르긴 했지만 자살로 보상한 실비아 플라스도 승인받았어요. 여성을 멸시하는 문학 정전이 이 여자들을 포함시킬 수 있는 것은 그들을 불완전한 여자로, 남자 같은 여자로 볼 수 있어서입니다.

그렇다 해도, 책이냐-아기냐 교리를 비판하자니 이를 악물어야 하는군요. 이 교리는 결혼해서 아이를 가질 수 없거나 그러지 않기로 한, 그 대신 책을 "낳는" 존재로 스스로를 본 여자들에게 실질적이고 진실한 위안을 줬거든요. 하지만 그 위안은 진실일지 몰라도, 그 교리는 거짓이에요. 그리고 난 도로시 리처드슨이 다른 여자들은 자식을 둘 수 있겠지만 다른 누구도 도로시가 쓴 책을 내놓을 수는 없다고 말할 때 그 안에 담긴 거짓을 들어요. 그러면 "다른 여자들"이 도로시의 아이는 낳을 수 있었다는 건가요. 자궁에서 책이 태어나나요! 그건 책이 음낭에서 나온다는 이론의 동전 반대면에 불과해요. 승화라는 개념의 이 마지막 축소판은 "작가에게 필요한 게 하나 있다면 바로 배짱*"이라 선언했던 우리의 멸종해 가는 대장 마초 작가를 지지하는 말이에요. 하지만 이 남자도 아이를 "얻으면" 책을 "얻을" 수 없으니 아버지들은 글을 쓸 수 없다는 데까지 남자 성기 작가론을 밀어붙이지는 않아요. 아이가 있으면 창작을 할 수 없다는 신화는, 이런 정체성 은유는 오직 여자

* balls. '불알'이라는 뜻도 있다.

들에게만 적용되죠.

여기에서 잠시 멈추고 내가 이런 말을 하는 게 아님을 명백하게 해 둬야겠군요. 난 작가는 아이를 가져야 한다고 말하려는 게 아니에요. 부모가 작가가 되어야 한다는 말도 아니에요. 어떤 여자든 책을 써야 한다거나, 아이를 가져야 한다는 말이 아니에요. 어머니가 된다는 건 그저 여자가 할 수 있는 일 중 하나예요. 작가가 되는 것도 마찬가지고요. 특권이죠. 의무도 아니고, 운명도 아니에요. 내가 글을 쓰는 어머니들에 대해 말하는 건 그게 터부나 다름없는 주제라서예요. 여자들이 계속 어머니이자 작가이려고 해서는 안 된다고, 그러면 아이들도 작품도 대가를 치를 거라는 소리를 들으며 살았기 때문이에요. 그럴 수는 없다고, 그건 부자연스럽다고 듣고 살았기 때문이에요.

여자에게 창작과 출산 둘 다를 허용해선 안 된다는 이런 거부는 잔인한 낭비예요. 주부들을 막아서 우리 문학을 빈곤하게 만들 뿐 아니라, 참을 수 없는 개인적 고통과 자해를 일으켜 왔으니까요. 아이를 낳아서는 안 된다는 현명하신 의사들의 말에 따른 버지니아 울프, 아이들의 침대 옆에 우유잔을 놓고 오븐에 머리를 넣어 버린 실비아 플라스…….

여자 작가에게는 희생이, 그것도 다른 누구도 아닌 본인의 희생이 요구됩니다.(고갱의 마음가짐은 남자 예술가에게 오직 다른 사람을 희생시킬 것을 요구하는 반면에요.) 난 이렇게 여자 예술가가 자신의 섹슈얼리티를 다 누리지 못하게 하는 금지 분위기는 여자만이 아니라 예술에 해롭다고 봐요.

이제는 가족을 키우면서 예술가로 일하고자 하는 여자에 대한 비난이 줄고, 지지는 늘었지요. 하지만 조금 발전했을 뿐이에요. 20년을 매시간 매일 아이들의 안녕과 책의 완성도에 책임지려 하는 어려움은 어마어마해요. 끝없이 에너지가 들고 서로 경쟁하는 우선순위를 가늠하는 불가능한 짓을 해야 하죠. 그리고 우리는 그 과정을 잘 몰라요. 어머니이기도 한 작가들이 어머니로서의 일에 대해서는 많이 말하지 않았고—자랑하는 꼴이 될까 봐? 엄마라는 덫에 갇혀 무시당할까 봐?—어떤 식으로든 양육과 관련한 글쓰기에 대해서도 많이 이야기하지 않았거든요. 영웅 신화에 따르면 이 두 가지 일은 완전히 상반되고 상호 파괴적이라고 여겨지니까요.

하지만 우리는 올리펀트에게서 다른 뭔가의 단서를 들었지요. 그리고 여기에(고마워요, 틸리) 화가 케테 콜비츠의 말이 있어요.

> 나는 서서히 인생에서 일이 먼저인 시기에 다가가고 있다. 아들 둘이 다 부활절 때문에 떠나 있었을 때, 나는 거의 일만 했다. 일하고, 자고, 먹고, 짧은 산책을 나갔다. 하지만 대개는 일을 했다.
>
> 그렇다 하더라도 그런 작업에 "축복"이 빠진 게 아닌가 생각하긴 한다. 다른 감정에 아무 방해도 받지 않을 때 나는 소가 풀을 뜯듯이 일한다.

굉장한 표현이죠. "나는 소가 풀을 뜯듯이 일한다." 내가 아는 "직업" 예술에 대한 최고의 묘사입니다.

> 어쩌면 실제로는 지금 내가 조금 더 해내는지도 모른다. 손은 일을 하고 또 하고, 머리는 대체 뭔지 모를 것을 상상하고, 그런데도 일하는 시간이 너무나 제한되어 있었던 이전의 내가 더 생산적이었다. 그때 더 감각적이었기 때문이다. 그때 나는 인간이라면 그래야 하듯 열정적으로 모든 것이 관심을 갖고 살았다…… 정력이, 정력이 줄고 있다.[10]

여자가 느끼는 이 정력(potency)은 영웅-예술가가 (말을 조심스럽게 고르자면) 궁극적으로 무익한 자기중심주의에 빠져 스스로를 차단시킨 정력이에요. 하지만 남자들만이 아니라 여자들도 부정해온 정력이죠. 여성멸시에 공모하는 데 열심인 여자들만 그랬던 것도 아니에요.

1970년대에 니나 아우어바흐가 제인 오스틴이 글을 쓸 수 있었던 건 주위에 "아이가 없는 공간"을 만들었기 때문이라고 썼어요. 세균이 없는 공간은 알고, 냄새가 없는 공간도 알지만, 아이가 없는 공간이라뇨? 그것도 오스틴이요? 응접실에서 글을 썼고, 수많은 조카들의 중심에 있었던 오스틴이? 하지만 그때 나는 아우어바흐의 말을 받아들이려고 했는데, 내 경험이 들어맞지는 않는다 해도 많은 여자들이 그렇듯 나 역시 내 경험이 잘못됐겠지,

틀렸겠지 하는 사람이었기 때문이에요. 그러니까 당시에 아이들이 가득한 공간에서 계속 글을 쓰는 내가 틀린 건지도 모른다고 생각했죠. 하지만 페미니즘 사상은 훨씬 복잡하고 현실적인 위치까지 빠르게 진화했고, 천천히 뒤따라간 나도 내 생각을 좀 더 할 수 있게 됐어요.

나의 가장 큰 조력자는 언제나 버지니아 울프였고, 지금도 버지니아 울프예요. 이제 울프가 글 쓰는 여자의 멋진 심상을 전해주는 『여성의 직업*Professions for Women*』[11] 초고에서 인용할게요.

> 나는 그녀를 어부처럼 호숫가에 앉아서 물 위에 낚시대를 드리우고 명상하는 자세로 그린다. 그래, 그런 모습으로 상상한다. 그녀는 생각을 하고 있지 않았다. 추론하고 있지도 않았다. 플롯을 구상하고 있지도 않았다. 가늘지만 꼭 필요한 이성의 실 한 가닥을 들고 앉아서 의식의 심연으로 상상력을 가라앉히고 있었다.

여기에서 잠시 개입해서 이 장면에 한 가지 사소한 요소를 더해 달라고 주문할게요. 그 호숫가 조금 떨어진 곳에 아이가, 그 여자 어부의 딸이 있다고 상상해 봅시다. 다섯 살쯤 되었고, 나뭇가지와 진흙으로 사람들을 만들어서 이야기를 짓고 있어요. 엄마가 낚시하는 동안 아주 조용히 있어 달라는 말을 들었고, 실제로 아주 조용히 있기도 한데 깜박해서 노래를 하거나 질문을 할 때가 있죠. 그리고 다음과 같은 극적인 사건이 일어날 때는 푹 빠져서 말없이 지켜보기만 해요. 우리의 글 쓰는 여자, 우리 여자 어부가 앉아 있는데……

> 갑자기 덜컥 움직임이 일어난다. 그리고 낚싯줄이 손가락 사이로 빠져나가는 느낌이 든다.
> 상상력이 쏜살같이 달아나 버렸다. 심연으로 가 버렸다. 어딘지 모를 곳으로 가라앉았다. 기이한 경험으로 이루어진 어두운 물속 깊은 곳으로. 이성은 "멈춰."라고 외쳐야 하고 소설가는 낚싯줄을 끌어당겨 상상력을 수면으로 끌어올려야 한다. 상상력은 격분한 상태로 떠오른다.
> 상상력이 울부짖는다. 어떻게 감히 훼방을 놓아, 어떻게 감히 그런 형편없고 보잘것없는 낚싯줄로 날 끌어낼 수가 있어? 그러면 나는—그러니까, 이성은—대답해야 한다. "자기야, 너무 멀리 가고 있었어. 남자들이 충격받을 거야." 상상력이 호숫가에 앉아서 분노와 실망으로 씨근거리는 동안 나는 마음 가라앉히라고 말한다. 한 50년만 기다리면 돼. 50년이 지나면 네가 나에게 가져다 주려는 괴상망측한 지식을 다 써먹을 수 있을 거야. 하지만 지금은 아니야. 나는 계속 상상력을 진정시키려고 말한다. 네가 말하는 건 쓸 수가 없어. 예를 들어 여자들의 몸이라거나, 여자들의 열정 같은 건…… 아직은 관습이 너무 강해. 그런 관습들을 극복하려면 나에게 영

웅의 용기가 필요할 텐데, 난 영웅이 아니야.

난 작가가 영웅이 될 수 있을지 의심스러워. 영웅이 작가가 될 수 있을지도 의심스러워.

……상상력은 페티코트와 스커트를 다시 갖춰 입으면서 말한다. 좋아, 기다리자. 다시 50년을 기다리자고. 하지만 내가 보기엔 안타까워.

내가 봐도 안타까워요. 50년도 더 지났건만, 전과 다를지는 몰라도 여전히 관습은 아직 남자들이 충격받지 않게 보호하고, 아직도 여자들의 몸과 열정과 경험에 대한 남성의 경험만 받아들인다는 사실이 안타까워요. 나 자신을 포함해서 그토록 많은 여자들이 그 관습에 어울리기 위해 자기 경험을 부정하고 통찰을 좁히며, 여성의 섹슈얼리티는 성교만으로 한정되어 있다는 듯이, 임신과 출산과 보육과 양육과 사춘기와 월경과 완경에 대해서는 남자들이 들으려 하는 내용 말고는 모른다는 듯이, 남자들이 들으려 하는 내용 말고는 여성의 몸과 마음과 상상력으로 경험하는 집안일, 육아 일, 인생 일, 전쟁, 평화, 삶과 죽음에 대해 아무것도 모른다는 듯이 글을 쓴다는 사실이 정말 안타까워요. 울프가 엘렌 식수에게 청했듯이 "몸에 대해 쓰는 것"은 시작에 불과해요. 우린 세상을 다시 써야 해요.

식수는 그것을 '하얀 글쓰기'라고 불러요. 모유로 글쓰기라고요. 난 그 이미지가 마음에 들어요. 페미니스트들 사이에서조차도 여자 작가의 섹슈얼리티는 임신-출산-수유-육아보다는 연인으로 호출될 때가 더 많았거든요. 어머니는 아직도 사라지는 경향이 있어요. 그리고 예술가-어머니를 잃으면 많은 것을 잃는 거예요. 알리시아 오스트리커도 그렇게 생각해요. "여자 예술가가 어머니가 될 때의 이점은……" 이렇게 시작하다니, 누가 그런 말을 하는 걸 들어 본 적 있나요? 예술가가 어머니가 될 때의 이점이라니?

> 여자 예술가가 어머니가 될 때의 이점은, 그 상황 덕분에 삶과 죽음과 아름다움과 성장과 부패의 원천에 직접적으로, 피할 수 없이 연결된다는 사실이다…… 그 여자 예술가가 어머니의 행위들이 사소하고, 인생의 주된 문제들과는 별 관계가 없다고, 문학의 위대한 주제들과는 무관하다고 배웠다면 그 배움을 잊어야 한다. 이전의 배움은 여성멸시이고, 사랑과 탄생보다 폭력과 죽음을 더 좋아하는 사고와 감정 체계를 보호하고 영속시키며, 거짓이다.
> ……버지니아 울프는 "우리가 여자라면, 우리 어머니들을 통해 돌이켜 생각한다."고 선언했지만, 스스로가 어머니인 이들은 누구를 통해서…… 생각을 할 수 있을까?…… 우리 모두에게는 데이터가 필요하다. 정보가 필요하다…… 시인, 소설가, 예술가, 내부에서 제공하는 정보가. 우리의 지식이 축적되다 보면, 그때는 우리도 모든 여자와 남자에게 그게 어떤 삶이 될지 상상할 수도 있으리라. 출산과 육아가 문학에서

주된 자리를, 성교와 낭만적 사랑이 500년간 차지해 온 것과 비슷한 자리…… 아니면 전쟁이 문학이 시작된 순간부터 차지해 온 것과 비슷한 자리를 점한 문화에서 산다는 게 어떤 의미일지를 상상할 수 있으리라……[12]

내 책 『언제나 집으로 돌아와』는 그런 세상을 그리려는 무모한 시도였어요. '영웅'과 '전사'가 책임감 있는 인간이 되어 가는 과정에 겪는 청소년기 단계인 세상, 양육자와 아이의 관계가 언제까지나 아이의 눈으로만 비춰지지 않고 어머니의 실제 경험을 포함하는 세상을 상상해 보려고 했죠. 그런 상상은 힘들었지만, 보람 있었어요.

가볍고 수수하기는 하지만 여기에 울프, 식수, 오스트리커가 요구한 일이 일어나는 소설의 한 대목을 인용하지요. 마거릿 드래블의 소설 『밀스톤*The Millstone*』[13]에서, 젊은 학자이자 프리랜서 작가인 로자먼드에겐 8개월 정도 된 아기 옥타비아가 있어요. 둘은 소설을 쓰는 친구 리디아와 같이 살죠. 로자먼드는 서평을 쓰고 있어요.

처음 100단어를 쓰고 헤아리다가 옥타비아를 떠올렸다. 옥타비아가 작게 내는 기분 좋은 소리를 들을 수 있었다…….
아이가 리디아의 방에 있으며 내가 그 방으로 가는 문을 열어 놓았음이 분명하다는 사실을 깨닫고 가슴이 철렁했다. 리디아의 방에는 언제나 아스피린, 안전 면도기, 잉크병 같은 위험한 물건이 가득했기 때문이다. 서둘러 옥타비아를 구하러 달려간 나는 문을 열었을 때 누구든 전율할 만한 광경과 마주쳤다. 문에 등을 돌리고 바닥에 앉은 옥타비아를, 찢어지고 흩어지고 씹어 놓은 종잇조각의 바다가 에워싸고 있었다. 나는 멍하니 서서 아이의 작은 뒤통수와 가느다란 풀줄기 같은 목과 꽃 같은 곱슬머리를 바라보았다. 갑자기 옥타비아가 크게 즐거운 소리를 내지르더니 종이를 또 한 장 찢었다. "옥타비아." 내가 공포에 질려서 이름을 부르자 옥타비아는 찔끔하더니 애교로 무마하려는 듯 미소 지으며 나를 돌아보았다. 나는 아이의 입에 가득 물린 리디아의 신작 소설 뭉치를 볼 수 있었다.

나는 아이를 들어 올리고 원고를 빼내어 조심조심 남은 타이핑 원고와 같이 협탁에 내려놓았다. 70쪽부터 123쪽까지는 살아남은 듯했다. 나머지는 망가진 정도가 다양했다. 몇 장은 온전하기는 한데 심하게 구겨졌고, 몇 장은 큰 조각으로 찢어졌고, 몇 장은 작은 조각들로 찢어졌고, 또 몇 장은 말했다시피 씹혔다. 처음 보았을 때 생각만큼 심하지는 않았다. 아기들이란 끈덕지긴 해도 철저하지 못한 법이니까. 하지만 척 보기에는 끔찍했다…… 어떤 면에서는 이제까지 내 책임으로 벌어진 일 중에서 가장 끔찍한 일이었지만, 옥타비아가 뭔가 더 저지를 일이 없나 거실 안을 기어다니는 모습

> 을 보고 있으려니 웃고 싶어졌다. 나의 연장선에 있는 이 작은, 너무나 위험하면서도 너무나 연약한 이 생명체의 상처와 범죄를 나 혼자 감당해야 한다는 게 너무나 어처구니 없었다…… 정말 지독한 일이었다…… 그럼에도 옥타비아가 이렇게 귀엽고 잘 살아 있다는 사실에 비하면 대단히 끔찍한 일 같지가 않았다……

리디아는 이 참상을 마주하고 깜짝 놀라지만, 깊이 고뇌하지는 않아요.

> ……리디아가 처덕처덕 테이프를 붙이느라 지루한 시간을 보내고 또 두 챕터를 통으로 다시 써야 했다는 점을 빼면 그걸로 끝이었고, 어차피 그 소설은 발표되자 안 좋은 평을 받았다. 그 부분은 리디아를 화나게 하는 데 성공했다.

나는 드래블의 작품이 남자를 흉내 내지 않고 여자처럼 글을 쓰는 여자들에게 예비된 온갖 거만한 형용사들로 폄하당하는 꼴을 계속 봤어요. 드래블이 사라지게 두지 맙시다. 드래블의 작품은 반짝이는 표면보다 훨씬 깊이가 있어요. 이 웃기는 대목에서 작가가 무슨 말을 하고 있지? 왜 여자 아기는 어머니의 원고가 아니라 다른 여자의 원고를 씹어 먹는 거야? 하다못해 남자가 쓴 원고를 먹을 수도 있었잖아? 아니, 아니, 중요한 건 그게 아니에요. 핵심은, 적어도 핵심의 일부는 아기들은 원고를 먹는다는 거예요. 정말로 그래요. 아이가 우는 바람에 쓰이지 못한 시, 임신 때문에 미뤄진 소설 등등. 아기들은 책을 먹어요. 하지만 테이프를 붙여서 복원할 수 있는 원고를 뱉어 내죠. 그리고 작가가 수십 년을 사는 동안, 아기들은 몇 년 동안만 아기예요. 끔찍하지만, 아주 끔찍한 일은 아니죠. 먹혀 버린 원고는 형편없었어요. 리디아를 알면 서평가들이 옳았다는 사실도 알게 되지요. 그것 역시 이 글의 핵심이에요. 예술이라는 대단한 가치는 다른 똑같이 대단히 가치들에 의존한다는 점이요. 하지만 그건 가치 위계를 전복하지요. "남자들이 충격받을 거야……."

드래블의 도덕적 희극에서는 영웅-예술가가 없다는 점이 강력한 윤리 선언이에요. 아무도 엄청난 고립 속에서 살지 않고, 아무도 인간의 권리를 희생하지 않으며, 아무도 아기를 야단치지 않아요. 아무도 자기 머리든 남의 머리든 오븐에 집어넣지 않아요. 어머니도, 작가도, 딸도. 여자의 이 삼위일체는 나는 창조한다/너는 파괴당한다, 또는 그 반대의 창조/파괴로 나뉘지 않아요. 이 여자는 아기와 책 양쪽 모두에 책임이 있고, 책임을 져요.(*)

[*이 문제에 대한 나의 이해는 진 베이커 밀러의 겸손한 혁명 『새로운 여성 심리학을 향하여*Toward a New Psychology of Women*』(Boston: Beacon Press, 1976)만이 아니라 캐럴 길리건의 『다른 목소리로』에도 많은 도움을 받았다. 길리건의 논지를 아주 거칠게 요약하면, 우리 사회는 남성은 권리라는 면을 생각하고 말하게 키우는 반면 여성은 책임을 생각하

고 말하게 키우고, 전통 심리학은 암암리에 권리의 위계라는 "남성" 이미지를 상호 책임의 관계망이라는 "여성" 이미지보다 (당연하게도, 위계적으로) "우월"하다고 평가해 왔다는 내용이다. 그런 이유로 남자는 고갱 식으로 관계와 딸린 식구들로부터 자유로울 "권리"를 주장하기가 (상대적으로) 쉬운 반면, 여자들은 서로에게 그런 권리를 당연시하거나 받지 않고, 자유가 있다면 상호적으로 겨우 도래하는 강렬하고 복잡한 관계망의 일부로 살기를 선호한다. 이런 각도에서 문제를 보면, 왜 여자들 중에는 "위대한 예술가"가 없거나 아주 적은지 알 수 있다. 여기서 "위대한 예술가"란 다른 사람들보다 본질적으로 우월하며 다른 사람들에 대한 책임이 없는 존재라고 규정할 때 그렇다.]

하지만 이제는 소설에서 전기로, 일반에서 개인으로 넘어가고 싶군요. 작가인 우리 어머니에 대해 조금 이야기하고 싶어요.

어머니의 결혼 전 이름은 시어도라 크라코프였고, 첫 결혼 후에는 시어도라 브라운이었어요. 어머니가 책을 쓸 때 쓴 이름은 두 번째 결혼하고 얻은 이름 시어도라 크로버였죠. 세 번째 결혼 후의 이름은 시어도라 퀸이었어요. 이렇게 여러 이름을 갖는 일은 남자에게는 일어나지 않죠. 불편하지만, 그 성가신 현상 자체가 여자 작가란 '저자'라는 단순한 하나의 존재가 아니라, 다양한 책임을 갖고 있는데 그중 하나가 글쓰기인 다중적이고 복잡한 존재 과정이라는 점을 밝혀 주는지도 몰라요.

시어도라는 개인적인 책임들을 우선했어요. 연대순으로요. 우선 네 아이를 기르고 결혼시킨 후에 글을 쓰기 시작했죠. 흔히 쓰는 표현을 빌자면, 50대 중반에야 펜을 들었어요.(정말 멋진 왼손 필체를 쓰셨죠.) 몇 년이 지나서 이렇게 물어본 적이 있어요. "글을 쓰고 싶었는데, 우리를 다 떼어 낼 때까지 미룬 거예요?" 그러자 어머니는 웃으면서 대답하더군요. "아, 아니야. 그냥 내가 준비가 안 됐던 거야." 회피하지도 않았고, 거짓을 말하지도 않았지만, 그게 온전한 대답은 아니라고 생각해요.

시어도라는 1897년에 거친 콜로라도의 광산 마을에서 태어났고, 주(州)의 지위와 함께 여성 참정권을 비준한 와이오밍에서 태어나 날 때부터 투표권이 있었다고 자랑하며 남자들이 타지 못하는 준마를 타는 어머니를 뒀어요. 그래도 그 시절에는 아직 가정의 천사가 활발하게 활동하고 있었으니 여자의 욕구는 다른 모두의 욕구에 밀릴 수밖에 없었죠. 그리고 우리 어머니는 정말로 그 천사에, 버지니아 울프가 "남자들이 바라는 모습 그대로인 여자"의 화신에 가까웠어요. 남자들은 시어도라에게 푹 빠졌죠. 모든 남자들이요. 의사도, 자동차 수리공도, 교수도, 해충 구제업자도요. 정육점에서는 맛있는 내장 부위를 따로 빼 놓았다가 줬어요. 시어도라는 또 딸에게 요구가 많으면서도 인정하고 양육하고 상냥하고 애정을 쏟는 활기찬 어머니, 그야말로 일류의 어머니였어요. 그리고 예순이 다 되어서는 일류 작가가 되었죠.

여자들이 자주 그렇듯 어머니도 어린이책부터 쓰기 시작했어요. 아시죠, "집안 영역"에 머물면서 남자들과 경쟁을 피하는 방법이죠. 그중에서 『녹색 크리스마스*A Green Christmans*』는 모든 여섯 살짜리의 크리스마스 선물로 딱인 아름다운 책이에요. 그 후에는 매력적이면서도 낭만적인 전기 소설을 썼고, 여전히 안전한 "여자다운" 영역이었죠. 그다음에는 『내륙의 고래*The Inland Whale*』로 미국 원주민을 다루는 영역에 뛰어들었고, 그 후에는 북아메리카 개척자들에게 학살당한 사람들의 유일한 생존자인 이시라는 인디언의 이야기를 쓰게 됐어요. 조사와 도덕적인 감수성, 구성과 서사 기술이 많이 필요한 진지하고 위험한 주제였죠.

그렇게 시어도라는 첫 베스트셀러를 썼고, 이 책은 캘리포니아 대학 출판부에서 계속 재판했어요. 『이시』는 아직도 많은 언어로 출간되어 있고, 아직도 캘리포니아 학교에서 교육용으로 쓰이며, 여전히 받아 마땅한 애정을 받고 있습니다. 그 주제에 걸맞는 책, 엄청난 솔직함과 힘을 지닌 책이죠.

그러니, 60대에 그런 책을 쓸 수 있었다면 30대에는 무엇을 쓸 수 있었을까요? 시어도라가 정말로 "준비되지 않았을" 수도 있어요. 하지만 시어도라가 엉뚱한 천사의 말에 귀 기울였는지도 몰라요. 우리가 더 많은 책을 얻을 수 있었을지도 몰라요. 어머니가 책을 썼다면 오빠들과 내가 고통을 받고, 무엇인가를 빼앗겼을까요? 이모할머니 벳시와 그 시절에 우리가 두었던 도우미가 있었으니 그냥 잘 돌아갔을 것 같아요. 아버지도 그렇죠. 어머니가 글을 쓴다고 아버지에게 해가 되거나, 어머니의 성공이 아버지를 위협할 수 있었을 것 같지 않아요. 하지만 또 모르지요. 내가 아는 것이라고는 어머니가 일단 쓰기 시작하자(당시는 아직 아버지가 살아 계실 때였고, 두 분은 몇 작품을 공조했지요.) 다시는 멈추지 않았다는 사실, 어머니가 사랑하는 일을 찾아냈다는 사실뿐이에요.

아버지가 돌아가시고 얼마 지나지 않았던 무렵 언젠가, 『이시』가 어머니에게 아주 필요했던 칭송과 성공이라는 인정을 가져다주고 있었고, 저는 아직 투고하는 소설마다 단조로운 인사와 함께 거절당하던 때였는데요, 한번은 어머니가 제가 제일 최근에 받은 거절 편지를 두고 눈물을 터뜨리시고는 저를 위로하려고 말하기를, 보상도 성공도 당신이 아니라 제게 주어졌으면 좋겠다고 하셨어요. 아름다운 말씀이었죠. 그때나 지금이나 그 말을 소중하게 생각해요. 어머니가 진심이 아니었고, 저도 정말로 믿지 않았다고 해도 여전히요. 물론 어머니는 당신의 성취와 작품을 제게 바치고 싶지 않았죠. 왜 그래야 하나요? 어머니는 글쓰기의 즐거움과 고통, 지적인 흥분, 그 직업에 대한 이야기들을 저와 공유함으로써 최대한 나눴어요. 그게 다예요. 천사 같은 이타주의는 없었어요. 제가 출간을 시작했을 때는 그 경험도 서로 공유했죠. 그러면서 어머니는 계속 글을 썼어요. 80세가 넘어서는 담담하게 이러시더군요. "더 빨리 시작했으면 좋았을걸 그랬지. 이젠 시간이 없구나." 어머니는 돌아가실 때에도 세 번째 소설을 쓰고 계셨어요.

저로 말하자면, 대놓고 책이냐-아기냐 규칙을 무시하고 아이 셋과 스무 권 남짓한 책을 두었습니다. 숫자가 서로 바뀌지 않아서 참 다행이죠. 저는 인종, 계급, 돈, 건강 면에서 행운을 얻은 덕분에, 그리고 특히 배우자의 지원 덕분에 그 곡예를 해낼 수 있었어요. 그 사람은 제 아내가 아니긴 하지만 일상적인 상호 원조가 당연하다는 생각으로 결혼했고, 그런 기반이 있으면 많은 일을 할 수 있어요. 우리의 분업은 상당히 전통적이었죠. 나는 집 안, 요리, 아이들, 소설을 맡았는데 그러고 싶었기 때문이고, 남편은 교수 일, 자동차, 고지서, 정원 일을 맡았는데 그것도 원해서였어요. 저는 아이들이 어렸을 때는 밤에 글을 썼고, 학교에 가면서부터는 아이들이 학교에 있을 때 글을 썼고, 요즘에는 소가 풀을 뜯듯이 씁니다. 제게 도움이 필요하면 남편이 소란떨지 않고 도왔고—이 점이 핵심인데—제가 글을 쓰는 데 들이는 시간이나, 제 작품이 받는 축복에 대해 한 번도 시기하지 않았어요.

그건 정말 힘들거든요. 남자가 무엇이든 여자가 자기를 위해 하지 않는 일에 대해, 그러니까 남자를 먹이고 편안하게 해 주고 남자의 아이들을 키우는 게 아닌 일에 대해 품어도 좋다고, 아니 품으라고 훈련받은 시기와 질투와 악의 말이에요. 그런 악의에 맞서서 일을 하려고 하는 여자는 축복이 저주로 변해 버렸다는 사실을 알게 됩니다. 저항하여 홀로 일하거나, 절망 속에서 침묵하게 되지요. 어떤 예술가든 몇 년 동안은, 어쩌면 평생을, 세상 다른 모두가 그들의 작품에 철저하고도 논리적으로 무관심한 상황 속에서 일해야 해요. 하지만 어떤 예술가도 매일매일 개인적인 앙심과 반대에 직면하고서는 제대로 일할 수가 없어요. 그런데 많은 여자 예술가들이 사랑하고 함께 사는 사람들에게 그런 일을 겪지요.

저는 그 모든 일을 모면했어요. 자유로웠죠. 태어나기도 자유로웠고, 살기도 자유로웠어요. 그리고 꽤 오랫동안 그 자유 때문에 제 글이 제 것이라고만 생각하고, 사실은 남성우월주의 사회의 내재화한 이데올로기였던 판단과 가정들에 얼마나 통제받고 구속받고 있는지를 무시했어요. 전통을 전복할 때조차도, 나의 전복을 나 자신에게서 숨겼지요. 내가 SF, 판타지, 청소년 소설같이 경멸당하는 주변 장르에서 일하기로 택한 것도 이런 장르는 비평, 학문, 정전의 통제에서 배제당하기에 예술가를 자유롭게 내버려 둔다는 사실 때문이라는 사실을 깨닫는 데 몇 년이나 걸렸는지 몰라요. 그러고도 그런 장르를 "문학"에서 배제하는 것이 정당하지 않고, 정당할 수 없으며, 수준이 아니라 정치 문제라는 사실을 알아보고 발언할 정도의 머리와 배짱을 갖기까지 또 10년이 더 걸렸지요. 제가 선택한 주제들도 마찬가지였어요. 70년대 중반까지 전 영웅적인 모험, 첨단 기술의 미래, 권력의 전당에 있는 남자들, 남자들에 대한 소설을 썼어요. 남자들이 중심 인물이었고, 여자들은 주변적이고 부차적이었죠. 왜 여자들에 대해 쓰지 않니? 어머니가 물었어요. 전 어떻게 써야 할지 모르겠다고 대답했죠. 멍청하지만, 정직한 대답이었어요. 전 여자들에 대해 어떻게 써야 할지 몰랐는데—우리 중에 몇이나 알았을까요—남자들이 여자들에 대해서 써 온 방식이 맞다고, 그게 여자들에 대해 쓰는 참된 방법이라고 생각했고 저는 그렇게 쓸 수가 없었기 때문이에요.

어머니는 제게 필요한 것을 줄 수 없었어요. 어머니는 페미니즘이 다시 깨어나려 했을 때 싫어하셨고, "저 여성 해방가란 것들"이라고 하셨죠. 하지만 제가 필요로 하게 되기 훨씬 전부터 저를 버지니아 울프에게 이끌어 준 것도 어머니였어요. "우리는 어머니들을 통해 과거를 돌이켜 생각한다." 그리고 우리에겐 많은 어머니들이 있죠. 육체의 어머니만이 아니라 영혼의 어머니도요. 제게 필요한 것은 페미니즘에서, 페미니스트 문학 이론과 비평과 실행에서 얻어야 했어요. 그리고 전 그걸 꽉 잡을 수 있죠. 가난했던 시절의 보물인 『3기니』만이 아니라, 이제는 『노턴 여성 문학 앤솔러지』와 여성들의 작품을 다시 찍는 출판사들과 여성 언론 같은 모든 재산을 다요. 우리 어머니들은 우리에게 돌아왔어요. 이번에는 꼭 붙잡도록 합시다.

그리고 페미니즘 덕분에 저는 우리 사회와 나 자신만이 아니라—지금 잠시 동안은—페미니즘 자체도 비판할 수 있습니다. 책이냐-아기냐의 신화는 여성멸시의 문제만이 아니라 페미니스트의 문제일 수도 있어요. 제가 아주 존경하는 몇몇 여자분들, 제가 여자들의 연대와 희망으로 신뢰하는 간행물들에 글을 쓰는 여러 분이 마치 이성애가 곧 이성차별주의라는 듯이 계속해서 "이성애자 여성이 페미니스트가 되기란 사실상 불가능하다."는 선언을 하는데요. 게다가 레즈비언, 자식 없는 사람, 흑인, 아메리카 원주민 여자들이 페미니스트를 구성할 "필요가 있어 보인다."고도 하고요. 이런 판단을 저 스스로에게 적용하고, 이 시점에서 글 쓰는 여성으로서 페미니스트여야 가치가 있다고 믿는다면, 그때 저는 다시 한 번 배제당하고, 사라지게 됩니다.

제가 이해하기로 배제주의자들이 대는 이유란 이렇습니다. 우리 사회가 이성애 관계의 기혼 여성, 특히 자식이 있는 어머니에게 인정하는 물질적 특권과 사회적 승인 때문에, 어머니들은 특권이 부족한 여자들과 연대하지 못하고, 페미니스트 행동으로 이어지는 분노와 생각들로부터도 격리되어 있다는 겁니다. 이 논리에도 진실은 있어요. 많은 여자들에게 사실일지도 모르지요. 하지만 저는 아내/어머니 "역할"에 갇힌 여자들에게 페미니즘이 목숨을 구할 필수 요소였다는 제 경험으로 그 논리에 맞설 수 있어요. 우리 사회가 주부-어머니에게 부여하는 특권과 승인은 사실 무엇으로 이루어져 있나요? 끝없는 광고 대상이 되는 일? 심리학자들로부터 아이들의 정신 건강에 대한 책임을 다 떠안고, 정부로부터는 아이들의 안녕에 대한 책임을 다 떠맡고, 감상주의 전쟁광들에게는 주기적으로 애플파이와 동일시당하는 일? 내가 아는 어떤 여자에게나 사회적 "역할"로서 어머니됨이란 그저 다른 사람이 하는 일을 다 하고 거기다가 아이들까지 키우는 자리예요.

어머니들을, 어머니 "역할"을 받아들이면 공적 정치적 예술적 책임은 무효가 된다는 이론을 토대로 가부장제가 발명한 신화 공간인 "사적인 삶"으로 다시 밀어넣는 것은 늙은 신의 게임을 그의 규칙에 따라, 그의 편에서 치르는 셈이에요.

뒤 플레시스는 『결말 너머 글쓰기*Writing Beyond the Ending*』에서 여자 소설가들이 여자 예술가에 대해 어떻게 쓰는지 보여 줘요. 여자 예술가라는 존재를 윤리적인 힘으로, "스스로도 푹 잠겨 있는 삶을 바꾸려"[14] 노력하는 활동가로 만드는 모습을요. 아이를 낳고 키우는 것도 삶에 푹 잠기는 일이기는 할 테지만, 물에 빠진다고 꼭 빠져 죽지는 않아요. 헤엄을 칠 수 있는 사람도 많아요

제가 이 글을 낭독할 때마다 그랬으니 이번에도 누군가가 이 지점을 집어서 제가 슈퍼우먼 신드롬을 지지하고 있다고, 여자가 아이를 갖고 책을 쓰고 정치적으로 능동적이면서 완벽한 초밥을 만들라는 거냐고 할 거예요. 제가 하려는 말은 그게 아니에요. 우리 모두가 슈퍼우먼이 되기를 요구받죠. 제가 아니라, 우리 사회가 그렇게 요구해요. 제가 할 수 있는 말은 그저 9시부터 5시까지 일하고 집안일까지 하면서 아이를 키우는 것보다는 아이를 키우면서 책을 쓰는 게 훨씬 쉽다고 믿는다는 정도예요. 하지만 엄마와 가족을 감상적으로 다루는 우리 사회는 대부분 여자들에게 바로 그런 노동을 요구하죠. 아니면 아예 아무 일도 못하게 하고 복지제도에 던져 넣어 '식료품 할인권으로 애들이나 키워요, 엄마. 군대에 그 아이들이 필요할지도 모르니까.' 이러거나요. 슈퍼우먼이라면 바로 그런 사람들이 슈퍼우먼이죠. 벽에 부딪친 어머니들이요. 사적인 삶도, 공적인 삶도 없이 변두리에 선 여자들이요. 다른 누구보다도 바로 그런 여자들 때문에 여자 예술가에게는 "스스로도 잠겨 있는 삶을 바꾸려" 할 책임이 있어요.

이제 여자 어부가, 너무 깊이 잠겨 들어가는 상상력을 건져올려야 했던 우리의 여자 작가가 앉은 호숫가로 다시 돌아갈까요……. 상상력은 아직도 욕을 하면서 몸을 말리다가 블라우스 단

추를 채우고는, 여자 어부의 딸 옆으로 가서 앉아요. “책 좋아하니?” 상상력이 묻자 아이는 대답하죠. “아, 그럼요. 아기 때는 책을 먹곤 했지만, 이제는 읽을 수 있어요. 비어트릭스 포터 시리즈도 다 직접 읽을 수 있고, 어른이 되면 엄마처럼 책을 쓸 거예요.”

“너도 조 마치나 시어도라처럼 자식들이 다 크길 기다릴 거니?”

“글쎄요, 아닐 것 같아요. 그냥 바로 쓸 거예요.”

“그렇다면 해리엇과 마거릿과 수많은 그 비슷한 여자들이 지금까지 해 왔고 지금도 하듯이, 두 가지 상근직 일을 하려고 애쓰면서 힘겹게 인생의 전성기를 보낼 거니? 양쪽 일의 상호작용이 삶과 예술 모두를 아무리 풍성하게 해 준다 해도, 실제로는 서로 양립이 되지 않는데도?”

“모르겠어요.” 어린아이가 말합니다. “그래야 하나요?”

“그래. 네가 부자가 아니고 아이를 원한다면.” 상상력이 대답하죠.

“아이를 하나둘쯤은 원할지 모르죠.” 이성의 딸이 말합니다. “하지만 왜 남자들은 직업이 하나인데 여자들은 둘이에요? 그건 합리적이지 않잖아요?”

“나한테 묻지 마!” 상상력이 쏘아붙입니다. “나야 아침 먹기 전에 더 나은 계획을 열두 개는 생각해 낼 수 있지만, 누가 내 말을 듣니?”

아이는 한숨을 내쉬고 어머니가 낚시하는 모습을 지켜봐

요. 낚싯줄에 이제 상상력이 달려 있지 않다는 사실을 잊은 어부는 아무것도 낚고 있지 않지만, 평화로운 시간을 즐기고 있어요. 그리고 아이는 다시 입을 열어 부드럽게 말하죠. "말해 봐요, 이모. 작가에게 있어야 하는 한 가지가 뭐죠?"

"내가 말해 주마." 상상력이 말해요. "작가에게 꼭 있어야 하는 한 가지는 배짱이나 불알이 아니야. 아이가 없는 공간도 아니고. 엄밀히 말하면 자기만의 방조차 아니지. 자기 방이 있으면 대단히 도움이 되긴 하겠다만, 반대쪽 성별의 선의와 협조도 도움이 되겠지만, 아니 남성 전체는 아니더라도 집안에 있는 남성 대표 하나만이라도 그러면 도움이 되겠지만, 꼭 그게 있어야 할 필요는 없어. 작가에게 꼭 있어야 하는 한 가지는 연필과 종이야. 그거면 충분해. 그 연필에 대한 책임은 오직 작가 본인에게만 있고, 그 종이에 쓰는 내용도 오직 작가 본인 책임이라는 점만 알면 돼. 다시 말해서, 자신이 자유롭다는 것만 알면 돼. 완전한 자유는 아니지. 결코 완전한 자유는 아니야. 아주 부분적인 자유겠지. 이번 한 번만, 글 쓰는 여자가 되어 정신의 호수에 낚싯줄을 드리우는 이 짧은 순간만일지도 몰라. 하지만 이 순간만은 책임이 있고, 이 순간만은 자주적이고, 이 순간만은 자유로워."

"이모." 여자아이가 말하죠. "이제 같이 낚시하러 갈 수 있어요?"

서평

1977-1986

이 책을 준비하면서 원고를 뒤적이다 보니, 내가 얼마나 많은 책의 서평을 요청받고 또 받아들였는지에 놀랐다. 아마 나부터가 장르 파괴자이다 보니 분류에 딱 들어맞지 않는 책들을 논할 때 권유를 받는 모양인데, 바로 이런 책들이야말로 내가 가장 높이 평가하는 책일 때가 많다.

여기에는 내가 필명(놈드플룸)*으로 낸 유일한 글도 담겨 있다. 나 스스로를 포함하여 익명으로 남고 싶은 몇 사람이, 짧은 수명밖에 누리지 못한(2회 출간이었다.) 《베놈*Venom*》이라는 SF 서평지를 공동으로 편집한 일이 있다. 당시 우리는 SF 서평이 너무 소심해졌다고 느꼈다. 서평과 선전을 구분하기가 힘들었다. 모든 작품이 최고였고, 위대했고, 끝내줬다. 우리는 《베놈》이 그 상황에 대한 해독제라고 생각했다.("미트리다테스는, 늙어서 죽었도다."**) 《베놈》의 서평가가 되기 위한 조건은 스스로의 책에 대해 혹독한 서평을 하

---

* 놈드플룸(nom de plume). 프랑스어를 직역하면 깃펜의 이름.

** A. E. 하우스먼의 시 마지막 행. 이 시에서 미트리다테스를 독살하려던 자들은 되려 자기들이 독에 당한다.

나 써서 잡지에 싣는 것이었다. 그러고 나면 다른 사람 작품을 잡을 수 있었다. 그러니 아무도 어느 쪽이 자살이고 어느 쪽이 살인인지 알 수 없도록, 필명을 써야 했다. 내 필명은 맘드플룸(Mom de Plume)*이었다.

* 직역하면 깃펜의 엄마.

C. S. 루이스의 『다크 타워*The Dark Tower*』 1977년

지난 80~90년간 '인사이드 클럽'이라고 부를 수 있을 글쓰기 유파가 번창했다. 이 유파의 영역은 영국 명문 고등학교 문 앞부터이지만, 아주 뛰어난 두뇌를 갖추고 그들과 같은 태도를 취할 수 있다면 외부인도 환영받는다. T. S. 엘리엇이 키플링에게 공감했던 것도, 키플링 역시 인사이드 클럽에 가끔 방문하는 입장임을 알아보아서가 아니었을까. 둘 다 천재 방문객이라는 점이야 확실하지만, 엘리엇은 천재성보다도 키플링의 태도에 공감했을지도 모른다. 결코 말로 하지는 않지만 '우리는 안에 있다', '우리는 그 사실을 안다'고 하는 그 너그럽고 세련된 태도에 말이다. 블룸스버리 그룹*은 아무도 그 클럽에 방문하지 않았는데, 반항적인 양심이 막았기 때문이다. 반면 탐정소설을 쓴다는 건 출입 자격증이나 다름없었다. 미스터리는 우월한 지식을 뽐내는 속물성에 적합할 때

---

* 20세기 초반 영국 작가, 지식인, 철학자, 예술가들로 이루어진 느슨한 모임으로 버지니아 울프, E. M. 포스터 등을 포함했다.

가 많다. 어떤 종류의 미스터리든 그러하며, 거대한 미스터리인 종교를 다룰 경우도 포함이다. 기독교는 그 자체로 비기독교인들을 바깥 어둠에 두고, 내부를 아는 사람들만으로 이루어지는 특권 클럽으로 생각할 수 있다. C. S. 루이스는 혈통으로 보나 교육으로 보나 직업으로 보나 신념으로 보나 인사이드 클럽의 상주원이었고, 엘리엇이나 키플링과 달리 바깥 어둠 속으로 나가 보는 일이 드물었다. 루이스는 보통 독자보다 아주 약간 더 아는 위치에서 이야기한다. 물론 겸손하게, 재미있게, 눈부신 상상력과 재치를 발휘한다. 하지만 그 뒤에서는 심벌즈 치듯 속이 빈 소리가 울린다.

이 책에 실린 작품들—이전에 출간된 적 없는 긴 글 하나와 세 편의 판타지 단편, 그리고 미완의 「10년 후*After Ten Years*」 중에 루이스의 최고작은 없지만, 훌륭한 대목들은 있다. 「10년 후」의 도입부에서 묘사하는 고통스럽게 붐비는 상황, 쥐가 난 근육, 땀, 두려움, 욕정, 백일몽…… 이 남자들은 어디 있는 걸까? 배 안인가? 감옥 안인가? 독자는 서서히, 아름답도록 느린 속도로 이 남자들이 "트로이의 좁은 길거리", 목마의 배 속에서 밤을 기다리고 있음을 알게 된다. 훌륭한 도입부이고, 완성만 되었더라면 메넬라우스가 중년의 헬레네와 다시 만나는 이야기가 기대감을 충족시켜 줬을지도 모른다. 루이스가 헬레네를 인간으로 대우했다면 말이다. 하지만 과연 그랬을까? 아무래도 루이스는 헬레네를 두 가지 원형으로, 무정한 미인과 영혼 없는 허깨비, 그러니까 마녀와 노역자로 쪼개려 했던 것 같은데, 그래서는 결코 헬레네라는 여자에게는 도달하지 못했을 것이다.

이 이야기들이 여자들에게 보이는 악의는 놀랍다. 「조악한 땅*The Shoddy Lands*」은 독창성만큼이나 잔혹성 면에서도 사람을 놀라게 한다. 이 단편은 몇 가지 층위에서 정말로 무시무시한 소설이다. 하지만 진짜 인사이드 클럽 말투가 가장 선명하게 드러나는 글은 유머러스한 단편 「구원의 천사들*Ministering Angels*」이다. 두 여자가 화성에 있는 남성 과학자 팀에게 성적인 위안을 주러 가겠다고 자원한다. 한 명은 늙은 창녀이고 또 한 명은…… "머리카락은 몹시 짧고, 코는 몹시 길고, 입은 아주 단정하고, 턱끝은 뾰족하고, 태도는 권위적이다. 목소리만이 과학적인 정의상으로 그자가 여자임을 드러냈다." 이 생물의 진정 무시무시한 점은 바로 다음 장에 드러난다. "그 여자는 대학 강사였다." 아무리 쩨쩨한 방식이라 해도 이건 혐오다. 그 미움의 깊이는 마지막 대목에서 증명되는데, 화성 팀의 기독교인이 기쁨에 겨워 늙은 창녀의 개종과 구원을 생각하면서도 "대학 강사"의 영혼에 대해서는 전혀 생각하지 않는 대목이다.

루이스에게는 혐오가 많았고, 이 온화하고 뛰어나며 매력적이고 독실한 남자가 그런 혐오에 대해 사과하기는커녕, 그 미움을 정당화할 필요조차 느끼지 못했다는 점에서 그건 무시무시한 혐오였다. 루이스는 자기 신념에 독선적이었다. 전투적 기독교인은 그래도 무방할지 모르겠다. 하지만 대단히 지적이고 고등 교육을 받은 남자가 자기 의견과 편견에 독선적으로 군다는 건 허용해도 좋을 일이 아니다. 오직 인사이드 클럽만이 지지할 일이다.

루이스의 절친한 친구이자 동료였던 J. R. R. 톨킨도 많은 분야에서 루이스와 같은 견해를 보였고 독실한 기독교인이기도 했다. 그러나 톨킨의 소설에서는 그 모든 것이 완전히 다르게 나타난다. 톨킨이 악을 다루는 방식을 보자. 톨킨의 악당들은 오크와 검은 기수들(고블린과 좀비들: 신화적인 존재들이다.), 그리고 인간으로 보인 적도 없고 인간 같은 구석도 없는 어둠의 군주 사우론이다. 이들은 사악한 인간이 아니라 인간 내부의 악의 화신이며, 증오의 보편 상징이다. 잘못된 일을 하는 인간들은 완성된 인물이 아니라 보완 요소로 작동한다. 사루만은 간달프의 어두운 자아이고, 보로미르는 아라고른의 어두운 자아다. 뱀혓바닥 그리마는 거의 대놓고 세오덴 왕의 약한 부분이다. 놀랍도록 혐오스러운 타락한 골룸도 있기는 하다. 하지만 『반지의 제왕』 3부작을 읽는 그 누구도 골룸을 미워하거나, 미워하라는 요구를 받지 않는다. 골룸은 프로도의 그림자다. 그리고 모험을 완수하는 존재는 영웅이 아니라 그림자 쪽이다. 톨킨이 악을 "타자"에게 투사하는 것처럼 보이지만, 사실 그들은 진짜 타자가 아니라 우리 자신이다. 톨킨은 이 점을 아주 분명히 드러낸다. 톨킨의 윤리는 꿈의 윤리처럼 보상 성격을 띤다. 마지막 "답"은 미지의 상태로 남는다. 하지만 책임감이 받아들여지기에, 너그러움이 살아남는다. 그리고 황금률*이 개가를 울린다. 사실 『반지의 제왕』을 좋아한다면 골룸을 사랑할 수밖에 없다.

루이스의 경우, 책임감은 적과 싸워 이기는 기독교 영웅이

* 네가 대접받고자 하는 대로 남을 대접하라.

라는 형태로만 나타난다. 사랑이 아니라 미움의 승리다. 적은 자기 자신이 아니라 온전히 타자이며 악마 들린 자다. 이렇게 투사하면 저자가 얼마든지 잔인해질 수 있고, 실제로 이 이야기들 몇 개는 잔인함이 지배한다. 루이스의 우주 3부작 주인공 랜섬은 이 책의 주요작 『다크 타워』에도 나온다. 랜섬의 몇 마디는 진정 인사이드 클럽답게 아주 겸손하면서도 대단히 아는 체하는 투로 나온다. 나는 언제나 골룸이 더 좋다.

루이스는 우주 3부작 중에서 첫 권인 『침묵의 행성에서』 핵심 장면들만 보더라도 SF 작가로 불려야 한다. 여기에 나오는 화성 풍경과 거주자들에 대한 묘사는 웅장하다. 선명하고, 감정적으로 강력하며, 정말로 기이하다. SF는 그 후 줄곧 그 장면을 흉내 냈다. 『다크 타워』에도 그런 시각적인 힘이 넌지시 보이기는 하지만, 민망할 정도로 순진한 성적 색채 때문에 약화되고 말았다. 루이스는 자기 소재를 통제하지 못한다. 깊은 무의식의 소재를 끌어내는 사람이라면 가끔 그 속에 잠긴다 해도 탓할 수 없다. 그리고 이 소설은 루이스가 그나마 가장 외부의(또는 내부의?) 어둠 속에 뛰어들었다고 할 수 있는 시도다. 다만 SF는 아니다. 시간여행 이야기이기는 하지만, 이론적인 설명을 트리아농의 영국 숙녀들*과 J. W. 던의 『시간 실험*An Experiment with Time*』**에서 끌어왔다. 이건 과학이 아니라 신비학이다. 유감스럽게도 루이스가 과학에 대해 생각한 바는

* 1901년 8월에 보고된 사건으로, 두 영국 여성이 마리 앙투아네트를 보았다고 주장했다.

** 예지몽을 다룬 책이다.

48쪽에서 등장인물의 입을 빌려 표현된다. "누구든 새로운 과학 발견 중에, 진짜 우주가 생각보다 더 지저분하고 비열하고 위험하다는 사실을 드러내는 발견 말고 다른 걸 들어 보신 분?" 갈릴레오와 아인슈타인도, 회색 기러기떼 사이에 있는 콘래드 로렌츠도 그렇단다. 발언자는 이렇게 덧붙인다. "그다지 종교에 끌린 적은 없지만, 이제 랜섬 박사*가 옳지 않나 하는 생각이 들어요."

루이스는 영영 이 이야기를 끝맺지 못했다. 친구들에게 첫 챕터를 읽어 준 후, 영영 한쪽에 치워 두었다. 루이스의 전기 작가인 월터 후퍼가 그 원고를 찾아 멋진 주석을 달아서 출판했는데, 분명 순수하게 학문적인 동기와 존경 때문이었을 것이다. 하지만 나는 후퍼 씨가 잘못 생각했지 싶다.

---

* 위에 썼듯이 우주 3부작의 주요 인물로, 작가 C.S. 루이스의 종교적인 생각을 대변한다.

미지와의 조우, 스타워즈, 그리고 미확정의 세 번째 요소 1978년

어두운 화면. 제목 「미지와의 조우*Close Encounter*」[*]가 정적 속에 떠오른다. 아주아주 조용히 시작된 소리가 서서히 커지더니 울부짖으며 세게 폭발한다. 그리고 남은 영화 내내 그 상태를 유지한다.

빛도 아주 눈부신 수준일 때가 많기는 하지만, 영사기에서 쏘는 빛을 고통스러운 수준으로 밝히기는 불가능하다. 그리고 어쨌든 우리에겐 눈꺼풀이 있다. 하지만 귀꺼풀은 없다. 빛은 다양하게, 그리고 아주 아름답게 쓰인다. 소리는 무자비하게 쓰인다.

온전한 문장을 이해할 수 있을 때가 별로 없다. 메소드 스타일로 말을 씹거나 웅얼거리고, 모래 폭풍과 태풍과 헬리콥터 날개에 대고 소리를 지르거나, 프랑스어와 영어로 동시에 외치거나, 말소리가 스피커 반향에 커지고 지워진다. 또렷하게 들리는 대사 몇 줄은 참 효과적이기도 하다.

"보고 싶어서 본 게 아니에요."

---

* 스필버그의 1977년 영화.

"그래요, 하늘로 올라가는 모습 봤어요. 내가 뒤쫓아 달리는 모습은 봤나요?"

그리고 내가 제일 좋아하는 속삭임. "망살로르……."*

이 정도로도 네 번째 줄 왼쪽 끝에 앉은(폴린 카엘**이 네 번째 줄 왼쪽 끝에 앉아야 했던 적이 있을까?) 중년의 영화 팬이 이러다가 귀가 멀겠다고 생각하고, 일부러 이해할 수 없게 만들었나 보다고 믿기에는 충분하다. 어쩌면 대화 대부분이 따분하다는 사실을 가리려고 이렇게 했는지도 모른다. 분명히 「스타워즈」에 차라리 이해할 수 없게 해 달라고 기도하는 순간이 있었는데…… 이렇게 소음 비율이 높은 데 분명 의미가 있을 것이다. 하지만 유감스럽게도, 그저 도입부에 쌓아 올린 후 한 번도 늦추지 않는 발작적인 긴장감을 지원하는 데 소음을 이용하는 듯도 하다.

대체 바로 그 순간에 소노라 사막에 모래 폭풍이 불어야 할 이유가 있나? 왜 모두가 세 가지 언어로 소리를 지르면서 뛰어다니지? 신비롭게도 막 버려진 제2차 세계 대전 당시 비행기를 발견하는 대목은 소리 없이 으스스하게 보여 줄 수도 있었다. 그리고 사막은 자고로 시끄럽고 북적이는 장소가 아니다. 그런데 여기선 그렇다. 바람과 연기자들이 일제히 울부짖어야만 한다.

인간과 외계인이 마침내 소통을 할 때는 음악을 통한다. 바로 이 장면에서 소음 장치가 하나로 모인다. 드디어 진짜 클라이맥

---

* 프랑스어로 '이런'.

** 영화 평론가.

스다. 진정한 음악 수준까지 올라가기만 했다면 굉장한 순간이었을 것이다.

하지만 그렇다 해도 감정을 유발하는 데 소음을 이용하는 나머지 사운드트랙을 정당화할 수는 없었을 것이다. 같은 재주를 전자 악기로도 쉽게 벌일 수 있다. 데시벨로 일으키는 호전성이랄까. 큰 소리의 공격에 노출된 몸은 자동으로 일어나는 싸우자/도망치자 반응에 계속 저항해야 하므로, 이 저항이 아드레날린을 높이고, 따라서 불분명한 감정이 솟구치며 맥박이 빨라지고 등등, 그렇다. 요약하면 스릴과 오싹함을 유발한다. 해가 될 것은 없다. 롤러코스터와 같은 기제다. 하지만 롤러코스터는 거창한 메시지가 있는 척하지는 않는다.

반면…… 여봐란 듯이 어떤 메시지도 없는 척하는 「스타워즈」는 그보다 더 교묘한지도 모르겠다.

「스타워즈」의 결말은 처음 본 이후 줄곧 나를 괴롭혔다. 나는 계속 생각했다. 그렇게 재미있고 유치하며 아름다운 영화에서, 조지 루카스는 대체 왜 고등학교 졸업식에 훌륭한 시민상을 얹은 그런 뻣뻣한 결말을 고수했을까? 하지만 다시 보고 나니 그건 고등학교가 아니라 웨스트포인트 사관학교였다. 장화와 경례가 우글거리는 곳 말이다. 이 제국에 민간인이 존재하긴 하는 걸까? 그러다가 마침내 영화를 잘 아는 친구 하나가 그 장면은 1936년 올림픽을 찍은 레니 리펜슈탈의 유명한 영화를 흉내 냈거나 아니면 향수와 함께 환기시키는 장면이라고 설명해 줬다. 독일인 우승자들이 천년 제국으로부터 감사의 박수를 받았던 순간을 말이다. 루카스는 도로시와 토토 등등을 우주로 끌고 나가서, 확실한 추억의 작품이 또 없나 찾다가 아돌프 히틀러를 발견했다는 이야기다.

어쨌든, SF 영화에서 향수가 대체 무슨 일을 하는 걸까? 온 우주와 온갖 미래가 다 있는데도 루카스는 신기한 장난감들을 가지고 술 달린 테이블보를 씌운 응접실 테이블 아래로 기어 들어가, 플래시 고든과 겁쟁이 사자와 허클베리 스카이워커와 최고의 조종사들과 히틀러 유격단과 함께 안전하고 좋은 은신처로 돌아가 버렸다. 거기에 어떤 메시지가 있다 해도 나는 듣고 싶지 않다.

「스타워즈」에는 아주 멋진 장면들이 있다. 특히 사막 행성에서(모두가 제복을 입기 전)가 그렇다. 작은 사막 사람들, 캐러밴, 거대한 괴물, 마을, 길 잃은 R2D2 등등. 심한 방종과 만화 같은 움직여-움직여-움직여야 해 강박 사이로 어린아이 같고, 근원적이고, 정확한 상상력이 터져 나온다. 그리고 우리는 제작자들이 진짜 SF 영화를 만드는 데 관심을 기울인다면 어떤 작품이 가능할지 언뜻 볼 수 있다.[1988년 현재까지 그들은 두 편의 SF 영화를 만들어냈다. 「시간 도둑들*Time Bandits*」*과 「다른 행성에서 온 형제*The Brother from Another Planet*」**다.]

「미지와의 조우」에는 SF 요소가 있고, 사실 여기 나오는 우주선은 「스타워즈」의 우주선보다 더 아름답지만, 나에게는 본질

---

* 1981년작. 테리 길리엄 감독.
** 1984년작. 존 세일즈 감독의 저예산 SF 풍자코미디.

상 신비주의 영화처럼 보인다. 악마 들린 어린 소녀를 다루는* 끝없는 추물들보다는 훨씬 정감 가는 신비주의다. 이 영화는 확실히 악마보다는 천사 편에 서 있다. 하지만 비행접시에 탄 자애로운 외계인들의 도착이란 SF가 농담으로가 아니면 1세기 이상 다루지 않은 주제다. 소설가들은 오래전에 그 분야를 신앙인들, 유행을 좇는 사람들, 아마추어 사진가들, 심리학자들, 그리고 공군에 맡기고 떠났다. 융이 지적했듯이, 비행접시 추종은 종교와는 관련이 깊지만 과학이나 과학소설과는 아무 관계도 없다.

사실 이 영화는 거의 모든 면에서 비합리적으로 보인다. 어쩌면 중년의 나이에다 심하게 기울어진 각도로 영화를 봐서 내가 설명을 놓쳤을까. 이 말을 하기 전에 다시 보기는 해야겠지만, 나는 마치 블랙홀이 잔뜩 있는 우주처럼 플롯에 구멍이 숭숭 뚫려 있다는 인상을 받았다. 대체 미국 정부는 어떻게 외계인들이 올 때를 아는 걸까? 왜 비행접시에 올라탈 준비를 갖춘 빨간 정장 차림한 부대를(그것도 부대 전체에 여자는 한둘밖에 없고) 갖추고 있는 걸까? 교환학생인가? 비행접시에서 자기들을 원할 줄은 또 어떻게 알고? 프랑수아 트뤼포가 거기서 대체 뭘 하는 거지? 그리고 그 모든 경비대와 죽은 양들 사이에 프랑스인이 있다면, 왜 멕시코인이나 중국인이나 러시아인이나 캐나다인이나 페루인이나 사모아인이나 스와힐리인이나 태국인은 없는 건가? 왜 미국이 우주 쇼를 독차지하나? 왜…… 아, 그래, 나도 안다. 다들 왜 질문을 던져서

* 영화 「엑소시스트」를 말한다.

재미를 망치느냐고 나에게 으르렁거리는 줄 안다.

그야, 두 영화 다 SF, 아니면 어쨌든 "사이파이(Sci-Fi)"로 통하기 때문이다. 그리고 나는 SF란 등장인물, 카타르시스, 문법 면에서 어떤 단점이 있더라도 지적으로는 일관성을 유지하도록 노력해야 한다고 믿고 자란 사람이다. 한 가지 아이디어를 쭉 발전시켜야 한다고 말이다. 이 두 영화는 아이디어를 밟고 넘어지더라도 모를 것이다.(물론 내용을 보면 자주 그러기도 한다.) 「스타워즈」는 온통 액션이고 「미지와의 조우」는 온통 감정뿐이며, 둘 다 생각은 없다고 보아도 무방하다.

감정적인 성향에 더 흥미가 가기는 한다. 감정 선호가 예술적으로 위험이 더 크기 때문이다. 「미지와의 조우」에서는 때로 감정이 마음을 움직인다. 영화 내내 아이들이 정말로 중요하고, 그렇기 때문에 외계인들이 순수한 빛 속에 잠긴 어린아이 같고 가냘프고 거의 태아처럼 보이는 모습으로 처음 나타난 순간에는 깊은 반향이 울린다. 하지만 그러다가 스필버그가 재앙 같은 클로즈업으로 그 순간을 날려 버린다. 손재주 참! 아무도 아무 일도 조용하게나 수월하게 하지 못한다. 카메라에 필름을 넣는 장면마저 그렇다. 모두가 거대한 상어에게 쫓기기라도 하는 것처럼 모든 움직임이 격하고 부산하다. 그래도 배우들은 워낙 훌륭해서 그 모든 어려움을 뚫고도 개성과 믿음이 가는 반응들을 다진다. 우리는 배우들과 함께 느끼고, 동조하기 시작한다……. 그러다가 또 과도한 흥분이 내려앉고 볼륨이 커지고 만다.

예를 들어, 결말이 그렇다. 아마 결말에서 우리는 눈시울을 적셔야 할 것이다. 그렇지만 무엇에 대해서? 내가 무엇에 눈시울을 적시는지 분명하게 밝히고 싶다. 그들이 우리를 날려 버리지 않아서일까? 우리가 그들을 날려 버리지 않아서일까? 남자주인공이 하고 싶은 일을 하고 정말 멋진 슈퍼 비행접시를 타고 떠나서일까? 하지만 빨간 옷을 입은 다른 남자들(과 여자)은 어떻게 된 거지? 그들은 주인공과 같이 비행접시에 들어가지 않는 것 같다. 그리고 여자주인공은 왜 갑자기 아름다운 자기 아이를 무시하고 남자주인공의 엑소더스 장면을 필름 스물네 장 꽉 채워서 찍어 대는 방식으로 감정을 표현하는 걸까? 그것도 분명히 컬러 사진이겠지! 여자주인공은 눈물을 참고 미소를 지으면서 셔터를 누르고 누르고 또 누른다……. 그게 최고조의 경험에 잘 어울리는 극적인 감정 표현일까? 그게 어울리나? 내가 보기에는 한심하다. 그리고 이게 영화라는 점을 감안하면 기괴하도록 자의식이 강한 장면이다. 영화 속이니 가능한 장면이랄까…….

뭐, 아주 예쁘기는 하다. 그리고 언젠가는 저 사람들도 진짜 SF 영화를 만들겠지. 그동안 나는 「데르수 우잘라*Dersu Uzala*」*나 세 번째로 다시 봐야겠다. 「데르수 우잘라」는 우리가 결코 보지 못할 세계와 시대에 대한 영화고, 외부세계인에 대한 영화이며, 공포와 사랑에 대한 영화니까. 그리고 우주가 정말로 무한하고 무시무시하며 아름답다는 사실을 알려 주는 영화니까.

---

* 1975년 러시아에서 제작된 구로사와 아키라의 영화.

도리스 레싱의 『시카스타*Shikasta*』 1979년

도리스 레싱은 위험을 감수하지만 게임을 하지는 않는다. 유머나 재치나 장난기를 기대하고 레싱의 책을 찾는 사람은 없고, 레싱의 작품에서 장난과 속임수와 조작이라는 의미에서의 게임을 찾을 사람도 없을 것이다. 『시카스타』 서문에서 레싱은 특유의 솔직한 태도로 현대 소설가가 SF에 진 빚에 대해 말한다. 점잖은 "사변 소설"로 도피하지도 않고 자신의 책을 과학소설로 소개하고 있으니, 나도 고맙게 이 책을 과학소설로 평하련다. 과학소설은 지금까지 가식적인 이들에게 사과하고 무지를 고집하는 사람들에게 스스로를 설명하는 데 지나치게 많은 시간을 허비했으니 말이다.

누가 썼는지 모르고 『시카스타』를 읽었다면, 저명한 작가가 새로운 모드에 어색해하면서 쓴 작품이라고는 짐작하지 못했을 것 같다. 유감이지만 이렇게 말했을 터이다. 열심이지만 욕심이 과하고, 구성이 나쁘며, 편집도 나쁜데, 발전 가능성은 아주 큰, 전형적인 첫 소설이라고. 작가가 능숙해지고 나면 최고일 거라고…… 상상력이 주가 되든, 관찰이 주가 되든 소설 쓰기는 소설 쓰기이고, 레싱이 아이디어에 기반하고 근미래를 배경으로 하는 소설에 쌓은 경험이 얼마나 많은지 생각하면 『시카스타』의 몰골은 놀랍기만 하다. 영문 모를 제목*이 오히려 자세한 설명처럼 보일 정도다. 분명 이 이야기가 다루는 내용은 지구상의 과거, 현재, 미래 인간사로, 실내 게임의 승자로 안전하게 움직이는 소설가들이 시도할 만한 글감은 아니다. 레싱은 서문에서 올라프 스테이플던을 언급하는데, 규모 면에서나 특히 시리즈 첫 권이라는 점에서나 이 책이 『최후이자 최초의 인간』과 어깨를 나란히 하기는 한다. 그러나 스테이플던처럼 강박적이기까지 한 구성이나 사고의 통일성은 부족하다. 장엄한 통찰도 보이다 말다 한다. 때로는 장엄하다가, 때로는 좋은 편이 나쁜 편과 싸우는 싸구려 은하 제국물에 지나지 않는다. 그러다가 또 한동안은 C. S. 루이스 같은 우화로 빠진다. 그리고 나에게는 나쁜 순간들이었지만, 모든 게 벨리코프스키**나 폰 데니켄*** 학파에게 영감을 받은 듯 보이는 순간들도 있다.

미학적인 모순이야 다중 시점 탓이 아니겠지만, 레싱이 외계인의 시점을 쓴 탓은 있을지도 모르겠다. 대부분 사건이 지구 바깥에서 온 증인의 입으로 서술된다. 이는 물론 과학소설(그리고 과학 이전의 아이러니한 역설담)의 기본 장치지만, 이는 익숙하기는 해

---

* 이 책 맨 뒤 '참고문헌'에서 확인할 수 있을 텐데, 『시카스타』의 원래 제목은 아주 길다.

** 『충돌하는 세계*Worlds in Collision*』의 저자로 유명하며, 성서에 나온 기적들이 천문학적 사실이라거나 금성은 목성에서 나왔다는 등의 주장을 펼쳤다.

*** 『신들의 전차』 등의 저작으로 유명하며 인류 고대 문명이 외계 생명체의 영향을 받았다고 주장했다.

도 아주 조심스럽게 사용해야 하는 기법이다. 저자가 치열하고 지속적으로 상상력을 기울여야만 "외계"의 목소리가 인간처럼 들리는 사태를 막을 수 있다. 그 목소리가 지나치게 인간처럼 들리면 이 기법의 목표인 낯설게 하기가 없어지고, 우주가 넓어지기는커녕 재난 수준으로 쪼그라들고 만다. 바로 그게 주인공들이 더러운 (공산주의자)(자본주의자) 알데바란 놈들과 싸우는 끔찍하게 뒤처진 SF에서 벌어진 일이다. 레싱은 그런 정치적인 얼간이짓을 저지르지 않는다. 문제는 오히려 윤리에 있다. 레싱의 외계인들이 말하는 도덕은 보편적이기보다는 편협해 보이고, 때로 아르고스의 카노푸스는 이상할 정도로 제네바의 설교단 같다.

소설 속의 악역들은 퓨티오라 제국의 일부인 샤마트라는 행성에서 왔는데, 모습을 보이지 않는 채로 남는다. 샤마트는 지구상의 악을 만들어 낸 이들이지만, 우리가 책 속에서 만나는 악의 대리자는 모두 인간이다. 하지만 우리가 만나는 선의 대리자들은 인간이 아니다. 그들은 카노푸스에서 왔다. 인류 중에 도덕적인 존재가 있기는 한지 여부는 의혹으로 남는다. 어쩌면 우리 모두가 샤마트나 카노푸스의 꼭두각시일지도 모른다. 어쨌든, 이 책의 논리는 불가피하다. 인간은 외우주의 자비가 직접, 그리고 지속해서 유도하지 않는 한 알아서 선을 행할 수 없다!(이 수호천사들의 행동은, 나에게 주어진 증거로 보아서는 가족주의, 제국주의, 권위주의, 그리고 남성 우월주의를 드러낸다. 특히 마지막 특징이 짜증스럽다. 그들은 양성인이라고 주장하지만, 눈여겨 보면 언제나 인간 여자들을 임신시킬 뿐 인간 남자들에게 임신이 되는 일은 결코 허용하지 않는다.) 이건 신들의 전차, 또는 데우스 엑스 마키나라는 현재 아주 인기 있는 그림을 닮았거나, 그냥 그 자체다. 그리고 메시지는 이것이다. '우리에겐 어떤 진실도 능력도 없다.' 지구에 일어나는 큰 사건은 모두 다른 곳에서 내린 결정들의 결과다. 우리가 창조한 모든 것은 외계에서 주어진 것들이다. 우리의 종교는 모두 비인간 설립자들의 영광스러운 종교를 어렴풋이 베껴 낸 모습일 뿐이다. 도움 없이 우리 스스로는 아무것도 하지 않았고, 아무것도 할 수 없다. 아마도—확실치는 않지만—악한 일만 빼고.

싸구려 매문가나 괴짜도 아닌, 주목할 만한 작가가 이런 투사가 담긴 윤리를 내미는 모습을 보니 마음이 불안하다. 『시카스타』는 기독교 서적이 아닌데도 칼뱅파스럽다. 인류는 뿌리부터 무책임하다고 단언하고 있지 않은가. 구원은 노력이 아니라 은총으로만 이루어지고, 영혼의 수고가 아니라 탄원과 개입으로 이루어진다. 그것도 소수의, 선택받은, 뽑힌 사람들에게만. 나머지는 심판/대학살/종말의 저주에 처한다. 이것은 최근 유사과학에 흔하고, 자연히 근본주의를 뒷받침하는 주제다. 이 사상의 뿌리는 아마 근동에 있을 텐데, 서구에서는 힘든 시기, 사람들이 절망에 대한 조언을 구할 때마다 나타났다. 그러나 대다수 사람들에게는 호감이 가지 않고 근본적으로 이해가 가지 않기에, 보편성을 획득한 적은 없다. 대부분의 예술가에게도 동조하기 힘든 사상이다. 이 사상은 세상에 비극이나 자선이 있을 자리를 남기지 않기 때문이다.

『시카스타』에는 자기혐오가 많이 보이는데—여성에 대한, 중산층에 대한, 국가에 대한, 백인에 대한, 서구에 대한, 인간에 대한 혐오다—모두가 이야기 후반에 나오는 특이한 재판 에피소드에서 정점에 이르며, 아마도 자기파괴로 이어진다. 하지만 카타르시스는 없다. 죄책감의 윤리가 카타르시스를 막는다. 짧은 유토피아 종결부가 내 귀에는 엉터리같이 들린다. 게다가 이 마지막 부분 내내 주동인물 조호르는 조지라는 마지막 현현의 모습으로, 걷어차 주고 싶을 때까지 '백인의 짐'* 을 짊어지고 돌아다닌다. 우리는 샤마트인을 하나도 만나 보지 못하고, 시리우스인도 만나 보지 못하며, 카노푸스인은 머저리들이다. 하지만 인간은…… 레이철 이야기가 있다. 린다 이야기가 있다. "6번 개인"의 이야기가 있다. 저 위에서 받은 압력으로 "제정신"을 잃고 만 인간 정신에 대한 정확하고 눈부시고 연민 어리고 열정적인 초상이다. 그런 대목에서 레싱은 비길 데가 없다. 그런데 그런 순간을 성취하기 위해 과학소설을 써야 했을까? 그들을 위한 자리는 전통적인 소설에 더 있지 않을까?

레싱은 보통 생각하는 외계인에게는 진짜 관심도 별로 없고, 재미있어하지도 않는 것 같다. 이것저것 고안해 내는 게 과학소설의 핵심 재료인데, 레싱은 상상의 실체가 없거나 빈약하며, 그렇게 (일차적으로든, 이차적으로든) 만들어 낸 창작의 초라한 세부 사항

* 키플링의 시에서 유래한 말로, 미개한 인종을 이끄는 것이 백인이 짊어져야 할 짐이라고 표현했다.

을 이론과 의견으로 압도한다. 카노푸스와 카노푸스인들은 죽은 말, 풍경 없는 세계, 특징 없는 인물들로 남는다. 게임도 없고, 놀이도 없다. 카노푸스인들은 천사이고 신의 전령이지만, 레싱이 생각하는 신성은 창조하고 파괴하는 트릭스터를 배제한다. 코요테도, 로키도, 헤르메스도 없다. 삶은 진짜이고, 삶은 진지하며, 이 우주에서는 시바가 춤을 출 수 없다. 레싱은 솔제니친처럼, 후기 빅토리아 시대 사람처럼 순수한 창작의 가치를 부정하고 오직 "의미 있는" 것만 용납한다. 그런 작품은 수수께끼가 아니라 훈계가 될 것이다. 실제로 그러하다. 그럼에도……

레싱은 가끔 한 번씩 훈계를 멈추고 자신이 뛰어든 세계를 돌아본다. 그런 순간에는 작가가 그곳에 있고, 그곳에 속한다는 사실을 의심할 수가 없다. 레싱이 전통적인 소설을 쓰지 않는 것은 전통적인 정신의 소유자가 아니기 때문이다. 레싱은 전혀 리얼리즘 작가가 아니다. 그렇다고 판타지 작가도 아니다. 오래된 구분은 이제 무의미하니, 폐기해야 마땅하다. 비평가들보다 먼저 우리 소설가들부터 그 구별을 넘어서야 한다. 쉬운 일은 아니다. 레싱이 어색하게 움직이는 것도 당연하다. 하지만 레싱은 앞으로 나아간다. 나라면 SOWF, 또는 우리-본질의-느낌(substance-of-we-feeling, 대체 본래 뜻이 더 나쁜지 줄임말이 더 나쁜지 모르겠다.) 같은 것을 곱씹고 싶지 않겠지만, 6번 구역에 가려면 SOWF를 거쳐야 할지도 모른다. 6번 구역이란 하데스이고, 티베트 『사자의 서』에 나오는 풍경이며, 무의식의 외딴 영역이고, 경계 세계이자 그 이상으로, 개념과 심상으로서는 참으로 아름답다.

지적인 소설, 아이디어 기반의 소설들은 너무 자주 의견을 제시하는 소설로 빠져든다. 방자해진 과학소설은 다른 어떤 예술보다 더 광대한 소재를 가지고서도, 그럴 권리도 없이 고함을 치고 설교를 한다. 레싱의 의견, "과학"과 "정치" 등등에 대한 레싱의 혹평은 거의 소설을 망칠 뻔했다. 하지만 그런 의견들 아래에, 그 너머에, 작가의 통제를 벗어나서, 어쩌면 작가의 의식적인 의도마저 반하는 창조적인 영혼이 있다. 도스토옙스키의 권위를 발휘하여 테러리스트의 어린 시절을 묘사하거나, 생명의 문 앞에 모여들어 우는 영혼들을 상상할 수 있는 작가가…… 그리고 그렇게 비틀거리면서 힘겹게 돌아다니는 책은 결점을 상쇄하고, 읽을 만한 가치가 있으며, 불멸하는 다이아몬드와도 같다.

"베놈"에서 두 편 1980년

맘드플룸(Mom de Plume)

덩치 큰 남자와 자기 이름 철자를 어떻게 할지 마음을 정하지 못하는 소녀가 숲속에 들어가서는 보는 사람이 비명을 지르고 싶어질 때까지 왔다갔다왔다갔다왔다갔다하다가 조금 더 왔다갔다한다. 『시작점*The Beginning Place*』*에 나오는 누구도 무엇에 대해서도 마음을 정하지 못하는데, 심지어 하루 중 몇 시인지도 정하지 못한다. 드래곤을 만났을 때는 그 드래곤의 성별이 무엇인지도 판단하지 못한다. 그들은 절묘하게도 지루한 원형(原型)들로만 이루어진 마을을 떠나기 위해서 겨우 곧바로 가기 시작하지만, 늘 그렇듯이 어느 쪽이 앞인지 마음을 정하지 못하여 결국에는 돌아가고야 만다. 이 신나는 이야기의 클라이맥스는 번화가로 가려면 버스를 타면 된다는 사실을 알아내는 순간이다. 가벼운 내이(內耳) 장

* 르 귄 본인의 소설이다.

애로 균형 문제가 있는 사람들, 아니면 도서관 레퍼런스 사서*가 되고 싶은 마음이 간절한 사람들에게 추천한다.

* * *

애초에 『회색 소에 대한 책*The Book of the Dun Cow*』은 '회색 소에 대한 책'이 아니다. '회색 소에 대한 책'은 소떼 급습에 대한 12세기 아일랜드 원고로, 운이 좋다면 시인 토머스 킨셀라가 옮긴 아름다운 영어 번역본 『테인*The Tain*』에서 찾을 수 있는 무섭도록 원초적인 서사시다. 읽어 보고 아일랜드가 많이 변했는지 판단해 보시라. 월터 완저린 주니어는 왜 옛 아일랜드나 현대 아일랜드와 아무 상관도 없는 책에 이 제목을 썼을까? 이 책에 우화적인 회색 소가 나오기는 하지만, 고래가 나오는 책을 쓴다고 『모비 딕』이라고 부를 필요는 없지 않은가. 아무래도 작가는 그저 제목의 어감이 좋았을 뿐, 책이 실제 무슨 내용이냐는 중요하지 않은 것 같다. 조앤 디디온이 『기도서*The Book of Common Prayer*』를 썼을 때도 그랬다. 나름 귀엽고, 분별은 없지만, 어차피 누가 그런 오래된 책들에 신경이나 쓸까.

그래서 '회색 소에 대한 책'이 아닌 이 책은 루스터(수탉)를 다룬다.(이 점이 미국 소설임을 드러내기도 한다. 영국 새였다면 루스터가 아니라 콕이었을 것이다. 하하.) 루스터는 선하다. 사악한 루스터도 있다. 하나는 신의 편에 서 있다. 어느 쪽인지 맞혀 보시라. 나머지 하

* 도서관 이용자가 찾는 정보를 제공하는 업무를 맡는다. 그만큼 방대한 서지 지식이 필요하다.

나는 땅 밑에 사는 강력한 검은 뱀 편에 서 있다. 익숙하게 들린다면, 부디 우리가 조앤 디디온이나 다른 사람의 『기도서』를 논하고 있지 않다는 사실을 명심하기 바란다. 뱀은 사악하기 때문에 신의 저주를 받아 땅 밑에 산다. 아니, 아니다, 신이 아니라 뱀이 사악하다니까. 내가 어떻게 아냐고? 저자가 그렇게 말하니까 안다. 그리고 뱀은 기어다니고 나쁜 냄새를 풍기고 어둠 속에 사니까 안다. 하지만 신이 그렇게 살게 만들었으니까 그건 신의 잘못 아니냐고? 닥치시길. 뱀은 나쁘고, 신은 좋고, 그건 믿음으로 받아들여야 한다. 그냥 믿는 게 좋을 것이다. 마침내 알아낸 이유라는 게 이런 거니까. 뱀의 사악한 계획이라는 게……

> [뱀은] 강대한 포효로 주님에게 도전할 것이다. 별들 사이에 혼돈을 뿜어 낼 것이다. 그리고 무시무시한 힘으로 꼬리를 돌리다가 땅을 때리면, 지구가 모든 것의 중심에 고정되어 있던 위치에서 떨어져 나와 아무 데도 닿지 못하는 헛소리처럼 빙글빙글 돌게 될 것이다…… 뱀은 제 땅을 조롱거리로 만들 것이다. 지구를 행성 가운데 작은 행성으로, 항성들 사이에서는 아무것도 아닌 땅으로 만들 것이다. 지구에서 목적을 빼앗아 되는 대로 떠도는 무의미한 여행을 시킬 것이다. 지구를 차갑고 텅 빈 공간으로 둘러쌀 것이다. 그리고 그 위에 있던 천국을 무효로 만들고 말 것이다.

내가 '나쁜' 놈이라고 하지 않았나. 코페르니쿠스처럼. 갈릴레오처럼. 뉴턴처럼. 아인슈타인처럼…… 뼛속까지 나쁘다.

분명히 이 냄새나는 뱀은 여자도 인간이라고 생각하기까지 할 것이다. 이 책에 나오는 다른 누구도 그러지 않는다. 여성이란 아리땁고 순종적이며 가끔 신의 계시를 받는 존재이고, 신께서 그들로 하여금 남자들을 돕도록 만드셨도다.(신은 스스로를 돕는 자를 돕나니!) 당연히 지도자들은 남성이다. 모든 지도자가 다. 개미에 대해 이야기하더라도(이건 구약성서가 아니라 동물 우화다.) 개미들의 지도자는 남자 개미여야만 한다. 암 그렇고말고.

주인공 수탉에게는 암탉이 가득한 닭장이 있지만, 주인공과 암탉들의 관계는 대충 지나간다. 그러다가 아리땁고, 순종적이며 신의 계시를 받은 여자주인공 암탉과 사랑에 빠지고, 이 암탉은 주인공의 자식들을 낳는다. 자식들의 성별을 맞혀 보시라. 아무려면 이런 주인공들이 암컷 병아리를 낳겠는가?

이 책은 논의하기가 어려울 정도로 허술하다. 조앤 디디온보다 나쁠 지경이다.(정말로 더 나쁘다고는 안 했다.) 예를 들어 "힘을 가진 언어"가 있는데, 라틴어다. 라틴어는 실제로도 처음에는 세속에서, 그 후에는 종교에서 힘을 가진 언어였고, 그렇기 때문에 다른 세상의 우화에서 라틴어를 쓰려면 아주 조심하지 않는 한 심하게 편향적이거나 심하게 부적절하기 십상이다. 힘을 가진 언어에 대해 우리 모두가 동의할 수 있는 지점이 하나 있다면, 바로 그런 언어는 올바르게 사용해야 한다는 것이다. 그렇지 않나? 내 라틴어가 썩 대단치는 않지만, 나도 potens라는 형용사는 potentes 같은 복수형이 존재하므로, "crows potens"라는 말로 강력한 울음소리를 뜻할 수 없다는 정도는 안다. 그리고 은유로 쓰인 개의 이름, 문도 카니(Mundo Cani)는 이탈리아 영화 「몬도가네」처럼 들리지만, 무슨 이유에서인지 탈격으로 "개-세계"라는 뜻인 모양이다. 저자가 "세상의 개"를 의도했다면 문디 카니스여야 했을 테지만, 저자의 의도를 잘 모르겠다. 저자도 신경쓰지 않는 듯하다. 필요한 건 믿음뿐이다. 157쪽에서 저자는 이렇게 말한다. "바질이나 파프리카나 다른 칠면조나 후각이라곤 없다고 알려져 있다." 그래 놓고 159쪽에서는 "하지만 칠면조들에게는 더없이 공정한 후각이 있다."고 쓴다. 크레도 키아 압수르둠(Credo quia absurdum)![*]

이 어처구니없고, 성차별적이며, 감상적이고, 허울만 있는 책에도 좋은 점은 있다. 탈출하려 애쓰는, 체제 전복적인 족제비다. 이 족제비는 진실하고 재미있다. 나머지는 기독교의 최상급 위선이다.

---

* '터무니없기에 믿는다'는 뜻.

존 가드너의 『프레디 서*Freddy's Book*』와 『상자 화가 블렘크*Vlemk the Box-Painter*』 1980년

『프레디 서』는 악마의 도움을 받아 구스타프 바사가 왕좌를 얻도록 도운 다음, 주교의 도움을 받아서 악마를 처단하는 16세기 스웨덴 기사를 다룬 멋진 소설이다. 소설 내용만 보면 『프레디 서』가 잉마르 베리만*과 이자크 디네센**의 통념에는 어긋나지만 사랑스러운 결합으로 태어난 자손이 만든 작품이라 추측할 수도 있으리라. 그러나 이 책은 존 가드너가 썼다.(그리고 존 가드너는 이 책을 프레디가 썼다고 주장한다.)

모든 뚱보 안에는 밖으로 나오려는 말라깽이가 있다는 말이 있다. 표지 사진으로 보면 대단히 몸집이 큰 친구 같은 존 가드너 안에는 분명히 빠져나오려고 애쓰는 아주 아주 거대한 남자가 있을 테고, 탈출에도 성공한 것 같다. 본편을 소개하는 멋진 고딕 이야기의 화자는 키도 크고 덩치도 큰 교수인데, (이상한 상황에서)

---

* 스웨덴의 영화 감독.

** 본명은 카렌 블릭센. 덴마크 작가로 『아웃 오브 아프리카』 여자주인공의 모델이다.

프레디라는 거인을 만난다. 프레디는 키가 2미터가 넘는 스웨덴 기사에 대한 책을 썼다. 이렇게 키와 허리둘레를 계속 쓰는 게 조금 강박적으로 보일지 모르지만, 사실 그 부분이 즐겁다. 작고 소름 끼치는 이들에 대한 책은 이미 많았고, 결국 샘러 씨의 행성에 사는 주민은 샘러 씨만이 아니다.* 또 악마는 『프레디 서』에 나오는 다른 커다란 인물들보다 더 크다는 사실, 훨씬 더 크다는 사실도 눈여겨보아야 한다. 이 악마는 현대 문학에서 찾아볼 수 있는 가장 크고 가장 설득력 있는 악마로 꼽을 만하다. 아주 멍청하면서 아주 교묘하고, 마지막에 기사가 두 손과 뼈칼로 악마를 살해하는 장면은 어마어마한 극적 힘과 독창성을 보여 주는 데다 대단히 에두르면서도 반향이 강한 의미를 함축하고 있다. 나는 이 이야기에 더할 나위 없이 빠져들었고 만족했다. 누가 이 이상을 요구할 수 있을까?

『프레디 서』에는 대니얼 비아몬테가 어두우면서도 딱 어울리는 흑백 삽화를 넣었다. 『상자 화가 블렘크』에 들어간 캐서린 캐너의 삽화는 우아하고 지적이지만 비어즐리풍으로 그리는 바람에 효과가 약해졌다. 왜 수많은 판타지 삽화가들이 자기들의 판타지 능력을, 예술가로서 타고난 권리인 구체적인 시각 상상력을 구사하지 않고 비어즐리, 아서 래컴, 케이 닐슨, 그 외에 후기 빅토리아시대와 에드워드시대의 이런 저런 화가들 스타일과 매너리즘에

---

* 『샘러 씨의 행성*Mr. Sammler's Planet*』에 나오는 샘러는 다른 사람들의 광기를 관찰 기록하는 고립된 인물이다.

자신을 가두는지 도저히 모르겠다. 전통이야 있어야겠지만, 왜 뒤러나 렘브란트, 제리코, 아니면 클레에서 시작할 수는 없는 걸까? 왜 판타지 캐릭터와 판타지 공간은 언제나 반짝이고 앙증맞고 깔끔하게 그려야 할까? 중간계는 때도 안 타나?

그래서 나는 툴툴거리면서 『상자 화가 블렘크』를 보았고, 이건 범작이라고 해야 할 것 같다. 매력도 있고 흥미롭기도 하다. 가드너의 『도덕 소설에 대하여*On Moral Fiction*』에서 논한 아이디어 몇 가지와 자체적인 몇 가지 아이디어를 갖추고 서술형으로 진행되는데, 어디에도 도착하지 않고 사이 어딘가에 머무는 것 같다. 성인에게나 아이에게나 맞을 방식으로 출발하고, 직설적인 이야기 방식으로 커다랗게 말한다. "옛날에 한 남자와 아내가 바닷가 식초병 안에 살았습니다." "옛날에 샤카 부족의 왕이 살았습니다." "옛날에 상자에 그림을 그리는 남자가 살았습니다……." 하지만 정작 내용은 대단히 세련된 독자를 요구하며, 그래서 민담풍의 말투는 곧 꾸며낸 것처럼 들린다. 게다가 그런 말투를 꾸준히 유지하지도 않는다.

같은 방식으로 배경, 그러니까 사건이 일어나는 시간/장소 역시 이곳도 저곳도 아니다. 『도덕 소설에 대하여』에서 가드너는 "장소의 진실성"이란 가볍게 버릴 수 있는 것이라는 점을 분명하게 밝히고, 심지어는 "진실이란 리얼리즘 예술에서는 쓸모가 있으나 우화 예술에서는 필요성이 크지 않다."는 말까지 한다. 아아, 이 말에는 도저히 동의할 수 없다. 감명을 주는 판타지 작품은 세부사

항에서 추구하는 완고한 정확성, 엄밀한 상상력, 상상 세계의 일관성과 신뢰성으로 구별되는 경우가 많다. 바로 작품의 역설적인 진실성으로 말이다.(나는 『반지의 제왕』이나 『어린 왕자』만이 아니라, "장소의 진실성"이 시각이 아니라 심리상으로 존재하는 『베오울프』를 들어 이 점을 주장한다.) 이건 아마추어 아니면 부주의한 판타지로구나 알 수 있는 확실한 신호가 바로 애매한 세부, 임시변통의 가공물, "이건 그냥 판타지야, 그러니까 그건 별로 중요하지 않아."라고 주장하는 어리석은 시대착오다. 세부는 다른 무엇보다도 판타지에서 더 중요하다. 판타지에서는 평범한 일상 기반이 없고, 믿을 것이라곤 판타지 작가뿐이기 때문이다. 작가가 우리의 유일한 우주선이자, 우리의 히포그리프* 다. 판타지 작가의 진실이 실패하면…… 푸시식. 그래서 나는 가드너가 일반적인 중세 배경에서 수줍거나 경솔하게 청소부와 생물학자에 대해 언급한 게 제일 개탄스러웠다. 그리고 대체 상자 칠하는 사람은 왜 말하는 그림을 공주에게 가져가는데 치명적인 30페이지를 소모해야 하는 걸까? 그야 더 빨리 가져가면, 다시 말해서 사람처럼 행동하면 풍자가 먹히지 않으니 그렇다. 하지만 왜 소설을 풍자로 만든단 말인가? 자그마한 최고의 초상화가 말대꾸를 하다니 멋진 아이디어다. 가드너가 그 아이디어의 진실성을 믿고 말하기만 했다면, 진실성에 대한 자신감으로 자기 이야기를 예우하기만 했다면! 그랬다면 이 작품은 범작이 아니었을 것이다.

---

* 상상 속의 동물.

하지만 아무리 대단한 작가라도 범작은 쓰기 마련이다. 그리고 어쨌든 우리는 『프레디 서』와 고갈될 줄 모르는 작가, 그렌델의 어머니의 아들 가드너가 있다는 사실에 모두 기뻐할 수 있다.

도리스 레싱의 『3, 4, 5구역 사이의 결혼

The Marriages Between Zones Three, Four, And Five』 1980년

그녀는 한숨이 깊어져 신음이 새어 나오려는 것을 거부하면서 다시 한 번 그 남자를 동료 죄수로 보았고, 이 비탄에 얼룩지고 팽팽하게 긴장한 남자가 처음 만났을 때의 그 징그럽고 살찐 벤 아타일 수 있다는 사실에 경이로워했다. 둘은 서로를 감싸안았고 두 사람이 나눈 사랑은 온전히 위로하고 마음을 안심시키는 행위였다. 남자의 손이 이제는 마치 그 순간을 공유하고 싶다는 듯 두 사람의 행위에 활발하게 응하는 배 속 아이를 어루만질 때, 그것은 그 자신이나 그녀의 연장선상이 아니라 두 사람 모두의 가능성에 경의를 표하는 존중과 약속의 몸짓이었다. 생각하고 알면서 건네는 인사였으니, 알-이스는 그 탐색하는 손가락에 담긴 섬세한 힘을 느끼며, 남자가 알 수 없고 예기치 않은 존재에 대해서만이 아니라 친숙한 기쁨의 잠재력도 인정한다는 사실을 알았다. 이 공존할 수 없는 결합은 그야말로 도전일 수밖에 없었기에.

실로 도전이고, 보상이다. 아르고스의 카노푸스 시리즈 두 번째 소설은 첫 번째 책인 시카스타보다 결이 곱고 훨씬 강력하다. 『결혼』은 순전히 읽는 즐거움만으로 읽을 수 있는 책이고, 형이상학적인 장치에 얽매이지 않은 이야기다. 이번에는 시카스타에 나왔던 선과 악의 초인간적 힘인 카노푸스인과 시리우스인들이 무대에 들어오지 않는다. 시리우스인들의 조종에 대해서는 단서만 주어진다. 여기에서는 '프로바이더(Providers: 제공자)'로 알려진 선한 힘은 '목소리(잔다르크가 들었던 목소리와 비슷하다.)'로 지시하고, 재미있게도 보이지 않는 북소리로 전해진다. 프로바이더라는 이름에서 나는 계속 프로비던스(Providence: 섭리, 천운)를 "프로비"라고 불렀고, 언제나 성공하지는 못했을지라도 꽤 의식적으로 그 섭리를 믿었던 스콧의 남극 탐험팀을 생각하게 되는데, 아무튼 그 프로바이더들은 3구역의 지배자인 알-이스와 4구역의 지배자인 벤아타에게 결혼을 명한다. 둘 다 마지못해서, 그러나 의문을 표하지 않고 그 지시에 복종한다. 이유를 묻는 것은 그들의 몫이 아니다.(그런데 왜?) 하지만 일단 만나자 두 사람은 아주 사람답게 행동하기 시작하고, 은유의 줄에 매여 움직이는 나무 인형극이 될 뻔했던 우화가 생생하고 매력적인 소설로 변한다. 신화의 가장자리에 걸쳐진 민담풍 소설이다.

주제 역시 신화와 소설 양쪽에서 많이 다루는 주제다. 결혼 말이다. 레싱은 결혼을 복잡하고도 유연하게, 열정적이고도 공감 가게 다루고, 레싱의 작품에 흔치 않은 유머가 솟구친다. 반갑

고도 적절한 일이다. 모든 면에서의 결혼. 육감적이고, 도덕적이고, 정신적이고, 정치적인 결혼. 두 사람, 그것도 감성적인 숙녀의 원형과 거친 남자 군인의 원형이 한 결혼. 여성과 남성의 결혼. 남성성과 여성성의 결혼. 직관과 감각의 결혼. 의무와 쾌락의 결혼. 이 모든 반대항은 물론이고 가난함과 부유함, 전쟁과 평화라는 대립항까지 반영하는 두 나라 간의 결혼. 그러다가 갑자기 5구역과의 결혼이라는 두 번째 결혼 명령이 떨어지고, 놀랍고도 피할 수 없는 세 번째 요소가 나타난다.

이 일련의 대립항은 오래된 중국의 대립쌍인 음양과 그리 많이 겹치지 않는다는 점을 언급해 두는 게 좋겠다. 여성/남성과 어쩌면 직관/감각까지는 일치할지도 모르지만, 다른 면에서 레싱은 어둠, 축축함, 차가움, 수동성 등 태극에서 음에 해당하는 면을 모두 제외해 버린다. 레싱의 결혼 변증법은 거의 양의 측면에서만 일어난다. 따라서 그 과정은 균형 유지라는 선택지가 없는, 헤겔식의 투쟁과 해결(struggle and resolution)이다.(결혼은 지속될 수 없다.) 이는 레싱의 윤리와 형이상학이 극도로 서구적이라는 점을 보여준다. 카노푸스 시리즈는 우주적인 관점을 제시하지만, 인간 운명에 대한 설명은 어찌나 유럽스러운지, 조금이라도 다른 종교나 철학 체계에 익숙한 사람이라면 불충분하다 여기는 건 물론이고 뻔뻔하다고까지 생각할 수준이다. 레싱은 시카스타 서문에서 "모든 인종 모든 국가의 성스러운 문헌들"을 들먹이며 "그것들을 죽은 과거에서 온 진기한 화석으로 치부하는 것은 실수일 수 있다."고 했다. 실제로 가능한 이야기다. 편견 덩어리나 무식쟁이가 아니고서야 누가 그럴까? 레싱은 둘 다 아니지만, 그래도 역시 지역적인 편협성은 거슬린다.

3, 4, 5구역의(그리고 감질나게 나오는 2구역의) 풍경과 사회상은 자세하지 않고 스케치로만 주어진다. 중간계라면 정말로 그 속에 살 수 있겠지만 아무도 이 나라들에는 살 수 없다. 여기는 오직 문닫힌 차를 타고서만 지나갈 수 있는 은유와 지식의 구성물일 뿐이다 . 그러나 그 풍경은 대단히 흥미롭고, 차를 세우고 나가 볼 수 있었으면 좋겠다고 생각할 만도 하다. 빠른 보폭의 플롯은 몇 가지 장치로 거리를 유지한다. 옛날 옛적 머나먼 땅을 이야기하는 민담풍의 분위기, 사건의 그림을 잡아 내는 정지 프레임 같은 효과, 그리고 3구역의 나이 많은 남성 기록자에게 이야기를 맡기는 장치다.

처음에는 주인공들도 거리를 두고, 약간은 과장되게, 모두 비슷하고 영웅적인 모습으로 나타난다. 벤 아타라는 이름에 벤허를 숨긴 건 의도적일지도 모르겠다.(알-이스에는 앨리스가 그렇게 뻔히 비치지 않았으면 좋았을걸 그랬지만.) 그러나 그 둘은 까다로운 결혼 생활에 진입하고 두려움, 끈기, 욕정, 격분, 호감, 마조히즘, 황홀감, 질투, 저항, 의존, 우정 등등의 변화를 다 거치면서 과장을 벗어던지고 뚜렷하며 복잡한 인간이 된다. 나이를 먹고, 더 진짜가 된다. 레싱은 용기 있게도 여왕과 남왕이라는 두 진부한 등장인물을 가져오고 또 그들을 진지하게 사람으로 다룸으로써 보편적인 의미를 지닌 개인적인 드라마를 왜곡 없이, 능숙하게 제시했다. 레싱이 그리는 결혼상은 명석하기 그지없고, 감탄스럽게도 결론을 피한다. 레싱이 도덕주의자이기는 해도 여기에는 아무 판단도 집어넣지 않는다. 등장인물이 운명이다. 레싱의 인물들은 직접 인간 운명을 만들어 간다. 3, 4, 5구역의 이익을 위한 어떤 믿을 만한 유사 신성 5개년 계획보다 훨씬 더 인상적인 운명이다. 작가가 천국의 뚜껑문을 열어 그럴 기회를 막지만 않았다면, 이들은 심지어 비극에도 이를 수 있었을 것이다.

저 마지막 문장은 정확할지는 몰라도 아마 불공평할 것이다. 결국 『결혼』은 비극이 아니라 신화를 갈망한다. 2구역은 분명히 색다르고 매력적인 천국이거나, 천국으로 가는 단계다. 독자는 마지막에 알-이스를 그곳에 맡기는 데 만족할 수도 있다. 내가 1구역을 불신하고, 그곳이 그냥 더 나은 곳이 아니라 '완벽하게 좋은' 곳일까 두려워하며 따라서 그곳에 뭔가 잘못된 부분을 찾고 싶어 하는 건 그저 못된 마음가짐 탓일지도 모른다. 우리 작가의 부드러운 안내에 따라 서서히 이제는 아주 친숙해진, 아무도 소유욕이 강하거나 파괴적이거나 마초이거나 가구 취향이 끔찍하지 않은 유토피아 같은 3구역에 무엇이 잘못되었는지 알게 되듯이 말이다.

마니교와 칼뱅주의를 합친 듯한 위계 구조, 그 구조와 시카스타의 좀 더 예언적인 면에 암시하는 닫힌 시스템은 이제 상대적인 가치라는 오픈소스에 길을 내주는 것 같다. 어떤 방식, 인간의 방식에 말이다. 아니면 레싱은 이토록 훌륭하게 이야기를 전해 주는 기록자의 생각에 동의하지 않는 걸까? 나는 레싱이 기록자와 같은 생각이라고 본다.

> 우리 기록자들은 우리 역사(우리 본성)에서 사악한 자들, 부패한 자들, 무지몽매한 자들을 다루는 부분에 접근할 때 두려워함이 마땅하다. 서술하면서 우리가 무엇이 될지를……
> 말하노니 선(善), 선이라고 불리는 평범한 대낮의 자아, 그 평범함과 품위는 그림자에서 계속 토해 내는 숨겨진 힘 없이는 아무것도 아니다……
> 저 높은 곳에는 어두운 면이 있으니, 그게 아주 어두울 수 있을지 누가 알랴……

그러나 이 이야기는 무서운 이야기가 아니다. 사려 깊고 친절하며 기분 좋은 이야기다. 이야기꾼은 그 어둠을 알고 빛을 마주한다.

램지 우드가 다시 쓴 『칼릴라와 딤나*Kalila and Dimna*』*

1980년

어떤 사람들은 어떤 장소나 사람이나 책에 만족하기 위해 우리가 어디에 있는지, 우리가 어디에 서 있는지 알아야 하는 반면, 어떤 사람들은 자유로이 떠다니는 데 아무 불만이 없다. 서 있는 사람들(stander)보다는 떠다니는 사람(floater)들이 이 책을 더 즐겁게 볼 것이다. 서 있는 데다 나이 든 사람으로서 나는 대체 이 책이 정확히 무엇을 다루는지에 대한 정보를(그것도 도리스 레싱의 우호적인 서문과 작가 본인의 짧은 후기로) 스치듯이 개략만 준다는 사실에 좌절했다. 부분 번역이긴 한데, 무엇의 번역? 그걸 정확히 말할 수가 없는 게, 알고 보면 번역이 아니라 다양한 이전 번역의 대조, 개정, 현대화 작업인데…… 그래서 무슨 번역? 흠, 이 시점에서 나는 도서관(멈춰 서기 좋은 곳이다.)으로 가서 『칼릴라와 딤나』, 『비드파이 우화집*Fables of Bidpai*』, 『필파이 이야기*Tales of Pilpay*』가 다 하나의 원전에서 나온 다양한 판본이라는 사실을 확인했다. 그

* 칼릴라와 딤나는 인도 구전 설화가 아랍으로 유입되어 다시 아랍식으로 개작된 작품이다.

원전은 아주 오래된 산스크리트어 이야기 모음집인 『판차탄트라 *Panchatantra*』였고, 여기에서 인도 숲속에 묻힌 고대 사원에 자라는 덩굴처럼 수많은 번역본과 변주들이 자라나고 웃자라났다. 나의 도서관 출처에 따르면 몇 세기 동안 50가지가 넘는 언어로 200가지 판본이 나왔단다. 레싱에 따르면 1788년부터 1888년까지 영어 번역본만 스무 가지였다. 이제는 그중 많은 이야기가 불교도, 힌두교도, 무슬림, 기독교도들에게 민담으로 친숙하고, 아마 많은 이야기가 실제 민담으로 시작했을 것이다. 하지만 『판차탄트라』와 그 책의 페르시아어, 아랍어, 그 외 개작본들은 민담이 아니라 문학이었다. "왕자들을 위한 거울", 동물 우화로 핵심을 전하고 또 나타내는 날카로운 정치 조언서, 현실주의와 심리학적 예리함을 갖춘 마키아벨리였다.

지루한 책이 1000년을 가는 세계적인 베스트셀러가 될 리 없다.(우리의 위대한 동물 우화는 오웰의 『동물농장』인데, 이 전통의 훌륭한 계승자라 할 만하다.) 이야기들은 신랄하고, 재미있고, 매력적이고, 잔인하다. 이 이야기집의 성공에는 분명 사람을 절묘하게 괴롭히는 겹겹의 중국 상자 같은 액자식 전개 방식도 작동했을 텐데, 램지 우드는 그 방식을 유지했다. 액자 바깥 이야기에는 왕과 현자가 나온다. 우리가 이 둘의 이야기에 푹 빠져들 때쯤 현자가 "오 왕이시여! 제가 황소와 사자의 이야기로 제가 하려는 말을 전하게 해주십시오." 하더니 이야기를 시작한다. 우리가 황소의 운명에 제대로 관심을 두게 될 때쯤에 자칼이 사자에게 "오 사자여, 쥐가 쇠를 먹은 이야기를 기억하십니까?" 하더니 그 이야기를 시작하고, 우리가 또 그 이야기에 빠져들 때쯤…… 이런 식으로 계속 이어진다. 가장 완고하고 단호하게 서 있는 파라 해도 이 서스펜스에서 서스펜스로 이어지는 파문이 계속되는 동안에는 둥둥 떠다니는 데 만족해야만 한다. 이 방식은 왕에게나 평민에게나 유익한 지성과 영혼의 훈련이 된다. 최근 이런 중국 상자식 서사를 활용한 작가로는 이탈로 칼비노, 진 울프, 러셀 호반이 있고 모두가 갑작스러운 전환, 복잡한 확산, 그리고 결정적인 (또는 준결정적인) 보상에 통달해 있다. 쇠, 쥐, 사자, 재칼, 황소, 현자, 그리고 왕 모두를 눈부시게 만족스러운 방식으로 빠르게 거둬들일 때가 그 보상의 순간이다. 이 부분에서 램지 우드는 원전을 바짝 따라가면서 장미 꽃잎처럼 우아하게 접힌 이야기들 안팎을 능수능란하게 미끄러진다.

생명력 있는 이야기와 매혹적인 서사 구상 때문에 계속 읽기는 했지만, 언어 때문에 힘들기도 했다. 뒤죽박죽 매너리즘이지 둥둥 떠다니는 스타일이라고 하기도 어려운데, 사안과 미학적으로 관계가 있는 것도 드물고, 또 몇 가지는 아예 미학적으로 반대 방향으로 갔다. 밝고 유머러스하게 만들려던 시도는 망했다. 지라크라는 이름의 쥐가 마힐라라는 마을에 사는 찰리라는 수도사의 독방에 사는 식이다. 찰리 같은 이름은 아마 예상을 흐트러뜨려서 이야기를 일반화하려는 시도겠지만, 내가 보기에는 그저 격을 낮출 뿐이다. 동양 고전 번역이 고루해지는 경향이 있기는 하지만, 그렇다고 반대쪽 극단으로 달려가서 짜증스러워질 필요는 없다. 일반 독자가 아니라 학자들을 염두에 두고 힘겹게 작업한 에저튼의 1924년 『판차탄트라』 원본 재구성에서는 이 수도사를 다발귀라고 부르고, 또 우드가 그저 "찰리의 친구"라고만 부르는 다른 수도사는 올챙이배라고 쓰면서 주석으로 그 이름이 원래는 "큰 엉덩이"로 번역된다고 적어 놓았다. 뭐가 됐든 찰리보다는 훨씬 재미있고, 또 성직자들을 놀리는 것이 오래된 전통이라는 사실도 알려 준다.

제일 곤란한 부분은 대화다.

> "가십시다, 핀페더스 부인." 그는 퉁명스레 위협했다. "지라크는 혼자 편히 지내게 두고 부인과 나는 음식을 준비합시다. 내가 사냥을 하면 부인이 종업원이 될 수 있겠지. 헤헤!……"

이런 식의 대화가 몇 쪽이나 이어진다. 그리고 "그는 퉁명스레 위협했다."는 우드의 글에 나타나는 또 다른 경향을 보여 준다. 미사여구를 추구하는 경향이다.

> 오후 태양이 하늘에 낮게 번쩍이며, 그 빛으로 풍경을 휩쓸어 모든 세세한 부분에 반짝이는 광휘를 흩어 놓았다. 서풍이 무지갯빛 키앙 풀 끝을 어루만져 앞뒤로 흔들면서 차곡차곡 짧게 아른거리는 파도를 자아냈다.

이렇게 많은 현재 분사가 이렇게나 담아 낸 내용이 없기도 드물다. 반대로, 낡고 고루한 에저튼 판본 한 대목을 보자.

> [사자는] 그에게 통통하고 둥글고 긴 데다 장신구 대신 벼락 같은 발톱으로 장식한 오른발을 얹고 예의 바르게 말했다. "평화가 함께하기를……."

암, 동물이라면 이렇게 말해야지! 램지 우드는 자기 재료에 믿음이 부족하여, "분위기를 밝게 바꾸고" "현대 독자를 위해 해석해야" 한다고 생각한 모양이다. 그렇지 않다. 이건 힘 있고 훌륭한 재료다. 콜라를 곁들이지 않을 때 훨씬 더 낫다.

마거릿 킬레니의 삽화는 더 바랄 수 없을 만큼 재치있고 우아하며, 동양 미술을 정확하고 섬세하게 참고하여 보기에 즐겁다. 여기에는 『판차탄트라』 다섯 권 중에 맨 앞 두 권만 담겼다. 혹시 나머지도 낸다면, 오 출판사여! 부디 이 아름다운 그림을 더 안겨 주시길.

매기 스카프의 『미완의 과제*Unfinished Business*』 1980년

누구나 가끔은 기분이 가라앉지만, 어떤 사람은 가라앉았다가 다시 올라오지 못한다. 우울증은 유일하게 임상적으로 치명적일 때가 잦다고 인정받은 정신질환이다. 자살로 끝날 때가 너무 많다. 미합중국에만 4000만에서 6500만의 우울증 환자가 있다. 그중 3분의 2는, 그러니까 진단 사례의 대다수는 여성이다. 주부나 임금 노동자나 비슷하고, 집에서 아기를 키우든 사무실에 나가서 경력을 쌓든 차이가 없다. 사회로부터 스스로를 타고난 패배자로 여기도록 배운 사람은 승리자처럼 생각하기가 힘들어진다. 매기 스카프의 『미완의 과제』는, 여성의 우울증이라는 큰 문제를 다루는 대단한 책이다.

우울증이란 무엇인가?

"자꾸만 결정을 내렸다가 흩어 버려요……." 이 사람은 브렌다, 병원과 진료소에서 인터뷰하여 이 책에 수록한 많은 목소리 중 하나다. "내가 뭔가를 애도하고 있는 것 같은데, 대체 뭘 애도하는 건지는 모르겠는 기분이죠." 다이애나의 말이다.

스카프는 말한다. "인생을 계속 이어지는 실로 본다면, 우울증은 그 실이 엉키고 뭉치고 뒤얽힌 자리…… 조정이 실패했다는 신호다." 그 증상으로는 즐거움을 경험할 수 없음, 생각하고 기억하는 능력이 손상됨, 결정을 하지 못함, 과민함, 극심한 피로(또는 주체하기 힘든 활동성), 수면 장애, 성교 불능 또는 불감, 슬픔, 그리고 스스로와 스스로의 고통을 제외한 그 무엇에도 관심을 갖지 못함 등이 있다. "기분 상태 자체가 경험의 필터가 되어서, 즐겁거나 기쁜 경험은 하나도 그 필터를 통과하지 못한다."

지시하는 내용이라곤 이것뿐이다. 스카프는 우울증을 "정의"한 다음에 그 안을 색칠하지 않는다. 이 책 전체가 우울증의 정의이고, 스카프가 내미는 우울증의 그림은 개별 사례 연구와 스카프가 논하는 이론과 치료법들로부터 자라나고 그곳에 계속 뿌리를 둔다. 이 논의들은 이 분야에서 보기 드문 폭과 냉정함을 갖추고 있다. 스카프는 자신의 의향을 분명하게 드러내면서도 우리에게 생각할 자유를 남겨 둔다. 즉각적인 확신을 제시하는 일은 없다. 이 책은 전문 용어 없이, 접하기 쉬운 저널리스트 스타일로 쓴 대중 심리학 저술이다. 그들이 아니라 우리를 위한 책이다. 그렇다고 "유행 심리학"도 아니다. 의견을 주입하지는 않아도, 살펴볼 수 있도록 내놓기는 한다. 이 책은 대단히 사려 깊고, 그렇기에 비판은 거의 하지 않는다. 게다가 경탄스러울 정도로 온화하다. 전통 심리학의 '남성이-표준' 요새와 래디컬 페미니즘의 '남성은-적' 전초기지 사이 전쟁터에서 냉정을 유지하기란 늘 쉬운 일이 아닌데, 매기 스카프는 결코 흥분하지 않는다. 심지어 프로이트의 그 유명한 말 "우리는 여자가 정말로 무엇을 원하는지 영영 모를 것이다." 조차도 대처해 낸다. 지금 이 서평을 쓰고 있는 나를 비롯해서 어떤 여자들은 이 얼빠진 발언을 들으면 자동으로 입에 거품을 문다. 그 지루하기까지 한 남성 인지의 오만이라니. 대체 "우리"가 누구란 말인가? 다시, 또다시 남성이 인간이고 여성은 비정상이라는 식 아닌가. 그런데 스카프는 온화하게 "다소 얄궂은 발언이다."라고 하고 논의를 계속한다. "내가 하려고 하는 일은 사실상 그 질문을 반쯤 조롱하는 질문에서 철저히 진지한 질문으로 바꿔 놓는 작업이다. 대체 여자의 삶에 무엇이 부족하면 우울증 상태로 이어질 수 있나? 여자들은 다양한 인생의 단계에서 살아가기 위해 무엇을 필요로 하는가?"

아, 저 질문에 갈채를 보낸다. 갈채와 환호를.

부제 '여성의 인생에 존재하는 압력점'을 잘못 보면 이 책이 예측 가능한 위기 대처 매뉴얼인가 싶어진다. 여기에서 말하는 "인생 단계"란 단순히 10대부터 70대까지 여섯 번의 10년씩을 말하고, 각 단계마다 하나 또는 여러 명의 인터뷰가 예시가 된다. 각각의 인터뷰가, 인터뷰 속 여자들 모두가 어둠 속의 목소리다. 상실, 애도, 공포, 절망, 분노, 고독의 목소리. 청소년기에 처음 겪는 큰 상실은 바로 아동기를 잃어버리는 것이다. 여자는 어린 시절의 안전을 성인의 독립성과 맞바꿔야 하는데, 사랑이 따르지 않으면 그 과정을 해방이 아니라 버려짐으로 여길 수 있고, 그러면 희망과 신뢰가 아니라 슬픔과 두려움 속에서 인생에 대처해야 한다. 인생의 매 단계마다 이런 패턴이 일어나거나 되풀이될 수 있다. 그리고 언제나 자립을 성취하는 일, 세상에서 자유롭게 존재하고 행위하는 자아를 획득하는 일은 여자에게 "사람들이 나에게 뭘 원하지?" 묻기를 부추기고 여자가 "난 뭘 하고 싶고, 무엇이 되고 싶지?"라고 물으면 얼굴을 찌푸리는 문화적인 편견에 방해를 받는다.

내가 보기에 이 책에서 제일 힘이 떨어지는 부분은 50세가 넘은 여자들을 다루는 대목이다. 스카프는 노령을, 그것도 남자는 아니고 여자들의 노령만 치료 가능한 비정상 상태로 여기는 의사들에 대해 아주 재미있게 묘사한다. 하지만 스카프는 "호르몬 대체 요법"파에 반론을 하다가 아예 완전한 거부로 빠져드는 것 같다. 우울증을 어떤 식으로도 갱년기 호르몬 변화와 연결시키지 않으려 한다. 통계적으로 45세부터 55세까지 연령대에서 그 전이나 후보다 우울증이 많이 나타나지 않는다는 증거도 그 주장을 지지한다. 변덕스럽고 끔찍한 미친 갱년기 여자—발륨을 줘, 다 호르몬 탓이야—라는 편리한 스테레오타입은 꺼져라. 하지만 스카프도 사춘기와 출산 후 호르몬 변화와 우울증은 바로 연결시켰기에, 나로서는 왜 스카프가 갱년기 호르몬을 그렇게까지 배제하는지, 왜 호르몬 변동(상실과는 다르다.)을 고려하지도 않고, 피임약을 비롯하여 경솔하게 처방하는 경구 호르몬제가 우울증 상태를 유발할 가능성은 언급하지 않는지 의아하다. 50대에 대한 한 건의 사례 연구는 무척 이례적이라서, 이 여성의 어린 시절에 대해 듣고 나면 어떻게 52세까지 살았는지 존경스러울 지경이다. 60대도 사례 연구는 한 건뿐이고, 전기충격요법에 대해 전도하려 든다. 우울증 치료에 쓰이는 약물들에 대한 훌륭하고 충실한 논의에 비해, 이 위험한 문제에 대한 논의는 겉핥기로 끝난다. 그리고 "가비 부인"은(다른 모든 환자는 이름으로 부르면서 이 사람만 거리를 두고 적고 있다.) 따분하고 재미없는 전형적인 노부인처럼 나오며, 스카프도 가비 부인에게 어머니에 대해 물어볼 때 "기분이 이상했다"는 점을 두 번이나 인정할 정도로 공감 없이 그려졌다. 하지만 할머니들이 딸이기도 하면 안 되나? 그리고 전기충격이 가비 부인에게 그토록 안전하고 도움이 된다면, 아무도 전기충격이 무슨 일을 하는지 설명하지 못하는데도 그렇다면, 왜 마흔 살이나 서른 살이나 열다섯 살에게는 쓸 수 없단 말인가? 하지만 스카프는 그런 제안 없이, 나에게 아 이 사람은 전기충격 요법이 '늙은' 우울증 환자에게는 괜찮다고 생각하는구나 하는 불쾌한 인상만 남긴다. 왜일까? 노인에게는 우울증이 정상이라서? 노인들이 캄캄한 새벽 2시에 혼자 깨어서 내내 알고 있었다고 하는 생각이, 자신들은 이제 중요하지 않다는 생각이 사실이라서?

스카프는 로널드 블라이스*같이 예민한 귀를 지닌 인터뷰어는 아니다. 스카프의 정보원은 모두 비슷하게 말하고, 스카프의 무심하고 생기 없는 스타일을 공유하고 있다. 하지만 진정한 무게

---

* 영국의 수필가이자 작가.

감과 진실성을 갖춘 책에서 이 정도는 사소한 흠이다. 우울증은 엄청나게 복잡한 주제이고, 매기 스카프가 이 문제를 다루면서 보여주는 인내심과 넓은 이해력은 적절하기 그지없다. 우울증은 우울한 주제일지도 모르지만, 어둠 속에 있는 여자들의 목소리는 무척 마음을 움직이며, 『미완의 과제』는 그 견고함과 지식과 포용력 면에서 활기와 희망을 주는 책이다.

이탈로 칼비노의 『이탈리아 민담』 1980년

사전 사이를 거닐던 나는 "fairy(요정)"이라는 단어가 이탈리아어 "fata"에서 왔으며, 이 단어는 "fate"와 마찬가지로 라틴어 동사인 fari, 즉 "말하다"에서 비롯했다는 사실을 알았다. 한때 인간의 삶을 주재하던 운명의 여신은 요정과 요정 대모, 요정담의 주민들로 축소되고 말았나니.

영어 단어 "fable(우화)"과 이탈리아어 fiaba 또는 favola, 옥스퍼드 사전 축약본에 따르면 "사실에 기반하지 않은 이야기나 서술"은 라틴어 fabula에서 유래했고, 이 단어는 역시 똑같은 동사 fari에서 비롯한다. "말하다." 말하는 것은 곧 이야기를 하는 것이다.

운명으로 정해진 물레가 엄지손가락을 찔렀으니, 여기에 잠자는 미녀가 고요한 성 안에 누워 있다. 왕자가 도착한다. 왕자가 미녀에게 입을 맞춘다. 아무 일도 일어나지 않는다.

그래서 왕자는 다음 날 다시 돌아오고, 다음 날 또다시 찾아오고, 왕자의 사랑은 너무나 강력하여 잠자는 처녀가 아들과 딸 쌍둥이를 낳게 만들었으니, 살면서 그보다 더 아름다운 아이들은 보지 못할 것이다. 쌍둥이는 굶주린 채로 세상에 태어났으나, 어미가 죽은 여자처럼 누워 있으니 누가 두 아이를 돌본단 말인가? 아이들은 울고 또 울었지만, 어머니는 그 소리를 듣지 못했다. 아이들은 자그마한 입으로 무엇이라도 빨 것을 찾기 시작했고, 그러다 보니 남자아이가 우연히 어머니의 손을 찾아 그 엄지손가락을 빨기 시작했다. 아기가 그렇게 빨아 대니 손톱 아래 끼어 있던 물레 조각이 빠져나오고, 잠든 미녀도 깨어났다. "세상에, 내가 어쩌다 잠들었지?" 미녀는 눈을 비비며 말했다.

두 아이는 해와 달이라는 이름을 얻고, 잠자는 미녀의 시어머니는 그 아이들을 왕자의 저녁식사에 스튜로 만들어 내려고 하지만, 왕자는 아내의 일곱 겹 치마에 꿰매어 단 은종이 울리는 소리를 듣고 모두를 구했고—물론 시어머니는 빼고—그 후 모두는 칼라브리아에서 오래오래 행복하게 살았다.

민담의 도덕을, 메시지를, 의미를 찾으려는 시도는…… 설령 브루노 베텔하임이 했던 것처럼 우회적으로라도 그 "쓸모"를 설명하려는 시도는 위험하다. 물고기의 의미를, 고양이의 쓸모를 말하려는 시도와 다를 바가 없다. 지금 말하는 대상은 살아 있다. 계속 변화하며, 결코 이렇다거나 이래야 한다고 생각한 대로 머물지 않는다.

『이탈리아 민담』의 수많은 즐거움 중 하나는 완전히 뜻밖의 전개를 아주 친숙한 것들과 뒤섞어 놓았다는 점이다.

칼비노가 대략 50편 정도 추렸다고 하는 기본 "이야기 유형" 대부분은 영국의 민속 문학 전통을 누린 이들에게 친숙한 편이다. 모든 서구 민담에서 되풀이되는 주제들이 여기에도 가득하다. 우리는 왕의 막내아들, 사악한 계모, 어리석은 거인, 큰 도움을 주는 동물들, 마법 장화, 바람의 집, 다른 세계로 이어지는 우물 등을 만난다. 우리 모두가 알아보는 사람들과 장소들, 우리가 인식하는 삶의 원형적인 형태들. 융에 따르자면 확장이나 오른쪽/왼쪽, 역전 같은 개념이 우리가 공간 속에 존재하는 데 기본적이듯이, 이런 민담에서 형상화하는 아이디어들은 우리가 주관적으로 존재하는 데 근본이 된다. 그러나 이 테마들의 재조립은 전혀 친숙한 모습이 아니다. 그보다는 토마토 소스에 버무린 신데렐라에 가깝다. 이 이야기들은 끊임없이 사람을 놀랜다. 그리고 이야기의 분위기는 프랑스 콩트의 우아한 분위기나 러시아 스카즈카의 상징적인 화려함, 독일 메르헨의 숲속 어둠과는 사뭇 다르다. 건조하고 엉뚱한 유머 면에서는 조지프 제이컵스*의 영국 민담을 닮았지만, 좀 더 햇살이 깃들어 있다. 몇 편은 놀라울 정도로 아름답다. 칼비노가 서문에 쓰다시피, "민담에 내재한 잔인함이 조화의 규칙으로 바뀐다."

* 영국-미국의 민속학자.

비인간적이라고 할 수준의 부당함과 함께 잔인성도 이야기의 지속 요소로 되풀이해 나오기는 하지만, 숲에 언제까지나 처녀들의 울음소리나 손이 잘려 버림받은 신부들의 울음소리가 울려 퍼진다 해도, 유혈과 흉포함이 불필요한데 나오는 경우는 없다. 이야기는 피해자의 고통을 곱씹지 않고, 연민을 가장해서조차 그러지 않고, 치유하는 해결책을 향해 빠르게 나아간다.

이탈로 칼비노가 이 책에서 맡은 역할은 인기 있는 이야기 모음집에 겸손한 서문을 쓰는 저명 작가 같은 게 아니다. 그 정반대다. 이탈리아 문학에서 이 책이 차지하는 자리는 독일 문학에서 그림 동화집의 자리와 같다. 둘 다 첫 시도이자 표준이다. 그리고 이 책은 전문 학자가 아니라 위대한 소설가가 만들었다는 점에서 특히 대단하다. 『나무 위의 남작』과 『보이지 않는 도시들』의 저자는 모든 기술을 다 끌어내어 이탈리아 전역의 수집가와 학자들이 노력한 결과물을 한데 모으고, 이야기에 쓰인 각종 방언을 표준 이탈리아어로 번역하고, 이야기를 다시 들려준다.

나는 이야기의 산맥에서…… 가장 독특하고, 아름답고, 독창적인 텍스트를 골라냈다…… 여러 다른 판본 가운데에서 골라낸 텍스트를 좀 더 풍부하게 만들었고, 가능한 한 등장인물과 구성은 바꾸지 않으려 하면서 동시에 내용을 채우고 더 균형 잡았다. 그 부분들이 빠지거나 너무 피상적이 되지 않도록 최대한 섬세하게 손질했다.

칼비노는 절대로 확실한 손길로 골라내고, 결합하고, 다시 엮고, 고쳤기에, 개별 이야기와 전체 이야기집 모두 모호하거나 중복되는 일 없이 선명하고 강하게 그 본령을 드러낸다. 이야기를 들려주는 사람으로서 그는 물론 이야기의 특권과 책임 양쪽을 다 지닌다. 그는 질문 없이 특권을 취하고, 책임은 눈부시게 이행한다. 생존한 이야기꾼 중 최고가 세상 최고의 이야기들을 들려주다니…… 이런 행운이 또 있을까!

『이탈리아 민담*Fiabe italiane*』은 1956년 이탈리아에서 처음 출간됐다. 내 아이들은 그 책으로 만든 영어판 『이탈리아 민담*Italian Fables*』(Orion Press, 1959)을 읽으며 자랐다. 루이스 브리간테의 훌륭한 번역으로 주석 없는 어린이용으로 나왔고, 큰 소리로 읽기 즐거울 만큼 일상 대화체로 쓰였으며, 마이클 트레인이 이야기의 재치와 활기가 반영된 선화를 곁들인 책이었다. 어쩌면 이 예전 번역본을 큰 소리로 읽는 데 친숙해서 편견이 생겼는지도 모르겠지만, 나에게 조지 마틴 번역본은 좀 더 무겁고 재미없을 때가 많았으며 때로는 엉망으로까지 여겨졌다. 이야기꾼의 목소리가 들리지도 않고, 작가가 글을 쓰면서 귀 기울인 언어의 흐름과 자신감도 느낄 수 없다. 이번 판본에 가끔 들어가는 고풍스러운 목판화도 이야기에 힘을 더해 주지 않는다. 하지만 책의 디자인은 멋지고 풍성하여 이 책에 아주 잘 어울리고, 영역본으로는 처음으로 모든 이야기를 다 수록했을 뿐 아니라 칼비노의 서문 전체와 각 이야기에 붙인 주석(이번 판본을 위해 칼비노가 직접 편집했다.)까지 실었다. 주석에서는 칼비노의 은근한 학식을 드러내 보이고, 원재료를 칼비노가 어떻게 개조했는지도 설명해 준다. 그리고 서문에는 톨킨 이후 가장 뛰어난 민담론이 일부 들어가 있다. 이를테면 이런 말이 넌지시 던져지는 식이다.

> 세상의 통념에 따르면, 이야기의 도덕적인 기능은 주제에서 찾을 것이 아니라 민담의 본질 자체에서, 이야기하고 듣는다는 사실 자체에서 찾아야 할 게 틀림없다.

그러니 와서 들어 보시라. 와서 어떻게 '불운'이라는 이름의 소녀가 시칠리아 해변에서 '운명'을 찾는지 들어 보시라.

> 불운은 오븐 앞에서 노파를 발견했는데, 어찌나 더럽고 눈이 흐리고 냄새가 지독한지 구역질이 날 지경이었다. "친애하는 내 운명이여, 나에게 영예를 베풀어서 이……" 불운은 빵을 내밀면서 말했다.
> "꺼져라! 사라져! 누가 빵을 달라더냐?" 그리고 노파는 소녀에게 등을 돌렸다.

하지만 불운은 이 지저분한 노파에게 계속 호의를 보이고, 그리하여 우리는 어떻게 '운명'이 '동화'의 마법에 의해 '요정'으로 변할 수 있는지 알게 된다.

> 점점 길들여진 운명은 투덜거리면서 앞으로 나서서 빵을 받았다. 그 순간 불운은 손을 뻗어 운명을 붙잡고 비누와 물로 목욕시켰다. 다음에는 머리를 감고 머리부터 발끝까지 새 옷을 입혔다. 운명은 처음에는 뱀처럼 꿈틀거리며 저항했지만, 아주 말끔해진 자신의 모습을 보더니 완전히 다른 사람으로 변했다. "내 말을 듣거라, 불운아. 나에게 네가 베푼 친절의 대가로 네게 이 작은 상자를 선물로 주마." 운명은 그러면서 성냥이나 넣을 법한 자그마한 상자를 내밀었다.

자, 불운은 그 작은 상자에서 무엇을 찾게 될까?

머빈 피크의 『피크가 간 길*Peake's Progress*』 1981년

스타일이나 관계를 구별 짓는 분류법은 문학 비평에 필수이지만, 어떤 작가들은 다른 어느 작가도 포함시키지 않는 혼자만의 분류를 구성하기도 한다. 그렇게 어디에도 들어맞지 않는 말썽쟁이들은 흔히 교과서에서도 빠지고 논의에서는 무시당하는 경향이 있다. 헌신적인 독자들은 비평적으로 무시당한 데 대한 과잉 보상으로 무비판적인 찬양을 퍼붓게 되고, 다시 비평가들은 이들을 "컬트 추종자"라고 비웃고, 그러면 이들의 찬양은 더 심해진다. 주요 판타지 작가들은 모두 이단아였고, 루이스 캐럴과 톨킨을 포함한 모두가 이 무시-방어-경멸-과찬이라는 하향 나선을 조금이라도 가 본 적이 있다. 『피네간의 경야』와 『킴*Kim*』* 같은 분류 불가능한 걸작들도 마찬가지다. 미국 문학계는 이단아들에게 익숙해야 마땅한데도, 오스틴 태펀 라이트**에게 밧줄을 던지지는 못하는

* 키플링의 소설로, 중앙아시아에서 벌어진 러시아와 영국 사이의 정치 분쟁 배경을 다룬다.
** 법학자이자 작가로 유토피아 소설 『이슬란디아』를 썼다.

것 같다. 그렇게 어디에도 속하지 않는 이들의 악명 높은 집단 아닌 집단에서도 걸출한 이름이 머빈 피크다. 그리고 지금, 아마도 비평가들에게는 짜증스러울 테고 독자들에게는 기쁘게도, 『피크가 간 길』이 이 이단아 천재의 뛰어난 행보 전부를 보여 주러 나타났다. 이야기꾼, 극작가, 시인, 삽화가라는 면모 모두를 말이다.

혹시 머빈 피크를 전혀 읽어 보지 않았다면, 확실히 제일 먼저 읽을 책은 『티투스 신음하다*Titus Groan*』[*]이고 두 번째는 『고르멩가스트*Gormenghast*』[**]다. 삼부작 세 번째 책인 『티투스 홀로*Titus Alone*』는 저자를 죽이고 만 질병의 끔찍한 그림자 속에서 썼기에, 시작하기에는 적당치 않다. 이 모음집에 들어간 소품과 젊은 시절 작품들 몇몇은 이미 피크를 사랑하는 사람들에게 최적일 테지만, 그래도 즐거움이 가득하니 부주의하게 발을 담갔다가는 '캡틴 슬로터보드' 아니면 숨어 있던 '피겨 오브 스피치'[***]에 붙잡혀서 고르멩가스트 3부작을 열렬히 찾아헤메게 될 수도 있다. 크나큰 고마움을 저자 평생에 걸쳐 흩어진 산문, 운문, 그림을 모은다는 힘겹고도 까다로운 작업을 수행한 메이브 길모어, 그리고 세심한 서문을 쓴 존 와트니(피크의 전기를 훌륭하게 써 낸 작가이기도 하다.)에게 돌릴 수밖에 없다. 이 책에 대해 유일하게 실망한 점은 피크의 가장 뛰어난 작업을 골라낸 선집이 아니라는 사실뿐이다. 피크의 소설을 읽은 적이 없거나, 피크가 『보물섬』, 『노수부의 노래』, 『이상

---

* 고르멩가스트 시리즈 첫 번째 권.
** 고르멩가스트 시리즈 두 번째 권.
*** 둘 다 작품명이다.

한 나라의 앨리스』에 그린 굉장한 삽화들을 본 적이 없는 독자라면 이 책에 실린 이야기와 그림들을 보고 저자의 다재다능함과 경이로운 독창성을 짐작할 수는 있어도, 그 탄탄하고 영속적인 성취를 온전히 이해하지는 못할 것이다. 다만 『피크가 간 길』에 실린 시는 또 다른 문제다.

권리는 없어…… 권리는 조금도 없지.
무릎에 동상이 걸린 채
과수원 벽 위를 날아갈 권리는

이런 시에서 피크는 확고하게 분류 가능한 전통에 속한다. 물론 이단아의 전통이다. 영어로 쓴 난센스 시라는, 영국이 피워낸 가장 미친 꽃에 말이다. 피크는 에드워드 리어에 맞먹는 난센스 시의 대가였다. 이 책에 수록된 피크의 희곡 『구애의 재치*The Wit to Woo*』는 운문 형태로 쓰여, 오스카 와일드풍의 무분별에 뛰어나면서도 제정신이 아닌 아름다움을 부여한다.

퍼시(찬장 문 밖으로 튀어나오며):
안 돼, 안 돼, 안 돼!
저기선 숨을 쉴 수가 없어—좀약이 말이지, 카이트!
아, 다시 공기를 좀 마시자—
조금만— 저 공간을 조금만

온화한 아인슈타인이 우리의 즐거움을 위해 구부려 놓은 우주……

재치, 스타일, 유머, 대담함이란 결코 흔한 자질이 아니건만, 피크에겐 그게 다 있다. 하지만 『피크가 간 길』에 담긴 진짜 보물은 유난히 힘과 광휘가 번득이는 진지한 시 몇 편으로, 그중에서도 서사 「비행 폭탄의 시*Rhyme of the Flying Bomb*」가 으뜸이다. 이 시를 쓴 사람은 새뮤얼 콜리지의 의식적인 후계자이며 딜런 토머스의 동시대인이다. 분류하기 어려울지는 몰라도, 앞으로도 머빈 피크를 무시하는 비평가는 무식하다는 비난을 받을 수 있을 것이다. 이 시에는 시를 쓴 본인이 그린 가슴 아프고 잊을 수 없는 삽화가 곁들여져 있다. 시를 쓰고 12년 후에, 한 번에 몇 분 이상씩 펜을 쥐고 있지 못하게 되어 무엇을 그리고 있는지 계속 상기시켜 줘야 했던 때에 그린 그림이다.

그 20쪽만으로도 이 책은 영속성을 획득한다. 또 기묘한 「뼈 몽상*Reverie of Bone*」과 엄선한 사랑시와 전쟁시 몇 편도 있다. 「런던, 1941」은 이렇게 끝난다.

돌연한 공포와 불빛의 세계에
그녀는 우뚝 서 있다. 목에는 거대한 돌들을 두고
심장에는 난간 같은 녹슨 갈비뼈를 두르고;
마른 상처—겨울 상처의 초상이여

오 상처의 어머니여. 반은 석조, 반은 고통이네.

나는 헨리 무어가 그린 대공습 시기 런던에 이렇게 딱 맞는 시를 달리 알지 못한다.

도리스 레싱의 『감상적인 요원들*The Sentimental Agents*』 1983년

도리스 레싱의 「아르고스의 카노푸스」 시리즈는 괴상한 서평을 여럿 받았다. 형식보다 내용상의 실험을 알아보기를 거부하는 몇몇 학계 비평가들은 레싱이 벌인 가장 큰 실험적 모험을 진지하게 받아들이지 않고 "그냥 SF"로 치부한다. 하지만 또 지적인 흥미를 품고 이 책을 맞이할 수도 있었을 SF 독자와 서평가들은 이런 태도를 보인다. "레싱은 우리 소속이 아니니, 진지하게 받아들이지 않겠다."랄까. 또 몇몇 페미니스트 비평가들은 페미니즘이라는 한 가지 이슈에서 벗어났다고 레싱을 맹렬히 비난한다. 그러고 나면 레싱의 숭배자들이 남는데, 이들에게는 또 레싱이 어떤 잘못도 할 수 없는 존재다. 이런 서평 중에 그 무엇도 레싱의 소설을 정당하게 다루지 않는다.

나도 마찬가지다. 나는 정당하게 다루기엔 레싱에게 너무 화가 나 있다. 하지만 아마 이 서평이 독자가 이 시리즈(『감상적인 요원들』은 시리즈 다섯 번째 책이다.)를 시작하거나 계속 읽게 만들기는 할 테고, 그게 내가 추구하는 바이기도 하다. 도리스 레싱은 마땅히 읽어야 할 작가다! 지금 글로 독자를 정말 화나게 만들 수 있는 소설가가 얼마나 되겠는가? 얼마나 많은 소설가가 진부함, 자기 복제, 그리고 안전한 선을 거부할까? 그게 '난 다 알아' 속물에 영합하든, '아무것도 몰라요' 게으름뱅이에게 영합하든 간에? 얼마나 많은 소설가들이 위험을 감수하기나 할까? 건조한 용기를 맛보고 싶은 마음 간절하다면, 부디 레싱을 읽어 보기 바란다.

하지만 이 책으로 시작하지는 말라. 시리즈 첫 번째 책인 『시카스타』 아니면 두 번째 책인 『3, 4, 5구역 사이의 결혼』(내 생각에는 현재까지 가장 훌륭한 책이기도 하다.)으로 시작하라. 시리즈 최신작인 본서에서는 생존한 주요 작가 중에서 가장 유머가 없는 작가가 풍자와 농담에 들인 고통스러운 노력 속에서, 레싱의 스타일이 가진 단점은 다 살아남고, 강점은 얼마 살아남지 못했다. 레싱은 조지 오웰의 짧고 아름다운 『동물농장』 주제를 가져와서 몇 페이지고 몇 페이지고 짓밟는데, 그 과정이 어찌나 품위 없고 무미건조한지 결국에는 풍자 대상을 응원하게 될 지경이다. 레싱은 허약한 지푸라기 남자들을 세워 놓고 "이것 봐! 얼마나 멍청한지! 얼마나 못됐는지!" 외쳐 가며 때려눕힌다. 레싱은 자신이 던지는 모든 죽음에 의미를 추가한다. 프로파간다를 풍자하려는 의도로 쓴 소설 내내 꾸준히 프로파간다를 펼친다. 설교하지 말라고 설교하고 고함치지 말라고 고함을 친다. 『정오의 어둠*Darkness at Noon*』을 쓴 쾨슬러 이후 정치적인 인간에 대해 가장 날카로운 소설적 관찰자일 레싱은 놀랍도록 보편화를 잘 해내지만, 어떤 인물에게 아이디어를 담아 내기가 무섭게 지나치게 조종하려 들기에, 우리 눈에는 줄에 매달려서 발길질하는 인형밖에 보이지 않는다. 레싱은 용감하게도 신빙성을 버리고 심지어는 개연성마저 버리지만, 더불어 연민 어린 통찰마저 버리고 그 자리를 아이러니가 아니라 판단과 재단으로 대체한다. 우리는 심지어 레싱이 음악에 대해 내리는 판단마저 견뎌야 한다. 우리는 우주 저편 어딘가에 있는 어느 행성에서는 차이코프스키가 불평쟁이이고, 「우리 극복하리라*We Shall Overcome*」*의 선율은 저질이라고 여긴다는 사실을 알게 된다! 레싱의 감정과 감상주의를 혼동하는 모습이야말로 도덕적인 재난이다.

그런데 이 모든 것이 카노푸스의 지혜란다. 이 모험담에서 영웅 역할을 맡은 조호르나 다른 카노푸스 요원들에게서 지혜라고는 그다지 찾아보지 못했다. 그들은 오만하고, 인간 중심적이며, 권위주의적이고, 언제나 안됐다는 미소를 짓고, 언제나 다른 모두를 내려다보며 말하고, '백인의 짐' 은하계 판을 짊어지고서 법도 없는 하등한 종족들이 우글대는 우주에 떨어진 스스로에 대한 자기연민의 신음을 억누르는 척 다 들리게 내고 있다……. 게다가 이들은 불멸하기까지 한다. 말이 덜 많다 뿐이지, 로버트 하인라인의 소설에 나오는 짜증스러운 늙은 라퓨타인들과 똑같이 독선적이다. 사실 진짜 정보를 내놓아야 할 때가 오면 그들은 말을 멈추고 안됐다는 미소만 짓는다.

* 가스펠이지만 미국 인권 운동의 상징이자 저항곡으로 자리 잡았다.

혹시 레싱이 혼자 이중간첩 노릇을 하고 있는 걸까? 우리는 사실 이 성자 같은 "요원"들을 싫어하고, 그들이 우리의 수사법을 믿지 않듯이 그들의 지혜를 불신하고, 그들이 미덕이나 자유, 정의, 연민 같은 우리의 부적당한 개념들을 묵살하면서 들먹이는 소위 "불가피한 일"에 대해 의문을 제기해야 하는 걸까? 우리는 책 속의 모두가 저항 없이 복종하는(복종하지 않았을 경우에는 뉘우치는) 그 '하늘의 지시'에 저항해야 하는 걸까? 그렇다면 레싱은 내 생각보다 더한 모험을 벌이고 있고, 점잔을 빼는 틀에 박힌 잘난 비평가들 아니면 자기 해체 반(反)소설 실험을 벌이는 영화 감독이나 고려할 만한 방식과 정도로 자기 책을 깎아 내고 있다. 하지만 그럴 경우 레싱은 억지스러운 이중성을 책마다 유지하기 위해 독자들에게 지나치게 많은 것을 요구하는 셈이다.

카노푸스인들이 몸도 없이 머리만 가지고 저 높은 데서 내려다보기를 그만둘 때도 되었다. 레드넥 설교자나 강경한 프로이드주의자라면 우리의 "동물" 본성과 우리 안의 "짐승"을 억누르는 문제에 대해 침을 튀기며 떠들 수 있으리라.(마치 우리가 사는 난장판을 만든 게 동물들이라는 듯이!) 카노푸스나 레싱이나, 이보다는 더 잘 할 수 있지 않나? 우리에겐 「ET」 같은 감상적인 가짜 르네상스는 필요 없다. 하지만 이성이라는 이름으로 자행하는 비난, 설교, 신비화 역시 필요 없다. 카노푸스가 우리가 만든 난장판 속에서 우리에게 필요한 게 무엇인지를 안다면, 말해야 할 때였다. 그걸 내놓든가, 아니면 닥쳐요, 조호르!

이탈로 칼비노의 『힘겨운 사랑*Difficult Loves*』 1984년

호르헤 루이스 보르헤스가 겨우 25년에서 30년쯤 늦게 노벨 문학상을 받고, 다음해에는 이탈로 칼비노가 상을 받는다면…… 아니, 백일몽은 그만 꾸자. 그사이 여기에 1945년부터 1960년까지 써 낸 칼비노의 단편 선집이 윌리엄 위버, 아치볼드 콜훈, 페기 라이트의 멋들어진 번역으로 찾아왔다.

접시에는 개구리, 소스팬에는 뱀, 수프 안에는 도마뱀, 타일 위에는 두꺼비들로 야생 동물 가득한 부엌. 동굴 속에는 양, 덤불에는 돼지, 공터에는 소, 여기에는 닭, 저기에는 기니피그로 길짐승 가득한 숲. 금전 등록기는 무시하고 크림퍼프와 젤리롤에 파묻힌 도둑들이 가득한 패스트리집. 벌거벗은 채로 모피 상점을 습격해서 담비털, 비버털, 양털을 강탈해다가 깜짝 놀란 가게 직원에게 "모피 토시에 팔이 엉킨 거대한 인간 곰"처럼 보이게 된 늙은 거지……. 이 직원의 반응은 그야말로 칼비노스럽다. "귀엽기도 해라!" 이러니 말이다.

칼비노의 초기 단편들은 정확하고, 섬세하고, 친절하고, 건조하고, 말도 안 되고, 자주 이런 동물 생명과 인공 생명의 침입 또는 상호 침투라는 주제를 따라간다. 기이함이 질서를 전복하는 이야기다. 복잡한 주제이다 보니 더 정확하게 판별할 수가 없고, 이야기 속의 한갓 아이디어로 뽑아낼 수도 없다. 이것은 정치적이고, 사회적이고, 심리학적이며, 매혹적인 주제다. 사실 칼비노가 워낙 지적으로 흥미로운 작가이다 보니 독자는 칼비노가 『보이지 않는 도시들』이나 『어느 겨울밤 한 여행자가』 같은 "반(反)서사" 스턴트를 소화해 내는 것이 강력한 서사 재능 때문이라는 사실을 잊어버리곤 한다. 이 책에서 여러분은 서스펜스 패러다임의 "지뢰밭"에선 순수하고 단순한 이야기꾼을 볼 수 있다. 지뢰가 터질까, 터지지 않을까? 나는 미처 내가 일곱 페이지 동안 숨을 참을 수 있다는 사실을 몰랐다.

끔찍하거나, 유머러스하거나, 끔찍하고도 유머러스한 전쟁 소설들은 기막히게 훌륭하다. 귀가 들리지 않는 늙은 농부가 1945년에 굶주리는 마을에 도움을 청하기 위해 노새를 타고 산을 내려간다.

> ……그는 노새들과 함께 살아왔고, 생각도 노새와 비슷하게 드물게 하면서 체념 가득했다. 빵을 구하기는 언제나 오래 걸리고 지치는 일이었는데, 스스로를 위한 빵이나 다른 사람들을 위한 빵이나 그러했고, 이제는 베베라 마을 전체를 위해 빵을 구해야 했다. 세상, 그를 둘러싼 이 고요한 세상도 그의

잠든 고막에마저 닿는 혼란스러운 폭음과 이상하게 흔들리는 땅으로 그에게 말을 걸려 드는 것 같았다. 그는 무너지는 둑, 들판에서 피어오르는 구름, 날아다니는 돌멩이들, 산맥에 보였다가 사라지는 붉은 번쩍임들을 볼 수 있었다. 세상이 오래된 얼굴을 바꾸고 땅과 뿌리로 이루어진 아랫배를 드러내려 했다. 그리고 늙은 나이가 가져온 무시무시한 정적도 그 아득한 소리들에 흐트러졌다.

칼비노의 1940년대 소설들에는 로베르토 로셀리니*와 비토리오 데 시카**의 위대한 전후 영화들과 같은 분위기, 그들이 보여주었던 이상하게 명징한 느낌, 거짓말을 하고 괴롭히던 파시스트의 죽은 손아귀에서 벗어나서 튀어오르던 봄의 힘이 있다. 이 단편들은 다정하고 끔찍하며, 무척이나 부드럽고, 결코 정말로 희망차지는 않다.

1950년대 소설들을 보면 페데리코 펠리니***가 생각날지도 모르겠다. 해학, 환상, 재치, 기쁨, 생명력, 그리고 심상을 펼쳐 보이는 놀라운 재능까지. 펠리니가 앞뒤가 맞지 않는 실수를 저지르는 경향이 있었다면, 칼비노는 지나치게 통제해서 이지적(cerebral)이 되는 실수를 저지른다. 하지만 드문 경우이고, 결코 치명적일 때는 없다. 정말로 이지적이 되기에는 칼비노가 너무 똑똑하다.

* 모던 시네마의 아버지로 불리는 이탈리아 영화 감독.
** 네오리얼리즘의 선구자, 이탈리아 영화 감독.
*** 「달콤한 인생」 등으로 유명한 이탈리아 영화 감독.

「어느 해수욕객의 모험」은 앤더슨의 "벌거숭이 임금님"처럼 신화가 되거나 모두가 다 아는 표현이 되지는 않을 텐데, 그렇게 단순하지가 않기 때문이다. 플롯은 분명히 단순하다. 거대한 해변 리조트에서 혼자 헤엄치던 여자가 수영복 아랫도리를 잃어버린다. 자, 이 사태에서 윙크와 웃음 말고 무엇을 끌어낼 수 있을까? 칼비노는 이 아이디어를 체호프에 비견할 만한 단편 소설로, 소품이지만 심금을 울리는 코미디로 만들어 낸다. 임금님이 벌거벗었다고 말하는 영리한 아이는 우리 안의 어린이를 대변하지만, 칼비노의 해수욕객은 어른이고, 이 여자가 겪는 기이한 말썽도 어른의 말썽이다. 사실은 이 여자가 어른이라는 것, 온전한 인간이라는 것 자체가 문제라고 할 수도 있겠다.

후기 단편들에서는 남자가 여자와 누리는 성적인 즐거움이 행복을 은유하는 일이 되풀이된다. 나에게는 짜증스러웠다. 남성 작가가 남성의 관점에서 그린 성교 묘사라도 여성 독자들이 인간 성경험의 만족스러운 심상으로 받아들이길 기대할 수야 있겠지만, 남성의 쾌락이 인간의 지복이라는 데 동의하길 요구할 순 없는 노릇이다. 요새는 아니다. 옛날옛적에는 "누드"가 "아름다움"을 나타낼 수 있었으나, 요새는 옷을 입은 남자가 그린 벌거벗은 여자로 보이기 십상이다. 물론 칼비노에게 포르노그래피스러운 구석은 없다. 칼비노가 쓰는 모든 것이 그렇듯 관능조차도 자유롭고 실제적이며, 정확하고 신비롭고 재미있다. 하지만 반복되는 그 메타포가 관능을 시시하게 만든다. 주요 주제를 훌륭하게 되풀이하는 마지막 단편에서는, 남자가 지켜보는 가운데 벌거벗은 채로 헤엄치는 여자의 모습이 형언할 수 없는 즐거움을 표현하는 심상이다. 같은 남자의 눈에 비친 지독히도 가난한 어민들은 똑같이 형언할 수 없는 절망을 대표한다. 두 번째 심상이 성공하면서 첫 번째 심상이 시시하다는 점을 드러낸다. 벌거벗고 헤엄치는 여자는 아주 예쁘지만, 칼비노가 추구하는 건 예쁜 게 아니다. 이 여자는 다른 해수욕객, 우스꽝스럽고, 겁에 질렸고, 존경할 만하며, 남자를 즐겁게 해 주려고 수영복을 벗어 던진 게 아니라 수영복을 잃어버림으로써 그녀의 이야기를 읽는 사람의 마음을 사로잡는 여자에 비하면 따분하기 짝이 없다. 그것은 우리의 이야기, 혼자 뭍에 오를 만큼 용감하거나 뻔뻔하지 못해 점점 더 추워지는 인생의 바다에서 불안하게 계속 헤엄을 치는 우리 모두의 이야기이기에…….

"왕국을 저버리고(Forsaking Kingdoms)" : 다섯 시인에 대해

1984년

회화는 화가보다 증권 중개인들의 사업이 된 듯하고, 오케스트라는 오래된 교향곡을 언제까지나 다시 연주하며 살아 있는 작곡가들을 무시하는 가운데, 시는 번창한다. 이용할 수 없을 정도의 바닥선 아래에서 살아가는 시는 나무와 잡초처럼, 위기에 처했으면서도 어디에나 존재한다. 우리에게 "위대한" 시인이 없다는 사실이 오히려 이 예술의 풍부한 생명력을 나타내는지 모른다. 영국인들이 테드 휴스*의 고지식한 머리에 월계관을 씌워 줄 분별이 있었다는 사실은 멋지지만, 이 드넓은 나라 미국에서는 누군가가 전체를 장악하기에는 너무 많은 일이 벌어진다. 그리고 어쨌든 정전과 사이비를 가르거나 위계 제도를 세우기에 맞는 분위기는 아니다.

여기에서 다루는 다섯 시인 중에서 제일 어린 시인은 (아직

* 영국의 시인이자 아동문학가, 실비아 플라스의 남편. 여기서 월계관은 국가 경조사에 시를 짓는 영국의 '계관시인' 제도를 빗댄 말이다.

까지는) 제일 자기 제약이 강하고, 거칠지 않게 스스로를 길들였다. 그 자체로 반짝이는 언어적 자신감, 재치, 통제, 정밀함이 메리 조 솔터의 작품이 보이는 특징이다. 어느 불교도의 무덤에서,

———아래 묘비를 읽으며,
나는 이름이 수직으로 세워진 누군가의 재가
땅 속에 왠지 다르게 누워있을 수도 있다 느꼈다.
그토록 작은 기록이 전부처럼 보였다……*

다섯 중에서 가장 나이 든 시인은 1902년에 태어났다. 이브 트림의 회고서에 실린 초기 시들도 비슷하게 힘차고 통제된 느낌일 때가 많지만, 결국 그녀는 열정적이고 무모했다. 초기에 그녀는 멋진 도가 사상의 흔적을

달 테두리, 무너지는 파도, 걷히는 구름……

으로 만들지만, 나이 들면서는 예언자요 샤먼, 주술사가 된다.

호수에 빠진 별들이 울리고 있었네:

---

* 「일본의 헨리 퍼셀」 중에서

“백색의 아홉 천국이 아홉 번
기고, 뛰고, 나는 것들을 소집하도다.
물고기 식사에 오라, 팀파니로 먹고
부딪는 심벌즈로 마시라.”

내 온 얼굴로 보았노라.
집들이 광채에 젖어 솟아오르고,
늑대가 내 옆을 달려
매일 아침 부활의 빛을 관통했으니.

1984년 웨스턴 스테이츠 북어워드 수상작인 『파도처럼 새로이』는 아주 읽기 좋은 책이고, 다양한 특징을 담아 냈고 활기가 넘친다. 여기에는 모리스 그레이브스와 지미 헨드릭스에게 바치는 시들, 애가(哀歌), 캐럴, 노래, 지역시들이 담겨 있다. 능란한 구절 사이로 80세에도 점점 강해져만 가던 솔직하고 잘 파악되지 않으며 강렬한 성격이 드러난다. 독자적이었던 그녀는 자신의 인생을 우리와 공유한다.

(죽은 사람들이 아는 바와는 달리—온순하게,
무덤의 알쏭달쏭한 진실, 신화, 전설들을, 기계적으로 익혀)
보석 장식을 한 세상에서 살아가기로 하니.
왕국들을 저버리고. 재미로 왕들이 되네.

메이 사튼은 겨우 70대지만, 표제 목록을 헤아리면 경외심이 든다. 이것이 작가이고, 이것이 작가가 하는 일이다. 열네 권의 시집, 열일곱 권의 소설, 두 권의 어린이책, 그리고 일곱 권의 에세이집. 그중에서 제일 최신작인 『메인에서 온 편지』는 가장 수월한 책이기도 하다. 시행은 재능과 오래 써 본 우아함으로 흐르듯 이어지고, 운율은 어렵지 않으며, 전통성에 위로를 받을 수 있다…….

하지만 조심하시라. 갑자기 강철검과 같은 권위가 울리고, 또렷한 늙은 목소리가 지독할 정도로 정직하게 말하노니,

사실 나는 온전하고 아주 좋으며,
기쁨 가득하고, 중심에 있어, 밀리지 않으며
치유력과 자가치유력 충만하다.

다만 뮤즈가 나를 멈추지 않으니,
귀 기울이지 않는 사람과 신경쓰지 않는 사람은
결코 "조용히 하라" 말한 적 없이, 해를 끼쳤다.

그녀, 검은 천사이자 소리없는 마법은
오직 희망뿐 절망이란 없으니,
그녀의 긴 자제에 나의 평화가 있네.

이런 시행에는 평생 신중하게 힘을 사용한 사람만이 얻을

수 있는 힘이 깃들어 있다.

드니즈 레버토프는 극히 관대한 지성을 더하여 현대시 형식에 통달—아니, 통달 그 이상이다. 그녀는 형식 창시자이기도 하니—했다는 점에서 무섭기까지 하다. 이것은 시대정신이 무겁게 담긴 시로, 독자에게 대부분의 사람들이 기꺼이 내어주려는 것보다 많은 것을 요구한다. 그래서 우리는 시를 읽지 않고 스릴러 같은 것을 읽으니 아, 우리는 얼마나 어리석으며, 우리의 짧은 시간을 얼마나 낭비하는지…… 이 다정함을, 힘든 시기 친절한 벗을 놓치다니. 우리에게 뭔가를 팔려고 하지도 않고, 우리를 겁주려고 하거나 속이려고 하지도 않고 그저 함께 걸을 친구를……

> 사슬에 묶여 그 먼 길을 건네
> 결국에는
> 죽음의 평범한 문에 이른다 해도,
> 그 평범한 먼 옛날의 미소를 짓는 시간과 함께.

레버토프는 결코 "다툼을 넘어서지" 않고, 결코 깔보지 않으며, 결코 젠체하지 않는다. 고통을 분명하게 말할 수가 없어서 모호해지는 시인도 있지만, 자신의 머리와 영혼에 대단히 엄격한 레버토프는 고통이 스스로 말하도록 하고, 나는 그 말들을 있는 그대로 받아들인다. "엘살바도르에 대해 생각하며"라는 시는 이런 식으로 시작하는데, 이것이 진실이다.

매일 그들이 목을 잘랐기에
나는 침묵한다.
그들이 자른 모든 사람의 머리통에
혀가 하나씩 있고,
그 모든 혀가 침묵시키기에
내 입에 담긴 말 한 마디는
스스로 삼키고 만다.

레버토프의 정신과 예술의 기본 경향은 용기일지 몰라도, 용기를 과시하는 일은 없다. 『완곡한 기도』에서는 아무도 우뚝 서지 않는다. 이 용기는 단순함을 허용하고, 시인은 "완곡"하다 말했을지 몰라도 실제 기도문은 직접적이다 못해 '그대'를 써야 할 정도다. 그대, 영혼을 가리키는 오래된 말, 시인들의 말을 말이다.

오스트레일리아, 모튼베이의 무화과나무,
어느 나무신에게

장엄한 너도밤나무의 동포로구나,
그대의 조각한 버팀벽이 조금 더 가파르고
잎사귀는 가시나무처럼 어둡다 뿐……

거대한 나무여, 오직 그대의 작고 단단한 열매,

그 모양만 볼 뿐, 다른 건 알지도 못하는 바보들이 이름을 붙였지……
그대의 거대한 둘레와 희고 견고한 껍질을 보지 않고
그대의 통치 아래 유순히 그늘진
그대의 기민하고도 충실한 신하 같은 뿌리를 보지 않고서.

나무 황제여, 그대의 신성한 광택을 알아차리고
당연한 숭배를 억누르지 말자—
이번이 아니라도 발견할 수 있을지 모르지,
평생을 이끌리면, 결국에는?—
죄책감과 속죄로 헛되이 도는 마음의 시계 탓이 아니라
깊은 경의에 잠겨 그대 앞에 가라앉을 때
무게없는 즐거움에 솟아오르는 영혼을 위해

『신화 창조자로서의 여자들*Women as Mythmakers*』에서 에스텔라 로터는 "이제까지 우리의 삶을 에워싸던 분류를 수긍하지 않고 자아와 세계 사이의 관계를 보는 새로운 세계 인식"에 대해 쓴다. 그런 분류 중에서도 으뜸이 "인간(Man)" 대 "자연"이라는 분류다. 여기에서 그 '받아들이지 않음'이란 부드러운 '받아들임' 상태이고, 춤을 추는 여자처럼 숙이면서도 일어서는 움직임이다.

수전 그리핀은 『그녀 안의 포효*The Roaring Inside Her*』에서 여자와 자연, 동물로서의 여자에 대해 쓰며 합리주의자들에게 살아 있는 사자를 해부하는 위험성을 경고한다. 캐럴린 카이저는 내면의 포효를 담아 두지 않는다. 포효를 뱉는다. 카이저의 시는 격렬하고 화려하게 구술적이어서 큰 소리로 읽히기를 바란다. 기왕이면 물웅덩이 가에서 창자를 들어낸 도둑의 유해를 굽어보는 금빛 사자가 직접 읽거나 포효함이 가장 좋으리라. 꽉 막힌 학교 사람들은 카이저의 화려함을 경솔함과 혼동할지 모르지만, 사자들에게도 그런 태평한 모습은 있다.

그 방에는 가구가 듬성듬성 놓였다:
의자 하나, 탁자 하나, 그리고 아버지가 하나.

카이저는 분노와 웃음을 다루는 놀라운 시인이다. 한도와 비탄도 갈수록 잘 다룬다. 「도나 엘비라의 이후 생각*Afterthought of Donna Elvira*」에서 보라.

너희 인간 종족에게 진실하라
너희는 내가 보기에 너무 잔인했다.
이제 나는 바보가 아니니,
이제 어떤 조롱도 두렵지 않구나.

이제 알겠다,
너희가 내내 알았던 것을 알겠다.

우리는 사랑할 때마다 이기거니와,
그렇지 않으면 아예 태어나지도 않았음을.

『음(陰)*Yin*』에 실린 시 몇 편이 『지하실의 인어들*Mermaids in the Basement*』에도 실려 있기는 하지만, 두 책은 겹치는 부분이 거의 없이 서로를 보완하며, 함께 이 시인의 어둡고 뛰어나면서도 냉소적인 최근 모습을 온전히 보여 준다. 이브 트림은 "늑대가 내 옆을 달린다."고 썼는데, 그 늑대는 여기에도 달린다. 『지하실의 인어들』 마지막 시 「물의 뮤즈*A Muse of Water*」는 아마 지금 여자들이 말해야 하는 형태 그대로의 인간(Man)과 자연의 구별을 거부한다. "자연의 편에서" 인간을 적대하는 방식이 아니라 인간을 자연으로, 자연스러운 몸이자 풀로, 물로, 여자로 말함으로써 그렇게 한다. 깊이 있고 고적하면서 아름다운 시다. 이론가들은 환원주의를 조심하라. 여자-동물이라는 문제는 단순했던 적이 없다. 해부자의 칼은 손 안에서 휘어지고, 카이저가 「프로 페미나*Pro Femina*」에서 말하듯이,

……목가적인 여주인공 역할은 영원하지 않아, 잭.
우린 모임으로 돌아가고 싶어.

하지만 그 모임은 어떤 회사나 정부가 여는 모임보다 더 크다. 그리고 잭이 마지막 늑대를 죽인다면, 질은 그 늑대가 되어야 한다.

존 비어호스트의 『북아메리카 신화*The Mythology of North America*』 1985년

기록하고 번역해 놓은 아메리칸 인디언 구전 문학은 모든 아메리카 독자와 작가들에게 보물 창고다. 순전히 이 땅에만 뿌리내린 유일한 문학이며, 옥수수와 세쿼이아처럼 바로 여기에서 시작한 유일한 언어다. 네이티브 아메리카의 산문과 운문도 점차 인류학자들만이 사랑할 수 있는 "원시" 골동품 취급받지 않고 비인디언들에게 감상과 경외를 받고 있다. 잃어버린 과거와의 중요한 연결고리로서도 그게 당연하지만, 살아 있는 문학으로서 다뤄진다는 점이 더 중요하다. 결국 이 작품들 대부분은 1850년에서 1950년 사이에 적혔다. 플롯과 형식, 전통은 오래되었을지 모르나 실제 작품은 디킨스의 소설이나 예이츠의 시보다 오래되지 않았다.

『성스러운 길*The Sacred Path*』 및 다른 책들로 이런 구전 시와 산문들을 훌륭하게 골라내어 안겨 주었던 존 비어호스트가 이번에는 『북아메리카의 신화』에서 문학의 한 유형이랄까, 한 지류를 체계적으로 개관한다.

신화가 전설이나 민담, 옛날이야기와 다른 점은 무엇일까? 비어호스트에게는 말하려는 바를 명확하게 설명하는 소재를 써서 이 복잡하고 논쟁이 많은 문제를 또렷하게 구별해 주는 뛰어난 재능이 있다. 이런 식으로.

> 100가지가 넘는 자생 언어가 아직도 쓰이고 또 구전 전통이 한때는 여러 문화 사이에 자유로이 전해지던 북아메리카에서, 이야기꾼들은 서사를 두 가지 기본 범주로 나누는 경향이 있었다. 보통 에스키모는 오래된 이야기와 젊은 이야기를 나누었다. 위네바고에게는 이야기가 와이칸(성스러운 이야기)이거나 그냥 워라크(들은 이야기)였다. 포니는 진실과 거짓으로 구분했다. 부족마다 다양하지만 어느 것이나 두 번째 범주는 픽션, 논픽션, 또는 두 가지의 혼합으로 볼 수 있다. 주로 첫 번째 범주와 대조하기 위해 만들어진 범주다. 이 첫 번째 범주는 오래된, 성스러운, 진실한 이야기로 영어에서 "신화"라고 하는 것과 일치한다.

나중에 비어호스트는 틀링깃 사이에서는 "두 가지 이야기가 있는데, 틀라구(오래전의 이야기)와 치칼닉(정말로 일어났던 이야기)이다."라고 한다. 이 책에서 비어호스트가 관심을 두는 것은 틀라구, 즉 오래된, 성스러운, 진실한 이야기들이다. 그 진실이란 사실 위에 있거나 심지어는 사실과 반대될 수도 있다. 그 이야기들이 오래되었다는 것은 세월을 벗어나 영원히 젊고 의미가 있는 이야기라는 뜻이다. 그 성스러움으로 말하자면, 일신교인들이 쉽게 받아들이거나 기꺼이 인정할 만한 성스러움은 아니다. 비어호스트는 드 안굴로*에게서 어느 아초마위 이야기꾼을 인용한다.

> 하얀 사람들이 신이라고 부르는 그건 대체 뭐지? 늘상 그 말을 하던데 말이야. 이게 신의 저주를 받는다는 둥 저게 신의 저주를 받는다는 둥, 신의 이름으로 말한다는 둥, 신이 세상을 만들었다는 둥. 그 신은 누군가? 코요테가 인디언 신이라면서, 내가 신은 코요테라고 말하면 나한테 화를 낸단 말이지. 왜 그러는 건가?

저 질문을 진지하게 받아들일 마음이 있는 사람들, 위험을 감수할 마음이 있는 사람들이라면 이런 신화들이 세상을 재평가하는 면이나 통찰의 문을 씻어 내는 면이 즐거울 것이다. 모든 위대한 예술 작품이 그렇듯 위대한 신화는 사람을 바꾼다. 아치 피니의 "코요테와 그림자 사람들" 같은 이야기를 주의 깊게 읽거나 들은 사람이라면 그리스의 오르페우스 신화가 인간의 심층에 자리한 강력한 주제의 한 가지 판본에 불과하다는 사실을 알 테고, 서부 평야 풍경과 부부애와 죽음 같은 문제에 대한 이해를 더 풍성하게 하리라.

* 제이미 드 안굴로. 미국의 언어학자, 소설가.

이 코요테 이야기는 피니의 『네즈 퍼스*Nez Perce*』 텍스트에서 다 읽을 수 있고, 칼 크로버*가 편집한 『아메리칸 인디언 전통 문학』에서 제럴드 램지의 해설과 함께 읽거나, 제럴드 램지가 직접 최근에 낸 『불을 읽다*Reading the Fire*』에서도 볼 수 있다. 비어호스트는 이야기 전체를 싣거나 이야기하는 경우가 거의 없다. 이 책은 신화 모음집이 아니라 대륙 전체의 신화에 대한 개괄서이자 안내서로, 우선은 지역에 따라, 두 번째로는 주제에 따라 정리했다. 어마어마한 일이다. 저자의 명징한 정신과 스타일 덕분에 이 책이 그나마 복잡하게 얽힌 덤불이 되지 않을 수 있었다. 서문은 이 구전 문학이 어떻게 언제 왜 그리고 누구에 의해 기록되고 번역되었는지의 역사를 명쾌하고 짧게 전달한다. 헨리 스쿨크래프트(우리의 한 명으로 압축한 그림 형제)**부터 시작해서, 프란츠 보아스와 그의 인디언과 비(非)인디언 학생과 동료들의 엄청난 인양 작업을 거치고, 신화를 문화의 핵심으로 파악한 베네딕트*** 학파를 거친 비어호스트는 최근의 연행자와 연행—즉 예술가와 예술에 대한 연구까지 꺼내 놓는다. 델 하임스와 다른 학자들은 "야만인"들의 "소박"하고 "형식 없는" 신화에 세심하고 해박한 인류학과 문학 비평을 가져와서 놀랍도록 정교한 구조와 풍성한 의미를 밝혀냈다. 이상하게도 비어호스트는 구조주의 신화 분석에 대해서는 거의 언급하지

---

* 미국문학 학자이며 르 귄의 오빠이기도 하다.

** 19세기 미국 탐험가이자 지리학자, 민속학자로 아메리카 인디언 문화의 주요 기록자.

*** 루스 베네딕트, 미국의 인류학자. 국내에는 일본문화 연구서인 『국화와 칼』로 더 유명하지만 여기에서의 언급은 또 다른 주저인 『문화의 패턴』과 관련한 내용이다.

않는다. 기념비적인 레비스트로스의 저작 『신화학』은 딱 한 번, 그것도 미주에만 언급되었을 뿐이다.(나 말고 또 각주가 그리운 사람 없을까? 챕터 중간을 읽다가 주석을 찾으려고 앞뒤로 페이지를 넘기는 데 질린 사람 또 없나? 심지어 뒤에서 주석을 찾다가 챕터 번호를 잊어버리고 어디까지 읽었는지 놓치는 바람에 결국 책을 읽는다기보다는 거품기로 계란을 휘젓는 꼴이 된 경험은?)

비어호스트는 또 네이티브 아메리카 신화의 이차 저작들(이를테면 시어도라 크로버의 『내륙의 고래』처럼 원본을 다시 쓴 경우, 아니면 제럴드 램지의 『코요테가 그리로 가고 있었다*Coyote Was Going There*』처럼 기록된 신화를 모은 책, 아니면 데니스 테드록이 『중심을 찾아서*Finding the Center*』에서 주니 민담을 내놓은 방식)에 대해서도 언급하지 않는다. 미주에서는 원래 출처를 열거하는 참고문헌만 싣는다. 이것은 가능한 한 많은 "중개인"을 빼고 원저자와 이 신화의 진짜 주인들에게 예의를 표하는 방식이다. 그러나 주석을 많이 사용하면 훈련받지 않은 독자에게는 위협적이다. 그리고 광대한 재료를 개관한 이 책은 분명 단독으로만 읽히지 않고 입문서로도 쓰일 일이 많을 것이다. 독자들은 비어호스트의 신화 시놉시스와 서술에서 더 나아가고 싶어 할 텐데, 아메리카 민속학부의 거대한 회녹색 책들을 다룰 줄 알거나, 대부분 큰 도서관에서만 볼 수 있는 다른 일차 출처를 다룰 수 있는 독자는 몇 명 없을 터이다. 아메리카 원주민 신화에 대한 수많은 이차 저작에 대해 서술하거나 평가하는 좀 더 완전한 참고문헌이 붙었다면 이 책의 가치가 훨씬 더해졌을 것이다. 비어호스트라면 우리가 세인트헬렌스 산이 분화했을 때 신문들이 파낸 것 같은 멍청하고 거만한 이차 저작들을 피하도록 안내해 줄 수도 있었으리라. 당시 우리는 어떻게 세인트헬렌스, 후드, 아담스 산들이 "아름다운 처녀 루-위트"와 그 처녀를 두고 싸운 "용감한 와이-이스트와 클릭-잇-탓"이었는지 들었다. "처녀"라는 말부터가 예스럽거니와, 중간에 하이픈을 그어 인디언들은 한 음절 이상의 단어는 발음하지 못한다고 표현하고 있었다. 하지만 이제 이야기 하나를 원래 전해진 방식대로(겨울밤에, 그리고 제대로 귀 기울여 듣지 않으면 할머니가 꼬집는 가운데) 들어 보자.

> 그니는 털을 한 가닥 보고, 집어들어 보았지. 그 털, 털 한 가닥을, 방금 발견한 털을 보았어. "누구 털이지? 궁금하네." 그니는 그 털을, 한 가닥 긴 털을 길게 들여다보았어. 여자는 생각했지. "누구 털일까?" 생각했지.

이것은 캘리포니아의 이야기다. 과거 캘리포니아에서는 모든 일이 나름의 속도로 움직였다. 거트루드 스타인도 캘리포니아에서 자랐다. 비어호스트는 우리에게 이 대목만 보여 주는데, 이 느릿한 구전의 리듬을 그대로 유지할 용기를 발휘할 다시쓰기는 거의 없을 것이다. 하지만 이 말에는, 이 반복과 빙빙 도는 걸음걸이에는 어떤 마법이 깃들어 있고, 그 마법은 플롯(그러니까 아비새 여자의 무서운 근친상간담) 못지않게 필수적이다. 너무나 많은 문화의 신화들을 개관하여 보여 주려니 비어호스트는 대개 플롯만, 요지만, 이를 테면 뼈가 빠진 골수만 내놓을 수도 있다. 그렇다 해도, 시놉시스만 보아도 많은 이야기가 감동적이고 매혹적이다. 그리고 배경과 역사, 신화와 신화학의 연결과 교차에 대한 비어호스트의 설명과 다채로운 사람들과 지역들의 세계관 이해는 명료하고 사려 깊다. 『북아메리카 신화』는 획기적인 지표는 아닐지 몰라도 균형 잡히고 속이 꽉 찬 징검돌이다. 어쩌면 이런 징검돌이야말로 대단한 지형지물보다 더 가치 있을지도 모른다.

유진 린든의 『사일런트 파트너*Silent Partners*』 1986년

우리 앞에 붙어 있는 것은…… 미국 수어의 신호 몇 가지와 그 의미에 대한 설명이었다…… "아, 늘 수어를 하거든요. 그래서 포스터를 붙여 놓는 거예요. 기술자들이 계속 침팬지들이 이런 손짓을 하는 걸 보니까, 반응해 주고 싶어 했거든요."

인간과 다른 동물 간의 관계가 무구하고 조화로운 곳은 평화로운 예술 속 왕국과 에덴 동산뿐이다. '지금 여기'에서 그 관계는 복잡하고, 불편하고, 잔인할 때도 많은 데다 언제나 심오하다. 사람들 말고는 오직 강아지나 비둘기만 가끔 보고 지내는 도시 거주자들은 지구상에 중요한 건 우리밖에 없는 척할 수 있다. 하지만 먹거나 호흡하고 싶은 한 비인간 생명에 대한 우리의 의존도는 절대적이고 가깝다. 대개 분석이 되지 않았을 뿐이다. 우리가 작업 파트너로서, 식량으로서, 아니면 연구소에서 동물들을 '이용'할 때, 그 관계의 윤리는 긴급하면서도 애매해진다. 연구소 실험으로 동물을 이용하는 문제에서 어떤 극단주의자들은 이용과 오용을 혼동하여 완전히 막아야 한다고 요구하는 반면, 또 어떤 사람들은 목적으로 수단을 정당화하고 잔혹 행위도 용납하기를 요구한다. 유진 린든은 세 번째 저작에서 이 까다로운 논제 중에서도 특히 복잡하지만 매혹적인 측면을 골라, 언어 실험에 이용되는 유인원들을 탐구한다.

생태학이 빠른 이윤 거두기의 장애물로만 여겨지지 않았던 1970년대에 이루어진 동물의 언어 능력 실험은, 린든이 지적했다시피 그 시대의 관대하고 위험을 감수하는 성격을 잘 보여 준다. 그런 실험은 경계선을 넘으려는 시도였다. 그리고 이런 실험이 열광적인 호응을 얻은 것은 "주체"에 의한 "객체"의 조종이 아니라 파트너 관계로 수행된 탓도 있다. 언어는 일방향 소통이 아니라 본질적으로 교환이며, 언어 실험을 수행하려면 다른 두 종의 개체가 함께 일하고 협력해야만 했다. 사실 언어를 가르치고 배우는 일은 협업을 넘어서서 양자 간의 결탁까지 요구할 수도 있다.

> 평범한 담화에서 우리는 질리안의, 지성이 없지는 않다 해도 말은 동반하지 않는 발언을 부끄러움 없이 자극하고, 노골적으로 부추기고, 미심쩍게 해석했다. 사실…… 질리언은 비평가들이 유인원은 언어를 배울 수 없다는 증거로 들었던 행동 대부분을 보여 주기 시작했다. 질리언은 말을 끊었고, 문구를 끊임없이 반복했고, 부적절하게 반응했고, 단어 순서를

뒤섞었다.

질리언은 침팬지가 아니다. 질리언은 당시 18개월이었던 린든의 딸이다. 린든이 하려는 말은, 정상적인 인간 언어 습득은 멋지고 체계적이고 독립된 일이 아니라 반드시 관계를 수반하여 강렬하게 느끼는 활동이라는 사실이다. 침팬지와 고릴라들은 악명 높을 정도로 강력한 감정 반응과 애착이 있는 감성적인 동물이라, "유인원이 실험자와 가까운 관계를 맺은 실험—즉 언어 사용이 해당 동물의 하루에 자연스러운 일부인 실험들에서 더 복잡한 언어 사용이 나타난다는 사실을 고려한, 도무지 결론이 나지 않기는 하지만 흥미로운 결과"도 놀랍지 않다.

동물이 일종의 기계라는 가정에 기반한 실험과 비판들은 유인원의 뇌가 언어 사용을 하게 프로그램할 수 있나 알아보려는 시도에서 감정 관계와 감정 보상을 제거하려고 했다. "올바른" 응답에 먹을 것을 보상으로 주면서 침팬지가 컴퓨터에 바라는 바를 표현하도록 훈련하려던 실험들은 동물 서커스만큼도 언어 능력과 관계가 없다. 그러나 자극-반응 기계 모델을 쓰고 싶은 유혹은 강렬하다. 우리에게 언어 모델이라곤 인간의 모델밖에 없기 때문이다. 그리고 그 모델은 위험하다. 실험자는 어떻게 인간 중심주의를, 인간의 비유를 지나치게 밀어붙이는 짓을 피할 것인가? 그런 질문들이 영역 전체에 지뢰처럼 깔려 있어 여행에 스릴이 넘친다. 유진 린든은 그 지뢰밭을 잘 알고, 지성과 무한한 유머로 우리를 무사히

인도한다. 이 마지막 부분은 그 자체가 하나의 성취이다. 방금 인용한 대목은 이렇게 이어지기 때문이다.

> 바로 그런 실험들에서 유인원 언어 사용이 가장 화려하게 이루어졌다. 통제를 가장 적게 하고, 가장 열정적으로 헌신한 실험들. 따라서 우리는 가장 독설이 오가는 토론을 낳기 완벽한 상황에 놓였다.

그리고 실제로 그랬다! 독설, 점점 심해지는 실험자들의 방어적인 태도, 몇몇 비평가들의 불신, 많은 미디어 보도의 선정주의와 감상주의에 대해 보고하는 린든의 솔직함과 공정한 정신은 린든이 묘사하는 편견과 편집증에 멋진 대조를 이룬다. 하지만 린든은 싸움에서 벗어나 하늘에 있는 척하지 않는다. 린든의 걱정은 윤리적이고 긴급하다. 온갖 주장과 반대 주장들 이후 이제 우리는 수어로 "친구"라는 손짓을 하는 엄지손가락 없는 길쭉한 비인간의 손이 담긴 사진들을 보지 않고, 학문 이론이라는 높은 테라스에서 오만한 선언을 읽지도 않으니, 1980년대 중반이 된 지금, 그 실험자들과 그 참가자들은 어떻게 되었나? 와쇼, 루시, 님 촘스키, 앨리, 코코는?

그 질문에 대한 린든의 대답은 하나같이 어느 정도 고통스럽고, 비극이자 희극이어서 그렇지 대단히 흥미롭기도 하다. 인간이든 유인원이든, 처음부터 끝까지 성격이 제일 중요하다. 『사일런트 파트너』는 과학의 난장판을 잘 보여 주고, 『더블 헬릭스*The Double Helix*』를 좋아한 사람들이라면 이 책에서도 똑같이 사악한 즐거움을 얻을 수 있다. 그러나 이 실험들과 실험에 대한 억압에 들어간 비용은 단지 지적인 비용만이 아닐 수도 있다.

> 언어 사용 침팬지들은 세상이 볼 준비가 되기 전에 스스로를 내보인 결과로 고통받고 있는지도 모른다. 그리고 그들을 훈련한 과학자들은 세상이 준비되기 전에 좋은 생각을 해냈다는 이유로 명예를 잃었는지도 모른다.

동물의 언어 능력에 대한 진지한 연구는 현재 분위기에서는 거의 불가능해졌다. 그런 연구에 들어가는 지원금은 오래전에 끊겼다. 그러나 그 실험에 참여한 동물들은 감정적으로 민감하고, 대단히 지적이고, 감성적일 뿐 아니라 신경질적이고, 길들여지지 않으며, 위협적인 존재다. 애완동물도 아니고 야생동물도 아니다. 희귀하다. 의학 실험에 대단히 가치가 높다. 그리고 비싸다. 그러니, 언어 실험이 다 폐쇄되었을 때 그 동물들은 어떻게 됐겠는가?

몇몇 경우에는 훈련자가 경력은 물론이요 정상적인 인간관계까지 대가로 치르면서 그 동물과의 관계를 유지했다. 재니스 카터는 침팬지 루시(어느 커플이 "아기"처럼 기르다가 훈련 센터에 준 침팬지다.)를 아프리카 어느 강에 있는 섬으로 데려갔는데, 그곳에서는 침팬지 두 무리가 자유롭게 돌아다니는 동안 사람은 우리 속에서 살아야 한다. 재니스 카터는 루시가 인간에게 의존하지 않도록 만들기 위해, 수어를 사용하여 대화하지 않으려 한다. 와쇼와 와쇼의 훈련자는 태평양 북서부에서 조용히 지내고 있다. 언어 실험 첫 세대에 들어갔던 고릴라 코코는 아직도 훈련자이자 대화 상대인 페니 패터슨이 열심히, 빈틈없이 지키고 있다. 실험은 이어지고 있으나, 결과를 워낙 선별하여 내놓는 통에 가장 호의적인 과학자들이라 해도 부적당하다거나 거짓이라는 비난으로부터 패터슨의 실험을 옹호하지 못한다. 증거에 접근할 수 없어서야, 그렇게 비난하기는 쉽고 반증하기는 불가능하다. 이는 지적인 손실이지만, 아직은 그 손실을 보상할 가능성도 있다. 그래도 코코는 언제나처럼 잘 지내고 있기는 하다. 그러나 앨리는 이름도 없이 실험실의 미궁 사이로 사라졌고, 님은 독방 같은 보호시설에서 지내며, 그보다 덜 유명한 언어 훈련 침팬지들은 렘시프*의 완고한 제임스 메이호니가 돌보고 있다. 그는 이렇게 말한다. "일단 돈이 결정 요소인 줄 알면, 무슨 일이 일어날지도 알죠."

그리하여 요새는 질병통제예방센터에서 어떤 변명이나 비판도 없이 침팬지들에게 에이즈를 "성공적으로 감염시켰다"고 발표할 수 있다. 이 연구자들의 관점에서는 완벽한 성공이다. 귀한 실험들(의학 실험은 아니라 해도 지적인 실험들)의 대상이 되었던 나이 든 실험 동물들은 가치가 덜하며, 따라서 "말기 연구"에 쓰이기 적합

* LEMSIP(Laboratory for Experimental Medicine and Surgery in Primates). 유인원에 대한 실험 약물과 수술 연구소.

하다. 나이 많은 동물들을 위한 은퇴지를 요청하는 메이호니 같은 사람은 소수이다. 대부분의 의학 실험은 "파괴"를 더 쉽고 싸다고 여긴다.(누군가는 상상력을 아껴 완곡한 표현을 생각하는 데에나 쓰고 싶은가 보다.) 이토록 까다로운 문제에 대해 린든이 내놓은 논의는 모범적이다. 오직 편견에 사로잡힌 사람만이 그의 책을 치우쳤다거나 순진하다고 비난할 것이다. 하지만 그런 비난이 있기는 할 것 같다. 어떤 과학자들은 다른 동물이 언어를 사용할 가능성만 꺼내도 부정적으로 반응하니 말이다.

몇몇 종에게는 그런 언어—문법, 농담, 거짓말, 그리고 객관적이거나 미학적인 관찰을 포함하는 진짜 언어 사용이 어느 정도 접근 가능한 기술이라고 증명될 수도 있다. 어떤 행동학자와 언어학자들은 이런 발상을 불쾌하게 여기는 나머지 실험 결과만이 아니라 대상에 대한 연구까지 공격하기도 한다. 이런 금기화에는 학계의 영역주의도 일부 작동하지만, 근본은 인간의 특별함, 인간의 우월함을 믿어야만 하는 탓인 듯 싶다. 이런 "종 차별"을 내세우는 비평가들을 보면, 그런 믿음은 태양이 지구 주위를 돈다는 믿음만큼이나 과학에 쓸모가 많을 것이다.(린든이 마지막 단락에서처럼 이 믿음을 "휴머니즘"이라고 부르는 것은 현명하지 않을지도 모르겠다. 휴머니즘이라는 말은 종교 근본주의자들을 알려 주는 암호가 되었고, 그들은 신이 다른 동물에 대한 인간의 우월성을 정해 두었다고 주장하기에 이런 맥락에서 휴머니스트가 될 테니 말이다.)

인간우월주의자들의 태도는 남성우월주의자들과 아주 흡

사한 어휘 사용으로 드러나며, 둘 다 인간의 착취 대상으로 정의되는 "자연"에 대한 통제를 잃을까 두려워하면서 생기는 것 같다. 다른 동물이 인지와 감정과 고통이 가능한 주체로서 독립하여 존재할 수 있다는 생각……. 이런 인식이 너무나 위협적인 나머지 우리 종의 알파 수컷들은 그런 생각의 낌새만 보여도 철저한 공격성을 보이며, 송곳니를 드러내고 가슴을 두들기며 증거를 무시한다. 볼썽사납기는 해도 인상적인 모습이라는 점을 부인할 수 없다. 그러는 사이, 사람들은 우리 안에 갇힌 채 그 동물의 언어를 모르는 우리 바깥 남자에게 "마실 것! 먹을 것! 빨리!"라고 말하는 동물의 잊지 못할 이미지를 끌어안고 있다. 그리고 우리 안에 갇힌 채, 우리 바깥에 있는 동물에게 그 동물이 아는 유일한 언어로 말 걸기를 거부하는 여자의 이미지도. 그런 기괴하고 비참한 장면들이 우리 시대의 병증을 나타낸다. 친절하고 조용하며 공정한 유진 린든의 책은, 이 책이 묘사하는 잔인함과 혼돈에 대한 진단이자 해독제이기도 하다. 이 책의 성공이 건강을 되찾는 징후가 되기를 기쁘게 희망해 본다.

[＊주: 1986년 10월, H. S. 테러스 교수가 한 통의 편지를 보내어 『사일런트 파트너』와 나의 서평에 강한 반대 의견을 표명하고, 두 가지 틀린 사실을 바로잡아 주셨다. 테러스 교수는 "데이비드 프레맥과 듀앤 럼보는 원래 유인원의 문법 능력에 대해 긍정적으로 평가했다가 의견을 뒤집었습니다. 하지만 둘 다 상당한 정부 지원금을 계속 받고 있어요."라며 "동물의 언어 능력에 대한 진지한 연구는 현재 분위기에서는 거의 불

가능해졌다. 그런 연구에 들어가는 지원금은 오래전에 끊겼다."는 나의 말을 반박했다.(지속적인 지원금이 하필 "유인원의 문법 능력 평가"를 부정적으로 내린 두 연구자에게 간다는 사실이 흥미롭지 않은가.) 그리고 테러스 교수는 린든이 님의 근황에 대해 자신에게 확인하지 않은 점에 화를 냈는데, 이 분노는 정당하다. 님은 내가 린든의 보고에 따라 적은 대로 "혼자 감금"되어 있지 않다. 테러스 교수는 "1983년 이후, 님은 짝인 샐리와 함께 특별히 지은 넓은 집에 살았습니다. 둘 다 행복해 보이고 건강하기도 하다는 사실을 직접 증언할 수 있습니다."라고 썼다.]

몰리 글로스의 『문밖에서 *Outside the Gates*』 1986년

3부작 판타지들이 플라스틱 장난감처럼 밝은 색깔의 일회용 책으로 줄줄이 찍혀 나오는 모습을 보며, 우리 까다로운 꼰대들은 판타지 소설이 중고 서점의 곰팡이 진 구역에 숨은 희귀하고 수줍음 많은 생물이었고 보통 맥도널드, 던세이니, 에디슨 아니면 이 모리스나 저 모리스의 이름 아래 나왔던 시절을 그리워한다. 예술로서 판타지는 이상하면서도 주목할 만했다. 정말로 특이한 정신의 열렬한 표현이었다. 그럴 의도는 조금도 없었겠지만, 톨킨은 순수한 천재성의 힘으로 그 모든 것을 바꿔 놓았다. 출판 산업에서 천재란 수익을 의미한다. 사우론은 산업자본가들에게 어디에서 돈을 만들지 보여 주었고, 그리하여 판타지 소설은 이제 찍어 낸 듯이 똑같은 얌전한 수익 상품이 되었다.

물론 희귀하고 기묘한 진짜배기도 남아 있기는 하지만, 그들은 광고 공장에서 멀리 떨어진 새로운 그늘을 찾아내어 숨어들었다. "청소년(Young Adult)" 소설도 그런 그늘일 수 있다. 청소년 소설이라는 딱지는 확실히 소비자 상품용이지만, 이 분야의 상품들이 돈을 제대로 벌 수도 있기는 하지만, 청소년 소설이 지난 세월 엄청난 독자 층을 끌어들였을지도 모르지만, 그래도 청소년 소설은 모든 "장르" 소설과 마찬가지로 아직까지 손이 큰 광고주들과 힘 있는 문학 비평가들의 주목을 피하고 있다. '청소년'이란 진짜 책을 좌지우지하는 진짜 사내들에게 키쉬 파이에 불과하다. 지금까지는 페미니스트 비평조차도 상황을 바꾸려는 시도를 하지 않았다. 우리들, '애들 책' 쓰는 사람들은 외부자로 남아 있다. 그래서 잘됐는지도 모른다. 『문밖에서』 같은 책은 오직 문밖에서만 나올 수 있는지도 모른다.

정말로 독특한 정신의 열렬한 표현이라 할 수 있는 몰리 글로스의 첫 장편소설은 경험에서 우러나는 확신을 품고 움직인다. 이 책의 가상 세계는 서론이나 변명 없이 확고하다. 여기는 이렇다. 특별한 힘을 타고난 아이에게는 인간 사회, 동족 관계, 연민이라는 문이 닫혀 있는데, 아이의 가장 진정한 힘은 "그림자"다. 아이는 황야에서 죽거나, 아니면 새로운 동족이 있고 더 깊은 연민이 존재한다는 점을 알아내야 한다. 모든 청소년은 문밖에 있는 이 땅을 알고, 바로 지금도 그곳에 살고 있다. 청소년은 유배자다. 글로스의 이야기는 '하나가 많은 수를 쓰러뜨리는' 평범한 영웅을 쓰지 않고, 그 세상에 혼자 있는 아이를 이야기한다. 깊고 보편적인 고민과 두려움들에 부딪친다.

고아인 브렌 말고도 전 세계 민담에 흔히 나오는 동물 조력자 같은 원형적인 등장인물들이 나오는데, 여기에서는 충성스럽고 호감 가게 능대스러운 늑대다. 브렌의 "그림자"는 동물들과 서로 이해하는 힘이다. 그 재능은, 오직 그릇된 마법이 브렌의 마음과 몸에 있는 다른 모든 것을 대가로 증폭시켰을 때에만 짐승들의 말을 한다는 동화 같은 재능이 된다. 이것은 동물들을 '지배하는' 힘이다. 이런 도덕적인 정확성이 이 책의 특징이다.

동물의 존재감은 이야기 내내 강력하고 대체로 보기 좋지만, 브렌이 '스펠바인더(Spellbinder)'의 그릇된 의지에 복종할 때는 끔찍해진다. 인간의 존재는 그보다도 더 생생하지만, 밀도가 있는 인물은 넷밖에 없다. 브렌의 아버지/형/친구가 되는 손위의 추방자이자 친절하고 소심하며 말이 없는 남자 러시는 너무나 진짜 같아서, 날씨를 통제하는 러시의 능력도 상당히 그럴싸하게 받아들이게 된다. 그래서, 스펠바인더가 러시의 온화한 마법을 바꿔 놓는 클라이맥스 장면에는 다시 한 번 갑작스럽고도 엄청난 힘이 깃든다.

> 러시의 얼굴이 어둡고 무시무시하고 낯설었다. 러시가 입을 열자 거대하고 무서운 입김이, 칙칙한 색깔로 거대하게 성을 내는 어둡게 물결치는 구름이 뿜어 나왔다. 러시의 입에서 솟아오른 구름은 길고 묵직한 우렛소리와 함께 흐린 하늘 아래로 퍼져 나갔다.

하나뿐인 여성 캐릭터인 손위의 여자는 중요하면서도 포착하기가 어렵다. 책 끝에서 브렌과 러시는 그 여자에게 돌아가지만, 이야기가 끝나기 전에 도달하지는 못한다. 손을 뻗는, 포옹하는 몸짓은 완성되지 않는다. 이 책 자체에 미완성의 요소가 담겨 있는지도 모르겠다. 하지만 결국 몰리 글로스는 고독과 외로움에 대해 쓰고 있으니.

자기 힘의 노예인 스펠바인더는 아주 그럴싸한데, 키가 작고 검은 머리 앞쪽이 벗어진 평범한 남자로, 그의 따분한 주문은 어린 브렌처럼 독자도 아차 하는 사이에 사로잡는다. 그 주문의 효과를 설명하는 챕터 "속삭임"은 비범하다. 책 내내 글솜씨는 능숙하고, 단어 선택은 치밀하고도 정확하며, 어조는 과하게 압축된 몇몇 구절을 빼면 조용하고 음악적이다. 잘 만든 의자처럼, 모든 말이 참되고 중요하다.

이야기의 윤리적인 관심사는 진지하지만 굳이 언급되지는 않는다. 설교는 없다. 삶을 전쟁으로, "갈등"으로 보는 시각도 없다. 너무나 많은 문학에서 그러는 바람에 비평가들은 사실상 갈등을 서사의 핵심 요소로 여기게 되었지만 말이다. 이 서사의 인도하는 이미지는 발견이 될 수도 있으리라. 집을 찾고, 힘을 찾고, 서로를 찾는 이야기…… 사실 잘 사용한 힘과 잘못 사용한 힘 사이의 마지막 싸움이 있기는 하다. 육체적인 폭력은 없다시피 하지만 도덕적인 폭력은 있고, 스펠바인더의 농간으로 친구가 친구를 배신할 때의 강렬한 죄책감과 절망과 격노는 견디기 힘들 정도다. 악은 자멸하지만, 큰 희생을 치른다. 값싼 승리는 없다. 나에게는 이 책이 감동적이고 귀중하며, 어린 독자들도 그렇게 여기리라 생각한다. 구상과 서사 면에서 감정적으로 정직하며, 내내 투명하기에.

캐럴린 시의 『금빛 나날Golden Days』 1986년

『금빛 나날들』 출간 전 보도자료에서는 "캘리포니아 생활 방식에 대한 날카로운 풍자 배경에도" 여자주인공이 그 "햇빛과 즐거움의 땅"에 가서 "모든 것의 끝"을 만난다고 말한다. 이 더할 나위 없이 둔감한 출판사 요약은 (미국) 서부 해안의 작가들이 무엇에 맞닥뜨리는지 잘 보여 준다. 벽이다. 동부 사람들이 마음속에서 캘리포니아와 현실을 갈라 놓기 위해 세운 벽. 동부인들은 캘리포니아에 살러 오더라도 그 벽을 세워 놓은 채 수영장 안을 떠다니며 《월스트리트 저널》을 읽으면서 "세상에, 이건 비현실적이야." 라고 말한다. 어떤 사람들은 소설 전체를 이런 관점에 근거하여 쓰기도 했다.

캐럴린 시의 소설이 다루는 재료는 그것보다 훨씬 흥미롭지만, 누구든 바스토*보다 동쪽에 사는 사람이 그 점을 제대로 보려 할지 의문할 수밖에 없다. 핵심인즉, 캐럴린 시는 캘리포니아 사

* 로스앤젤러스 동쪽에 있는 소도시.

람처럼 쓴다. 소설의 화자는 "햇빛과 즐거움의 땅"에, 어느 휴양지 모텔 구역에 찾아오는 사람이 아니라 집에 돌아오는 사람이다. 캘리포니아에서 태어났고, 캘리포니아에 살며, 그곳이 그녀의 땅이다. 그리고 현실적이다. 핵전쟁 시작 전, 50년대에 차도 없고 조심성도 없는 10대 소녀들이 로스앤젤러스를 걷는 멋진 챕터가 하나 있다.(뉴욕 사람이라면 로스앤젤러스에서는 아무도 걷지 않는다는 사실을 누구나 안다고 하겠지만.)

> 이 소녀들은 어디로 걸어갔을까? 그들은 도시 중심부를 몇 킬로미터 동안이나 걸었다…… 북동쪽으로 걷다가 길고 쾌적한 경사면을 내려가서 그리피스 파크 블러바드와 로스 펠리즈와 플레처 드라이브가 만나는 지점까지 갔다…… 그들은 하이페리온에서 버몬트 애비뉴까지 오래된 거리를 걷다가 식료품점에 멈추고…… 선셋과 헐리우드 블러바드에서…… 잘 아는 동네 너머 라 브리어까지 갔다가…… 다시 오래 걸어서 집으로 향했다.

거리 이름들은 그 이름을 말하는 즐거움을 위해 호명된다. 소녀들은 애정을 갖고 걷는다.

그렇다, 이 책에 "날카롭고 풍자적인" 내용이 있기는 하다. 하지만 캘리포니아에 대한 풍자는 아니다. 월스트리트와 워싱턴 DC과 그들의 "생활 방식", 그리고 권력의 복도와 그곳을 뽐내며 걷는 남자들에 대한 풍자다. 캐럴린 시는 이렇게 제안한다. "여자가 남자의 반대항이라면, 쉬운 돈과 쉬운 방식의 캘리포니아는 험악하고 힘든 동부의 반대항이었다……." 그리고 작가는 미심쩍은 이 반대항 위에서 비범한 자기 책의 균형을 잡는다.

> 나는 평생 "캘리포니아"는 비합리적이라는 말을 들었다. 감히 어떻게 내가 아니라고 할 수 있었겠는가? 하지만 여자로 태어났고, 어른이 된 후 내내 험악한 표정으로 미사일을 쏠 준비를 하는 남자들을 보았으며…… 그 문제가 손에서 빠져나갔을 때 그들이 보이던 방향도 없는 지독한 격노를 보았더니, 그런 태도가 "합리적"이라 듣고 살았더니 내 뇌세포들이 어쩌면 다른 뭔가가, 죽음의 반대항이 있을지 모른다고 말하고 싶어 하는 것 같다.

그래서 작가는 캘리포니아를 삶으로 제시한다. "캘리포니아"라는 현실로 제시한다. 이건 확실하게, 감미롭게 청교도주의에 반하는 소설이다.

또 이 소설은 상당히 웃기고, 놀라운 위험들을 감수하며, 적어도 반 이상은 그 도박에 성공한다. 요새는 어떤 위험도 지지 않는 소설, 억세다고 하든 군살이 없다고 하든 단단하다고 하든 "안전"을 의미하는 온갖 완곡법으로 칭해지는 바싹 마른 미니멀리즘이 워낙 많이 주어지다 보니, 독자들도 이제 물기와 생기를 갈망하고 토팡가 캐년 위를 나는 문학의 행글라이딩을 원할 법하다. 그런 독자들은 『금빛 나날들』을 좋아할 것이다. 말 잘하는 현자의 어조로 쓰긴 했어도 이 소설은 물기가 있고, 부드러우며, 연하다. 소설에 깃든 페미니즘의 힘이 취약한 모습을 보이는 위험마저 감수하게 해 준다. 안전하지는 않지만, 두려움 없다.

4분의 3쯤 진행했을 때 제3차 세계 대전이 터지고 여자주인공이 무시무시한 후일을 '행복하게' 헤쳐 나가도록 하는 진지한 소설…… 그런 소설은 안전하게 가지 않는다.

지난 40년간 폭탄이 떨어진 이후를 다루는 소설이 무수히 많이 쓰였다. 그중 대다수의 전제는 전쟁이 세상을 정제하고, 방사능이 세상을 정화하고, 강인한 이들이 살아남는다는 것이다. 군살 없는, 단단한, 미니멀리즘의, 진짜 사내들, 안전하고 구원받은 청교도들이 손가락 여덟 개로 헛소리를 지껄이는 돌연변이들을 제거한 후 빛나는 폐허 위에 법과 질서를 다시 세운다는 식이다. 캐럴린 시는 이 낡은 마초를 갖다버린다.

"사람들은 대체로 자기가 기대한 바대로 얻는다는 말이 있다." 화자는 말한다. 받을 만한 결과가 아니라, 기대한 결과를 얻는다는 말이다. 폭탄이 떨어질 때,

> 장군들과 군대는 아주 심하게 얻어맞았다. 황폐해진 여자와 아이들도 있었다…… 내가 아는 생존자들은 사랑을 나누거나, 낮잠을 자거나, 저녁을 차리던 사람들이었다…… 분방하

게 파도를 타러 나갔다가 바닷속에 잠수해서 태평양 전체가 따뜻해지는 것을 느낀 사람들이었다……

전쟁이 아니라 사랑을 하던 사람들…… 동화라고? 물론이다! 사람들은 기대한 바를 얻는다. 방공호 안에 비좁게 갇혀서 공산주의자들, 돌연변이들, 아니면 이웃들과 총질을 하리라 기대하는 사람들은 정말로 그럴지도 모른다. 그게 그들의 동화다. 캐럴린 시는 상상력이라는 권위로 더 큰 것을 기대하는 예술가의 특권을 행사한다. 그 미래상에는 태평양 전체가 따뜻해지는 것 같은 장엄한 풍경이 있다. "황폐해졌다"거나 "분방하게"처럼 신랄한 표현도 있다. 증오가 아니라 사랑이 살아남는다는 게 작가의 이야기라면, 지금이 그 이야기를 말하고 듣기에 딱 좋은 때다.

소설 속에 담긴 세련된 사색은 주목할 만하고, 훌륭하며, 캘리포니아스럽다. 유럽에 집착하는 많은 동부 해안의 사상은 진짜 동부를 아우르지 않는다. 이 책에서 드물게 언급되지만 구조적으로 아주 중요한 사티야그라하(Satiyagraha)나 무위(無違) 같은 개념은, 다 낯선 말이고 서부에서나 하는 무엇, 아니면 셀마에서나 하는 뭔가라고 여기는 독자들의 눈에는 보이지 않을 수도 있다. 그래도 나쁠 것은 없다. 일반 독자보다 잘 알아야 마땅한 비평가들이 그걸 몰라서 이 책을 저평가하지만 않는다면 말이다. 이건 빠르고, 책장이 잘 넘어가고, 재미있는 좋은 여름 휴가용 책이다. 또 그 이상의 무엇이기도 하고, 주목받아 마땅하다. 궁극의 폭력 행위에 대해 비폭력적으로 쓰려고 시도하면서 캐럴린 시는 아주 오래된 비폭력 전통에 소설의 바탕을 두었다. "남자의 세상"에 대해 여자로서 쓰면서 여성 연대와 인간의 친절로 분노를 갈아 냈다. 캘리포니아 토양에 다진 이 단단한 기반 위에, 섬세하고 뛰어나며 놀라운 와츠타워* 같은 책을 지었다.

* 로스앤젤러스에 있는 구조물로, 서로 연결된 17개의 탑으로 이루어져 있다.

참고문헌

어둡고 폭풍우 치는 밤이었다. 또는, 왜 우리가 캠프파이어 주위에 모여 있을까?

1. Aristotle, *On the Art of Poetry*, trans. Ingram Bywater(Oxford: Oxford University Press, 1920), p.40
2. K. H. Jackson, *The Gododdin: The Oldest Scottish Poem*(Edinburgh: Edinburgh University Press, 1969), pp.3-4
3. Joseph P. Clancy, Introduction to *The Earliest Welsh Poetry*(London: Macmillan, 1970)
4. Clancy's translation of the text of the *Gododdin*, in Ibid.
5. 이하 인용문들은 다음 도서에 나온다. Terence Des Pres, *The Survivor: An Anatomy of Life in the Death Camps*(New York: Oxford University Press, 1976)
6. Mircea Eliade, *Myth and Reality*, trans. Willard R. Trask(New York: Harper&Row, 1963), pp.136,138,202
7. Virginia Woolf, *Mrs. Dalloway*(New York, Harcourt, Brace&Co., 1925), p.5

캘리포니아를 차가운 곳으로 보는 비유클리드적 관점

1. Robert C. Elliot, *The Shape of Utopia*(Chicago: University of Chicago Press, 1970), p.100
2. Ibid, pp.8,9.
3. Milan Kundera, *The Book of Laughter and Forgetting*, trans. Michael Henry Heim(New York: Penguin Books, 1981), p.22
4. Ibid, pp.234-235.
5. Walton Bean, *California: An Interpretive History*(New York: McGraw-Hill, 1968), p.4
6. Howard A. Norman, introduction to *The Wishing Bone Cycle*(New York: Stonehill Publishing Co.,1979)
7. Ibid.
8. Elliott, p.107
9. Bean, p.4
10. Victor W. Turner, *The Ritual Process: Structure and Anti-structure*(Chicago: Aldine Publishing Co.,1969), p.129
11. Elliot, p.100
12. Ibid.
13. Elliot, p.94. 재인용.
14. William Blake, *The Book of Urizen*, lines 52-55, 75-84
15. Elliot, p.87
16. Lao Tzu, *Tao Teh Ching*(노자, 『도덕경』), Book Ⅱ, Chapter38
17. William Blake, *The Marriage of Heaven and Hell*, Book Ⅲ, *Proverbs of Heaven and Hell*, line 21.
18. Kundera, p.233
19. William Blake, *Vala, or the Four Zoas*, Book Ⅸ, lines 162-167, 178-181, 186, 189-191.
20. Kenneth Roemer, *Using Utopia to Teach the Eighties*, World Future Society Bulletin(July-August, 1980)
21. Turner, p.128
22. Fritjof Capra, *The Turning Point*(New York: Simon&Schuster, 1982), Excerpted in 《Science Digest》(April 1982), p.30
23. Paul Radin, *The Trickster*(New York: Philosophical Library, 1956), p.168
24. Lao Tzu, Book Ⅰ, Chapter16.
25. Claude Levi-Strauss, *The Scope of Anthropology*(London: Jonathan Cape, 1968), pp.46-47; Also included in *Structural Anthropology Ⅱ* (New York: Basic Books, 1976), pp.28-30. 여기에 수록한 버전은 두 번역본을 내 식으로 혼합한 결과물이다.
26. *The Complete Works of Chuang Tzu*, trans. Burton Watson(New York: Columbia University Press, 1968), p.116
27. Ibid, p.254
28. Elliot, p.153
29. Austin Tappan Wright, *Islandia*(New York: Alfred

A. Knopf,1942), p.490

30. Levi-Strauss, "Art in 1985", in *Structural AnthropologyⅡ*, p.283

31. Levi-Strauss, *Scope of Anthropology*, p.49

32. Alfred L. Kroeber, *Handbook of the Indians of California*, Smithsonian Institution, Bureau of American Ethnology Bulletin no.78(Washington, D.C., 1925), p.344

33. Ibid, p.374

34. Elliott, p.100

산문과 시의 상호 관계

1. Moliere, *Le Bourgeois Gentilhomme*, ActⅡ, Scene4
2. Gertrude Stein, *Lectures in America*(New York: Random House, 1935), pp.231-232
3. Huntington Brown, *Prose Styles*(Minneapolis: University of Minnesota Press, 1966), p.55
4. George Eliot, *Silas Marner*(New York: Harcourt, Brace, and World, 1962), p.140
5. Gary Snyder, *The Real Work: Interviews and Talks, 1964-1979*(New York: New Directions, 1980), p.36
6. Percy Bysshe Shelley, *A Defense of Poetry*; Thomas Love Peacock, *The Four Ages of Poetry*, ed. John E. Jordan(Indianapolis and New York: Bobbs-Merril Co., Library of Liberal Arts,1965), p.34
7. Ibid., p.33
8. Ibid.
9. 누구든 이 말을 계속 파고들고 싶다면, 다음 책들과 그 속에 실린 풍성한 참고문헌들을 추천하겠다. Karl Kroeber, ed., *Traditional Literatures of the American Indian: Texts and Interpretations*(Lincoln: University of Nebraska Press, 1981); Dell Hymes, *"In vain I tried to Tell You": Essays in Native American Ethnopoetics*(Philadelphia: University of Pennsylvania Press, 1981); Dennis Tedlock, *The Spoken Word and the Work of Interpretation*(Philadelphia: University of Pennsylvania Press, 1983); Jarold Ramsay, *Reading the Fire: Essays in Traditional Indian Literatures of the Far West*(Lincoln: University of Nebraska Press, 1983); Brian Swann, ed., *Smoothing the Ground: Essays on Native American Oral Literature*(Berkeley: University of California Press, 1983) 또 이 책에 수록된 다음 글도 보시길("Text, Silence, Performance", p.182n)

브린 모어 대학 졸업식 축사

1. Sojourner Truth, in *The Norton Anthology of Literature by Women*, ed. Sandra M. Gilbert and Susan Garber(New York: W.W. Norton&Co., 1985),pp. 255-256.
2. Joy Harjo, "The Blanket Around Her", in *That's What She Said: Contemporary Poetry and Fiction by Native American Women*, ed. Rayna Green(Bloomington: Indiana University Press, 1984), p.127.
3. Denise Levertov, "Stepping Westward" in *Norton Anthology*, p.1951.
4. Wendy Rose, "The Parts of a Poet" in *That's What She Said*, p.204.
5. Linda Hogan, "The Women Speaking" in ibid., p.172.

여자/황야

1. Susan Griffin, *Woman and Nature*(New Work: Harper&Row, Colophon Books, 1978), p.186
2. Linda Hogan, "The Women Speaking" in *That's What She Said: Contemporary Poetry and Fiction by Native American Women*, ed. Rayna Green(Bloomington: Indiana University Press, 1984), p.172
3. Elaine Showalter, "Feminist Criticism in the Wilderness" in *The New Feminist Criticism ed. Elaine Showalter*(New York: Pantheon Books, 1985), p.262. See also Shirley Ardener, ed., *Perceiving Women*(New Work: Halsted Press, 1978).

여자 어부의 딸

1. Virginia Woolf, *Jacob's Room*(New York: Harcourt Brace Jovanovich, n.d.), p.7
2. 내가 이용한 『작은 아씨들』 판본은 내 어머니의 책이었고 지금은 내 딸의 책이다. 날짜는 확실하지 않지만 20세기로 넘어올 무렵 보스턴에서 리틀 브라운 출판사가 낸 책이고, 메릴의 훌륭한 그림들은 다른 판본에서도 다시 실었다.
3. Rachel Blau Du Plessis, *Writing Beyond the Ending: Narrative Strategies of Twentieth-Century Women Writers*(Bloomington: Indiana University Press, 1985)
4. Louisa May Alcott, *Life, Letters, and Journals*(Boston: Roberts Brothers, 1890). pp.203,122,125
5. Charles Dickens, *Bleak House*(New York: Thomas Y.Crowell,n.d.), p.41
6. Harriet Beecher Stowe, 1841, quoted in Tillie Olsen, *Silences*(New York: Dell, Laurel Editions, 1983), p.227
7. 이 대목과 다음에 연결된 대목은 다음 도서에서 인용하였다. *Autobiopraphy and Letters of Mrs.Margaret Oliphant*, edited by Mrs.Harry Coghill(Leicester: Leicester University Press, The Victorian Library, 1974), pp.23,24.
8. Joseph Conrad, quoted in Olsen, p.30
9. Alicia Ostriker, *Writing Like a Woman*, Michihan Poets on Poetry Series(Ann Arbor: University of Michigan Press, 1983), p.126
10. Käthe Kollwitz, *Diaries and Letters*, quoted in Olsen, pp.235,236.
11. 「여성의 직업*Profession for Women*」으로 고쳐서 같은 제목의 에세이집에 실린 유명한 글은 원래 강연으로, 울프가 1931년 1월 21일에 런던 여성 봉사 협회(London National Society for Women's Service)에 이야기한 내용이다. 미첼 리스카가 편집한 울프의 『파지터 가 사람들*The Pargiters*』(New York: Harcourt Brace Jovanovich, 1978)에서 삭제된 부분과 다른 읽기까지 갖춘 완전판으로 찾아볼 수 있다.
12. Ostriker, p.131.
13. Margaret Drabble, *The Millstone*(New YorkLNAL, Plume Books, 1984), pp.122-123. Also published under the title *Thank You All Very Much*.
14. Du Plessis, p.101.

C. S. 루이스의 『다크 타워』

C. S. Lewis, *The Dark Tower and Other Stories*, edited by Walter Hooper(New York: Harcourt Brace Jovanovich, 1977)

도리스 레싱의 『시카스타』

Doris Lessing, *Canopus in Argos'—Archives. Re: Colonised Planet 5. Shikasta. Personal Psychological, Historical Documents Relating to Visit by Johor(George Sherban) Emissary(Grade 9). 87th of the Period of the Last Days*(New York: Alfred A. Knopf, 1979)

"베놈"에서 두 편

Ursula K. Le guin, *The Beginning Place*(New York: Harper&Row, 1980)

Walter Wangerin Jr., *The Book of the Dun Cow*(New York, Harper&Row, 1978)

존 가드너의 『프레디 서』와 『상자 화가 블렘크』

John Gardner, *Freddy's Book*, illustrated by Daniel Biamonte(New York: Alfred A. Knopf, 1980)

John Gardner, *Vlemk the Box-Painter*, illustrated Catherine Kanner(Northridge, Calif.: Lord John Press, 1979)

도리스 레싱 『3, 4, 5구역 사이의 결혼』

Doris Lessing, *The Marriage Between Zone Three, Four, and Five*(New York: Alfred A. Knopf, 1980)

램지 우드가 다시 쓴 『칼릴라와 딤나』

Kalila and Dimna: Selected Fables of Bidpai, retold by Ramsay Wood, illustrated by Margaret Kilrenny(New York: Alfred A. Knopf, 1980)

매기 스카프의 『미완의 과제』

Maggie Scarf, *Unfinished Business: Pressure Points in the Lives of Women*(New York: Doubleday&Co., 1980)

이탈로 칼비노의 『이탈리아 민담』

Italo Calvino, *Italian Folktales*, translated by George Martin(New York: Harcourt Brace Jovanovich, 1980)

머빈 피크 『피크가 간 길』

Peake's Progress: Selected Writings and Drawings of Mervyn Peake, edited by Maeve Gilmore(London: Overlook Press, 1981)

도리스 레싱의 『감상적인 요원들』

Doris Lessing, *The Sentimental Agents*(New York: Alfred A. Knopf, 1983)

이탈로 칼비노의 『힘겨운 사랑』

Italo Calvino, *Difficult Loves*, translated by William Weaver, Archbald Colquhoun, and Peggy Wright(New York: Harcourt Brace Jovanovich, 1984)

"왕국을 저버리고": 다섯 시인에 대해

Mary Jo Salter, *Henry Purcell in Japan*(New York: Alfred A.Knopf, 1985); Eve Triem, *New as a Wave: A Retrospective, 1937-1983*(Seattle: Dragon Gate Press, 1984); May Sarton, *Letters from Maine*(New York: W.W.Norton,1984); Denise Levertov *Oblique Prayers*(New York: New Directions, 1984); Carolyn Kizer, *Yin*(Brockport, N.Y.: Boa Editions, 1984)』; Carolyn Kizer, *Mermaids in the Basement: Poems for Women*(Port Townsend, Wash: Copper Canyon Press, 1984)

존 비어호스트의 『북아메리카 신화』

John Bierhorst, *The Mythology of North America*(New York: William Morrow, 1985)

유진 린든의 『사일런트 파트너』

Eugene Linden, *Silent Partners: The Legacy of the Ape Language Experiements*(New York: Times Books, 1986)

몰리 글로스의 『문밖에서』

Molly Gloss, *Outside the Gates*(New York: Atheneum Press, 1986)

캐럴린 시의 『금빛 나날』

Carolyn See, *Golden Days*(New York: McGraw-Hill, 1986)

옮긴이 | 이수현

작가이자 번역가로 인류학을 공부했다. 주로 SF와 판타지, 추리소설, 그래픽노블을 번역하고 있다. 옮긴 책으로는 어슐러 르 귄의 『빼앗긴 자들』, 『로캐넌의 세계』, 『유배 행성』, 『환영의 도시』, 『찾을 수 있다면 어떻게든 읽을 겁니다』, 「서부해안 연대기」 시리즈를 비롯해 『피버 드림』, 『나는 입이 없다 그리고 나는 비명을 질러야 한다』, 『체체파리의 비법』, 『마지막으로 할 만한 멋진 일』, 『킨』, 『블러드차일드』, 『살인해드립니다』, 『멋진 징조들』, 『노인의 전쟁』, 『꿈꾸는 앵거스』, 『대우주시대』, 『유리 속의 소녀』, 「얼음과 불의 노래」, 「샌드맨」, 「다이버전트」 시리즈 등이 있다.

세상 끝에서 춤추다

1판 1쇄 찍음 2021년 8월 31일
1판 1쇄 펴냄 2021년 9월 10일

지은이 | 어슐러 K. 르 귄
옮긴이 | 이수현
발행인 | 박근섭
편집인 | 김준혁
책임편집 | 장은진
펴낸곳 | 황금가지

출판등록 | 2009. 10. 8 (제2009-000273호)
주소 | 06027 서울 강남구 도산대로 1길 62 강남출판문화센터 5층
전화 | **영업부** 515-2000 **편집부** 3446-8774 **팩시밀리** 515-2007
홈페이지 | www.goldenbough.co.kr

도서 파본 등의 이유로 반송이 필요할 경우에는 구매처에서 교환하시고
출판사 교환이 필요할 경우에는 아래 주소로 반송 사유를 적어 도서와 함께 보내주세요.
06027 서울 강남구 도산대로 1길 62 강남출판문화센터 6층 민음인 마케팅부

ISBN 979-11-5888-739-1 04840
ISBN 979-11-5888-893-0 04840 (세트)

㈜민음인은 민음사 출판 그룹의 자회사입니다.
황금가지는 ㈜민음인의 픽션 전문 출간 브랜드입니다.